# INESTIMABLE

## Du même auteur

*Les Impliqués*, Mirobole, 2013 ; Pocket, 2015
*Un fond de vérité*, Mirobole, 2015 ; Pocket, 2016
*La Rage*, Fleuve Éditions, 2016 ; Pocket, 2017
*Inavouable*, Fleuve Éditions, 2017 ; Pocket, 2018
*Te souviendras-tu de demain ?*, Fleuve Éditions, 2019 ; Pocket, 2020

ZYGMUNT MIŁOSZEWSKI

# INESTIMABLE

*Traduit du polonais*
*par Kamil Barbarski*

fleuve
ÉDITIONS

Titre original :
*Kwestia ceny*

MIXTE
Papier issu de sources responsables
FSC® C003309

L'éditeur de cet ouvrage s'engage dans une démarche de certification FSC® qui contribue à la préservation des forêts pour les générations futures.

Pour en savoir plus :
www.editis.com/engagement-rse/


ISBN : 978-2-265-15520-6

Dépôt légal : octobre 2021

*Pour Marta et son père*

« Mourons pour des idées, d'accord, mais de mort lente. »

*Georges Brassens*

# Chapitre 1
# Tempête sur la mer Noire

*Tempête en 1905 • La Pologne ne veut pas que je rentre •*
*L'héritier et le nouveau riche russe •*
*Au port d'Odessa • Un homme fait de brume •*
*Aucune femme n'a le droit de s'en approcher*

## 1

Il en avait plus qu'assez de parler de la Pologne et de frôler la mort. Or, ces dernières années, il n'avait rien fait d'autre. À ce moment précis, il n'était pas obligé de discuter de sa mère patrie, ce qui l'amenait à une conclusion simple : à nouveau, il était en train de mourir. Et définitivement cette fois. Ça ne le réjouissait pas.

Un fracas.

L'eau ne pouvait émettre un tel son. En aucune façon. L'eau est un fluide soyeux qui s'écoule entre les doigts telle une caresse, qui glougloute dans la fontaine du jardin de Saxe à Varsovie, qui frémit entre les pierres à marée montante sur les plages de Sakhaline. Alors que le bruit qu'il venait d'entendre lui évoquait au contraire une locomotive qui s'écraserait à grande vitesse contre un mur de briques. Les vibrations l'assommèrent et faillirent lui faire perdre connaissance, la coque du bateau à vapeur trembla sous le coup de la vague, grinça, et le navire ne fit pas tant se pencher sur le côté que dégringoler dans la vallée formée entre deux levées de houle. Les pieds calés contre la membrure du fuselage, le dos pressé sur la malle qui contenait ses biens, Benedykt se sentit chuter en arrière et, tandis que le bateau se couchait sur le bord, un ciel gris et menaçant apparut dans le modeste hublot face à lui.

La Pologne ne veut pas que je rentre, fut la pensée qui fusa dans son esprit. Une pensée stupide. La Pologne n'existait pas. Et même si elle existait, elle n'en constituerait pas moins une entité imaginaire, convenue, qui vivrait grâce à la foi de ses citoyens. Consolidée à grands coups de fonctionnaires, de tampons et de lois, elle n'en deviendrait pas pour autant – à l'instar de n'importe quel autre État – davantage qu'une image collective. Une vision, un mauvais spectre, une strige capable de priver un homme de bonheur, de liberté et de vie. Elle lui avait ôté les deux premiers plusieurs décennies auparavant, elle lui enlevait visiblement la troisième à l'instant.

Le bateau chancela et se coucha sur l'autre bord. Benedykt dut contracter de toutes ses forces les muscles endoloris de ses deux jambes pour ne pas tomber la tête la première. Un autre des passagers eut moins de chance : Benedykt nota du coin de l'œil un corps en chute libre et un choc sourd.

— Puterelle ! grogna le corps.

La grisaille disparut du hublot, elle fut d'abord remplacée par de la mousse, puis par une noirceur totale lorsque la vitre fut orientée non plus vers le ciel, mais vers les profondeurs de la mer Noire. Benedykt se dit que c'était la fin, que cette fois, ils partiraient en tonneau, qu'ils allaient chavirer, la cheminée vers les abysses. L'incertitude s'évanouirait alors, ne resterait que la question technique de savoir s'ils allaient d'abord se noyer ou mourir par manque d'oxygène.

Le bateau gémit longuement, comme s'il s'efforçait de prononcer une phrase complète, puis se redressa.

Benedykt contracta son corps, s'attendant à un nouveau coup de massue, mais les secondes passaient et, en dehors du tangage fort, habituel pour un bâtiment pris dans une tempête, rien d'exceptionnel n'eut lieu. Il s'autorisa à détendre sa mâchoire et émit un grand soupir.

Son haleine avait une saveur de vomi. Il ravala sa salive avec dégoût, mais ça ne l'aida guère. Il cracha et, pour la centième fois depuis le début de ce satané gros temps, il se dit qu'il n'avait pas à rester dans la cale qui deviendrait sans doute le tombeau de tous ceux qui s'y trouveraient. Il n'était plus un déporté, il revenait en Europe en qualité de scientifique de renom, il possédait sur ce navire une cabine, un lit et, qui sait, peut-être même une place dans un canot de sauvetage.

Mais il ne pouvait pas abandonner sa malle. Il devait la protéger coûte que coûte, même au prix de sa vie. Il comprenait qu'un tel sacrifice, significatif de son point de vue, n'avait aucune espèce d'importance dans une perspective plus large.

Il sentit un contact chaud sur sa main crispée sur la longe qui attachait son coffre.

— *Tusu kuru ?*

Benedykt sourit au garçon de dix ans qui, de manière inattendue, était devenu le compagnon de voyage le plus cher à son cœur. Il fit en sorte que ce sourire ne trahisse pas sa conviction profonde qu'ils allaient mourir ici tous les deux et dans un délai très bref si on voulait son avis.

— *Aj-Ojna ?*

— Je vais essayer, répliqua-t-il en aïnou, jugeant le moment mal choisi pour expliquer au garçon qu'il n'était pas un shaman, qu'il ne croyait ni en le Haut Esprit ni en aucun autre esprit et qu'ils n'allaient pas périr par la volonté des ancêtres, mais à cause de ce maudit capitaine russe incapable de lire un baromètre.

Il ferma les yeux et entonna doucement une prière aux anciens. Le garçon se blottit en toute confiance contre son bras et, à travers la chaleur de son corps, une tristesse apaisée emplit Benedykt. Avec les paroles du chant, les images du village revinrent. Puis ceux des adieux à l'aube brumeuse. Avant cela, le visage de Pukusa, à peine visible dans l'obscurité, qui n'avait pas commenté ses promesses répétées toute la nuit d'un retour prochain. En fait, il n'allait pas l'abandonner, elle et les enfants. Il allait les faire venir en Pologne, il allait convaincre le Conseil des Anciens, mais pour cela, il devait tout préparer là-bas, dans sa patrie. Elle l'avait écouté sans un mot, lui avait fait l'amour sans un mot, puis elle s'était endormie la tête sur son épaule.

Il n'était pas possible de ne pas entendre ce bruit. En dépit des hurlements du vent, du fracas des vagues, des craquements de la coque, des pleurs et des jurons des passagers réfugiés dans la cale, sans oublier le tambourinement des pistons de la machine à vapeur, c'est le chuintement discret qui persistait dans ce tohu-bohu qui mettait les plus primitives parties du cerveau au garde-à-vous.

Le chuintement s'accroissait, se parait de nouveaux bruissements et chacun d'entre eux était pire que le précédent. Le gargouillis évoquait une eau sale coulant dans le caniveau durant un orage. Le râle guttural ressemblait à la toux d'un tuberculeux. Le grondement s'apparentait à celui d'un tonnerre roulant sur les champs, puissant, porté par le vent qui ne rencontrerait nul obstacle et coucherait au sol des parcelles entières de blé. Tous ces bruits s'étageaient, s'amplifiaient jusqu'à former une symphonie assourdissante, terrifiante de la façon la plus primitive, un tintamarre qui dépouillait l'homme de son humanité et réduisait ce singe présomptueux au rang qui était le sien, celui d'une créature impuissante face à la nature.

Benedykt Czerski prit le garçon dans ses bras, l'enlaça, s'efforça de protéger le petit corps autant que possible, inspira une grande bouffée d'air, se recroquevilla et attendit la mort.

## 2

La même tempête qui faisait son possible pour envoyer le bateau de Benedykt et sa précieuse cargaison par le fond tomba sur Odessa avec une telle force que Bronisław Najdarowski s'éloigna de la fenêtre de son salon. Un instant plus tôt, il prenait la vision d'un orage qui fouettait la ville pour une hypnotisante démonstration des forces de la nature mais, à présent, il commençait à craindre que la prochaine rafale de vent et de pluie ne fasse exploser la vitre. La bourrasque ne déferlait pas sur la cité, elle essayait carrément de la rayer de la carte.

— Toi, tu dis un grand scientifique, moi, je dis un dément imprévisible, conclut-il en observant les torrents d'eau s'écouler sur la vitre. Souviens-toi que Czerski n'est plus la même personne que celle partie d'ici il y a trente ans. On l'avait arrêté un peu par hasard, par la faute de ses amis, dans un large coup de filet. Et déjà à l'époque, il était bizarre, paraît-il. Ce n'était pas un conspirateur, mais un élève modèle plutôt, un gringalet qui tombait amoureux de n'importe quel laideron qui passait sur le trottoir d'en face. Et aujourd'hui ? Parles-en avec Sieroszewski, il te dira. C'est un shaman barbu, marié à une sauvageonne, avec des enfants sauvages. Il a définitivement perdu l'esprit. On dit qu'il a rendu furieux deux Empires en se battant pour la cause de ces femmes à barbe et à queue.

— Sieroszewski exagère, grogna son compagnon, connu dans Odessa sous le nom de Ludwik Ochocki, depuis un fauteuil disposé à une distance sûre de la fenêtre. Demande-lui l'heure et il te racontera comment il s'est battu en duel contre le dieu du temps pour obtenir la réponse.

— Quoi qu'il en soit, je ne vois pas comment Czerski pourrait nous être utile.

— Par l'argent.

Najdarowski pouffa de rire.

— Et de quelle manière ? Il va montrer ces femmes à queue dans les foires ? Mon cher, nous sommes au XX^e siècle, n'importe quelle queue n'impressionne plus les gens. Et certainement pas ici. Parfois, ils ramènent de tels spécimens du fond de l'Empire que même le plus obtus des culs-terreux trouvera ça banal.

— L'Empire ? Te voilà bien respectueux.

Bronisław se retourna, furieux, pour regarder Ludwik droit dans les yeux.

— Respectueux, oui, tu ne crois pas si bien dire, grogna-t-il. Parce que moi, contrairement à vous, bande de conspirateurs de pacotille, je risque ma tête. Je ne reste pas planqué au fond des gargotes à fredonner la larme à l'œil que « toi, je te dois mon cœur, mais à la patrie, je dois la vie ». Semaine après semaine, je trace les chemins qui, un jour, nous donneront plus qu'une énième insurrection juste bonne à nous valoir un méchant coup sur la tête, et il faudra attendre une nouvelle génération pour faire croître de nouveaux conspirateurs, aussi idiots que les précédents, d'ailleurs. J'ai sillonné l'Empire et pas que. J'ai vu un monde pour tous, un monde vaste, magnifique et vide, un monde dans lequel l'homme ne manquera jamais de place. Il suffit de se mettre d'accord. Et nous autres, Polonais, nous pourrions aussi devenir enfin plus sages et trouver un arrangement avec quelqu'un au lieu de poser nos têtes sur le billot. Nos voisins ne sont pas des diables aux pieds fourchus, mais des gens ordinaires. On peut trouver un compromis. On doit en trouver un.

Un lourd soupir lui parvint du fauteuil.

— Tu dis un monde magnifique, répliqua Ochocki, moi, j'entends un monde sans Pologne.

— Et quand bien même ? Le temps ne s'est pas arrêté. On ne voit plus d'adeptes de Svarog. Les Jadvingis et les Samogitiens n'existent plus. Il fut une époque où personne n'avait entendu parler d'un chrétien et les Polonais ne marchent pas non plus sur cette terre depuis la nuit des temps.

— Bronisław, je ne veux pas me disputer avec toi. Pas à ce sujet-là, pas maintenant. Je te dis seulement que Czerski peut apporter une fortune à notre cause.

Najdarowski secoua la tête et observa de nouveau l'orage, mais avec résignation cette fois.

— Et comment, je te prie ?

Ludwik se pencha, son fauteuil grinça.

— Les gens sont bêtes, dit-il. Je ne sais pas si tu as lu Darwin, mais s'il a raison, cela veut dire que nous n'avons pas été façonnés dans l'argile du paradis par Dieu le Père, mais qu'un beau jour un singe est descendu de son arbre…

— … et a élu domicile au centre de la Pologne d'où puise son origine l'intégralité de l'espèce humaine.

— Ne m'interromps pas. Si Darwin a raison, et admets que sa théorie semble plus logique que les sornettes religieuses dont nous faisons peu de cas, toi et moi, alors cela veut dire que nous ne sommes pas le résultat d'un projet conscient d'un être supérieur, mais des animaux un peu plus intelligents que les autres.

— Et encore, je te trouve bien courageux de prétendre ça.

— Et puisque nous sommes des animaux, poursuivit Ochocki, impassible, alors nous sommes régis par des instincts primitifs qui pèsent davantage sur nos choix que quelques ouvrages savants, notre classe sociale ou notre éducation. Et quel est notre instinct naturel le plus puissant ?

— La concupiscence.

Ochocki roula les yeux.

— L'instinct de survie. En tant qu'animaux, nous voulons vivre à tout prix et nous ne voulons vraiment, mais alors vraiment pas mourir.

— À moins d'être des patriotes polonais, riposta Najdarowski, acerbe.

— Et nous cherchons à saisir n'importe quelle opportunité, même la plus infime, de vivre un peu plus longtemps et en meilleure santé. La fortune, le statut, la célébrité, l'amour, l'amitié, tout cela passe au second plan lorsqu'on nous met devant les yeux une panacée qui permet à l'animal apeuré que nous sommes d'exister quelques instants de plus.

Bronisław grimaça, prêt à de nouvelles moqueries, mais au lieu de cela, il fit le tour de la pièce, s'arrêta devant le buffet et stabilisa les verres disposés dessus. L'orage ne passait pas, Odessa était toujours la proie du vent et de la pluie. Dans le silence de l'appartement, les deux hommes l'entendaient maintenant avec une grande précision et observaient ensemble par la fenêtre la rue d'où leur parvenait le hurlement puissant des éléments.

— Mon cher, est-ce que tu es en train de me proposer une affaire apparentée au chariot moyenâgeux tiré par un âne dont le propriétaire offre aux badauds crédules une pommade de serpent qui soigne tous les maux ? Un remède miracle capable de prolonger l'espérance de vie, d'interrompre une grossesse, de faire pousser une dent ou de gonfler une biroute ?

Ludwik Ochocki soupira si profondément que les lourds rideaux des fenêtres faillirent trembler.

— Tu devras soumettre ton caractère à de profonds changements si tu veux te trouver une aristocrate sensible et souple à épouser à Varsovie.

— Tu me connais, j'ai besoin d'une femme pour ma couche et pour gérer mes affaires. Une bourgeoise robuste, juive de préférence, pas une poupée.

— Je te connais et c'est pourquoi je m'inquiète. Mais peu importe. Tu me railles, mais oui, c'est exactement ce que je te propose, parce que l'animal humain n'a en rien changé depuis l'époque du chariot moyenâgeux. Il veut toujours croire en une potion magique qui lui garantirait la survie. Mais nous sommes déjà au XX^e^ siècle, cher Bronisław, à l'ère de la modernité et de la science. Admets que même la machine à vapeur, révolution somme toute récente, paraît aujourd'hui désuète, remplacée qu'elle est par l'électricité, le moteur à essence, l'automobile et les aéroplanes. Darwin a découvert l'origine des espèces, Mendel les lois de l'hérédité, Röntgen est capable de regarder à l'intérieur d'un corps sans scalpel, la science arrache de multiples secrets à la nature et transforme notre vie à une vitesse que l'humanité n'a encore jamais expérimentée. Oui, aujourd'hui, les gens ne croiront plus un charlatan itinérant édenté, mais un scientifique vêtu d'une blouse blanche et d'une redingote, ça oui.

Pour la première fois depuis le début de la conversation, Bronisław Najdarowski observa son interlocuteur sans une once de moquerie ni d'irritation dans le regard.

— Je t'écoute, dit-il.

— Imaginons qu'à notre époque de grandes découvertes biologiques, quelque part aux confins de ce que tu appelles avec tant de respect un « Empire », dans une contrée peuplée de tribus étranges, une terre de prodiges et de magie shamanique, un scientifique mette la main sur une substance aux vertus de guérison inouïes. Et que la science certifie la panacée de toute la force de sa conviction. Alors soudain, depuis Varsovie jusqu'à Vladivostok, la nouvelle d'une pastille miracle se répandrait, résultat de la symbiose exceptionnelle entre le savoir des peuples ancestraux et la modernité des trouvailles scientifiques. Suffisamment coûteuse pour être certainement efficace, suffisamment abordable pour que n'importe qui puisse se permettre la dépense. Qui ne risquerait pas quelques malheureux kopecks pour la chance de vivre longtemps et en bonne santé ?

Un sourire de marchand tordit le visage de Bronisław.

— Tu y as fort bien réfléchi, mon ami.

— J'ai même déjà imaginé le nom. Et le projet de l'étiquette. Il me faut seulement un connaisseur des routes marchandes de l'Empire, un spécialiste du commerce et de la distribution, c'est-à-dire toi. Ainsi qu'un chercheur excentrique, mais crédible, un expert en tribus lointaines, le découvreur de la potion miracle, une substance qui ne causera du tort à personne, mais signera pour la Pologne un chèque vers la liberté. Un chercheur qui, je l'espère, n'est pas déjà mort noyé dans cette satanée tempête.

## 3

Il ne restait presque nulle trace de l'orage de la veille. Une certaine humidité dans l'air peut-être, l'intensité du parfum des fleurs, l'arôme d'une terre humide, rare à Odessa, caractéristique plutôt des métropoles du Nord, habituées à la pluie, et non d'un port ensoleillé sur la mer Noire.

Deux hommes en redingote d'été marchaient vigoureusement en direction des quais. Le premier, svelte et énergique, avait le visage fin d'un intellectuel de salon prompt à la riposte, davantage garçon qu'homme mûr. Le second, plus mature, constitué exclusivement d'angles droits, volontaire, exultait de confiance en soi et donnait l'impression d'imprimer sur les pavés la trace de ses pas.

Ils tournèrent en direction d'un bateau à vapeur un brin délabré, d'où les grues portuaires descendaient déjà diverses malles. Les ouvriers s'interpellaient en ukrainien, les chefs de quai les apostrophaient en russe et le capitaine hurlait dans une langue incompréhensible qui aurait pu être du russe jadis, mais que l'alcool avait transformée en charabia rauque. En dehors de cela, de la foule des marins, des portefaix et des passagers s'élevaient des bribes de polonais, de roumain, de dialectes et des patois les plus étranges que recelaient les différents recoins de l'Empire.

Cela faisait longtemps que Bronisław Najdarowski avait remarqué que seuls ses sentiments patriotiques l'empêchaient d'admirer éperdument la Russie. L'Empire était semblable à un océan, à ceci près qu'un océan restait une ennuyeuse immensité d'eau, tandis que la Russie était une immensité de paysages, de richesses, de gens, de coutumes, d'auberges, de fabriques, de hameaux, de langages. Bien des fois, il se demandait – mais il aurait préféré s'arracher la langue que l'avouer à haute voix – si la Pologne ne ferait pas mieux d'appartenir à cette richesse, au lieu de demeurer une principauté de province, fâchée avec le reste du monde, victime incessante d'un voisin puissant ou de ses propres démons.

Dans sa vie de marchand, la question qui comptait le plus pour Bronisław, c'était celle du prix. Il en faisait un calcul froid, afin de savoir si l'effet escompté valait le risque et la dépense. Pourquoi, dans ce cas, s'engageait-il dans ces facéties patriotiques dont le prix était toujours ridiculement élevé alors que les bénéfices demeuraient misérables ? C'était un mystère.

— Mon Dieu, quel est donc ce remue-ménage ? chuchota Ludwik, interrompant les pensées de son ami.

Une silhouette flétrie, abîmée, un homme qui paraissait fait de brume, se tenait près de coffres et de sacs de jute. Entouré de bandages, un de ses bras pendait, inerte, dans une écharpe, tandis que de l'autre, ce barbu étique tentait de chasser une femelle typique de la variante locale de l'*Homo sapiens*, une commère dont les multiples clones peuplaient les gargotes et les bordels russes.

— *Nie lzia ! Nie lzia !* criait le barbu, refoulant la matrone étonnée qui finit par s'irriter d'être traitée ainsi.

La femme le poussa et il chuta sur les pavés, puis elle tendit la main vers l'un des sacs.

— *Nie lzia !* grogna le poilu décharné.

Il arracha des pans de son manteau un revolver Nagant et tira un coup en l'air.

Le port grouillant se figea. Les ouvriers, les coltineurs, les passagers, les commerçants, le groupe d'autochtones sibériens, le barbu dément et la matrone russe, tous, en dehors des mouettes, s'immobilisèrent comme si quelqu'un venait d'arrêter un cinématographe.

La première à émerger de sa torpeur fut la commère.

— *Job twoïu matz, toupoï huï !* tonna-t-elle avant de fondre sur Czerski, une lueur de meurtre dans le regard.

Ludwik et Bronisław échangèrent un regard affolé et se précipitèrent au secours de leur compatriote car, en dépit de l'arme que ce dernier portait, cet affrontement ne pouvait avoir qu'une issue. Ils atteignirent la taulière au dernier moment et eurent beaucoup de mal à l'éloigner du scientifique, ne parvenant à calmer cette femme qui jurait comme un charretier qu'en lui enfonçant une liasse de billets dans la main.

Alors, ils revinrent auprès du misérable barbu.

— Aucune femme n'a le droit de s'en approcher ! hurla Bronisław en polonais. Aucune ! C'est mortellement dangereux. Vous comprenez ?

— Benedykt ! Quelle joie de te voir ! lança Ludwik, qui était accouru vers le poilu enguenillé et le serrait chaleureusement dans ses bras. Mon Dieu, qu'est-il arrivé à ta main ? reprit-il prestement, sans laisser l'occasion à Najdarowski de risquer un commentaire.

— Un hublot, marmonna le voyageur dans sa barbe.

Il brandissait toujours le Nagant et jetait des coups d'œil soupçonneux aux alentours.

— C'est une sorte de fenêtre sur un bateau, précisa-t-il. Elle a explosé sous le coup d'une vague et un morceau de verre m'a sabré la peau.

— Un médecin va examiner ça, conclut Ludwik. Messieurs, permettez-moi de faire les présentations. Bronisław Najdarowski, marchand, homme d'affaires, amoureux des sciences, mais avant tout patriote dévoué à la cause polonaise. Benedykt Czerski, jadis condamné à l'exil, devenu depuis expert en tribus de la lointaine Sibérie et de leurs coutumes, scientifique célébré dans toute la Russie. Serrez-vous la main, messieurs, parce qu'un long voyage commun vous attend jusqu'à Varsovie.

Après avoir vu le scientifique ranger son arme, Bronisław s'empara avec précaution de la paume saine de Benedykt, craignant que cet homme, qui ressemblait davantage à un fol-en-Christ qu'à un scientifique, ne se désagrège sous la pression de sa main.

— *Tusu kuru ?*

Un garçonnet tira Czerski par les pans de son manteau. Celui-ci s'agenouilla et le serra dans ses bras, prononçant une suite de mots inconnus de Bronisław. Ce n'était certainement pas du russe ni du japonais. En réalité, cela ne ressemblait à aucune langue connue. Le garçon, qui l'écoutait, fondit en larmes ; alors le Polonais l'enlaça d'un geste tendre et le serra fort. Il resta ainsi jusqu'à ce que le petit cesse de sangloter, puis le poussa doucement vers sa mère qui, préoccupée, était restée à quelques mètres d'eux. Bronisław remarqua avec surprise que cette femme avait une moustache. Non, pas une moustache, plutôt une espèce de maquillage au henné ou un tatouage au-dessus de la lèvre supérieure. Une fois que Benedykt fut face à elle, la femme se lissa les cheveux, puis passa le doigt sur cette lèvre tatouée, le long du bras et jusqu'aux doigts de sa main gauche. En guise de réponse, il se frotta à plusieurs reprises les mains et se lissa la barbe. Puis il la salua en se penchant, à l'européenne.

— Nous devons prendre soin de ma collection, surtout des cylindres, leur annonça-t-il en polonais sans juger nécessaire d'expliquer son comportement. Et vous, monsieur, quel est votre domaine scientifique de prédilection ?

— La chimie, répliqua Bronisław.

— Messieurs, vous discuterez des sciences plus tard, vous aurez bien assez de temps dans le train pour cela. À présent, il nous faut déjeuner et surtout porter un toast. À la Pologne !

## 4

Voyez-vous ça, songea Czerski, à peine ai-je fini de frôler la mort que mon autre cauchemar recommence aussitôt à me hanter. Quelle malédiction.

# Chapitre 2
# Les adieux à Paris

*L'armistice de 1918 •*
*Les fantômes du cimetière Montparnasse •*
*L'artefact maudit • Le cul-de-jatte chanceux •*
*Le croquis de l'ours*

**1**

Il écoutait le vent de novembre. Les yeux fermés, il prit une inspiration profonde et se concentra. D'ordinaire, les gens ne réfléchissaient pas au nombre de bruits qui composent la rumeur du vent. Le bruissement léger, c'est celui du sable remué au sol. Le sifflement, c'est l'air qui contourne les brindilles. Le frôlement vient des feuilles qui se frottent les unes aux autres. À tout cela s'ajoutent le craquement des troncs, le crissement des branches qui s'entrechoquent et le bourdonnement des bouffées d'air dans les canaux des oreilles. Dire que le vent souffle, c'est résumer le concert que Mère Nature entame avec plusieurs instruments, tous différents, chacun à l'œuvre dans une autre octave et sur un air à part. Il avait été un temps où Benedykt savait reconnaître les intentions de la nature sur la seule base de son chuchotement. Allait-elle apporter un changement de météo ? De la pluie ? Du gel ? Ou bien n'était-ce que des esprits qui discutaient entre eux pour rappeler aux vivants qu'ils les tenaient à l'œil ?

Cet opus de vent-ci lui paraissait triste, joué dans une gamme mineure. De toute façon, ces derniers mois, Benedykt trouvait tout accablant, il n'arrivait pas à chasser de sa tête l'idée que son départ avait été une erreur. Pas son départ de Pologne, non. Quitter la Pologne n'est jamais une mauvaise idée. Mais il n'aurait pas dû quitter l'Est, l'île de Sakhaline, son hameau, Pukusa, ses amis, ses enfants. À Odessa, il ne l'avait pas encore senti. Certes, durant le voyage en train, l'étroitesse de l'esprit bourgeois des autres passagers l'avait contrarié, mais l'espace qui s'étendait derrière la fenêtre l'avait apaisé. Et après ? Comme la Pologne lui avait semblé pauvre et étriquée en comparaison de la Sibérie ! Pas seulement d'un point de vue géographique, mais dans tous les sens du terme. Les gens étaient solitaires, obnubilés par leur personne, crispés sur leur quotidien. L'insupportable primeur de la matière sur tout ce qui avait trait au spirituel s'étendait partout. Pourtant, en théorie, une religion intemporelle régnait en maître dans cette région du monde, mais celle-ci était en réalité mesquine, grossière, utilisée comme un bâton pour se taper mutuellement sur la tête, plus barbare dans son essence que n'importe quelle croyance païenne avec laquelle Benedykt avait été en contact durant ces dernières décennies.

Alors, à Varsovie, il aurait dû pivoter sur ses talons et rebrousser chemin jusqu'au village où on l'aimait et où on l'admirait, où l'attendait un bonheur simple et, par sa simplicité, profond.

Il était resté.

Ce faisant, il n'avait rien obtenu. Et il avait tout perdu.

À présent, tel le vieil excentrique qu'il était devenu, il revenait chaque jour au même endroit, au cœur du cimetière Montparnasse, pour percevoir de rares parfums et des bruits de la nature, une nature illégale et aussi peu désirable à Paris que lui. Il venait au cimetière, s'asseyait sur un banc et parlait à voix basse à la tombe de Henryka Pustowójtówna. Il lui avait fallu plusieurs promenades pour trouver le sépulcre de l'insurgée polonaise ; avec le temps, le profil sculpté sur le monument funéraire, avec son nez retroussé, était devenu le visage qui lui était le plus familier dans toute la capitale française, ce qui en disait long sur son niveau de solitude et sur son excentricité.

— Je ne veux pas te mentir, chuchota-t-il à la tombe, il faut donc que tu saches que c'est notre dernière rencontre. Je quitte Paris. Ne t'étonne pas, je t'ai déjà expliqué que rien n'avait changé ici. D'accord, personne ne me méprise comme on m'a méprisé en Pologne, mais personne non plus n'a besoin de moi ou de mes connaissances. Le monde change, les gens regardent soit leur nombril soit exclusivement vers l'avant. Qu'importe s'il y a plus profond. Qu'importe s'il y a plus ancien.

Une détonation retentit non loin du cimetière. Benedykt frémit. Peu après, le bruit fut suivi par des rires et des vivats. On célébrait l'armistice. Quelqu'un avait peut-être tiré en l'air. Ou alors il s'agissait d'un pétard.

— Je suis passé chez Marie lui faire mes adieux. C'était une visite pénible, mais il faut avouer que nos entrevues n'ont jamais été joyeuses. Même à l'époque où il semblait que quelque chose nous unissait. Tu me connais, je me faisais peut-être seulement des idées. Elle a ses propres chagrins, ses propres expériences au labo, moi, j'ai les miens. Les seules choses qui nous rassemblent, c'est la science et la rancœur envers la Pologne, tant pour la manière dont on nous a traités que pour le dédain qu'on nous a témoigné, et ce n'est pas une base saine à une amitié. Je suis ravi qu'on la traite mieux ici. Sans doute parce que ses découvertes dans le domaine de la radioactivité sont plus utiles que les miennes, ou peut-être que les Français voient aujourd'hui en elle davantage une Française qu'une Polonaise, je ne sais pas. Mais il faut reconnaître que nos rencontres alimentent mutuellement nos rancunes, c'est pourquoi j'estime qu'il est préférable que nous ne nous voyions plus. Je le crois sincèrement.

Des pans de son veston, Benedykt sortit une bouteille en aluminium hermétiquement fermée ainsi que quelques feuilles de papier enroulées et emballées dans du papier paraffiné.

— J'ai écrit…

Il ne souhaitait pas utiliser le terme « testament », c'est pourquoi il hésita.

— … J'ai écrit une lettre à ceux qui, un jour, voudront exploiter ou poursuivre mes recherches. L'autre monde mérite d'être sauvegardé et mieux connu, il mérite de ne pas être détruit ou dissous dans ce qui est peut-être plus puissant, mais inférieur par tellement d'aspects. J'ai soigneusement mis en sécurité les découvertes les plus importantes, les journaux et les cartes. Je pourrais les envoyer, mais à qui ? Ici, je n'ai rencontré pratiquement personne, je ne fais nulle confiance aux gens de Varsovie, et en Russie, après la révolution, je ne saurais dire ce qu'on en ferait. Et l'autre satané artefact, j'ai voulu le jeter dans la Seine pour qu'il disparaisse pour de bon et ne fasse plus jamais de tort à personne…

Il s'interrompit brutalement, se leva et balaya le cimetière du regard, craignant soudainement d'être espionné. Il déglutit nerveusement. Il avait toujours su qu'emporter le totem hors de Sakhaline avait été une erreur, mais ces derniers temps, il s'était carrément mis à croire que ça lui avait valu d'être poursuivi par une malédiction aïnoue. Au début, il raillait cette pensée ; à présent, celle-ci s'était transformée en obsession qui ne lui permettait plus de vivre en paix. Sans son manque d'argent et sa santé fragile, il serait retourné sur l'île, il aurait retrouvé la caverne, il aurait restitué la bête et présenté ses excuses aux divinités.

Trop tard, il était trop tard pour quoi que ce soit. Songeur, il observa les lumières de la ville par-dessus les monuments funéraires.

— Oui, j'entends bien ce que je suis en train de dire. Disons que je ne veux plus que ce soit mon problème. J'aimerais que quelqu'un d'autre s'en inquiète. D'autres gens. À une autre époque. Avec l'aide d'une autre science.

Il dévissa le bouchon de la bouteille et glissa la liasse de papiers à l'intérieur. Il le revissa et sortit de sa poche un morceau de cire ainsi qu'une bougie et des allumettes. Il s'accroupit dans un coin entre la dalle tombale et le monument, afin de protéger la flamme du vent, puis alluma la bougie. Il attendit un peu que la flamme se stabilise et posa la bougie sur la tombe, puis il enduisit de cire l'interstice entre la bouteille et le bouchon. Lorsqu'il estima le travail terminé, il se pencha vers la bougie pour l'éteindre, mais se ravisa.

Il rangea la bouteille dans la poche de son veston, et vérifia une nouvelle fois si ses papiers d'identité étaient toujours enroulés dans le papier paraffiné dans l'autre poche. Il les avait. Il ne lui restait donc plus rien d'autre à faire.

— Prends soin de ton esprit, Henryka, dit-il. Prends soin des autres esprits et de ceux qui ont besoin de la protection des esprits.

Il se frotta plusieurs fois les paumes, caressa trois fois sa barbe et salua la tombe à l'européenne. Puis il s'orienta vers le portail du cimetière, en direction des vivats, des rires et des feux, où le vacarme de la ville acheva l'instant d'après d'étouffer la rumeur du vent.

## 2

Quentin Lebron avait un peu de chance, un peu de malchance et quelques réflexions.

De malchance, parce qu'il avait perdu ses deux jambes à la guerre et, bien qu'on n'en use pas pour baiser, pour manger ou pour se curer le nez, ces appendices possèdent cependant quelques autres applications utiles ; c'est pourquoi ses jambes manquaient à Quentin.

Néanmoins, et c'est ce qu'il estimait être sa grande chance, il n'avait perdu *que* ses deux jambes. À l'hôpital de campagne, on le prenait pour un fou parce qu'il passait ses journées à rire, à plaisanter et à chanter de joie. En réalité, il était incapable de croire qu'il avait survécu. Survécu ! Sans ses jambes, personne n'allait le traîner jusqu'aux tranchées, personne n'allait l'obliger à foncer au pas de course dans un nuage de gaz moutarde ou sur les baïonnettes allemandes, on n'avait d'autre choix que de le renvoyer chez lui ; bien qu'il en ait vu des vertes et des pas mûres durant ce conflit, il n'avait jamais croisé un soldat cul-de-jatte.

Après la perte de ses jambes, la chance lui avait souri une seconde fois à Paris lorsqu'il avait trouvé un emploi. Une fois tous les autres revenus du front, il n'en aurait pas eu la possibilité. Son travail ne faisait peut-être pas rêver n'importe quelle demoiselle de bonne famille, mais on pouvait s'en acquitter en roulant sur une plate-forme mobile. Mieux, se mouvoir à hauteur du plancher permettait à un infirme tel que lui d'accomplir ses tâches plus vite.

Et ses réflexions ? Tout portait à croire que si dans l'au-delà on avait ouvert le robinet de la canalisation qui devait acheminer les cadavres depuis la terre jusqu'au ciel, on n'envisageait pas de le fermer seulement parce que quelques mortels avaient signé un armistice. La mort avait quitté à contrecœur les tranchées de la Somme, mais elle s'était faufilée jusqu'à Paris dans les bardages des poilus – c'était du moins la remarque que Quentin se faisait. Comment expliquer sinon le nombre croissant de macchabées trouvés dans les parcs, sous les porches, au fond des ruelles sombres, mais surtout repêchés dans la Seine ? D'abord, le phénomène avait fait sensation, puis il était devenu une curiosité, et maintenant, il ne constituait guère plus qu'un problème administratif.

Avant toute chose, on avait décidé de soulager la police. Si la victime n'avait pas le cœur troué par balle ou la gorge tranchée à l'aide d'un rasoir, ou si aucune famille de renom ne faisait le siège du cabinet du commissaire en exigeant « que toute la lumière soit faite sur ce qui s'est passé, car notre Pierre n'aurait jamais agi de la sorte », personne n'évoquait même les prémices de la moindre enquête.

Les cadavres étaient fouillés et photographiés afin de garder un semblant d'ordre, puis finissaient à la morgue où travaillait Quentin. Il travaillait – et là encore, la chance lui avait souri –, non pas dans la chambre froide auprès des corps livides, mais dans le voisinage d'un four bien chaud. C'est là qu'atterrissaient, jetés au sol, les habits arrachés aux défunts, frusques parmi lesquels Quentin roulait agilement sur sa plate-forme. C'est là qu'il fouillait leurs poches, que ses doigts couraient le long des coutures, qu'il éventrait sacs et portefeuilles. Dans ces derniers, il n'avait jamais trouvé le moindre sou, ce qu'on pouvait attribuer soit à un étrange penchant qui poussait les victimes des règlements de comptes ou les suicidés à se débarrasser de leur argent jusqu'au dernier centime avant de mourir, soit – et c'était une autre réflexion de Quentin – à la minutie des vagabonds et des sans-abri parisiens qui, en soulageant les victimes de leurs biens, compensaient leur traumatisme d'avoir trouvé un cadavre.

Il jeta au feu la robe gorgée de sang d'une pauvre catin et se mit à fouiller le tas d'habits suivant, dans lesquel il reconnut d'emblée ceux d'un noyé, grâce à l'odeur caractéristique de la Seine. Un pantalon grisâtre, une chemise grisâtre, un veston grisâtre, tout cela modeste et rugueux ; qui qu'ait été le défunt, il ne goûtait guère les coupes à la mode ni les couleurs criardes.

Quentin débusqua les pièces d'identité, protégées par du papier paraffiné, il les essuya à l'aide d'un torchon et jeta un œil dessus. Un nom étranger qui finissait par « ski », un Polonais sans doute. Quentin avait eu jadis, aux temps heureux de ses deux jambes, une copine lilloise qui s'appelait Piekarski. Au fait, les Polonais ont été avec nous ou contre nous ? D'un côté, les Polonais sont une sorte de Russes, donc avec nous. De l'autre, quelqu'un lui avait précisé un jour qu'ils fricotaient avec les Boches. Mais au fond, quelle différence ? Le temps passé dans les tranchées lui avait désappris à trier les hommes selon leur nationalité, leur religion ou leur point de vue.

Les morts sont des morts, les vivants sont vivants, le reste n'avait aucune importance.

Il revint au tas de fripes, préleva sur le pantalon une ceinture étonnamment solide qu'il décida de garder pour la revendre. Il l'analysa : sur le revers de la boucle, une inscription avait été gravée dans un alphabet étrange, probablement cyrillique. Les Polonais étaient donc bien des Russes. Il rejeta la chemise sur le côté. Les chaussures aussi n'étaient plus bonnes à rien. Il passa au veston et y dénicha une bouteille métallique.

Intéressant…

En aluminium ? En acier ? En argent ? Quentin ne s'y connaissait guère, il n'avait aucune idée de sa valeur potentielle. Il ne savait pas non plus si c'était quelque chose d'important qu'il devait donc remettre sur la table, ou alors d'inutile, destiné à finir au four, ou encore un objet situé dans la sphère grise entre les deux qui lui permettrait d'arrondir un peu son salaire de misère.

Il la secoua. Rien.

Il remarqua le bouchon laqué, et ce détail lui sembla suffisamment étrange pour laisser la bouteille en paix. Il fut sur le point de la reposer sur la table à côté des papiers, mais hésita. Et si elle était en argent ? Elle pourrait valoir cher. Il considéra à nouveau les vêtements. Ils étaient à peine convenables, ils n'appartenaient donc pas à un homme riche recherché par la moitié de la ville. Il revint aux papiers, lut la date de naissance. Un Polonais vieux et pauvre. Encore un étranger auquel la Ville Lumière n'avait rien eu à offrir.

Fichtre, on ne vit qu'une fois, se dit Quentin. De la pointe de son Opinel, il gratta la cire du pas de vis en s'imaginant trouver des billets de banque ou des sacoches remplies de diamants.

Rien de tel.

À l'intérieur, il ne découvrit que quelques feuilles de papier remplies d'une écriture manuscrite dans une langue dont il ne comprenait pas un mot. À cela s'ajoutaient quelques dessins parmi lesquels le croquis d'un ours flanqué de notes parsemées de points d'interrogation et de points d'exclamation.

Il regarda à droite et à gauche, fit une moue indécise, roula jusqu'au four et jeta les feuilles dans les flammes avec les vêtements. Quant à la bouteille, il la rangea dans son sac. Qui sait, peut-être était-elle réellement en argent ?

# Chapitre 3

# Bataille navale

*Le printemps sur l'océan •*
*Le plus moderne des pirates de l'ère moderne •*
*Les injustices érotiques • Bateau Vincent,*
*je vous en prie, au secours • Vous allez au-devant*
*d'un danger mortel, est-ce que vous me recevez ? •*
*Cheveux noirs et col noir*

## 1

Malgré la tension qui montait, l'atmosphère dans le canot restait estivale. Amadou et Pascal se disputaient au sujet de la fin de *Game of Thrones*, Niale et Kandia analysaient avec Aimée ses perspectives de mariage, lui vantant les mérites d'untel ou lui déconseillant vivement un autre de ses admirateurs, et les deux marmots dont il ne connaissait pas les prénoms – il ne cherchait jamais à les mémoriser, admettant à contrecœur le défaut de son cerveau de Blanc pour lequel tous ces gamins noirs avaient l'air identiques – se bagarraient au milieu du bateau avec des gilets de sauvetage orange. L'océan les berçait doucement, le soleil brillait, la brise de force 2 apportait juste assez de fraîcheur – c'était le paradis.

Il présenta sa face au soleil, ôta l'élastique de sa queue-de-cheval, laissant le vent dénouer ses cheveux gris et malheureusement clairsemés.

Trop tard, se dit-il pour la millionième fois, j'ai tout commencé trop tard. Combien d'années vivrai-je encore ? En bonne santé, au mieux vingt ou trente ans. Viendront ensuite un cancer, la démence, puis une lente agonie. Et avec elle le réflexe de se mentir à soi-même en disant que « je me sens toujours bien pour mon âge », que « ça pourrait être pire », que « cette chemise me rajeunit d'une dizaine d'années ». Qui sait, il devrait peut-être même retourner en Europe, auprès de leurs médecins, dans leurs cliniques, à suivre leurs thérapies. Il se jurait que si cela devait arriver, il n'irait certainement pas dans la triste Rotterdam si pluvieuse. Revenir là-bas équivaudrait à admettre sa faillite.

Halbe van Veldhoven se considérait – et à juste titre – comme le plus moderne des pirates de l'ère moderne. Il n'était pas stupide, il ne rêvait ni de jeunesse éternelle ni d'immortalité. Mais vivre cent vingt ans en relative bonne forme, c'est-à-dire capable de savourer un steak de thon, d'apprécier une nouvelle série sur HBO ou de caresser la douce poitrine d'une jeune prostituée quadragénaire, ça ne causerait de tort à personne, non ?

Peut-être était-il le seul à penser ainsi, parce qu'il avait commencé trop tard à vivre pleinement. Peut-être que lorsqu'on ne se mettait pas à profiter de la vie à quarante ans, mais à vingt, mourir à soixante-dix ou quatre-vingts ans paraissait parfaitement sensé ?

Il haussa les épaules. De toute manière, ça allait mieux que prévu. Après tout, il avait bien cru poursuivre son travail jusqu'à la retraite sous le ciel gris des Pays-Bas, à transposer des feuilles de papier d'un tas à l'autre dans une société d'armateur, et ç'aurait été le cas sans cette interview stupide qu'il avait vue un jour dans une émission matinale à la télévision. « Pourquoi les criminels finissent-ils par être pris ? demandait un policier prétentieux dont le maquillage n'avait pas réussi à masquer le teint affreux et la fatigue d'un alcoolique des vendredis soir. Ils tombent dans nos filets parce qu'ils sont bêtes. Les gens intelligents et éduqués ont de meilleures opportunités que de guetter les passants au fond des ruelles sombres ou de cambrioler des prêteurs sur gages. Deviennent criminels ceux qui n'ont rien réussi d'autre dans la vie. D'une certaine manière, ce sont tous des amateurs et des ratés, c'est pourquoi ils sont si faciles à attraper. »

À cet instant précis, Halbe van Veldhoven s'était dit qu'il n'avait rien réussi dans la vie non plus, et il avait donc décidé de renaître.

Son téléphone satellite sonna.

— Oui, *chief* ?

— Ils apparaissent déjà sur notre radar, douze milles, à un neuf cinq de vous.

— Leur SIA toujours éteint ?

— Oui. Ils avancent à cinq nœuds, cap zéro trois zéro. Ils ne sont visiblement pas pressés d'arriver où que ce soit.

— D'autres bâtiments ?

— Rien.

— Merci.

Halbe réfléchit. Son credo de pirate lui enjoignait de ne jamais prendre de risques. Il renonçait au moindre soupçon, dès qu'il sentait que l'opération pouvait échouer ou qu'un danger les guettait. Une menace était-elle tapie dans la présente situation ? Le modeste porte-conteneurs qu'ils prenaient pour cible avait éteint son Système d'identification automatique, en théorie obligatoire dans la marine marchande. Guère étonnant, les navires isolés le désactivaient souvent dans les régions douteuses, sachant bien que les pirates suivaient les pages Internet qui fournissaient la position des bateaux en temps réel. Celui-ci naviguait lentement, mais cela n'était pas encore suspect. Il pouvait avoir ralenti pour effectuer des réparations ; il pouvait aussi avoir reçu un message le prévenant d'une file d'attente dans leur port d'arrivée, et l'équipage préférait donc se bercer au soleil au lieu de rester en rade quelque part au nord de l'Europe, sans parler du carburant économisé par la même occasion.

Il dégaina la tablette avec la carte électronique. Il était ici, sa cible était là, le courant les emportait à la vitesse de deux nœuds dans cette direction, c'était parfait. Lorsqu'ils se retrouveraient en vue, on les prendrait pour un canot de sauvetage rempli de migrants à la dérive sur l'océan.

— Second ? lança-t-il vers Amadou.

— Oui, capitaine.

— ETA, deux heures. On se préparera dans une heure.

Le jeune homme noir et maigre hocha la tête et programma une alarme sur sa montre marine Garmin. C'était un cadeau qu'il avait reçu du patron à Noël dernier.

## 2

Douze milles plus loin, la capitaine Olga Gavrilescu soupira une dernière fois, ôta sa main de sa culotte, se leva et appuya sur le bouton de la machine à café. Après trois mois en mer, le sexe lui manquait terriblement. Autant, d'ordinaire, elle parvenait à transformer ses besoins charnels en sueur sur un tapis roulant ou à les oublier dans les tracas du quotidien, autant, ce jour-là, elle devait être en pleine ovulation, car depuis le matin, elle avait envie de courir jusqu'à la salle des machines et de se cambrer devant n'importe quel mécano enduit d'huile qui tendait des courroies, serrait des vis ou polissait des tuyaux dans le cachot mécanique.

Le monde est terriblement sexiste, se dit-elle en se lavant les mains, mais de toutes les discriminations, la pire était probablement celle qui ne permettait pas aux femmes de devenir de joyeux engins à faire l'amour, de traiter les hommes en objets et de baiser qui bon leur semblait quand bon leur semblait. Elle savait fort bien que si elle traînait une seule fois quelqu'un dans son lit à bord, une demi-heure plus tard, une file d'attente de ceux qui « veulent seulement lui poser une question » se formerait devant sa porte. Maudits marins. Dans la situation inverse, si un capitaine d'un navire rempli de femmes en culbutait une, le reste de son équipage l'éviterait dès le lendemain et garderait ses distances. C'était injuste, très injuste.

Elle remplit sa tasse de café, rinça le porte-filtre et se posta devant son miroir pour peigner ses cheveux noirs et droits qui se fondaient au niveau des épaules avec ce qui était sa marque de fabrique, un col roulé de marin tout aussi noir, lisse, dépourvu du moindre ornement. Elle ne se montrait jamais hors de sa cabine dans une autre tenue. Elle portait un pull fin les jours de beau temps, un plus épais s'il faisait mauvais, et en cas de pluie, elle enfilait une parka par-dessus ; mais elle avait toujours sur elle un pull noir qui se fondait avec sa chevelure.

Un instant plus tard, paisible et maîtresse d'elle-même, elle s'avança sur la passerelle, s'attendant, comme toujours à une demi-heure de la fin du quart, à recevoir le rapport de l'officier de garde.

— Monsieur le Troisième.

— Madame la Capitaine.

Elle attendait patiemment. Elle savait ce qu'elle attendait, lui aussi, et puisque sa requête était devenue claire une fois, la répéter aurait été une perte de temps, pour elle comme pour les autres.

— Nous sommes au milieu d'une masse d'air stable de la taille de l'Europe, il n'y aura donc aucune surprise en ce qui concerne le temps, annonça l'officier. Le vent est à deux Est, la météo actuelle accrochée au tableau. Il y a une tempête tropicale à mille milles au sud-sud-ouest de nous. Une ondulation nous parviendra peut-être, mais si c'est le cas, ça ne sera pas avant vingt-quatre heures. Sur le SIA et le radar, il n'y a qu'un chalutier de pêche à plus ou moins vingt milles à l'est. À part ça, c'est le calme plat.

— Cargo ?

— Sans requêtes.

— Merci, monsieur le Troisième. Nous ferons une simulation d'alerte incendie demain à quinze heures, n'en dites rien à l'équipage.

Elle savait bien qu'il le dirait, chaque officier préparait ses hommes aux exercices pour faire bonne figure. Surtout le Troisième, responsable des mesures de sécurité. Olga partait de l'idée que c'était pour le mieux. Grâce à cela, les marins mémorisaient les bonnes procédures au lieu de se débattre en pleine hystérie comme des poulets sans tête.

L'officier opina du chef.

Elle fit paresseusement le tour de la passerelle, sirotant son café, et cocha dans son esprit les cases successives. Baromètre, anémomètre, tableau des prévisions météo, stabilisateur gyroscopique, voyants machines, carte électronique, les deux radars, coup d'œil à la mer sur les deux flancs et un autre sur les conteneurs qui s'étageaient à bord. Le Troisième avait raison, c'était le calme plat.

# 3

Avant de lancer son business, Halbe avait soigneusement pensé à tout et, une fois sa réflexion terminée, il avait gravé trois grands principes sur une plaque métallique dans son garage, tels des commandements.

Premièrement : ne prendre aucun risque. Un criminel mort ou condamné est un mauvais criminel.

Deuxièmement : ne pas être cupide. Ce qui perd les criminels, c'est la suractivité. Soit ils veulent s'approprier trop, soit ils doivent s'approprier beaucoup pour partager avec diverses mafias, des protecteurs et autres intermédiaires. Une conclusion simple en découlait, il était inutile d'essayer de devenir pirate près des côtes somaliennes contrôlées par des mafieux drogués au khat. Il fallait trouver un autre bassin.

Troisièmement : ne pas être roublard. Il comprenait qu'une organisation criminelle devait être la plus petite possible et, faute de meilleur terme, la plus socialiste possible. Des employés bien rémunérés devenaient loyaux, ne cherchaient pas d'autres employeurs, ne dénonçaient pas leur patron ou ne grinçaient pas des dents en guettant l'occasion de lui planter un couteau dans le dos. Halbe van Veldhoven partageait ses gains de manière équitable et généreuse.

Grâce à ces trois règles, et une fois dépassées les difficultés initiales lors desquelles il avait failli perdre la vie, son entreprise de piraterie se portait comme un charme. Il possédait un chalutier de pêche en guise de camp de base mobile ainsi que deux chaloupes d'interception rapide. Il possédait également un drone ultramoderne, capable de mener une reconnaissance depuis une hauteur de deux kilomètres, ce qui se révélait plus efficace qu'un radar. Enfin, il avait un équipage sur lequel il pouvait compter et une tactique intelligente : il quittait rarement le port et exigeait peu.

Apparaissait ici sa supériorité acquise sur d'autres pirates, un avantage qui résultait d'années passées à naviguer sur des pétroliers puis à travailler pour un armateur. Il savait qu'une seule question était importante dans le business maritime : le prix.

Ne restaient à flot que les entreprises capables d'équilibrer les coûts avec les dates de livraison et la rapidité du fret. Comme dans le célèbre tiercé gagnant « bien, vite et bon marché », ici non plus, on ne pouvait pas tout avoir. Or, sur la mer, les règles du jeu sont cruelles ; on construisait les ports lentement et les navires vite, c'est pourquoi de nombreuses embarcations au chômage naviguaient sur les océans et seuls ceux qui savaient ajuster le nouveau tiercé « vite, pas cher et à temps » ne se retrouvaient pas en rade. N'importe quel événement du genre « attaque de pirates » rompait cet équilibre. Il fallait éviter ce type d'incidents et s'ils survenaient malgré tout, il fallait les surmonter au plus vite et en silence.

En sus, cela faisait des années que le romantisme du métier de marin avait été tué par la bureaucratie. Les capitaines passaient de moins en moins de temps sur la passerelle et de plus en plus dans leurs cabines à produire une montagne de paperasse : pour l'armateur, pour le port, pour l'Organisation maritime internationale, pour les agences de protection de l'environnement, pour l'entreprise qui envoyait la cargaison, pour l'entreprise qui recevait la cargaison, pour les douanes, pour les gardes-côtes… Cette liste n'avait pas de fin. On ne craignait pas une attaque de pirates parce qu'un forcené allait tirer sur la passerelle, mais parce qu'on devrait rédiger à cause de cela des rapports à toutes les instances citées plus haut. Et si par malheur l'attaque survenait dans des eaux territoriales, il fallait en plus produire des épîtres à la police locale, au procureur et à Dieu seul sait qui d'autre. C'est pourquoi tout capitaine sensé aurait préféré jeter un sac de dollars accroché à une bouée à la mer à la vue des pirates, si cela lui avait permis de s'en débarrasser plus vite. Les armateurs suivaient la même ligne de conduite : ils préféraient payer plutôt que de souffrir un retard à cause du zèle démesuré d'une police du tiers-monde. Or, un seul retard pouvait causer une baisse dans les classements et la perte de dizaines de commandes à venir.

C'est pourquoi Halbe van Veldhoven et son escouade projetaient de monter à bord, de s'emparer d'individus au hasard, d'exiger une rançon raisonnable et, après avoir reçu un virement d'un montant situé entre cent et cinq cent mille dollars – Halbe prenait cette décision après avoir vu le bateau –, de filer à l'anglaise et de disparaître. Une telle somme leur suffisait à lui et ses employés pour vivre comme des rois durant plusieurs mois. Quant à l'armateur, cette rançon représentait de l'argent de poche, un montant suffisamment faible pour qu'il hausse les épaules et poursuive son chemin.

Si une difficulté surgissait au moment de l'attaque, Halbe et ses hommes abandonnaient. Décontraction et calme : cette devise résumait la différence principale entre la tactique de Halbe, élevé aux volutes de marijuana hollandaise, et celle des Somaliens perpétuellement excités par le khat. Pour quel résultat ? Dans le golfe d'Aden, les navires avançaient en convois escortés, tandis que son terrain de jeu n'était que très rarement qualifié de dangereux sur les forums professionnels en ligne qu'il suivait assidûment.

— Capitaine ! cria Amadou en pointant du doigt l'horizon d'où s'élevait la superstructure du porte-conteneurs.

Le courant les poussait dans la bonne direction.

## 4

Elle terminait son dessert dans le mess des officiers lorsque sa montre bipa. On avait besoin d'elle sur la passerelle. C'était étonnant, car jusqu'ici, la journée était ennuyeuse au point d'être soporifique. Elle balaya la pièce du regard pour s'assurer que personne ne remarquerait sa gloutonnerie, puis elle avala en deux bouchées le reste de sa tarte aux pommes avant de monter tranquillement les quelques étages qui la séparaient du poste de commandement.

Une fois sur place, elle interrogea d'un signe de tête le Second, qui avait entamé son quart de jour une demi-heure plus tôt.

— Vous devriez voir ça, dit-il en lui tendant des jumelles et en pointant du doigt le travers du bord gauche. À dix heures.

Elle passa sur l'aile, appuya ses coudes sur la rambarde pour stabiliser l'image. Un bateau gonflable noir à la dérive. Des gilets orange. Des silhouettes qui sautillaient et faisaient des signes. Des migrants ou des pirates. Certainement pas des naufragés. Elle avait besoin de données complémentaires.

— Tenez, une photo prise par l'œil.

Le Second lui tendit une tablette dès qu'elle reposa les jumelles. Elle appréciait ce Russe chauve et maigre. C'était un officier modèle, assez malin pour exécuter chaque directive avant qu'elle n'ait le temps de l'énoncer et assez sage pour comprendre quand personne n'attendait de lui aucune initiative.

— Merci, Second.

« L'œil », c'était le nom qu'ils donnaient au télescope installé au sommet de la superstructure. Les jumelles se révélaient utiles, mais celles au petit grossissement n'étaient pas précises et les grosses tremblaient trop : elles semblaient en montrer plus, mais l'image devenait vite floue. Commandé par ordinateur, « l'œil » disposait d'un système de stabilisation électronique, d'un grossissement digne d'un télescope d'observation du ciel nocturne et prenait une centaine de photographies par seconde dont il sélectionnait lui-même les meilleures mises au point. La capitaine pouvait donc observer la quinzaine d'occupants du canot comme si elle était assise parmi eux.

L'homme blanc à la barre ne semblait pas stressé par la situation. Un moteur puissant était plongé dans l'eau, bien dissimulé. Un groupe d'Africains noirs, des hommes, des femmes et des enfants, s'agitait, tous en guenilles et dans de piètres gilets de sauvetage en polystyrène. Mais il n'émanait pas d'eux cette terreur animale qu'Olga avait déjà vue quelquefois dans les yeux de migrants ou de naufragés. Donc, c'étaient des pirates. Et des malins. Ça ne sentait pas bon.

— Qu'est-ce que vous en pensez, Second ?

— Des pirates.

Elle confirma d'un hochement de tête.

— Maintenez le cap et la vitesse, mais montez en régime. Prévenez la salle des machines qu'on va peut-être faire des manœuvres brusques.

Sa main glissa à sa ceinture jusqu'au téléphone de communication interne. Elle contacta le préposé de la section qu'ils nommaient « Cargo ».

— Cargo, j'écoute, madame la Capitaine.

— Veuillez passer en mode d'urgence jusqu'à nouvel ordre. Nous avons de la visite.

## 5

L'équipage de ce porte-conteneurs modeste, car seulement long de deux cents mètres environ, baptisé *Vincent*, les avait peut-être déjà repérés, mais malgré cela, il n'avait pas changé de cap ni de vitesse, personne n'essayait non plus de le contacter par la radio. C'était malheureusement monnaie courante en ces tristes temps du diktat de l'argent, se dit Halbe van Veldhoven. Les armateurs craignaient les pirates, mais fuyaient pareillement toute sorte de réfugiés, de migrants ou de demandeurs d'asile. Leur venir en aide en les hissant à bord impliquait un changement de plan et la recherche d'un port pour accueillir la problématique cargaison ; la bureaucratie passerait alors du rang de peste à celui de fléau biblique, sans parler de la mauvaise pub, car quelle entreprise saine d'esprit embaucherait pour le transport de ses biens une compagnie dont les capitaines attachaient plus de prix à la miséricorde qu'au respect des dates de livraison.

C'est pourquoi les navires commerciaux évitaient les itinéraires des migrants et si jamais ils en rencontraient, ils faisaient la sourde oreille, même si des mères et des enfants tambourinaient contre leur coque de leurs poings, hurlant à l'aide. C'est également pour cela que le *Vincent* gardait le silence radio ; pour que, Dieu nous en garde, personne ne puisse entendre qu'ils avaient remarqué quelqu'un.

Ceci étant dit, Halbe van Veldhoven se réjouissait qu'ils n'aient pas accéléré l'allure, car cela signifiait qu'ils les avaient pris pour des migrants à la dérive.

— Au boulot, lança-t-il. Second, allume la radio. Les femmes et les enfants, entamez les complaintes.

Les passagers se mirent aussitôt à crier dans le patois local, tandis qu'Amadou commençait, dans son anglais boiteux, des appels à l'aide sur le canal 16, la fréquence de détresse VHF.

— Bateau *Vincent*, ici bateau de réfugiés, au secours. À vous.

Silence, alors qu'ils les avaient certainement entendus. Halbe hocha la tête.

— Bateau *Vincent*, ici bateau de réfugiés. Perdus en mer quatre jours, presque zéro carburant, au secours. À vous.

Silence.

— Bateau *Vincent*, bateau *Vincent*, je vous en supplie, aidez-nous, nous avons des femmes et des enfants à bord, perdus en mer, zéro nourriture, zéro eau, seulement un peu carburant.

Silence.

— D'accord, on y va, déclara Halbe.

Il mit le moteur en marche et commença à naviguer lentement en direction du porte-conteneurs, veillant à ne pas dévoiler la véritable puissance de son embarcation.

Le calme plat régnait tout autour. Il faisait un temps magnifique. Et aucun détail ne sortait de l'ordinaire. Halbe sonda son intuition, mais n'entendit aucun signal d'alerte. La journée semblait prometteuse.

— Accrochez bien vos gilets et attachez-vous aux lignes de vie, ça pourrait secouer, prévint-il.

La sécurité avant tout : c'était sa règle numéro quatre.

## 6

Le canot s'était suffisamment rapproché pour qu'Olga distingue sans ses jumelles les passagers qui lui faisaient des signes et les mères qui levaient de jeunes enfants au-dessus de leurs têtes. La capitaine se dit qu'elle aurait préféré régler ça à l'amiable, mais l'expression sur son visage ne changea pas d'un iota.

— En avant toute, régime à cent dix, cap trente à droite, ordonna-t-elle.

Le navire, loin d'être gigantesque, mais tout de même immense, réagit étonnamment vite après que le Second eut appuyé sur le tableau de commande. Il tourna et accéléra, projetant la vague de virage précisément dans la proue du canot qui filait dans leur direction, avant de l'abandonner dans son sillage.

— Bateau *Vincent* ! hurla quelqu'un à la radio. Ne fuyez pas, s'il vous plaît ! Femmes et enfants, zéro eau, au secours !

Olga ne remua pas d'un pouce en fixant l'écran radar. Comme elle le prévoyait, le canot « zéro carburant » accéléra progressivement jusqu'à quinze nœuds, parvenant à suivre leur allure, même dans le sillage houleux. Les pirates se maintenaient à cinq encablures derrière leur poupe.

— Régime à cent trente, dit-elle. Gouvernail alternativement quinze à gauche et quinze à droite.

C'était un vieux tour de passe-passe qui, il est vrai, faisait perdre de la vitesse, mais laissait la mer derrière la poupe à ce point agitée que les remous pouvaient renverser une embarcation légère. Une telle issue réglerait l'affaire ; avant que les pirates ne s'en relèvent, avant que leur chalutier-mère ne les recueille, le problème serait résolu et le *Vincent* se serait simplement gravé dans leur mémoire comme un porte-conteneurs rusé et c'est tout.

Olga suivait attentivement le radar et l'image de la caméra qui filmait la situation.

## 7

— Accrochez-vous ! hurla Halbe en penchant le levier des gaz.

Le canot sauta vers l'avant en rebondissant sur les vagues formées par le navire. Malheureusement, tout portait à croire qu'il fallait cesser de jouer aux migrants. Dommage, le capitaine appréciait l'élégance de cette solution. Normalement, un marin ému hissait à bord un enfant dans un harnais, puis il aidait une mère à monter par l'échelle de corde et, l'instant d'après, la femme reconnaissante lui posait un pistolet sur la tempe – avec le sourire. Il suffisait alors d'attendre un virement. En général, l'attente ne durait pas plus d'une heure et même les enfants n'avaient pas le temps de s'ennuyer.

— À l'abordage ! cria Halbe et une salve de rires lui répondit.

Il avait commandé des bandes dessinées *Astérix* pour qu'ils puissent goûter la plaisanterie.

Il quitta le sillage et mit les gaz, le canot entra en glissement et, à une vitesse de trente nœuds, commença à contourner le navire pour s'en approcher à tribord. Amadou et Pascal enfilèrent de petits sacs à dos et préparèrent des cordes munies de grappins.

Halbe vérifia la radio, toujours silencieuse. Pour la première fois, il ressentit la morsure de l'inquiétude. C'était le moment où, d'ordinaire, les capitaines se mettaient d'abord à émettre d'ostentatoires appels au secours, avant de mener des conversations imaginaires avec des bâtiments de guerre qui s'approcheraient ou des hélicoptères de combat qui fendraient les airs pour décourager les assaillants.

Or là, silence. L'équipage du *Vincent* était-il à ce point inexpérimenté ? Ils s'étaient peut-être déjà enfermés dans la citadelle ? Halbe observa attentivement le porte-conteneurs. C'était un patouillard classique d'une compagnie de fret mineure. Ni neuf ni vieux. Ni lent ni rapide. Un peu rafistolé, un peu rouillé. Probablement en colportage, c'est-à-dire naviguant là où aucun joueur sérieux n'avait envie de naviguer. Ce qui le surprenait cependant, c'était le silence sur les ondes et le pavillon du Tchad qui virevoltait au vent, alors que ce pays avait autant à voir avec le monde marin que la Suisse ou la Slovaquie. Halbe connaissait les couleurs de ce drapeau, car dans la villa à côté de la sienne, c'est-à-dire à une trentaine de kilomètres plus loin sur la côte, un homme d'affaires de ce pays avait élu domicile, un homme au demeurant fort sympathique. Néanmoins, jamais au cours de sa carrière Halbe n'était entré en contact avec un navire enregistré au Tchad. Ce n'était pas choquant, les armateurs étaient prêts à s'enregistrer sur les lunes de Jupiter si cela leur permettait de payer moins d'impôts et d'avoir une responsabilité moindre, mais c'était surprenant.

Seulement surprenant ou inquiétant ?

Amadou s'approcha de lui, se tenant aux lignes de vie tendues le long de la coque en caoutchouc. Il contourna les femmes et les enfants dont le rôle était maintenant terminé et qui s'étaient accroupis au fond du bateau pour se protéger du vent et des éclaboussures.

— Direct à la salle des machines ? demanda-t-il.

Halbe confirma d'un mouvement de tête.

Ils avaient déjà tenté cette approche à plusieurs reprises. Durant une attaque de pirates, l'équipage s'abritait d'ordinaire dans une pièce spécialement conçue à cet effet et qu'on appelait « citadelle », partant du principe que l'aide appelée via un téléphone satellitaire finirait par arriver ou que les pirates se lasseraient. C'était une supposition sensée, les pirates voulaient empocher une rançon, à quoi bon leur servirait un navire chargé de conteneurs, ils n'allaient tout de même pas évacuer des caisses de chaussures de sport ou de smartphones en hors-bord. Bien entendu, l'équipage craignait que ces sauvages ne mitraillent les équipements de la passerelle ou la salle des machines, mais remettre en marche les moteurs éteints en urgence dépassait de loin leurs compétences.

Correctement formés, les gens de Halbe y seraient parvenus, mais dans quel but ? D'habitude, il suffisait donc d'entrer en contact avec l'équipage enfermé dans la citadelle et de l'informer qu'on se tenait avec une clé et un marteau au-dessus des couvercles ouverts du circuit de refroidissement. Il s'agissait du point névralgique de la plupart des constructions traditionnelles, on pouvait par ce biais inonder l'intégralité de la salle des machines jusqu'à la ligne de flottaison, ce qui transformait le navire en un tas de ferraille flottant.

Le virement arrivait dans la minute.

Le *Vincent* cessa de louvoyer, acceptant visiblement son sort. Parfait, se dit Halbe ; il égalisa l'allure afin que ses hommes tirent plus facilement les grappins attachés aux cordes par lesquelles ils monteraient à bord. Les deux embarcations n'étaient séparées que par quelques longueurs de bateau, et tout portait à croire qu'Halbe aurait même le temps de savourer une longue douche à son retour chez lui, avant de s'asseoir, le verre et le compte en banque pleins, sur la terrasse de sa villa pour admirer le coucher du soleil africain au-dessus de l'océan. C'était un spectacle dont il ne se lasserait jamais.

## 8

Bon, elle aurait préféré régler ça autrement, mais, se répéta-t-elle une énième fois en son for intérieur, s'efforçant de ne pas regarder les quelques femmes et enfants entassés dans le canot, ce n'était pas elle qui avait choisi le métier risqué de pirate ou de complice. Ces enfants non plus, lui répondit une seconde voix intérieure, mais Olga n'avait pas d'autre issue que de l'ignorer.

Elle s'empara de la poire de sa radio.

— Bateau noir à tribord, ici le navire à moteur *Vincent*, à vous.

Ça grésilla.

— *Vincent*, ici le bateau de réfugiés, au secours, nous n'avons pas d'eau…

Elle enfonça le bouton de l'émission.

— Bateau noir à tribord, ici le navire à moteur *Vincent*, vous vous approchez trop de notre proue, danger, à vous.

Le haut-parleur diffusa de nouvelles balivernes au sujet des réfugiés, dans un anglais parfait cette fois ; les pirates avaient visiblement cessé de soigner les apparences.

— Bateau noir à tribord, ici le navire à moteur *Vincent*. En vous approchant de notre proue, vous allez au-devant d'un danger mortel. Je répète, d'un danger mortel. À vous.

## 9

Le Néerlandais cessa de comprendre quoi que ce soit à la situation, ce qui déclencha l'ensemble des signaux d'alerte dans sa tête. Il comprit que les mises en garde sans queue ni tête qui leur parvenaient depuis la passerelle du porte-conteneurs – son canot était séparé de leur proue de trois quarts de coque, ils naviguaient donc en toute sécurité, on aurait juré deux participants à un cours de voile du dimanche – n'étaient en aucun cas de véritables mises en garde. Le *Vincent* ne faisait que fabriquer un alibi au cas où quelqu'un aurait entendu leur conversation sur la fréquence de détresse. Si un navire à portée d'ondes ou les gardes-côtes enregistraient leur échange, ils entendraient d'abord des appels à l'aide fort suspects puis un officier préoccupé essayant de les dissuader d'accomplir une manœuvre périlleuse.

Mais dans ce cas, que s'apprêtaient-ils à faire ?

— On dégage ! cria le capitaine à travers les bruits du vent.

Les membres de son équipage le regardèrent, étonnés, mais retournèrent sagement au fond du bateau. Halbe poussa le levier accélérateur à fond et tourna le volant. Le hors-bord se pencha à tribord, le moteur hurla de la pleine puissance de ses cinq cents chevaux et, en atteignant une vitesse de près de quarante nœuds, bondissant sur les vagues, il s'éloigna vers l'ouest.

Halbe regarda par-dessus son épaule. Le *Vincent* n'avait pas remué d'un pouce, il maintenait son cap et son allure.

Avait-il eu peur pour rien ? S'était-il laissé berner par une tactique originale ? Peut-être devrait-il faire demi-tour ?

Au même instant, un parallélépipède ressemblant à un paquet de cigarettes gris, mais de la taille d'une armoire, émergea de l'un des conteneurs de devant. Le paquet se coucha, pivota et fixa Halbe de sa quinzaine de pointes qui lui évoquèrent, de façon un tantinet absurde, les cônes bien roulés des joints de son *coffee shop* préféré près d'une pizzeria au port de Rotterdam.

Deux de ces joints volèrent hors du paquet et, traînant derrière eux un panache de fumée, s'approchèrent du canot à une vitesse bien supérieure à sa quarantaine de nœuds.

Halbe ferma les yeux.

Non pas parce qu'il craignait la mort, mais pour ne pas regarder son équipage pour lequel il était un chef si attentif, si loyal, si socialiste, un patron véritablement moderne et européen.

## 10

— On revient au cap zéro trois zéro, régime à quatre-vingt-dix, vitesse de cinq nœuds. Veuillez lever les alertes Cargo et salle des machines.

Le second officier demeurait immobile, fixant le nuage de fumée noire qui se dissipait déjà au-dessus des débris du canot et des passagers flottant sur l'eau. Olga le regarda, ce qui lui permit de n'observer les vestiges calcinés que du coin de l'œil. Les morceaux orange, c'était le revêtement des gilets de sauvetage, les blancs, c'était leur remplissage en polystyrène, les noirs… les noirs, c'étaient certainement les lambeaux du canot, se répétait-elle en pensée.

— Monsieur le Second ?

Il la contempla d'un air absent.

— Cap zéro trois zéro, régime à quatre-vingt-dix, vitesse de cinq nœuds, répéta-t-elle.

— À vos ordres, madame la Capitaine.

— Levez également l'alerte Cargo et salle des machines, je vais rédiger l'entrée correspondante dans le journal de bord.

Elle s'approcha des vitres qui entouraient la passerelle, puis se posta en pleine lumière. C'était la personnification même du calme et de la maîtrise de soi. Sa chevelure noire et son col roulé noir se fondaient dans la clarté, donnant l'impression que ce n'était pas une femme, mais une ombre qui se tenait sur le pont, menant le *Vincent* vers un avenir incertain.

# Chapitre 4

# La Caverne du songe bleu

*L'été sur l'île de Sakhaline • Une coulée de boue •*
*Tu bois comme un Polonais •*
*Des moustiques gros comme des aigles •*
*Un monticule de quasi-crânes d'enfants •*
*La chute • L'avant-dernier espoir*

**1**

Napoléon aurait dit qu'en Pologne et en Russie, il avait découvert le cinquième élément : la boue. Malheureusement, l'anecdote ne dit pas si l'empereur avait agrémenté sa remarque de quelque commentaire. Est-ce que ce paysage vallonné de la couleur et de la consistance d'une diarrhée, qui s'étendait parfois jusqu'à l'horizon, ne lui convenait pas d'un point de vue esthétique ? Ou alors, regrettait-il les obstacles techniques, les sabots des chevaux embourbés ou l'allure lente de la marche ? Le problème venait-il des canons ? Les lourds chariots transportant les obusiers et les mortiers de l'armée française devaient s'enfoncer dans cette boue est-européenne jusqu'aux essieux. Les soldats qui tentaient de les extraire de la mélasse brunâtre se disaient certainement que l'artillerie serait plus légère à porter sur le dos ou plus rapide à fabriquer sur place, que toute solution serait meilleure que de combattre un élément qui, en théorie, constituait un inoffensif mélange de terre, de sable et d'eau, mais qui, dans la pratique, se transformait en force impossible à apprivoiser à côté de laquelle les ouragans, les tempêtes et les feux de forêt n'étaient que de simples péripéties.

Si c'était là l'impression des soldats napoléoniens, alors Bogdan Smuga les comprenait parfaitement. Dans son esprit, la boue n'était plus un élément, mais une entité ennemie douée de conscience, tel un essaim de guêpes ou un nuage de nanorobots, une forme de vie étrangère, aussi puissante qu'hostile. En supposant que dans sa classe d'organismes, il existe des niveaux évolutifs, alors la boue occidentale se maintenait quelque part au rang d'un écureuil, la boue polonaise équivalait à un chimpanzé facétieux, aux abords de Moscou elle devenait un *Homo sapiens* capable de tous les maux, mais ici, aux confins de la Sibérie, elle constituait une superintelligence agressive impossible à cerner par un esprit humain.

Bogdan jouait ainsi avec les métaphores scientifiques, embourbé jusqu'à la ceinture dans l'épaisse vase qui formait, en dépit des lois élémentaires de la physique, un marécage penché à un angle de quarante-cinq degrés, en poussant avec ses compagnons le Land Rover qui rampait lentement vers le haut de la pente grâce à un treuil qui gémissait dans l'effort. Le conducteur écervelé tentait d'aider la démarche en accélérant, n'obtenant rien de plus que des fontaines de gadoue giclant d'en dessous de ses quatre roues, une gadoue dont des geysers jaillissaient aussi sur les flancs, qui recouvrait les arbres, les buissons, les roches, mais surtout les hommes d'une épaisse couche de fange.

On aurait pu croire que l'expédition formée par quelques lourds véhicules tout-terrain et une quinzaine de personnes avait commis une erreur en voulant forcer le passage par un ravin boueux au centre de l'île de Sakhaline, mais elle n'avait en réalité pas eu le choix : sans hélicoptère ni matériel de défrichement, cette montagne d'immondices constituait l'unique route vers l'eldorado scientifique qu'ils espéraient trouver. C'est pourquoi ces hommes luttaient contre l'ennemi marécageux, en jurant et en se hurlant dessus en anglais ou en russe, mais aussi en geignant de douleur dans la langue internationale du geignement.

Bogdan ne prêtait plus attention à ces plaintes ni à ces cris, il ne recrachait même plus la terre coincée entre ses dents, mais poussait le quatre-quatre de toutes ses forces, luttait auprès des autres pour que le véhicule se maintienne sur le versant. S'il passait la ligne de crête, il était probable que soit le treuil, soit le filin d'acier, soit le tronc d'arbre ne supporteraient pas la tension et l'ensemble de leur matériel de labo dégringolerait dans la gadoue, n'achevant probablement sa course que dans la mer d'Okhotsk située quelques dizaines de kilomètres plus loin.

De l'autre côté de la voiture, Dimitri hurlait en russe et tapait à la vitre du conducteur. Ses appels se révélèrent efficaces, car ce dernier renonça à faire patiner les roues et se limita au treuil. À présent, n'étant plus couvert par le moteur en surrégime, on entendait le cabestan gémir et piailler dans sa tentative de hisser une charge de plusieurs tonnes au sommet.

Quand la Land Rover avança d'une quinzaine de centimètres, Bogdan profita d'un moment de répit pour se dégager du trou de vase, se hisser un peu sur le matériel d'assurage, remonter le cordage dont l'autre extrémité avait été attachée à un arbre au sommet du ravin. Il soupira… et sentit le sol se dérober sous ses pieds.

Il cria, agita bêtement les bras et s'écroula, emporté par le torrent de boue qui s'animait d'un flux véloce tel un jet d'eau projeté à travers un barrage rompu. La masse l'entraîna par le fond avec les pierres, les buissons et tout ce que la glèbe de Sakhaline recelait, c'est-à-dire certainement de l'or, des diamants et des dépouilles de mammouths.

Je mourrai riche, se dit Bogdan en se bouchant le nez et la bouche de la main. Il s'efforçait de ne pas respirer. S'il essayait de reprendre haleine et permettait à cette substance visqueuse de s'engouffrer dans ses narines, dans sa gorge et dans ses poumons, ce serait la fin.

La corde tenait bon. Il se noyait dans un torrent de boue, mais la corde tenait bon.

Il sentit alors une secousse et son harnais de sécurité s'incrusta douloureusement dans ses cuisses.

Cette secousse signifiait-elle qu'un véhicule de trois tonnes fonçait à cet instant vers lui ? Ce ne serait pas une mort agréable, mais meilleure sans doute que de finir noyé dans la gadoue. Noyé dans la gadoue – quel parachèvement symbolique de l'existence d'un scientifique polonais !

Nouvelle secousse.

Bogdan manquait d'oxygène. Il n'avait pas eu le temps d'en inspirer une dose suffisante au moment de la chute. Pire, le choc soudain l'avait fait crier, il avait donc expulsé l'air de ses poumons.

Il ne pouvait, à aucun prix, détacher sa main de ses lèvres. Et il n'avait surtout pas le droit de reprendre haleine.

Sa poitrine était en feu, elle exigeait de l'oxygène, son cœur cognait désespérément, des taches claires et sombres virevoltaient sous ses paupières. De l'air ! hurlait son corps. Bogdan luttait, mais en tant que scientifique, il savait que chaque lutte d'un esprit conscient contre un instinct animal était vouée à l'échec. En dépit de cela, il se débattait, appréciant de ses neurones asphyxiés le burlesque du combat brutal et schizophrène que se livraient dans ce fleuve de boue russe ses poumons et ses mains.

Ce fut sa dernière pensée.

## 2

Au cinéma, c'était simple comme bonjour : le quasi-noyé expectore, se lève, balance deux répliques bien senties et repart à l'action. Dans la réalité, cela faisait une demi-heure que Bogdan Smuga toussait, râlait et vomissait les résidus de vase coincés dans sa bouche, dans sa gorge et dans son œsophage.

— *Bohdan, wozmi*, lança Dimitri en lui tendant une bouteille de vodka.

Bogdan observait son ami de ses yeux humides. C'était un géochimiste éminent. Ancien maître de conf. Un professeur. Lauréat de l'*AGU Ambassador Award*. Pourtant, comme il lui tendait cette bouteille d'un air sérieux, on aurait dit la personnification même d'un mafieux russe. Un regard aqueux, une frange blonde, une gueule carrée et des verrues sur le nez – on ne trompait pas la génétique.

Bogdan s'empara de la bouteille, s'envoya une rasade qui lui servit d'abord à se rincer la bouche, cracha, puis prit deux longues gorgées avant de rendre la bouteille, s'essuyant au passage les lèvres du revers de la main.

— Tu bois comme un Polonais, s'esclaffa Dimitri. On ne trompe pas la génétique.

Ils avaient prévu de rouler toute la nuit, mais après les péripéties avec la voiture et l'accident de Bogdan, ils décidèrent d'établir un campement. Ils en avaient l'habitude, c'est pourquoi un générateur électrique ronronnant apparut rapidement au cœur de la taïga, immédiatement suivi par quatre tentes, une cantine et une salle de bains mobile. Juste à temps pour s'abriter sous les moustiquaires avant que les escadrons sibériens de la mort n'entament leur attaque nocturne. Bogdan observa à travers les mailles les nuées d'insectes affamés. Il grimaça, mais n'avait pas le choix : il devait encore prendre une douche.

Il prit une inspiration profonde et ouvrit la fermeture Éclair. Cinq mètres à peine le séparaient de sa tente et de ses vêtements propres, et encore autant de la salle de bains, mais une fois installé dans la pataugeoire en bâche sous la douche, il eut néanmoins l'impression que tout son corps le démangeait et qu'il avait épousseté et piétiné un bon demi-kilo de vermine.

## 3

Il était vingt-deux heures passées, mais on était en juin, le soleil venait à peine de se coucher, et ils pouvaient donc rester au-dessus de la carte étalée par terre sans lampes frontales. Dimitri leva les mains en signe de résignation.

— Tu exiges l'impossible ! s'emporta-t-il. Je ne voulais pas utiliser cet argument, mais la Russie, ce n'est pas la Belgique où, si tu jettes un caillou dans n'importe quelle direction, tu atteins toujours un Hollandais qui passait par là à bicyclette. Ton « C'est quelque part par là » implique des recherches dans une forêt de la taille de Moscou.

Bogdan grimaça tout en effritant dans sa barbe blonde un résidu de boue séchée qu'il avait omis d'extirper sous la douche.

— Oui, j'exige l'impossible, c'est pourquoi j'ai emmené avec moi le roi de la géologie russe.

Dimitri s'esclaffa.

— Primo, tes flatteries grossières ne m'impressionnent pas. Secundo, arrête d'égrainer ces miettes sur ma carte !

— Il y a cent ans, Benedykt a réussi à visiter cette grotte à l'aide de quelques cordes en chanvre, tandis que nous disposons d'une tonne de matériel du XXI^e^ siècle. On ne peut pas échouer.

— Il disposait aussi d'un guide ! Il avait vécu ici des années, il s'était lié d'amitié avec les tribus locales, il vivait avec ces gens, il voyageait avec eux et, en échange, ils le présentaient aux esprits qui peuplaient leurs grottes. Mais Bogdan, mon ami, on n'est plus sur la Sakhaline primitive, mais dans la Russie moderne. Il n'y a plus d'esprits, il n'y a plus de tribus, il n'y a plus de guides. Il ne reste que des villages en préfabriqué dont les habitants suivent l'émission *Bitva extrasensov* sur l'écran de leur portable. Ils picolent de la vodka en espérant que l'oligarque local s'est déjà suffisamment goinfré pour leur bâtir une piscine municipale ou leur organiser une fête foraine avec des feux d'artifice.

— Moi aussi, je dispose d'un guide.

— Tu m'énerves, chuchota Dimitri, davantage pour lui-même que pour Bogdan. Bon d'accord, réfléchissons-y une nouvelle fois, nous n'avons de toute manière rien de mieux à faire.

Il tendit la main vers un carton à dessin semblable à ceux utilisés par les étudiants des Beaux-Arts et en sortit deux nouvelles cartes représentant les multiples couches géologiques de la zone.

— Nous sommes certains que ton déporté a visité la grotte de l'Ours, il n'y a aucun doute à ce propos. C'est la plus grande et la plus célèbre des cavernes de l'île, elle a été parcourue dans tous les sens par ces spéléologues à la con, n'importe quelle crotte de chauve-souris y a été cataloguée, sans évoquer tes satanés artefacts. Nous connaissons parfaitement son emplacement, sa disposition, ses entrées et ses sorties ; j'ai tout indiqué ici. D'un point de vue géologique, il n'y a là rien d'intéressant. Dans des couches calcaires typiques se sont formées des cavités karstiques typiques. J'aurais été davantage surpris si on m'avait dit qu'il n'y en avait pas. Mais cette grotte ne t'intéresse pas.

— Non.

— Une grotte différente t'intéresse. Une grotte non cataloguée, inexplorée, jamais découverte, jamais décrite. Le terme qui me vient spontanément en bouche, c'est « inexistante »...

— Dimitri… l'interrompit gentiment Bogdan. Tu sais bien qu'il en va des grottes comme des montagnes. Tout le monde fait la queue pour grimper sur l'Everest, tandis que personne ne s'intéresse aux sommets de sept mille mètres d'altitude entassés tout autour et qui, pour certains, n'ont même pas encore de nom. Pour les grottes, c'est pareil. Tout le monde veut découvrir un nouvel embranchement de la plus célèbre, alors que celle d'à côté n'intéresse personne. Cela ne veut pas dire qu'elle n'existe pas et cela ne signifie pas non plus qu'elle n'est pas grandiose ou qu'elle ne recèle pas d'immenses secrets.

— Tu ne renonceras donc jamais ?

Saisi d'une sorte de tristesse, Bogdan fit lentement non de la tête, comme si, dans un jeu de devinettes, il cherchait à faire comprendre l'expression « lourd fardeau ».

— Rappelle-toi que moi, à l'inverse de toi, ça ne m'amuse pas du tout d'être ici. La lutte pour la survie, les noyades dans la boue, le risque d'être écrasé par un quatre-quatre, la menace d'être bouffé par des moustiques ou de contracter l'une des milliers de maladies qui survivent dans ce marécage, très peu pour moi. Moi, mon cher…

Il tapota le front de son crâne cubique.

— … je possède un cerveau. Un cerveau inestimable pour la science mondiale. J'aurais déjà reçu un Nobel si une catégorie existait dans mon domaine. Et ce cerveau n'a pas le droit de périr ici, broyé ou noyé dans un puits.

Bogdan se caressa la barbe. Il ouvrit la bouche pour prononcer son ultime argument, mais Dimitri ne lui permit pas de placer un mot.

— Et n'ose pas me répéter que le prix n'a pas d'importance. Tu connais notre milieu. Si nous étions motivés par l'argent, la science serait morte depuis des millénaires.

— Trois jours. Si dans trois jours, nous sommes toujours bredouilles, alors on retourne à Saint-Pétersbourg. Et dis-toi bien que si on réussit, toute la gloire de la découverte te reviendra.

Dimitri sourit à pleines dents.

— Oh, qu'est-ce que je donnerais pour me retrouver sur la couverture du magazine *Geology* ou à la sixième page de la *Nezavissimaïa Gazeta* où tous mes propos seraient déformés ! J'en frémis d'excitation. Bon d'accord, essayons à nouveau de décomposer la lettre de ton condamné en éléments de base, mais cette fois, nous allons dessiner son itinéraire sur la carte géologique. Nous devons faire des ajustements en fonction du climat de l'époque et de la saison, afin de prévoir son trajet et orienter les directions des déplacements selon la position du pôle magnétique au siècle dernier. Toi, dessine le même chemin sur la carte géographique, en tenant compte des rivières et des ruisseaux. Mince, nous devrions voyager en hiver, comme eux, au moins les moustiques ne nous boufferaient pas.

— En hiver...

— Je sais, je sais, tu me l'as déjà expliqué. Au boulot.

Bogdan alluma sa tablette et commença la lecture.

— Le 15 mars, Benedykt nota : Après avoir quitté une grande grotte, nous avons suivi le cours d'un ruisseau vers l'ouest. Je voulais rentrer, nous avions déjà bien trop de trouvailles et de matériaux à étudier, mais j'avais surtout peur que le dégel nous surprenne, ce qui aurait pu signifier la fin de notre expédition. Mais Spanram insistait pour visiter le repère des esprits. Cela m'intrigua assez pour que...

— Attends, l'interrompit Dimitri. Onze entrées mènent aujourd'hui à la grotte de l'Ours. La plupart d'entre elles, ce sont des trous accessibles seulement aux spéléologues chevronnés. Quand tu m'as envoyé ce texte pour la première fois, j'ai étudié la carte autour des deux entrées officielles, en me demandant si un ruisseau avait pu couler dans la zone à l'époque, mais maintenant... tu sais à quoi je pense ?

— Le 15 mars. La fin de l'hiver.

— Exactement. Pour sortir, plutôt que d'emprunter une issue normale, ils ont pu passer par la résurgence d'une source vauclusienne à l'endroit où commence cette rivière.

Le géologue indiqua un point sur la carte.

— En été, l'endroit est inaccessible, reprit-il, parce qu'un torrent s'en échappe mais, en hiver, on peut aisément tirer un traîneau sur la surface glacée. Le torrent se transforme alors en sentier. La direction correspond aussi. Lis la suite.

— Après trois jours de marche...

# 4

Il n'arrivait pas à dormir. C'était peut-être dû à l'excitation d'avoir enfin localisé la zone dans laquelle se trouvait certainement la grotte appelée par Benedykt *la Caverne du songe bleu*. Ou alors, son métabolisme digérait toujours l'adrénaline injectée dans son sang au moment où il avait failli périr sous l'avalanche de vase. Les nuits claires de la fin juin étaient peut-être aussi en cause. Ou peut-être que, comme toujours, l'appel de l'aventure maintenait ses paupières ouvertes. Bogdan ne voulait pas s'assoupir, craignant qu'un événement intéressant lui passe sous le nez. Depuis des lustres, il aimait à croire que son mode de vie était un choix, il s'enorgueillissait d'avoir emprunté sciemment le chemin du risque et du danger. C'était jusqu'à ce qu'il lise dans la revue *Nature* deux ans plus tôt que ses collègues hollandais avaient réussi à isoler le gène DRD4 dont la mutation poussait ses porteurs à la bravoure et à la recherche de sensations fortes.

C'était un nouveau coup dur porté par la biologie à la croyance humaine en son libre arbitre et en sa capacité à faire des choix conscients et réfléchis.

Au bout du compte, Bogdan renonça à trouver le sommeil. Peu avant l'aube, il se dégagea silencieusement de son sac de couchage, s'habilla et quitta la tente. Sakhaline dormait. Le vent s'était tu, les oiseaux ne chantaient pas encore, et les moustiques avaient disparu. Il avança vers le sommet de la modeste colline sur le flanc de laquelle ils avaient établi leur campement. Ici, dans le Nord, les arbres ne formaient pas de fourrés, il marchait donc sans difficulté entre les pins et les rochers couverts de mousse, sans penser à rien, mais en s'imprégnant de la taïga environnante, avec son lot de paysages et d'odeurs si différents des autres endroits de la Terre.

Une demi-heure plus tard, agréablement essoufflé, il atteignit un sommet qui, à son grand regret, demeurait densément colonisé par les arbres, ce qu'il constata avec une certaine tristesse parce qu'il s'était imaginé qu'en grimpant sur un rocher, il pourrait admirer le lever du soleil. Aucune chance – la pierre la plus imposante des environs lui arrivait au genou. Cependant, un pin isolé, massif et tordu, poussait près du sommet, un arbre suffisamment grand pour qu'il puisse jeter un œil aux environs s'il grimpait à mi-hauteur.

C'est stupide, se dit Bogdan. Tu es seul au milieu de nulle part, les personnes les plus proches se trouvent à une demi-heure de marche et elles n'ont pas la moindre idée de l'endroit où tu es allé ni du moment où tu es parti. Et toi, tu n'es pas un alpiniste fuselé et agile tel un écureuil, mais un malabar d'une centaine de kilos.

C'est totalement stupide et irresponsable, se répéta-t-il, mais il se tenait déjà sur la première branche du pin. Il s'agrippa au tronc et inspira l'intense odeur de sève.

Le pire, c'est qu'il ne s'agit même pas de ta propre décision, mais de celle d'un gène muté qui te stimule à la dopamine chaque fois que tu produis un peu d'adrénaline. C'est la faute d'une boucle de rétroaction défectueuse et pathologique. Par chance, tu es un individu libre qui peut contrôler son corps, ses hormones et ses désirs par la force de son esprit, tu es plus fort qu'un brin d'ADN dans lequel la lettre A a été remplacée par un T, sans déconner.

Tous ces arguments raisonnables n'aboutirent à rien. Pendant que son cerveau produisait de nouvelles phrases de son monologue intérieur rationnel et froid, ses jambes montaient plus haut, ses bras se tendaient plus loin jusqu'à se poster à un embranchement d'où il pouvait observer la région.

Il y a des paysages impossibles à photographier, à filmer ou à décrire, on ne peut que les vivre. Et celui-ci était de ceux-là. Bogdan Smuga s'assit sur une branche, enroula ses jambes autour du tronc et se laissa bercer délicatement par la brise avec le reste de l'arbre. Il contempla les alentours : la taïga s'étalait dans toutes les directions jusqu'à l'horizon tel un océan infini, tandis que les bourrasques qui la parcouraient secouaient les cimes par ondées. Lorsque, un instant plus tard, un soleil rouge jaillit, jetant sur la surface vallonnée des ombres tranchantes, la taïga reprit vie, faisant ressembler cette forêt ancestrale à la peau d'un gigantesque organisme se mouvant lentement dans une direction connue de lui seul.

Pas mal, pour des Russes, se dit Bogdan Smuga, et il se sentit furieusement heureux. Car il avait trois passions : la science, l'adrénaline et la nature. Au grand désespoir de ses parents qui avaient d'abord mûri, avaient pris leur retraite, avaient vieilli, et entraient à présent à l'heure d'un décès potentiel, et pour qui il n'était pas facile d'accepter que leur fils, dont ils étaient par ailleurs très fiers dans bien des domaines, ne leur avait donné ni belle-fille ni petits-enfants.

Le problème, c'était que Bogdan Smuga ne croyait ni en l'amour, ni au bonheur familial, ni à l'action bénéfique d'un foyer. Il était d'avis que ce modèle d'existence était l'excuse des paresseux qui n'avaient pas le courage de consacrer leur vie au développement de l'héritage de l'humanité. Une femme et des enfants n'étaient qu'un carcan absurde qui accaparait du temps et les pensées. Le mariage, ce n'était que la cession d'une existence contre des rapports sexuels facilement accessibles et quelques émotions banales. Et l'amour ? Ce n'était qu'une simple réaction biochimique qu'on avait, allez savoir pourquoi, parée de mythes et de légendes.

## 5

— Putain, nous aussi, on aurait dû venir ici en hiver, lança Dimitri en essuyant la sueur de son front et, avec celle-ci, deux poignées de moucherons et de moustiques.

Ils avaient roulé le long du ruisseau décrit par le déporté polonais aussi loin que possible. Ils estimaient qu'un périple de trois semaines, pour trois personnes avec des traîneaux remplis de vivres et d'artefacts, ne pouvait aller au-delà d'une soixantaine de kilomètres. Et c'est la distance qu'ils avaient parcourue jusqu'au promontoire rocheux d'où le ruisseau chutait, par une cascade de quelques mètres, vers un petit lac qui se muait un peu plus loin en une rivière paresseuse.

— Qu'est-ce que tu en penses ? lui demanda Bogdan en se tenant au bord du précipice.

— Je pense que des moustiques gros comme des aigles sortiront de ce lac d'ici ce soir.

— Et d'un point de vue géologique ?

— Honnêtement ?

— Non, à la russe, avec fantaisie.

Dimitri s'esclaffa.

— Je pourrais t'apprécier un jour, mon ami. D'accord, je serais très étonné qu'il n'y ait pas de trous dans la terre dans une telle formation. Nous allumerons notre RPS d'abord ici, puis en bas.

Je fouillerai un peu pour trouver des couches qui me donneront une idée de l'histoire géologique de l'endroit, puis on réfléchira. Moi, je serai le scientifique, toi l'explorateur.

— C'est-à-dire ?

— Tu iras te balader en forêt. Si tu tombes dans un trou, ça voudra dire que tu as trouvé une grotte, félicitations.

## 6

Ils établirent leur campement au bord du lac. Le soir, effectivement, des formes de vie volantes et inconnues émergèrent des roseaux, mais par chance, ils étaient à l'abri derrière les moustiquaires.

— Tu veux la bonne ou la mauvaise nouvelle ? demanda Dimitri en analysant les données réunies par son géoradar.

Le Russe regardait les écrans de deux ordinateurs portables ouverts dans des valises spéciales qui les préservaient de l'humidité et des secousses.

— La bonne.

— Hourra. Cette montagne est parsemée de tunnels et de salles, on dirait l'appartement de lord Sauron.

— Et la mauvaise ?

— Cette montagne est parsemée de tunnels et de salles, on dirait l'appartement de lord Sauron. Même si nous finissons par trouver une entrée, ce qui n'est pas gagné, l'exploration peut nous prendre des années.

Smuga resta un instant silencieux. Il regardait dehors où le soleil s'apprêtait à se cacher pour un temps très court derrière la ligne d'horizon. La paroi avec la cascade et le sommet qui se trouvait derrière furent illuminés de façon spectaculaire par des rayons dorés et profonds.

— Pas sûr, répliqua Bogdan au bout de compte. Imagine-toi leur expédition. C'est la fin de l'hiver, on a un scientifique occidental et quelques autochtones. Ils n'ont de matériel ni de plongée ni d'escalade, tout au plus quelques cordes. Et ils sont à l'endroit où les locaux viennent depuis des générations en pèlerinage pour célébrer leur « songe bleu ». Czerski y a pénétré sans franchir d'obstacles, alors l'entrée ne peut pas être difficile d'accès. Elle n'est pas couverte de terre, de végétation ou de neige, elle n'est pas inondée.

— D'accord, admettons.

— Alors d'accord, on ne peut plus rien faire aujourd'hui, à part délimiter sur la carte la zone où l'entrée de la caverne peut se trouver. Nous diviserons cette aire en carrés plus petits. Demain à l'aube, je prendrai Wowa et Algyr avec moi et nous commencerons les recherches.

Dimitri soupira et s'étira.

— Vodka ?

— Plutôt deux fois qu'une, oui.

## 7

Le premier jour des recherches, ils ne trouvèrent rien, alors que des trente carrés dessinés sur la carte, ils en avaient déjà vérifié six. La colline était escarpée par endroits et ses flancs, couverts d'un mélange de pierres lâches, d'herbes et de broussailles, menaçaient de glisser jusqu'en bas au moindre pas de travers. À cela s'ajoutaient une insupportable touffeur humide et des nuées de moustiques, de moucherons et d'autres insectes qui piquaient rageusement tout au long de la journée la moindre parcelle de peau dévoilée et suante.

Le deuxième jour fut aussi mauvais, voire pire, parce que, aux alentours de midi, un orage éclata, et ils furent arrosés par un déluge si brutal qu'une quelconque tentative de se promener sur les versants détrempés se serait révélée mortellement dangereuse. Le soleil émergea dès la fin de la pluie, l'eau contenue dans la terre s'évapora, mais avec la brume apparurent des essaims d'insectes encore plus enragés et encore plus teigneux. Le soir, Dimitri annonça que le lendemain, à midi, l'expédition ferait demi-tour, peu importait le résultat.

Bogdan dut lui donner raison.

Le troisième jour à l'aube, ils repartirent en prospection par sens du devoir, mais sans grandes espérances. À dix heures, Wowa, un Biélorusse avec lequel Bogdan communiquait en russe lorsqu'ils avaient besoin d'être précis, mais qui lui parlait dans un mélange polono-biélorusse en dehors de cela, l'appela :

— Bogdan ! Moi trouver ! Moi trouver tanière !

L'entrée de la grotte se trouvait étonnamment haut, sur une petite saillie rocheuse agrémentée d'une vue magnifique sur les environs. Avec un minimum de bonne volonté, on pouvait visualiser un reste d'escalier dans l'éboulis caillouteux en dessous de l'orifice, un vestige qui faisait peut-être jadis partie du sentier que les Aïnous et les Nivkhes empruntaient pour s'entretenir avec les esprits de *la Caverne du songe bleu*. Ce pierrier ne plut pas à Smuga qui se rappela la ville de Neftegorsk qu'ils avaient traversée en venant. La colonie avait été construite dans les années 1970 pour desservir les champs pétroliers de la région. Vingt ans plus tard, un violent séisme la dévasta, tuant d'un coup deux de ses trois mille habitants. Aujourd'hui, il ne restait rien de cette bourgade soviétique en dehors d'un monument du souvenir au milieu d'un terrain vague parsemé d'arbustes. Son site se trouvait à une centaine de kilomètres en ligne droite de l'endroit où Bogdan se tenait. Cent kilomètres, pas plus. Le même tremblement de terre avait-il écroulé le sentier de pierres ? Et si oui, avaient-ils encore des choses à explorer à l'intérieur de la caverne ?

Les scientifiques ne jouèrent pas aux écologues : ils débroussaillèrent prestement le talus menant jusqu'au promontoire, vissèrent des goujons dans la roche, installèrent des cordages de main courante puis, à l'aide d'un élévateur électrique, montèrent jusqu'à la grotte le matériel de spéléologie – un générateur, des lampes et tout ce dont Bogdan Smuga avait besoin pour ses expériences de laboratoire si les artefacts décrits par Benedykt Czerski se trouvaient réellement au creux de la terre.

Smuga referma son harnais sur sa combinaison étanche, ajusta sa lampe frontale sur son casque et attacha son descendeur à l'une des trois cordes. À l'aide de mousquetons, il en accrocha deux autres, qui devaient servir de main courante et de corde de traction, à son harnais. Il vérifia le bon fonctionnement de son talkie-walkie.

— Communication radio pour le moment. Si on doit fouiller plus profondément, on tirera un câble. Contacts tous les quarts d'heure. On se donne encore trois heures aujourd'hui pour avoir le temps de rentrer au camp avant la nuit. À toute.

Il avança à l'intérieur de la grotte en donnant du mou à la corde de sécurité. Les cent premiers mètres ne constituaient pas un défi : c'était une vraie promenade de santé dans une galerie de deux mètres de diamètre, trois parfois. Il dut baisser la tête à plusieurs reprises et visser des chevilles dans deux virages pour passer les cordes dans les mousquetons.

Soudain, il se figea. Un portail rocheux décoré d'une manière qu'il n'avait jamais vue en étudiant les travaux ethnographiques sur les tribus locales apparut devant ses yeux. Les Aïnous et les Nivkhes avaient vécu jusqu'au XXe siècle dans des structures quasi néolithiques et c'est également ainsi qu'était leur art : très simple. Quelques ornements géométriques par-ci, quelques représentations figuratives d'animaux par-là, des ours surtout, et rien de plus. Ce que Bogdan contemplait en ce moment ramena dans son esprit les balivernes qu'il avait lues dans des articles soutenant que les Aïnous étaient originaires de la Pacifide, l'équivalent asiatique de l'Atlantide, une terre inconnue coulée dans l'océan des siècles plus tôt.

Le bas-relief représentant deux femmes aux yeux immenses lui évoqua, pour autant qu'il pût en juger de son œil de profane, l'art de la Polynésie et d'Hawaii. Elles auraient certainement ravi Erich von Däniken pour leur ressemblance avec l'image classique qu'on se faisait des extraterrestres. Les deux silhouettes étaient figées, les bras tendus vers le haut, la bouche ouverte et tordue dans une grimace de terreur. Les deux femmes étaient agenouillées sur des monticules que Bogdan avait d'abord pris pour un ornement abstrait, mais qui étaient en réalité constitués d'un tas de crânes manifestement enfantins.

Intéressant. Très intéressant. Il se dit que cette mise en garde lugubre pouvait être une très bonne nouvelle.

Derrière le portail, le couloir plongeait sous un angle de trente, puis de soixante degrés avant de se transformer en une sorte de cage d'escalier très confortable. Tant que le faisceau de sa lampe frontale le lui permettait, il voyait des marches soigneusement taillées dans la roche.

Il informa ses collaborateurs de sa découverte et poursuivit son chemin. Il descendit cent dix-huit marches, et c'est là que se termina sa dernière corde. Il inséra une nouvelle cheville dans une fente et regarda sa montre. Il était temps de rentrer. Le crépuscule n'allait plus tarder ; par ailleurs, il ne disposait plus de matériel lui permettant de poursuivre. Deux segments explorés et sécurisés, c'était un bon résultat.

Il balaya les alentours de sa lampe frontale. Vraiment, fallait-il qu'il attende jusqu'au lendemain pour vérifier si, quelques mètres plus loin, se trouvait le trésor qu'il cherchait depuis des années ?

Il détacha son harnais des cordes et longea lentement le mur en regardant bien où il marchait. Après quelques pas, il atteignit une niche qui semblait avoir été façonnée par l'homme. Il s'agenouilla et l'analysa attentivement, mais n'y trouva rien d'intéressant. Aucun bout de chandelle ancestral, aucun ossement sacrificiel ni figurine en bois – ce n'était qu'un trou dans un mur. Il haussa les épaules et se redressa vigoureusement.

C'était une erreur.

Son mouvement brusque lui fit perdre l'équilibre ; il chancela, tomba sur la hanche et commença à glisser par le corridor pentu. Il en rit, amusé par sa propre maladresse, mais son rire se coinça dans sa gorge lorsqu'il sentit une accélération soudaine. Il agita les pieds, le faisceau de sa lampe dansa sur les parois rocheuses, le privant de son sens de l'orientation.

Il se tourna sur le dos en écartant les bras dans l'espoir d'attraper une prise, et tenta de freiner avec les semelles de ses lourdes chaussures de montagne. En vain. Ses talons sautillaient, ses doigts glissaient sur les murs polis et il accélérait. Il leva la tête, voulant éclairer le chemin devant lui, et fut saisi de peur, car la galerie s'achevait en un trou noir.

Il tenta de changer de position pour freiner, mais tout ce qu'il obtint, c'est qu'au lieu de glisser sur le dos les jambes en avant, il fonçait maintenant vers la noirceur sur le ventre, la tête la première, ressentant douloureusement la moindre aspérité du sol.

Il ne pouvait qu'essayer de réduire les dommages au maximum. Il se recroquevilla en position fœtale, cacha sa tête dans ses bras et chuta dans le trou, fermant les yeux, contractant tous ses muscles et s'attendant au pire. Il eut encore le temps de se dire que, malgré les idées reçues, sa vie ne défilait pas devant ses yeux, il ne vit aucun visage d'un être cher, aucune des plus belles poitrines qu'il avait lui-même libérées d'un soutien-gorge, ni même aucun paysage inoubliable. Il avait simplement très peur et il était furieux.

## 8

Dimitri s'était assis sur une pierre près de l'entrée de la grotte, il observait le soleil descendre vers l'ouest et se disait qu'il était envieux des pionniers de la géologie qui, au lieu de perdre la vue devant des écrans d'ordinateur, à coder des mouvements de plaques tectoniques, voyageaient à travers le monde une pelle à la main et qui, chaque fois qu'ils creusaient un trou quelque part, faisaient une découverte majeure. Malgré ce qu'il avait soutenu plus tôt en se chamaillant avec l'autre Polak, il aurait aimé vivre à l'époque des grosses bottes en cuir, des tentes en toile de jute dressées au pied des volcans, des grands albums en parchemin dans lesquels il aurait illustré ses trouvailles à l'aquarelle. Dimitri peignait beaucoup et avec talent, mais si quelqu'un lui avait demandé d'illustrer ses travaux sur la sédimentologie de la plate-forme sibérienne au Mésoprotérozoïque, il aurait été bien embêté.

— Ça fait déjà une heure.

Wowa apparut soudain devant lui en lui masquant le coucher du soleil.

— Je sais. Qui s'y connaît le mieux en manipulation des cordes ?

— Moi.

Dimitri se leva et s'étira.

— On va y aller à deux le long des mains courantes. On prend deux cordes supplémentaires, deux lampes puissantes et on va dérouler un câble électrique. Prends aussi une trousse à pharmacie.

— Laquelle ?

Ils en possédaient deux. Une petite avec des pansements de base et des désinfectants, et une grosse, pourvue de morphine et du nécessaire pour recoudre les plaies.

— La grosse. On part d'ici dix minutes.

Il avait envie de soupirer lourdement, telle l'héroïne d'un vaudeville, mais il s'en empêcha ; on attendait à présent d'un chef d'expédition de la maîtrise de soi et des décisions fermes. Il détestait cela, jouer au meneur d'hommes, où étaient en jeu la virilité, la pugnacité et les rôles de chacun dans la meute. C'est pour cela qu'il était devenu scientifique. Un effort commun pour le bien commun – cette idée lui convenait davantage que la création de nouvelles chaînes de commandement complexes. Selon lui, chaque hiérarchie, indépendamment des objectifs louables qui accompagnaient sa création, dégénérait toujours comme l'expérience de Stanford. Mais ce n'était peut-être que son fatalisme russe qui s'exprimait à travers lui. Il faudrait y réfléchir un jour, c'était un problème sociopsychologique fort intéressant.

Grâce aux cordes tendues par Bogdan, ils traversèrent rapidement le tronçon entre l'entrée et le tunnel gardé par le portail sculpté. Puis ils atteignirent la dernière cheville, mais ne commirent pas la même erreur que Smuga : ils avancèrent avec précaution le long des parois en s'assurant avec de nouvelles cordes. Enfin, ils s'immobilisèrent à l'endroit où le tunnel s'interrompait brusquement pour devenir un puits.

Pendant un court instant, ils n'osèrent pas bouger et observèrent la noirceur en bas, mais aucun bruit ne leur parvint.

— Fais-moi descendre, lança Dimitri en attachant une nouvelle corde à son harnais.

— En bas ? demanda Wowa en jetant un coup d'œil inquiet au trou.

— Et le plus vite possible. Je n'y arriverai pas tout seul, je ne sais pas faire ce genre de choses. Vite !

Wowa s'attacha au goujon vissé dans le mur et passa la corde de Dimitri par le dispositif d'assurage.

— Je vais y aller doucement…

— Y a pas de doucement qui tienne ! Vite !

Ce disant, Dimitri éclaira en dessous de lui, ne vit pas le fond et sauta à l'intérieur du trou. Wowa le descendit à toute vitesse. Le géologue tournoyait autour de son axe, tentait de repousser les parois avec ses mains et ses pieds, mais n'évita pas quelques chocs douloureux de ses genoux et de ses épaules contre les rochers.

Après quelques mètres, il atterrit lourdement ou, pour être précis, il chuta sur un tas de gravats très pentu. Un tas taché de sang, mais – et c'était là une bonne nouvelle – sans cadavre.

— Ça suffit ! cria-t-il vers le haut.

Il se détacha de la corde et rampa à l'intérieur d'un passage étroit, l'unique sortie du fond de ce puits.

— Bogdan, putain de ta mère, jura-t-il à travers ses dents, j'espère que t'es en vie pour que je puisse t'étriper de mes propres mains, espèce de Polak à la noix.

Enfin, il vit une lumière scintiller au loin et, après un instant encore, il pénétra dans une grotte qui…

— T'as une trousse à pharmacie ? cria Smuga depuis l'autre bout.

Il ne lui répondit pas, car ses mâchoires étaient trop occupées à être bouche bée d'étonnement. Il avança néanmoins vers son collègue, ôtant son sac à dos qui contenait les médicaments, mais sans détacher le regard de la voûte de la caverne – aussi turquoise à la lumière de la lampe frontale que la surface de l'océan admirée par-dessous un jour de beau temps, aussi bleue qu'un tunnel dans un aquarium tropical. Inconsciemment, il attendait qu'une immense raie passe d'un instant à l'autre derrière la paroi de la grotte.

— Viens, docteur, tu vas m'aider.

— Professeur.

— Mais t'es aussi docteur, non ?

Il hocha la tête et grimaça en s'agenouillant près de Bogdan. La cuisse du Polonais était ceinte à l'aine d'un garrot improvisé. En dessous, le sang sombre suintait d'une plaie profonde d'une quinzaine de centimètres de long.

— Je vais te faire un bandage, l'artère est entière, mais tes muscles sont arrachés. Il faut qu'on aille à l'hôpital. Le plus vite possible. Doux Jésus, qu'est-ce que c'est que cet endroit ?

Il savait qu'il fallait d'abord panser son ami, mais il ne put s'empêcher de lever la tête. Balayée par le faisceau lumineux, la grotte se transforma à nouveau en un cadre de film de science-fiction dont le budget des effets spéciaux aurait été très, très élevé. Les murs scintillaient d'innombrables nuances de turquoise, le géologue avait l'impression de voyager dans une bulle d'air juste sous la surface de la mer des Caraïbes. Au début, l'appellation « songe bleu » lui paraissait prétentieuse et exaltée ; à présent, il comprenait qu'il s'agissait plutôt d'un euphémisme ascétique et stylisé.

— La grotte du songe bleu, confirma Smuga d'une voix étonnamment sourde et résignée.

Il se tourna vers son ami. Avec sa carrure d'ours, sa barbe grossière et ses yeux tristes, celui-ci ne ressemblait ni à un scientifique ni à un aventurier, mais à un gladiateur incapable de croire que quelqu'un venait de le vaincre après des années de victoires ininterrompues.

— Qu'est-ce qu'il y a ?

Le Polonais ne répondit rien, mais indiqua de la main l'autre extrémité de la grotte par rapport au tunnel d'entrée. Dimitri orienta sa lampe dans cette direction. La suite du chemin avait été ensevelie par un éboulis rocheux. Certaines des pierres avaient la taille d'un camion. Un seul coup d'œil avait suffi au géologue pour comprendre qu'il serait impossible d'aller plus loin sans effectuer de lourds travaux d'excavation pendant plusieurs mois. Des travaux dont la mise en place serait impossible. Même pour eux.

— C'est exact, cette salle est un « songe bleu », répondit Smuga. Pour toi, c'est probablement un véritable trésor. Mais pour moi, pour nous tous, ce qui comptait était plus loin. Cette grotte n'est qu'un vestibule élégant, magnifique mais, en comparaison de la source de vie qui se trouvait là-bas, elle ne vaut rien. Et la source a été ensevelie par un putain de tremblement de terre.

Ils restèrent là, sans avoir à parler et conscients que la même admiration des forces de la nature qui avait fait d'eux des scientifiques leur permettait à présent de se sentir dans ce lieu comme dans un temple. Peut-être qu'en dépit de nos microscopes et télescopes, nous ne différons en définitive en rien des disciples des autres croyances ? se demanda Dimitri. Peut-être que notre religion moderne n'est qu'une variante de sa version la plus ancienne, quand les premiers hommes des cavernes vénéraient le tonnerre, les forêts et les animaux sauvages ? Peut-être que, tout comme tant d'autres dans l'histoire de l'humanité, nous sommes capables, au nom de notre croyance, d'accomplir des choses grandioses et les pires bassesses ? Et nous avons toujours sous la main l'excuse que tout ce que nous faisons, nous le faisons pour la science. Dieu le veut. C'est la volonté d'Allah. La Nature l'a organisé ainsi.

— Il me reste une dernière chance, chuchota Bogdan.

Dimitri frémit. Il frémit d'autant plus qu'un instant plus tôt, il s'était malgré tout senti soulagé de n'avoir rien découvert.

— Tu disais que c'était notre ultime espoir.

— L'avant-dernier.

## Chapitre 5

# Une proposition qu'on ne refuse pas

*Septembre à Varsovie • Des thérapies expérimentales •*
*Le Trésor perdu • La professeure Lorentz •*
*Manger une banane, c'est de la pornographie ? •*
*L'histoire de l'art ne m'intéresse pas •*
*La Chambre d'ambre et le train d'or •*
*Rien que des glaces au chocolat • Une question de prix •*
*Ne vous moquez pas de Tintin • Il a oublié comment m'aimer •*
*Tu pars dans les Pyrénées*

### 1

C'est si irréel, se dit-elle. Elle était venue en avance et s'était assise sur un banc en face de l'immeuble, de l'autre côté de la rue, ne voulant pas y entrer trop tôt. Autour d'elle, une banale journée automnale à Varsovie s'achevait, une journée qui, par la grâce des changements climatiques, était chaude et ensoleillée. Un groupe de lycéens accomplissait l'exploit de mener une conversation bruyante et aux multiples trames sans quitter des yeux les écrans de leurs téléphones portables. Un sexagénaire ventripotent passa sur la piste cyclable en scintillant des pneus jusqu'au casque de son matériel cycliste d'une valeur de plusieurs milliers d'euros. Une nounou lasse tirait par la main un garçonnet de deux ans qui serrait un marron dans son autre petite main. Une mère lasse tirait par la main un garçonnet de deux ans avec une feuille de châtaignier à la main et regardait la nounou avec envie, calculant sans doute en esprit le salaire qu'elle devrait toucher après son congé parental pour pouvoir s'offrir les services d'une nourrice. Un chauve d'âge mûr vêtu d'un costume étrange, dans le style de Boris Eltsine au temps de ses fous rires avec Clinton, tentait de faire avaler à un distributeur de tickets de transport son billet de dix złotys. À chaque tentative avortée, il le lissait et l'insérait par un autre côté.

— Non, c'est non. Tu vas encore venir me supplier pour ces dix balles, annonça-t-il enfin fort poliment à l'automate avant d'ajouter : Connard.

Une banale journée à Varsovie. Si normale qu'elle en devenait indiscernable. Zofia se dit que c'était si irréel. Qu'elle aussi devrait faire partie de cette journée sans la remarquer, au lieu de quoi elle avait l'impression de contempler par la vitre le théâtre d'une normalité perdue.

La professeure Lorentz regarda sa montre, se leva et se dirigea vers la passerelle piétonne qui la mènerait à l'Institut de psychiatrie et de neurologie.

## 2

Elle sentait que la femme assise de l'autre côté du bureau s'efforçait de masquer son impatience seulement parce que, compte tenu de leurs connaissances en commun, Zofia n'était pas une patiente lambda qu'on pouvait congédier poliment mais fermement avant de se consacrer à un véritable travail. L'irritation qui rayonnait de son sourire cordial l'humiliait, mais Zofia n'arrivait pas à se lever, elle était incapable de partir les mains vides, car ce cabinet obscur dans cet immeuble affligeant était son ultime espoir d'obtenir des réponses. Si elle sortait maintenant, elle n'arriverait plus à lutter davantage contre l'accablement, elle n'en avait pas la force.

— Il y a peut-être des thérapies expérimentales ? demanda-t-elle pour la troisième fois et, voyant que son interlocutrice était sur le point de rouler les yeux, elle s'efforça de reformuler sa phrase, de faire semblant de poser une question différente. On cherche bien des volontaires qui n'ont rien à perdre pour des tests cliniques, non ? Je connais des gens, je pourrais réunir de l'argent.

La professeure et docteure d'État Janina Kołeczek soupira, ôta ses lunettes aux montures absurdement épaisses et massa son pont nasal. Elle avait l'air épuisée par sa garde. Zofia ne voulait vraiment pas la fatiguer plus, mais avait-elle le choix ?

— Madame la professeure, répondit la médecin avec calme, vous êtes une historienne d'art. Une historienne d'art célèbre, même, connue pour avoir retrouvé d'immenses trésors culturels. Si je connaissais des gens et étais capable de réunir n'importe quelle somme d'argent, et si j'avais fait assez longtemps le siège de votre bureau, est-ce que vous accepteriez de retrouver l'Atlantide pour moi ? Ou la Chambre d'ambre ?

Zofia fit non de la tête.

— Pourquoi ?

— Ça aurait été malhonnête, chuchota Zofia, faisant fuir son regard telle une élève surprise en pleine école buissonnière. La Chambre d'ambre a été détruite et l'Atlantide est une fiction littéraire aussi réelle que la Terre du Milieu.

— Ici, on a un cas similaire. Votre mari, dit Janina Kołeczek en indiquant une épaisse chemise remplie de résultats de tests médicaux, ne souffre pas d'Alzheimer. Cela a été exclu à cent pour cent. Il ne souffre pas non plus de démence. Il n'a aucune tumeur au cerveau, aucune lésion cérébrale, aucun microépanchement vasculaire, ni aucune autre anomalie physique. Il n'a aucun symptôme qui nous aurait permis de diagnostiquer une dépression, une névrose ou un trouble bipolaire qu'on soignerait par des inhibiteurs. Il n'est pas schizophrène. Il n'a pas de mutation génétique responsable de la sclérose en plaques, de la maladie de Huntington ou de nombreuses autres pathologies. La liste des irrégularités possibles que nous avons exclues est immense.

— Mais il continue à oublier, répliqua-t-elle. Comment est-ce possible ?

— Nous ne le savons pas, admit la médecin avec tristesse. Quand on lit le supplément scientifique du *Newsweek* et qu'on y découvre que les Américains ont greffé une électrode sur une souris pour la pousser à appuyer sur un bouton rouge dès qu'elle a faim, ou quand on apprend que telle région de notre cerveau est active si on pense au tennis et telle autre si on songe à boire un café, alors on a l'impression de tout savoir sur les réseaux neuronaux et qu'on est sur le point de télécharger notre conscience dans Internet. Or, nous ne connaissons presque rien au cerveau. Et toutes nos spécialisations neurologiques et psychiatriques se jouent dans ce « presque ». Imaginez un monde où tous les mécaniciens de la planète ne sauraient réparer que la carrosserie des voitures, et pour tout ce qui concernerait le moteur, ils ne feraient qu'émettre des hypothèses. Le cerveau, c'est cent milliards de neurones hyperactifs dont les connexions électriques changent à la vitesse de la lumière. C'est un peu comme si on voulait dessiner la carte d'un monde où les villes, les mers et les continents changent sans cesse de place, puis qu'on voyageait à l'aide de cette carte.

— Mais pourquoi continue-t-il à oublier ? répéta Zofia en se rendant compte à quel point son obstination était pitoyable.

— Nous ne le savons pas. Chaque souvenir atterrit d'abord dans la mémoire à court terme, puis est conservé dans le cortex cérébral. Mais pas dans son intégralité.

— Je ne comprends pas.

— Imaginez que vous êtes en train de faire l'amour dans une chambre d'hôtel au bord de la mer sur un lit parsemé de pétales de rose.

— Avec plaisir.

— Sans blague. Ce souvenir sera d'autant mieux conservé dans votre mémoire que l'orgasme que vous aurez eu sera puissant. Après quelques minutes, le souvenir sera séparé en éléments premiers et atterrira dans votre mémoire. L'odeur des roses d'un côté, le bruissement des vagues de l'autre, la vision de votre amant ailleurs encore, son toucher, l'émotion de l'amour… Plus tard, quand, par exemple, vous sentirez l'odeur des roses en passant devant un fleuriste, votre cerveau reconstituera ce souvenir à partir de ces éléments. Vous pourrez aussi le convoquer seule, par la force de votre volonté. Mais si jamais, dans un accident cérébral vasculaire, la région responsable des odeurs venait à être endommagée, le souvenir reviendrait, mais sans les roses. Si c'est la région responsable de la reconnaissance des gens, il reviendrait sans le visage de votre amant. L'amour, le toucher, l'odeur, le bruit des vagues, tout cela reformerait un souvenir précis. Mais l'amant resterait anonyme.

La professeure Zofia Lorentz sourit de ses yeux noirs.

— Dans beaucoup de cas, ça ne serait pas une mauvaise solution.

— Bien, j'espérais vous amuser. Ce que je veux dire, c'est que pour une raison inconnue, le mécanisme de reconstitution des souvenirs est tombé en panne chez votre mari. Ce n'est pas une pathologie connue causée par une mutation génétique. Et, je le répète, ce n'est pas une maladie neurodégénérative diagnostiquée d'ordinaire chez les personnes âgées. Il s'agit d'une défaillance inconnue dans le plus compliqué des mystères de la nature. Et c'est simultanément une bonne et une mauvaise nouvelle.

— Pourquoi ? Je veux dire, pourquoi une bonne ?

La professeure et docteure d'État Janina Kołeczek remit ses lunettes.

— Parce que ce n'est peut-être pas du tout une maladie ? Ça pourrait être de la fatigue ? Un mauvais régime alimentaire ? Votre mari n'a peut-être pas besoin d'une chirurgie du cerveau, mais d'une psychanalyse ? Je ne sous-entends pas que vous devriez vous empresser d'expérimenter l'acupuncture ou les vibrations des bols tibétains, mais de longues vacances et un thérapeute intelligent seraient un bon début. Parce que la neurologie n'a pas de réponse à vous fournir.

Un fracas soudain leur parvint de l'extérieur. Zofia jeta un coup d'œil par la fenêtre : une voiture rouge venait de percuter l'arrière d'une voiture blanche. Un accident de la circulation aux couleurs de la nation. Les conducteurs surgirent des habitacles et se mirent à gesticuler, se rejetant mutuellement la faute. Zofia les enviait. Elle aurait voulu que son problème soit aussi simple qu'un pare-chocs arraché ou qu'un phare brisé. Elle comprenait qu'elle devait partir. Elle comprenait que pour couronner leur entretien, son interlocutrice avait allégé l'atmosphère et lui avait offert un stupide espoir sur un plateau seulement pour qu'elle quitte son cabinet. Des vacances. Une psychanalyse. L'acupuncture. Zofia avait envie de rire et de pleurer. Elle pourrait lui dire franchement ce qu'elle pensait de l'acupuncture dans une situation où elle craignait de rentrer chez elle. La veille, elle avait patienté une heure dans la cage d'escalier uniquement pour réduire le temps que son mari et elle devraient passer ensemble avant de se coucher. Elle souhaitait qu'ils soient ensemble le moins possible, qu'ils parlent le moins possible, qu'ils découvrent le moins possible qu'avec les souvenirs s'évaporait aussi tout ce qui les unissait.

— Je vous remercie beaucoup, dit-elle en se levant. Excusez-moi de vous avoir accaparée aussi longtemps, c'est juste que vous étiez mon dernier espoir.

## 3

La professeure et docteure d'État Janina Kołeczek se leva aussi pour la saluer. Mais elle ne dit rien, elle tendit simplement la main en guise d'au revoir. Elle craignait qu'en ouvrant la bouche, elle dise une chose qu'elle ne devrait pas dire. Elle avait pitié de cette patiente, trop jeune pour ce qu'elle traversait. Elle apercevait la courbure légère de sa silhouette, si caractéristique des personnes auxquelles le destin a jeté sur le dos un fardeau trop lourd à porter. Elle voyait ses yeux incroyablement noirs devenir vitreux, prêts à déverser un torrent de larmes dès qu'elle fermerait la porte. Cette femme parviendrait peut-être à atteindre les toilettes situées derrière le coude du couloir. C'était une dure à cuire, sans hésiter. Dans ce cabinet, Janina Kołeczek avait assisté à des crises d'hystérie dont certaines s'étaient même conclues par des évanouissements, elle avait entendu des cris et des menaces, avait refusé des chèques, des bijoux en diamants et des valises pleines d'argent liquide. Elle avait vu de quoi étaient capables les êtres humains lorsqu'elle était leur ultime espoir. Un espoir qui, en dépit de leurs attentes, leur disait que les choses seraient dorénavant ainsi, que c'était la fin. Ces gens rentreraient chez eux, auprès de leur mère, de leur mari, de leur femme ou de leur enfant, et découvriraient à chaque fois dans leurs yeux une incompréhension croissante face à un étranger. Au départ, ce serait une hésitation brève, à peine perceptible, puis un effort flagrant pour se souvenir et enfin une peur panique suivie d'appels à la police pour dire qu'un cambrioleur s'était introduit chez eux.

— Vous m'avez dit que cela avait un lien avec les émotions, lança finalement Janina Kołeczek en s'injuriant en pensée des pires invectives au moment où Zofia Lorentz ouvrait la porte. Vous disiez qu'il existait une corrélation entre l'intensité du souvenir et son manque.

La professeure Lorentz hocha la tête.

— Puisque vous connaissez des gens qui connaissent des gens… et puisque la question du prix n'a pas d'importance…

— Oui ?

À cet instant précis, Janina Kołeczek se répugnait à elle-même. Elle s'écœurait vraiment. Mais puisqu'elle avait commencé, elle poursuivit :

— Je me sens un peu bête et, en tant que scientifique, je dois vous prévenir que toutes ces soi-disant cliniques suisses sont en réalité gérées par des charlatans qui construisent des sanatoriums dans les Alpes dans le seul but de vendre de l'eau sucrée et une belle vue à un million de dollars à des patients qui ont perdu tout espoir et pour qui la question du prix ne se pose pas.

— Je vous en prie.

La tristesse et la détresse dans la voix de cette jeune femme lui déchiraient le cœur.

— Il y a une clinique dans les Pyrénées françaises spécialisée dans le soin du trouble du stress post-traumatique. Il est vrai que là, en l'occurrence, le problème est inverse, les émotions fortes font que le souvenir ne veut pas nous quitter. Mais il se peut que les mécanismes soient similaires.

— Comment s'appelle-t-elle ?

Bon, elle ne pouvait plus reculer maintenant. Elle se répétait que cela pouvait tout changer. Pour tout le monde. À tout jamais. C'était à portée de main.

— *Le Trésor perdu*. C'est en français. Cela veut dire…

À sa grande surprise, la professeure Zofia Lorentz eut un bref éclat de rire avant de secouer la tête, incrédule.

— Oui, je sais ce que ça signifie. Merci.

Il n'y a pas de quoi. Il n'y a vraiment pas de quoi, songea Janina Kołeczek, amère.

# 4

Pour ne pas s'emporter et pour ne pas pouffer, mais aussi pour maîtriser la rage âpre et cuisante qui bouillonnait dans ses entrailles, elle se concentra sur le tableau accroché au mur. Elle se rappelait avoir signé une autorisation de prêt pour l'acquérir après les dernières élections parlementaires : peinture polonaise du XIXe siècle, une œuvre trop banale pour être exposée, mais trop bonne pour finir dans un hangar, Zofia avait été ravie qu'elle soit exposée dans un espace public. Et c'est dans la salle de réunions où on était en train de la licencier par la bouche d'un sous-secrétaire d'État de seconde zone qu'avait donc atterri ce paysage inquiétant de Witold Pruszkowski. Elle appréciait ce peintre, surtout pour sa période fantastique-non-évidente, comme dans *La Chute de l'étoile* de l'exposition permanente du musée national. *La Chute de l'étoile*, oui, c'est en dessous de ce tableau qu'ils auraient dû la mettre à la porte, ç'aurait été symbolique.

— Madame Lorentz, vous comprenez que dans la présente situation, nous n'avons pas d'alternative.

— Professeure Lorentz.

Le sous-secrétaire fit la moue, celle d'un homme très pris dont on gâchait un temps précieux sans raison.

— Madame le professeur Lorentz.

— Professeur*e* Lorentz.

— Comme ça, entre nous, je vous dirais…

La féminisation des noms de métiers dépassait apparemment de loin les capacités lexicales du sous-secrétaire.

— … que d'un point de vue privé, je suis de votre côté. J'estime que l'art doit provoquer, obliger à la réflexion, tracer de nouveaux chemins de pensée. Et même si elles touchent le sujet de l'idéologie du genre, ces provocations sont aussi nécessaires. Mais pas lorsque ça heurte les enfants. Et pour notre nation en particulier, il est totalement incompréhensible qu'en portant sur notre étendard les devises de la tradition et de la famille, nous laissions nos écoliers être traumatisés par la pornographie. Et où ça ? Au Musée national de Varsovie, la plus importante institution culturelle de Pologne.

Elle savait qu'elle devrait simplement dire poliment au revoir et sortir. Négocier était une perte de temps, expliquer des évidences une humiliation inutile. Convaincre qu'en la renvoyant, le nouveau gouvernement ne se séparait pas seulement d'une personne, mais de son réseau de connaissances et de sa réputation sans lesquels la plupart des actions spectaculaires du musée devenaient impossibles à réaliser, n'avait aucun sens non plus. D'accord, son renvoi ferait un tollé dans les médias, et pas seulement en Pologne. D'accord, elle irait en justice. D'accord, elle gagnerait. Et alors ? Rien. Mais pour l'effet dramatique, elle devait supporter cette scène quelques minutes de plus.

— Manger une banane, c'est de la pornographie ? demanda-t-elle. Comme ça, entre nous, vous ne pourriez pas me licencier sous un autre prétexte ? Avez-vous vraiment besoin de cette vague de moqueries qui va parcourir les médias depuis Lisbonne jusqu'à Vladivostok ? Attendez-vous avec impatience ces dizaines de manifestants qui dévoreront des bananes devant le ministère ? Ils se passeront le mot en un battement de cils.

— Madame, vous feignez de ne pas comprendre, répliqua le sous-secrétaire. Le problème, ce n'est pas la banane. Après tout, en tant qu'élément constitutif d'une nature morte, par exemple, une banane pourrait être une œuvre d'art. Ou dans les créations des peuples primitifs.

— Pitié, on est au XXI^e^ siècle.

— Et qu'est-ce que ça change ?

— On ne parle plus de *peuples*… D'ailleurs, peu importe, dit-elle en balayant l'air de la main. Poursuivez.

Le sous-secrétaire la gratifia d'un regard soupçonneux, mais puisque la suite ne vint pas, il reprit :

— Le problème, c'est la manière avec laquelle l'artiste dévore cette banane. Une manière libidineuse, pornographique, dévergondée, provocatrice et féministe. Par sa faute, des personnes nous écrivent pour nous raconter le retour en classe d'écoliers hystériques et en larmes qui refusent de retourner dans un musée pour n'avoir pas à contempler « de pareilles horreurs ». Tel peut être le pouvoir de l'art et vous, madame, malheureusement, soit vous ne contrôlez plus ce pouvoir, soit vous l'orientez à dessein dans une direction mauvaise et destructrice. Ainsi, en tant que votre administration de tutelle, nous avons perdu confiance, nous ne croyons plus que vous serez capable de diriger cette institution de façon responsable.

Zofia donna un coup d'œil à sa montre, puis plaça ses mains en pyramide devant elle en singeant le Premier ministre, avant d'adresser un sourire conciliant au sous-secrétaire.

— Je voudrais vous assurer, monsieur le ministre, que j'en suis capable et que la voix des visiteurs est importante pour moi. Tout comme est important pour moi l'avis de mon administration de tutelle. Je ne vous considère pas comme des politiciens, mais comme des personnes ayant gagné la confiance de la nation et à qui celle-ci a donné en retour le permis démocratique de contrôler divers aspects de la vie publique, dont le circuit de la culture et donc mon institution.

Le sous-secrétaire aurait préféré ne faire aucun commentaire parce que le ton conciliant de Zofia ne lui facilitait pas la tâche. Il s'était davantage préparé aux cris, aux accusations de censure et aux appels à l'indépendance de la culture. Mais la professeure suspendit sa voix, attendant visiblement une réaction.

— Je suis ravi que vous disiez ça, hasarda-t-il au bout de compte. Ce qui ne change rien au fait que…

Elle l'interrompit d'un geste.

— Je comprends et je voudrais que vous sachiez que je prends acte de votre décision en toute humilité. Certains directeurs ne conviennent pas à une époque donnée, je l'accepte, et peu importent leurs compétences. Le temps n'est pas figé, la psyché de la nation non plus, seul l'art immortel perdure.

Le politicien hocha la tête avec respect et soupira de soulagement d'une manière bien trop manifeste.

— En signe de bonne volonté et voulant quitter mon poste en parfaite harmonie avec vous, j'ai décidé d'adapter, avant mon départ, l'offre du musée aux sensibilités actuelles de la nation. Au moment où je vous parle, les employés du musée réarrangent l'exposition permanente. Nous dissimulons derrière des voiles toutes les œuvres qui contiennent des éléments de nudité ou de violence. Cette réforme concerne…

Elle sortit une feuille de son sac à main.

— … quatre cent huit œuvres en tout, dont les représentations de batailles, d'agonies, de cadavres, des scènes de chasse et les nus féminins et masculins entiers ou partiels. Malheureusement, c'est l'art religieux qui en pâtit le plus. Sans les crucifixions, les morts de martyres et les vierges allaitant, il n'y reste plus grand-chose. Mais il pourrait s'agir d'une contribution intéressante au débat sur la cruauté de la religion en général, vous ne croyez pas ?

Elle suspendit à nouveau sa voix, attendant une réplique, mais puisque le sous-secrétaire l'observait d'un air ahuri, elle se décida à reprendre la parole.

— Comme ça, entre nous, je vous dirais que ce qui me manquera le plus, c'est le *Hamlet polonais* de Malczewski. Quant aux visiteurs, ils regretteront certainement *La Bataille de Grunwald* de Matejko. Mais je saisis la lourde responsabilité qui nous incombe envers les adolescents et les enfants. Après tout, il s'agit d'une institution éducative.

— Vous vous moquez de moi.

— Absolument pas.

Le sous-secrétaire blêmit.

— Vous n'enlèverez pas *La Bataille de Grunwald.*

— Bien sûr que non, dit Zofia en riant. Ça serait un crime du point de vue de la conservation de l'œuvre. La *Bataille* est un objet exceptionnel, d'une surface équivalente à un appartement de deux pièces, plus de quarante mètres carrés. On ne peut pas l'enlever. Pour l'heure, nous la voilons, à l'instar des autres tableaux bannis. Avec le temps, nous les échangerons contre des œuvres stockées dans nos réserves, je doute qu'un visiteur lambda remarque la différence. Quant à *La Bataille*, je la dissimulerais bien derrière une cloison, mais c'est une décision qui appartiendra à mon remplaçant ou ma remplaçante.

— J'espère qu'il s'agit d'un canular stupide, dit le sous-secrétaire.

Zofia fit une moue étonnée.

— Monsieur le ministre, dit-elle lentement et catégoriquement, je suis une fonctionnaire responsable, une historienne d'art, la directrice du musée le plus important de Pologne. Et je prends très au sérieux la sensibilité des visiteurs. Vous voulez vraiment expliquer aux élèves de primaire la présence dans nos salles du tableau *Vénus couchée au petit singe et au Cupidon* ? Mais rien que son nom, ça sonne comme l'intitulé d'une page du darknet pour pervers notoires.

— Ces facéties vont vous coûter…

Il s'interrompit, lorgnant sur son téléphone posé sur la table qui s'illumina soudain d'une multitude de messages.

La professeure Lorentz regarda une nouvelle fois sa montre.

— Bien sûr, nous avons informé l'opinion publique de la grande réforme en cours dans un communiqué de presse spécial. La nation doit découvrir au plus vite que le musée est redevenu sûr.

Le sous-secrétaire jura et quitta la salle de réunions au pas de course, tandis que Zofia Lorentz plongeait le regard dans le paysage de Pruszkowski. Il était probable que personne ici ne savait que cet étrange paysage martien représentait en réalité l'aube qui se levait sur les prisonniers politiques déportés dans les bagnes de Sibérie.

On était en Pologne. Ici, aucun paysage n'était simplement un paysage.

## 5

Zofia descendit du tramway au niveau du rond-point Waszyngtona et décida de marcher jusqu'au lieu de son rendez-vous. Elle était bien en avance. Or, à chaque jour de beau temps, elle tremblait à l'idée qu'indépendamment des changements climatiques, cette journée particulière soit la dernière ensoleillée avant que le nuage est-européen habituel ne pose son gros cul sur Varsovie et ne se lève qu'au début du mois de mai.

Zofia flânait dans les passages piétons à l'arrière de la rue Francuska et s'imprégnait de l'automne varsovien. Elle se sentit soudain insouciante et heureuse. Pourtant, il s'agissait d'une sensation parfaitement absurde : en quelques minutes, elle était devenue l'ennemi public numéro un du pouvoir actuel, une tempête d'ordures médiatiques allait tournoyer au-dessus de sa tête durant les semaines à venir, elle venait de perdre le poste le plus enviable de sa profession et à la maison l'attendait un mari qui perdait la mémoire, dont sa partie la plus importante, les souvenirs de leur amour.

Malgré cela, Zofia sourit au ciel, oubliant même, l'espace d'un instant, à quel point elle était furieuse de devoir – pour rendre service à des amis – prendre encore ce jour-là un café avec on ne sait quel nouveau riche au métier obscur qui lui demanderait sans doute de retrouver la Chambre d'ambre ou une autre ineptie du genre.

## 6

Sa vie durant, elle avait vu bon nombre de belles maisons et bon nombre d'intérieurs magnifiques. Grâce à Karol notamment, elle avait rencontré plusieurs collectionneurs d'art de premier ordre. Pourtant, l'appartement dans lequel elle se trouvait, vitrine d'une bourgeoisie consciente d'elle-même, lui fit forte impression. Vu de l'extérieur, c'était une villa récente, si moderniste et réussie que les étudiants d'architecture et les lecteurs de Filip Springer devaient certainement venir lécher la grille pour que ruisselle sur eux des effluves d'ordre minimaliste et de fonctionnalisme divin. À l'intérieur, on découvrait une sorte de musée de l'élégance simple dans lequel seul un œil expert pouvait discerner des dizaines, voire des centaines de milliers d'euros scintiller dans les meubles, les lampes, les rares sculptures aux faux airs de modestie et dans les tableaux accrochés aux murs dans leurs cadres discrets. C'est avec une certaine jalousie que Zofia constata que même si elle avait disposé d'un budget illimité, elle n'aurait pas su agencer cet appartement avec plus de goût. La décoration graphique surtout, une toile de Nacht-Samborski et un Wróblewski étourdissant étaient très, très en accord avec ses préférences.

Elle souhaitait passer un peu plus de temps dans cet espace, c'est pourquoi elle écoutait cordialement son étrange hôte, bien qu'elle se fût promis en venant ici de boire un café rapide, de couper court à l'échange et de disparaître aussi vite que possible. Zofia devait admettre que son interlocuteur, qui s'était présenté à elle comme scientifique, ce qui signifiait qu'il n'était pas le fondateur de cette fortune, mais tout au plus son héritier, ne rappelait en rien les amateurs standards de trésors disparus et de théories du complot, avec leurs cheveux gras et leur regard de prophètes soviétiques, uniques dépositaires de la seule vérité du monde, auxquels elle avait d'ordinaire affaire. Son hôte était un blond barbu, large d'épaules, qui devait avoir dépassé la quarantaine, un homme au physique intéressant, un peu dans le genre seigneur viking ou capitaine d'une épopée maritime, qui se balade toujours vêtu d'un coupe-vent et sent l'aventure, la pipe et la mer. Il avait aussi des faux airs, et c'était peut-être grâce à la veste enfilée sur son pull à col roulé, d'un intello hypersensible, voûté par le poids des souffrances de la classe des travailleurs. Le politicien d'extrême gauche Adrian Zandberg, s'il avait fait un peu de muscu et s'était laissé endurcir par le soleil et le vent, aurait pu ressembler à un cousin germain de Bogdan Smuga. C'était ce genre de gars. C'est-à-dire absolument pas son genre et pourtant, plus Zofia l'écoutait, et plus elle regrettait de n'avoir pas enfilé des talons plus hauts et un tailleur moins formel. À côté de ce Viking barbu, elle se sentait l'apparence d'une fonctionnaire insipide.

Cela faisait un quart d'heure que cet homme s'extasiait de sa voix grave au sujet des exploits que Zofia avait accomplis au cours de sa carrière. Elle décida donc d'abréger ses souffrances.

— Ne le prenez pas mal, mais vous n'avez pas à me résumer mon CV, dit-elle. Je le connais mieux que vous et je le raconte mieux. Pardonnez ma réticence, mais je suis venue vous voir uniquement parce que nous avons des amis en commun. Et vous vous doutez bien qu'il ne s'agit pas de ma première conversation de ce genre.

— C'est-à-dire ?

— C'est-à-dire que depuis quelques années et plus précisément depuis qu'un portrait de Raphaël disparu a été retrouvé grâce à moi et, avec lui, toute une collection de toiles impressionnistes jamais répertoriées, diverses personnes contactent mes amis dans le but d'organiser ce type de rencontre. D'ordinaire, je refuse. Parfois, je ne peux pas, car ce sont des amis trop proches qui me demandent de leur rendre service.

— Comme dans ce cas ?

Elle opina du menton.

— Mais j'apprécie que cette conversation ait lieu dans un tel décor.

Elle se leva et s'approcha du tableau de Wróblewski : le poisson d'or qui nageait au-dessus d'une ville engloutie produisait sur elle un effet hypnotique. Vraiment, elle aimerait posséder une telle toile sur le mur. Sur le mur d'un musée, bien sûr, se corrigea-t-elle aussitôt en pensée.

— Votre famille prête-t-elle parfois ces œuvres ?

— Rarement. Mon père estime qu'aucun artiste ne peint en ayant un musée en tête, et que la place de l'art est là où vivent les gens, que seuls de tels endroits peuvent le mettre en valeur.

Elle hocha la tête avec compréhension. Le silence se prolongea, ce qui ne dérangeait visiblement ni l'un ni l'autre, et décontracta définitivement et de manière subtile l'atmosphère.

— Vous n'êtes pas curieuse de savoir ce qui me pousse vers vous ?

— Pas vraiment.

— Ce n'est pas une approche très scientifique.

Elle haussa les épaules.

— À propos d'approche scientifique, quelle est votre profession, précisément ? J'admets m'être renseignée un peu sur vous avant de venir et je n'ai pas compris un traître mot des informations que j'ai réunies.

— Je suis un biologiste structural, je m'occupe de l'interaction des virus du type dsDNA avec les immunoglobulines hlgG par le biais de la cryomicroscopie électronique.

Elle se retourna, persuadée qu'il se moquait d'elle en utilisant à dessein un langage dont aucun mot ne venait du polonais, mais non, il l'observait avec calme et sérieux.

— C'est une spécialisation étroite, précisa-t-il, comme toutes les spécialisations de la science moderne, d'ailleurs.

— Et qu'est-ce donc que le MacArthur Genius Grant ?

Il se gratta la barbe, visiblement embarrassé.

— C'est une bourse scientifique.

— Pour les génies ?

— C'est un nom comme un autre.

Elle hocha la tête, pensive. Intéressant.

— Monsieur…

Elle hésita. Elle n'avait pas envie de lui donner du « monsieur Smuga ».

— … Excusez-moi, quel est votre titre scientifique, au juste ?

— J'ai fait une thèse.

— Docteur, permettez-moi maintenant de vous dire pourquoi je ne me mordillais pas les ongles d'impatience à l'approche de notre conversation. En fait, je suis une historienne d'art. Or l'humanité, dans sa frénésie collective de la création, a déjà produit tellement d'art que même si je vivais cent vingt ans, j'en frôlerais à peine la surface. Oui, c'est vrai, je m'occupais jadis de récupérer des œuvres dérobées à la Pologne, mais j'ai déjà retrouvé les plus importantes, alors vous comprenez bien… L'être humain mûrit, décide qu'il est plus intéressant de consacrer sa vie aux êtres réels qu'aux êtres potentiels. Je le précise afin que vous ne vous fassiez aucune illusion quant au fait qu'un récit narré de votre voix de ténor dans ce bel appartement au sujet de la Chambre d'ambre, du train d'or de Wałbrzych, du coffret royal d'Izabela Czartoryska ou bien encore d'une…

Elle agita la main en direction de la toile de Wróblewski.

— … collection légendaire de kapistes polonais me fera un quelconque effet.

En réalité, se disait-elle, je suis venue ici pour avoir une bonne excuse de rentrer plus tard à la maison, pour parler le moins possible avec mon mari et pour minimaliser la probabilité de découvrir qu'un autre souvenir important s'est évaporé de sa caboche et, avec lui, un bout de notre histoire commune.

Mais elle garda cette réflexion pour elle.

## 7

Il souriait poliment en farfouillant sans réfléchir dans son chou à la crème de chez Lukullus, mais intérieurement, il en avait gros sur la patate. Lorsqu'il avait préparé cet entretien, il n'avait même pas envisagé la possibilité que madame la professeure-docteure-doctoresse-multi-thésarde à la noix, la star de l'histoire de l'art Zofia-directrice-Lorentz l'enverrait paître avant qu'il n'ouvre sérieusement la bouche. Dans son esprit, elle serait restée assise au fond du canapé, intimidée par son richissime salon, puis aurait écouté sans piper mot son histoire familiale sibérienne, s'autorisant tout au plus des « oh ! » et des « ah ! » d'extase lorsqu'il en serait venu au récit de ses propres aventures dans le grand Est. Enfin, lorsqu'il lui aurait présenté son projet en lançant en passant que « le prix n'avait aucune importance », elle aurait répliqué d'une voix tremblante d'émotion : « Mais bien sûr, comment pourrais-je refuser ? »

En réalité, madame la professeure se promenait dans son salon d'une démarche lasse et le toisait de haut comme s'il n'était qu'un vulgaire colporteur d'aspirateurs. Il ne manquait plus qu'elle portât un tee-shirt estampillé : *I wish I could invoice people for wasting my time*[1].

Bogdan Smuga comprit qu'il devait changer de tactique.

— Madame la professeure, dit-il avec calme en écartant sa pâtisserie. Est-ce que je peux être honnête avec vous ?

— Mais non, pas du tout, continuez à me faire perdre mon temps, répliqua-t-elle.

À présent, pour changer, elle ne le regardait même plus, absorbée par le portrait d'une jeune femme. Il ne releva pas la pique.

— L'histoire de l'art ne m'intéresse pas, commença-t-il. Absolument pas. À mon humble avis, tout ce fatras pourrait ne pas exister. Toutes ces planches peintes, ces toiles, ces cathédrales, ces colonnes phalliques et ces cruches ornées de scènes de l'*Iliade*, j'estime que l'humanité aurait autrement avancé si elle n'avait pas consacré autant de temps à de pareilles balivernes. En sus, en tant qu'inconditionnel de la méthode scientifique, je suis fâché avec la religion, une maladie plus néfaste pour notre espèce que la peste, la grippe espagnole ou la fonte des calottes polaires. Or, il est clair que sans la chapelle Sixtine, la Mosquée bleue, la cathédrale Notre-Dame ou les icônes orthodoxes, les prêtres de tout acabit auraient eu plus de mal à conquérir le pouvoir sur les âmes des petites gens. En échange de fric et de gloire, les artistes ont soutenu par leur talent durant des siècles les sornettes prêchées par quelques curaillons qui se retrouvaient ainsi plus à l'aise pour diligenter de nouveaux massacres depuis leurs splendides temples illuminés par les couleurs des vitraux.

Zofia détacha son regard du portrait et contempla son interlocuteur avec intérêt.

— Et quand je pense que ce passe-temps étrange qui consiste à étudier la forme d'un mammouth gribouillé sur la paroi d'une grotte

1. J'aimerais pouvoir facturer aux gens mon temps perdu.

est qualifié de science, ça me fait doucement rigoler, poursuivit-il sans se départir de son ton sarcastique. Rien n'illustre davantage la dépréciation de ce noble concept qui consistait, jadis, à comprendre et à expliquer l'univers. Pour finir, je m'en carre tellement le fion de savoir dans quelle cave ou quel terrier a été enterrée la Chambre d'ambre que n'importe quel légiste serait surpris de découvrir au cours de mon autopsie qu'un lieu aussi sombre et reculé existe dans le corps humain.

Il acheva sa phrase et regarda son interlocutrice effrontément dans les yeux, mais plus il la regardait et plus il se sentait mal à l'aise. La professeure Zofia Lorentz avait des yeux singuliers, complètement ou presque complètement noirs. Dans la lumière déclinante de cet après-midi de septembre, il était incapable de distinguer la séparation entre l'iris et la pupille. Des mirettes typiques des peuples de l'Extrême-Orient si elles n'avaient pas été insérées par la nature dans un visage classiquement polonais d'une blonde pourvue de sourcils sombres, de zygomatiques saillants et de cheveux courts, couleur miel, coiffés derrière les oreilles.

Il remarqua pour la première fois que la professeure Zofia-la-grognasse-Lorentz, qu'il avait pris de prime abord pour une fonctionnaire asexuée et barbante, était attirante d'une façon – il chercha la comparaison adéquate un instant – totalement nouvelle pour lui.

Elle but une gorgée de son café et le regarda sans une once d'émotion.

— Des vases, dit-elle, et non des cruches. Mais à part ça, c'est très intéressant. Ensuite ?

Il se leva, s'approcha d'une commode simple, ouvrit un tiroir et en sortit un coffret en marqueterie. Il le posa sur la table, l'ouvrit et invita Zofia à le regarder.

## 8

En apparence, elle restait impassible, mais elle devait admettre qu'elle s'amusait follement. Le café était bon, l'agencement du lieu splendide, le portrait de Nacht de premier ordre et son hôte, bien qu'il ne fût absolument pas son genre, restait néanmoins séduisant et assez drôle, une fois qu'il s'était déridé. Zofia estima qu'elle méritait bien un peu de divertissement ce jour-là.

— Bon, effectivement, on est loin de la Chambre d'ambre, déclara-t-elle, taquine, parce que le coffret cylindrique avait la taille d'un gobelet de café.

Mais sa curiosité professionnelle prit le dessus et elle se pencha au-dessus de la table.

— Je peux ? demanda-t-elle en tendant la main.

— Je vous en prie.

Elle sortit délicatement de la boîte une sphère un peu plus petite qu'une boule de billard, taillée dans une pierre qu'elle ne connaissait pas. Le processus géologique avait produit différentes nuances de turquoise qui se fondaient entre elles, se mélangeaient et s'imprégnaient mutuellement ; il était difficile de croire que la nature avait obtenu ce résultat seule. La sphère était couverte d'un fin filet d'or rose s'agençant en un ornement géométrique qui aurait été qualifié de « tribal » dans un catalogue de tatouages contemporains.

— Intéressant, finit-elle par déclarer. Pourriez-vous me dire…

— Je suis curieux de connaître votre avis.

— Je ne suis pas une experte en bijouterie, mais d'après moi, une telle chose n'a pas le droit d'exister. Vu le travail du joaillier, remarquable, je dirais qu'il s'agit de la fin du XIXe ou du début du XXe siècle. De la couleur de l'or, je déduis que ça vient de Russie. Les Russes ont inventé et sont tombés amoureux de cet alliage d'or, de cuivre et d'argent bien avant l'Occident. Mais l'ornement indiquerait une influence de l'art des tribus autochtones, or personne à l'époque n'unissait ces motifs avec l'art de l'homme blanc. J'avoue me sentir un peu bête en le disant à haute voix, parce qu'on parle de la même catégorie de sornettes que la Chambre d'ambre et les trains d'or, mais…

Bogdan l'observait avec un sourire narquois.

— Je vais vous aider à dépasser vos réticences, madame la professeure.

De ses doigts de bûcheron, il ôta délicatement la sphère de sa main, la tourna et l'ouvrit, partageant la pierre en deux.

Smuga avait peut-être raison, le domaine d'activité de Zofia Lorentz n'appartenait sans doute pas à la science ; quant à ses fondements, ils constituaient sûrement une tentative de légitimer l'attirance humaine pour les bibelots étincelants, de justifier le besoin ludique d'être étonné et ébloui. Bref. Même si c'était vrai, Zofia ne regrettait pas à cet instant que sa pseudo-science l'ait conduite ici, à un endroit où elle ressentait le frisson de côtoyer une beauté qui lui était jusque-là inconnue. À la lumière de la lampe suspendue au-dessus de la table, l'historienne d'art était capable de distinguer la précision avec laquelle ce mystérieux bijou avait été conçu. Les rayons traversaient la fine couche minérale et lançaient des reflets turquoise. Mais Zofia n'y prêta pas davantage attention parce que le docteur Bogdan Smuga, avec une emphase surprenante chez un scientifique soi-disant insensible à la beauté de l'art, retira du centre de la sphère un minuscule ourson fabriqué dans un morceau de roche noir encre, probablement du basalte. Une minuscule clé en or rose était posée à côté de l'ourson.

— Vous ne voulez quand même pas dire que…

— … c'est un *Automaton* ?

Elle leva les yeux. Leurs visages se touchaient presque.

— En polonais, on dit « automate ».

— Mais le nom grec sonne d'une façon si mystérieuse, n'est-ce pas ?

Il sourit et lui fit un clin d'œil insolent.

Avec une précaution extrême, il introduisit la petite clé dans l'orifice situé sur le côté de l'ourson et la tourna plusieurs fois. Lorsqu'il l'ôta, l'animal miniature marcha sur quelques centimètres, accompagné par le bruissement d'un mécanisme centenaire, se dressa sur ses pattes arrière et s'immobilisa ainsi.

— Et maintenant, dites-moi si on ne bascule pas dans la catégorie des Chambres d'ambre et autres trains d'or ? demanda-t-il, sans dissimuler sa raillerie triomphale.

Elle soupira.

— De telles choses à cette époque, à condition bien sûr que je ne me trompe pas dans la datation, étaient fabriquées par un unique atelier, celui de Pierre-Karl Fabergé à Saint-Pétersbourg. Et…

Elle menaça Bogdan de l'index.

— … si ce n'est pas une blague et que vous me montrez vraiment l'un des œufs Fabergé disparus, alors oui, c'est officiel, je suis impressionnée. Je vous suggérerais aussi de ne plus le garder dans une commode, mais de faire construire un coffre spécial pour conserver cette merveille. Elle vaut une fortune.

Bogdan Smuga coucha négligemment l'ourson dans la sphère turquoise qu'il referma, la rangea dans son coffret et la jeta sans ménagement dans le tiroir.

— N'exagérons rien. Comme je vous le disais, je suis un homme de sciences, un ours dansant ne m'impressionne pas sous prétexte qu'il est vieux. Je l'apprécie parce que c'est un souvenir de famille. Mais peut-être que maintenant, au moins, vous m'écouterez sans moqueries ni persiflages et sans me traiter de cinglé qui gaspille votre précieux temps ? On peut se mettre d'accord là-dessus, madame la professeure ?

## 9

Adossée à la porte-fenêtre du balcon, Zofia Lorentz admirait le ciel rougeoyant au-dessus du quartier Saska Kępa. Le soleil pendait bas et illuminait Varsovie d'un éclat intense, magique, poussant les citadins à lever la tête, à sortir sur les terrasses et à détacher les yeux de leur téléphone portable pour observer la ville plongée dans cette illumination insolite.

— Je me suis toujours demandé pourquoi le soleil brillait en rouge, parfois, admit-elle.

— Le soleil brille toujours de la même façon, mais à cause de la diffraction de la lumière dans l'atmosphère, diverses longueurs d'onde arrivent jusqu'à notre rétine. Lors des levers et des couchers, les rayons lumineux tombent sous un angle plat et rencontrent au passage tellement de molécules d'air que, de tout le spectre, seules quelques nuances du rouge nous parviennent.

Bogdan Smuga se plaça à côté de Zofia.

— Cela annonce-t-il du beau temps, monsieur le scientifique ? demanda-t-elle.

— Au contraire. Plus la lumière est rouge et plus il y a de molécules d'eau dans l'atmosphère, ce qui augmente la probabilité que cette eau se transforme en nuage et qu'il pleuve.

Elle ne commenta pas, demeura silencieuse, les mains croisées sur le ventre. Elle réfléchissait. Et plus elle réfléchissait, plus elle se sentait amère. L'histoire que Bogdan Smuga venait de lui raconter avait été amusante et remplie d'aventures jusqu'à un certain point. Un jeune déporté en Sibérie, au lieu d'y mourir d'épuisement, devenait un fin connaisseur des tribus autochtones et un pionnier de l'ethnographie. Il trouvait l'amour, le bonheur et un sentiment d'appartenance parmi les habitants du pergélisol. En tant qu'ancien combattant pour la liberté, il défendait ses nouveaux proches contre les aspirations colonisatrices de la Russie et du Japon. Sa trajectoire était formidable, chaque phrase du récit vous tenait en haleine comme s'il s'agissait d'une superproduction hollywoodienne. Mais plus l'histoire avançait, pire elle devenait. L'insurgé polonais revenait dans sa patrie où personne ne voulait de lui. Ce scientifique éclairé se retrouvait harcelé dans un monde où l'Église interdisait d'enseigner la théorie de Darwin dans les universités. Puis, comme tant d'autres avant lui, il cherchait son bonheur à l'Ouest où il mourait pauvre et oublié de tous. Quant à la tribu autochtone chère à son cœur, elle devait se soumettre aux puissants : ses shamans trépassaient, sa langue n'était plus autorisée, sa culture se dissolvait dans une autre, plus rapide et plus facile d'accès, les rares traditions maintenues se transformaient en une caricature de fête foraine, en une attraction touristique de province. Lorsque enfin, sur la base des recherches de ce combattant polonais dénigré, on tentait de ressusciter le peuple en question, il était trop tard pour sauver quoi que ce soit.

— Et quel est le degré de votre parenté avec Czerski ? demanda Zofia.

— C'est mon arrière-arrière-grand-oncle du côté de ma mère, c'est-à-dire le frère de son arrière-grand-père. Mon arrière-grand-mère est née à la fin du XIXe siècle et a vécu près de cent ans. Quand elle s'occupait de moi dans les années 1980, elle me parlait beaucoup de l'oncle Benedykt, il avait dû lui faire forte impression lorsqu'elle était jeune fille. À cette époque-là, il avait vécu quelques années en Pologne, entre son retour de Sibérie et son départ pour Paris.

Zofia hocha la tête et Smuga se leva pour éclairer la pièce. Savamment disposées, les lampes soulignèrent tous les éléments décoratifs dignes d'être exposés. Le tableau de Wróblewski brilla de ses couleurs et avait l'air si beau que Zofia eut envie de le subtiliser.

— Je dois vous rendre justice, votre histoire est très intéressante et elle ne parle effectivement pas de la Chambre d'ambre. Votre babiole à l'ours dansant est fascinante. Je vous remercie pour cette soirée passionnante, mais je ne comprends toujours pas pourquoi vous teniez tant à me rencontrer.

— Parce que vous êtes l'unique personne capable de mettre la main sur quelque chose d'introuvable.

Elle pouffa de rire.

— Docteur, dit-elle sans cacher sa fierté, je crains que vous ayez, comme tant d'autres, une fausse image de moi, qui consisterait à croire que je suis une sorte d'Indiana Jones en jupon. Je comprends bien que l'histoire du Raphaël ait été vendue par ces stupides médias sous une forme sensationnelle, mais dans les faits, nous n'étions qu'un groupe d'historiens d'art et de fonctionnaires qui procédaient, sur les ordres de l'État polonais, au recouvrement d'une œuvre disparue. Êtes-vous vraiment sur le point de proposer à la directrice du Musée national de Varsovie de retrouver la malle égarée de votre arrière-grand-oncle ? Est-ce que j'ai l'air de ressembler à Tintin ou à Pirydion ? J'en ris, mais je devrais plutôt m'en offusquer.

— Pourriez-vous au moins m'écouter jusqu'au bout ?

Elle exprima son accord d'un geste, signifiant simultanément par sa mimique que puisqu'il lui avait déjà fait perdre du temps, alors quelques minutes supplémentaires n'y changeaient pas grand-chose.

— Je vais vous présenter quelques arguments qui pourraient vous convaincre. Ou peut-être pas, mais laissons sa chance à la chance.

Une légère raillerie perça dans la voix de Smuga.

— Le premier est culturel et universel, poursuivit-il. Moi, à votre place, je m'en ficherais, mais pour une historienne d'art, il pourrait avoir son importance. Dans le cas du Raphaël, ou dans des cas similaires, vous avez fait beaucoup de sacrifices pour sauver un artefact important pour notre patrimoine culturel. Si vous acceptez ma proposition, vous aurez la chance de sauver l'intégralité d'une culture. Une culture qui n'est sans doute pas aussi bénie de Dieu que la culture polonaise, mais quand même. Comme je vous le disais, les Aïnous utilisent aujourd'hui les travaux de mon oncle

Benedykt pour ressusciter leurs traditions oubliées. Et ils le font sur la base de sa correspondance avec ses amis polonais, de ses articles et de ses rares publications. Or, une grande partie de ses recherches, avec ses notes, ses croquis, ses photos et probablement même des cylindres phonographiques sur lesquels il enregistrait le déroulement de certains rites, tout cela se trouve dans ses archives qui sont on ne sait où. Imaginez le cas de figure où, je ne sais pas, moi, la culture française est sur le point de disparaître. Imaginez que, de toutes leurs traditions, seuls subsistent la tarte Tatin et un chapeau de Napoléon conservé dans un musée allemand ou italien. Et soudain, la sensationnelle découverte d'un trésor d'archives fournit non seulement de la matière aux chercheurs, mais permet aux Anglais et aux Allemands qui vivent maintenant sur les bords de la Seine de lire *Madame Bovary* ou d'entendre *La Marseillaise* pour la première fois.

— Seule la tarte Tatin a survécu, mais ils connaissent le français assez bien pour lire *Madame Bovary* ?

Elle estima sa plaisanterie réussie, car Bogdan Smuga lui fit le même regard triste qu'un député d'extrême gauche découvrant que son assistante parlementaire ne touchait même pas le SMIC.

— Le deuxième argument est national, reprit-il, impavide. L'oncle Benedykt était pour l'ethnographie ce que Marie Curie a été pour la physique ou Chopin pour la musique. Si on croit au rôle de l'identification tribale, alors il est sans doute préférable de s'identifier à de grands scientifiques qui n'ont pas seulement décrit le monde, mais se sont aussi consacrés à la défense des faibles et des oubliés.

— D'accord, dit-elle.

— Déjà ? Ça suffit ? Vous acceptez la commande ?

— Non. Je suis d'accord avec votre argumentaire. Du moins avec cet élément.

Il la considéra, perplexe, ne sachant pas s'il devait rire de sa remarque ou non, ce qui n'était pas une réaction inhabituelle chez les interlocuteurs de Zofia Lorentz. Il laissa donc passer un moment avant de poursuivre.

— Le troisième argument est scientifique d'ordre général. Du point de vue de l'ethnographie, il s'agit de matériaux inestimables qui permettraient de regarder sous un angle nouveau non seulement les

Aïnous, mais tous les peuples sibériens. On pourrait découvrir leurs croyances, voire redessiner la carte culturelle de l'Extrême-Orient. Et ici, permettez-moi d'anticiper votre question : non, en dépit des apparences, je ne m'en fiche pas. J'estime qu'avoir toujours plus de connaissances est positif, car on ne sait jamais ce qui va servir ni quand. Les astronomes retrouvent des comètes dans les cosmogonies populaires, les géologues détectent des failles sismiques dans les récits tribaux et les paléontologues devinent, sur la base des créatures mythologiques, quels ossements ont bien pu déterrer nos ancêtres. Le savoir est toujours bon.

Elle approuva d'un hochement de tête, son opinion n'aurait pas pu mieux correspondre à celle que Bogdan Smuga venait d'exprimer.

— Les arguments suivants sont de nature personnelle.

— Parfait. Je suis d'autant plus à votre écoute.

— Quatrièmement, mais j'admets que c'est un argument très récent, si on en croit les bandeaux de toutes les chaînes de télévision, vous n'êtes plus la directrice du musée national. Il se pourrait donc qu'un projet tel que le mien vous paraisse alléchant durant votre temps libre entre deux postes.

Il suspendit sa voix, attendant un commentaire de Zofia. En vain.

— Cinquièmement, la question du prix.

Elle frémit. Sans qu'elle sache pourquoi, la phrase lui parut être de mauvais augure.

— Vous dites ça comme si c'est moi qui devais le payer.

— Au contraire. Dans ce cas précis, la question du prix ne joue aucun rôle. Tant votre salaire que les frais engagés durant ces recherches dépendent intégralement de votre évaluation.

— Même si j'exigeais ce tableau de Wróblewski ?

— Hum… je crois que mon père préférerait se séparer de n'importe quelle somme d'argent que de cette toile, mais si vous vous entêtez, je l'emballerai moi-même dans du papier bulle et la livrerai chez vous. Ou dans n'importe quel musée de votre choix, précisa-t-il, la voyant sourire. Vous devez comprendre que, pour ma famille, c'est une affaire de haute priorité, mes proches veulent passer à la postérité en tant que personnes qui ont ramené l'oncle Benedykt au cœur de l'histoire mondiale. Pour résumer, vous avez le choix entre vous lancer dans une bataille juridique contre le ministère de la Culture ou vous lancer dans une investigation qui vous rapportera une certaine fortune, mais aussi la satisfaction d'avoir restitué à la Pologne un scientifique du calibre de Marie Curie et aux survivants d'une tribu autochtone la chance de sauver leurs traditions d'une disparition irréversible. Et puisque c'est ainsi que se présente à quelques virgules près la proposition qui vous insulte tant, je n'ai qu'une seule faveur à vous demander.

— Oui ?

— Ne vous moquez plus de Tintin et de Pirydion, il s'agit des plus importantes lectures de mon enfance.

Zofia se leva. Assise, elle ne réfléchissait pas bien, il fallait qu'elle marche. Elle s'approcha du Wróblewski, puis du Nacht, revint à la fenêtre derrière laquelle le crépuscule orangé s'était transformé en nuit ordinaire. Elle regarda Bogdan Smuga, voûté sur le sofa, les deux coudes appuyés sur les genoux, l'air d'un Viking éreinté de s'être adonné toute la journée à des pillages.

— Deux questions, déclara-t-elle. Pourquoi moi ? Prenez n'importe quel étudiant brillant et demandez-lui de se plonger dans les archives. Je ne ferai rien de plus que lui. Ça vous reviendra moins cher.

Il la contempla du regard de celui qui s'interroge sur les bénéfices potentiels de l'honnêteté. Bogdan Smuga ne ferait pas un bon joueur de poker.

— Vous avez déjà essayé ?

— Plus d'une fois, admit-il. Vous n'imaginez pas le nombre de cadenas qui gardent l'accès des différentes archives prétendument publiques ou d'institutions nationales. Et cela même si vous disposez d'un assortiment de passe-partout sous la forme de billets de cent dollars.

— J'imagine très bien. Donc, en réalité, vous ne m'embaucheriez pas pour mon exceptionnel savoir, mais pour les gens que je connais et ceux qu'ils connaissent à leur tour. Vous avez besoin d'une star du monde des musées qui ouvrira pour vous tous ces cadenas.

— Et la seconde question ? fit-il, évitant de répondre à la première.

— Je me demande ce que votre amour pour la science y gagnera ?

— La liberté. La science n'a de sens que lorsqu'elle est libre, lorsqu'elle ne se plie pas aux volontés ministérielles ou à celles des multinationales, lorsqu'elle est indépendante des institutions et des organismes de subventions.

Bogdan Smuga s'arrêta net, comme s'il luttait intérieurement pour savoir s'il devait passer aux aveux.

— Vous avez évoqué le MacArthur Genius Grant. OK, ce n'est pas n'importe quelle bourse. On parle d'un demi-million de dollars offerts aux plus grands scientifiques pour qu'ils puissent travailler durant cinq ans sur le sujet qu'ils souhaitent. Au-dessus de ça, il n'y a que le Nobel. Malheureusement, cette bourse touche à sa fin et avec elle, ma liberté de chercheur. Si je réussis à vous convaincre et si nous atteignons notre but, alors mes chers papa et maman consacreront une grande partie de leur fortune à mes travaux. En tant que scientifique, je serai libre. C'est notre accord.

— Et des joyaux inconnus sortis de l'atelier Fabergé qui valent des millions d'euros n'ont rien à y voir ?

Il haussa les épaules.

— Si, à condition qu'on me permette de les vendre sur eBay et de me construire un labo personnel avec l'argent gagné. Mais je comprends que la valeur culturelle soit importante pour vous, ma famille sera ravie de signer un contrat qui stipulera que tous les objets découverts au cours de votre enquête seront placés dans des musées déjà existants ou dans un nouveau spécialement construit pour l'occasion.

Bogdan Smuga cessa de parler. Zofia aussi. Ils comprenaient tous les deux qu'à ce stade, il n'y avait plus rien à dire.

Elle se rappela cette journée survenue quelques années plus tôt où elle s'était présentée au bureau le matin dans la peau d'une banale fonctionnaire et en était sortie le soir dans celle d'une mercenaire envoyée en mission par le Premier ministre pour dérober un trésor national disparu. En chemin, tout était allé de travers, elle avait frôlé la mort à plusieurs reprises et jusqu'à aujourd'hui, lorsque ses souvenirs lui revenaient en mémoire, elle avait l'impression d'avoir vu ces moments au cinéma et non de les avoir vécus. Pas un jour ne passait sans qu'elle repense à ces événements, mais aussi sans que l'excitation ne lui manque, couplée à l'adrénaline et à l'incertitude.

En théorie, elle ne pouvait pas refuser une telle proposition. Mais en pratique, elle y était forcée.

— Donnez-moi une minute pour réfléchir, dit-elle au bout du compte.

## 10

On prétendait tant de choses à son propos. Que, bien sûr, chaque marchand était un voleur. Qu'il achetait à bas prix. Qu'il vendait cher. Qu'il dévalorisait, qu'il surévaluait, que, globalement, il spéculait. Et que l'on savait bien à qui profitait ce genre de spéculations : voilà comment on blanchit l'argent de la mafia ! Que sa Ferrari break n'était qu'un mythe. Qu'il ne connaissait rien à l'art. Que c'était un blagueur, un poseur, un filou, un brocanteur, un galantin, un ringard, un rustre. Et s'il bossait dans un musée maintenant, ce grand philanthrope, ce n'était qu'une arnaque. Qu'il léchait les bottes du pouvoir, voilà tout, un tel marchand n'avait ni convictions ni honneur. Et qu'il n'était certainement pas aussi séduisant qu'il le croyait. Qu'un charme adolescent comme cela, c'est ce qui vieillissait en premier, il se transformerait bien vite en vieux croûton. C'est tout ce qu'elle en tirera, madame la professeure, elle devra supporter un vieux croûton, de piètres plaisanteries et des ripostes arrogantes. Au fond, j'ai pitié d'elle.

Cette litanie de critiques n'avait pas de fin, d'autant moins que le principal intéressé ne s'en offusquait pas, ne s'insurgeait pas contre, ne commentait rien et, en général, s'en carrait l'oignon – attitude dans laquelle un Bogdan Smuga l'aurait certainement conforté. Il estimait que se préoccuper de l'opinion d'autrui était comme de boire du Coca, d'écouter de la pop polonaise ou de s'enfoncer une fourchette dans la bite : c'était en théorie possible, mais à quoi bon ?

Cependant, personne ne soutenait jamais que Karol Boznański était un idiot. En effet, il réfléchissait vite et bien, et il le regrettait beaucoup en ce moment parce que, à cause de cela, il comprenait ce qui lui arrivait et il saisissait ce que cela signifiait pour la femme de sa vie. Cette lucidité faisait qu'une tristesse et une douleur difficile à supporter lui déchiraient en permanence le cœur.

Le problème avait commencé six mois plus tôt lors d'une dispute dans une chambre d'hôtel à Łódź. Qu'est-ce qu'ils faisaient là ? Zofia ayant une réunion au musée des Beaux-Arts MS2, ils avaient alors confié leur fille à ses grands-parents et s'étaient octroyé un week-end romantique à partir du jeudi. Ils dévoraient donc une pizza au restaurant *Bawełna*, quand Zofia s'était souvenue d'une autre pizza qu'ils avaient mangée deux ans plus tôt à Kargowa, lors d'un dîner au cours duquel ils avaient été attaqués par un fou furieux qui les avait reconnus et s'était mis à crier qu'un train rempli de trésors était enterré dans la forêt avoisinante puis, après avoir mal pris la plaisanterie de Karol à propos du sous-développement du réseau ferroviaire en province qui incluait le chargement des trains aux trésors, le forcené s'était jeté sur lui.

Karol avait écouté cette anecdote avec un grand intérêt, en avait sincèrement ri, puis avait demandé à sa compagne pourquoi elle inventait des histoires pareilles alors qu'ils disposaient d'autant de véritables souvenirs à raconter. Zofia s'en était étonnée. Et plus elle insistait, plus il la raillait. Une fois revenus dans leur chambre d'hôtel où ils avaient eu l'intention de faire l'amour sans craindre que leur enfant n'entre soudainement dans la pièce, l'érotisme n'était plus une option. Zofia pleurait en lui demandant de cesser sa plaisanterie. Sincèrement préoccupé, Karol avait conseillé à sa compagne d'aller faire des examens, suggérant que c'était peut-être le stress, qu'elle devrait se reposer ou changer de régime alimentaire.

À Varsovie, elle lui avait montré des photos de Kargowa : la résidence littéraire où il avait vécu durant deux semaines pour finir sa thèse, la place du marché, il y avait même un selfie à la pizzeria *Trzy Korony* parmi les images. Il lui avait présenté ses excuses, elle les avait acceptées, ils avaient estimé que c'était dû au surmenage, que Karol devait dormir plus.

Deux semaines plus tard, ils assuraient conjointement une visite guidée auprès d'une délégation d'émissaires américains, un moment important qui devait aboutir à la coopération de plusieurs institutions culturelles. L'objectif principal de la rencontre était la mise en place d'une exposition temporaire durant laquelle plusieurs œuvres conservées à New York et à Chicago viendraient pour la première fois en Europe. De nombreux aspects avaient déjà été convenus, mais les deux parties négociaient encore le prêt du Magritte préféré de Zofia. Avec son charme, son humour anglais et son talent pour séduire n'importe qui avec le récit de leurs exploits, Karol devait donc s'assurer que *La Durée poignardée* serait confiée au musée MS2 de Łódź le temps de l'exposition.

Au lieu de cela, un quiproquo gênant avait eu lieu : Karol s'était disputé avec leurs invités, après avoir prétendu que la récupération du *Portrait de jeune homme* de Raphaël, pourtant décrite par tous les médias de la planète, n'avait en réalité jamais eu lieu. Quand, furieuse, Zofia l'avait tiré sur le côté, il n'avait pas compris ce qu'elle lui voulait ; il avait même accusé sa femme de raconter des bobards aux crédules, de souffrir de surmenage, et lui avait conseillé de passer des examens.

Mais lorsqu'elle avait fondu en larmes, il avait pris peur. *La Femme juive aux oranges* le regardait de travers.

En fin de compte, c'est lui qui était allé consulter un médecin. Et c'était peu dire. Son parcours de santé avait duré plusieurs semaines pendant lesquelles ils avaient tour à tour sollicité des renvois d'ascenseurs, s'étaient rappelé au bon souvenir de certaines de leurs connaissances, avaient passé des heures dans des salles d'attente, et les examens successifs auxquels il s'était soumis leur donnaient de plus en plus l'impression d'être envoyés dans un film de science-fiction.

Pour rien.

Les différents médecins leur annonçaient, ravis et avec un fond de fierté, comme s'il s'agissait de leur mérite personnel, que Karol Boznański dans son ensemble et chacun de ses sous-modules en particulier étaient en parfaite santé. À ceci près que des souvenirs s'évanouissaient de son cerveau. C'était peut-être dû au stress ? Ou à un mauvais régime alimentaire ? « Reposez-vous, partez en vacances et mangez plus de légumes », disaient-ils.

Zofia et Karol étaient partis, ils s'étaient goinfrés de légumes, mais rien n'avait changé.

## 11

Le pire avait alors commencé. Avant cela, Zofia avait été un peu terrifiée, un peu sous le choc, mais également volontariste, déterminée à régler l'affaire, à diagnostiquer, à guérir, à rafistoler son mari cassé. Cependant, personne n'avait rien diagnostiqué ni guéri, et les cartons de nourriture végane qu'elle récupérait chaque jour sur le seuil de leur appartement lui rappelaient que son unique espoir de retrouver sa vie d'avant était des brocolis vapeur.

Elle tentait de rationaliser la situation, d'accepter que son rôle d'épouse se transforme progressivement en celui d'une infirmière en poste auprès d'un malade de longue durée. Sans succès. La nuit, elle pleurait dans la salle de bains. Elle avait honte de rêver qu'il ait simplement un cancer. Elle aurait préféré soigner un Karol mourant, changer ses couches, devenir folle de désespoir en le voyant souffrir et le tenir par la main jusqu'au bout. D'une certaine manière, cela aurait constitué leur ultime aventure commune. Elle aurait peut-être réussi à faire son deuil, ou peut-être pas. Elle aurait peut-être sauté d'un pont ou aurait trouvé un beau-père sensé pour sa fille et, pour elle, un petit copain convenable. Ça n'aurait été qu'un ersatz de son unique véritable amour, mais bon, c'est la vie.

Tandis que là ? Elle rentrait à la maison où l'attendait un homme qui avait les traits de son mari, sa voix et son sourire, qui cuisinait le même curry au maïs – Kasia exigeait du maïs dans chacun de ses plats –, qui jouait au chinois avec leur fille, qui plaisantait et pérorait de ce même timbre railleur.

Mais ce n'était pas lui.

À ce moment-là, Zofia avait compris que l'amour était un ensemble de souvenirs et de projets communs. Les bons jours, une relation impliquait de se remémorer des moments de bonheur. Les mauvais jours, elle poussait à s'étendre sur les traumatismes, parce que « toi, tu fais toujours ci » et « toi, tu ne fais jamais cela ». Ces différents événements, liés par le mortier d'une mémoire partagée, formaient le château fort où un couple flânait d'une pièce à l'autre et où il planifiait des expansions futures. À ton avis, où pourrait-on partir pour que ce soit aussi réussi que dans les Sudètes ? Il faut faire attention sur les kayaks pour que ça ne se termine pas comme l'année dernière. On ferait peut-être mieux d'y aller à vélo cette fois ? Et cette fête d'anniversaire de Kasia n'était pas réussie, je trouve, on devrait faire la prochaine sans la piscine à balles, j'ai toujours peur que les gamins n'urinent dedans. Et, d'ici deux ans, il faudra changer la clôture. Mais sans barbelés, s'il te plaît, pour que les adorateurs de notre fille ne se blessent pas quand ils feront le mur pour venir la voir. Tu crois qu'elle sera aussi volage que toi ? Moi ? Et qui avait un fiancé en CP ?

Sans souvenirs ni projets, il n'y a pas d'union. Il n'y a pas d'amour. Il n'y a que deux personnes qui partagent le même appartement et s'accordent sur celui ou celle qui devra aller chercher la gamine à l'école. Enfin, qui s'accordent dessus tant que les deux parents sont capables de retrouver le chemin de l'école et de reconnaître leur enfant – mais Zofia ne voulait même pas songer à ce stade.

## 12

Karol avait rapidement compris que ce qui lui arrivait l'affectait en fait moins que ses proches. Pire : selon l'adage des sages épouses américaines qui soutiennent que « ce que tu ne sais pas ne te blesse pas », cela ne l'affectait pratiquement pas. Un manque de souvenirs signifie par définition que celui dont les souvenirs disparaissent ignore qu'ils ont disparu. On ne peut pas se frapper soudain le front et crier : « Hé, ça alors, je ne me souviens plus que j'ai gagné au loto hier soir ! » Karol se sentait simplement lui-même, il ne savait pas ce qu'il avait oublié, il ne savait pas si, ce jour-là, il possédait moins, plus ou autant de souvenirs que la veille. Et s'il en avait moins – qu'est-ce qui s'était évaporé ?

Lorsqu'il avait compris cela, il s'était mis au boulot. Le réveil le tirait du lit chaque matin à six heures, avant tout le monde. Cinq minutes plus tard, il recevait un rappel qui lui disait : « Tu as des problèmes de mémoire, trouve la cuisine et lis la feuille dans le tiroir à couverts. » Sur cette feuille figuraient les données essentielles : son nom et son prénom, qu'il avait une femme prénommée Zofia, une fille prénommée Kasia et ce dont il souffrait. Ainsi que l'injonction de lire le dossier *Mémo* sur le bureau de son ordinateur où l'attendaient d'autres informations, des compléments qu'il mettait à jour au fur et à mesure.

Il prenait ces précautions au cas où il oublierait tout. Pour l'heure, rien de tel n'était arrivé. Il se réveillait à six heures du matin sans avoir assez dormi, en sachant pertinemment qu'il allait recevoir un message dans une seconde, puis qu'il lirait la feuille, puis qu'il allumerait l'ordinateur. Il savait ce qui était écrit sur la feuille et ce que contenait le dossier *Mémo*. C'était ennuyeux à mourir mais, au moins, il commençait tôt sa journée.

Quelques mois auparavant, il avait décidé de prendre un congé sans solde et de suspendre toutes ses activités professionnelles – ceci pour réduire le stress. Au début, ça le rendait dingue mais, à présent, il se sentait réellement bien. Il préparait un petit déjeuner pour trois, accompagnait Kasia au CP, allait faire des courses. Il rentrait, buvait un café, préparait le déjeuner et, avant d'aller chercher sa fille à l'école, il avait le temps de bouquiner, de regarder un truc à la télé et, avant tout, de travailler sa mémoire.

Son travail consistait à revoir ce dossier des souvenirs oubliés qu'il complétait avec l'aide de Zofia. Les descriptions brèves, souvent drôles, étaient agrémentées de photographies et de films. C'était la documentation de leurs aventures communes. Avec un grand étonnement, il se reconnaissait sur ces images, bien qu'il eût juré n'avoir jamais participé à de tels moments. Le dossier enflait, Karol voyait grâce aux dates que les entrées étaient de plus en plus nombreuses, que les descriptions devenaient laconiques, abrégées, que les auteurs ne faisaient plus l'effort d'adopter un ton léger. À chaque nouvelle journée, il avait de moins en moins de temps pour son café, pour cuisiner ou pour lire, parce qu'il tentait désespérément d'apprendre sa vie par cœur, parce qu'il voulait feindre le mieux possible d'être lui-même pour rassurer Zofia.

## 13

Ce que Zofia haïssait le plus, c'était ce satané dossier *Mémo*, le tombeau de leur amour fabriqué avec des zéros et des uns. Au début, elle avait été enthousiaste à l'idée de le mettre en place, elle se disait que c'était pertinent, que c'était un bon moyen d'agir. Au cours d'une conversation, dès que Karol la regardait sans comprendre, ils allaient jusqu'à l'ordinateur et complétaient le souvenir. Elle parcourait leurs téléphones portables à la recherche de photographies et de vidéos pour réunir le plus d'informations possible. Ça l'avait initialement amusée, car elle pouvait constater les différences parmi les détails qui attiraient leur attention. Quand Kasia était tombée d'un toboggan durant leurs vacances à la montagne et s'était entaillé le front, Zofia avait photographié l'aire de jeu, ce que Karol de son côté ne faisait jamais parce que ces terrains étaient toujours identiques et barbants selon lui. En revanche, il avait pris des photos de la clinique, estimant qu'il fallait immortaliser un tel moment, tandis que Zofia restait transie de peur. À la sortie des soins, la petite affichait une telle mine victorieuse qu'on aurait juré que le bandage sur sa tête était une médaille du mérite militaire. Une vraie fille à papa – ils en avaient ri.

Cependant, pour Zofia, l'attrait de la cave aux trésors de leurs souvenirs s'était vite fané. Elle avait le cœur brisé chaque fois que Karol voulait courir jusqu'à l'ordi pour y marquer des souvenirs qui s'y trouvaient déjà. En fin de compte, Zofia avait placé le dossier dans le *cloud* pour y avoir également accès et garder en tête la liste des moments inscrits. Elle les parcourait quotidiennement avant de rentrer pour ne pas les aborder par mégarde au cours du dîner. Elle ne souhaitait pas revoir son incompréhension d'abord, puis cet enthousiasme au moment d'aller les rédiger.

Zofia savait que Karol les lisait aussi tous les jours, qu'il faisait des efforts. Elle voyait ses notes, ses astérisques. Auprès de l'accident de Kasia, il avait ajouté : « Regarde aussi le ski, p. 18. » Ça l'avait intriguée, elle avait donc abordé prudemment le sujet du bandage à la montagne et c'est alors que son mari avait récité en riant : « Ce n'est rien, deux ans plus tôt, en décembre, tu étais tombée d'un télésiège, t'avais une bosse grosse comme ça ! » Zofia s'était raclé la gorge et s'était enfermée dans la salle de bains pour pleurer. Elle venait de comprendre que son homme passait du temps pour réapprendre leur vie au quotidien et qu'il faisait semblant d'être un lui-même imaginaire, inexistant, pour ne pas lui faire de la peine.

Le hic, c'est qu'elle était effectivement tombée du télésiège, mais la bosse, elle se l'était faite quand ils avaient tenté de s'envoyer en l'air dans le local à skis sans ôter leurs chaussures. Mais elle avait eu honte de l'écrire.

## 14

Karol avait profité de son temps libre pour revisiter ses vieux classiques, fut triste de constater que Verne était pénible à lire, avec tout ce savoir encyclopédique périmé. Dumas, en revanche, n'avait pas pris une ride, bien au contraire ; les connaissances historiques et la perspective d'un homme mûr permettaient à Karol d'apprécier encore plus ses romans. Il avait constaté avec un certain étonnement que la lecture des livres et de ses propres souvenirs était très semblable. Mieux, certaines de ses aventures lui paraissaient plus intéressantes que les romanesques, et il se disait sans cesse que si on les rédigeait de façon habile, un éditeur pourrait être tenté de les publier.

Mais cette similitude insufflait une fausseté inquiétante dans l'apprentissage de ses souvenirs. Son propre cas et celui d'Edmond Dantès ne faisaient aucune différence dans son esprit et, en rejouant sa mémoire, Karol se sentait comme un imposteur qui s'attribuerait les mérites d'un personnage de fiction.

Il craignait que Zofia le ressente et le prenne pour un piètre acteur.

Aussi, il ressentait de la colère, car tant qu'il n'ouvrait pas ce dossier, tant qu'il profitait de l'instant présent, en préparant le dîner ou en lisant – comme ces temps derniers – du Victor Hugo avant d'aller jouer au chinois avec sa fille, il était réellement heureux.

À quoi bon gâcher sa vie à faire semblant d'être quelqu'un qu'il n'était pas, même si ce quelqu'un, c'était lui-même ?

## 15

Zofia en avait honte, elle aurait voulu être meilleure, mais depuis un certain temps, elle l'évitait. Elle sortait de la maison de plus en plus tôt, elle y revenait de plus en plus tard et, durant les courts moments d'une présence mutuelle, elle n'abordait jamais les sujets qui auraient pu révéler une faille dans la mémoire de son mari. Elle vivait dans l'illusion que la fuite dans le quotidien les aiderait à fonctionner. Après tout, on n'avait pas besoin de se remémorer sans cesse des vacances romantiques. On pouvait très bien profiter de l'instant, se serrer l'un contre l'autre sur le canapé, regarder la télé, parler politique, accompagner sa fille au parc et la tenir pour qu'elle ne tombe pas d'une balançoire. C'est en cela que consistait la vie.

Elle n'y arrivait pas.

D'un jour à l'autre, Zofia sentait de plus en plus son existence se transformer en un film d'horreur de série B dans lequel son mari aurait été infecté par une forme de vie extraterrestre et où elle devrait jouer à l'épouse modèle qui ferait semblant de ne rien remarquer, sans quoi ce parasite la dévorerait, elle aussi. Chaque moment passé ensemble se muait en torture. Zofia présentait au monde un optimisme de façade, celui d'une femme préoccupée par la santé de son mari, mais elle avait tout le temps l'impression que les coins de ses lèvres saignaient à cause de son sourire forcé.

Ce n'est pas lui ! hurlaient les cellules de son corps quand ils mangeaient ensemble, regardaient un film ou se promenaient.

Elle avait tenté de se réfugier dans des relations charnelles. Elle croyait que la proximité physique subsistait par-dessus tout, au-delà d'une mémoire commune ou de projets communs, qu'il n'y avait là qu'un plaisir immédiat et rien d'autre. Elle se trompait. Dans un contexte normal, elle n'aurait peut-être pas remarqué que son mari l'avait touchée comme elle n'aimait pas, elle aurait simplement écarté sa main, l'aurait réprimandé ou en aurait plaisanté. Mais dans son état de tension permanente, le constat l'avait heurtée comme un coup de tonnerre : Karol avait oublié comment lui faire l'amour.

Elle avait tenté de transformer cette situation en qualité, elle avait puisé du plaisir dans le fait que, d'une certaine manière, elle se couchait chaque soir dans le lit d'un inconnu. Ça l'avait même excitée un certain temps. Mais leur proximité devenait coït, et plus Zofia se montrait brutale, plus Karol était perdu, plus il s'efforçait de se comporter comme elle en avait envie, persuadé que c'était leur manière de faire, qu'il l'avait simplement oubliée.

Ce qui était pire.

Zofia se persuadait que c'était ainsi que la majorité des couples se comportait. Les gens jouaient durant des décennies, les uns vis-à-vis des autres, les rôles de ceux qu'ils n'étaient pas.

Mais une mauvaise voix lui soufflait aussitôt qu'il fallait mettre un terme à de telles relations au plus vite.

## 16

— Tu devrais me quitter, suggéra Karol très calmement après qu'elle eut ôté ses chaussures et se fut attablée en cuisine, au moment où elle se demandait si elle avait plutôt envie d'un thé ou d'un verre de vin. Pardon, je me suis mal exprimé. J'estime que nous devrions nous séparer.

Elle se retourna, apeurée que Kasia puisse se tenir sur le pas de la porte.

— T'es devenu dingue ? chuchota-t-elle.

Mais elle n'était ni choquée ni incrédule, simplement lasse.

Ils savaient tous les deux – elle le savait d'expérience et lui, car ce conseil figurait dans l'en-tête du fichier principal par lequel il commençait sa journée – qu'ils devaient éviter les émotions fortes au cours de leurs conversations. Une partie du diagnostic de Karol décortiquait le mécanisme de l'oubli qui touchait exclusivement les souvenirs liés aux émotions fortes, à l'adrénaline. Plus il y avait eu d'adrénaline au moment des faits et plus grand était le trou de mémoire. Quand Karol l'avait entendu, il avait plaisanté en disant que ça sonnait comme une malédiction de conte de fées. Ça n'avait pas fait rire Zofia.

— Non, j'y ai longuement réfléchi aujourd'hui, dit-il. Je lisais mes souvenirs et, arrivé à la moitié, j'ai réalisé que je n'aurais pas le temps de finir avant ton retour. Et cela même si tu n'es presque plus jamais à la maison ces jours-ci.

— C'est juste que…

Elle voulut se justifier, mais il l'interrompit d'un geste agacé de la main.

— Arrête, je ne t'en veux pas. Mes trous de mémoire ne m'ont pas transformé en débile. Regarde-moi.

Elle le regarda.

— De quoi j'ai l'air ?

— D'un beau gosse.

— Est-ce que j'ai l'air malade ? Brisé ? Abattu ? Grisonnant ? Errant dans la maison, soulevant des coussins pour voir si les souvenirs de nos vacances à Mielno ne se trouvent pas en dessous ?

Elle secoua la tête en se disant qu'ils n'étaient jamais allés à Mielno.

— Et tu sais pourquoi ? Parce qu'ils ne me manquent pas. C'est à toi qu'ils manquent. Ma maladie n'est pas un drame pour moi, mais pour toi. C'est toi qui me regardes comme un parasite qui dévore ton Karol chéri. Et je le dis sans colère, je le comprends.

— Premièrement, sers-moi du vin. Deuxièmement, tu exagères, c'est juste qu'aujourd'hui…

Il l'interrompit une nouvelle fois.

— Nous reviendrons au « c'est juste qu'aujourd'hui », dit-il sur un ton qui l'inquiéta. Zofia, je vois tout. Tu sors plus tôt, tu reviens plus tard, tu m'évites et quand, par on ne sait quel miracle, tu te retrouves quand même à mes côtés, tu n'ouvres presque jamais la bouche de crainte qu'on remarque que je ne me souviens pas d'un événement important pour toi.

Elle faillit lui demander : « Et comment peux-tu être sûr qu'on ne s'est pas disputés hier soir ? »

— Et comment je sais qu'on ne s'est pas disputés hier soir ? demanda-t-il. Parce que je tiens un journal, voilà comment. Un journal que je ne stocke pas dans le *cloud* par souci du bien commun, pour que ma femme ne puisse pas fouiller dedans quand bon lui semble. Attends, ne m'interromps pas.

Elle sourit. Avant sa maladie, c'était l'homme le plus impatient qu'elle connaissait. Mon Dieu, qu'est-ce que ça lui manquait !

— C'est moi qui décide quand interrompre quelqu'un ou pas, répliqua-t-elle froidement. Et comment imagines-tu notre séparation ? Tu souffres d'une maladie chronique, je te signale.

Avant que les dernières syllabes ne quittent sa gorge, Zofia avait pris conscience de ce qu'elle disait, mais il était trop tard. Un silence incommode suivit.

— C'est curieux, dit Karol amèrement, parce que je ne me souviens peut-être pas de nos folles aventures dont je parcours le récit au quotidien, mais je me rappelle fort bien de nombreuses années d'instants simples, heureux et ordinaires. J'avais l'impression, peut-être fausse, parce que j'ai oublié nos disputes, nos cris et nos violences que tu n'aurais pas inscrits dans mon fichier, que nous avions une vie remplie d'amour.

Elle soupira.

— Karol…

— Et c'est un peu dur d'entendre que ce qui te retient auprès de moi, ce n'est pas un sentiment, mais ton devoir de bon samaritain qui te pousse à t'occuper d'un pauvre malade. Je confirme donc d'autant plus ce que je viens de dire. Nous devons nous séparer. Quant à la manière dont je l'imagine : normalement. Je vais déménager. Nous nous partagerons la garde de Kasia, du moins…

Sa voix se brisa.

— … du moins tant que je serai capable de m'en acquitter aussi bien qu'aujourd'hui. Toi, tu vas te trouver un homme avec lequel partager tes souvenirs et moi, je vais vivre dans ma bulle de bonheur idiot.

— Dans ta bulle de bonheur… répéta Zofia tristement.

— Qu'est-ce que tu veux que je te dise ? Que je souffre ? Je souffre parce que tu te sens mal. Mais en général, ça va. Je ne vis pas dans le passé, ce qui signifie aussi que je ne planifie pas l'avenir. Après tout, c'est pour cela que l'évolution nous a pourvus de mémoire, pour que nous puissions grâce à elle planifier nos actions, éviter les dangers et donner à nos gènes une plus grande chance de survie.

Elle signifia d'un geste qu'elle voulait parler, Karol s'arrêta, mais elle sentit une boule grossir dans sa gorge. Elle avait envie de lui crier que c'était lui qui planifiait sans cesse. Toujours, tout le temps. Elle en plaisantait, tout le monde en plaisantait. Il descendait d'un avion aux États-Unis et, dans la file d'attente jusqu'au contrôle des passeports, il se demandait déjà quelle destination choisir pour leur prochain voyage. Il entamait la lecture d'un Stephen King et annonçait vouloir acheter le nouveau Chmielarz. Ils regardaient *Stranger Things* à la télé et il suivait simultanément les bandes-annonces de *The Witcher* sur son portable. Elle lui reprochait d'être toujours ailleurs, d'être incapable de profiter simplement de l'instant.

Oui, quand les dieux veulent punir quelqu'un, ils exaucent ses prières.

La boule ne permit pas à Zofia d'articuler un mot, alors Karol reprit :

— Moi, je profite de l'instant. Et ça me convient. C'est comme dans le bouddhisme. Puisque je ne désire rien, alors que le désir est la source de la souffrance, je deviens libre.

Zofia émit un rire hystérique.

— C'est incroyable ! Tu ne te souviens pas comment me faire l'amour, mais tu te rappelles les principes du bouddhisme ? Ce n'est pas juste.

Normalement, il aurait riposté du tac au tac, aurait dit qu'il n'y pouvait rien si Bouddha parlait moins qu'elle et possédait une plus grosse poitrine ou un truc tout aussi bête. Au lieu de quoi, il la regarda, hagard, comme chaque fois qu'elle évoquait un sujet dont il avait perdu la notion.

— Quant au « c'est juste qu'aujourd'hui », reprit-il, figure-toi que je me souviens très bien que tu es la directrice du musée national. Alors, ça m'a fait bizarre d'entendre à la radio que tu t'es fait mettre à la porte avec fracas après avoir accroché, devant *La Bataille de Grunwald*, une nature morte avec une banane en guise de doigt d'honneur, c'est-à-dire une action que tu dois avoir préparée de longue date et dont il n'y a nulle trace ni dans ma tête ni ailleurs ! Plus j'y pense, plus je me dis que ma maladie n'est pas la raison principale de notre séparation. Tous les couples ne sont pas faits pour durer éternellement.

Je devrais accepter cette offre, se dit-elle. Retrouver mes esprits, voir ce que l'avenir me réserve. Reprendre le contrôle de ma vie.

— Fais tes valises, lança-t-elle pourtant. Tu pars dans les Pyrénées.

# Chapitre 6
# L'Île maudite

*La Montagne des bolcheviks • Les tropiques à la russe • Cet endroit est louche • Votre nationalisme est insupportable, madame • Près du hameau, il y a aujourd'hui un petit asile de fous • La Buchanka • Les enfants de la nature • Poèmes, étoiles, fantasmes, orgasmes • Un ours n'est pas un nounours • Vite, avant qu'on réalise que ça n'a aucun sens • Des légendes posthumes sur YouTube*

## 1

Elle se sentait coupable, mais un peu seulement. Oui, son mari était maintenant seul dans une clinique spécialisée dans les troubles de la mémoire. Oui, sa fille dormait maintenant seule, le plus tranquillement du monde, chez ses grands-parents. L'un comme l'autre à dix fuseaux horaires d'ici. Oui, elle était partie pour le travail, pour parler avec des conservateurs de musée, pour trimer dans des salles d'archives et feuilleter de la paperasse poussiéreuse. Mais il était tôt, son rendez-vous suivant était l'après-midi et la journée était si belle, ne pouvait-elle vraiment pas profiter de la piste de ski que les locaux s'étaient construite en plein centre-ville ?

Zofia sortit du téléphérique et inspira profondément. Ça lui fit mal. Ce n'était visiblement pas sans raison qu'on appelait cette station le *gorny vosdouch*, ce qui signifiait « l'air de la montagne ». La température avoisinait les moins quinze degrés, la neige crissait sous les chaussures, ses joues la picotaient, l'air brûlait dans sa gorge. Il lui avait donc fallu prendre l'avion jusqu'à la lointaine Sibérie, voire plus loin que la Sibérie, pour retrouver le véritable hiver de son enfance. C'était amusant. D'autant plus que les gens d'ici se plaignaient du changement climatique, qu'on ne voyait plus les hivers d'antan et qu'on ne pouvait plus aller nulle part en voiture, car en lieu et place du sol éternellement gelé, il n'y avait désormais plus que de la boue et des marécages. Mais Zofia ne s'en plaignait pas : à moins quarante degrés, elle n'aurait certainement pas tenté sa petite sortie à skis.

Elle tira son écharpe sur le nez, boutonna bien son blouson et balaya les environs du regard. Derrière elle, un soleil tardif et paresseux se levait sur l'océan Pacifique et illuminait de rose les nuages bas. Devant elle, une piste joliment damée, vierge à cette heure matinale d'un jour de semaine, serpentait vers une Ioujno-Sakhalinsk encore endormie. Dans la pénombre, on ne distinguait pas la laideur soviétique de la ville, et les carrés des rues, éclairés par des lampadaires, évoquaient plutôt des cités américaines, comme si Zofia se tenait sur un versant d'Aspen ou de n'importe quelle autre station du Colorado et non sur une colline gracieusement baptisée la « Montagne des bolcheviks ».

Elle fixa ses chaussures de ski et s'élança sur la pente, en direction des coupoles bleues et dorées d'une horrible église orthodoxe, étrangement haute, comme façonnée dans une tour d'habitation en béton armé.

Comme toujours lorsqu'elle skiait, elle ne songeait à rien.

Et c'était bon.

## 2

K : D'abord, Saint-Pétersbourg, maintenant l'île de Sakhaline, tu vis comme une aristocrate russe, ma parole. Demoiselle Rostova, va.

Z : Madame la comtesse Rostova, plutôt. Malheureusement.

K : Ah oui ? Et moi qui croyais que c'était Skype qui te filait un coup de vieux.

Z : Très drôle.

K : Tu y restes longtemps ?

Z : Deux, trois jours maximum. Ça fera moins d'une semaine en tout, je doute que Kasia remarque mon absence dans ce mix de palais, de spa et de fête foraine que lui ont organisé ses grands-parents.

K : Oh, je ne m'inquiète pas pour elle. C'est toi qui as l'air morose. Quelque chose te bouffe ?

Z : Pas les punaises de lit, j'espère. Après avoir lu les notes de voyage de Tchekhov sur Sakhaline, je me suis grattée pendant deux jours. Par exemple, il raconte la fois où son hôte ne l'a pas autorisé à dormir dans l'isba. La nuit, il a compris pourquoi. Il a découvert que les murs et le plafond étaient couverts d'une sorte de crêpe de laine, mû par le vent bruissant et chuchoteur. Ce crêpe, je m'en souviens, j'en ai encore froid dans le dos.

K : Arrête, je ne te parle pas des punaises.

Z : Je sais. En fait, j'ai surtout l'intuition qu'on m'arnaque.

K : Explique.

Z : Ce Bogdan Smuga me suit partout sans raison. Il est monté à Saint-Pétersbourg, il a aussi débarqué ici, en prétextant être mon interprète, ce qui aurait eu du sens ailleurs, mais à Saint-Pétersbourg, tant notre vieille amie Sardana que ses collaborateurs de la Kunstkamera parlent anglais mieux que moi. Avec un accent épouvantable, d'accord, qui fait sonner chacune de leurs phrases comme des menaces de mafieux, mais ce n'est pas une raison. Et puis, pour te dire la vérité, je n'espérais pas trouver quoi que ce soit à Saint-Pétersbourg. Benedykt avait envoyé une partie de sa collection dans cette ville qui, à l'époque, était la capitale de l'Empire ; c'est là qu'il puisait ses commandes et obtenait ses financements. Tous les documents qui avaient un rapport avec lui ont été soigneusement catalogués, décrits, photographiés et même mis en ligne. On est au XXI^e siècle quand même. Je misais éventuellement sur des journaux intimes jamais publiés, sur des notes ou une correspondance, quelque chose qui nous aurait permis de remplir les vides de sa biographie, mais les probabilités d'une découverte majeure étaient faibles. Malgré cela, Smuga m'a suivie.

K : Toi, tu sais que les chances étaient maigres, mais il ne le savait peut-être pas, lui ? Il s'est dit que puisque tu allais à Saint-Pétersbourg, alors tu allais déterrer des malles de trésors dans les souterrains du Palais d'Hiver. Et il voulait voir ça de ses yeux. Tu sais comment les gens imaginent ton travail.

Z : Admettons. Comment ça va ?

K : Je m'ennuie. Ce qui, à en croire le docteur Mnatsakanyan, fait partie de la thérapie. L'ennui, selon lui, c'est le meilleur médicament pour le cerveau.

Z : Je ne parviendrai jamais à mémoriser son nom de famille.

K : Ouais, on le croirait sorti d'un album d'Astérix. Il ne se passe vraiment rien chez moi. Dis-moi plutôt comment tu t'en sors.

Z : Je pourrais participer à *Questions pour un champion* sur la vie et l'œuvre de Benedykt Czerski.

K : Raconte-moi.

Z : Pitié.

K : J'aime quand tu racontes.

Z : Bon d'accord, mais la version courte. Territoires sous occupation russe, famille très noble, mais très appauvrie. Un père rêveur, une mère malingre, dix frères et sœurs. Étudiant, Benedykt se laisse enrôler dans la conspiration socialiste, l'un de ses comparses se fait attraper et balance tout son petit monde, alors notre héros est mis aux fers et envoyé à Sakhaline où les Russes tiennent une sorte de goulag avant l'heure, une île prison.

K : Une Guyane ou une Australie russe.

Z : Exactement. À ceci près qu'en Guyane, il y a des cocotiers sur la plage et qu'en Australie, on trouve la grande barrière de corail. À Sakhaline, il n'y a que de la boue, de la neige, du vent et il y fait moins quarante. C'est une île tropicale à la russe, quoi. En Guyane, tu peux bouffer des bananes, en Australie, chasser des kangourous mais, à Sakhaline, les mineurs mangent le suif des bougies tellement ils ont faim, cent pour cent des femmes et des fillettes se prostituent pour augmenter leurs chances de survie et on y noie les enfants à la naissance pour ne pas avoir à les nourrir. Le terme *enfer* est un euphémisme pitoyable, parce que, en enfer, il fait chaud et quelqu'un s'intéresse à toi.

K : Et qu'est-ce que Benedykt y faisait ?

Z : Il savait lire et écrire, alors d'abord, il a dispensé des cours aux enfants, puis il a dirigé une étude météo. Pour finir, il s'est intéressé aux peuples autochtones et...

K : Et quoi ? Pourquoi tu deviens pensive ?

Z : Parce que c'est la partie de son histoire qui me touche le plus, comme ça, humainement. Ce jeune homme a été arraché à ses racines, jeté dans un endroit façonné par la boue, le froid, le manque de soleil et un condensé d'ignominie humaine. Et il y rencontre ces Nivkhes, ces Orocks et surtout ces Aïnous qui répugnent à tout le monde parce qu'ils ont des queues…

K : Quoi ?

Z : Ils étaient très poilus et, effectivement, quand on les déshabillait, leurs poils dans le dos se pelotonnaient le long de la colonne vertébrale comme une queue. C'est stupide, mais des sauvages à queue, ça fait vendre, tu comprends. Donc, tout le monde les prenait de haut parce qu'ils étaient poilus, s'habillaient de peaux de poisson et qu'ils puaient. Même un forçat dont le seul but dans la vie était de nourrir les prochaines générations de vermine pouvait se prendre pour un aristo auprès d'eux. Et le petit Benio…

K : Benio ?

Z : Comment veux-tu que je l'appelle ? Ben ? Monsieur Benedykt ? Et puis, toute sa famille le surnommait ainsi, « Benio ». Donc Benio a vu dans les Aïnous le même genre de tribu persécutée que celle dont il était lui-même issu. Il a apprécié la cohésion entre leurs croyances animalistes, leur vie en accord avec la nature et le respect d'un code moral simple. Il a vécu parmi eux et a vraiment voulu les aider, les sauver de l'oubli. Plus je me documente à son sujet et plus je suis émue par son héroïsme désintéressé. Dès le départ, son entreprise était vouée à l'échec, on ne peut pas sauver une tribu velue contre les impérialismes japonais et russe.

K : Se lancer dans une telle bataille, c'est si polonais.

Z : C'est polonais à en être déchirant. Tu songes tout de suite à Kościuszko, à Bem. De sacrés Polonais, les patrons des causes perdues. Les Russes se moquaient de Benio en disant qu'il était devenu le roi des sauvages. Quant aux Aïnous… tu sais comment ils l'appelaient ?

K : Non.

Z : *Akan*, ce qui veut dire « grand frère ». Ça a d'autant plus de sens que…

K : Attends, on arrive à la limite de mon temps imparti.

Z : Quel règlement idiot.
K : Petit nez ?
Z : Petit nez. Prends soin de toi.

## 3

À l'autre bout de l'Europe, cent quarante degrés de longitude plus à l'ouest, Karol Boznański rédigeait des notes sur son ordinateur portable. Un peu plus loin, dans un chalet en bois, deux hommes assis dans un canapé dégustaient un Banyuls rouge local et fixaient un *laptop* posé sur la table basse devant eux. Las, ils ne se rendaient pas compte que leur position évoquait un cadre de mauvais film. C'étaient deux hommes d'environ quarante ans, à la fois très semblables et très différents, disposés comme sur une vieille photo de mariage.

Le premier était grand et maigre, chauve, si noir que sa peau avait des reflets bleutés. Grâce à ses traits délicats et ses lunettes, on aurait dit un pianiste de musique baroque. Son compagnon en revanche était blanc, de la blancheur farineuse des Européens de l'Est, trapu et barbu comme un nain de jardin, l'archétype du malabar qui transporte le piano de son ami sur son dos sans même ôter un mégot de sa bouche.

Les ressemblances ? Ils portaient tous les deux des chaussettes blanches, un jean bleu et un tee-shirt bigarré. Le tee-shirt du Noir était gris, orné du logo du PSG et estampillé « Ici c'est Paris ». Celui du Blanc était bleu, marqué du slogan « Slovenia. Since 1991 ». Les deux semblaient fourbus d'être restés assis trop longtemps, tel un vieux couple qui n'a plus la force de faire l'amour ni de sortir boire une bière : ils auraient bien regardé une série, mais n'avaient pas envie de choisir de peur de se disputer, alors ils restaient assis dans le canapé en attendant le moment de se brosser les dents pour aller dormir. Cependant, ils donnaient aussi l'impression d'être des hommes dont il n'est pas prudent de piquer la partenaire au cours d'une danse, de les insulter au volant ou de leur chercher des noises dans un bar. Tapie dans leur calme las, une puissance de prédateur laissait entendre sans remuer un muscle qu'au fond, ils étaient repus, mais que s'ils le désiraient, ils pouvaient encore dévorer une proie – après tout, qui pourrait les en empêcher ?

— Petit nez ? T'es sûr que ce n'est pas une erreur de traduction ? demanda le Noir que son passeport français affublait du nom Pierre Touré.

— J'en suis sûr. En polonais, on peut former plusieurs diminutifs à partir de n'importe quel mot, répliqua le Blanc dont le passeport français stipulait qu'il s'appelait Marcel Kluzka.

Leurs passeports étaient authentiques. Quant à leurs noms, que dire ? Ils les portaient depuis assez longtemps pour s'y être habitués.

— Et qu'est-ce que ça veut dire ?

Kluzka haussa les épaules en s'imaginant devoir traduire en français n'importe quel petit mot petitement diminué d'une petite multitude de petites façons sans utiliser une seule fois le mot « petit ».

— Ils s'aiment, dit-il. Ils se font peut-être des bisous sur le nez, peut-être qu'ils se frottent le nez ou alors, ils se reniflent les fesses, qu'est-ce que j'en sais ?

— Quelle blague. Je n'arrive pas à croire qu'on fasse ça. Qu'est-ce qu'il écrit d'autre ?

— Il a résumé sa conversation avec Lorentz, et il vient maintenant d'ouvrir le fichier de ses notes privées. Il les parcourt. Et là, il écrit « Bogdan Smuga » dans son navigateur Internet.

Kluzka se pencha. Dans leur ordinateur portable, l'écran cloné de celui de Karol s'ouvrait dans une fenêtre distincte, c'est pourquoi tout s'affichait en plus petit et il fallait se concentrer pour réussir à lire ce qui s'y passait.

— Maintenant, il écrit.

— Traduis, cher major, j'ai besoin de me divertir.

— J'ai senti la morsure de la jalousie quand elle m'a parlé de Smuga. Je n'ai rien noté à propos de ce mec jusque-là. Je sais qu'il a embauché Zofia pour ses recherches. Ils se sont rencontrés à Saint-P. Maintenant, il est avec elle à Sakhaline. C'est tout. Karol l'a écrit et il a fermé le fichier. Et arrête de me traiter de « major », je te l'ai déjà demandé cent fois. Nous sommes des gens ordinaires, désormais.

— Et je t'ai répondu cent fois que pour moi, tu seras toujours un major. Des gens ordinaires, ce n'est qu'un statut transitoire, alors qu'un major, c'est un major.

Pierre Touré leur versa du vin.

— Et notre patient ne précise pas, reprit-il, que sa femme a parlé de son commanditaire comme en passant et à demi-mot, sans évoquer par exemple leur dîner en tête à tête dans la magique Saint-Pétersbourg. L'esprit de la narration épique se meurt. Rien que des faits, aucune fantaisie. Tu crois qu'on sera les témoins d'un drame matrimonial ? Je m'ennuie.

— L'ennui, c'est du pain béni pour des gens comme nous, commenta Kluzka. Dis-toi bien que normalement, on aurait dû voyager aux quatre coins de la planète pour la suivre et là, on reste bien au chaud et on reçoit les infos sur un plateau.

— J'espère qu'il la convaincra au moins un jour de se montrer à poil sur Skype. Il n'y a pas grand-chose à voir, mais ce sera toujours ça. Depuis que les amatrices porno sont en réalité des catins dans des studios d'enregistrement, il n'y a plus rien à mater sur le net.

— Tu sais ce que j'en pense.

Kluzka sauvegarda leur copie locale, se rendit sur le balcon et s'étira à en faire grincer les coutures de ses vêtements. Il manquait d'exercice. Après s'être appuyé sur la rambarde, il regarda au loin, le soleil se couchait quelque part dans son dos, masqué par un nuage neigeux, alors, ce paysage pyrénéen qui disparaissait de sa vue était étrangement dépourvu d'ombres, comme si la lumière rémanente leur parvenait de partout et de nulle part à la fois. Il avait accepté diverses missions et commandes dans sa vie, mais celle qui consistait à se tourner les pouces dans un chalet de montagne assez luxueux n'avait pas d'égales. Il aurait pu rester ici jusqu'à sa retraite.

Son compagnon et ami le rejoignit sur le balcon, où il inspira longuement et avec emphase. Ça n'étonna pas Marcel. Respirer ici équivalait à une prise de drogue, on absorbait l'odeur de la nature sur plusieurs niveaux : celle des premières neiges, des résidus pourrissant de l'automne récent, des poutres en bois du chalet, de l'humidité du ruisseau proche.

— Je me disais une chose, cher major.

— Oui ?

— Aujourd'hui, nous sommes indépendants. Mais à l'époque, si on était tombés malades, comme James et Honza, tu crois qu'on nous aurait envoyés ici ?

D'un mouvement de tête, il indiqua les lumières discrètes de la clinique de luxe dissimulée dans la forêt, *Le Trésor perdu*.

— Je veux dire, en thérapie, précisa-t-il.

— Non, répondit Marcel Kluzka.

— Pourquoi ?

— Parce que ce lieu est louche.

## 4

Jusqu'à ce que la conversation avec le conservateur du musée régional prenne une tournure étrange, Zofia considérait que pour un endroit situé non pas en dehors du monde civilisé, mais en dehors du monde tout court, ce voyage se passait remarquablement bien. L'hôtel *Gagarine* avait l'air sorti des années 1990, mais la chambre était proprette, le petit déjeuner basique consommé après le ski était *karacho*, et même la promenade dans les rues de la ville qui affichait ostensiblement sa laideur soviétique s'était révélée agréable. La cité disposait de beaucoup d'espace, passablement nettoyée, la saleté et la crasse joliment recouvertes de neige, elle ne différait en rien de l'ensemble du tissu urbain étalé entre Gorzów, près de la frontière polono-allemande et… cet endroit, justement, parce que plus loin à l'est, il n'y avait plus que l'océan Pacifique. Dix fuseaux horaires de pavés, d'habitations en béton armé, de vieux Diesels, de supérettes aux portes en plastique, de devantures de bars marquées du logo Pepsi, de bas-côtés boueux et de voitures garées n'importe où, sans parler du triomphe du libre arbitre qui permettait de décorer chaque balcon d'un immeuble d'une manière différente et absolument dépareillée des autres balcons, et ceci indépendamment de leur nombre. Il s'agissait peut-être d'une civilisation bâtie avec trois bouts de ficelle et deux planches en bois assemblées avec du fil de fer, mais on ne pouvait pas nier sa capacité à coloniser l'espace – et Zofia se sentit, d'une manière surprenante, fière d'appartenir mentalement et esthétiquement à un empire si vaste. Un empire banal, bourbeux, déglingué, mais familier, charmant parfois et, à la différence des autres, le sien.

En revanche, son architecture ne laissait aucun doute sur le fait que le musée de Sakhaline avait été bâti par les Japonais qui gouvernaient cette partie de l'île durant la première moitié du XXe siècle. Dans un souci d'identité russe, on l'avait flanqué de quelques tanks et de canons qui dataient peut-être de la Grande Guerre patriotique ou d'un conflit plus précoce, la guerre russo-japonaise par exemple, Zofia n'en avait aucune idée. Sans évoquer l'incontournable plaque à la faucille et au marteau, érigée à la gloire du prolétariat international. Elle se promena dans le parc qui entourait le musée, car elle savait que la statue de Benedykt avait aussi été bâtie dans le coin. Elle la trouva. C'était un monument modeste, couronné de l'effigie d'un barbu identifié en cyrillique : Benedykt Czerski. Et rien d'autre. C'était compréhensible : en fournissant plus d'informations, il aurait fallu avouer qui il était et comment il s'était retrouvé sur l'île, alors que là, Benedykt Czerski et basta.

Elle regretta de ne pas avoir de bougie.

Vladimir Grigorovich Kozemiako lui fit d'emblée une superbe impression. Elle s'attendait à l'archétype du fonctionnaire russe aux cheveux gras, poivre et sel, des verrues plein la face, dans une chemise beige saupoudrée de pellicules. Elle rencontra un beau gosse soigné d'une trentaine d'années avec des boucles noires nouées en queue-de-cheval, dans une chemise bleu clair aux manches retroussées et sans une seule dent en or. D'accord, il portait une chaîne dorée au poignet et une croix orthodoxe au cou, si grosse qu'on aurait pu la planter au sommet d'une coupole, mais en dehors de cela, c'était un professionnel de haut niveau parmi les cadres sup' des musées. Un homme éduqué, moderne, cosmopolite, polyglotte qui croyait – du moins, c'est ce que Zofia supposait – en la science par-delà les divisions nationales et en tant qu'héritage conjoint de l'humanité. Grâce à la recommandation d'amis communs, il s'était d'emblée montré poli, attachant, serviable et désireux d'apporter une solution à leurs problèmes. Et simultanément, il ne cherchait pas à cacher le fait que n'importe quel autre importun aurait rebondi sur la porte de son bureau tel un élève de maternelle à l'entrée d'un bar de strip-tease. Zofia comprit que Smuga avait eu raison de lui confier l'enquête – sans elle, son commanditaire aurait tout au plus pu visiter l'exposition permanente… à condition de ne pas être venu un lundi.

La présence de Bogdan, avec son maniement de la langue russe, s'avéra superflue – celui-ci buvait un thé, mangeait des *kartochkas* sucrées et écoutait avec un grand intérêt une conversation menée en anglais. Conversation qui, depuis un long moment, n'avait plus rien à voir avec l'ethnographie. Et dire qu'en la voyant arriver, Vladimir Grigorovich avait qualifié Zofia d'« Ed Sheeran du monde des musées » et avait failli tomber à genoux devant Son Altesse Royale. Eh bien… c'était de l'histoire ancienne.

— Votre nationalisme est choquant, madame, s'indigna Vladimir Grigorovich. Vous débarquez sur une île russe pour une affaire liée à une tribu ancienne considérée comme un peuple aborigène japonais, pour étudier la vie d'un savant né en Biélorussie, membre de l'Académie des sciences de Saint-Pétersbourg et qui a publié la plupart de ses œuvres en russe. Et vous dites ouvertement que vous voulez restituer un grand scientifique à la Pologne. Je suis déçu parce que c'est à cause d'attitudes telles que la vôtre que bon nombre de domaines scientifiques tournent en rond. Je me suis renseigné sur vous avant notre rencontre ; Sardana vous comparait presque à une semi-déesse et l'un de mes collègues de l'Ermitage vous a clairement qualifiée de « superstar ». Que dire, j'ai peut-être supposé à tort que les clichés au sujet des Polonais étaient exagérés.

Zofia souriait cordialement et s'efforçait de masquer qu'en esprit, elle jurait et grinçait des dents. Ce n'était vraiment pas de veine d'être tombée sur une victime de la colonisation polonaise aux confins du monde.

— Cher Vladimir Grigorovich, dit-elle le plus calmement possible, Benedykt venait d'une famille de nobles polonais, se considérait comme un patriote polonais, il a été déporté à Sakhaline pour avoir lutté pour une Pologne libre. D'ailleurs, il est revenu en Pologne après avoir purgé sa peine. Ce qui ne change rien au fait, bien entendu, que ses travaux appartiennent à l'humanité en général et à la tribu des Aïnous en particulier, je suis entièrement d'accord avec vous. Mais, je l'admets, mes motivations sont nationales.

— C'est curieux. Benedykt est né dans l'Empire russe et c'est ici qu'il a passé l'intégralité de sa carrière scientifique, puis il a vécu quelques années dans l'Empire austro-hongrois d'où, après le début de la Grande Guerre, il a émigré en Suisse puis en France où il est mort avant que la Pologne ne recouvre son indépendance. Il n'est pas né en Pologne, il n'est pas mort en Pologne, il n'a jamais vécu en Pologne. Sa vie durant, la Pologne n'a pas existé une seule journée.

— Vous, justement, un Biélorusse...

— D'origine.

— Vous, justement, un Biélorusse d'origine, devriez comprendre qu'une nation sans territoire n'est pas une fiction.

— Alors, qu'est-ce qui fonde notre appartenance à une nation ?

— Je dirais la langue.

— Dans ce cas, nous devrions prendre Benedykt pour un Russe. Il était certes polyglotte, il a rédigé ses travaux en différentes langues, dont le japonais, l'anglais et le français, mais la plupart de ses écrits, depuis ses études ethnographiques jusqu'à sa correspondance familiale, ont été effectués en russe.

— En son for intérieur, il se sentait Polonais.

Vladimir pouffa de rire.

— Vous aurez du mal à trouver des sources pour étayer une telle thèse dans vos notes de bas de page.

— Arrêtez de faire l'idiot, vous savez bien que la russophonie de Czerski est une conséquence de la colonisation.

— Tiens, tiens... Donc, quand un Polonais parle russe, c'est la conséquence de la colonisation et d'une politique de dénationalisation, mais quand un Biélorusse parle polonais, il puise en fait dans la fière tradition de la République des Deux Nations. Peut-être que si Navahroudak, où Benedykt Czerski est né, n'avait pas souffert des actions colonisatrices polonaises puis russes, si on n'avait pas interdit notre langue et n'avait pas considéré les gens qui la maniaient comme des sauvages, Benedykt se serait senti biélorusse en son for intérieur ? Il aurait peut-être utilisé la langue de ses nounous et de ses garçons d'écurie si dans la classe sociale de ses parents parler biélorusse n'équivalait pas à un harakiri social et professionnel ? Vous croyez vraiment, madame, que tous les habitants des colonies qui manient la langue du colonisateur et acceptent ses traditions appartiennent automatiquement à la nation de la métropole ?

Les Indiens deviennent des Britanniques, les Polynésiens des Français, les Congolais des Belges et les Iakoutes des Russes ?

Un long silence suivit, interrompu seulement par les gorgées de thé bruyantes de Smuga et le vacarme qui leur parvenait de derrière la vitre, un vacarme répété à l'identique sous toutes les latitudes, celui d'enfants qui folâtraient à la récréation.

— Non, je ne le crois pas, répondit sincèrement Zofia.

— Dans ce cas, nous conviendrons peut-être que Benedykt Czerski était un grand savant polono-biélorusse.

— Nous en conviendrons.

— Il était également aïnou, russe et japonais, mais nous n'avons pas à le partager davantage aujourd'hui. Mon Dieu, qu'est-ce que j'adore taquiner les Polonais. Vous êtes si choux dans votre impérialisme provincial et grincheux. Vodka ?

## 5

Ils revinrent à la vodka le soir, après une journée entière passée à parcourir l'exposition, à fouiller les archives et à photographier les rares manuscrits de Benedykt. La collection n'était pas très riche, elle n'était pas comparable à celle de Saint-Pétersbourg, la plupart des documents, Zofia les avait déjà vus dans divers articles, quant aux autres, s'ils n'avaient pas été mentionnés dans lesdits articles, c'est parce qu'ils n'en valaient simplement pas la peine. L'affaire s'annonçait mal embarquée.

Ils s'étaient installés tous les trois dans un centre commercial miteux coincé entre plusieurs barres d'habitation. En théorie, on n'aurait rien dû leur servir de mieux ici que des *pelmenis* rassis, or Zofia n'avait jamais mangé de meilleurs sushis, la soupe de poisson avait un goût extraterrestre et, pour finir, elle regarda goulument la spécialité de Sakhaline arriver sur la table : un immense crabe rouge. Le crustacé avait la taille d'un élève de petite section et ressemblait à une forme de vie cosmique sur le point de dévorer l'équipage du capitaine Kirk.

— Croyez-vous, cher Vladimir Grigorovich, que cette collection mythique de Czerski existe ?

Zofia venait enfin de poser la question qui lui trottait dans la tête depuis sa visite à Saint-Pétersbourg. Le conservateur la considéra avec attention.

— Je croyais que c'est ce que vous cherchiez ?

Et je me demande si mon effort n'est pas vain. Je sais que ce n'est pas forcément une bonne nouvelle pour vous et votre famille, admit-elle en se tournant vers Bogdan Smuga, mais le trésor de Czerski n'existe peut-être pas ? On a parcouru l'exposition de Saint-Pétersbourg, on a vu la collection locale, on sait qu'il n'y a pas de coffres mystérieux au fond de hangars remplis d'artefacts aïnous. Certes, il reste quelques trous dans la biographie de Czerski, mais peut-être pas au point d'y caler un eldorado sibérien.

Vladimir Grigorovich devint songeur tandis que Zofia goûtait au crabe. Elle craignait de devoir le manger avec une pioche et une scie mécanique, mais les éléments de la carapace ne constituaient qu'une décoration pour la chair préparée à l'avance. Elle s'empara d'un morceau, le trempa dans du beurre fondu, le plaça dans sa bouche et faillit défaillir. Pour des raisons éthico-climatiques, elle ne mangeait plus de viande de mammifères, mais n'avait toujours pas réussi à renoncer aux poissons ni aux fruits de mer ; et malgré son cas de conscience, elle se prenait pour une experte en la matière. Le morceau de chair qu'elle venait d'avaler était sans conteste la meilleure chose qui ait un jour touché son palais. Elle en mangea un second et elle sut que sa vie gastronomique serait désormais divisée en deux, un avant et un après le crabe de Sakhaline. Elle était sur le point de le dire aux deux hommes qui l'accompagnaient, mais se sentit soudain affreusement triste. Quelle ironie du destin, il manquait à ses côtés l'unique personne qui aurait pu comprendre son enthousiasme et avec laquelle elle avait envie de le partager. Alors, elle ne dit rien.

— Si on songe à sa quinzaine d'années passées à étudier une culture riche, on devrait effectivement avoir davantage de trouvailles, déclara Vladimir. Par exemple, on sait par d'autres sources que Czerski possédait une caméra et des cylindres phonographiques. Or, personne n'a jamais vu ces films ni entendu ces enregistrements. Dans notre collection à Saint-Pétersbourg, il n'y a que des objets du quotidien, et c'est déjà ça, c'est-à-dire des vêtements, des outils et de l'équipement domestique.

— Il n'y a aucun objet de culte, remarqua Zofia.

— *Tochno*. Exact. Où sont les *inaus*, les plus populaires des totems aïnous ? Où sont les *kacios*, les tambours des shamans ? Où sont les habits de ces derniers ? Où sont les représentations des ours, leur animal sacré, considéré comme un émissaire des dieux descendu de la montagne ? Ou ceux des chiens, l'intermédiaire entre notre monde et celui des morts ? Tant nous que les Japonais de Hokkaido en gardons un peu, mais rien qui viendrait de Czerski. Et on peut supposer que, puisque sa collection d'objets du quotidien est incomparable, alors, dans ce domaine aussi, elle devait être spectaculaire.

Zofia soupira. Elle but un verre de vodka.

— Comme vous le savez, je m'occupais auparavant de la recherche et de la récupération d'œuvres d'art qui appartenaient jadis à la Pologne.

— J'ai suivi les tentatives de restitution des monuments de Lviv, l'interrompit Kozemiako. C'est un miracle que vous n'ayez pas exigé qu'on vous rende les immeubles polonais, les pavés des rues polonaises et l'air polonais scellé dans des tonneaux. Des tonneaux ukrainiens qu'on vous aurait fournis gratuitement en guise de dédommagement suite aux massacres de Wołyń.

Il lui en coûta beaucoup de ravaler sa riposte, surtout après quelques verres de vodka, mais Zofia y parvint.

— Quoi qu'il en soit, il est facile de stimuler l'imagination des gens en leur disant que de fabuleux trésors de la culture sont cachés partout. Les civils mouraient par milliers, des villes entières étaient réduites en cendres, les bombes rasaient la moitié de l'Europe et seul l'art immortel aurait survécu, attendant sagement au grenier d'être découvert ? Bien sûr, ce ne sont que des balivernes, les trésors de la culture sont partis en fumée avec le reste des biens matériels, et même plus que le reste parce que quand on fuit le front, on emporte ses enfants et ses bijoux, pas un portrait dans son cadre doré, une huile sur toile d'un mètre sur deux.

Kozemiako approuva du menton et Bogdan Smuga la considéra avec attention.

— Et je me dis de plus en plus que nous pouvons nous tromper en pensant qu'en remplissant les trous dans la biographie de Czerski, nous trouverons automatiquement des coffres en fer forgé remplis de trésors. Ces malles auraient très bien pu brûler comme la majeure partie de l'Europe au cours du XXe siècle. On sait que la personne la plus proche de Benedykt était son frère, un homme moitié politicien, moitié industriel qui, durant l'entre-deux-guerres, a transmis quelques broutilles venues de Sakhaline à l'Institut de l'Est de Varsovie.

— Il leur a peut-être transmis davantage que des broutilles ? demanda Kozemiako.

— J'y viens, répliqua Zofia. Fondé en 1926, l'Institut n'a même pas survécu jusqu'à la fin de 1939, il a brûlé dès septembre avec sa collection. C'est pourquoi je suis allée à Saint-Pétersbourg et c'est pour cela que je suis ici. Si des artefacts se trouvaient dans des collections privées et ne sont pas remontés à la surface durant cent ans, cela veut dire qu'ils n'existent plus. Notre seule chance, c'était un musée. La plupart d'entre eux possèdent trop d'objets, c'est la pagaille dans les réserves... Il suffit qu'un employé subalterne qui doit effectuer un inventaire décide de le remettre à plus tard, et qu'entre-temps, il change de boulot, alors rien n'est fait... Vous n'imaginez pas le nombre de chefs-d'œuvre considérés perdus pendant des décennies qu'on a retrouvés grâce à un tuyau qui avait éclaté dans une cave, dans un recoin oublié d'un musée...

— *Daaaa*... dit Vladimir Grigorovich sur un ton songeur en interrompant Zofia. On a eu une situation de ce genre il y a quelques années, du temps de mon prédécesseur.

Elle l'interrogea du regard.

— Une canalisation s'est rompue et une partie des réserves a été détruite, dit-il lentement. Aucune œuvre d'importance, même pas des œuvres, d'ailleurs, mais beaucoup de paperasse.

— Je comprends, dit-elle. Avez-vous découvert ce qui a provoqué l'avarie ?

— L'inadvertance d'un employé de bas niveau. Un homme au demeurant très attaché au musée, presque... hum... comment dire...

presque amoureux de sa thématique. Nous avons donc décidé de ne pas lui en tenir rigueur. Du reste, il a démissionné peu après.

Vladimir se tut le temps que le serveur remplace la bouteille de vodka vide par sa petite sœur. Bogdan Smuga fronça les sourcils et se pencha vers eux.

— C'est une impression ou vous parlez en code ?

— En jargon des cadres de musée, lança Zofia en masquant difficilement son excitation avant de se tourner à nouveau vers son collègue russe. Et où pourrait-on trouver cet ancien employé ?

Vladimir Grigorovich garda le silence un instant, vida un nouveau verre de vodka et partit d'un rire gras.

— Vous connaissez la biographie de Czerski, n'est-ce pas ?

— Assez bien, oui.

— Au tout début de sa peine, avant de s'intéresser à l'ethnographie, qu'est-ce qu'il faisait ?

— Il conduisait une étude météorologique dans un hameau nommé Rykovsko.

— Aujourd'hui, le village s'appelle Tymovskoïe, il est situé à cinq cents kilomètres au nord d'ici, à peu près au centre de l'île. Dans sa station météo aux abords du village, il y a maintenant un petit asile de fous. Demandez à y voir Igor Petrovitch. Ou alors cherchez le *tusu kuru*, ils sauront de qui il s'agit.

## 6

K : Tu as bu ?

Z : En Russie ? Tu plaisantes. Ce sont des gens profondément croyants, de toutes les boissons fortes, ils ne consomment que du thé.

K : Très drôle.

[...]

[...]

K : Zofia ? Tu t'endors ?

Z : Rien n'est drôle, putain, mais alors pas du tout, voilà.

K : Si tu veux te reposer...

Z : C'est pas marrant, parce que t'es pas là, bordel.

K : Zofia, je t'aime, mais cette conversation, franchement.

Z : Je t'aime moi aussi, putain, tu le sais, ça ? Mais t'es pas là et c'est naze. À propos, tu sais comment on dit vodka en russe ? *Vodka*. C'est marrant, non ? Oh merde, je crois que je vais être mal.

K : Va vomir un coup.

Z : Arrête de me donner des ordres ! Bordel, vous ne faites rien d'autre que de filer des ordres, satanés dinosaures, la noblesse patriarcale. Ça te faisait marrer que je sois devenue directrice. Et qu'il faille dire « la docteure », « la professeure ». Tu crois que j'ai oublié, ça ? La chatte ne te dérange pas, curieusement. Pas la peine de dire « madame la chatte ». Est-ce que je peux asticoter la chatte de madame, madame la professeure ?

K : « Monsieur le sein » ne me dérange pas non plus.

Z : Joue pas au plus malin. On disait certainement *la* sein dans le temps, mais vous nous l'avez pris. En otage. Et on dit « madame la poitrine », d'abord, avec respect. Parce que t'es pas là, quoi.

K : Zofia, tu pleures ?

Z : Tu sais quel bon crabe j'ai mangé aujourd'hui ? Gros comme ça, tout rouge, pauvre bête, la meilleure chose au monde. C'était peut-être une mère ? Karol, est-ce que j'ai mangé la mère de quelqu'un ? Est-ce qu'il y a un petit crabe au fond de l'océan qui hurle pour voir sa maman ? Je suis horrible.

K : Zofia…

Z : Rien à foutre des petits crabes, bordel, c'est la sélection naturelle, fallait avoir une mère plus maligne. Je bouffais ce crabe et j'arrêtais pas de me dire que t'étais pas là, que c'est toujours avec toi que je faisais ces trucs-là et pas avec des Russkofs. C'est ensemble qu'on devrait être ici, au bout du monde. C'est pas juste. Mince, je me perds dans mes phrases comme Żulczyk dans ses romans, désolé quoi. Et j'arrêtais pas de me rappeler combien de découvertes culinaires on a faites ensemble, comme dans cette brasserie à Lviv, tu t'en souviens ?

[…]

Z : Bah voilà, putain, tu ne t'en souviens pas. J'ai oublié que t'as oublié. Je crois que je vais gerber, au final. Gerber ? Pourquoi on appelle ça gerber ?

K : Zofia…

Z : J'ai oublié que t'as oublié.

K : Zofia, attends…

# 7

Les prévisions météo modernes, basées sur plusieurs modèles statistiques qui analysent des données en provenance des satellites, des stations d'observation et de bouées météo, avaient privé le monde marin du romantisme des tempêtes. Certes, on ne parvenait pas toujours à éviter le vent et le mauvais temps, mais un bateau qui s'engageait sur une mer réellement houleuse le faisait par choix, parce qu'on estimait plus économique de tanguer deux jours sur des vagues que de contourner une tempête. C'était toujours une question de prix, jamais celle du confort et de la sécurité de l'équipage. La tempête peut-elle endommager la cargaison ? Est-ce qu'on va perdre une prime si on est en retard ? Combien va-t-on débourser en réparations ?

Le *Vincent* ne transportait rien du point A au point B, et l'objectif ultime de ses officiers était de préserver le calme dans sa section Cargo, ce qui ne causait aucune difficulté sur ce bassin assez paisible et prévisible. Une tempête moyenne peut parcourir jusqu'à sept cents milles en vingt-quatre heures ; le *Vincent* parvenait à en traverser trois cents dans le même temps. Dans la mesure où les prévisions météo sur trois jours se vérifiaient quasiment à cent pour cent, éviter un temps véritablement périlleux n'était pas un défi.

Malheureusement.

Olga Gavrilescu avait commencé sa carrière à l'époque des satellites et des prévisions numériques transmises régulièrement sur la passerelle, alors le frisson de l'incertitude dont lui parlaient ses collègues plus âgés lui manquait. Ils lui racontaient les fois où ils fixaient le baromètre, n'en croyant pas leurs yeux, celles où, saisis d'effroi, ils découvraient un nuage sombre en forme d'enclume à l'horizon, celles où apparaissaient sur l'écran radar des déluges si massifs et si denses qu'on aurait juré un continent oublié, celles où ils contemplaient depuis la passerelle le bateau se plier, et, tendus au possible, ils n'attendaient plus que le craquement d'une coque brisée pour faire leurs adieux à la vie.

Au XXI$^{e}$ siècle, c'était impensable.

C'est pourquoi maintenant, bien qu'un calme et une maîtrise de soi tout professionnels émanassent d'elle, intérieurement,

Olga effectuait la danse sauvage d'une fillette joyeuse. Le temps n'était pas réellement mauvais, ça soufflait force six, voire sept par rafales, mais le système de basse pression se révélait si vaste qu'il était inutile de tenter de le fuir. Les commandants avaient fixé le cap et la vitesse pour que ça tangue le moins possible et c'était tout : les cérébraux s'étaient offert une journée de libre, l'équipage était ravi de ne pas avoir à travailler sur un pont mouillé, les officiers de garde avaient enfin autre chose à faire que de boire du café et Olga devait se tenir au garde-corps de la passerelle pour garder l'équilibre. Ça lui arrivait pour la première fois depuis des mois.

Et ça lui plaisait. Alors, malgré les regards échangés dans son dos par les marins qui se demandaient pourquoi la Vieille restait à la barre tandis que rien de grave ne se passait, la capitaine demeurait collée à la vitre aspergée d'éclaboussures, admirait les panaches de mousse qui explosaient sporadiquement devant l'étrave de son navire, s'accrochait quand celui-ci glissait dans la vallée des vagues et se sentait furieusement bien.

## 8

Vingt mètres plus bas, la patronne de l'équipe scientifique du *Vincent*, Mireille Zéroual, ne se sentait pas bien du tout. Ça n'avait rien à voir avec la tempête, sa cabine se trouvait assez bas pour que le roulis et les vibrations évoquent davantage un train-couchette qu'une aventure en haute mer.

Zéroual ne se sentait pas bien parce que chaque fois qu'on fermait les labos pour des raisons de sécurité, il lui était difficile de fuir dans le travail sa claustrophobie croissante. D'ordinaire, elle se déplaçait entre son atelier, le labo et la clinique. Elle ne retournait dans sa cabine que pour poser la tête sur l'oreiller et s'endormir. Alors, elle ne songeait pas au fait que cette pièce n'était qu'un minuscule cube en acier dissimulé au fond d'un bateau en acier, qu'elle s'assoupissait dans une cannette placée dans une autre cannette, sans lumière naturelle ni accès à l'air libre. Lorsqu'elle permettait à ses pensées de vaquer dans cette direction, l'air artificiel venait aussitôt à lui manquer, ses paumes devenaient moites, une partie de son cerveau lui ordonnait d'abandonner tout ce qu'elle faisait et de courir à travers les couloirs jusqu'à trouver une porte et, derrière elle, la lumière et l'oxygène.

Bien entendu, elle ne pouvait pas se le permettre.

Par ailleurs, elle n'allait pas bien à cause de la fréquence de ses récentes visites au four du crématorium. Et non, elle n'était pas tourmentée par d'horribles tiraillements éthiques, des dilemmes moraux et la tristesse d'un contact trop régulier avec la mort. Profondément athée, elle ne croyait pas en l'humanisme : d'après elle, l'excitation devant l'unicité de chaque être humain et son incomparable singularité convenait mieux au cinéma hollywoodien qu'à la science. En regardant des films, on pouvait se sentir réconforté : après tout, il était plus sympa d'être l'unique personne dans son genre et de mériter par conséquent le bonheur, des soins et le respect, que d'être un spécimen négligeable d'une espèce particulière de mammifères. Elle estimait que la religion humaniste ne différait pas tant que ça des autres religions, et que l'hypersensibilité curieuse devant chaque individu avait constitué ces dernières décennies le frein principal qui empêchait de prendre raisonnablement soin de l'espèce humaine et de son habitat naturel. Mireille Zéroual aimait l'humanité et l'ensemble du vivant, mais les représentants singuliers de l'espèce *Homo sapiens* ne l'émouvaient pas plus que ça.

En tant que scientifique, elle comprenait aussi que la mort n'était pas un passage mystique vers une autre dimension de l'existence, mais une banale interruption des processus biologiques, identiques pour un buisson de sureau, une tique ou un être humain.

Non, elle ne se sentait pas bien parce que les fréquentes visites au four signifiaient que son travail ne portait pas les fruits escomptés. Elle s'y était attendue, le manque de progrès dans ces expériences-là ne la rendait en rien exceptionnelle. Mais l'ambition de Mireille Zéroual souffrait quand même. Après tout, elle passait les meilleures années de sa vie enfermée dans une cannette parce que, précisément, les choses étaient censées être différentes ici.

# 9

La veille, elle avait d'abord soigné sa gueule de bois, puis elle était allée faire les courses parce que Smuga lui avait ordonné d'acheter des sous-vêtements thermiques, le manteau le plus épais et les chaussures les plus chaudes qu'elle trouverait. Et lui « s'occuperait du reste ». La mission de Zofia n'était simple qu'en apparence : dans les centres commerciaux du coin, on pouvait dénicher sans mal des robes et des pulls décolletés, éventuellement des doudounes qui s'arrêtaient au nombril, quant aux chaussures, on voyait des escarpins à talons hauts, des bottines à talons hauts et des sandales à talons hauts. Finalement, elle acheta une partie des biens requis dans un magasin de sport et une parka rouge vif affreusement chère dans une boutique de vêtements américains et canadiens.

À présent, elle patientait sur le parking de l'hôtel dans cette parka tape-à-l'œil et des chaussures flambant neuves, avec à ses côtés une petite valise bleue à roulettes ; elle se trouvait l'air d'une cadre de multinationale qui aurait reçu de la part de ses collègues de bureau un stupide « Week-end Aventure Inoubliable en Sibérie » en guise de cadeau d'anniversaire. Elle attendait Bogdan Smuga et le quatre-quatre tout-terrain qu'il avait promis, mais le parking était vide, exception faite de deux Mercedes au volant à droite, d'une Toyota sportive au volant à droite et d'une fourgonnette soviétique délabrée qui, au temps du règne de Léonid Brejnev, aurait pu faire office d'ambulance, de corbillard ou de fourgon pénitentiaire. Curieusement, cette dernière fonctionnait toujours, à en juger par l'épais nuage de gaz d'échappement qui rappela à Zofia la vieille Wartburg de son grand-père, similaire par son odeur nauséabonde.

La vodka de l'avant-veille lui donna un nouveau haut-le-cœur. Elle saisit la poignée de sa valise et s'écarta de l'abjection en tôle pour n'être plus à portée de sa fétidité et de l'horrible cliquetis qu'émettait son moteur antédiluvien en rendant son dernier râle.

C'est alors que Bogdan Smuga descendit du véhicule.

— Mon Dieu, faites que ce ne soit pas vrai, chuchota Zofia pour elle-même.

— Je sais ce que vous pensez, dit Bogdan en s'approchant, un large sourire aux lèvres.

C'était incroyable, mais elle le vit véritablement heureux pour la première fois. Il n'avait plus ce regard pitoyable de militant d'extrême gauche qui apprend que les syndicats professionnels vont être interdits.

— Mais ce n'est pas ce que vous croyez, reprit Smuga. L'UAZ Buchanka n'est pas jolie, elle n'est pas confortable, elle pue un peu, mais elle pourrait nous amener jusqu'à Moscou en ligne droite en passant par le fond de la mer d'Okhotsk. En matière de véhicule, c'est l'équivalent d'une Kalachnikov. Elle fonctionne toujours et en toute circonstance.

— Une Buchanka ?

— C'est parce qu'elle ressemble à une miche de pain, c'est ce que ça veut dire en russe.

Zofia lança un regard lourd de sens à Smuga, elle en lança un autre au fourgon vert sombre et en fit le tour. En effet, par sa forme, celui-ci ressemblait à un pain de seigle sorti du four ou à un gâteau, un cake par exemple. Sa laideur sans prétention éveillait la sympathie, mais certainement pas la confiance. Zofia pensait voyager dans un immense Range Rover ou une Toyota de la taille d'un bungalow, avec des cheminées, des garde-corps remplis de phares et un treuil sur un pare-chocs chromé, tandis que cette voiture-ci ressemblait à une camionnette qui livrait des colis alimentaires dans les années 1980 au fin fond de la Lettonie.

— Mais là où on va, il y a de vraies routes, pas vrai ? On ne va pas faire du hors-piste dans ce machin ?

— Bien sûr.

## 10

Au début, la route était plutôt bonne. Elle était déneigée, goudronnée, à peu près droite. Ils roulaient le long de la côte. D'une part, ils longeaient un chemin de fer, de l'autre, une plage couverte de neige et le Pacifique. Le vent du large avait façonné des formes fabuleuses dans les congères, les rochers et les îlots qui sortaient des flots étaient couverts de glace et de névé, les transformant en d'étranges sculptures aux stalactites translucides qui pointaient dans tous les sens. C'était une vue si belle et si inhabituelle que Zofia s'efforçait de ne pas cligner des yeux pour ne rien rater du paysage qui s'étendait devant elle.

On aurait eu envie de dire qu'il s'agissait d'un panorama vierge de toute ingérence humaine mais, malheureusement, la main de l'homme l'avait affecté de façon bien trop invasive. Vue de l'extérieur, la Buchanka était peut-être attendrissante mais, de l'intérieur, elle donnait l'impression d'être une voiture qui s'était éveillée à la conscience au milieu de sa chaîne de production, avait cligné des phares et s'était enfuie avant que les ouvriers n'aient le temps d'installer tous ses équipements. C'était un amas de tôle brute, de fauteuils au revêtement en similicuir tendu sur des châssis anguleux, des éléments saillants, nus, non recouverts, tels que le volant, les pédales et divers leviers ostensiblement privés d'une quelconque valeur esthétique. Même la ventilation n'était qu'un bout de tuyau qui jaillissait du plancher pour souffler de l'air chaud. Zofia fixait cet orifice et ne pouvait cesser de songer au monoxyde de carbone. Elle pensait aux gens qui se suicidaient dans leur garage. En théorie, il s'agissait d'un flux d'air réchauffé au contact du moteur, mais en pratique, à quel point cette installation était-elle étanche ?

L'île, du moins dans cette région, ne semblait pas déserte. Bogdan et Zofia traversaient des hameaux éparpillés toutes les trentaines de kilomètres, des patelins composés de barres d'habitation moches et de maisonnettes tout aussi laides, certainement construites par les forçats au temps du bagne. Peu de murs étaient restés verticaux ou horizontaux, les bâtisses ne paraissaient pas sortir de terre, mais s'écouler d'un limon beige, moitié neige moitié boue. Quand ils passaient par ces bourgades, Zofia détournait le regard et attendait le poste de garde à la lisière de la colonie pour pouvoir enfin regarder dehors sans dégoût et admirer à nouveau un paysage de contes de fées.

Elle interrogea Smuga du regard quand, dans l'un des villages, il pila juste derrière une vieille femme qui vendait des produits de l'artisanat local sur un étal en plastique. C'étaient des sortes de casseroles étranges, Zofia n'avait pas eu le temps de bien en voir les détails.

— Pause déjeuner, annonça Bogdan, puis il quitta l'habitacle en laissant une brise glaciale s'engouffrer à l'intérieur.

L'instant d'après, la portière arrière claqua, Smuga reprit le volant, et ils roulèrent seulement pour quitter la route quelques kilomètres plus loin, là où la congère sur le bas-côté le permettait. La Buchanka s'enfonça dans la neige jusqu'aux essieux et s'arrêta. Zofia crut que c'en était fini de leur voyage, mais après un moment de manœuvres lors desquelles Smuga usa des différents leviers pour faire patiner les roues et chanceler la machine de tous les côtés, la voiture finit par démarrer en trombe, et, mue par une sorte d'élan de fierté gaillarde, elle s'arracha de la congère pour s'engager sur une plage couverte de neige glacée.

— Notre agence de voyages vous propose aujourd'hui un repas en plein air. Veuillez vous boutonner jusqu'à la glotte, dit Bogdan en gratifiant Zofia d'un clin d'œil avant de quitter le véhicule sans couper le contact.

Elle se dit que, pour une raison inconnue, son commanditaire qu'elle prenait pour un homme assez beau et intelligent mais, en dehors de cela, ennuyeux et dissimulé derrière un paravent de réserve scientifique – attitude qu'elle appréciait par ailleurs, Zofia se considérant comme une personne similaire dans une version féminine – reprenait étonnamment vie durant cette excursion. Est-ce que ça lui plaisait ? Ou avait-elle peur de côtoyer un fou ?

Elle tira la fermeture Éclair de sa parka, enfila une cagoule et un bonnet, puis sortit dans ce paysage lunaire. Foutaises, ce paysage n'a rien de lunaire, se réprimanda-t-elle en pensée. La Lune, ce n'est qu'un tas de poussière et de cailloux gris, or les environs ressemblaient plutôt à une scénographie dessinée par Gaudí pour un film de *fantasy* poétique.

Sous ses semelles grinçait une couche de glace râpeuse et plissée, mélangée à du sable et à la pierraille du brisant. Là où un roc ou une motte de terre pointaient plus haut, le vent avait déposé de fins filaments de neige, telles des chevelures qui virevolteraient derrière des têtes tournées vers la mer. Zofia s'approcha de cet espalier de tours biscornues pour les regarder de plus près. En été, c'était probablement une rangée de roches discrètes, mais les éclaboussures des vagues, une fois figées, transformaient chacune d'entre elles en sculpture hérissée de piques, de peignes, de battes, d'une multitude infinie de formes et de textures prises par cette eau glacée.

Zofia ôta ses gants et caressa délicatement une chose qui ressemblait à un chou à la crème dont la crème coulerait. C'était drôle, une semaine plus tôt, l'objet avait sans doute un air différent, il changerait probablement le lendemain, puis disparaîtrait quelques mois plus tard. L'année suivante, l'océan et le gel recréeraient une autre sculpture. Et dans mille ans. Et dans cent mille ans. La plage, le rocher, l'océan et une eau congelée seraient toujours là.

Elle entendit des pas, Smuga se posta auprès d'elle.

— Et l'homme s'extasie à la vue d'un œuf de Fabergé, dit-elle en sentant qu'elle n'exprimait pas sa propre opinion, mais celle de son mari. C'est drôle.

— C'est drôle, en effet, répéta Bogdan. Et c'est triste de voir qu'une seule espèce de primates arrogants mène tout cela à sa perte, s'agrippe jusqu'au bout à un œuf de Fabergé et agonise, un sourire débile aux lèvres, persuadé d'avoir préservé quelque chose.

— Il serait également triste d'éradiquer ces primates.

— Ça se discute.

Elle se tourna vers lui. Il ne plaisantait pas.

— Sérieusement ?

— Si vous me demandez si j'ai envie de mourir, alors non, je n'en ai nulle envie, bien sûr. Et je serais probablement triste de trépasser indépendamment des circonstances. Mais si je dois cesser d'exister, alors la conscience qu'avec ma génération disparaît aussi l'intégralité de mon espèce constituée d'idiots, de méchants et d'enragés me fait me sentir mieux.

— Je croyais que nous, les scientifiques, étions des humanistes.

— Nous sommes les enfants de la nature, de sa beauté, de sa force, de sa diversité, de son infinie capacité à créer. Nous serions de piètres scientifiques si nous assujettissions nos actions à une seule espèce, sous prétexte que nous y appartenons. L'humanisme équivaut à un nationalisme ou à un fondamentalisme religieux, capable de justifier n'importe quelle bassesse au nom de l'Homme. Or l'Homme en tant qu'idée, hum… même le Dieu de l'Ancien Testament ou Adolf Hitler font pâle figure à côté de lui. Leur férocité sanguinaire devient innocente, locale et de faible ampleur en comparaison. Madame est servie.

— Pardon ?

— Madame est servie.

Elle se retourna. En effet, près de la Buchanka – par chance, sur le flanc abrité du vent parce que le moteur tournait sans cesse –, Bogdan avait disposé une table et deux chaises. Le grand récipient acheté à la vieille villageoise était posé dessus. Cette casserole, lorsque Zofia s'approcha, s'avéra être un immense crabe rouge. À ceci près que personne n'avait extrait la chair de celui-ci pour la présenter joliment dans sa carapace. Zofia s'assit et contempla la créature morte. Puis elle se tourna vers Smuga qui s'attablait en face.

— Vous voulez que je lui demande gentiment de s'ouvrir ? demanda-t-elle.

— En guise d'ustensiles de cuisine, nous ne disposons que de ça, répliqua-t-il et, d'une caisse à outils impitoyablement crasseuse, il sortit une immense paire de pinces tout aussi crasseuse qui, à l'époque de Staline, devait avoir servi tant à l'entretien de la Buchanka qu'à arracher les ongles des prisonniers politiques. Ça devrait faire l'affaire.

D'un geste, elle lui indiqua de se mettre à l'ouvrage, ne croyant guère à la réussite de son entreprise. Bogdan arracha d'abord une immense patte, ou tentacule, ou jambe, allez savoir comment on appelait cette partie de la bestiole. Il la brisa en deux puis, avec un effort manifeste, s'évertua à la broyer à l'aide de ses pinces. Zofia l'observait et se mordillait les lèvres pour ne pas rire. Et elle se demandait aussi qui était ce Bogdan Smuga, en réalité. Il portait une doudoune si vieille et si usée que le logo du fabricant s'en était détaché. Et il avait enfilé des chaussures hautes lacées à l'aide de fines cordes d'escalade. Donc, il n'avait pas acheté son équipement la veille. Et il ne le sortait pas du placard qu'en de rares occasions.

Au bout du compte, le scientifique remporta une victoire, dégagea de la patte un morceau de chair étonnamment large ; il le découpa en deux sur son assiette et en transporta la moitié sur celle de Zofia.

— Vous prenez vite vos repères dans ces circonstances, docteur, lui dit-elle.

— J'aime le grand air, répliqua-t-il en haussant les épaules avant de mordre dans son morceau de crabe.

— Un enfant de la nature ?

— Comme nous tous, que ça nous plaise ou non. Ne vous inquiétez pas, ils les vendent déjà cuits, je ne suis pas un dingue capable de vous empoisonner avec un crustacé cru.

Elle coupa un bout de la chair et le plaça dans sa bouche. Elle se croyait prête pour ce goût, mais le crabe de la vieille villageoise différait autant de celui qu'elle avait mangé au restaurant que les huîtres achetées à un pêcheur breton diffèrent de celles consommées à Paris. Cette saveur, les sculptures de neige, le gel et l'immensité d'un océan violacé et menaçant… Zofia se dit qu'il y avait des moments dans la vie où l'orgasme semblait une façon barbante et surfaite de passer son temps.

Elle voulut proposer le tutoiement à son compagnon et lui confier qu'elle ne devrait pas se trouver ici, qu'elle manquait probablement à sa fille après ces quelques jours, que son mari perdait la mémoire, que tout était affreusement difficile et qu'elle ne devrait surtout pas se trouver ici. Dire aussi qu'elle ne savait plus quoi faire et qu'elle n'avait jamais été dans un tel état d'éparpillement, mais qu'elle réalisait néanmoins qu'il s'agissait de l'un des moments les plus exceptionnels de sa vie. Elle avait envie de se plaindre et de pleurer, en bouffant ce satané crabe, elle voulait que quelqu'un la comprenne et la prenne dans ses bras et lui dise que tout irait bien.

— C'est très bon, dit-elle.

## 11

Ils atteignirent Rykovsko au crépuscule. Il leur avait fallu la journée entière pour parcourir quatre cents kilomètres et, à chaque nouveau kilomètre, ils ralentissaient. Quand ils laissèrent le golfe de la Patience derrière eux et s'engagèrent à l'intérieur de l'île, le bitume s'interrompit et la vraie neige commença. Ils roulaient officiellement sur une route stabilisée, mais qui n'était en réalité qu'une piste de terre battue construite par des prisonniers de l'ancien temps. D'immenses champs blancs s'étendaient des deux côtés du remblai, des champs qui, en d'autres saisons, devaient être des marécages, à en juger par les souches mortes et les quelques bouleaux rachitiques qui sortaient de la neige. Même une Buchanka ne pourrait s'aventurer sur un marécage glacé, et Smuga s'en était sûrement rendu compte parce qu'il roulait avec une infinie précaution, ralentissant à chaque virage.

Rykovsko, l'une des colonies les plus importantes de l'île à l'époque du tsar, s'était mué avec les années en un village soviétique standard, mais lové au centre d'une vallée vaste et séduisante. Bogdan et Zofia eurent envie de se balader un peu sur les traces de leur héros, mais estimèrent que ce serait une perte de temps. Ils glanèrent des renseignements dans une gargote appelée pompeusement « Café » et, une demi-heure plus tard, ils se garaient devant une maison en bois isolée, avec des volets bleus, qui différait des autres par une tour de deux étages et des barreaux aux fenêtres.

## 12

— *Nie lzia !* grogna la docteure Xenia Stiepanovna pour la énième fois, faisant frémir pour la énième fois Zofia qui s'efforçait de ne pas sursauter.

Elle se tenait coite, comprenant un mot sur trois d'une conversation menée en russe entre Bogdan et Xenia, une conversation qui se résumait au fait que le scientifique suppliait et son interlocutrice refusait. Le minuscule cabinet devait également servir de laboratoire d'analyse et de salle d'opération. En plus du bureau et d'une étagère de dossiers, il était équipé d'un lit et d'une armoire aux portes vitrées qui contenait des médicaments et des ustensiles médicaux. Sur ce lit était assise une patiente, une camisole de force jetée sur les épaules telle une veste en jean. Les longues manches et les lanières pendaient jusqu'au sol. La patiente, au regard très vigilant et très normal, jouait avec une pomme, mais chaque fois qu'elle la portait à la bouche, la docteure lui criait : « *Nie lzia !* » Alors, la patiente éloignait le fruit et recommençait à le tourner dans sa main, guettant un moment d'inattention de la médecin pour tenter de mordre dedans encore et encore, toujours sans succès.

— Igor Petrovitch est bien en soins dans cette institution, mais on ne le trouvera pas ici, expliqua Bogdan à Zofia en polonais. Madame nous communiquera bien volontiers son adresse si on lui présente l'autorisation de l'antenne régionale du ministère de la Santé avec tous les tampons adéquats.

En fille légitime de la civilisation de l'Est, Zofia Lorentz savait parfaitement que la monnaie d'échange appelée « tampon » était une devise fluctuante. Elle évalua vite le cours local et sortit de son porte-monnaie un billet de cinquante dollars qu'elle posa sur le bureau.

— *Nie lzia !* hurla Xenia Stiepanovna.

Zofia frémit, ne sachant pas de prime abord si l'ordre lui était intimé à elle ou à la patiente.

Probablement à la patiente parce que c'est d'elle que la docteure détacha l'instant d'après son regard sévère. Elle contempla le billet, puis Zofia. Sa coiffure était stylisée à la Linda Evans de *Dynastie*, mais sous sa frange teinte en blond platine, ses yeux de femme expérimentée lançaient des étincelles perspicaces et alertes.

— *You don't understand*, déclara-t-elle avec un fort accent. *He good man.*

— *Tusu kuru ?*

— *Tusu kuru*, confirma sérieusement la docteure.

— Veuillez me traduire, docteur, s'il vous plaît, dit Zofia, et elle continua en faisant de courtes pauses pour que Smuga puisse la suivre. Je suis une historienne d'art et savoir ce que fait monsieur Igor, à quoi il occupe ses journées ou si c'est un homme bon ou mauvais ne m'intéresse absolument pas. Seule l'Histoire m'intéresse, or il se trouve que monsieur Igor a jadis travaillé dans un musée et il pourrait en connaître un bout. J'ai parcouru dix mille kilomètres, j'ai laissé ma fille et un mari malade à Varsovie…

— *Nie lzia !* hurla une nouvelle fois Xenia Stiepanovna.

— … et, bien sûr, je peux retourner à Ioujno-Sakhalinsk remplir les formulaires, graisser des pattes et revenir ici dans deux semaines avec des tampons. Mais comprenez bien que nous ne sommes ni policiers, ni journalistes, ni chasseurs de scoops. Nous aussi, nous sommes des hommes bons et nous voulons simplement poser quelques questions au sujet d'une paperasse centenaire, c'est tout.

Xenia Stiepanovna la fixait sans un mot, puis elle lança un regard sévère à sa patiente, avant de le suspendre un long moment sur Smuga et de se tourner à nouveau vers Zofia.

— *Ia nadzieïous, chto vy nie ochiblis*, dit-elle, mais Zofia ne le comprit pas.

Puis elle s'empara du billet de banque, sortit un smartphone de la poche de sa blouse et alluma Google Maps pour leur expliquer où se rendre et par quel chemin.

Zofia se sentit déçue : l'ambiance aurait exigé que la directrice ouvre un vieux coffre et en sorte des cartes jaunies de l'époque du tsar.

Dans le silence qui suivit, le grignotage d'une pomme tonna comme des coups de feu.

## 13

La maison d'Igor Petrovitch était située deux cents kilomètres plus au nord, dans la partie la moins civilisée de l'île, celle qui n'avait pas été colonisée pendant très longtemps parce qu'on estimait que « là-haut », il n'y avait rien que de la boue, des pierres, des pins nains et un temps de chien. Ce « rien » se révéla être des milliards de barils de pétrole et des kilomètres cubes de gaz naturel mais, en dehors des infrastructures d'extraction, la civilisation en tant que telle avait du mal à y prendre racine. Les ingénieurs extrayaient, le pétrole coulait à flots, les multinationales et les oligarques grossissaient en force et les gens du coin continuaient de souffrir de la misère dans leurs cabanes construites par les bagnards, rêvant de partir le plus loin possible de « l'Île maudite », qualificatif dont l'avait affublée Tchekhov.

À la nuit tombée, Bogdan Smuga quitta la route dont l'état empirait et s'engagea sur un pré qui paraissait idéal pour y passer la nuit. Plat, le terrain vague était assez large pour ne pas s'enfoncer dans la taïga, mais assez étroit pour que le vent ne s'y engouffre pas trop. Bogdan s'était préparé à ce que Zofia mette son veto à la perspective de passer la nuit dans la Buchanka, et, dans sa tête, il avait arrangé des arguments censés la convaincre que c'était une bien meilleure idée que de faire du porte-à-porte et de quémander l'hospitalité aux paysans locaux. La Buchanka n'en avait peut-être pas l'air, mais elle avait été solidement préparée à la vie de trappeur dans les contrées sauvages de la Russie.

Les arguments ne lui servirent à rien ; il n'eut pas à y avoir recours, sa compagne de voyage acceptant son plan sans rechigner. Il devint furieux, non pas contre elle, mais contre lui-même, car son cerveau indocile lui suggéra aussitôt que si elle était d'accord, c'est parce qu'elle voulait rester seule avec lui. Il tenta d'expulser cette pensée de sa tête, effort aussi vain que de se libérer d'une rage de dents par la seule force de la volonté.

Il se réfugia dans le travail. Tandis que Zofia patientait sur le siège passager, il prépara la partie habitable de la Buchanka. Il alluma le chauffage au gaz, amassa de la neige dans la bouilloire et la mit à chauffer, puis il étala les sacs de couchage sur les deux petits canapés qui flanquaient la table. Après le dîner, ces sièges allaient se transformer en couchettes. Bogdan regardait ces deux lits, éloignés l'un de l'autre d'une longueur de bras, et il se sentait défaillir d'émotion. L'équipement fournissait la possibilité d'abaisser la table et de former un grand lit deux places – l'idée de le faire d'emblée se forma aussitôt dans sa tête. Il pouvait prétendre qu'il s'agissait de l'unique projet des concepteurs. Après tout, rien ne se passerait entre Zofia et lui s'ils n'en exprimaient pas tous les deux l'envie, pas vrai ? La forme de leur couchage n'avait ici aucune importance.

Il en rit tout bas. Bordel de merde, quelle pensée ridicule ! Lui, tout particulièrement, devrait savoir qu'il s'agissait d'une banale réaction chimique de son hypophyse face à certains stimuli, il souffrait d'une sorte d'allergie du cerveau. Il fallait limiter l'exposition aux allergènes, retourner en Europe, se plonger dans un véritable boulot au lieu de vagabonder aux confins du monde.

Il sortit les aliments des placards et frappa sur le rectangle en carton qui séparait la partie habitable de la cabine de pilotage. Après quelques secondes de manipulation, le carton fut mis de côté et les yeux noirs de Zofia lui adressèrent un regard interrogatif.

— J'invite madame la professeure à passer dans les appartements. Vous pouvez couper le moteur.

— On ne va pas geler ?

— Le génie soviétique nous a équipés d'un chauffage.

— Donc, on va brûler vifs, super. J'arrive.

Ils grignotèrent le reste de la chair de crabe, burent deux tasses de thé et deux verres de vodka. Il fit bientôt assez chaud pour qu'ils puissent ôter leurs blousons. Ils discutèrent un peu de Czerski et des bénéfices des colonies pénitentiaires, de tous ces savants polonais bannis vers l'Extrême-Orient qui, au lieu de succomber sagement à la tuberculose, étaient devenus des pionniers de la botanique, de l'ethnographie ou de la géologie. Puis ils étaient rentrés en Pologne et s'étaient violemment heurtés à une Église qui traquait les hérétiques désireux de s'appuyer sur *L'Origine des espèces* de Darwin dans leurs travaux.

Zofia retira sa polaire et demeura dans son maillot thermique un brin trop large – elle dut retrousser les manches et dévoiler ses avant-bras fins. En pensée, Bogdan se fracassait le crâne à coups de marteau parce qu'il jugea d'emblée ses poignets très sexy et se demanda si ses épaules, ses mollets et ses cuisses l'étaient tout autant. Ses bras étaient minces, presque maigres, mais sveltes, le dessin des veines bien marqué. Allergène. Allergie. Hypophyse. Calme.

— Vous n'aimez pas seulement le grand air, n'est-ce pas ? lui demanda-t-elle.

— C'est-à-dire ?

— Je connais des gens qui apprécient le grand air, mais je doute qu'ils sachent passer la nuit sur Sakhaline dans une Buchanka, au plus fort de l'hiver, ou démanteler un crabe à l'aide de pinces.

Il aurait voulu assembler une réponse, mais en était incapable, à la fois trop distrait et trop désireux de masquer ses émotions. Il avait envie de se taper la tête contre les murs pour perdre connaissance et se couper des stimuli dont Zofia le farcissait sans le savoir.

— Je me demande si vous n'êtes pas un aventurier, docteur.

— Pardon ?

— Pour un biologiste structural, vous avez pris vos repères étonnamment vite dans la région. J'ai lu que certains hommes sont équipés d'un gène du risque qui les pousse à rechercher l'adrénaline.

— Ah.

— Ah oui ou ah non ?

Concentre-toi ! se hurla-t-il dessus en son for intérieur. La science, les faits, un savoir concret – le destin te fournit une roue de secours, profites-en.

— Les prédispositions génétiques, l'IRM, le savoir venu des États-Unis, tout ça, je garde une certaine distance envers les découvertes qu'on rapporte dans les pages scientifiques de nos journaux, affirma-t-il.

— Pourquoi ?

— Je vais vous raconter l'histoire du saumon mort.

— J'ai hâte.

Elle se tourna vers lui, replia les genoux sur le canapé et les entoura de ses bras. Une partie spécifique du cerveau masculin de Smuga, spécialement dédiée à cet usage, nota avec une grande précision chaque détail de ce mouvement : le tissu thermique qui enserrait ses coudes et ses épaules, les courbes de ses fessiers et de sa poitrine, ses pieds rigolos et étonnamment grands dans ses chaussettes en laine.

— Vous avez certainement lu des articles sur l'IRMf, commença-t-il. On vous place dans un scanner et on étudie l'activité de votre cerveau. Sur la base des images obtenues, on en déduit qu'ici, c'est la zone dédiée au tennis, là au sexe et encore ailleurs une zone qui s'allume lorsqu'on pense à du chocolat saupoudré de copeaux de noix de coco. Et on annonce alors en grande pompe qu'on est capable de lire dans les pensées, de communiquer avec des gens plongés dans le coma ou de soigner la démence sénile.

— Quelqu'un m'a récemment dit qu'on n'y connaissait rien au cerveau.

— Une personne bien sage. Nous n'y connaissons rien au cerveau, mais nous n'en connaissons pas plus dans bien d'autres domaines, qu'on parle de biologie humaine, de physique quantique ou de météorologie. Bien sûr, on s'y connaît un peu, mais pas autant qu'on croit. Et puis, on ne sait jamais si, d'ici une semaine, tout notre savoir si péniblement amassé durant des décennies ne sera pas parfaitement obsolète.

— Ça arrive ?

— Très souvent. En théorie, tous ceux dont les doctrines ont été abolies devraient organiser des banquets à la gloire du nouveau génie qui a rendu de fiers services à leur domaine scientifique. Mais en réalité, ils font tout pour réduire le nouveau génie au silence et l'envoyer enseigner aux élèves de primaire.

— Croyez-moi, dans le monde de l'histoire de l'art, les choses ne sont guère différentes.

— Je vous crois. Pour en revenir au saumon mort, des doctorants californiens devaient calibrer leurs appareils et ils ont placé un poisson mort dans un IRMf, puis lui ont posé pour rire les mêmes questions tests qu'on pose aux humains. Ils lui ont demandé d'imaginer un match de tennis, de stimuler son désir et d'effectuer une prière. Et il s'est révélé que différentes régions du cerveau de ce poisson mort s'illuminaient au cours de l'étude. Ils ont donc enregistré son activité et inscrit dans leur rapport que soit nous ne jugeons pas la vie émotionnelle des saumons morts à leur juste valeur, soit il y a un biais sérieux dans notre méthodologie d'étude du cerveau.

Zofia en fut sincèrement amusée.

— Donc, le gène du risque n'existe pas ?

Bogdan s'empara de leurs blousons posés sur une étagère au-dessus de sa tête.

— Allons dehors une seconde.

Elle fit une moue étonnée, mais enfila son blouson et ses chaussures sans les lacer, tout comme lui. Entre ses immenses bottes et sa parka épaisse, ses jambes semblaient étrangement fines, telles des prothèses en fibres de carbone.

Bogdan ouvrit la porte et ils sortirent. Il inspira profondément et toussa aussitôt : il devait faire moins vingt degrés.

Ils firent quelques pas. Zofia s'enfonça dans la neige et perdit l'équilibre.

— Gaffe, dit-il en la soutenant précautionneusement par le coude. Allons encore un peu plus loin, éloignons-nous de notre char.

En se frayant un chemin dans les congères, ils s'approchèrent du mur de la forêt et se retournèrent. La Lune était déjà cachée sous la ligne d'horizon, la pollution lumineuse n'existait pas sur Sakhaline, les photons ne se diffractaient pas dans les molécules d'eau suspendues dans l'air parce que celui-ci était sec et glacial. Alors, l'éclat de chaque étoile suffisamment puissante pour envoyer de la lumière jusqu'à la Terre et traverser l'atmosphère parvint jusqu'à leurs rétines. La Voie lactée s'étendait d'ouest en est et parcourait le zénith au-dessus de leurs têtes, telle une traînée de peinture fluorescente tracée dans le ciel par un immense pinceau.

— Faut-il vraiment posséder un gène spécial pour vouloir rechercher une telle vue ? demanda-t-il.

## 14

Elle s'éveilla au milieu de la nuit, excitée par cet étrange désir qui nous extrait parfois d'un rêve. Par ailleurs, elle suait comme une limace ; le chauffage de la Buchanka fonctionnait trop bien et, couplé à ses sous-vêtements chauds et au duvet en plumes, il l'avait rendue gluante. La sensation était détestable. Irritée, Zofia ouvrit la fermeture Éclair, sortit du sac de couchage en quelques coups de pied et se tourna sur le dos, écoutant le silence et fixant la noirceur.

Elle avait très envie de se faire du bien. Échauffé par son rêve érotique, son bas-ventre attirait sa main comme un aimant. Après tout, c'est précisément pour cela que le bon Dieu nous a donné la masturbation, pour qu'on vive des orgasmes inoubliables dans ce genre de circonstances, dans la clairière d'une forêt sous un ciel étoilé de Sibérie.

Mais elle n'était pas sûre de pouvoir le faire sans bruit, or elle préférerait éviter que Sumga, inquiété par d'étranges soupirs, n'allume sa lampe frontale si professionnelle et ne transforme ce véhicule soviétique en scène de théâtre où elle se tortillerait de plaisir, une main enfoncée dans sa culotte thermique.

Alors voilà.

Elle pourrait aussi le réveiller d'une pichenette et lui dire : « Écoute, mon petit docteur, et si on s'envoyait en l'air ? » Intellectuellement, elle se moquait de la métamorphose de ce barbu-intello-coincé en trappeur capable de mettre un crabe en pièces à l'aide d'une pince, mais un atavisme étrange qu'elle n'admettrait devant personne faisait qu'après le déjeuner, son commanditaire avait aussitôt gagné en attractivité. Zofia n'en fut pas particulièrement étonnée dans la mesure où l'amour de sa vie était un aventurier à l'esprit vif et imbu de lui-même, totalement allergique à toute espèce de foutaises et de fumisteries civilisationnelles. Karol était plus sarcastique, plus direct, mais d'une certaine manière, il ressemblait à Bogdan Smuga. Son esprit, en tout cas – physiquement, son mari était davantage son genre, jeune homme éternel, décoiffé, mince et pugnace, et non un bûcheron barbu au regard désolé. D'un autre côté, plus elle y songeait, plus le fantasme d'enfourcher soudainement le bûcheron dans la Buchanka obscure, de plonger ses doigts dans la toison de son torse et de s'offrir un bon gros orgasme avant que son compagnon ne s'éveille pleinement… Oui, ce n'était pas un mauvais fantasme.

Et son assouvissement était à portée de main. Monsieur le docteur n'aurait probablement pas protesté longtemps. La veille, il l'avait tellement dévisagée que même ses bas thermiques s'en étaient sentis désolés. Visiblement, l'air sibérien influait positivement sur la libido. Elle avait senti cette tension, c'est pourquoi elle s'était tue pendant qu'ils se tenaient sous les étoiles et que lui était venu en tête ce poème d'Auden :

> *Si toutes les étoiles venaient à mourir*
> *Devant un ciel vide je devrais m'attendrir*
> *Mais pour trouver sublime ce noir intransigeant*
> *Il me faudrait peut-être un peu de temps*[1].

Elle était restée immobile dans la nuit et s'était dit que ces vers représentaient le commentaire idéal à la question suivante : à quel point notre admiration de la nature est-elle le reflet de notre personnalité ? Mais, comme le disent les mères très sages : si tu ne veux pas donner de faux espoirs à un gars, ne va pas lui réciter des poèmes dans la nuit sibérienne. Et surtout pas ceux qui disent : « S'il n'est pas permis de s'apprécier autant, Je préfère des deux être le plus aimant. »

Elle fut prise d'une envie pressante. Poèmes, étoiles, fantasmes, orgasmes et, pour finir, elle avait envie de pisser, *vot jijn*. Elle descendit donc discrètement de sa couche, enfila ses bottes, emporta des mouchoirs et estima que ce serait suffisant : elle ne voulait pas passer par-dessus Smuga pour atteindre sa parka. Elle trouva la poignée à tâtons, ouvrit délicatement la portière et sortit dans le froid et l'obscurité grise de l'aube. Il faisait toujours nuit, mais les

1. « Le plus aimant des deux », poème de W. H. Auden paru en langue originale (anglais) en 1960, sous le titre *The More Loving One*.

étoiles avaient pâli, les cimes des sapins et des mélèzes se découpaient plus distinctement sur le fond du ciel. Zofia inspira profondément et s'étira. Ça gelait, mais elle avait l'impression que les moins vingt degrés d'ici étaient plus cléments que les plus deux degrés à Varsovie, quand l'humidité glaciale transperçait chaque molécule du corps humain.

Elle suivit leurs traces de la veille sur quelques mètres, ne souhaitant pas que la première chose que Bogdan vît ce jour-là après avoir quitté la Buchanka soit une tache jaune dans la neige. Elle finit par trouver un endroit convenable pour une latrine, descendit ses bas thermiques et s'accroupit, faisant très attention à ne pas frôler la poudreuse de ses fesses. Elle soulagea sa vessie en se disant que la chair de crabe devait être bigrement étrange pour que son urine dégage une telle odeur de chien mouillé. À moins que la senteur ne soit due à cette vodka faite avec on ne sait quelles herbes aromatiques ? Elle renifla. C'était bizarre.

À ses côtés, quelqu'un renifla l'air lui aussi.

Plus surprise qu'effrayée, elle tourna la tête et, à un mètre de son visage, elle vit, dans la lueur grisâtre, une chose qui ressemblait effectivement à un museau de chien, mais étrangement gros – c'est de cela qu'aurait l'air la truffe d'un berger allemand si celui-ci pesait une demi-tonne. Derrière le museau, elle découvrit des yeux sympathiques et de petites oreilles brunes et rondes qui pointaient sur les côtés d'une gueule plate de la taille d'un seau.

Ils s'étudièrent mutuellement, l'ours paisiblement assis dans la position d'Angelina Jolie étendue sur un transat et Zofia, fléchie comme sur des skis. Elle songea à des milliers de choses, toutes stupides. Par exemple au fait qu'elle pourrait profiter d'être assise pour se chier dessus. Après tout, l'ours, fin gourmet, ne consommait certainement pas de viandes impures. Et puisque nous sommes tous des enfants de la nature, ce n'était peut-être pas la peine d'appeler Smuga à l'aide parce qu'il serait de toute façon du côté du nounours. Mais aussi qu'elle ne devrait pas appeler cet animal « nounours », parce qu'*Un ours n'est pas un nounours*, comme indiqué sur toutes les pancartes à l'entrée du Parc national des Tatras au sud de la Pologne.

Le prédateur remua ses oreilles de façon rigolote, Zofia prit peur, perdit l'équilibre et couina au moment de tomber, le cul dans la neige et, malheureusement, dans son urine. Son mouvement brusque surprit l'ours, or les animaux sauvages n'aiment pas être surpris. Il secoua la tête, ronfla, se retourna sur ses quatre pattes et lança à Zofia un regard soupçonneux. On aurait vraiment dit un immense chien.

— Bon chien, bon chien, prononça-t-elle à travers sa gorge crispée parce que ce fut la seule chose qui lui passa par la tête. Gentil toutou.

Le toutou la contempla de haut en bas et fit deux pas dans sa direction. C'en fut trop pour Zofia. La professeure Lorentz se mit à hurler de toutes ses forces, tandis que le prédateur effrayé se dressait sur ses pattes arrière, passant de gentil chien-chien à monstre terrifiant. Il devait faire dans les deux mètres de haut. Sur le fond de ce ciel pâle, ce n'était qu'une ombre noire, davantage le spectre d'un ours qu'un animal réel.

Zofia se mit à ramper sur le dos, la neige glaciale s'immisçait derrière son col. Ses bas thermiques et sa culotte, abaissés jusqu'aux genoux, agissaient telle une ancre, l'ours hurlait et avançait, elle criait aussi et se disait que si elle avait su, elle aurait enfourché Smuga avant d'aller uriner, que tout cela était horrible, qu'elle ne verrait plus sa fille ni personne d'autre, jamais, et que bordel, la vie n'était pas juste. Alors, la portière de la Buchanka claqua et un chant horrible s'éleva sur la taïga, un chant qui, à bien des égards, était pire que le grondement de l'ours.

— *La Pologne n'a pas encore périiiiiiii tant que nous vivons ! Nous reprendrons par le saaaaaaaabre…*

Zofia cessa de crier, l'ours cessa de grogner, ils se tournèrent simultanément vers Bogdan Smuga qui ne cessa pas de chanter. Tout en tambourinant de ses poings contre la carrosserie de la Buchanka, il longea celle-ci en direction de la cabine du chauffeur.

— *Marche, marche, Dąbrowski, de la terre italienne vers la Pologne ! Sous ta diiiiiiirection, nous nous unirons avec la nation !*

À l'entame de la seconde strophe de l'hymne polonais, Smuga éleva encore plus la voix, en sautillant et en cognant la tôle, et lorsque l'ours finit par réagir, par retomber sur ses quatre pattes et par se ruer sur lui, Bogdan ouvrit la portière côté conducteur et plongea le bras dans la cabine.

— *Nous passerons la Vistule, nous passerons la Warta, nous serons polonaaaaaaaais !*

La rengaine étouffée leur parvenait de l'intérieur de la fourgonnette et, l'instant d'après, Smuga réapparut et son rugissement tonitruant roula sur la taïga.

— *Bonaparte nous a donné l'exemple, comment nous devons vaaaaaaaaincre !*

Simultanément, il leva le bras en l'air. Une détonation se fit entendre et une fusée monta dans le ciel. L'ours gronda, fit demi-tour, mais, au lieu de s'enfuir dans les bois, il s'intéressa de nouveau à Zofia. La fusée de détresse redescendait doucement sous son parachute tandis que la professeure observait, terrifiée, le prédateur avancer vers elle, un animal de mieux en mieux visible dans l'éclat orange du projectile. Du coin de l'œil, elle remarqua que Bogdan rechargeait le pistolet et courait vers eux.

— *Un père dit à sa jeune fiiiiiiille ! Écoute, Zofia, il semble que les nôtres battent le taaaaaaaambour !*

Les paroles exactes mentionnaient une Barbara et non une Zofia, et celle-ci regretta de n'avoir aucun moyen de transmettre à Karol l'épitaphe qu'elle souhaiterait voir gravée sur sa tombe : « Professeure Zofia Lorentz. Morte en entendant une plaisanterie stupide. »

Bogdan Smuga ajusta son tir – visant, pour des raisons mystérieuses, entre les jambes de sa compagne de voyage – et fit feu. Après une nouvelle détonation, la fusée se planta dans la neige entre l'ours et sa proie, elle siffla, fuma, projeta des étincelles et aveugla tout le monde de son vif éclat. C'en fut trop pour le gentil chien-chien qui s'enfuit entre les arbres, balançant son immense carcasse, manifestement dégoûté par le comportement indécent des autres enfants de la nature.

Quant à Zofia, elle fut prise d'un vertige, tout devint noir et elle perdit connaissance.

# 15

Cette sensation lui était familière. Elle l'avait déjà connue suite aux chirurgies qu'elle avait subies quelques années plus tôt quand elle avait été poignardée. Elle avait alors compris la différence entre « s'éveiller » et « se réveiller en sursaut ». En général, on quitte le sommeil doucement, tel un vieil homme qui descend avec précaution l'échelle d'une piscine dont l'eau est fraîche. L'inconscience, on en sort tel un adolescent sautant dans l'eau : d'un coup. C'est ainsi qu'elle fut tirée de la noirceur. Elle ouvrit les yeux et vlam ! Bienvenue dans la réalité d'un fourgon soviétique qui sent le café et les œufs brouillés.

Elle s'assit. Un pantalon d'homme et une veste de jogging enveloppaient son corps.

— Désolé, dit Smuga en se détournant de la cuisine, mais j'avais le choix entre vous laisser dans des vêtements mouillés, fouiller dans vos affaires ou vous prêter les miennes. J'ai estimé que la première option serait néfaste pour votre santé et la deuxième constituerait une violation de votre propriété privée. D'où ce jogging. Propre.

Elle se demanda si le fait qu'un homme qu'elle vouvoyait l'eût déshabillée alors qu'elle était inconsciente lui faisait honte, l'excitait ou ne lui faisait ni chaud ni froid. L'instant d'après, elle estima que ça lui indifférait, elle était ravie d'avoir des vêtements secs sur elle et c'était tout. Quant à son commanditaire, il n'avait pas dû défaillir de délectation en ôtant de son corps inanimé et frigorifié des bas trempés. Voilà le sort des enfants de la nature.

— Je ne sais pas quoi dire… commença-t-elle.

— Moi, je sais, l'interrompit-il en posant la poêle avec les œufs sur la table devant elle. Nous devons découvrir à qui nous adresser pour qu'on nous inscrive dans les manuels scolaires d'histoire polonaise.

— Pourquoi ?

— Parce qu'on trouve dans ces pages de nombreuses personnes mortes au son des paroles de l'hymne, mais vous êtes certainement la première à qui cette mélodie a sauvé la vie.

Elle n'était pas obligée de le dire, mais ne put s'en empêcher :

— Hum… je ne suis pas certaine que vous ayez chanté très juste.

# 16

Quand il disait que la Buchanka aurait pu les conduire jusqu'à Moscou en ligne droite, il avait exagéré un tantinet. Comme la plupart des véhicules terrestres, les tanks et les aéroglisseurs mis à part, le fourgon avait au minimum besoin d'un semblant de route pour se mouvoir. Or, ils s'étaient éloignés des axes principaux, une neige poudreuse et dense s'était mise à tomber et il devenait difficile d'estimer si le terrain déboisé sur lequel ils roulaient était un chemin, un pré, un marécage ou une rivière imparfaitement scellée par une fine couche de glace.

Néanmoins, petits pas par petits pas, en comparant sans cesse le paysage avec une carte satellite, ils s'approchaient du but. Après leur petit déjeuner, ils n'avaient plus évoqué les événements de la matinée, ce qui ne constituait pas un grand défi en soi, car ils s'étaient plongés l'un comme l'autre dans leurs pensées. Bogdan était ravi que cette aventure ait connu une fin heureuse, mais malgré cela, les échos de la peur déferlaient encore sur lui par vagues nauséeuses. Il avait agi à l'aveugle en suivant un savoir théorique : s'il était impossible de s'éloigner paisiblement d'un ours, le mieux était de lui faire peur en provoquant un tintamarre soudain. Mais pourquoi l'hymne ? Une mélodie pleine de verve et d'entrain lui avait été nécessaire. Il se disait à présent qu'il aurait pu choisir quelque chose de plus drôle, un Kazik ou *We are the Champions* de Queen par exemple, mais au moment des faits, seul l'hymne national lui était venu en tête. Quant aux fusées de détresse, c'est le hasard qui leur avait sauvé la mise : la veille, Bogdan était tombé sur la caisse qui les contenait sous le siège conducteur tandis qu'il cherchait le levier pour régler l'inclinaison de son fauteuil.

Ça avait marché, mais il se rappelait toujours son hystérie croissante, persuadé que d'ici un instant, il verrait un ours mettre Zofia Lorentz en pièces. Et même pendant que l'animal s'enfuyait, il n'était pas certain que la catastrophe n'avait pas eu lieu ; il s'approchait, s'attendant à voir des entrailles éparpillées dans la neige.

Il ne gardait qu'un souvenir brumeux de la suite, quand il avait porté Zofia dans le fourgon, l'avait déshabillée, essuyée et vêtue de ses habits. Quelle ironie, il avait eu son corps nu devant les yeux et ne se souvenait plus de rien, d'aucun détail, comme s'il avait enfilé son vieux survêtement de sport sur un mannequin dans une vitrine.

— Regardez par là, il me semble que la maison se trouve dans la vallée derrière cette colline, annonça Zofia.

Il freina et regarda la tablette qu'elle lui présentait.

— Ça se pourrait bien. La question est de savoir où passe la route qui y mène.

— Il y a certainement un accès au domaine. Mais il n'est pas indiqué.

— Et sur la photo satellite ? demanda Bogdan.

— On ne voit rien. La route doit serpenter parmi les arbres.

— Avançons sur quelques kilomètres, on verra peut-être quelque chose.

Ils poursuivirent, ne virent rien. Ils firent demi-tour, revinrent, sans plus de résultat.

— Arrêtons-nous, suggéra-t-elle.

Smuga immobilisa le fourgon au milieu de la route, certain de ne gêner le passage de personne. Ils n'avaient croisé aucun autre véhicule depuis la veille, pourquoi en serait-il autrement maintenant ? Être « au milieu de l'île » évoquait aux Européens Malte, Gotland ou Tenerife, de minuscules bouts de terre habités au milieu de la mer. Superposée à la carte de l'Europe, l'île de Sakhaline s'étendrait de Berlin jusqu'à Florence. Or un demi-million de personnes à peine l'habitait, dont la moitié à Ioujno-Sakhalinsk. Par un temps pareil, Bogdan pouvait non seulement s'arrêter en travers d'une route secondaire, mais aussi y dresser une tente et y dormir.

— Là, il y a une percée dans la forêt, remarqua Zofia. Et on voit sur la photo satellite, à un fort grossissement donc c'est un peu flou, que la route descend en biais vers la maison dans la vallée. Qu'est-ce que vous en pensez ?

— Essayons, dit-il. Il ne neige pas au point de ne pas pouvoir reculer au besoin.

Il ne voulait pas que sa voix trahisse son espoir de voir cette tentative échouer et de se retrouver coincé dans cette contrée sauvage avec Zofia pour une seconde nuit.

— D'accord, et maintenant, allons-y vite avant de comprendre que ça n'a aucun sens, dit-elle, puis elle partit d'un grand éclat de rire.

Il l'interrogea du regard.

— C'est une citation tirée d'un conte pour enfants.

— Elle est bonne.

Bogdan passa le véhicule en transmission intégrale et s'engagea sur la clairière. Ça ne se présentait pas mal : il y avait moins de neige dans la forêt que sur la route, la Buchanka dodelinait comme toujours, mais parcourait vaillamment les tronçons successifs. La clairière les menait tantôt vers le haut, tantôt vers le bas. Dans les creux entre deux bosses, ils devaient traverser des étangs de boue gelée. Mais globalement, ça allait.

— Comment ça se présente ? demanda-t-il.

— Encore un kilomètre et demi et on y est, répondit-elle.

Il se souviendrait de ces paroles durant un long moment. Il s'en souviendrait avec tous les détails de la scénographie environnante : une forêt blanche sous un ciel gris, la poudreuse qui enfarinait les arbres, la nuit qui tombait lentement, la route tachée de brun là où perçait l'éternelle fange, l'odeur métallique du chauffage de la Buchanka, mélangée à celle du carburant, d'un parfum de femme et de l'arôme toujours perceptible des œufs brouillés cuits au beurre. Sans oublier la réaction aux allergènes de Zofia qui le griffaient toujours par-dedans. Ni ses paroles : encore un kilomètre et demi et on y est.

Un kilomètre et demi, c'est la longueur de deux ponts à Varsovie. Ou de trois jetées dans la Baltique à Sopot. C'est la longueur de la promenade depuis le vieux marché de Cracovie jusqu'à l'ancien quartier juif Kazimierz. C'est la longueur d'une piste de bobsleigh. C'est peu.

Le véhicule gravit difficilement la butte suivante qui se révéla être le sommet de la crête, et Bogdan orienta la Buchanka à gauche, empruntant la courbe du canal formé entre les arbres. Mais celui-ci n'était plus très visible parce qu'il restait peu de sapins au sommet, ils étaient remplacés par des broussailles naines, mieux adaptées à la rudesse du climat local. Le vent projeta de la neige sur le pare-brise et leur boucha la vue, mais Smuga estima qu'il roulait dans la bonne direction. La route – à condition qu'il y ait vraiment eu une route sous leurs roues – les menait à présent vers le bas. Il roulait lentement et très précautionneusement, en faisant attention à ce que les pneus ne patinent pas.

— Je crois que j'ai aperçu quelque chose, dit Zofia en se penchant vers la vitre avant.

— Quoi donc ?

— Une sorte de rectangle bleu. Un toit peut-être.

Comme par malice, la bourrasque redoubla d'intensité, alors Smuga conduisit doucement, mais le couloir redevint plat, se transformant d'emblée en une large flaque de boue. Il accéléra pour ne pas rester coincé, la Buchanka chancela à gauche, elle chancela à droite, puis ressortit à pleine vitesse de l'autre côté, contente, prête à vaincre les ultimes mètres qui les séparaient de l'objectif. Si elle avait pu, elle aurait crié : « *Davaï !* »

La barrière de neige se dissipa, et ils virent un ravin qui descendait jusqu'en bas, d'une largeur de quatre mètres environ, certainement la route qui menait à la maison qu'ils cherchaient. Bogdan n'eut pas véritablement le choix : il pouvait soit freiner, au risque de s'embourber, soit orienter son véhicule lancé vers l'entrée du canyon. La seconde option lui parut plus sensée.

Au début, tout allait parfaitement bien, la Buchanka roulait peut-être un tantinet trop vite, mais descendait agilement. Sur leurs flancs, les parois argileuses du col s'élevaient de plus en plus haut, procurant une sensation de sécurité. Virage après virage, la Buchanka chassait de l'arrière, tantôt à gauche, tantôt à droite, elle frôlait un mur, tout cela semblait plus amusant que dangereux.

Et c'est alors que le fond du ravin changea brusquement d'inclinaison, la Buchanka accéléra dans la pente ; pris de panique, Smuga appuya sur le frein, les roues se bloquèrent, perdirent leur adhérence, et soudain, le fourgon de deux tonnes se transforma en un bobsleigh de deux tonnes, un projectile qui accélérait dans la rigole de neige et de boue, c'est-à-dire sur un mélange qui assurait une bien meilleure glisse qu'une piste de glace.

— Vous devriez peut-être ralentir un peu, suggéra Zofia, la gorge serrée, s'arc-boutant des bras contre la tôle du tableau de bord.

Le canyon boueux et neigeux fournissait peut-être une meilleure accélération que de la glace, mais il restait certainement plus bosselé, n'importe quelle racine ou pierre saillante induisait un cahotement qui les secouait de la tête aux orteils.

L'automobile sursauta et chassa de l'arrière-train, Smuga contre-braqua sans grand résultat et seule la paroi du ravin les préserva de la chute : la Buchanka rebondit dessus et se remit tant bien que mal dans l'axe de la descente.

— Je crains que ce ne soit plus possible, répliqua-t-il, fixant avec terreur le virage suivant qui approchait.

S'il n'arrivait pas à tourner, ils allaient entrer en collision frontale avec un mur de boue qui deviendrait leur tombeau – Smuga ne croyait pas aux zones de déformation contrôlée dans les carrosseries des années 1950.

La gravité devint l'unique chauffeur de la Buchanka. Appuyer sur les pédales et tourner le volant donnaient à peu près le même résultat que d'orienter la trajectoire du fourgon en lui glissant des mots doux à l'oreille et en le suppliant d'obéir. Ainsi, Smuga tournait et freinait, mais la pesanteur poursuivait son œuvre en adjoignant un vecteur au véhicule, un vecteur qui pointait en plein sur le mur brunâtre, hérissé de racines et de pierres saillantes.

— Faites quelque chose, gémit Zofia.

Il fit quelque chose, la seule chose qui lui passa par la tête. Juste avant le virage, il tourna brutalement le volant, estimant qu'un renversement sur le flanc ou des tonneaux étaient une meilleure option qu'une collision frontale.

Lorsque les roues avant labourèrent la boue, le châssis de la Buchanka grinça, l'automobile se pencha comme si elle s'apprêtait à effectuer une cabriole, mais elle retomba en arrière et s'engagea dans le virage tel un bobsleigh pur sang : la force centrifuge les fit monter sur la paroi, et ils roulaient à présent sous un angle de quarante-cinq degrés, mais sans avoir ralenti, à leur grand désarroi. La manœuvre avait si bien été exécutée qu'ils ne perdirent rien de leur vélocité.

Et ils foncèrent vers le virage suivant.

Instruit par sa première expérience, Smuga décida d'accepter son sort de pilote involontaire de bobsleigh et lorsque la gravité finit par ramener le fourgon au fond du canyon avant le virage, il orienta à nouveau son engin vers le mur et la Buchanka monta, roulant cette fois à un angle de quatre-vingt-dix degrés.

Zofia hurla en regardant en bas par la vitre passager.

Bogdan se dit que cette histoire ne pouvait pas bien se terminer et regretta que, à l'inverse de la plupart des voitures en Russie, ils n'eussent pas de caméra installée sur le tableau de bord : ils seraient au moins devenus des légendes posthumes sur YouTube.

Le canyon continuait de descendre par une courbe assez ample, le fourgon fonçait sur la paroi, la boue giclait du dessous des roues, les racines martelaient le châssis, Zofia poussait sur les bras pour ne pas se retrouver couchée sur la portière et Bogdan s'accrochait au volant.

Et alors, deux choses survinrent simultanément.

Premièrement, ils virent la fin du ravin et la maison bâtie dans l'embouchure. Et ce n'était pas une cabane en bois ni une villa romantique, mais une solide demeure soviétique en parpaings, avec des fenêtres en PVC et un toit en tuiles d'amiante peintes en bleu. Elle avait été construite près. Trop près. Tout portait à croire qu'ils quitteraient la ravine comme crachés par une fronde et traverseraient le vestibule jusqu'au salon, tuant sur le coup tant eux que tous ceux qui auraient le malheur de se trouver à l'intérieur.

Deuxièmement, ils entendirent un tambourinement puissant sur le toit. Le canyon rétrécissait, et les ronces saillantes cognaient le fourgon par le bas et par le haut.

C'est ce qui les sauva. Le tambourinement se transforma en frottement, des geysers de boue inondèrent le pare-brise, la Buchanka ralentit et, l'instant d'après, elle s'immobilisa brutalement, calée avec ses roues et son toit entre les flancs du ravin, à deux mètres au-dessus de son fond. À leur grand étonnement, le moteur tournait toujours.

Ils se regardèrent. Bogdan activa les essuie-glaces qui ôtèrent le mélange de neige et de boue de la vitre, grâce à quoi ils découvrirent la porte ouverte de la maison et un homme qui se tenait sur le seuil. Celui-ci les observait avec le calme d'un citoyen soviétique que rien n'a jamais étonné dans la vie et que rien n'étonnera jamais, parce que c'est ainsi que va le monde.

— C'est moi ou il y a là-bas une rangée de crânes de chiens enfoncés sur des piques ? demanda Zofia.

# Chapitre 7
# Les enfants de la nature

*Une femme au vagin denté • Inessa sera la nourrice d'un ours • Qui est vraiment Bogdan Smuga ? • La résurrection de la Buchanka • Le secret de la longévité et de la santé des tribus sibériennes • L'harmonie • Le sorcier de Saint-Pétersbourg • Les nations, c'est la pire des inventions humaines • Elle se sentit totalement nue*

## 1

La professeure Zofia Lorentz fixait l'horloge accrochée au-dessus de la porte, une horloge de fête foraine ornée de portraits de Poutine et de Medvedev, et elle se disait qu'elle en avait ras le bol de la Russie. Elle en avait assez des crabes venus d'une autre dimension, des ours agressifs, des camping-cars soviétiques, des contrées sauvages, du froid, de cette satanée boue, de frôler la mort, mais avant tout, elle en avait déjà marre du timbré vivant sous un plafond d'amiante qui, dans son polono-russe archaïque vieux de cent ans, achevait le récit de la fois où les guerriers aïnous déjouèrent les pièges de la femme au vagin denté.

— Quand l'éjaculation était sur le point d'arriver, dit Igor Petrovitch avec son accent russe mou, l'Aïnou a sorti son membre du vagin et y a glissé un affiloir rouge à la place. L'instant d'après, on a entendu l'affiloir se faire broyer.

Zofia faisait des efforts. Elle faisait vraiment de gros efforts. Mais elle était incapable d'imaginer le bruit d'un affiloir rouge introduit et broyé dans un vagin. Pourquoi un affiloir ? Pourquoi rouge ?

Elle estima qu'il serait plus diplomate de ne pas poser ces questions et laissa à Smuga l'insigne honneur de mener la conversation, tout en se demandant s'ils pourraient glaner des renseignements utiles ici. Igor Petrovitch était fou. Peut-être pas au sens d'une maladie psychiatrique sévère, mais au sens d'une excentricité si totale qu'elle l'expulsait hors de n'importe quelle norme. Cet homme, au contraire du conservateur beau gosse rencontré à Ioujno-Sakhalinsk, avait tout l'air d'un Russe pur jus. Une gueule ronde, un nez en patate, quatre chicots noirs, une frange de cheveux blonds clairsemés et des yeux couleur ciel pluvieux. Igor Petrovitch croyait être – et peut-être qu'il l'était réellement, Zofia ne s'estimait pas capable d'en juger – un shaman aïnou. Un sorcier qui, grâce aux écrits de Benedykt Czerski, avait appris à parler aux esprits, à chasser les démons, à expulser des maladies, à défaire des sorts et à accomplir toutes les autres actions dont s'occupaient d'ordinaire les shamans. À en juger par la décoration de la pièce, jouer du tambour en faisait partie parce qu'une collection imposante de ces instruments était alignée le long du mur. Il fallait croire que différents fantômes avaient besoin de différents sons de cloche.

— Et qu'est-ce que cela nous enseigne ? demanda Bogdan, sincèrement intéressé.

— Que le beau peut se révéler mauvais, mais si le mauvais est vaincu, alors vous repartirez dans votre *kotan* de préciosités et vous raconterez ça aux gens qui croissent plus tard.

Oh bordel, se dit Zofia, et elle hocha respectueusement la tête, balayant du regard les « préciosités » dont étaient tapissés les murs de la pièce, probablement des offrandes votives rapportées au shaman en remerciement. En dehors de son horloge préférée, d'autres portraits de Poutine étaient accrochés sur les tapis fixés aux murs, sans oublier les multiples icônes orthodoxes, quelques variantes d'estampes japonaises, diverses représentations d'ours et de loups, dont des animaux en peluche et un truc qui, Zofia en aurait mis sa main à couper, était la copie exacte de la Vierge noire polonaise de Częstochowa.

La maîtresse de maison apparut sur le seuil de la cuisine.

— *Yougin* servi, annonça-t-elle.

C'est avec un grand soulagement que Zofia se leva du canapé. Elle se sentait ratatinée par les événements de la journée, elle avait besoin de se reprendre en main, de manger un morceau et de réfléchir. Elle passa à la cuisine, craignant de découvrir un ragoût shamanique de chauve-souris marinée en sauce de bave de salamandre, mais le dîner, posé sur une nappe en toile cirée, se composait au contraire d'une soupe de pommes de terre et de *pelmenis* à la crème fraîche. Simple. Appétissant.

— *Spassiba*, Inessa, dit-elle à la maîtresse de maison.

Inessa hocha la tête. Zofia la définissait comme la « maîtresse de maison » parce que Igor Petrovitch ne leur avait pas expliqué qui elle était vraiment. Sa femme ? Son amante ? Son assistante ? Elle devait avoir environ trente ans et était donc plus jeune qu'Igor d'une bonne vingtaine d'années. Elle était typée, nordique, un peu sauvage. Qui sait, elle descendait peut-être de l'une des tribus locales ? Elle avait des cheveux très noirs, désordonnés, avec quelques mèches blanches, des traits délicats, asiatiques, un visage joufflu et aucun maquillage. Elle portait une informe robe en lin jetée sur un corps trapu, principalement composé de hanches épiques et d'une poitrine qui ne l'était pas moins. Si le shaman avait besoin pour ses rituels de la personnification de la déesse païenne de la fécondité, il avait visé juste.

— Inessa deviendra la nourrice d'un ours, annonça Igor Petrovitch avec fierté. Un ourson nous rejoindra au printemps et Inessa le nourrira au sein.

Inessa s'attabla, l'air las, comme si elle donnait fréquemment le sein à un Léviathan et qu'un ourson ne représentait dès lors pas un défi particulier.

— Ta rencontre aux aurores, Zofia Edwardowna, signifie que esprits nous sont bienveillants, expliqua le shaman. Le dieu de montagne descendre te voir sous forme d'ours pour te transmettre son attrait. Il a senti que toi fille de gens grands et nobles de contrées lointaines, tel Benedykt. Les esprits te sont favorables, Zofia Edwardowna.

Elle eut envie de répliquer sur un ton hargneux, mais comprit qu'elle le ferait à contrecœur. En théorie, elle aurait dû être épuisée de rage. D'abord, elle avait manqué se faire étriper par un ours. Puis un Viking laborantin avait failli les massacrer dans un cercueil en tôle équipé d'un moteur. À présent, elle partageait un repas dans une cabane, au fin fond de l'île de Sakhaline, assise sous un portrait de Vladimir Poutine aux côtés d'un ancien employé d'un musée local qui se prenait pour un shaman aïnou et de sa concubine sauvage qui s'apprêtait à nourrir un ourson de sa spectaculaire poitrine. Et malgré cela, elle était paisible.

Pourquoi ?

Ces circonstances exceptionnelles l'avaient peut-être libérée d'une posture inextricable de la civilisation, d'une fausseté et d'une stylisation, de toute cette dorure – comme l'appelait Karol –, du vernis d'excitations feintes et d'authentiques balivernes qui enduisaient d'ordinaire copieusement sa vie ou qui, au minimum, tachait les êtres et les choses. Ici, tout semblait à sa place, tant la nappe sur la table que les placards bringuebalants, les rideaux de perles entre les pièces, les icônes saintes et l'horloge aux monarques russes. Et dans cette authenticité, Zofia sentait la chaleur de son enfance parce que la soupe de pommes de terre et les *pelmenis* remplaçaient parfaitement le pot-au-feu de sa grand-mère et les boulettes de viande avec des concombres à la crème.

À moins que cette sensation ne vienne de la conscience qu'avait Zofia de ce qui les attendait dehors ? D'ordinaire, le monde des deux côtés de la porte ne différait pas tant que ça, la civilisation sous un toit d'un côté et la civilisation à ciel ouvert de l'autre, le premier et le second familiers tel un fidèle lévrier. Ici, la maison était ramenée à sa fonction primitive et constituait surtout un abri, la version moderne d'une grotte en dehors de laquelle s'étendait le royaume maléfique d'une nature indomptable, gouvernée par ses seules lois.

Que dire de ses compagnons ? Elle pouvait moquer intérieurement la balourdise de Smuga, mais elle portait son calme en haute estime. Certes, c'est lui qui l'avait mise en danger, mais c'est également lui qui l'avait tirée d'affaire par deux fois, et cela sans recourir ensuite à une logorrhée inutile sur ce qui s'était passé, ce qui se passait ou ce qui pourrait se passer. Quant à Inessa, elle rayonnait d'un calme conscient. Et en ce qui concernait Igor Petrovitch, Zofia devait admettre que bien qu'il marmonnât parfois des trucs sans queue ni tête, il laissait une impression sympathique d'homme bon et réfléchi. C'était davantage un curé sage qu'un prophète illuminé. Elle comprenait à présent pourquoi Xenia Stiepanovna avait rechigné à leur donner son adresse – si tant est que ce lieu en possédât une – de crainte qu'ils fassent du mal à un « *good man* ».

À moins que deux jours sans Internet ni réseau de téléphonie n'aient suffi à Zofia pour que la quitte cette trépidation pathologique de l'époque de l'ultraconnexion dont plus personne ne se rendait compte, la prenant pour un état naturel ?

Inessa prépara du café dans un creuset en cuivre appelé par ici « *turka* ». Cela ravit Zofia : d'ordinaire, le breuvage de prédilection en Russie, c'était du thé qu'elle n'appréciait qu'avec du miel et du citron, et seulement lorsqu'elle souffrait de rhume.

— Cher Igor Petrovitch, dit-elle lentement et en prenant soin d'employer des phrases simples, car elle comprenait bien que cet homme avait appris le polonais par les écrits de Czerski et que cette langue manquait chez lui de fluidité. Je suis d'accord avec vous, les esprits nous sont favorables puisque nous nous sommes rencontrés. Je sens que vous n'avez pas envie de parler du musée, mais nous ne sommes pas de la police, nous ne représentons pas le ministère de la Culture, nous souhaitons seulement consulter les textes de Benedykt que…

Elle hésita.

— … que vous avez héroïquement sauvés de l'inondation des archives.

Inessa lui servit du café. Zofia but une gorgée et… faillit demander des couverts pour découper celui-ci. La maîtresse de maison avait préparé une boisson épaisse et corsée en diable.

— Pourquoi ? demanda Igor Petrovitch en l'observant attentivement de ses yeux tristes et bons.

Elle s'apprêtait à énoncer une tirade sur la science et la culture, mais Smuga la devança.

— Et vous, pourquoi êtes-vous ici ? demanda-t-il. Pourquoi un homme quitte-t-il un bon poste pour devenir un shaman au fin fond de la taïga ? Vous vous êtes attiré des ennuis avec la mafia ? Vous avez violé une lycéenne lors d'une visite scolaire ? Honnêtement, dites-nous.

Bon bah voilà, merci pour la visite, au revoir, songea Zofia, persuadée qu'ils seraient à présent forcés de passer la nuit dans la Buchanka – toujours suspendue de travers entre les parois du canyon.

Mais Igor Petrovitch partit d'un rire cordial.

— Je ne m'énerve pas, j'étais pareil, admit-il. Mais dites-moi, est-ce que ça nous esbroufe quand quelqu'un rencontre Dieu et devient christique ? Ou mahométan ? Non. Et quand quelqu'un renie toute religion pour croire en l'homme ? Non plus. Alors pourquoi vous me regardez bizarre quand moi croire que chaque homme, bête et objet, possède esprit à l'intérieur ? Et que tous esprits sont ensemble, ceux de ce qui est, qui a été et qui va encore naître ?

Il fit une pause, mais ils ne commentèrent pas, alors il poursuivit :

— Même fonctionnaire dans petit musée à Ioujno-Sakhalinsk peut réfléchir, dit-il sans amertume, et comprendre que trop d'hommes dans le monde, et trop de dieux, mais pas assez d'esprits. Vous comprenez ? Les dieux sont puissants, ils ont pouvoir sur tout et leurs prêtres sur tous. Les gens ont pouvoir sur d'autres gens. Et tous gens et tous dieux veulent encore plus de pouvoir. Esprits sont égaux entre eux. Ils peuvent être bons ou malicieux, comme tout, il vaut mieux vivre en accord avec eux, mais c'est pas la peine de frémir trop devant leur puissance. On peut s'arranger.

Il s'interrompit, but une gorgée de café et adressa un sourire de remerciement à Inessa.

— Monsieur Benedykt a eu beaucoup de soucis dans votre monde. Avant de venir ici, mais surtout après être parti. Et ici, il a connu tout ce qui était bon. L'amitié, l'amour, la famille, la vie en accord avec les esprits. Ici, chaque pierre et chaque loup méritent respect, on veille sur nos anciens parce qu'ils iront bientôt dans le monde souterrain et vont décider de notre sort. On élève enfants pour qu'ils veillent sur nous et nos esprits. Vraiment, vous vous esbroufez parce que j'ai laissé Ioujno-Sakhalinsk pour une telle vie ?

« Mais surtout après être parti. » En entendant cela, Zofia avait dressé l'oreille, car la période de vie de Czerski entre la fin de son bannissement et sa mort à Paris était assez mal documentée. Et s'il y avait bien une période dans laquelle se cachaient les indices sur l'emplacement du trésor aïnou – auquel elle croyait de moins en moins –, c'était celle-ci.

Merci, maître Kenobi, songea-t-elle, mais maintenant, présente tes papiers.

— Nous ne différons pas tant que ça, répliqua Smuga. Moi, les pierres qui discutent entre elles, j'appelle ça de la physique. Les fougères qui chuchotent, c'est de la biologie. Et les geysers hurleurs, c'est de la chimie. Les esprits des ancêtres qui s'entretiennent avec les esprits des descendants, c'est l'hérédité et l'évolution. Je prie dans des laboratoires, je fais des offrandes, mes rites sont des expériences et mes esprits peuvent aussi faire du tort, mais si je suis un bon shaman et si je sais parler avec eux, ils peuvent guérir, voire sauver des vies.

Zofia écoutait Smuga avec un grand intérêt, ressentant simultanément une inquiétude croissante. Il énonçait ses phrases tranquillement, mais avec la foi ardente d'un prêtre dévoué à sa religion. Est-ce qu'un tel homme aurait consacré autant de temps et de moyens dans le seul but de restituer au monde le souvenir d'un arrière-grand-oncle ? Une nouvelle fois, elle se posa la question suivante : qui était vraiment Bogdan Smuga et que faisait-il réellement ici ?

— Il se peut que science soit religion de la nature, répliqua Igor Petrovitch, mais il se peut aussi que, tout comme le christique et le mahométan, elle veut trop de pouvoir. La différence, c'est que je ne veux pas y songer et je n'ai pas l'intention de le juger, je veux seulement faire partie de la terre, cette terre, et prier les esprits d'ici de m'apporter prospérité. Mais je comprends pourquoi tu parles ainsi. Et je comprends aussi pourquoi tu es revenu...

Au son de ces derniers mots, Bogdan se crispa, et Zofia haussa un sourcil d'étonnement.

— ... même si nous comprenons différemment l'harmonie, continua Igor Petrovitch. C'est pourquoi je vais vous aider.

## 2

On les installa sur un clic-clac dans le salon, avec deux oreillers et une couette dont hérita Zofia. Bogdan dut se satisfaire d'une couverture ôtée d'un fauteuil parce qu'une excursion nocturne jusqu'à la Buchanka perchée au-dessus du ravin pour récupérer un sac de couchage ne leur parut pas une bonne idée. Les esprits leur étaient favorables, d'accord, mais à quoi bon tenter le sort ?

Après le dîner, ils burent encore un peu de gnôle, mais la fête ne dura pas. Leurs hôtes allèrent se coucher dans leur chambre située derrière la cuisine et Zofia et Bogdan s'assirent chacun d'un côté du clic-clac : elle, tendue, vigilante, jetant des regards soupçonneux au commanditaire de l'expédition qui restait impassible, voûté, suspendu entre sommeil et méditation.

— Je vous écoute, dit-elle.

— Je suis venu sur Sakhaline l'été dernier. J'avais cru posséder assez d'indices pour retrouver la collection de l'oncle Benedykt, mais…

— Foutaises. Si vous cherchiez les artefacts de Czerski, nos amis de Saint-Pétersbourg et d'Ioujno-Sakhalinsk auraient entendu parler de vous, on ne peut pas mener ces recherches sans rendre visite à ces deux musées. Alors, soit vous êtes un idiot persuadé qu'on peut retrouver une collection ethnographique en flânant n'importe où sur « l'Île maudite » et descendre dans quelques caves au hasard, soit vous en savez bien plus long que ce que vous admettez, soit vous cherchez autre chose. J'écarte la première hypothèse, mais ne le prenez pas pour un compliment. La deuxième ne tient pas debout ; pourquoi taire des indices quand on veut trouver un secret ? Il reste la troisième. Qu'est-ce que vous cherchez, monsieur Smuga, puisque ce ne sont pas des fripes aïnoues en peau de saumon, des baguettes rituelles pour tambours ou des lamelles pour soulever une moustache lorsqu'on boit du saké ?

Il se taisait. On aurait juré un mari surpris en train de flirter qui cherche une parade pour éviter de dire « Ce n'est pas ce que tu crois » et fournir des arguments différents de « Tu n'avais pas le droit de lire mes mails ». Furieuse, Zofia n'avait pas envie de lui faciliter la tâche. Et elle avait encore moins l'intention de continuer à s'occuper de Benedykt Czerski, des Aïnous, des shamans et de tout ce satané cirque. Elle souhaitait encaisser autant d'argent que possible, essayer toutes les thérapies imaginables sur Karol, rentrer à Varsovie auprès de leur fille et oublier cette malheureuse affaire.

Vous devriez poser la question autrement, déclara Smuga d'une voix qui parut résignée. Ce n'est pas tant ce que je cherche, mais ce que je voudrais découvrir.

En guise de réponse, elle pouffa d'indignation. C'était de l'euristique de bas étage, elle s'attendait à mieux de sa part.

— Et je répondrais bien volontiers à cette question.

Il lui jeta un regard empli de tristesse, comme un militant d'extrême gauche forcé d'expliquer pour la énième fois que l'interdiction de l'avortement n'est pas un « compromis acceptable ».

— Mais rendez-moi un ultime service, s'il vous plaît, puisque nous sommes arrivés jusqu'ici, supplia-t-il. Parcourons ensemble les documents d'Igor Petrovitch demain. S'ils ne sont pas dignes d'intérêt, vous serez libre. Bien sûr, je réglerai l'intégralité de votre salaire, avec un bonus pour compenser les désagréments du voyage.

Elle aurait dû hocher la tête et aller dormir, mais sa curiosité l'emporta.

— Et si on fait une découverte ? demanda-t-elle.

— Alors, vous déciderez.

### 3

Il ne ferma pas l'œil de la nuit. Après leur conversation, Zofia s'était tournée vers le mur et s'était endormie tandis qu'il était resté allongé sur le dos à fixer le plafond : le désir, l'amertume et le découragement ne lui permettaient pas de s'assoupir. Il retourna dans la cuisine à tâtons, remit la main sur la bouteille de gnôle et la termina, mais il ne devint ni soûl ni somnolant, il se recoucha et continua de lutter contre ses démons, mais avec de la vodka qui clapotait dans son estomac et provoquait des reflux gastriques amers.

Igor Petrovitch abrégea ses souffrances en se levant dès l'aube d'abord, en préparant un café ensuite et en lui proposant de libérer la Buchanka pour finir. Smuga s'en étonna, parce qu'il n'avait pas cru cela possible, mais accepta l'idée avec joie, pour s'étonner plus encore l'instant d'après quand le shaman quitta sa grange au volant d'un Isuzu tout-terrain ultramoderne équipé d'un volant à droite.

Ensuite, ils passèrent près de trois heures à saper, à hisser, à tirer et à patiner, sans oublier le redressement de la Buchanka à l'aide d'une corde passée autour d'un tronc de mélèze, mais ils y parvinrent. Le soleil était déjà haut dans le ciel quand un Bogdan Smuga essoufflé, crasseux et en sueur s'assit au volant de la merveille de la technologie soviétique et tourna la clé dans le contact, sans grand espoir.

La Buchanka toussota, pouffa, péta des relents d'éthylène et s'emballa dans un murmure ravi. Si elle avait pu, elle aurait crié : « *Davaï !* »

## 4

Zofia dilua le café préparé par Inessa avec de l'eau bouillante pour qu'il lui tienne compagnie plus longtemps, avala deux tranches de pain maison tartinées de crème fraîche en songeant avec nostalgie aux visites qu'elle rendait enfant à sa grand-mère, puis elle se mit à l'ouvrage devant le carton de paperasse que lui avait laissé Igor Petrovitch. Elle craignait de devoir déchiffrer des gribouillis de Czerski en cyrillique, mais la nouvelle vie de shaman de son hôte n'avait pas réussi à effacer ses vieilles habitudes de fonctionnaire. Ce n'est donc pas une tonne de documents agrémentés d'herbes magiques qu'elle découvrit dans le carton, mais des classeurs multicolores dans lesquels on avait rangé les textes de façon thématique et chronologique, sans avoir omis de les résumer sur des fiches. Zofia en fut enchantée. Cela signifiait qu'à cette étape du moins, sa connaissance basique de l'alphabet russe et un dictionnaire lui suffiraient pour évaluer ses trouvailles. Si elle avait dû demander de l'aide à Smuga, ç'aurait été à contrecœur.

Elle s'égaya davantage quand elle vit que la grande majorité des originaux avait vu le jour en polonais, bien que les fiches aient effectivement été rédigées en russe. Cela expliquait pourquoi Igor Petrovitch avait dû apprendre cette langue. Mais ça étonna aussi

Zofia. Pourquoi Benedykt Czerski, un savant russe d'origine polonaise, certes, mais travaillant pour l'Académie des sciences de Saint-Pétersbourg et pour la Société tsariste de géographie, écrivait-il en polonais ? Surtout qu'on savait par ailleurs, d'après les témoignages des connaissances lui ayant rendu visite en Extrême-Orient, que son polonais avait rouillé, qu'il rechignait à le parler et que même en compagnie de ses compatriotes, il passait au russe dès qu'il avait besoin de précision.

En voilà un mystère.

Une heure plus tard, Zofia avait la solution. L'ensemble constituait une sorte de collection privée de Benedykt, rassemblée à l'époque où il était revenu pour quelques années dans la Pologne des Partages et avait tenté de refaire sa vie dans sa patrie. Il s'agissait surtout de lettres rédigées en réponse à ses propres lettres, ses articles scientifiques publiés, les non publiés, les renvoyés avec lettre de refus, sans oublier deux tomes de son journal intime. Zofia classa les documents en ceux qu'elle jugea utiles pour sa quête et ceux qui ne l'étaient pas. Sur la seconde pile atterrissait tout ce qui intéressait probablement le plus Igor Petrovitch, c'est-à-dire les descriptions scientifiques des rites shamaniques, des croyances locales, depuis l'allaitement d'un ourson par un sein humain jusqu'à sa mise à mort rituelle et son ingestion solennelle deux ans plus tard. Elle feuilleta un album de photos prises par Benedykt, extrêmement passionnant mais, une fois de plus, quel bénéfice pouvait-elle tirer d'images de femmes aux lèvres tatouées, de guerriers barbus, de huttes en bois, de tuniques ornées d'un motif de spirales rectangles, de bâtons votifs avec des faisceaux de râpures sur la pointe, de herses en têtes de loups et cadavres de chiens suspendus, offerts en sacrifice ?

Zofia pensa simplement qu'un tel album était un trésor et que sa place était dans un musée, mais bon, ce n'était pas son problème. Grâce aux notes et aux tampons, elle déduisit en fin de compte que cet ensemble avait été acquis durant l'entre-deux-guerres par le Musée ethnographique de Varsovie, qu'il avait survécu à l'Occupation et avait été transporté sur l'île de Sakhaline dans les années 1950. Cela tombait sous le sens : le musée de Varsovie s'était alors focalisé sur le folklore polonais, tandis que les Russes, une fois le contrôle de l'île repris après cinquante ans de gouvernance japonaise, avaient besoin de « leurs » artefacts pour garnir le musée local. Soit ils avaient simplement confisqué le dépôt polonais, soit ils l'avaient échangé contre on ne sait quels trésors nationaux polonais pillés plus tôt. Ça paraissait logique.

Est-ce que cette histoire l'aidait ?

Pas le moins du monde.

Czerski était revenu en Pologne vers 1905. Il avait tenté de devenir un scientifique, mais, à en juger par le nombre de lettres de refus, la mère patrie n'avait pas eu besoin de lui. Il était tombé dans la misère. Alors, il avait vainement tenté de vendre sa collection. Zofia parcourut quelques lettres cordiales rédigées par des collectionneurs ou des directeurs de musées, qui exprimaient leur manque total d'intérêt pour l'offre de Czerski, mais, malheureusement, aucune d'entre elles ne contenait la liste de ce qui leur avait été proposé. Auraient-ils été si catégoriques si de véritables trésors s'y trouvaient ? À moins que, à ce stade du développement de l'ethnographie, personne n'eût été capable d'apprécier ces trésors à leur juste valeur ? Il ne s'agissait après tout que de bizarreries de quelques sauvageons des confins du monde. Ce n'était pas des sculptures en or ou des statues de pierre.

La lecture du journal intime lui apporterait peut-être davantage de réponses ? Mince, ça ne l'enchantait guère de devoir déchiffrer ces gribouillis. Tant la technique de l'encrier et de la plume que le style de l'écriture manuscrite de l'époque lui paraissaient plus difficiles à comprendre que les barbouillages des médecins sur les ordonnances ou que les listes de courses établies par Karol.

Dans le dernier classeur, elle trouva un exemplaire de *L'Hebdomadaire illustré*, daté de mai 1912. Curieux, qu'est-ce que ce machin fichait là ? Elle l'ouvrit : « Bolesław Prus est mort. Le cœur de l'immense écrivain, le plus pur et le plus noble, a cessé de battre, un cœur dévoué par chaque goutte de son sang à la Patrie et à l'humanité. » Hum… la patrie avec une majuscule et l'humanité avec une minuscule, bienvenue en Pologne. Zofia feuilleta encore. Strindberg était mort lui aussi, « l'un des esprits les plus révolutionnaires qui soit ». Les Italiens avaient pris le contrôle de l'île de Rhodes et n'avaient aucune idée de la suite : « Il s'avère que même en conquérant quelque chose, il faut savoir pourquoi on le fait. »

Puis elle découvrit un épisode d'un roman-feuilleton. Assez captivant, au demeurant. Zofia lut quelques lignes et voulut connaître la suite, mais se maîtrisa. Comment cela se passait-il, à l'époque ? Les gens attendaient le numéro suivant et débattaient entre-temps sur la place du marché des retournements de situation possibles du dernier épisode, comme on le faisait aujourd'hui avec les séries du type *Game of Thrones* ? Pas mal.

Vers la fin, elle tomba sur une page de devinettes d'échecs, d'histoires drôles douteuses et d'un schéma-conseil pour construire un bûcheron-jouet à l'aide d'un bouchon de liège, d'une boulette de mie de pain et de deux allumettes pour « divertir nos petits frères et sœurs ». Puis venait la section des publicités.

Zofia en rit de bon cœur : comme il était agréable de découvrir que l'humanité n'avait pas changé d'un pouce !

« LA CONSTIPATION, même chronique, est efficacement guérie par les pastilles LAXIROCHE. »

« LE SOUBASSEMENT DE L'EXISTENCE de n'importe quel être humain, c'est avant tout une nutrition correcte au cours de son enfance. La farine de lait Nestlé est considérée par les plus grandes sommités de la médecine comme l'aliment le mieux adapté aux nourrissons et aux enfants. »

« La teinture du Dr Richard ! Solution perfectionnée pour une coloration immédiate des cheveux ou de la barbe. Sa qualité est garantie par A. Seguin Bordo (France), membre du Jury Ho Rs Concours de l'Exposition universelle, Paris 1900. »

« Suppression des taches de rousseur. Onguent au fonctionnement si délicat qu'on peut même l'appliquer sur des enfants sans crainte aucune. »

« La Masseuse-Suceuse *Héros* possède quatre embouts adaptés au front, aux joues, au nez et aux paupières, tandis que les systèmes concurrents n'en ont qu'un seul, ils ratent donc leur cible. »

« Pour les oreilles décollées, je conseille *Fixeur pour oreilles*, venu spécialement de France. Je vends aussi un soluté spécifique pour les nez informes. Venez chez Paszkowski. »

Tout cela était fort amusant, mais pourquoi diable un exemplaire de ce journal avait-il atterri dans ce carton ? Fallait-il qu'elle le lise de bout en bout ? Elle haussa les épaules, but un peu de café, referma *L'Hebdomadaire illustré* et fut frappée d'étonnement.

La quatrième de couverture était intégralement occupée par le dessin d'un flacon de pharmacie. Sur son étiquette, des branches de mélèze enlacées entouraient le nom « Sakhaline » et l'image d'un guerrier aïnou âgé, à la barbe fournie et vêtu de sa tunique traditionnelle.

L'inscription au-dessus de l'image annonçait : « Le secret de la longévité et de la santé des tribus de Sibérie a été ramené d'Extrême-Orient par un Savant Polonais et Shaman Fameux, Benedykt Czerski. Les cachets sont confectionnés à base d'herbes qui ne poussent que sur la lointaine Île maudite. C'est une source de force pour toutes les personnes épuisées ou fatiguées, pour celles qui sont irritées ou privées d'énergie vitale, pour celles qui souffrent de marasme, d'étiolement et d'insomnie. »

Et, en dessous :

« À acheter en pharmacie ou dans les dépôts pharmaceutiques, en flacons de 50, 100 et 250 grammes. Modification importante ! Le nombre de cachets de *Sakhaline* dans les flacons a été fortement augmenté sans faire croître son prix. »

## 5

Satisfait d'avoir trouvé une occupation et de n'avoir pas à penser trop ni à parler avec qui que ce soit, Bogdan rangea l'habitacle de la Buchanka, défroissa la tôle et essuya la boue de la carrosserie. Il vérifia si on pouvait encore rouler dans ce machin, et ce n'est qu'une fois cette vérification faite qu'il retourna à la maison. Assis avec ses bottes en caoutchouc sur la véranda, Igor Petrovitch fumait une clope et présentait sa gueule acnéique au soleil. Il ne ressemblait plus vraiment à un shaman, et encore moins à un docteur en ethnographie, mais à un paysan russe ordinaire. Enfin, il n'était peut-être pas ordinaire parce que, dans la lumière crue d'un soleil d'hiver, la gueule du chien plantée sur une pique à côté de lui, congelée dans un état de décomposition avancé, avec ses crocs saillants par les trous du museau, lui donnait un air démoniaque.

— Nous ne parviendrons pas à repartir par ce chemin, lui dit Smuga.

— Parce que ce n'est pas chemin. Route derrière maison, dit le shaman en agitant la main vers la vallée sans desserrer les paupières. Question est savoir si vous devriez vraiment repartir.

— Je ne comprends pas.

— Moi non plus. Esprits en désaccord. Ils se disputent comme d'habitude. Dans des moments pareils, on aurait besoin d'un dieu puissant qui dit oui, oui ou non, non et tout limpide. Est-ce que ta science donne réponses simples à questions complexes, Bogdan Kristofovitch ?

— Elle s'y emploie. Mais elle se trompe si souvent que je me dis parfois qu'elle joue aux devinettes. Et que dit Mère Nature à ses enfants ?

Igor Petrovitch se tut si longtemps que Smuga commença à croire qu'il n'avait pas entendu la question ou s'était assoupi.

— Je vivais ainsi, sans savoir pourquoi, finit par dire le shaman. Et puis un jour, j'ai commencé à réfléchir. Pourquoi tu vis ? À quoi tu existes ? Or, c'est avec ces questions que commence légende d'où venir hommes avec âmes, c'est-à-dire Aïnous. Un jeune homme part en voyage et dort trois nuits dans des maisons de trois sœurs très belles. À la fin, la plus jeune lui ordonne d'aller sur montagne des dieux où grande maison en métal précieux est bâtie. Quand il y va, un être étrange, ni homme ni brume, se dresse devant lui et dit que lui doit faire début hommes avec âmes apparaissent au monde. Le jeunot croyait qu'il dormait une nuit chez chacune des sœurs mais, en vérité, une année était passée et chacune a donné naissance à enfant. La plus jeune, Étoile du Matin, une fille. La moyenne, Étoile de Minuit, un fils. La plus vieille, Étoile du Soir, une fille. L'homme, en s'en allant, devait prendre les enfants, posséder lui-même l'une des fillettes et donner les autres enfants l'un à l'autre. C'est ainsi que la terre se peupla d'Aïnous.

Son hôte acheva son histoire et Bogdan Smuga s'assit auprès de lui sur la véranda. Ils se taisaient. Igor Petrovitch somnolait toujours, appuyé contre le mur, Smuga se voûta dans sa posture usuelle, planta ses coudes dans ses genoux comme si ses larges épaules étaient trop pesantes pour les soutenir par la force des muscles. Ses paupières étaient lourdes après sa nuit d'insomnie et sa matinée remplie d'efforts physiques, mais il aurait trouvé dommage de détacher son regard du paysage hivernal d'une vallée sauvage. Par ici, on pouvait aisément croire qu'on était le dernier homme sur terre.

— Ce jeunot d'Otasut et ses enfants stellaires ont fait gros efforts. Aïnous venus ici sept mille ans plus tôt et régnaient sur les îles depuis Néolithique. Non, je parle mal, pas régner, c'est notre civilisation qui veut régner tout. Ils s'établissaient sur ces îles en cherchant leur place à côté des autres enfants de la nature. Ils n'étaient pas comme nous. Chez eux, ce qui comptait, c'est la sensibilité, l'altruisme, la tolérance et un manque de penchant pour instincts tueurs inaccoutumés pour genre humain. Nulle soif de sang chez eux. C'est plus tard que leur culture devenir autre, que femmes soi-disant impures et shamans malicieux. Mais tout ça pas de chez eux, un emprunt on dit, je crois.

— Et maintenant ?

— Et maintenant, ils ne sont plus. Le dernier shaman aïnou, c'est docteur ethnographie d'Irkoutsk qui a atterri sur Sakhaline parce que poste dans un endroit mieux pas possible. Est-ce que c'est mal qu'Aïnous disparus ? N'exagérons pas. Une langue meurt tous les trois mois et avec elle une culture, des mythes, des légendes et des rituels. Mais nature horreur du vide, les gens pleurent dans d'autres langues et cherchent modèles amour dans d'autres histoires, ça ne fait de mal à personne. Les arrière-petits-enfants d'Aïnous sont aujourd'hui japonais ou russes. Vous polonais, mais pourriez être russes ou germaniques. Et alors ? Est-ce que vous auriez senti différemment douleur de perdre enfant ? Est-ce qu'amour malheureux faire moins mal ? Peur de mort plus petite ou plus grande ? Non, culture, c'est interface pour hommes. C'est juste ça, c'est déjà ça. Et l'homme ? Un homme meurt toutes les demi-secondes.

Igor Petrovitch claqua plusieurs fois des doigts à une forte cadence.

— Alors, qu'est-ce qui est important ? demanda Smuga.

— Toi me dire.

— L'harmonie, répliqua-t-il après quelques secondes de réflexion.

— Exact. Moi peux appeler ça esprits, un autre puissance divine, toi physique et chimie, il se peut que nous tous raison. Quelle que soit la force qui unit ça, elle a sens uniquement dans harmonie. Les loups donnent ADN à descendance pour qu'ils continuent à chasser dans la vallée et à lécher les plaies de leurs jeunes. Mon esprit restera pour que petits-enfants et arrière-petits-enfants avoir quelqu'un à qui demander réussite quand vont pêcher des saumons dans trou dans la glace. Dieu le Père va assurer saisons. Et quelqu'un va raconter ou écrire qu'un ours a rendu un nigaud riche pour que son enfant raconte ça à son enfant. Le monde existe en harmonie ou n'existe pas du tout.

— Est-ce que la mort peut faire partie de cette harmonie ? demanda Smuga.

— La mort fut, est et sera. Mais elle n'a de sens que dans harmonie.

## 6

*Un soleil brûlant, printanier, commençait à décliner lorsqu'un rythme de tambours lent, sourd, mais vibrant retentit aux fenêtres d'un immeuble majestueux de la perspective Nevski et résonna dans tout le quartier. Ce son était si différent de la rumeur habituelle des rues de Saint-Pétersbourg que les passants tournaient les têtes, perturbés, inaccoutumés à la musique qui accompagnait les rites ancestraux. Ils avaient oublié, comme nous tous dans ce monde de modernité, de tramways et d'éclairage au gaz, les sortilèges qui orientaient encore nos existences il y a peu. Avons-nous bien fait de renier l'héritage de nos ancêtres ? Cette question me taraudait depuis longtemps.*

*De tous les passants, moi seul savais ce que ce tambourinement signifiait et, à chaque nouveau pas, je sentais mon excitation croître. En entrant dans le palais de la princesse Bielosielska, transformé ce jour-là en yourte, j'attendais de voir le célèbre savant Benedykt Czerski se transformer en sorcier pour demander aux dieux de guérir la fille de la princesse qui souffrait d'affreuses migraines depuis des mois.*

*J'abandonnai mon manteau au laquais et j'entrai au salon où d'autres convives s'étaient déjà rassemblés. Une pénombre diffuse régnait dans la pièce. Davantage de clarté n'apparaissait qu'au pied de la cheminée chauffée d'un feu vif et auprès duquel je découvris la silhouette paisible et ravissante du shaman-savant, un homme dans sa cinquantaine, à la barbe sobre et au visage sage et bon.*

*Dans le public, une quinzaine de personnes se serraient le long du mur d'en face. Je reconnus parmi elles mes amis des plus nobles familles de Russie. Les dames dissimulaient leur crainte et leur curiosité derrière leurs éventails, ces messieurs tentaient de faire de même derrière leurs sourires narquois, mais d'ici un instant, je devais découvrir comment la force d'un rite païen abaissait ces éventails et effaçait ces sourires, laissant les gens comme nus, emplis d'admiration devant la beauté primitive de la nature et de crainte devant sa puissance magique.*

*La fille de Son Altesse, à peine vêtue d'une chemise de nuit et recouverte pour la décence d'une cape ornée, se reposait sur une chaise longue au milieu de la pièce. Dans sa posture, je retrouvais la grâce des modèles qui posaient devant les grands maîtres, et sur sa face, un calme et une confiance surprenants.*

*Le savant, à moins qu'il faille le décrire comme un sorcier, ne remarquait, semblait-il, aucun des nouveaux arrivants. Il s'éveilla enfin, vida sa pipe d'un reste de cendres et fit signe à deux gentlemen qui l'aidèrent à se changer. Ils ôtèrent de ses épaules un cafetan qui descendait jusqu'aux chevilles, noué en son milieu à la manière des Japonais. Le public soupira parce que en dessous le savant ne portait qu'une gabardine en feuilles d'orties. On lui enroula les mollets de longs copeaux et on fit de même de ses avant-bras. Sur sa tête, on plaça une calotte ancienne et noircie, puis une couronne de copeaux tressés de ficelles. Dans cette coiffe, on avait auparavant planté trois baguettes frangées, fraîchement préparées, on aurait dit trois cornes. Enfin, on apporta un tambour tendu d'une peau au crin rasé. Dans la main droite du shaman, on plaça un bâtonnet long d'une demi-coudée, sculpté d'ornements fantasques dont l'extrémité avait été enroulée dans une fourrure de chien.*

*Les murmures cessèrent, les sourires se dissipèrent, nous sentions que les préparatifs s'achevaient et que la véritable cérémonie allait commencer.*

*Soudain, le riche salon se dissipa sous mes yeux, je ne voyais plus ni les robes, ni les redingotes, ni les fenêtres qui s'ouvraient sur l'avenue citadine, ni la cheminée scellée dans du marbre de Carrare blanc. C'était peut-être de la magie, ou alors la puissance de l'imagination qui me transportait dans une yourte païenne où je me serais tenu devant un foyer, enveloppé par la fumée et les odeurs de la nature, entouré d'hommes primitifs vêtus de peaux de bêtes. Et je puis jurer que je n'étais pas le seul à me sentir ainsi.*

*Le shaman commença à jouer. Des brindilles de sapin de Sibérie furent jetées au feu une par une et, en brûlant, elles produisirent beaucoup de fumée et de senteur goudronneuse. Les esprits shamaniques ont, paraît-il, un goût prononcé pour ces parfums.*

*Je frémis, et je ne fus point le seul, lorsque des gémissements faibles et discrets, puis des sifflements et des piaulements commencèrent à s'échapper de la bouche du shaman. Par instants, celui-ci bâillait nerveusement, puis il geignait comme si une douleur l'étranglait. Simultanément, des sons de tambour légers, mais vifs et fréquents, retentirent. Ils se répétaient tantôt plus forts, tantôt moins. Les chants du sorcier prenaient aussi de l'ampleur. Il était difficile de croire qu'ils sortaient d'une poitrine d'homme, si divers étaient les sons produits. Parfois, j'avais l'impression d'entendre l'aboiement des chiens ou le hurlement des loups. L'instant d'après, le chant devenait semblable au croassement des corbeaux ou au piaillement de quelques oisillons, pour finir par une imitation très réussie du bruissement des arbres secoués par la tempête.*

*Gémissant et plaintif tout d'abord, le chant devint larmoyant, mais solennel. Soudain, un cri de terreur retentit, puis des menaces, multiples et tranchantes, s'abattirent sur un ton plus féroce. Je devinai que le shaman avait senti l'approche de mauvais spectres et qu'il les chassait de ses hurlements. Ensuite, il prit un goupillon et l'agita au-dessus de sa tête vers tous les recoins, pour faire fuir les invisibles fantômes. Cependant, l'instant d'après, il reprit sa prière dans laquelle il suppliait les dieux d'accorder leur miséricorde à la malade et d'avoir pitié d'elle. Quant à cette dernière, elle restait couchée, immobile, les yeux fermés, comme possédée, respirant fort par une bouche à demi ouverte, on l'aurait cru prise d'une extase sainte. À la lueur des flammes, les gouttelettes de sueur scintillaient sur son front d'albâtre.*

*Le shaman se figea, marmonnant dans sa barbe des mots inintelligibles, comme s'il dialoguait ou écoutait des directives. Puis il se tut et, dans le silence soudain, le bruit le plus perceptible fut le craquement des bûches dans la cheminée. Tout le monde retenait son souffle, car des indications sur la manière de guérir la princesse devaient sortir de la bouche du sorcier sans qu'il s'en rende compte. Tant moi que le public tendions l'oreille et, pas une seconde nous ne perdions de vue la silhouette dessinée sur fond de feu. Enfin, dans des bribes de paroles, nous entendîmes les indications des dieux. Les proches de la malade se concentrèrent pour percevoir les mots mystérieux que le shaman ne répéterait plus jamais – il ne pourrait le faire même s'il le souhaitait parce qu'il ne s'en souviendrait pas une fois revenu dans un état de pleine conscience. L'ordre fusa : retrouver le bouleau planté au pied de la montagne, arracher l'écorce de la partie tournée vers l'est et creuser un morceau de bois pour en faire un* takusa *modeste (je suppose qu'il s'agit d'un goupillon rituel à la pointe taillée), puis l'accrocher au-dessus des draps de la malade. Coudre des épines d'aubépine dans ses vêtements. Lui faire boire une infusion de quelques aiguilles de sapin et d'une branche de romarin sauvage. Il fallait exécuter cela le lendemain matin à l'aube.*

*Je frémissais au son des paroles des dieux parce qu'on parlait beaucoup de la mystérieuse* Sakhaline, *la potion préparée à base de sapin, justement, et de bruyère magique qui poussait dans d'inaccessibles marécages sibériens. On racontait que ceux qui avaient tenté des expériences avec cette plante sans l'accord des tribus anciennes avaient mal fini. Ceux qui en avaient été quittes pour des hallucinations durant lesquelles des spectres d'ours et de loups leur avaient rendu visite avaient eu de la chance. Tout comme ceux qui souffraient ensuite de torsions d'intestin chroniques. Mais il y eut aussi des inconscients qui avaient préparé le remède miracle à la légère, sans l'aide d'un shaman, et avaient fini dans les cimetières de Moscou ou de Saint-Pétersbourg. Tant la princesse malade que nous avions de la chance parce que Benedykt Czerski avait rapporté de l'Île maudite le savoir et les recettes qui lui permettaient d'offrir une* Sakhaline *sûre et bénéfique aux individus.*

*Le feu décroissait. Le sorcier s'assit, épuisé, et nous lança un regard qui n'était plus celui d'un shaman, mais d'un scientifique du monde moderne, surpris que les esprits aient parlé par sa bouche. On n'entendait nul rire ni plaisanterie, les invités quittaient la salle accaparée par la cérémonie solennelle qui, bien que plaisante à voir et à entendre, avait également éveillé en eux une sensation de petitesse et d'impuissance devant des êtres invisibles qui régnaient sur le monde et les gens, devant l'inconcevable mystère de l'existence.*

## 7

Il ne voulait pas déranger Zofia qui n'avait visiblement pas besoin de son aide. Bien qu'intrigué par ce qui se cachait dans les documents qu'elle photographiait et dans les notes qu'elle lisait, Smuga estima qu'il l'apprendrait bien assez tôt. Il partit se balader, puis fit un tour en Buchanka pour vérifier si elle était encore bonne à quoi que ce soit et si la route était praticable, et puisque les deux essais furent fructueux, il repartit pour une seconde promenade.

Peu avant le crépuscule, ils déjeunèrent sans échanger une parole. Inessa et Igor Petrovitch paraissaient habitués aux repas pris dans le silence, Zofia était perdue dans ses pensées, et il jugea donc inutile de risquer un dialogue de courtoisie. Il fit la vaisselle, se vêtit chaudement et sortit. Le souvenir vif de leur rencontre avec l'ours l'empêcha de s'aventurer trop loin, mais, comme à chaque fois quand il se trouvait à une certaine distance de la civilisation, il eut envie de saluer la nature avant d'aller se coucher. Les nuages s'étaient dissipés, le gel avait redoublé d'intensité, les étoiles scintillaient. Dans cette nuit sans lune, la vallée couverte de neige s'était parée de la patine d'une vieille argenterie rarement polie.

Il ressentit cette tristesse familière qui le remplissait toujours quand une aventure touchait à sa fin. Indépendamment du résultat de leurs recherches – dont il ne croyait plus trop au succès –, ils reprendraient la route le lendemain aux aurores, passeraient une dernière nuit à l'hôtel *Gagarine* de Ioujno-Sakhalinsk, dans des chambres séparées. Ensuite, une enfilade de salles d'attente, de halls et d'avions dépourvus d'âmes les digéreraient avant de les restituer sur le béton froid de Varsovie pour qu'ils puissent y simuler le bonheur au milieu des autres gens.

Il respira l'air froid et retourna dans la maison pour y trouver Zofia assise dans un coin, sur un canapé, les genoux sous le menton, en train de sangloter. Les larmes coulaient sur ses joues et imbibaient son survêtement de sport qu'elle portait toujours.

# 8

Elle espérait que Smuga ferait un mouvement qui lui donnerait un prétexte pour se serrer contre un véritable être humain parce qu'elle en avait grandement besoin. Celui-ci s'assit gauchement au bord du canapé, le regard perdu dans le lointain, puis il croisa ceux de Poutine et Medvedev, avant de poser finalement sa main sur les pieds de Zofia qui, dans leurs chaussettes en laine trop grandes, avaient l'air de pantoufles pointure 45 écrasées par un poids lourd. Zofia estima que dans de telles chaussettes, tout sous-entendu érotique était à exclure, alors elle s'approcha et posa sa tête sur l'épaule de son commanditaire. Lorsqu'il la prit dans ses bras, elle fondit véritablement en larmes.

— Excusez-moi, dit-elle au bout du compte. Trop d'émotions, trop de tout.

— Nous avons vécu quelques journées très intenses, répliqua-t-il calmement en desserrant son étreinte.

Elle se redressa et prit quelques inspirations profondes.

— Vous savez pourquoi j'ai accepté ce travail ?

Il fit non de la tête.

— Mon mari perd la mémoire. On a une histoire d'amour si belle et si grande, et il l'oublie. J'ai honte, mais je préférerais qu'il meure. Alors, tout serait simple et normal. Nous disposons de procédures lorsque quelqu'un meurt, pas vrai ? Tandis que là…

Bogdan ne commenta pas et attendit la suite.

— C'est pour ça que j'avais besoin d'argent, pour l'envoyer dans une clinique en France, comme la pire des idiotes qui croit aux thérapies miracles, aux cliniques privées et aux traitements expérimentaux dispensés seulement aux rares élus. Je ne diffère en rien des générations passées de crétins qui se rendaient chez les guérisseurs jamaïcains, les charlatans indiens ou les shamans sibériens. Je rigolais en voyant ces gens si naïfs paniquer pour des broutilles, se faire avoir. On pouvait les arnaquer en toute impunité en faisant semblant d'extraire de leur corps des tumeurs sanguinolentes. Et moi ? Quand la question s'est posée, je suppliais encore et encore pour qu'on m'arnaque, pour qu'on me refile une herbe chinoise, une infusion de corne de rhinocéros ou une clinique à trois mille euros la semaine, peu importe. Benedykt Czerski me l'a trop bien fait comprendre. Et pas seulement cela. Vous savez, je me suis toujours pris pour une patriote. J'estime que les gens regardent l'avenir avec davantage d'audace s'ils marchent sur le fondement ferme de la tradition, s'ils peuvent puiser leur force dans les accomplissements des générations passées. Et puisque nous sommes des êtres tribaux, il est plus facile pour une majorité d'entre nous de se sentir liés à une tradition locale plutôt qu'à la culture de l'humanité entière qui est trop abstraite. Or, la tradition locale est une tradition de langue. Les langues, dans la plupart des cas, sont liées aux nations. D'où le patriotisme.

Il hocha la tête.

— Je retire tout ça. Les familles ont du sens. Les tribus ont du sens. Mais les nations ? Les nations sont la pire invention de l'humanité.

Elle vit dans ses yeux une étincelle de curiosité, et elle s'apprêtait déjà à lui fournir la réponse à la question qui devait être posée, mais il la surprit.

— Vous m'aviez demandé ce que je cherchais vraiment, dit-il.

— Ça y est, je sais, chuchota-t-elle, résignée.

— Quoi donc ?

— L'argent. La fortune. Un trésor. Comme tout le monde. À un certain moment de son existence, Benedykt est devenu un shaman réputé dans tout l'Empire russe. Il n'a pas fini sur l'échafaud seulement parce que la Révolution a donné des maux de tête plus graves à l'aristocratie russe qu'un sorcier-arnaqueur barbu. Pendant quelques années, il a été pour la haute société de Saint-Pétersbourg ce que la clinique des Pyrénées est pour moi. Et de la même manière que je croyais que mes milliers d'euros transformeraient des tours de magie en science, les riches d'alors le couvraient de colliers de diamants, d'or russe et probablement aussi d'œufs de Fabergé pour qu'il les console. Et que ce soit clair, je comprends pourquoi vous ne m'avez rien dit. Je me connais, il est plus facile de me convaincre en promettant de la grande culture que des lingots d'or. Et je ne vous demande pas vos motivations. Vous avez peut-être besoin d'un équivalent de clinique dans les Pyrénées, vous voulez peut-être réellement vous libérer des financements privés et ministériels, ou vous voulez peut-être vous acheter un yacht et l'amarrer à Cannes. Je croise les doigts, vraiment. Mais moi, je dois ramener mon mari à la maison et faire une partie de chinois avec ma fille et lui. Les règles sont simples, je pourrai les lui rappeler chaque jour.

Smuga l'observa avec une grande attention. Elle vit une chose dans son regard qui la mit mal à l'aise, mais elle n'eut pas envie de fuir cet inconfort. Au contraire, la tension croissante remua une corde profonde en elle qui s'apparentait vaguement au désir. Ce ne fut pas immédiat. D'ordinaire, elle ressentait l'attrait via une excitation superficielle, sous-tendue parfois par la somnolence, d'autres fois par la culpabilité, or cette fois – à cause de ses émotions peut-être, de la présence du shaman, de sa magie ou de la nature sauvage environnante –, une fibre inconnue frémit en elle, quelque chose d'inquiétant et de dense.

— Madame la professeure, dit-il, moi aussi, je vais être honnête. Si je devais faire la liste des choses dont je me fous royalement, alors c'est vrai, on y trouverait le destin tortueux et les découvertes ethnographiques de Benedykt Czerski, juste à côté des colliers en diamants et des œufs d'autruche ornés par Fabergé. De ce que vous savez des traditions des Aïnous, qu'est-ce qui vous surprend le plus ?

— L'obsession des femmes stériles. Ils les considéraient comme maudites, impures, à tel point que même les shamans craignaient d'interroger les esprits à leur sujet pour ne pas vexer les dieux.

Il parut surpris par ce qu'elle venait de dire, comme s'il ne s'était absolument pas attendu à une telle remarque.

— Ce n'est pas la première culture qui souffre de misogynie, répliqua-t-il après un temps. Quoi d'autre ?

— Un respect pour les anciens tout aussi obsessionnel. J'y ai longuement réfléchi. C'est si différent de notre culture ! Et comme ça paraît naturel, combien de problèmes fictivement inextricables se voient résolus lorsqu'on place nos vieillards juste après les saints. Ça va de la question du soin quotidien jusqu'au placement des décisions entre les mains des plus sages et des plus expérimentés d'entre nous.

Ses yeux scintillèrent et Smuga se pencha vers elle en posant à nouveau ses mains sur ses immondes chaussettes.

— Et qu'est-ce que cette obsession nous dévoile ?

Zofia dut y réfléchir un instant.

— Que beaucoup de personnes âgées vivaient parmi eux.

— Premièrement, oui. Et c'est confirmé par les études. Pour quelques raisons obscures, les Aïnous, mais seulement ceux qui vivaient sur Sakhaline, profitaient d'une grande longévité. Pourquoi ? Il y a un certain temps, le monde de la science est devenu dingue au sujet de la longévité des Japonais d'Okinawa, on les a analysés sous toutes les coutures à la recherche d'un gène mystérieux, tout le monde charcutait ou suçait le sang de ces pauvres vieillards bridés en s'imaginant déjà une médaille Nobel autour du cou.

— Et il s'est avéré simplement que ces personnes mangeaient peu et marchaient beaucoup.

— Exact. Avec les Aïnous locaux, c'est différent. Non seulement ils vivaient plus longtemps, mais en plus, on leur remettait les rênes de la tribu. Qu'est-ce que ça nous enseigne ?

— Oh, je ne sais pas, maître, dit-elle en battant théâtralement des paupières, irritée par son ton d'enseignant.

Elle se savait une scientifique de premier ordre et n'avait pas envie d'être traitée en stagiaire.

Surpris, Bogdan se redressa et ramena ses mains sur lui, ce qui déplut à l'épaisse substance dans les entrailles de Zofia qui bouillonna, réclamant qu'on revienne dans la sphère de la tension et de l'inconfort.

— Pardon, dit-il. Cela nous prouve que les Aïnous ne vivaient pas seulement très vieux, mais qu'en plus, ils étaient par je ne sais quel miracle épargnés par la démence, l'Alzheimer, les maladies neurodégénératives qui transforment nos fins de vies en enfer et font davantage obstacle à notre longévité que le cancer, les maladies coronariennes ou l'ostéoporose.

Elle pouffa de rire.

— Vous sous-entendez que la *Sakhaline*, c'est quoi ? Une cure de jouvence qui permet de vivre sans démence et de vieillir sans décrépitude ?

Brusquement, elle se tut, prenant conscience de ce qu'elle venait de dire.

— Peut-être bien que oui, peut-être bien que non, répliqua-t-il tranquillement. Je voudrais en juger par moi-même.

Elle en eut un vertige. Elle réfléchissait intensivement à ce que cela impliquait. Un médicament contre l'oubli, est-ce vraiment cela que Smuga venait de sous-entendre ? La Zofia rationnelle dénigrait de telles balivernes, cette nouvelle version d'une clinique suisse. La Zofia scientifique se demandait si elle était sur le point de participer à une découverte majeure qui allait changer l'avenir de l'humanité. Quant à la Zofia tout court, elle trépignait d'impatience parce que oui, les miracles arrivent, et la cure contre les pertes de mémoire était peut-être à portée de main.

Toutes ces pensées virevoltaient dans sa tête, l'étourdissaient et quand elle reprit finalement ses esprits et regarda Smuga, elle vit dans ses yeux quelque chose qui la fit se sentir complètement nue, ses immondes chaussettes mises à part. Elle ne savait absolument pas comment se libérer de ce sentiment, alors elle dit :

— Je sais où trouver ce que vous cherchez.

Il ne répondit pas. Elle sentit elle aussi qu'elle avait déjà tout dit. Comme si de rien n'était et comme si cela n'avait aucune importance, Zofia ôta d'abord l'une puis l'autre de ses chaussettes en laine.

# Chapitre 8

# Le projet Vincent

*Ne la quitte pas des yeux • Faire l'amour sur le bureau de Marie Curie • Un savon qui brille dans le noir • Les intestins et la cause polonaise • Tchernobyl-sur-Seine • Aujourd'hui, c'est le plus grand trésor sur cette planète • Le monument d'un potentiel inexploité • De la coke de folie • Tu furaxes pour rien, poupée • Après tout, personne ne veut devenir immortel • À chaque seconde qui passe, nos chances s'amenuisent • Le début d'une nouvelle ère*

**1**

KS : Mais il faut juste que je pose une question !

Z : Pitié, papa va devoir se déconnecter d'ici peu et je veux aussi discuter avec lui sans toi.

KS : Ce n'est pas bien d'avoir des secrets.

Z : Mais c'est bien d'avoir une vie privée.

KS : Juste une question !

Z : Elle est très importante, si je comprends bien.

KS : Très.

Z : Alors vas-y.

KS : Papa, qui a plus de parties du cou, une girafe ou une souris ?

Z : Mais tu te moques de moi, ma parole ?

KS : Papa ! Tu le sais ?

K : La girafe, c'est clair.

KS : Elles en ont autant ! Et tu sais combien d'os a…

Z : Au revoir.

K : Laisse-la tranquille. Je lui manque. Et toi, tu pars encore.

Z : Encore ? Je suis restée une semaine en Russie en tout et, durant les deux dernières semaines, j'étais une maman modèle. Maintenant, il faut juste que je m'absente trois jours pour clore cette affaire. Donc n'exagérons rien. Les cadres dans les multinationales travaillent nuit et jour et, les week-ends, ils répondent aux mails. De notre côté, soit on reste à la maison, soit on travaille aux horaires des fonctionnaires, jusqu'à seize heures grand max, donc ça ne fera pas grand tort à cette petite chipie. Enfin si, parce qu'elle n'arrête pas de me demander quand est-ce qu'elle retourne chez ses grands-parents, dans son palais de princesse. Tu sais que sa mamie chérie lui faisait des crêpes au petit déjeuner ?

K : Zofia…

Z : Toi malade, moi licenciée, je peux gagner un max de thunes en deux semaines de fouilles d'archives et deux délégations de trois jours et toi, tu me sers un « encore » ? Porte plainte à la protection des mineurs, va !

K : D'accord, tu as raison, excuse-moi. Tu passeras me voir ?

Z : Excuses acceptées. Oui, je passerai, je ne voulais pas le dire devant elle.

K : Les médecins d'ici veulent te parler.

Z : Je sais.

K : Ils m'ont pris mon ordi avec mes dossiers. Du coup, je ne sais pas si ça va mieux ou non parce que je ne peux plus accomplir mes rappels quotidiens. Tu peux me demander quelque chose…

Z : Non, Karol. Soigne-toi et moi, j'ai encore besoin de quelques jours. Je ramasse le fric et j'arrive.

K : Tu vas retrouver cette collection ?

Z : Premièrement, j'en doute. Deuxièmement, une collection, c'est un grand mot. Je te raconterai tout de vive voix, mais si jamais on trouve quelque chose, ça sera de la paperasse dont personne n'a voulu. Les curiosités ethnographiques que cet homme avait réunies sont déjà dans des musées ou parties en fumée durant la guerre. Les bijoux, c'est une autre histoire mais, a priori, il n'en reste pas grand-chose. Je veux quand même en avoir le cœur net avant de présenter la facture à Bogdan.

K : Tu vas emporter ta lingerie en dentelle ?

Z : Dans les Pyrénées, en plein hiver ? Une polaire et des chaussettes chaudes, oui. Tu peux d'ores et déjà commencer à fantasmer.

L'enregistrement diffusé sur l'écran de projection toucha à sa fin, les interlocuteurs se figèrent dans le flou caractéristique des conversations vidéo à faible résolution : le visage de Zofia se fondit dans sa chevelure blonde, ce qui la fit ressembler à un ballon orné de la face de Donald Trump ; quant à Karol, visible dans une fenêtre plus petite, il avait l'air d'un satyre tordu. Dans la partie basse de l'écran, on voyait toujours les derniers mots du dialogue traduits en français.

Autour de la table de conférence, il n'y avait que Marcel Kluzka, qui avait quitté son chalet d'observation pyrénéen spécialement pour l'occasion, et sa cheffe, une rousse d'un âge compris entre cinquante et cent ans, avec l'apparence sympathique de la grand-mère favorite de n'importe quel petit-fils de milieu bourgeois. Une mamie qui possède une maison de vacances en Bretagne, qui cuit chaque jour un gâteau différent pour le goûter et qui aime les longues balades au bord de l'océan, un bâton de marche nordique à la main.

— Précisez-moi si cette conversation comporte quelque chose d'autre que ce que je viens de lire en français, dit la femme.

— Zofia Lorentz appelle Bogdan Smuga par son prénom. Avant, elle ne l'appelait jamais autrement que « Smuga » ou « M. Smuga ». Ils ont rompu la glace, elle n'est plus une étrangère dont on loue les services. Mais si vous me demandez si elle ment, c'est une question difficile parce que, d'une certaine manière, elle ment tout le temps ou, du moins, elle ne dit pas toute la vérité. Ce qui est compréhensible, son mari perd la mémoire, on ne sait pas de quoi il se souvient et de quoi non, quel intérêt y a-t-il à lui expliquer tout chaque jour depuis le début pour lui demander conseil ?

— Il y a une différence entre omettre des faits pour avoir la paix et mentir en se croyant sur écoute.

— Oui. Mais dans ce cas, elle est impossible à distinguer.

— Et que vous dit votre intuition ?

Marcel hésita.

— On sait qu'ils n'ont rien trouvé sur Sakhaline. Ils n'ont rien laissé à Ioujno-Sakhalinsk non plus et rien emporté en Europe. Ils n'ont envoyé aucun colis. Ils n'ont vu personne. Bien sûr, ils auraient pu cacher quelque chose sur le chemin avec l'idée de le récupérer plus tard.

— Mais dans ce cas, pourquoi ce cirque avec leur venue ici ?

— Exactement. Alors, on peut supposer qu'ils ont trouvé au mieux des indices pour la suite. Et donc, soit Mme Lorentz croit effectivement chercher de la camelote, soit elle a compris les enjeux, et elle s'est mise à jouer selon nos règles.

La patronne hocha la tête.

— Dans les deux cas, ne la quittons pas des yeux, d'accord, monsieur Kluzka ? Si elle ne trouve rien, tant pis, le monde continuera de tourner. Mais si elle trouve quelque chose, alors peu importe si elle le fait consciemment ou non, nous devrons nous tenir à quelques pas d'elle. Quoi qu'il arrive, Smuga n'a pas le droit de mettre la main dessus parce que s'il frôle ce truc une fois, on ne pourra plus jamais être certains qu'il ne l'a pas pour de bon.

— Est-ce qu'on a besoin du soutien de nos amis de la République ?

La bouche de la mamie française idéale se tordit dans une telle grimace au-dessus de son foulard beige qu'on aurait cru que sa petite-fille venait de lui proposer un déjeuner au McDo.

— Je préférerais l'éviter. Mais si vous estimez que nous avons besoin de la cavalerie, faites-moi signe et j'appellerai notre ami commun. À contrecœur.

Il hocha la tête d'un air entendu. En ce qui concernait cette dernière décision, il ne pouvait pas donner tort à sa CEO.

## 2

La demi-vie du radium est de mille six cents ans, c'est pourquoi les notes, les habits, les effets personnels et même la dépouille de Marie Skłodowska-Curie ont été scellés dans des récipients de plomb. En visitant son cabinet, Zofia Lorentz se demandait s'il n'aurait pas non plus fallu sceller les idées nationales dans des tableaux, tels les éléments dans le tableau de Mendeleïev. Il s'agirait d'un récapitulatif fort intéressant, comparer entre elles les puissances des idées, disons, russes, polonaises, islandaises et vietnamiennes. Quel patriotisme s'apparenterait à un gaz noble fortement évanouissant ? Lequel serait un matériau assez solide pour bâtir des cathédrales, mais aussi l'équivalent d'une substance radioactive qui peut autant soigner un cancer que réduire une ville en cendres ou empoisonner un cadavre pour un millier d'années ?

Zofia ne savait pas si elle était plus horrifiée ou étonnée de voir que la grande Marie avait nommé le premier élément qu'elle avait découvert « polonium », en hommage à sa patrie, et seulement le second « radium », dont la racine provient tant du *radius*, « rayonnement », que du ravissement quotidien que lui inspirait sa fille. Une patrie, rappelons-le, qu'elle avait dû quitter à la hâte parce qu'on n'y tolérait guère les bizarreries du genre d'une étudiante en jupons. Une patrie à cause de laquelle Marie avait failli se voir déportée en Sibérie pour avoir enseigné la polonité à des enfants de paysans. Une patrie qui honore la plus grande femme de son histoire par une université baptisée avec une faute d'orthographe à son nom de famille et par un musée minable qu'on ferait mieux de fermer pour éviter de se compromettre davantage.

Cela faisait quelques jours que Zofia remarquait à quel point le sort de Marie et celui de Benedykt étaient similaires. Même classe d'âge. Tous deux patriotes. Des nobles appauvris. Tous deux victimes d'un amour malheureux, pas assez bien aux yeux des parents de leur prétendant et prétendante. S'ils avaient emprunté le chemin droit d'une vie sans histoires, ils se seraient peut-être croisés en tant qu'avocat et enseignante dans un salon varsovien ou pétersbourgeois de second ordre et y auraient échangé quelques remarques banales. Mais ils partent. Elle à l'étranger, lui en bannissement, à des milliers de kilomètres l'un de l'autre, et y trouvent simultanément l'amour, l'accomplissement et une célébrité scientifique.

Zofia n'arrivait pas à juger si, dans leur biographie, le plus important, c'était la Pologne ou le manque de la Pologne. Leur éducation patriotique, l'obsession de la liberté, l'impératif du combat et du travail pour sa tribu – oui, cela leur avait certainement donné de la force. L'Île maudite n'avait pas représenté une oppression moindre pour le jeune héritier de Vilnius qu'un Paris du XIXe siècle misogyne jusqu'à la moelle pour la physicienne. Le mot *étudiante*, à l'époque, ne signifiait pas « celle qui fait des études », mais « la petite amie d'un étudiant ». Le fait qu'ils aient été préparés à combattre depuis le plus jeune âge les avait-il aidés ?

À moins que ça n'ait été le contraire ? Être libérés de la patrie leur aurait-il permis d'atteindre la grandeur ? Dans un pays où l'Église régnait sur les âmes, la science moderne manquait de place. Après ses études à la Sorbonne, Marie était revenue dans sa Pologne chérie pour rebondir sur les portes universitaires comme une balle en caoutchouc. Ces messieurs en redingote avaient été très amusés de voir arriver une femme avec des désirs de doctorat. Benedykt rentrait de Russie en qualité de scientifique de renom pour découvrir que sa passion pour les peuples primitifs faisait l'objet de moqueries et qu'en Pologne, il ne lui serait même pas permis d'enseigner à des collégiens, dans la mesure où il avait été banni avant d'obtenir un grade officiel. Il avait noté : « Je suis trop vieux pour étudier et je n'ai pas les diplômes pour enseigner. Or, je suis actuellement tant étudiant qu'enseignant. Je me sens polonais. Hors de nos frontières, je suis même l'un des rares Polonais admirés, mais pour les miens, je suis une chose inutile, un gredin juste bon à mendier un morceau de pain. »

Quand ils s'étaient rencontrés à Paris, ils avaient tous les deux la quarantaine bien sonnée ; lui, brisé par tout ce qu'on avait fait de lui en Pologne, elle, brisée par la mort de son époux et harassée par une affaire de liaison dévoilée par la presse, une affaire durant laquelle on avait fait d'elle une étrangère voleuse de mari.

La professeure Zofia Lorentz s'efforçait de ne pas remarquer les turbulents collégiens français qui venaient d'envahir en force la pièce et de visualiser la chambre de la scientifique autrement qu'en piège à touristes. De quoi ce lieu avait-il eu réellement l'air ? Le bureau avait certainement été davantage en désordre. Même lorsqu'on a deux Nobel – ou peut-être surtout dans ce cas –, on a besoin d'un endroit pour travailler et non pour méditer devant une table vide. Marie buvait-elle son café assise là ? Laissait-elle des miettes de croissants et des taches de beurre sur le bois ? S'appuyait-elle dessus, autoritaire, pour passer un savon à des assistants dans son français guttural au fort accent slave ? Comme tout le monde, probablement, Zofia s'imaginait Marie en tata grincheuse dans un chapeau miche, et pourtant, c'est pour son honneur que des hommes se battaient en duel, sans oublier la phrase d'Einstein restée célèbre, lui qui affirmait n'avoir jamais vu autant d'érotisme dans le regard d'une femme que chez elle. Elle avait peut-être baisé debout contre ce bureau jusqu'à en briser des ballons à distiller dans le laboratoire d'à côté ? Zofia contempla les adolescents las. Elle s'imagina une telle mise en scène dans ce musée et éclata de rire.

— Madame Lorentz ?

Elle se retourna. Un homme sympathique d'une trentaine d'années, d'origine asiatique, se tenait à ses côtés, vêtu d'un jean et d'un tee-shirt blanc, des formules chimiques tatouées sur les avant-bras. Des structures ? Des modèles ? Zofia n'avait aucune idée de la façon dont on désignait vraiment ces schémas de lettres N, H et O reliées entre elles.

Zofia hocha la tête.

— Jean Cuong, votre guide. Anglais ou français ?

— Comme vous préférez.

— Je préfère les formules développées planes, mais si on doit transposer ça en langue humaine, alors restons-en au français. Allons-y.

Ils quittèrent la partie muséale de l'institution, empruntèrent une cage d'escalier ancienne pour descendre à la cave et, l'instant d'après, ils marchaient sous la Sorbonne. Zofia se sentit légèrement déçue parce que le couloir ressemblait à n'importe quel corridor d'un hôpital varsovien, alors qu'elle s'était plutôt attendue à découvrir des passages voûtés, en briques, et des ramifications qui permettraient d'atteindre les catacombes ou des cryptes d'églises. Enfin… ce n'était pas la première fois que Paris ne tenait pas ses promesses.

— Qu'est-ce qui vous faisait tant rire dans le cabinet de sainte Marie ?

— Honnêtement ? Je me demandais si elle s'était envoyée en l'air sur ce bureau.

— Au moment où l'institut fut ouvert, elle avait quarante-quatre ans.

— J'en ai tout autant.

— Je voulais justement ajouter que c'est le meilleur âge pour la sexualité d'une femme.

— Gaffe, c'est un conseil.

— Vous voulez essayer ?

— Je vous l'ai dit, gaffe.

— Je peux organiser ça. Une petite baise sur le bureau de Marie Curie. Pour vous, si vous y tenez, on pourra même appeler ça le bureau de Maria Skłodowska.

Elle s'arrêta et observa le chimiste français. Il recula d'un pas sous le poids de ce regard, mais poursuivit :

— Nous sommes adultes, il n'y a aucune dépendance hiérarchique entre nous, je vous trouve très sexy et ce serait cool de vivre un petit orgasme sur le bureau de Mme Marie. On retourne dans la partie historique de l'Institut du radium après les heures d'ouverture, qu'est-ce que vous en dites ? Hum... Pensez à tout ce que recèle ce bureau. Deux Nobel, du polonium et du radium radioactifs, une biographie d'exception et, spécialement pour vous, des sentiments patriotiques. J'ai eu un jour une copine polonaise. D'origine vietnamienne, tout comme moi, figurez-vous, mais elle était déjà devenue obsédée par vos insurrections et par vos catastrophes nationales. Vous l'avez convertie dès la première génération.

Zofia ne fit qu'observer. Cela suffit à ce que son interlocuteur recule d'un nouveau pas et déglutisse nerveusement. Il se racla la gorge et l'invita d'un geste à poursuivre son chemin. Après quelques minutes de marche, ils quittèrent le couloir pour une nouvelle cave, une nouvelle cage d'escalier, et prirent enfin place dans un cabinet au style colonial, à la boiserie sombre, avec des peintures marines aux murs et un grand globe terrestre dans un coin de la pièce.

Zofia interrogea son guide du regard.

— On est à l'Institut océanographique. Ils sont tellement historiques que personne ne vient jamais ici. C'est un endroit parfait si on veut parler en paix. J'ai lu votre lettre et je dois avouer que vous m'avez surpris. Je ne savais absolument pas que Marie Curie avait côtoyé un expert de la Sibérie.

Cuong était entré dans le vif du sujet sans aucun préambule.

— De Sakhaline, précisa Zofia.

— Ce n'est pas en Sibérie ?

— C'est à côté.

— Quoi qu'il en soit, il a vraiment fallu que je fouille avec soin pour trouver une trace de cet homme dans les journaux intimes de notre sainte patronne.

— Ça ne m'étonne pas. Mon Benedykt s'enflammait facilement pour les femmes et, en tant que mythomane amoureux, il exagérait n'importe quelle relation. Il suffisait que l'une de ces dames le regarde et il écrivait déjà à ses amis que l'été prochain, il viendrait avec une nouvelle épouse pour les vacances. D'ailleurs, ça lui a causé bien des soucis. C'est pourquoi, quand j'ai découvert la trace d'un amour ardent pour Marie Curie dans son journal, j'ai pris ça avec des pincettes, vous l'avez déjà lu dans mon résumé. Je miserais plutôt sur un élan de sympathie qu'elle lui témoignait entre scientifiques polonais. Ils avaient le même âge, étaient tous deux liés à leur patrie par un amour-haine à la fois toxique et fort. Ils avaient pu passer quelques soirées agréables, le reste lui a été dicté par son imagination. Cela correspond-il mieux à ce que vous savez ?

Jean hocha la tête.

— Après l'affaire Langevin, Marie n'avait ni la tête ni le temps pour des liaisons enflammées, déclara-t-il. La visite de Benedykt coïncidait avec l'ouverture de l'Institut et le début de la guerre. Mme Curie l'a aidé un peu par devoir patriotique. Vous devez comprendre que ce n'était pas le type de femme à organiser un salon où l'on se réunirait pour prendre le thé dans des tasses en porcelaine. Elle n'a jamais évoqué Benedykt dans un contexte sentimental ou social, mais elle le mentionne comme scientifique.

— Je suis tout ouïe.

Un sourire espiègle apparut sur les lèvres du chimiste, il paraissait avoir l'intention de transformer sa remarque en allusion érotique, mais par l'expression de son visage, Zofia lui fit comprendre qu'une nouvelle plaisanterie douteuse finirait mal. À son grand étonnement, le chimiste déchiffra correctement ce message.

— En résumé, nous regardons aujourd'hui la découverte du radium en particulier et de la radioactivité en général comme un grand classique de la science, mais les chercheurs de l'époque ne vivaient pas dans le vide. Ils étaient entourés par un public tout aussi crétin que de nos jours et, parmi ces badauds, il y avait divers charlatans et escrocs capables de transformer les titres des journaux en mines d'or. Nous vivons maintenant à l'époque génético-électronique, alors vous pouvez vous offrir des suppléments alimentaires qui rallongent les télomères dans les chromosomes ou des appareils de massage dont le microprocesseur pilote le lissage des rides. À l'époque, la grande nouveauté, c'était justement le radium. Une mystérieuse substance phosphorescente capable de contaminer d'autres substances. Un mouvement perpétuel, une source inépuisable d'énergie, et puisqu'on n'y connaissait rien en ADN, quand on a découvert que les radiations provoquaient des changements chez les générations successives de moucherons, on est devenu rapidement persuadé que le radium permettrait de créer de nouvelles espèces. C'était l'élément de la vie ! Et puis, ajoutons à cela que le radium a tout de suite été utilisé en médecine, surtout en oncologie, et voilà, tadam ! On pouvait dès lors l'atteler à n'importe quoi. Vous devriez voir toutes ces publicités pour des crèmes radioactives dans lesquelles une sorcière ôtait son masque de vieillesse. Des lotions, des savons, des gels de bain, des poudres, on ne pouvait plus se laver les fesses avec un truc qui ne brillerait pas dans la nuit. Ça rendait furieuse notre Marie, mais elle estimait qu'elle ne vaincrait pas la sottise. À une exception près.

— Oui ? s'enquit Zofia parce que Cuong avait suspendu sa voix.

— Je me disais… ça va être la pause-déjeuner dans une heure. Vous iriez manger un morceau avec moi ?

Zofia n'avait pas la moindre idée de la manière dont ce peuple produisait son PIB, si chaque jour à midi tout le monde se figeait deux heures durant, en plein milieu de la journée de travail, si au cours de l'heure précédente, les gens tournaient déjà en rond en se demandant où ils iraient manger et ce qu'ils commanderaient, et si au cours de l'heure suivante, ils reprenaient leurs esprits en digérant, seulement pour quitter le bureau l'instant d'après et faire leurs courses en vue du dîner. Elle garda cette réflexion pour elle.

— Non.

— À un certain moment, un nouveau remède au doux nom de Tho-Radia est apparu sur le marché. Grosse campagne de pub, identité visuelle géniale, vous pouvez chercher sur Google. Après Hiroshima et Tchernobyl, une mannequin baignée d'une lueur radioactive éveille l'épouvante mais, à l'époque, les rouges à lèvres radioactifs se vendaient sur le pouce, les clientes voulaient que leur apparence soit optimisée par la science omnisciente et non par de vulgaires plantes hachées. Le problème, c'est que des petits malins ont mis la main sur un naïf médecin de province qui s'appelait Curie, afin qu'il prête son nom à leur magouille, et soudain, sur toutes les affiches publicitaires apparut le slogan selon lequel ce remède miracle avait été créé « d'après la formule du docteur Alfred Curie ». Ça a fait un esclandre, et c'est au milieu de cette affaire que votre héros sibérien a débarqué. D'après ce que vous m'avez confié dans votre lettre, ce scandale aurait pu rapprocher Benedykt et Marie.

Zofia réfléchit un instant.

— Il y a des similitudes et des différences, dit-elle. Effectivement, tout comme Marie Curie en France, M. Czerski a été considéré dans l'Empire russe comme un savant de renom, un pionnier de l'ethnographie et de l'anthropologie. En ce sens, son nom constituait une sorte de label de qualité scientifique. Marie avait extrait de la terre des minéraux merveilleux, tandis que Benedykt avait mis la main sur des plantes miraculeuses dont le pouvoir n'était jusqu'alors connu que par les tribus des confins du monde. Ça colle.

— Ce sont les deux faces d'une même médaille et c'est pareil aujourd'hui. Pour rendre nos fessiers immortels, on enduit l'un d'une crème qui rallonge les télomères et l'autre d'une potion chinoise obtenue à partir d'une racine de réglisse râpée, ramassée une nuit de pleine lune.

— Benedykt avait tenté d'unir les deux, en vendant la *Sakhaline*, une substance miraculeuse, synthèse d'un savoir ancestral et de la science moderne.

Jean Cuong croisa les bras sur son ventre et les deux symboles chimiques sur ses avant-bras se connectèrent, formant un schéma géométrique agréable à l'œil sur sa peau brune.

— Eh oui ! C'est ce qui fonctionne toujours le mieux. Les gens n'ont pas confiance en ce qui a été créé de toutes pièces dans un labo, ils ont regardé trop de films sur les épidémies. Mais une décoction des mamelles de l'étagne de l'Himalaya éveille tout autant une méfiance légitime. Alors, il faut raconter la manière dont le sage Fleming a extrait la pénicilline d'une moisissure, la façon dont on fait de l'aspirine à partir d'une écorce de saule, et comment, une fois qu'on a placé des substances traditionnelles chinoises dans un laboratoire, un remède contre la malaria a bondi des éprouvettes. Vendre un miracle de la nature vérifié par les gars en blouse blanche, c'est jouer le ticket gagnant.

Zofia hocha la tête.

— Et c'est précisément sur ce terreau qu'a crû le succès commercial de la *Sakhaline*. Et puis, on parle là d'Orient… Excusez ma remarque, je ne sais pas à quel point vos liens avec la culture vietnamienne sont forts…

— Ma grand-mère m'injecte du pho dans les veines quand je dors pour me rendre immortel.

— Alors vous comprenez bien que plus on va à l'est et plus les choses deviennent… comment dire… bizarres. Benedykt Czerski n'a pas seulement cautionné la *Sakhaline* par son nom, il s'est aussi mué en shaman de fête foraine. Il faisait la tournée des plus grandes villes de l'Empire, entonnait des chants aïnous et, vêtu d'une redingote en feuilles d'orties, il soignait ces dames qui souffraient de migraines et d'ennui. Ça ne s'est pas bien terminé. On a ébruité l'affaire pour des raisons politiques, Czerski a été humilié et discrédité. Aux yeux de l'opinion publique, il s'est mué de scientifique en fol-en-Christ. Vous connaissez le concept ?

Cuong fit non de la tête.

— En Russie, le fol-en-Christ est un homme mi-saint, mi-fou, mi-faiseur de miracles. C'est un peu comme si vous fusionniez un shaman, un moine et l'idiot du village. On peut aller le voir pour qu'il expulse un démon, mais on peut aussi lui filer un coup de pied au cul pour rire. Le type se balade en culotte, bouffe des pommes de pin et vit dans un trou creusé dans la neige, voilà à peu près le tableau. Des caricatures qui présentaient Benedykt sous ces traits ont été publiées dans la presse. Bien entendu, la tempête s'est vite calmée, mais pour un homme sensible, c'était un coup effroyable. Surtout pour un homme formaté par la vie dans une communauté bienveillante, sincère et candide.

— Le pauvre, il a dû chialer jusqu'au moment de consulter son compte en banque.

Zofia soupira.

— Il a dû faire fortune sur cette arnaque, non ? demanda Cuong, manifestement intéressé par l'aspect financier de l'entreprise. La Russie est vaste, on devait y trouver des aristocrates migraineuses à la pelle. Des beautés blondes aux yeux noirs qui n'attendaient rien de plus qu'un homme pour pimenter leurs existences bourgeoises...

La dernière phrase avait été susurrée langoureusement, puis Cuong gratifia Zofia d'un clin d'œil lourd de sens.

Lasse, cette dernière contempla une toile sur laquelle un voilier penché traversait une mer déchaînée, avec pour seule compagnie des nuages sombres et la queue d'une baleine au premier plan. L'artiste avait certainement voulu illustrer le courage des scientifiques qui partaient sur les eaux par gros temps à la recherche du savoir.

— Premièrement, dit-elle sur un ton glacial, votre drague à la noix m'horripile. Alors, je vous promets, encore une tentative de ce genre et je vous ferai un tel MeToo que *Libération* publiera une cible de fléchettes à votre effigie pour que la gauche française puisse s'exercer aux tirs. Deuxièmement, Benedykt Czerski n'a pas gagné dans cette affaire un malheureux kopeck. D'après ses journaux intimes, toute l'opération *Sakhaline* a été montée par des conspirateurs polonais désireux de lever des fonds pour financer la lutte pour l'indépendance.

— Il s'est fait passer pour un sot, un charlatan et un shaman, pour aider des indépendantistes polonais ? Et pourquoi on l'avait envoyé au bagne en Sibérie, déjà ?

— Pour avoir aidé des indépendantistes polonais.

— Quel idiot.

— Quel patriote.

Jean Cuong secoua la tête, incrédule.

— Alors, ils ont certainement trouvé un langage commun avec Mme Curie. Elle souffrait du même mal. Vous savez qu'elle a tenté de retourner en Pologne après ses études, alors qu'elle avait en France un amoureux, une carrière et la possibilité de poursuivre ses recherches ? Une situation cocasse. Ici, tout le monde l'accueille à bras ouverts, là-bas, on la chasse à grands coups de pied au cul, et pourtant, elle s'accroche au chambranle et ne veut pas lâcher prise. Parce que, je cite, les Polonais n'ont pas le droit de quitter leur patrie lorsque celle-ci est dans le besoin.

Zofia ne savait pas quoi répliquer, alors elle ne répliqua rien.

— Je ne peux pas croire que ce soit seulement une question d'éducation. Vous devez avoir un truc dans la terre, une bactérie, un virus, n'importe quoi, poursuivit Cuong. Je devrais peut-être envoyer un thésard chez vous pour qu'il vérifie. Je ne sais pas si vous êtes au courant des dernières nouveautés scientifiques, mais le microbiote, c'est la piste de recherches la plus prometteuse de la médecine. Les bactéries qui peuplent ou non nos intestins peuvent être responsables de l'obésité, des allergies ou de l'Alzheimer. Alors pourquoi pas d'un patriotisme pathologique ?

— Vous suggérez que le secret de notre relation à la patrie peut se cacher dans notre cul ?

— Dans vos intestins.

Zofia estima que ce pan de la conversation était une impasse.

— Quoi qu'il en soit, vous connaissez la suite, reprit-elle. Pour de nombreuses raisons, Benedykt Czerski n'a rien à gagner en Pologne, il ramasse ses jouets et, comme tant d'autres avant lui, arrive à Paris où il se lie d'amitié avec Marie Curie puis en tombe amoureux. En 1918, il se suicide, peut-être à cause d'un amour malheureux, ou peut-être à cause de la syphilis dont souffraient la plupart des bagnards. Sa collection disparaît. Il ne l'envoie ni à Varsovie, ni à Saint-Pétersbourg, ni sur Sakhaline, on ne la retrouve pas non plus dans les musées ethnographiques français. La seule chose qui m'est venue en tête, après la découverte de sa relation avec Marie, c'est votre institut. Comme je vous l'ai écrit, j'ai travaillé dans les fonds publics et je sais à quel point il est facile d'y égarer quelque chose. Surtout s'il s'agit d'une chose obtenue par hasard et dont on n'a pas besoin de s'occuper en priorité.

Jean Cuong hocha la tête avec compréhension. Zofia attendait ses conclusions, mais il commença soudain à contempler le décor du cabinet comme s'il s'agissait de la chapelle Sixtine.

— Bon, d'accord, reprit Zofia, qu'est-ce que vous ne me dites pas et pourquoi vous ne me le dites pas ?

— Je m'efforce de vous décortiquer. Est-ce que vous bluffiez avec ce MeToo ? S'agit-il d'un élément de votre jeu d'approche ? Est-ce que mes chances de vous inviter à dîner vont augmenter si je vous rends euphorique avec de bonnes nouvelles ou si je vous afflige avec de mauvaises ?

— Permettez-moi de le formuler de la sorte… même si je criais famine depuis une semaine et que vous n'étiez pas seulement mon unique chance de survie, mais aussi un chef étoilé, je préférerais néanmoins bouffer mes semelles. Est-ce que c'est clair ?

Le chimiste soupira théâtralement.

— Alors, commençons par l'euphorie. Vous avez vu juste. Benedykt Czerski a effectivement légué sa collection à Marie Curie qui l'a laissée ici, à l'Institut du radium. Et vous avez correctement supposé que personne n'y a prêté la moindre attention. Mme Curie l'a probablement oubliée parce qu'elle ne s'intéressait à rien qui n'ait été radioactif. On y aurait probablement mis de l'ordre après sa mort si ces choses lui avaient appartenues, mais des caisses d'un Polonais au nom inconnu et que personne ne recherche ? On a certainement estimé que c'était l'un de ses collaborateurs polonais, dont l'institut a vu passer un grand nombre, qui avait entreposé sa paperasse le temps d'un déménagement. Des décennies durant, personne n'a rénové ce bâtiment et les rangements courants consistaient à pousser les malles de Czerski dans des coins de plus en plus reculés. Ce n'est qu'au début des années 1990, quand on a transformé l'institut en musée, qu'on a procédé à un inventaire définitif et sorti ces caisses du placard. J'ai retrouvé le protocole.

— Et ? demanda-t-elle, pressentant qu'il s'agissait d'une histoire sans *happy end*.

— Il y avait un peu de paperasse, un peu d'habits de tribus autochtones, mais surtout des supports de données, c'est-à-dire des cylindres de cire avec des enregistrements audio et une pléthore de matériel photographique et de films.

— Un trésor. D'un point de vue ethnographique et anthropologique, je veux dire. Ne me faites pas patienter pour rien, je comprends que ce n'est pas sans raison que vous avez parlé d'affliction et de mauvaises nouvelles.

— Les caves de l'institut ne sont pas et n'ont jamais été un espace de stockage idéal. Les documents, les vêtements en peau de poisson, les cires avec les enregistrements, tout cela a littéralement été dévoré par les moisissures. Quand quelqu'un a fini par établir ce que c'était, on a écrit à Varsovie et à Saint-Pétersbourg, mais en 1991, personne chez vous n'avait la tête au sauvetage d'un bout de fourrure de phoque, j'imagine. Les négatifs des photos et des films avaient été admirablement protégés de l'humidité, soudés dans des récipients métalliques, rouillés, certes, mais toujours étanches. Malheureusement…

— Surexposés au radium…

— En effet. C'est un vrai manque de pot que Benedykt soit tombé amoureux d'une chimiste géniale et non d'une mathématicienne qui n'a besoin dans son travail que d'une feuille de papier, d'un crayon et d'une poubelle. De plus, le nettoyage de l'institut transformé en musée était concomitant de l'hystérie post-Tchernobyl. On cherchait des dangers et des contaminations partout. Le laboratoire de Marie Curie à Arcueil est aujourd'hui devenu une forteresse abandonnée, isolée du monde par un mur et du fil barbelé. Les voisins surnomment leur ville Tchernobyl-sur-Seine. Là où nous nous sommes rencontrés, la contamination a été moindre, somme toute inoffensive, mais n'importe quelle femme de ménage portait quand même une combinaison étanche pour passer la serpillière. Peut-être que dans un autre contexte, on aurait tenté de transférer ces trésors ethnographiques grignotés quelque part, mais là, on les a simplement enfermés dans des tonneaux et cimentés dans un dépôt de déchets radioactifs. On ne pourra jamais les extraire.

Zofia hocha la tête. Était-elle affligée ? Pas forcément. Ce n'était pas la première aventure humaine qui s'achevait dans une décharge. À une certaine époque, ça l'aurait peut-être davantage affectée, mais des années de vie auprès de Karol lui avaient enseigné qu'une véritable existence se trouvait ailleurs, qu'une huile sur toile, une veste d'écailles ou un film immortalisant la fête de l'ours avaient leur valeur, certes, mais sans exagérer. Une certaine culture persisterait, et qu'on vive nos tristesses et nos joies dans la langue des Aïnous, des Russes ou des Polonais, quelle importance cela avait-il, au fond ? À présent, elle pouvait au moins clore officiellement cette aventure, ramasser le fric et se consacrer à une vie véritable. Elle allait rejoindre Karol dans les Pyrénées et réfléchir sur place à la suite.

— Bon, je vous remercie beaucoup, dit-elle. Je me doutais depuis le début que ça pouvait se terminer ainsi. Je n'irai pas dîner avec vous, ni prendre un verre et, pour être franche, je ne compte pas vous revoir un jour, mais je me laisserai inviter à déjeuner dans le coin si vous répondez à une question.

Il présenta son pouce en l'air.

— Vos tatouages ?

— Ce sont les schémas de la sérotonine et de la dopamine. Parfois, il est bon de se rappeler que tout ce qu'on appelle bonheur, amour, passion et accomplissement de soi se laisse résumer en deux schémas de quatre éléments chimiques. Ce ne sont que quelques molécules de carbone, d'oxygène, d'hydrogène et d'azote reliées dans un ordre adéquat.

Elle sourit.

— Vous êtes très romantique.

Jean Cuong bondit de sa chaise et ouvrit la porte du cabinet.

— On ira manger des crêpes. Nous avons un resto d'étudiants par ici, stylisé en Étoile de la mort, on se sentira jeunes à nouveau. Et puis, vous serez peut-être amusée de savoir que, de tout ce fatras laissé par votre Benedykt, une seule curiosité a survécu à la décontamination.

— Laquelle ?

— Un morceau de roche.

## 3

Zofia s'était goinfrée de crêpes jusqu'à s'en faire péter la panse, alors elle alla faire une longue promenade digestive, puis fit chauffer la carte bleue dans les librairies du Quartier latin avant de revenir à l'hôtel. Elle passa un peu de temps sur Skype à papoter avec Kasia et Karol, elle informa son mari que l'aventure Benedykt était finie et, dans la continuité de son euphorie après une tâche rondement menée, elle repartit flâner dans Paris la nuit. À l'approche des fêtes, la capitale française bouillonnait de bling-bling, de paillettes et de dorures. La Ville Lumière se trouvait visiblement sur une autre planète que celle qui se meurt parce qu'on achète trop, parce qu'on consomme trop et parce qu'on fait tout n'importe comment. Paris semblait crier depuis chacune de ses vitrines où les « fêtes » laïques avaient remplacé celle de la Nativité que l'excès n'était pas une raison d'avoir honte, mais que c'était au contraire une vertu, une bénédiction et le but de toute la création.

Zofia flânait à n'en plus finir, avec une courte pause pour avaler un *kimchi* près de l'Opéra, et ne pouvait s'empêcher de penser que, d'une part, cette foule euphorique qui bourdonnait dans la ville tel un vin mousseux dans une coupe avait une dimension énergisante et addictive, donnant envie d'être branché à l'infini à cette source d'énergie, mais de l'autre, dans cette perdition hédoniste et hystérique à n'importe quel prix, elle percevait quelque chose d'inhumain et de démoniaque, surtout à l'ombre de la cathédrale Notre-Dame en cendres.

Elle rentra épuisée, tomba sur le lit dans son peignoir et utilisa le téléphone sécurisé pour appeler Smuga et l'informer de la fin de sa mission. Elle espérait sincèrement que tout son discours sur « la question du prix qui ne joue aucun rôle » était toujours de rigueur, même dans la présente situation, parce qu'elle avait l'intention de négocier une prime conséquente. En dédommagement de sa rencontre trop intime avec un ours, surtout.

— Voilà de quoi ça a l'air en bref, dit-elle pour clore son rapport. Il y avait des trucs, il n'y a plus rien. Tu ne vas pas le croire, mais l'unique chose à avoir survécu, c'est une statuette d'ours sans grande valeur. Vraiment, on se mettrait presque à croire à l'esprit protecteur des Aïnous.

— En bois ?

— Dans un genre de minerai.

Bogdan garda le silence si longtemps que Zofia jeta un œil à l'écran pour vérifier si la communication n'avait pas été interrompue.

— Et qu'est-ce qu'elle est devenue ? demanda-t-il d'une voix étrange et sourde.

— Il paraît que depuis les caves de l'institut, la statuette a voyagé jusqu'au musée de l'Homme au Trocadéro, où elle est restée dans les archives. Ce qui ne m'étonne pas, ce musée n'a presque aucune surface d'exposition et on y montre des pièces plus intéressantes qu'un nounours en pierre. Cuong a vérifié ce qu'il était devenu, et tout porte à croire que la direction se soit débarrassée de l'ourson au moment de l'ouverture du musée du Quai Branly, il y a une quinzaine d'années. Là-bas, on n'en voulait pas non plus, mais au moins, on l'a tagué, c'est pourquoi on sait que d'artefact de la culture, la statuette s'est muée en artefact de la nature qui a fini dans la galerie de Minéralogie, dans ce splendide complexe au Jardin des plantes…

— Arrête de parler sur-le-champ ! Ne fais rien, ne parle à personne, ne rencontre personne. Je t'enverrai des instructions précises demain matin par Signal.

— Qu'est-ce qui se passe ? Tu m'as dit que j'avais un téléphone bien sécurisé…

— Sur-le-champ ! l'interrompit-il. Rien n'est sécurisé. Et rien ne l'est bien.

Et il raccrocha. Zofia fixa un instant l'écran noir, passablement étonnée, puis elle s'empara d'un bouquin. Que faire ? se dit-elle. À chaque nouvelle bizarrerie, sa prime augmentait.

## 4

Elle mangea – selon les préceptes du dieu de France – un croissant avec un café crème au petit déjeuner, puis elle partit d'un pas nonchalant jusqu'au point de rendez-vous fixé par Smuga, en marmonnant parce que l'endroit lui paraissait indigne. Plus elle y pensait et plus elle était furieuse de permettre qu'une mission scientifique se transforme en intrigue d'espionnage. Karol aurait probablement sautillé de joie, mais de telles distractions n'intéressaient pas Zofia. Chose qu'elle comptait communiquer à Bogdan dans un instant en interrompant bruyamment leur collaboration.

Elle longea la vitrine d'une boutique de sport, se promettant en pensée d'y revenir pour acheter un cadeau de Noël à son mari, puis elle tourna à gauche et, par une ruelle étroite du Quartier latin, elle monta jusqu'au monument de la mégalomanie française dans lequel la « Patrie reconnaissante » avait décidé de conserver les dépouilles de ses « Grands Hommes ». Zofia se fit la remarque acerbe que si les Français avaient voulu être cohérents, ils auraient plutôt dû les garder dans une cahute gauloise gargantuesque au toit en chaume, au lieu de transformer en cimetière national une église catholique bâtie sur le modèle d'un temple romain. C'était un peu comme si les Polonais avaient choisi d'enterrer leurs célébrités dans une gigantesque église orthodoxe en forme de tour Bismarck.

Zofia les raillait mais, en réalité, elle enviait aux Français leur posture « nous sommes les plus grands et les plus merveilleux, et si ça ne te plaît pas, va te faire cuire un œuf ». Comment était-il possible que le monde ait gobé cette histoire en leur pardonnant tout ? Les multinationales voraces étaient attribuées aux Américains, la colonisation aux Anglais, l'éclatement des guerres sanglantes aux Allemands, les oligarques mafieux aux Russes, les essais nucléaires aux Coréens, l'antisémitisme aux Polonais, la paresse aux Espagnols, et les Français – s'ils n'étaient les champions d'aucune de ces disciplines, ils en étaient au moins médaillés – regardaient le monde de haut, un croissant entre les dents et un innocent sourire aux lèvres, avec l'aura d'amateurs de bonne littérature, de bon vin et de bonne vie. C'étaient vraiment de petits finauds.

Zofia descendit à la crypte et retrouva la double tombe des époux Curie. Sur celle de Marie, un patriote polonais anonyme avait transformé, à l'aide d'un clou, le « L » en « Ł » dans son nom de jeune fille. Zofia frémit lorsque la silhouette carrée de Smuga émergea de la pénombre.

— J'exige une prime pour mon rôle dans ce thriller des années soixante, annonça-t-elle froidement.

— Tu es certainement suivie, alors je vais être bref, chuchota Bogdan. Je te promets de tout t'expliquer, je dois seulement imaginer un lieu qui nous garantira la discrétion. Maintenant, je t'en supplie, aide-nous.

— Nous ?

Elle tourna la tête de toute part.

— Plus tard, promis. Crois-le ou non, mais cet ours en pierre est aujourd'hui le trésor le plus précieux sur cette planète. Il peut changer l'avenir de l'humanité à un degré inimaginable. À côté de lui, tous les œufs de Fabergé, les Raphaël, la Chambre d'ambre et l'Atlantide ne sont que des balivernes, des curiosités indignes de notre attention. Zofia, écoute-moi bien, nous ne pouvons pas le perdre. Et ils ne peuvent pas mettre la main dessus.

— Si tu ne me dis pas…

— Rappelle-moi dans une heure sur la ligne normale, fais-moi un rapport détaillé sur tout, en dehors de l'ours, dis-moi que pour en avoir le cœur net, tu vas encore parcourir les collections ethnographiques parisiennes et occupe-t'en. Je t'expliquerai tout.

Et il disparut.

## 5

À quelques pâtés de maisons de là, Marcel Kluzka occupait un bureau dans un immeuble haussmannien transformé à grands coups de fric et de classe en un élégant siège d'entreprise, et il se disait que les montagnes lui manquaient – tant les Pyrénées que celles de chez lui. Cela faisait longtemps qu'il n'avait pas ressenti une telle nostalgie de sa région natale, sentiment ressuscité durant ces quelques jours passés au chalet. C'était peut-être parce qu'il avait enfin eu le temps de songer à autre chose qu'à son travail ? Ou peut-être qu'un garçon simple des environs de Nowy Sącz, ville bâtie au pied des Tatras polonaises, se sentira toujours mieux au milieu des versants emboisés qu'à l'intérieur des palais bourgeois du 8e arrondissement de Paris ? Ou peut-être pas tant un garçon simple que n'importe quel être humain ? Notre vie dans les grandes villes était peut-être une dénaturation, un commandement de la religion de la modernité, une aberration que nous allons regarder un jour avec autant d'incrédulité que les croisades des enfants ou les sacrifices humains ?

En tout cas, si la modernité était une religion, alors Marcel était certainement assis dans la sacristie de l'une de ses cathédrales en ce moment même, et il parlait, si ce n'est avec la papesse, alors au moins avec une archevêque. Une archevêque à l'allure et aux manières de la mamie chérie de n'importe quel petit-fils bourgeois.

— Vous en êtes sûr ? demanda l'archevêque. Nous jouons contre un adversaire puissant et rusé pour un enjeu inimaginable.

Kluzka réfléchit un instant avant de répondre.

— Je n'en suis pas certain à cent pour cent, parce que nous ne parlons pas des lois de la physique. Mais même si notre adversaire est aussi fort que vous le dites, Zofia Lorentz, quant à elle, est une amatrice qu'on a embauchée pour accomplir une tâche basique dont elle ignore les coulisses. Elle est dépourvue de leur savoir et de leurs motivations. Elle a fouillé l'Institut Curie, n'y a rien trouvé. À présent, elle prend rendez-vous au musée de l'Homme et au musée du Quai Branly. Sa voix est plausible, son comportement aussi. Elle travaille un peu, visite un peu, fait quelques boutiques, boit beaucoup de café. Nous connaissons chacun de ses mouvements, chaque SMS, chaque conversation téléphonique, chaque transaction, chaque *like* et chacune de ses recherches Google. Et il n'y a rien de suspect là-dedans, à l'exception peut-être des adresses d'antiquaires spécialisés dans les vieux jouets qu'elle consulte.

Laura Kron haussa un sourcil.

— Et pourquoi est-ce suspect ?

— J'ai toujours eu peur des vieux jouets. Ils ressemblent à des accessoires de films d'horreur.

La puissante CEO lui adressa un regard lourd de sens, se demandant sans doute si son chef de la sécurité n'avait pas perdu l'esprit, mais elle ne l'exprima pas.

— Est-ce qu'on peut mettre la main sur ces archives radioactives de l'Institut Curie ?

— Non. Elles ne sont pas conservées dans un sarcophage en béton, son imagination a débordé, ou celle de son informateur, je ne sais pas, mais ces objets ont été compressés et enterrés sous plusieurs couches de sable, d'argile et d'autres déchets radioactifs dans un dépotoir nucléaire dans l'Aude. Même s'ils s'y trouvent réellement, soit ils ont cuit dans une soupe radioactive, soit personne n'y aura de toute façon jamais accès.

— Qu'est-ce que vous conseillez ?

— De faire comme d'habitude. J'ai toujours estimé que l'obsession de ces gens avait quelque chose d'une quête de l'Eldorado. Ils croient à des théories du complot cousues de fil blanc, à des espoirs idiots, ils tentent de faire correspondre des faits mal assortis à un imaginaire. Personnellement, je suis ravi que la poursuite de ce mythe touche à sa fin.

— Soyons vigilants. Comme je l'ai dit plus tôt, nous jouons contre un adversaire puissant qui unit les qualités d'une gouvernance dictatoriale, d'une structure mafieuse, d'une dévotion religieuse et d'une intelligence de ruche. Et on n'a pas le droit de perdre contre lui.

— Nous avons l'argent.

— Mais aussi des actionnaires, des conseils d'administration, une concurrence fouineuse et des médias avides de scandales. Nous avons des employés. Ils ont des disciples. Il est plus facile d'acheter les premiers que de convertir les seconds.

Marcel Kluzka sourit.

— J'entends de l'admiration dans votre voix.

Cette fois-ci, Laura Kron n'arbora pas un air de grand-mère complaisante, mais celui d'une enseignante sévère, et, pendant une seconde, Marcel crut avoir exagéré en s'autorisant ces plaisanteries.

— Monsieur Kluzka, ce que vous entendez dans ma voix, ce n'est pas de l'admiration, mais de la crainte.

## 6

Z : J'ai vu Bacon au centre Pompidou, je me prépare pour El Greco au Grand Palais. Je passerais bien un coup de fil à Adrien Goetz pour qu'il me laisse entrer à l'expo Vinci en dehors des heures d'ouverture. D'accord, je l'ai déjà vue, mais tu comprends, ma profession m'oblige à en profiter. Et puis, j'ai pris rendez-vous avec Marzena à l'Institut polonais pour aujourd'hui.

K : Des vacances à Paris, quoi.

Z : Bah tu sais, puisqu'il faut que je reste là encore quelque temps, alors autant en profiter un peu. Tu te rappelles des choses de nos séjours parisiens ?

K : Il ne vaut peut-être mieux pas…

Z : Non, Karol. Il vaut peut-être mieux, justement. J'y ai longuement réfléchi et on ne peut pas fuir le réel. Tu perds la mémoire, tant pis. Les malheurs, ça arrive. Tu sais qui je suis ?

K : Mesdames et messieurs, permettez-moi de vous présenter Son Altesse, ma femme, Zofia.

Z : Exact. C'est toujours un début. Toi, tu dois cesser de prétendre que tu vas bien, moi, je dois cesser de faire semblant de ne pas le voir, nous devons tous les deux cesser d'attendre que, par miracle, les choses reviennent à la normale.

K : Tu ne crois plus que ça sera le cas.

Z : Non, je n'y crois plus. Je voudrais être agréablement surprise, mais maintenant, ma position officielle, c'est que tu n'iras pas mieux, mais peut-être moins bien.

K : Chérie, je comprends, ça doit être pire pour toi que pour moi. Tu souffres. Je n'ai pas besoin de me rappeler tout pour me l'imaginer.

Z : Écoute-moi. Tu m'as donné tant de beaux souvenirs durant ces quelques années qu'aucune femme ne peut en vouloir davantage. Depuis des aventures épiques jusqu'à des frissons qui glacent le sang, en passant par des parties de jambes en l'air si spectaculaires que je voulais mourir seulement pour que l'orgasme final soit mon dernier souvenir. Je vais te raconter ça en boucle tel un conteur tribal, ça sera un meilleur divertissement que de regarder *Ozark*. Alors, quels sont tes souvenirs de Paris ?

K : Nous avons passé la nuit dans ce monument d'un potentiel inexploité, l'Institut polonais dans le 8e, près du pont de l'Alma.

Z : Tu jouais du piano dans la salle de bal et moi, je dansais toute nue.

K : Sérieux ?

Z : Sérieux, sérieux.

K : On s'est envoyés en l'air ?

Z : Loin de là. On s'est disputés parce que tu voulais jouer du Chopin, pour que ça soit ironique, et moi, je voulais du jazz pour pouvoir danser, et puis j'ai vomi depuis notre balcon dans cette étrange courette-puits parce que j'étais ivre morte.

K : Nous avons visité l'expo Cartier-Bresson au centre Pompidou.

Z : Kasia y a disparu, la plus véloce des fillettes de quatre ans. J'ai couru jusqu'à l'accueil pour qu'ils l'appellent par les haut-parleurs. J'étais en pleine hystérie.

K : On l'a retrouvée ?

Z : Bien sûr. Tu as persuadé un groupe de sportifs du Mozambique de nous aider. Des Noirs de deux mètres de haut couraient partout en criant *Kazya*, *Kazya* ! Les gens les fuyaient, terrifiés, de peur de devenir le plat principal dans je ne sais quelle installation artistico-culinaire.

K : Nous menons vraiment une telle vie ?

Z : Et encore, ce n'est que le début. Je pourrai te servir ce genre d'histoires pendant des années. Et quand tu deviendras complètement gâteux, je te priverai de tes droits et je te garderai au lit en qualité de sex-toy.

K : Ça m'excite. Est-ce que je dis de telles choses ?

Z : Non. Mais tu t'excites facilement, c'est vrai. Mais merci, je prends ça pour un compliment.

K : Viens me voir.

Z : Je viendrai le plus vite possible. J'ai reçu un mail de ton docteur Mnatsakanyan. Il veut me voir pour discuter.

K : Pour de bonnes ou de mauvaises nouvelles ?

Z : Je n'en ai pas la moindre idée.

## 7

Pour la première fois depuis longtemps, elle ne ressentait pas d'abattement amer et lugubre après une conversation avec Karol. Or, elle aurait dû : après tout, il ne se souvenait pas des événements fondateurs de leur relation, des histoires narrées à n'en plus finir, jusqu'au point où on ne savait plus si on relatait des faits ou si on transformait encore la énième variante à leur sujet. Zofia vivait peut-être la maladie de son mari comme une perte, avec toutes les étapes du deuil ? Le choc, le déni, le désespoir et il était à présent l'heure d'un retour à la vie. Une vie différente de celle à laquelle Zofia s'était habituée, mais une vie quand même. Elle discuterait avec Artak Mnatsakanyan et si elle estimait que *Le Trésor perdu* n'était qu'une nouvelle version d'un rouge à lèvres radioactif ou des spectacles shamaniques de Czerski, elle en retirerait Karol sur-le-champ. Elle trouverait certainement une meilleure façon de dépenser trois mille euros par semaine.

Perdue dans ses réflexions, mais chargée d'une énergie qu'elle n'avait plus ressentie depuis des mois, Zofia Lorentz sortit du RER près du pont qui célébrait l'écrasement des Russes sur les rives de l'Alma, elle traversa la Seine, admira la vue de la ville et pénétra dans la capitale internationale de la bourgeoisie, aussi appelée 8e arrondissement de Paris. C'est ici, entre des boutiques où le prix d'une robe pouvait avoisiner le PIB d'un petit État et les appartements de cheikhs arabes et de mafieux russes, que se trouvait ce que Karol avait qualifié de « monument d'un potentiel inexploité ».

Zofia soupira à la vue de l'immeuble historique de l'Institut polonais. Pourquoi la cinquième puissance économique de l'Union européenne n'avait-elle pas les moyens de rénover un bâtiment situé au cœur de Paris et dédié à la gloire de sa culture nationale ? Elle eut du mal à admettre que la cinquième puissance en question s'en fichait royalement, mais elle ne trouva pas d'autre explication.

Par précaution, elle avait auparavant passé un coup de fil à Marzena, avec laquelle elle s'était liée d'amitié au moment d'organiser la grande exposition de la peinture polonaise au Louvre-Lens, craignant qu'après ses récents démêlés avec le pouvoir à Varsovie, elle soit devenue trop radioactive pour rendre visite à une institution sous tutelle du ministère des Affaires étrangères. Elle lui avait donc demandé s'il ne faudrait pas mieux se voir en ville. Et bien que son amie lui ait assuré qu'il n'y avait aucun souci, ce n'est pas sans crainte que Zofia appuya sur le bouton de l'interphone.

Derrière le seuil, des surprises l'attendaient. Beaucoup de surprises.

La première était très agréable parce que tout le personnel de l'Institut s'était réuni dans le hall pour lui offrir une ovation debout et l'accueillir en grande pompe, lui tendant des chocolats Wedel et un café crème. Zofia en fut émue.

La deuxième, lorsque Marzena, au lieu de s'emparer de son sac à main et de l'emmener déjeuner au Palais de Tokyo, l'entraîna dans les chambres d'hôtes hors service pour cause de mauvais état technique. Cette partie résidentielle avait été très populaire en son temps parmi les membres de la bohème polonaise, grâce à son prix très abordable, mais aussi parce qu'on pouvait y lâcher des pets dans les mêmes draps que ceux utilisés jadis par des lauréats de prix Nobel.

La troisième, lorsqu'elle aperçut Bogdan Smuga couché sur lesdits draps.

Et enfin la quatrième, lorsque sortit de la salle de bains une personne que Zofia n'était plus jamais censée revoir de sa vie.

— C'est une mauvaise blague… gémit-elle à travers ses dents.

# 8

Parler de conversion au catholicisme dans le cas d'une personne originaire de la Moszczenica Niżna, le bastion d'une foi rurale et profondément ancrée, sonnait comme une plaisanterie douteuse, et Marcel s'en rendait parfaitement compte. Autant dans les autres recoins de la planète, la vie avait besoin de soleil et d'eau, autant dans la région des Basses-Carpates, elle naissait de la foi et de la crainte de Dieu. Et c'est ainsi que, plongé dans un cycle liturgique, Marcel avait été élevé au rythme des prières quotidiennes, des messes hebdomadaires et des célébrations à l'église, ne sachant pas pendant fort longtemps à quel point il était en réalité athée. Il considérait la participation à ces rituels comme une obligation naturelle : il devait se rendre à l'église comme à l'école, écouter le catéchisme comme les leçons de mathématiques, accompagner ses frères et sœurs à la messe des enfants comme il les conduisait aux toboggans sur les terrains de jeu, et s'asseoir à table, pour le réveillon de Noël, comme à l'anniversaire de mamie. Certains de ces éléments lui faisaient plaisir – entonner les chants de Noël, par exemple –, certains lui procuraient un frisson d'émotion, comme faire le tour des tombes familiales la nuit de la Toussaint, la plupart constituaient cependant l'une des nombreuses sources d'ennui qui affligent les adolescents, surtout les messes dominicales lors desquelles le principal défi consistait à trouver une place derrière une jolie paroissienne afin de nourrir ses fantasmes érotiques en s'agenouillant auprès d'elle durant l'élévation.

Marcel traitait ces péripéties comme une partie de sa vie, et lorsqu'il eut enfin compris que nombre de ses concitoyens de la tribu des Basses-Carpates croyaient réellement en un papy barbu qui créait l'Univers d'une main et nous conseillait de ne pas nous masturber trop souvent de l'autre, il en fut sincèrement étonné. Un papy qui aurait envoyé son fils sur l'une des planètes périphériques du cosmos, un fils qu'il serait en réalité lui-même, pour que celui-ci prenne soin, d'une manière floue et incompréhensible, d'une espèce de singes sanguinaires, n'obtenant pour seul résultat, durant les deux mille années suivantes, qu'une tuerie sans fin entre ces singes au nom du fils en question, se massacrant pour lui d'une manière plus ou moins efficace et raffinée.

Marcel était devenu un athée profondément incroyant, racontant aux quatre coins de la planète ses aventures de jeune catholique du Sud polonais. Jusqu'au jour où, persuadé de ne chercher qu'un peu d'ombre pour respirer et fuir le soleil au firmament, il avait pénétré dans une petite église en béton, aussi moche que tout le reste du tissu urbain en Côte d'Ivoire. L'intérieur était vide, hormis un homme blanc d'une quarantaine d'années assis sur l'un des bancs qui mangeait une mangue et lisait un journal, un homme qui avait l'air d'un chauffeur de semi-remorque polonais en vacances.

Le type l'avait regardé, avait fini sa mangue, s'était essuyé les doigts sur son short, avait refermé le journal, avant de se lever et de déclarer en polonais :

— Béni soit le Seigneur, mon fils. Tu veux bavarder un peu ou on passe direct à la confession ?

Marcel n'avait pas envie de bavarder. Il s'était confessé sincèrement et si longuement qu'ils avaient dû faire une pause pour dîner. Puis il était rentré à la base, était allé dormir et s'était levé en tant qu'athée qui a un gros problème parce qu'il voulait vraiment devenir croyant. Mais comment y parvenir, si tout ce système était fondé sur des légendes rédigées pour les besoins du moment, sur des dogmes qui s'excluaient mutuellement les uns les autres, sur des préjugés, des incohérences et des balivernes évidentes ? Comment croire à l'infaillibilité du pape Benoît, si le pape François qui dit autre chose est tout aussi infaillible ? Comment se confesser en toute confiance à un membre d'une organisation mafieuse régie par la loi du silence ? Comment concilier Dieu avec la conscience historique des souffrances et des torts monstrueux infligés en son nom et jamais réparés ? Marcel comprenait que seul un Dieu pur, déconnecté des interfaces inventées par l'homme, avait du sens. Mais il comprenait simultanément qu'un Dieu sans communauté humaine avait encore moins de sens, se transformait en un gardien de solitude, lointain et froid.

Il avait couru consulter le père André avec ce dilemme. Celui-ci était assis sur le même banc, vêtu du même short et des mêmes sandales, il lisait un autre journal, local cette fois, et mangeait, pour changer, une banane.

— Je sais que tout cela n'a ni queue ni tête, avait répliqué celui-ci après avoir écouté le tiraillement de sa nouvelle ouaille. N'importe quel élève de maternelle qui demande pour la première fois à sa mère de lui expliquer le pourquoi du comment de l'Église le comprend. La plupart des dogmes de la plupart des religions sont un charabia de forcené. Tu as une frontale ?

— Quoi ?

— Une lampe qu'on met sur la tête.

— Bien sûr.

— Est-ce qu'au moment de l'allumer dans le noir, tu réfléchis à ce qui la compose ? Que le nickel pour les piles qui l'alimente a été extrait par un enfant en pleurs dans une mine africaine ? Que le plastique est vendu par une multinationale pétrolière qui détruit la planète ? Que pour produire cette lampe, on a utilisé le courant d'une centrale à charbon, et que pour son transport, on a consommé le pétrole d'un oligarque mafieux ? Que la compagnie qui te l'a vendue arnaque sur ses impôts et qu'à cause d'elle, le producteur local de lampes a fait faillite ? Que c'est un autre satané morceau de plastique qui empoisonnera la nature et filera des cancers à tes arrière-petits-enfants ?

— Non.

— Alors pourquoi, en pénétrant dans une église, tu devrais songer aux croisades, à l'Inquisition et aux pédophiles en soutane ? La frontale te donne le pouvoir de dissiper les ténèbres, tu peux l'utiliser pour dévaliser quelqu'un ou pour soigner des plaies dans le noir et sauver une vie. Dieu, c'est un tel pouvoir. N'y réfléchis pas, accepte ce cadeau comme si tu défaisais l'emballage d'une lampe trouvée sous le sapin. Mets-la sur ta tête, éclaire le chemin, et puis pense et comporte-toi correctement.

— Mais comment suivre tous ces préceptes dans la vie ? Comment écouter le Christ ?

— Est-ce que tu demandes à ta frontale dans quelle direction marcher ?

— Non.

— Voilà. N'exagérons rien.

— Et la vie éternelle ?

— Soyons des hommes bons ici-bas et puis on verra. Mais comme ça, entre nous, je ne fonderais pas trop d'espoirs.

Le chef de la sécurité y avait réfléchi, avait estimé que cela avait du sens et il s'était ouvert à la foi comme un homme présente son visage au soleil. Il l'avait acceptée non comme une construction philosophique, mais en tant que source d'un pouvoir inépuisable qui coulerait des croyants. Soudain, peu importait où il tournait la tête, il voyait cette force, elle était à lui et il était à elle. C'est à lui qu'appartenait la procession de la Fête-Dieu dans son village natal, c'est à lui qu'était la basilique Saint-Pierre de Rome, ou une chapelle sur le bord de la route, ou une église en bois, ou des figures d'anges dans les cimetières, ou les mamies des derniers rangs des églises, ou les jeunes femmes au crucifix dans le décolleté. Les sources de la puissance l'entouraient de toute part, il avait parfois l'impression que leur profusion allait lui griller les fusibles, comme s'il carburait à la coke des cieux. Cette énergie de toxicomane l'avait intimidé, apeuré, et l'avait poussé à écrire sa propre prière.

À présent, sous le nom de Marcel Kluzka, il s'agenouillait dans la nef de l'église polonaise Notre-Dame-de-l'Assomption à Paris, à quelques centaines de mètres à peine de Zofia Lorentz et de ses pets de prix Nobel dans les draps de l'Institut, et c'est précisément en ces termes-là qu'il pria : « Seigneur, merci d'avoir partagé ta grande puissance avec moi. Je sais que cette puissance vient de Toi et non de moi. Aide-moi à suivre la raison dans ma vie, pousse-moi à y réfléchir à deux fois avant chaque choix et à agir sagement et équitablement en exploitant Ton pouvoir pour le bien d'autrui. Amen. »

## 9

Zofia Lorentz soupira si pesamment que les ressorts du matelas sur lequel elle était assise grincèrent. Elle observa Bogdan Smuga, assis sur le lit d'en face, dans sa posture classique de roc voûté, elle fixa ses yeux tristes de militant d'extrême gauche qui songerait aux victimes des instruments financiers sataniques appelés par malice « crédits hypothécaires ». Elle observa aussi la femme qui s'était enfoncée dans un fauteuil étroit et qui, en dépit de l'extrême laideur de ce meuble et de sa forme absolument non fonctionnelle, avait réussi à prendre une pose pleine de grâce et d'élégance.

— Non, déclara Zofia, la dernière fois que j'ai sollicité les services de cette…

Elle chercha le bon terme un instant.

— … professionnelle, tout est allé de travers. Dans les grandes largeurs. En ce qui me concerne, grâce au remarquable professionnalisme de cette femme, un fou a d'abord failli me tirer une balle dans la tête, puis ce même fou m'a planté un couteau entre les côtes si efficacement qu'on a dû me rafistoler en soins intensifs durant trois semaines. J'ai reconsidéré beaucoup de choses depuis cette époque. J'ai notamment pris la ferme décision de vivre heureuse et longtemps. Or, je crains que cette dame se mette en travers du chemin qui mène à la réalisation de ce plan. Donc non, je ne veux même pas savoir de quoi il s'agit.

Lisa Tolgfors roula ses yeux bridés et lapons qui, malgré les années, lui donnaient invariablement l'air d'une reine nordique sortie d'une fable.

— Tu furaxes pour rien, poupée, dit-elle. Et moi, je suis chaude comme une bique à deux bites de voir ta face.

Durant un instant, Zofia fixa de ses yeux noirs et froids la légendaire voleuse d'œuvres d'art, mais au bout du compte, elle n'y tint plus et pouffa de rire.

— Moi aussi, ça me fait plaisir, Lisa. On peut aller manger des huîtres et boire une bouteille de vin alsacien, mais ne nous embarquons pas dans une nouvelle aventure, je t'en prie. Comment ça se fait que tu sois là, déjà ?

— Mais vous parlez polonais ? s'étonna Smuga.

— Polonais, c'est un grand mot, se moqua Zofia.

Cette dernière s'apprêtait à expliquer à son commanditaire comment la voleuse, après avoir dérobé un Monet au musée de Poznań, avait atterri dans un établissement carcéral où elle avait perfectionné ses compétences linguistiques, mais Bogdan l'interrompit d'un geste :

— Peu importe, dit-il de la voix basse et douloureuse d'un médecin porteur de mauvaises nouvelles. Maintenant qu'on est tous là, autant s'écouter mutuellement. Je crois qu'il est temps de vous fournir quelques explications. Je fais partie d'un groupe de scientifiques qui tente d'agir non pas pour l'argent, les postes universitaires ou les publications, mais pour la science en tant que telle. Je pourrais dire pour l'espèce humaine, mais ce serait trop grandiloquent. Nous agissons pour le savoir, pour la nature et oui, en définitive, pour l'humanité aussi. Ce n'est pas une loge secrète, c'est plutôt une chaîne de connexions, des gens qui connaissent d'autres gens, et cætera. C'est grâce à ce réseau que je t'ai trouvée, Zofia, et c'est grâce à ce réseau également que j'ai pu recruter Mme Tolgfors. J'ai appris que vous aviez travaillé ensemble par le passé. J'ai cru que ce serait un atout.

Ça aurait dû l'étonner. Mais cet aveu parut soudain à Zofia logique, compte tenu de tout ce qui était arrivé jusque-là. Alors, elle prit simplement note de ces informations.

— Il n'a jamais été question d'artefacts anthropologiques des Aïnous ? demanda-t-elle, pour en être sûre.

— Non. Mais, bien entendu, ils auraient constitué un supplément agréable, je ne considère pas le monde qui dépasse les liaisons moléculaires comme dénué d'intérêt, bien au contraire. À quoi bon se donner du mal pour l'humanité, si ce n'est pour sa culture ? Après tout, c'est notre capacité à créer une narration qui fait de nous quelque chose de plus qu'une énième forme de vie et qui nous classe comme un être potentiellement exceptionnel à l'échelle de l'Univers. Il est probable que des bactéries, des lapins cosmiques ou des ptérodactyles respirant l'azote vivent sur des millions de planètes. Mais c'est la narration qui nous permet de bâtir une civilisation, d'inventer des dieux et, pour finir, de nous assurer l'unique immortalité accessible, via les histoires au sein desquelles nous nous transmettons notre mémoire. D'un point de vue scientifique, travailler pour le bien de l'humanité, c'est protéger la forme de vie la plus précieuse du cosmos.

Zofia remarqua qu'elle-même, pourtant théoriquement humaniste, avait cessé de songer positivement à son espèce et aux fruits de son imagination. Cela faisait longtemps qu'elle n'avait pas entendu une telle fierté de l'*Homo sapiens* que dans le discours de Smuga. Cela lui parut émouvant.

— Regardez ça, dit-il, et il sortit de sa poche un disque en pierre du diamètre d'une tasse à café.

Il le posa devant elles sur une table basse en verre fumé. Zofia se pencha, Lisa se leva de son fauteuil et s'assit sur le matelas aux draps des Nobel pour mieux voir. Le disque était une tranche de rocher gris et banal sur les contours. À l'intérieur cependant, des couches concentriques s'étageaient et scintillaient de couleurs allant du bleu au turquoise, intercalées de cristaux clairs. C'était une exceptionnelle œuvre de la nature.

Zofia et Lisa l'interrogèrent simultanément du regard.

— C'est une tranche de stalactite, précisa Smuga. De l'extérieur, ces pierres semblent insignifiantes mais, à l'intérieur, elles sont magnifiques. Elles se forment parce que l'eau qui ruisselle dessus dépose des minéraux qui finissent par cristalliser. Couche par couche, durant des centaines, des milliers d'années. C'est beau, mais ce qui nous intéresse surtout aujourd'hui, ce sont les substances biologiques, les bactéries, les virus et les champignons qui s'y déposent avec l'eau. Parfois, ils finissent emprisonnés dans un morceau de pierre d'apparence banale. Un peu comme ce célèbre moustique dans un morceau d'ambre de *Jurassic Park*.

— *Life, uh, finds a way*, dit Lisa.

— Exact. C'est ma citation préférée de toutes les fictions confondues. La vie ne trouve pas seulement un chemin quoi qu'il arrive, mais la vie subsiste aussi dans n'importe quelles circonstances, comme à l'intérieur d'une roche, par exemple. Surtout si, à l'instar des bactéries, on s'est formé à l'art de la survie durant les quatre derniers milliards d'années, dont les trois premiers sans concurrence aucune. N'importe quelle autre forme de vie est apparue dans un monde gouverné par les bactéries, avec leur accord et seulement parce que ça les arrangeait.

Zofia observa Smuga, circonspecte.

— Au sens évolutif, je veux dire. Poursuivons, dit-il sur un ton si académique qu'elle faillit pouffer de rire. Puisque nous ne sommes que des mammifères stupides, nous ne savions pas, pendant fort longtemps, qu'un truc comme les bactéries existait, et une fois qu'on l'a su, on les a considérées, suivant en cela la nature humaine, comme des ennemies. Aujourd'hui, nous comprenons enfin que puisque nos organismes et ceux des autres espèces ont toujours été remplis et entourés de bactéries, celles-ci constituent la partie la plus importante de notre être. Depuis des milliers d'années, simultanément au développement de la civilisation, nous faisons notre possible pour détruire les bactéries par notre mode de vie, notre diète, nos médicaments et nos antibiotiques. Ce n'est que très récemment que nous avons compris que de tels agissements étaient suicidaires. Je ne veux pas rentrer dans les détails, mais tout ce que nous appelons « maladies de civilisation », c'est-à-dire l'obésité, le diabète, les maladies cardiovasculaires, les allergies et avant tout la démence sénile, sont causées soit par l'absence d'une bactérie, soit par une infection bactérienne qui peut se développer parce qu'on a supprimé la concurrence des bactéries qui créent la maladie.

— Comme pour les ulcères à l'estomac, remarqua Zofia.

— Exactement. Tout le monde pensait que c'était dû au stress, au tabac, au whisky, alors qu'il s'agissait d'une simple infection bactériologique. Bref. Ce qui m'intéresse, moi, ce sont les maladies neurodégénératives. Je n'ai pas le temps de vous faire un cours magistral et vous n'avez pas les bases pour le comprendre, mais en résumé, il faut savoir que nos bactéries vivent sur la peau et avant tout dans les intestins. On appelle ça « microbiome ». Celui-ci participe à tous les processus du vivant et pas seulement à la digestion des aliments, comme nous l'avions cru un temps. Les bactéries sont des organismes vivants dont le but évolutif est de transmettre leurs gènes aux générations futures. C'est pourquoi il est dans leur intérêt que nous, en tant que leur habitat, vivions le plus longtemps possible, et puisque notre machine à penser joue un rôle clé dans notre survie, il existe un axe biologique spécial entre le cerveau et les intestins. Celui-ci a beaucoup de fonctions, mais l'une d'entre elles est le souci qu'ont nos chères bactéries de l'état de notre cerveau. Malheureusement, la civilisation a mis une dérouillée à notre microbiome de centaines de façons. Nous avons détruit la population cutanée par l'hygiène. Et l'intestinale, nous l'avons d'abord affamée par la monodiète liée à la révolution agraire, puis nous l'avons mise à mort avec des viandes et des laitages saturés d'antibiotiques. On ne peut pas inverser la tendance, comme il est impossible de récréer les Indiens d'Amérique ou les Aïnous sur Sakhaline. Ces cultures, les bactériennes y compris, n'existent plus. Et c'est là la source des problèmes purement intestinaux, comme les troubles de la digestion ou les allergies alimentaires, ou des problèmes psychiques liés à l'axe intestin-cerveau, comme les névroses, les dépressions et, avant tout, le plus grand obstacle à notre longévité, la démence sénile. C'est clair ?

Zofia hocha la tête.

— Et puisqu'on ne peut pas recréer ces bactéries, vous avez décidé de les retrouver, dit-elle.

Bogdan sourit.

— Il est facile de résumer ça en une phrase. Mais la recherche d'une chose qui a jadis existé à l'intérieur du corps humain, ce n'est pas un sujet pour un cours magistral, mais pour des études de cinq ans. Cette année, nous fêterons les vingt-deux ans du projet Vincent.

Surprise, Zofia sonda un instant sa mémoire, mais non, c'était la première fois qu'elle entendait ce nom de la bouche de Smuga.

— Le projet Vincent ? Pourquoi Vincent ? Ça a un rapport avec la maladie psychique de Van Gogh ?

Bogdan la regarda avec étonnement.

— Non, absolument pas. Mes collègues locaux ont trouvé ce nom. Ils sont partis du chiffre cent vingt. Et ils avaient une habitude linguistique marrante dans les banlieues en France, le verlan, ça consistait à inverser les syllabes d'un mot. Ainsi, le chiffre cent vingt a donné « vingt cent », mais ça sonne phonétiquement comme Vincent. C'est drôle, je n'ai jamais songé à Van Gogh… Et je ne sais même pas par où commencer pour vous résumer notre démarche. Nous nous sommes focalisés sur l'étude des tribus autochtones qui se sont heurtées à notre civilisation bénie de Dieu le plus tard possible et chez lesquelles tant l'examen physique que les traditions orales auraient confirmé une forte résistance à la démence. Depuis, nous avons vécu bon nombre de moments d'euphorie brisés par des défaites cuisantes.

— Et c'est alors que sont apparus les Aïnous.

— Les Aïnous tenaient le haut de l'affiche depuis le départ. La théorie de Mireille Zéroual sur l'arbre de vie a vu le jour. La légende d'un lieu qui donne la vie existe dans de nombreuses cultures. Mireille a émis l'hypothèse que ces endroits pouvaient être des sources d'un microbiome favorable. Nous nous sommes emparés de cette idée. Qu'est-ce qui nous restait d'autre ? Nous avons supposé que la longévité de certaines tribus n'était pas due à une caractéristique génétique, mais à une contamination bactérienne. Ce qui voulait dire que les représentants du microbiome qui en étaient responsables savaient survivre dans le milieu naturel pour contaminer ensuite les humains. Et qu'il y avait une chance qu'ils y soient toujours.

— Les Aïnous n'avaient aucun arbre de vie, déclara Zofia en fronçant les sourcils. Je veux dire, je n'ai pas étudié à ce point leurs croyances, mais il me semble qu'ils avaient…

Elle suspendit sa voix lorsque la pensée suivante se formula dans son esprit.

— … une grotte, compléta Smuga. *La Caverne du songe bleu.* Benedykt a écrit au sujet de cet endroit, il l'avait d'ailleurs retrouvé. Je dirais même plus, moi aussi, je l'ai retrouvé.

— Si tu l'as trouvé, alors qu'est-ce qu'on fait là ?

— Pour être précis, j'ai trouvé son emplacement et ce qu'il en reste. Dans les années 1990, un fort tremblement de terre a eu lieu sur Sakhaline, une ville entière a été réduite à un tas de gravats. La grotte s'est écroulée aussi, d'une façon qui interdit toute exploration de nos jours. Je le sais, je l'ai vue. Il n'en reste qu'un fragment, un morceau emporté de là-bas il y a cent ans. Un morceau de stalactite sculpté par les Aïnous en forme de leur divinité la plus puissante, un morceau que Benedykt a rapporté en Europe et laissé à Marie Curie pour qu'elle le conserve, un morceau que tu viens justement de retrouver et qu'on doit maintenant voler. Parce que, si j'ai raison et si cette grotte a effectivement été la source de la longévité des Aïnous, alors quelque part entre les couches cristallines de cet ourson peut se trouver le remède contre l'Alzheimer et la clé de notre longévité.

— Ah, nous rembobinons enfin la bobine, grommela Lisa.

— Pourquoi ? demanda Zofia.

— Pourquoi voler ? s'enquit Smuga.

— Je te poserai cette question dans une minute. Mais pourquoi tu y tiens tant ?

Bogdan se leva et s'approcha de la fenêtre. Dans n'importe quel autre intérieur, ça aurait fait son petit effet : le héros scientifique traverse un salon recouvert d'acajou avant d'énoncer le monologue crucial, il s'appuie d'une main sur le rebord de la fenêtre, sa silhouette imposante se détache sur fond d'un paysage urbain illuminé. Ici, il n'en était nullement question. La pièce avait le charme, la forme et la surface d'un placard à balais, la fenêtre s'ouvrait sur une cour-puits qui méritait particulièrement bien cette dénomination. La cour n'avait qu'une dizaine de mètres en diagonale, ce n'étaient que des murs aveugles, gris, quelques gouttières et quelques câbles. Pour se tenir à la fenêtre, Smuga dut se faufiler derrière une armoire mais, pour être honnête, Lisa et Zofia non plus, recroquevillées sur des fauteuils grisâtres, la mine sceptique, n'évoquaient en rien les héroïnes subjuguées des romans d'amour.

— Parce qu'on peut vivre sans une jambe, sans un poumon, sans thyroïde ni pancréas, on peut subir des dialyses régulières, déféquer dans des poches de stomie et garder néanmoins son humanité, mais sans la conscience, nous devenons une substance biologique qui consomme des matières premières sans raison. L'homme ne peut vivre éternellement, il ne peut pas non plus conserver sa jeunesse. Toutes ces histoires de télomères, de cyborgs et de transfert de la conscience dans les ordinateurs sont des balivernes. En revanche, il existe un consensus pour dire que la limite biologique de la vie humaine est de cent vingt ans. Pourquoi ne l'atteignons-nous pas ?

— Le cancer ?

Smuga balaya dédaigneusement l'air de la main.

— Le cancer, soit on le soigne, soit on le transforme en maladie chronique. Si on regarde au-delà du drame des mourants, vers les données et les statistiques, on s'aperçoit que nous avons vaincu cette épidémie en un temps record. D'ici peu, l'immunothérapie fera définitivement son entrée et ça en sera terminé pour le cancer. Bien sûr, il continuera à nous tuer, comme les crises cardiaques, les escaliers verglacés et les chauffards ivres, mais aucune de ces causes ne peut être éliminée à cent pour cent. Nous n'atteignons pas les cent vingt ans parce que notre cerveau, dans la plupart des cas, commence à se détériorer anormalement vers les quatre-vingts ans. Et quand nous perdons notre ordinateur…

Il se frappa le front.

— … le reste du corps le suit. Pas besoin de grandes analyses scientifiques, nous savons tous que plus nous conservons notre capacité à réfléchir, plus nous jouissons longtemps d'une bonne forme physique et d'une pleine santé. Moi, je veux faire de toutes ces nobles exceptions une règle, offrir à l'humanité quarante années supplémentaires. Songez-y. Nous avons tous environ quarante ans. Nous avons vécu une vie, avec des vents favorables, nous en vivrons une seconde…

Il se tourna vers les deux femmes. Ses yeux brillaient.

— … mais si les personnes réunies dans cette pièce réussissent, nous allons en recevoir une troisième. Nous et les générations à venir. Vous imaginez ça ? Après tout, personne ne veut vraiment d'une vie éternelle, à chanter des psaumes avec des anges jusqu'à la fin des temps. Nous voulons être le plus longtemps possible ici, à discuter avec nos proches, à regarder des films, à admirer des couchers de soleil, à s'égayer devant les premières neiges, à boire de la vodka avec des potes, à se promener avec un chien, à s'énerver à cause des infos à la télé, à tenir quelqu'un par la main. Chacun de ces instants est inestimable. Et chaque être humain pourrait avoir trente, quarante années supplémentaires de ces instants-là. C'est pour ça que j'y tiens autant.

Il s'approcha du mur et mit la lumière. Zofia cligna des yeux. Sous l'éclairage tranchant d'une ampoule trop puissante, la chambre parut encore plus surannée.

— D'accord, répliqua-t-elle avec calme. Et maintenant, la seconde question. Pourquoi, bordel de merde, faut-il voler ce truc ? Rédige une cordiale demande de prêt de cet artefact de peu de valeur, tant du point de vue de l'art que de l'anthropologie, et fais-en ce que bon te semble.

Smuga rit amèrement.

— Tu n'as toujours pas la moindre idée de l'identité de notre adversaire, n'est-ce pas ? Moi, je sais, j'ai travaillé pour eux durant de nombreuses années. Je sais de quoi est capable cette industrie. Leur puissance et leurs richesses sont quasi illimitées, inépuisables, et ils les exploitent dans un seul et unique but, augmenter leurs profits. Ils savent ce que nous cherchons. C'est pourquoi leur « département de la sécurité », un doux euphémisme dont ils désignent leurs mercenaires, connaît chacun de tes SMS, chacune des transactions sur ta carte bancaire, la localisation de ton téléphone, chacun de tes *like* sur Instagram, ils savent si ta dernière recherche sur Google concernait des chaussures de randonnée ou des pantoufles. Ils disposent de ton profil psychologique et sociologique, alors ils savent pour qui tu vas voter avant que tu saches toi-même si tu vas te rendre aux urnes ou pas. Sur moi, ils en savent plus encore, c'est pourquoi je ne suis pas là. Trois personnes produisent ma trace numérique depuis Varsovie, mais les mercenaires les ont probablement déjà démasquées. C'est pour ça que nous possédons un matériel de communication spécial qui n'est utilisé que par nous, les services secrets et les mafias les mieux organisées. À cette heure, cet ourson est en sécurité, parce que, en dehors des personnes réunies dans cette pièce, personne ne connaît son existence. Mais il suffit que nous donnions un seul coup d'œil dans sa direction et nous le perdrons à jamais. C'est comme si tu accrochais *la Joconde* dans un simple centre culturel au milieu des travaux d'enfants. Elle est en sécurité jusqu'à ce que la première personne dise : « Hey, minute, ça ne serait pas *la Joconde*, par hasard ? »

Zofia y réfléchit un instant.

— Je ne comprends pas. Oui, je sais, les entreprises pharmaceutiques veulent faire du profit, elles ne travaillent pas pour le bien-être de l'humanité. Mais trouver une telle substance est dans leur intérêt. *Primo*, elles vont gagner des gigamilliards avec ça. *Secundo*, en vivant plus longtemps, les gens consommeront davantage de paracétamol et de vitamine C. Ça n'a rien que des avantages. Ces sociétés ne vont pas ranger ce truc dans un coffre et faire comme si ça n'existait pas.

Il la considéra avec étonnement.

— Sérieux ? Il faudrait que j'embauche un assistant à temps plein pour corriger en détail tout ce que tu viens de dire. Bien sûr qu'ils le mettraient dans un coffre, ou plutôt dans l'un de leurs labos, parce qu'une telle compagnie ne peut pas dire « Hé, au fait, on a trouvé par hasard un machin qui pourrait sauver l'humanité ». Parce que l'humanité leur répondrait que « si c'est par hasard, alors filez-le-nous ». D'abord, ils devraient établir si l'ourson contient vraiment quelque chose, comment ce truc fonctionne, dans quelles conditions physico-chimiques l'extraire, découvrir la substance active, la purifier, la passer en chemin plusieurs fois par un chronomatographe à phase gazeuse et, pour finir, y adjoindre un groupe fonctionnel cosmétique pour faire croire que c'est une molécule de leur cru. Ce n'est qu'alors qu'ils pourraient la breveter, en soutenant qu'elle est le fruit d'un dur labeur et d'un investissement de milliards de dollars en recherche. Puis arrivent les vingt ans d'essais cliniques. Pour finir, ils la vendraient à cent dollars la boîte, avec pour résultat de faire de la longévité un privilège de riches. Ce qui, l'effroi éthique de ce genre de décision mis à part, résulterait en l'apparition d'un marché noir contrôlé par la mafia et risquerait de créer une révolution sanglante sur fond d'exclusion médicale. Parce que les pauvres peuvent pardonner au monde d'être moins bien lotis s'ils savent qu'envers la mort, tout le monde est égal. Mais si une longue vie devient un produit de luxe, il y aura des guerres. D'ailleurs, c'est déjà un produit de luxe, mais tout le monde ne l'a pas encore remarqué.

— Et toi, qu'est-ce que tu vas en faire ? demanda Lisa.

— Je l'étudierai. Et si j'ai raison, je le restituerai à l'humanité.

Les deux femmes échangèrent un regard.

— Je vous en supplie, dit Bogdan. À chaque seconde qui passe et chaque nouvelle personne que je devrai mettre au courant, nos chances s'amenuisent.

La partie rationnelle de Zofia savait qu'elle devrait dire « Désolée, mais nous ne nous connaissons pas assez bien », sortir d'ici et oublier l'affaire. Smuga disait peut-être vrai, ou peut-être pas. C'était peut-être un scientifique philanthrope ou peut-être un mafieux qui voulait gagner des milliards en brevetant la fontaine de Jouvence. Dans un cas comme dans l'autre, le choix raisonnable serait de ne pas courir un risque qui pourrait l'envoyer dans une cellule française. Le problème, c'est que sa partie rationnelle chuchotait paisiblement, tandis que l'irrationnelle hurlait d'une voix assourdissante : « Tu pourrais être la salvatrice de l'humanité ! Tu pourrais donner à tout un chacun ce que les gens cherchent depuis qu'ils sont descendus des arbres ! Tu pourrais passer dans l'Histoire ! Et enfin, tu pourrais restituer à Karol sa mémoire ! »

— Ça chlingue à donf, mais je mise à l'aveuglette, annonça finalement Lisa, et elle fit un clin d'œil à Zofia. Où est-ce que vous avez planqué l'ourson ?

La professeure Zofia Lorentz contempla la voleuse, elle contempla le scientifique, elle contempla son reflet dans la vitre. Elle avait lu quelque part que chacune de nos décisions, même celle qui nous paraît rationnelle et réfléchie, est de toute façon dictée par les émotions, ce n'est qu'après coup que nous lui adjoignons une justification sensée pour nous blanchir ou augmenter notre gloire.

Zofia leur dévoila où l'on pouvait trouver l'ours en pierre rapporté de Sakhaline par Benedykt Czerski.

Lisa Tolgfors partit d'un grand éclat de rire.

— Sérieux ? Je vais scorer ça en escarpins, un grand café *latte* dans la paluche.

## 10

Il regardait *Les Deux Papes* et projetait d'interrompre le film en plein milieu parce que même pour un catholique pratiquant, le niveau de léchage de bottes sacerdotal et de pets doucereux atteignait dans cette œuvre des registres insupportables, lorsque le téléphone sonna.

— Oui ?

— Elle est rentrée à l'hôtel. Personne ne l'attendait, ni à l'accueil ni dans sa chambre, personne n'y est non plus entré plus tôt, en dehors de la femme de ménage. Elle va certainement appeler son mari. L'enregistrement et la transcription vont apparaître sur le serveur.

— Est-ce qu'il y a une chance qu'elle ait rencontré quelqu'un ?

— Minime. En sortant de l'Institut, elle est allée dîner avec une amie au Palais de Tokyo, puis elle a pris le RER jusqu'à Saint-Michel et a terminé à pied pour rejoindre son hôtel. Elle aurait pu croiser quelqu'un dans une file d'attente, mais elle n'y a jamais passé plus de temps qu'elle n'aurait dû. Quelqu'un aurait pu l'attendre dans la rame, elle aurait alors eu quelques minutes pour parler. Dans la foule, aux heures de pointe, c'est peu probable.

— La caméra devant l'Institut ?

— Elle est restée, comme vous l'avez demandé. On peut regarder le *feed* en direct et les archives sur le serveur.

— Merci.

Il termina la conversation et s'empara à nouveau de la télécommande pour donner aux deux papes une chance supplémentaire, mais se sentit inquiet. Il savait que Smuga manigançait quelque chose.

Dans la journée, ils avaient découvert que sa trace numérique n'était qu'un leurre. Il n'était plus à Varsovie, c'était clair. Mais où était-il, alors ? Il ne se faisait pas de faux espoirs, Smuga ne se loguerait pas sur Instagram, il ne louerait pas un film porno à l'hôtel avec sa carte de crédit, c'était un professionnel, assez pour que sa présence dans le camp d'en face constitue un agréable défi et provoque un frisson d'excitation. Était-il possible qu'il se trouve à Paris ? Ça l'était. Aurait-il pu croiser Lorentz sans que ça ne les alerte ?

Marcel pianota la table du bout des doigts. Puis il déverrouilla son ordinateur et alluma la surveillance de l'ordinateur de Zofia Lorentz. Elle parcourait les infos polonaises. Mais il n'eut pas à attendre longtemps l'ouverture du communicateur et le coup de fil à son mari.

## 11

Z : Pas « ivre à nouveau », mais légèrement pompette à cause d'un fabuleux côtes-du-rhône, ça fait une grande différence. Sur Sakhaline, l'autre fois, ce n'était pas pareil, je m'étais soûlée comme une truie, je l'avoue. Hum… je voudrais que tu sois ici avec moi. Tu me manques.

K : Tu t'étais enivrée sur Sakhaline ?

Z : Peu importe. Je vais te raconter ça à l'occasion. Comment vas-tu ?

K : Je n'en sais rien… Le temps est peu hivernal, il fait douze degrés dans la journée, tout est devenu humide, boueux. L'hiver dans les Pyrénées n'est pas ce à quoi on s'attendrait. J'ai eu deux sessions avec le docteur Mnatsakanyan, ça ne me met guère de bonne humeur, il me pose des questions sur des trucs débiles, je voudrais croire que c'est pour mon bien, mais, Zofia…

Z : Oui ?

K : Je ne suis pas sûr qu'ils sachent ce qu'ils font. Je ne peux pas parler aux autres patients, on m'a privé de la possibilité de prendre des notes, on ne me restitue mon ordinateur que pour ces conversations, mes sessions avec le médecin sont également étranges. Personne ne me dit que nous allons faire ceci ou cela pour atteindre un but ou un autre. D'accord, je l'aurais peut-être oublié quoi qu'il arrive, mais tu dois venir et discuter avec eux. Et avec moi. Je me sens bizarre, de plus en plus mal.

Z : Ils te donnent des médicaments ?

K : Non. Rien que des repas. Et, que ce soit clair, ce sont d'excellents repas. Mais je m'ennuie, tu me manques, Kasia me manque, je ne tiendrai pas le coup ici très longtemps. Enfin si, mais à condition qu'il y ait effectivement une chance que j'aille mieux. Mais comment puis-je l'estimer, bordel ? Comment puis-je savoir si mon état s'améliore ou s'aggrave ?

Z : Du calme. J'ai encore un dernier rendez-vous demain et s'il ne débouche sur rien, or, a priori, il ne débouchera sur rien, j'achète des billets pour Toulouse, là, je loue une voiture et, si tout va bien, dès après-demain, nous dînerons ensemble. D'accord ?

K : D'accord.

Z : Alors, c'est parfait. Je voudrais faire encore un saut dans une boutique pour acheter un chouette cadeau à la petite, si j'en trouve un. Repose-toi, c'est un conseil. Oh, mince, regarde comme je suis maladroite, j'ai fait tomber ma serviette.

K : Mieux vaut tard que jamais.

Z : Attends, je vais l'ajuster.

K : N'essaie même pas.

## 12

Il se sentait tendu. Non pas parce que Zofia Lorentz agitait sous son nez ses seins pixélisés sans le savoir, il en avait vu de plus beaux et dans une meilleure résolution. Mais parce que, durant cette séance érotique gentillette, sa cible secouait l'ordinateur dans tous les sens, grâce à quoi Marcel avait pu voir l'intérieur de sa chambre d'hôtel et, plus précisément, sa table de nuit, avec un livre, des lunettes de lecture et deux téléphones.

Il réfléchit.

Avait-il des raisons de se sentir inquiet ? Il pouvait simplement s'agir de son second téléphone, d'un portable de fonction, pour aller sur Internet à l'étranger, pour regarder des films cochons, pour son profil Tinder, les gens avaient diverses lubies. Mais supposons que ce soit Smuga qui l'ait équipée d'un moyen de communication sécurisé. Cela ne voulait encore rien dire ; après tout, après son entretien au musée Curie, Zofia l'avait appelé sur son numéro normal. Mais supposons qu'ils mènent une double communication : une première destinée précisément aux oreilles des espions et une seconde, la vraie. Smuga savait qu'aucune communication n'était véritablement sécurisée. Supposons qu'ils se soient rencontrés. Alors où ? Quand ? Pour quoi faire ?

Marcel soupira parce qu'il ne croyait pas en cette improbable suite d'événements, mais son sens du devoir ne le laissait pas en paix. Il ouvrit la fenêtre de la caméra de la rue Jean-Goujon. À la nuit tombée, l'immeuble négligé de l'Institut polonais semblait encore plus négligé. Tout est mort et bouclé à quatre tours, se dit-il en observant les vitres sombres.

Il rembobina l'enregistrement jusqu'au moment où Zofia Lorentz pénétrait dans le bâtiment. Treize heures. Puis il retrouva le moment où elle le quittait, accompagnée d'une amie. Presque dix-huit heures.

Cinq heures.

Était-ce bizarre ou pas ? Une fonctionnaire polonaise qui s'était occupée de la culture toute sa vie rend visite à une institution culturelle polonaise où elle connaît certainement tout le monde depuis des années. Café, pains au chocolat, papotages, ragots. Maintenant que t'es là, reste, de toute manière, il est trop tard pour déjeuner, on ira dîner ensemble. Je vais te montrer sur quoi nous travaillons ces temps-ci. Encore un petit café ? Oui, Marcel était capable d'imaginer ça sans souci.

Et s'ils s'étaient rencontrés à l'intérieur ?

Il accéléra la vidéo. Les gens quittaient les bureaux, essentiellement des femmes. L'une d'elles attira son attention. Non seulement elle se distinguait des autres employées, mais aussi des Parisiennes en général, ce qui n'était pas une mince affaire. Des talons aiguilles incroyablement hauts, un pantalon noir moulant sur des jambes gracieuses, un pull gris épais avec un grand col roulé qui dissimulait la moitié de son visage. Sans bonnet, sans écharpe, sans manteau, mais avec un grand sac. Il se dit qu'il fallait venir de l'Est pour parader en pull alors qu'il faisait huit degrés et que les Parisiens enfilaient déjà leurs plus épaisses doudounes.

La femme sortit, balaya la rue du regard, puis, un court instant – ce qui était impossible, il aurait fallu qu'elle sache ce qu'elle cherchait –, elle suspendit son regard sur la caméra, puis jeta le sac sur son épaule et s'éloigna d'un pas vif en direction du Grand Palais.

Dix minutes plus tard, la dernière personne referma la porte à clé. Marcel regarda la suite en accéléré sans véritablement croire que Bogdan Smuga sortirait soudain de l'immeuble sombre et, effectivement, rien de tel n'arriva.

Son devoir était accompli. Mais avait-il fait cette vérification exclusivement par devoir ? C'était peut-être son intuition qui ne le laissait pas en paix ? Il rembobina jusqu'à la femme au col roulé, arrêta la vidéo, agrandit l'image autant que possible au moment où l'inconnue regardait l'objectif. Elle était typée de façon étrange, ce n'était certainement pas une Polonaise et elle ne venait probablement pas des pays de l'Est. On aurait dit – les mots lui manquaient – une elfe. Mais pas au sens du pauvre *The Witcher* sur Netflix, plutôt au sens du *Seigneur des anneaux*. Oui, c'était ça, cette femme avait l'air de la reine Arwen, mais en plus glaciale, pas dans le genre filmique de la « plus belle fille du voisinage ».

Il fit une copie d'écran et s'empara de son téléphone.

— Oui, chef ? entendit-il.

— Je vais t'envoyer une photo. Essaie d'en apprendre un peu.

## 13

Bogdan Smuga n'arrivait pas à dormir. Il était couché sur un matelas inconfortable, sans se rendre compte du nombre de prix Nobel polonais, de nommés aux Oscars ou de lauréats du prix Nike qui s'étaient enivrés dessus, vidant des piquettes du Carrefour voisin et s'évertuant – avec plus ou moins de réussite – à ne déposer aucune galette. Le scientifique gardait ses mains sous la tête et observait un morceau du ciel balayé, à intervalles réguliers, par le phare de la tour Eiffel.

Si ses deux collaboratrices et lui réussissaient, quel moment l'Histoire retiendrait-elle en guise de date charnière ? La première injection du médicament ? L'effet planétaire ? Il était difficile de le prévoir. Au cœur des labos, les séries de tests parallèles durent des mois, l'effet planétaire s'étend sur des années, voire des décennies, or l'Histoire aime bien les dates fixes et sexy. Le 14 juillet, le 1er septembre, le 11 novembre. Un événement effectif, une journée concrète. Oui, la captation de la substance à Paris conviendrait parfaitement pour désigner le début d'une nouvelle ère.

— Qu'est-ce que t'es con, se dit-il tout haut.

Sa voix très grave sonnait étrangement dans cette petite chambre.

Il regarda sa montre. Encore six heures jusqu'à l'arrivée des éboueurs qui lui permettraient de sortir d'ici en toute sécurité. Il devait dormir.

Il ferma les yeux.

# Chapitre 9
# La Grande Galerie de l'Évolution

*C'est nous qui devons le faire et nous devons le faire aujourd'hui • Ce n'est pas mon combat • Le sanctuaire des peluches • Il vaut mieux ces autres de chez nous que les autres de chez eux • Dieu, c'est un singe ou Jésus ? • Les cambriolages sont plus simples que ce que l'on croit • Papa, je crois que la dame a pris l'autre ourson • Il visa la colonne vertébrale de l'ours polaire • Un porte-flingue de multinationale • Saute, c'est si près ! • En sombrant dans la noirceur*

## 1

La journée qui devait changer le sort de l'humanité commença pour tout le monde d'une manière très banale.

Bogdan Smuga fut réveillé le plus tôt par sa montre vibrante. Il se brossa rapidement les dents et descendit par un escalier grinçant jusqu'au petit hall qui faisait office de local à poubelles. Il demeura plongé dans la pénombre, n'alluma pas la lumière, et se dit qu'il devait téléphoner à son père pour lui dire qu'une nouvelle fois, ils ne réussiraient pas à se voir à Noël. Lorsque le camion poubelle arriva, dissimulant la porte d'entrée, et que, après s'être débattu un instant avec son trousseau de clés, un Français à la peau mate, étonnamment gringalet pour son dur labeur physique, pénétra à l'intérieur, Smuga le salua en faisant semblant d'être descendu de l'escalier à l'instant, sortit et monta dans la petite Opel garée le long du trottoir.

Lisa Tolgfors s'éveilla peu après. C'était assez tôt, mais elle voulait nager dans la piscine de l'hôtel avant l'arrivée des couples qui tentaient de sauver leurs mariages et des familles américaines venues à Paris pour les fêtes. Elle avalait les longueurs en songeant justement à ces familles. De son côté, elle n'avait pas d'enfants et ne souhaitait pas en avoir, elle ne voyait aucune raison de faire venir au monde un être uniquement pour que celui-ci puisse en voir la fin. Par ailleurs, elle se sentait également libérée de cette tendresse que les gens témoignent d'ordinaire aux enfants et aux chiens, ne comprenant pas pourquoi on perdait son temps à communiquer avec des créatures incapables de communiquer en retour. Mais ce jour-là, elle songeait à ces familles avec une certaine chaleur parce qu'elles pouvaient se révéler particulièrement utiles.

Marcel Kluzka ne savait pas dormir longtemps. Même s'il s'attardait le soir, même s'il picolait à mort jusqu'à l'aube, il se retrouvait néanmoins sur pied à sept heures du matin, vieille habitude de militaire. Il avait bien tenté de l'éradiquer, s'efforçant de devenir ce citoyen lambda qui se réveille tard puis regarde la télé en slip, mais avait fini par renoncer. Il se leva donc et fit une longue promenade entre les pavillons de banlieue jusqu'au parc sur les bords de la Seine, prévoyant de terminer sa balade à la boulangerie. Il commença par une prière : il priait toujours en marchant, estimant que Dieu préférait les fidèles qui lui parlaient en admirant l'œuvre de la création et en respirant le grand air à ceux qui s'agenouillaient par terre en grimaçant et récitaient leur chapelet face à un mur. Seigneur, pensa-t-il avec les mots de Thomas Merton, préserve-moi de moi-même. Éloigne-moi de mon propre besoin toxique de modifier tout ce qui m'entoure, préserve-moi de l'action désordonnée, des déplacements accomplis dans le seul but de bouger, de la transformation de tout ce que tu as établi. Permets-moi de me reposer dans ta volonté et de me taire[1].

Avant qu'il n'ait atteint le mot *amen*, Zofia Lorentz ouvrit les yeux en se disant que quelque chose n'allait absolument pas. Elle

1. Extrait du livre *The Sign of Jonas*, première publication en langue originale (anglais) en 1953, puis en 1955, sous le titre *Le Signe de Jonas* (Albin Michel).

eut l'impression d'avoir mélangé les priorités : au lieu de ramener son mari à la maison afin qu'ils puissent confectionner des guirlandes pour leur sapin de Noël avec leur enfant, elle restait coincée à Paris et participait à une aventure étrange qu'elle ne comprenait pas pleinement et ne voulait pas comprendre. Même en supposant que tout ce qu'eut dit Smuga fût vrai, ça ne devait pas être son problème. À moins que si ? Peut-être l'humanité se développait-elle, car différentes personnes, au sein des générations successives, cessaient de penser à leurs « maris, enfants, sapins » et se disaient « Je suis un être humain et l'humanité est mon affaire » ? Furieuse d'être incapable d'aboutir à un accord intérieur, elle s'empara de son portable et réserva un vol pour Toulouse pour le soir même. Elle vérifia la météo et commençait à remplir sa baignoire d'eau chaude quand son téléphone sécurisé se mit à vibrer. Elle n'en avait nulle envie, mais elle retourna dans sa chambre, décrocha et, après une seconde d'hésitation, accepta le rendez-vous.

De tout ce petit monde, seul Karol Boznański ne songeait à rien. Il dormait profondément, digérait sa cuisse de canard confit du dîner de la veille et faisait un rêve étrange et culinaire où un chef japonais préparait des sushis à partir de la queue d'une sirène vivante et souriante. Cette vision le surprit tant qu'il faillit s'éveiller, mais ne fit que ronfler un coup et continua son songe.

## 2

Zofia fit un détour par Cluny-La Sorbonne pour passer chez Starbucks et elle marchait à présent en direction de la place Saint-Michel, un gobelet en carton à la main. Elle comprenait bien que renoncer au sacro-saint café crème au profit de ce *fast food* caféiné, à l'instar de n'importe quel aliment à emporter, équivalait en France à afficher son côté péquenaud. En effet, un café n'était pas une affaire de caféine comme un déjeuner n'était pas une affaire de calories. Les deux devaient être un moment de pause, un temps arraché à l'existence et consacré exclusivement à soi-même ou aux amis. Réduire ces rituels précieux et indispensables à la seule consommation de protéines et de glucides était considéré comme un abêtissement inélégant et, d'ordinaire, Zofia était d'accord avec ce point de vue, mais la journée était si moche qu'elle avait envie de garder un café *latte* chaud et sucré le plus longtemps possible entre ses mains.

Elle contourna la fontaine de la place Saint-Michel, pénétra chez *Gibert* et erra un instant dans l'immense librairie, avant de reconnaître finalement Lisa à l'endroit prévu, c'est-à-dire dans la section des bandes dessinées. Ce n'était pas facile : la Parisienne stylée de la veille s'était transformée en hippie. Elle avait teint ses cheveux en roux carotte et les avait réunis en un chignon nonchalant. Elle dissimulait ses yeux d'elfe derrière de lourdes lunettes. Vêtue d'un jean et d'un blouson à capuche, chaussée de Converse, elle était assise par terre à la turque, le dos contre une étagère, telle une lycéenne en pleine école buissonnière, et lisait le dernier *Thorgal*.

— Cherche un cadeau pour ta gamine et ne me regarde pas, déclara-t-elle en français. Nous n'avons pas beaucoup de temps parce que tu es certainement suivie. Tu crois ce type ?

— Je ne sais pas, répliqua honnêtement Zofia en s'emparant d'un album au hasard, un opus d'une série jeunesse sur les héros de la Résistance. Je ne le connais que depuis quelques semaines. Il ne m'a pas dit toute la vérité en m'embauchant, mais il ne m'a pas non plus menti sur toute la ligne. Ce qu'il raconte forme un ensemble cohérent. Je crois qu'il cherche vraiment ce qu'il prétend chercher.

— Mais dans quel but ?

— Laisse-moi réfléchir à haute voix. Je me suis demandé s'il ne travaillait pas lui-même pour une grande compagnie pharmaceutique, mais ça n'aurait aucun sens. Ces gens-là ont de puissantes connexions, s'ils savaient déjà où ce truc se trouvait, ils pourraient l'obtenir facilement. On ne parle pas d'un Caravage, mais d'un ourson laid qui fait figure de déco à un endroit où il ne devrait même pas se trouver.

— Ça ne répond pas à ma question.

— Je sais. Il reste deux possibilités. À condition, bien sûr, que cet ourson soit effectivement quelque chose de plus qu'un ourson. Tu vois bien que toute cette affaire pue l'Atlantide à plein nez. La première, c'est que Smuga dise la vérité et qu'il fasse réellement partie d'une étrange secte de scientifiques philanthropes. Et la seconde, c'est qu'il veuille s'emparer de l'ourson avant que les paluches gluantes des multinationales s'en saisissent. Il va le planquer dans une cave, le mettre aux enchères, le leur refourguer pour deux gigamilliards et se la couler douce dans les Caraïbes pour le restant de ses jours.

— Et qu'est-ce que tu en penses ?

Zofia se remémora sa rencontre avec Bogdan à Varsovie, leur dîner à Ioujno-Sakhalinsk, la Buchanka, l'attaque de l'ours et, pour finir, les deux journées dans la maison du shaman. Et les deux nuits.

— Moit moit.

Durant un instant, elles gardèrent le silence. Lisa lisait. Zofia finit par dénicher une BD sans violence ni nudité.

— Un jour, j'ai reçu une commande pour des planches originales de *Thorgal*, annonça Lisa. Il s'est bien vite avéré qu'elles ne figurent dans aucun musée ni aucune collection privée parce que Rosiński les garde chez lui, à la maison. Je suis allée le voir en Suisse, je lui ai raconté tout ça et j'ai protégé son chalet dans les Alpes d'une façon si sophistiquée qu'aujourd'hui, il ne lui manque plus que des fusils mitrailleurs déclenchés par des détecteurs de mouvement. Parfois, on fait ce qu'on doit faire, parfois, ce qu'on veut et, parfois, on fait un truc parce qu'il faut bien faire quelque chose. Moit moit, dans le contexte de l'avenir de l'humanité, c'est beaucoup. C'est fichtrement beaucoup. Mais si on passe sur l'autre moitié, ton chef nous laissera peut-être quelques miettes de ces deux gigamilliards et demi. C'est gagnant-gagnant.

— Nous ?

— Nous n'avons pas le choix. Je suis d'accord moi aussi pour dire que chaque minute qui passe et chaque personne qu'on met dans le secret augmentent le risque d'une défaite. C'est nous qui devons le faire et nous devons le faire aujourd'hui.

Zofia jura. Au moins, elle avait trouvé deux albums d'*Adèle* pour la petite. Ils vont bien s'amuser à les lire et à les traduire ensemble avec Karol. Ils lui lisaient toujours ce genre d'albums en se partageant les rôles. Ils arriveraient peut-être à convaincre leur fille de se mettre au français ? Ça ne serait pas mal.

— Est-ce que je risque de finir en prison ? demanda-t-elle à la Suédoise.

— Au pire, tu écoperas d'une amende. Et ce, seulement si les choses tournent mal. Et maintenant, écoute-moi bien parce que je ne vais le dire qu'une fois.

# 3

Soit les fantômes existaient, soit il s'était fait avoir comme un bleu, il ne voyait pas d'autre explication. La plupart de ses amis en auraient profité pour se moquer de lui sans une once de pitié, lui rappelant que s'il avait si facilement cru en un gars qui marche sur l'eau ou qui multiplie les pains, alors une broutille dans le genre d'un passant invisible ne devrait lui faire ni chaud ni froid. Et pourtant.

Au début, Marcel ne l'avait pas remarqué parce qu'il regardait la vidéo en accéléré. Le camion poubelle arrivait, disparaissait, le jour se levait, les passants passaient. Peu après huit heures, la première personne arrivait à l'Institut, une lumière s'allumait au deuxième étage. Marcel estimait alors que toute cette surveillance était une perte de temps, Zofia était venue prendre un café avec une copine, il ne pouvait tout de même pas ordonner de garder un œil sur chaque lieu où elle boirait un verre, mangerait un croissant ou disparaîtrait deux heures durant pour essayer un chemisier qu'elle aurait vu en vitrine. Ça ne tenait pas debout. Oui, d'accord, elle était restée cinq heures là-dedans. Oui, son intuition le démangeait. Mais ça ne prouvait encore rien.

Et pourtant, quelque chose ne le laissait pas en paix.

Il rembobina jusqu'au moment du camion, laissa défiler à vitesse normale.

Apparu dans le cadre au niveau de l'immeuble précédent, le véhicule s'arrêtait un instant, puis devenait visible en entier, masquait la seconde entrée de l'Institut, là où, probablement, on stockait les poubelles. Vêtu d'un gilet fluorescent, un éboueur se tenait sur la plate-forme à l'arrière du camion, il sautait sur le trottoir, disparaissait un instant et, peu après, il revenait en traînant une grande poubelle derrière lui. L'accrochage à la fourche et la vidange prenaient quelques secondes, puis l'homme rapportait le contenant à sa place, montait sur la plate-forme et le camion reprenait sa route. Deux voitures démarraient dans son sillage – leurs conducteurs avaient certainement regretté d'avoir emprunté cette ruelle précise à cette heure précise. Une lumière restait encore allumée un instant dans la cage d'escalier de l'Institut, puis elle s'éteignait, régulée par un minuteur.

Le silence d'avant l'aube revenait. Un camion de livraison passait. Silence. Normalité. Ennui.

Et c'est alors qu'une Opel Corsa garée devant l'Institut clignota des phares, démarra et disparut.

Marcel cligna des yeux. Il rembobina et vérifia que, effectivement, la voiture avait démarré, bien que personne ne soit monté dedans. Un couple s'y serait attardé ? Impossible, ils auraient allumé le moteur de temps à autre pour se réchauffer. Une personne aurait dormi à l'intérieur ? Même réponse. Alors, Marcel s'était laissé berner. Quelqu'un avait attendu à l'Institut jusqu'à ce que le camion poubelle passe, pour en sortir inaperçu.

Smuga.

Le téléphone sonna.

— Que ce soit une bonne nouvelle, dit Marcel.

— Je n'en suis pas sûr, chef. Cette femme sur la photo, c'est Lisa Tolgfors, citoyenne suédoise. D'après ce que j'ai réussi à établir, elle passe principalement son temps à dilapider la fortune familiale. Elle s'active aussi un peu sur le marché de l'art.

— Et elle a rendu visite à une institution culturelle à Paris. Ça ne fait pas grimper ma tension.

— À ceci près qu'elle n'est pas à Paris. Elle voyage beaucoup, mais depuis deux mois, elle n'a pas bougé de Suède. En ce moment même, elle discute sur Facebook depuis un café à Uppsala et hier soir, elle a posté un film sur Insta avec sa déco de Noël. Il y a aussi une étrange trame polonaise sur son CV.

— Oui ?

— J'ai d'abord cru à une coïncidence de noms, mais non. Il y a quelques années, cette aristocrate suédoise a volé un Monet au musée de Poznań. Elle s'est pris sept ans, ils l'ont foutu en prison dans une ville dont je ne vais même pas tenter de prononcer le nom. Et je ne sais pas encore ce qui s'est passé, je n'ai pas accès aux archives de l'administration polonaise écrites à l'encre et jamais scannées, mais un an plus tard, la dame était libre, comme si de rien n'était.

Pim, pam, poum, toutes les pièces éparpillées du puzzle furent soudain à leur place.

— Écoute-moi bien, parce que je ne vais le dire qu'une fois.

# 4

En prenant en compte le nombre de codifications et de serveurs proxy par lesquels les données devaient passer, sans parler du fait que la communication était satellitaire, une visioconférence n'entrait pas en considération, une conversation vocale aurait aussi posé problème à cause des délais, il aurait fallu parler chacun à son tour ; il ne leur manquerait plus alors que d'anciens microphones radio avec bouton d'activation. Finalement, ils utilisaient des communicateurs texte spécialement conçus pour eux. Faire partie d'un cercle informel dont chaque membre possédait au minimum un doctorat avait ses avantages. Il était facile de trouver parmi eux une personne capable de concocter un mélange de WhatsApp et d'Enigma sur mesure.

« J'en suis certain », pianota Bogdan Smuga en réponse à la question qui lui avait été posée, bien qu'il ne le fût pas.

Il fallait peut-être battre en retraite ? Se cacher plusieurs mois, laisser la poussière retomber, s'occuper d'autre chose et préparer soigneusement l'interception de l'artefact sans hystérie, sans tensions ni disputes ? Ça semblait logique. C'était la solution qu'aurait proposée un scientifique sensé, posé, réfléchi, qui remettait en doute chaque affirmation. Sauf que les scientifiques n'agissent pas toujours sous la pression du temps et n'ont pas une multinationale avide de richesses et dénuée de scrupules sur les talons. Durant les quelques mois que dureraient ses doutes rationnels, Zofia pouvait trahir leur secret, ou son mari, ou l'Asiatique de l'Institut Curie. Un million de choses pouvaient aller de travers. J'ai raison, se disait Smuga, l'action est l'unique issue. Mais quelque part, au fond de son esprit, une pensée moqueuse tournait en boucle : il était parfois si fier de son côté rationnel, mais allez savoir si ce n'était pas ses impatients gènes polonais qui prenaient la décision à sa place. Son choix aurait pu servir de devise nationale : *À moi, mes fils ! Partons à l'assaut et puis on verra bien.*

« De notre côté, tout est prêt. Et le transport ? » lut-il.

« C'est réglé. Aujourd'hui, depuis le MSF jusqu'à A. Quoi qu'il arrive. »

« Les Pyrénées ? »

Il suspendit le pouce au-dessus de l'écran du téléphone. Bonne question.

« Qu'elle l'emmène. »
« Ne t'en approche pas. »
Manquait plus que ça.
« Bien sûr. *Over and out.* »

## 5

Zofia quitta le musée du Quai Branly dans lequel elle venait de passer deux heures aussi agréables qu'inutiles en compagnie de la conservatrice de la galerie asiatique. Elle en sortit passablement affligée. C'est dans ce genre d'humeur que la précipitaient parfois les visites dans des musées modernes aux côtés desquels les établissements polonais ressemblaient à des salles d'expo archaïques. De plus, les institutions culturelles d'ici se concentraient sur la beauté et la diversité du monde, et non sur la Shoah, l'insurrection de Varsovie et la Seconde Guerre mondiale. Zofia se consolait en se disant que c'était une question de collection, que les Français auraient beau le camoufler autant qu'ils le voulaient, chacune de leurs expositions ethnographiques hurlait malgré tout : « Nous sommes venus, nous avons vu, nous avons cambriolé. » Mais c'était un bien maigre réconfort. Indépendamment de la provenance des œuvres et des dilemmes moraux qui en découlaient, on avait envie de rester au Quai Branly et de n'en sortir jamais, d'y flâner et de s'extasier devant la diversité des cultures humaines. Il aurait peut-être fallu disséminer çà et là des rappels pour dire que ces cultures n'avaient pas disparu parce que leur date de péremption était soudainement arrivée, mais parce qu'elles ont été anéanties par tes ancêtres, cher visiteur, et même pas à l'aide d'une arme de destruction massive sophistiquée, mais par la sottise ordinaire, l'avidité et la chaude-pisse. Pourtant, remarqua Zofia, c'était peut-être mieux ainsi. Rendons nos enfants admiratifs de la diversité, ravissons-les avec l'art et la nature et ils voudront en prendre soin sans encouragements supplémentaires.

Marcher en direction de la station RER, avec la tour Eiffel à sa gauche, la Seine et le Trocadéro à sa droite, donnait à Zofia l'impression d'être une figurante dans une carte postale kitsch. Durant ce trajet, elle se répétait en boucle qu'elle pouvait encore changer d'avis. Il suffirait qu'elle descende du train une station plus tôt, qu'elle rentre à l'hôtel et qu'elle se débarrasse du portable de Smuga sur le chemin. Elle permettrait encore à un mauvais serveur de lui apporter un excellent déjeuner dans l'un des restos du 5e arrondissement, puis elle emprunterait l'Orlyval jusqu'à l'aéroport et flânerait dans les boutiques des salles d'attente à la recherche de stupides cadeaux. Puis ce serait le vol, la dispute pour louer une voiture avec des pneus neige dans une agence à Toulouse, deux cents kilomètres de conduite nocturne, sur une autoroute d'abord, puis à travers une large vallée, quelques zigzags de montagne pour finir. Avant minuit, elle serait dans les bras de Karol.

Elle admira encore un instant le paysage parisien, puis descendit sur le quai. Comme par malice, le train arriva d'emblée, ne lui laissant pas le temps d'une réflexion supplémentaire. Pont de l'Alma, Invalides – les stations défilaient trop vite derrière la vitre. Ce n'est pas mon combat, pensait-elle tandis que les gens descendaient et montaient au musée d'Orsay. J'appartiens à cet arrêt, au monde de l'émotion sur une toile, aux sensations absurdes et superflues qui rendent les gens meilleurs et plus sages. Je le leur enseigne de cette manière-là, je change le monde, je n'ai pas à courir derrière un élixir de longévité à la noix. Et ma démarche n'est pas moins importante pour autant.

Le RER ralentissait à l'approche de Saint-Michel. Zofia dit « pardon » à plusieurs reprises et se faufila jusqu'à la porte, mais lorsque celle-ci s'ouvrit enfin avec fracas, elle ne descendit pas.

## 6

Il suppliait Dieu de lui accorder force et patience, mais soit Dieu ne l'écoutait pas, soit Marcel était devenu un cas particulièrement difficile, parce qu'il avait très envie de mettre en œuvre tout ce qu'il avait appris au cours de sa carrière militaire pour faire du mal au chauffeur de taxi. Le bonhomme chauve et replet lui avait déjà raconté l'intégralité de sa vie : qu'il fallait savoir où manger dans Paris, mais que le meilleur tajine, c'était sa mère qui le préparait, bien sûr, que sa fille aînée voulait se faire un piercing, que la famille, vous savez, c'est la chose la plus importante au monde, qu'il avait voté Macron et qu'au fond, maintenant, il regrettait, mais s'il y avait de nouvelles élections, il voterait probablement à nouveau pour lui, parce que pour qui voter sinon ? Les socialistes le voleraient et il n'aimait pas la droite parce que sa femme était bulgare et on n'a pas le droit de dire que les autres nations sont moins bien, on sait tous à quoi ça mène ce genre de discours, il est facile de convaincre les gens de détester d'autres gens, vous savez.

Marcel fixait son portable, guettant l'information qui lui permettrait d'agir et de corriger ses erreurs. Aurait-il pu ne pas les commettre ? Observer attentivement ses cibles avait été une bonne tactique. Attendre qu'ils trouvent l'artefact et le leur enlever des mains l'instant d'après, un sourire désolé aux lèvres, était encore plus malin. Un biochimiste et une historienne d'art, ce n'étaient pas des adversaires dignes de lui. Des amateurs. Et c'était toujours le cas, même s'ils s'étaient acoquinés avec une voleuse suédoise. Une voleuse qui, bordel de merde, était capable de disparaître sans laisser de traces ! C'est au prix d'un effort surhumain que ses hommes avaient réussi à établir que Lisa Tolgfors était arrivée à Paris sous le nom d'Ilon Wikland, qu'elle s'était enregistrée, comme il seyait à une aristocrate, dans un hôtel de la place Vendôme, puis avait disparu au petit matin. La chambre avait été prépayée et Lisa avait laissé sa carte d'accès sur le lit.

Marcel avait peut-être raté quelque chose ? Un indice ? Il songeait à la conversation de Zofia Lorentz de la veille. Elle avait agité ses seins, annoncé sa venue à son mari. Pourquoi avait-elle fait ça ? Après tout, Smuga l'avait certainement prévenue qu'ils écouteraient chacun de ses appels. Pour autant, ça ne voulait pas dire qu'elle mentait à chaque phrase. Elle était pompette, elle avait dit à son mari qu'il lui manquait et elle lui avait montré ses seins – parfois, ce que l'on voit reflète simplement la réalité. D'ailleurs, Lorentz avait acheté un billet d'avion pour Toulouse. Arnaque ou pas ?

« Je voudrais faire encore un saut dans une boutique pour acheter un chouette cadeau à la petite. »

Quelle phrase étrange.

— Combien de gamins avez-vous, déjà ?

— Quatre, rien que des filles, vous pouvez croire ça ? Et maintenant, imaginez que je prépare le déjeuner, d'accord ? La benjamine ne peut pas manger de laitages, l'aînée est devenue végane, les deux du milieu ne touchent à rien de ce qui est vert, pire, la plus grande de celles du milieu, vous n'allez pas en croire vos oreilles...

Le téléphone sonna.

— Oui ?

— Elle n'est pas descendue à Saint-Michel, elle continue plus loin.

— Ne la perdez pas de vue, lança-t-il, et il raccrocha avant de s'adresser au chauffeur. Roulez vers Créteil. Et vite. Et j'ai encore une question, la plus petite de vos filles, quel âge a-t-elle ?

— Cinq. C'est le meilleur âge, croyez-moi. Quand la grande avait cinq ans, je n'en avais pas assez profité parce qu'elle a hérité du caractère de sa mère...

— Si vous deviez acheter un cadeau vraiment chouette à une fille de cinq ans, qu'est-ce que vous me conseilleriez ?

— Oh la, la, monsieur, c'est un sujet de thèse, ça. Mais vous avez de la chance, parce que j'ai déjà étudié la question. On va jusqu'à Créteil même ?

— Dans sa direction. Le long de la ligne du RER C, plus ou moins.

— Parce que voilà, la mondialisation... Les Amerloques nous ont bien eus, c'est une peste pire que notre fisc, je vous jure, dans chaque boutique de jouets, il y a la même chose, on ne peut plus jamais surprendre son gamin. Qu'est-ce que vous allez lui acheter, une boîte de Lego ? Une Elsa de *La Reine des neiges* ? C'est la honte. Le mieux, encore, ce sont les boutiques des musées. On y trouve des choses incroyables, uniques, faites exclusivement pour eux. Perso, ce que je préfère, ce sont les gadgets du centre Pompidou, mais pour une gamine de cinq ans, il y a un endroit, je vous jure, ce lieu est pour les animaux en peluche ce que le Vatican est pour les cathos.

## 7

Ce qui l'énervait le plus, c'est qu'il n'avait en réalité rien fait. Il n'avait même pas embrassé cette fille. Il ne lui avait même pas peloté le genou. Il ne l'avait même pas frôlée sur le pas de la porte. Il n'avait pas regardé dans son décolleté parce qu'elle était venue en pull à col roulé. Il buvait une bière avec Clive quand elles s'étaient assises à leur table, car il n'y avait pas d'autres places libres, c'était vraiment chouette de bavarder un peu. Et pourquoi ça n'aurait pas été chouette ? Elles étaient plus jeunes qu'eux d'une dizaine d'années, jolies, intéressées par qui ils étaient et ce qu'ils faisaient dans la vie, au contraire de leurs épouses qui ne s'intéressaient plus qu'à deux choses : pourquoi ils n'avaient pas vidé de lave-vaisselle et pourquoi ils n'avaient pas rempli le lave-vaisselle. Ils vidaient leur bière et se plaignaient de leur sort, comme le font les mecs, quoi, en précisant volontiers que leurs femmes se glissaient dans leurs lits avec d'épaisses chaussettes aux pieds, mais ne précisant pas qu'eux-mêmes embarquaient dans ce plumard une bedaine de binouzes qui, même dans un soudain élan de volupté, était plus difficile à ôter que des chaussettes.

Ils avaient bien plaisanté avec ces filles, étaient devenus amis sur Facebook, et puis il avait reçu sur Messenger une photo de jambes dans des bas, avec pour légende : « Mes chaussettes chaudes à moi. » Et puis ce qui avait suivi était classique : « Je ne fouillais pas, je voulais simplement vérifier quelque chose sur ton téléphone parce que le mien s'était déchargé », puis quelques semaines de drame matrimonial et la décision de passer Noël à Paris en famille pour « recommencer à zéro et s'inscrire dans la durée ». Il ne comprenait pas bien ce que cette citation du thérapeute de sa femme impliquait, mais il avait accepté bien volontiers, dans l'espoir surtout de ne plus passer sur le grill.

Et c'est ainsi qu'Adam Rourke, entrepreneur au demeurant assez prospère dans la branche des climatiseurs, originaire de Tuscaloosa, Alabama, s'était retrouvé dans la Ville Lumière, à endurer douloureusement un choc de civilisations. Leur chambre d'hôtel, si charmante sur les photos du site Internet, était en réalité de la taille d'un placard dans lequel quelqu'un aurait entreposé un lit. L'ascenseur ne pouvait contenir qu'une unique personne svelte. Le réceptionniste, arraché au cœur de l'Afrique, perdurait dans une somnolence induite par la marijuana et répondait à n'importe quelle question par « OK ». Les magasins alimentaires du quartier étaient aussi grands que leur frigo. Sur le parvis de la cathédrale calcinée, les touristes s'amusaient à compter les rats. Les gens roulaient à vélo dans des ruelles absurdement étroites. Les serveurs ne les remarquaient pas. Les heures de service dans les restos étaient plus strictes qu'en prison. Leur enfant pleurait parce qu'il n'y avait rien de normal à manger, et lorsque Adam avait réclamé du Tabasco, tout le personnel s'était comporté comme si une civilisation extraterrestre de krakens péteurs avait tenté d'établir un premier contact.

Il faut encore que je tienne quatre jours, se disait-il en observant un immense kraken, justement, ou allez savoir ce que c'était, et s'efforçait de ne pas s'endormir debout, soudainement saisi par le décalage horaire.

— Papa, est-ce qu'ils ont tué cet animal ?

— Non, fiston, il est mort tout seul, ils l'ont seulement apporté au musée.

— Alors pourquoi nous, on a enterré T-Rex ?

— Ça ne marche pas comme ça. On ne peut pas poser n'importe quel chien sur une étagère. Il faut d'abord le préparer soigneusement.

— Comment ?

— Bah… il faut le sécher, déjà.

— Dans un sèche-linge ? Dans ce cas, on aurait pu mettre T-Rex dans le nôtre ! On aurait pu l'avoir tout le temps avec nous si tu me l'avais dit !

— Ne pleure pas, Tim, pitié. Premièrement, il faut une sécheuse spéciale, et deuxièmement, ça n'aurait pas vraiment été T-Rex, mais… comment dire… la momie de notre chien, une poupée morte.

— Pas du tout !

Il se frotta les yeux, incrédule, en maudissant le moment où il avait accepté d'emmener leur fils « dans un endroit chouette » pour que Rachel puisse faire tranquillement les boutiques. Sérieux, s'il avait su quel prix il aurait à payer, il aurait baisé cette nénette dont il ne se rappelait même plus le prénom jusqu'à mettre le feu à ses stupides bas.

# 8

Zofia était venue en avance, persuadée que l'achat d'un souvenir lui prendrait du temps, mais elle avait immédiatement choisi une mascotte, un immense oiseau dodo en peluche, alors elle monta au second étage, s'accouda à la rambarde et observa l'immense nef dans laquelle la foule bourdonnante assiégeait le long circuit d'animaux africains empaillés. Elle sourit en s'apercevant que cette scène, installée dans ce temple de la science et de la raison qu'était le Muséum national d'Histoire naturelle, ressemblait à s'y méprendre à l'illustration d'une Bible pour enfants. Un éléphant guilleret guidait une procession de girafes, de zèbres, de rhinocéros, d'hippopotames, d'antilopes, de lions et de créatures plus petites comme s'ils marchaient ensemble vers l'arche de Noé.

Et pourtant, divaguait Zofia, si on devait citer une seule personne qui aurait assassiné Dieu, ce serait sans conteste Charles Darwin. Vivant depuis la nuit des temps dans un lien étrange avec la nature, une nature qui l'émerveillait et le terrifiait à la fois, l'homme n'eut point de mal à accepter l'existence d'un être qui se tiendrait derrière tout ça. S'il était lui-même à peine capable de gribouiller un dessin avec un bout de charbon sur la paroi d'une caverne, de quelle puissance devait disposer la créature qui avait façonné avec autant de minutie et de sens artistique les feuilles des arbres, les ailes des papillons, la fourrure d'un loup, la queue d'un faisan, la forme d'une fraise, ainsi que toutes les autres merveilles, avant de leur insuffler la vie ? Le Dieu Créateur constituait une réponse raisonnable à l'étonnement humain. Et puisqu'un tel être possédait un pouvoir de création aussi démesuré, n'importe quel arrière-monde semblait à portée de ses capacités d'artisanat. Les découvertes scientifiques successives, la théorie héliocentrique, les planètes, la gravitation, les bactéries, tout cela n'amoindrissait pas tant le Seigneur qu'ajoutait à sa puissance, adjoignait de nouvelles lignes à son CV d'être omnipotent et confirmait la possibilité d'une vie après la mort.

Et puis soudain, un Anglais discret à l'apparence d'un Elton John néanderthalien licencia Dieu de son poste. Merci, au revoir, nous n'aurons plus besoin de vos services, monsieur. Parce que si les fraises, les papillons et les faisans s'étaient créés tout seuls, quelle serait la probabilité que se génère aussi spontanément un arrière-monde dans lequel nous finirions tous par faire, dans la joie et la bonne humeur, une immense partie de tarot ? Pas immense, en effet. Il n'y a pas de mutation aléatoire capable de délimiter un paradis dans notre réalité.

L'intérieur de la Grande Galerie de l'Évolution pouvait tranquillement se mesurer aux plus belles cathédrales. Était-ce un hasard ?

Zofia jeta un coup d'œil à sa montre. Ce n'était pas le moment de faire des analyses foireuses. Il était l'heure de prendre le chemin d'une prison française.

## 9

Marcel avait donné un pourboire gigantesque au chauffeur, et il patientait à présent sur le trottoir, entre le Muséum et la mosquée, calme et serein en apparence, mais jurant intérieurement à l'aide des pires insultes apprises durant les années passées parmi d'autres jeunes de son âge au cœur d'une banlieue polonaise. Ses hommes arriveraient peut-être à l'heure. Ou peut-être pas. Il ne pouvait pas prendre de risques. La prise de décision faisait partie de ses prérogatives, mais il préféra s'en assurer. Il sélectionna le numéro ; sa correspondante décrocha aussitôt.

— Oui ?

— Nous avons besoin de l'aide de nos amis de la République.

Instant de silence à l'autre bout du fil.

— Vous en êtes sûr ?

— Le temps a son importance. Mes hommes pourraient arriver trop tard.

— Je comprends. Faites ce que vous jugez nécessaire. Il vaut mieux ces autres de chez nous que les autres de chez eux. Est-ce clair ?

— Limpide.

## 10

L'obscure et lugubre exposition des espèces disparues ou menacées combla un peu l'appétit de Tim pour « un vrai divertissement ». Adam surenchérit habilement avec la promesse de cadeaux à la boutique du musée et de quelques pains au chocolat au café d'en face, grâce à quoi le monstre de six ans rétracta partiellement ses griffes. Assez pour que son père puisse soupirer de soulagement, observer les environs et apprécier le fait que oui, les Européens avaient la classe : même leurs animaux empaillés étaient exposés dans un intérieur plus beau que tous les monuments ou églises qu'il avait vus aux États-Unis. C'est avec une bonne dose de sarcasme qu'il découvrait où était passé l'espace arraché aux chambres d'hôtel et aux supermarchés.

Il regarda sa montre et estima qu'ils auraient encore le temps de voir l'exposition temporaire avant l'heure du déjeuner. Il n'avait pas l'intention de sous-exploiter les euros supplémentaires qu'avaient coûté leurs billets.

## 11

Il aurait dû se tenir à l'écart. Toute autre attitude était stupide. Même s'il y avait réfléchi cent ans, il n'aurait pas trouvé de justification valable à ce qu'il était en train de faire : traverser le Jardin des Plantes d'un pas vif en direction du majestueux bâtiment de la Grande Galerie de l'Évolution. Par son comportement puéril, irrationnel, non scientifique et émotif, il mettait en péril toute l'opération. Pourquoi ? Bogdan savait que si les choses tournaient mal, il n'arriverait pas à sauver la mise à ses deux employées, il n'aiderait en rien, il ne se mettrait pas en travers du chemin d'une armée ennemie lancée à leurs trousses, il n'arriverait pas à influer sur le cours des événements.

Mais il n'arrivait pas à s'en empêcher.

Lorsque les sirènes de police retentirent, il frémit.

C'est certainement une coïncidence, se dit-il et il hâta le pas.

## 12

L'entrée de l'exposition était gardée par la statue de Diane chasseresse qui tendait la main vers le carquois sur son dos, un sublime faon à ses côtés. Diane, ou plutôt Artémis, puisqu'il s'agissait d'une réplique romaine d'une sculpture grecque, était d'ordinaire exposée dans la galerie antique du Louvre, et Zofia Lorentz se demanda si c'était bien l'original qui avait été transporté ici.

— À quoi tu cogites, poupée ?

Lisa s'immobilisa auprès d'elle, toujours dans sa version « bonne-maman-hippie », avec un grand sac en toile jeté par-dessus l'épaule.

— Je me demande s'il s'agit de l'original.

— Si oui, alors c'est ça qu'il faut chouraver et non une rognure en pierre. Personne ne la mate. Tiens.

Elle se retourna. La Suédoise lui tendait des gants chirurgicaux en latex.

— Pour quoi faire ?

— Ordre de ton jules.

— Ce n'est pas mon jules.

— À ce propos, quoi de neuf chez ton mari ?

Zofia Lorentz ne soupira même pas, elle s'empara des gants et les deux femmes pénétrèrent ensemble dans la salle de l'exposition *Les Animaux divins*, laissant derrière elles l'Artémis au regard perdu dans le lointain. Dans ce cas précis, le lointain, c'était la maquette rose d'un calamar géant.

## 13

Il regrettait amèrement, très amèrement, de ne pas avoir sacrifié ce supplément de quelques euros et de ne pas être parti tout de suite manger le pain au chocolat. La punition pour son avidité avait été infligée à la vitesse de l'éclair.

— Donc, Dieu est un singe ? demanda son fils. Le pasteur Daniel ne nous l'a jamais dit.

— Dieu n'est pas un singe, Tim. C'est juste qu'en Inde, le dieu, laisse-moi lire… le dieu Hanuman est représenté sous la forme d'un singe. Ils ont leur dieu, nous avons le nôtre.

— Et qui a raison ?

— Pardon ? demanda-t-il sans queue ni tête pour gagner un peu de temps.

— Bah, est-ce que Dieu, c'est un singe ou Jésus ?

Que pouvait-il répondre ? Il fixa les yeux rocheux de la statue du dieu Hanuman, avec sa gueule de macaque bleue et sa queue passée sur l'épaule, puis les yeux en verre d'un véritable singe empaillé, au faciès sage et étonné. Malheureusement, ni l'un ni l'autre n'avait l'intention de l'aider à sortir de ce pétrin.

— Il se pourrait, fiston, qu'ils aient raison et nous aussi. Nous serons sauvés par Jésus et ils seront conduits au paradis par Hanuman. Et c'est là que nous nous rencontrerons tous.

— Mais si l'un des deux seulement a raison ?

Il se mordilla les lèvres.

— Je miserais sur Jésus.

Tim le contempla à travers sa frange sombre.

— Mais si je prie autant Jésus que le singe, est-ce que ça sera un péché ? Parce que, si jamais c'est eux qui ont raison, je ne voudrais pas finir en enfer parce que je n'aurais pas prié le singe.

Adam se retourna mécaniquement, pour voir si sa femme ne l'écoutait pas, prête à l'engueuler depuis les cimes de sa foi de baptiste pratiquante, mais non, il n'y avait derrière lui que deux hippies folles, les mains gantées de latex.

— Fiston, le Seigneur notre Dieu a créé tous les animaux. Alors si tu pries le singe, c'est comme si tu priais Jésus.

Tim fronça les sourcils tandis qu'Adam Rourke se disait que ce n'était pas un mauvais argument. Celui-ci pourrait lui resservir bien vite, dans la mesure où, au fond de la salle, l'attendaient encore des serpents, des vaches, des ours et un hippopotame divins.

Les hippies folles s'arrêtèrent devant l'un des ours. Elles avaient peut-être des infos, se dit-il, à se balader ainsi, avec des gants ? Peut-être qu'il y avait plus de bactéries en Europe parce que celle-ci était très vieille ?

## 14

Zofia enviait ces auteurs de pouvoir monter une exposition insolite juste comme ça, avec ce qu'ils avaient sous la main. Une pincée de spécimens de taxidermie du Muséum national d'Histoire naturelle par-ci, une dose d'œuvres du Louvre et du Quai Branly par-là – *et voilà !* –, voici un témoignage extraordinaire et tangible qui prouvait que l'Homme, sous toutes les latitudes, fourrait la nature dans la religion et la religion dans la nature. Que Zofia puisse observer ce témoignage précisément dans un tel lieu procurait à l'ensemble une saveur particulière. Après tout, les religions avaient commencé avec l'admiration que l'Homme vouait au monde, par sa capacité à distinguer des esprits dans la faune et dans la flore. Ensuite, les grands systèmes avaient repris ce principe, depuis le serpent aztèque jusqu'à la vache hindoue, en passant par l'agneau chrétien. Et, à présent, Zofia admirait l'hommage commun à la nature, à la religion et à l'art, au cœur d'un lieu semblable à une cathédrale laïque de la science, cette religion puissante qui a dépouillé la nature de ses secrets et les dieux de leurs pouvoirs.

Dans la partie de l'exposition illustrant le culte de l'ours, on avait disposé un grizzly empaillé qui se dressait sur ses pattes arrière, ainsi qu'un petit panda roux. Zofia s'efforçait de ne pas regarder le grand mâle qui lui rappelait trop sa rencontre avec le prédateur de Sakhaline. L'odeur de la fourrure mouillée revint aussitôt, accompagnée par le goût métallique de la peur en bouche. Elle inspira profondément pour se rappeler où elle était.

Derrière les spécimens, on avait accroché un superbe rouleau japonais qui représentait la fête aïnoue de l'ours et, sur un écran, on diffusait un reportage sur des célébrations récentes, où des autochtones en baskets, déguisés en ursidés, poursuivaient d'autres autochtones et les enduisaient d'une substance noirâtre.

Zofia pouffa de rire.

— Qu'est-ce qu'il y a ? lui demanda Lisa.

— Ce film. C'est la fête de l'ours dans les Pyrénées, exactement à l'endroit où Karol se trouve en ce moment. Quel étrange concours de circonstances.

— Tu gobes la mouche que ça va l'aider ?

Lisa indiqua de la tête l'artefact disposé devant elles sur un piédestal bas.

Comment pourrait-elle le savoir ? La statue était de taille modeste, aussi haute qu'une poubelle de bureau, et représentait un ours dressé. C'était une sculpture très simple qui ne ressemblait en rien aux époustouflantes œuvres voisines de l'art hindou et précolombien. Zofia s'était attendue à une explosion de couleurs minérales, dans le style de la stalactite que leur avait montrée Smuga, mais, en dehors d'une teinte bleutée qui perçait çà et là, l'ourson était gris, piètre, à peine digne de finir en pièce de déco sur une cheminée dans une taverne de montagne.

— J'en doute, répliqua-t-elle après un long silence. Mais ce n'est qu'une des raisons pour lesquelles il faut tenter le coup, non ?

Lisa hocha la tête et lui adressa un sourire polisson.

— Et si je gobais la lance de ton Karol ces jours-ci, est-ce qu'il l'oublierait ? J'ai toujours été chaude pour l'enfourcher.

— Oh, ma chérie, malheureusement, répliqua Zofia dans un élan de tristesse feinte, il n'oublie que les moments liés à de fortes émotions. Je crains donc qu'il se souvienne de chaque détail de votre fabuleux rapport.

— Je t'aime bien, poupée. Au boulot ?

Zofia hocha la tête.

## 15

Qu'est-ce qu'il avait été naïf de croire que cette simple astuce – à travers chaque petit animal jusqu'au cœur de Jésus – lui permettrait de s'en sortir.

— Le singe ressemble beaucoup à l'homme, mais l'hippopotame est plus gros, analysait Tim à haute voix, alors il est peut-être plus fort que Jésus ? Et puis, Jésus pourrait être vexé si on priait un singe parce que les singes jettent leur caca et les hippopotames jamais.

— Fiston, pitié, pourquoi les singes jetteraient-ils leur caca ?

— C'est ce qu'il y avait écrit au zoo de Birmingham, tu t'en souviens ? « Attention, les singes jettent leurs excréments. »

Mon Dieu, songea Adam en fermant les yeux, si tu existes, aide-moi.

Il frémit lorsqu'on le bouscula.

— Hé, est-ce que tout va bien, madame ? demanda une voix dans un anglais fortement accentué.

Adam ouvrit les yeux. L'une des hippies folles, la blonde coupée court, chancelait parmi les visiteurs. Elle marmonna quelque chose en français, puis gémit en anglais qu'elle ne se sentait pas bien, et elle commença à tousser très fort, pliée en deux. Les gens s'écartèrent, il y eut un remous. Dans un paroxysme de toux, la femme s'agenouilla, puis se releva brusquement. Un visiteur cria quelque chose en français, Adam distingua le mot « docteur ». On appelait certainement un médecin. À présent, tout le monde regardait la hippie sur le point de s'évanouir. La femme inspira très profondément, comme s'il s'agissait de son dernier soupir, et s'attrapa la gorge. Apeuré, Tim se blottit contre la jambe de son père. Adam le serra, tenta de ne pas trahir sa propre frayeur. Cette femme souffrait peut-être d'allergies ? Ou peut-être que c'était une attaque ? Du gaz ? Après tout, on était à Paris, il y avait toujours des attentats terroristes par ici, Adam avait vu un reportage sur la Fox montrant des quartiers entiers dans lesquels on ne pouvait pas aller, des *no-go zones*. Il tira son fils vers la sortie. Il n'était pas le seul, un mouvement de foule s'amorçait.

La femme luttait toujours pour le moindre bol d'air, elle vacilla à nouveau, s'accrocha au macaque empaillé posé près du dieu Hanuman et s'effondra au sol en le serrant dans ses bras, provoquant un fracas effroyable. Quelqu'un se mit à crier.

## 16

Les vols, une fois qu'on y travaille sérieusement, sont plus simples que ce que l'on croit. Ils requièrent très rarement des capacités d'acrobate, des passe-partout et des gadgets électroniques. On n'a pas besoin de descendre dans un conduit de ventilation accroché à une corde. Un brin de jugeote, un peu de sang-froid, de la confiance en soi et une bonne dose de toupet, voici l'assortiment d'outils amplement suffisant dans la plupart des cas.

Le voleur qui planque une boîte de chocolats sous le manteau en regardant hystériquement aux alentours va se faire repérer. Celui qui remplit tout un caddie et sort du magasin d'un pas tranquille, non. Une silhouette cagoulée qui escalade un mur de musée éveillera l'intérêt des passants, mais l'homme qui ôte un tableau de son cadre et le glisse dans une serviette sera pris pour un conservateur. Plus il y a de témoins, plus la scène se déroule au milieu de la journée, et mieux c'est pour le voleur. De tous ses cambriolages, Lisa Tolgfors préférait celui de Rio, quand elle était sortie d'un musée en plein carnaval et s'était fondue dans une foule qui ne lui aurait prêté nulle attention même si elle avait porté la statue de quarante mètres du Christ du mont Corcovado sous le bras. Autre bon souvenir : le vol de Poznań, justement, lors duquel elle s'était fait passer pour une étudiante des Beaux-Arts. Assise à la turque au milieu des visiteurs, elle avait maladroitement gribouillé une lamentable copie d'une aquarelle de Monet, après quoi, pendant que personne ne regardait, elle l'avait tranquillement échangée contre l'original sur le mur. Il avait fallu trois semaines aux employés du musée pour s'en rendre compte.

Le vol n'aime pas l'obscurité et le silence. Il aime la lumière, le vacarme de la journée et les gens, si prévisibles dans leur imprévisibilité. Alors que Zofia provoquait un tohu-bohu au fond de la salle, les parties animales du cerveau du public s'activèrent. Les visiteurs se retournaient, un peu par curiosité, un peu par crainte. Les hommes tendaient les muscles, les femmes regroupaient par réflexe leur progéniture. Lisa profita de ce moment pour sortir de son sac une copie de l'ours produite sur une imprimante 3D et pour la cacher sous le manteau, puis elle s'approcha de l'original exposé.

Elle attendait. Elle attendait ce moment où, à coup sûr, personne ne regarderait. Parce que l'homme est un animal. Quand il arrive quelque chose d'inattendu, avant qu'il se mette à crier, à fuir, à répliquer, il se tourne instinctivement dans la direction de l'événement, c'est une réaction spontanée, façonnée par des millions d'années de notre évolution de mammifère, une réaction difficile à forcer et impossible à refréner.

Quand Zofia s'écroula par terre avec le macaque, toutes les têtes se tournèrent dans sa direction, alors Lisa se pencha, recouvrit l'ours original de son sac et se le jeta sur l'épaule, grimaçant dans l'effort parce que l'artefact était tout de même sculpté dans la pierre. Simultanément, elle plaça sa figurine copiée sur le piédestal.

Elle se retourna vers la salle, constata que personne n'avait rien remarqué, et ce n'est qu'à ce moment-là qu'elle expira l'air de ses poumons. Elle ajusta son sac et se dirigea d'un pas paisible vers la sortie de l'exposition temporaire.

— Papa, je crois que cette dame a emporté l'autre ourson, annonça un enfant dans un anglais américain.

Lisa jura en pensée et, sans réagir de quelque façon que ce soit, elle se fraya un chemin entre les gens regroupés autour de Zofia Lorentz.

## 17

Il avait l'impression que cette saloperie d'éléphant se moquait de lui. Marcel Kluzka se tenait au centre de la nef principale du Muséum, à côté du pachyderme qui ouvrait le cortège d'animaux africains, il observait les environs, ne sachant pas quoi faire ensuite. Les gens fourmillaient partout, ils disparaissaient et réapparaissaient dans les salles latérales, ils tournaient dans les alcôves qui flanquaient la grande galerie, ils descendaient et montaient par les escaliers. Il n'avait pas la moindre idée de la raison qui avait amené Zofia Lorentz par ici. Ni si elle y était venue seule ou avec son amie Lisa Tolgfors.

La police se postait déjà au niveau des sorties, les officiers possédaient les photos des deux femmes. Au fond, Marcel pourrait attendre tranquillement dehors, mais il ne faisait pas à ce point confiance aux flics. Il restait plusieurs heures jusqu'à la fermeture du Muséum, les gens allaient y entrer et en sortir par centaines, la vigilance allait retomber, et deux femmes n'avaient besoin que d'une paire de lunettes, de perruques et d'un peu de fard à paupières pour disparaître sans laisser de traces. Qui sait, si la chance lui manquait, elles étaient déjà en train de sortir inaperçues, elles s'engouffraient peut-être dans la bouche du métro Jussieu en ce moment même – maudites soient-elles.

Il frémit. Ses sens de militaire relevèrent une inexactitude. Une variation imperceptible, indescriptible, une perturbation du flux des gens et de leur énergie. Il pouvait s'agir d'un regard, d'un pas pressé, d'une étrange rigidité dans les postures. Quelque chose clochait. Il observa les environs, son intuition lui indiquait que l'accroc se passait en bas, au milieu des anguilles, des calamars et des requins.

Sur le qui-vive, Marcel descendit les marches, il traqua la perturbation comme un chien traque une odeur, dans la pénombre, entre les tortues séchées, entre les dauphins et les phoques jusqu'à ce que, à côté d'un immense poisson-scie, il remarquât des visiteurs inquiets qui quittaient une salle latérale gardée par une statue antique.

Il pénétra à grand mal à l'intérieur, marmonnant alternativement des « pardon » et des « *sorry* », à contre-courant des gens qui le réprimandaient du regard, lorsqu'il entendit un enfant annoncer en anglais avec un accent américain :

— Papa, je crois que cette dame a emporté l'autre ourson.

## 18

Adam Rourke s'étonna en entendant les paroles de son fils, il se détourna du drame au macaque et fixa l'immense ours empaillé qui se dressait sur ses pattes arrière.

— Qu'est-ce que tu racontes ? Il est toujours là.

— Le petit, précisa Tim en pointant du doigt la figurine en pierre.

— Le petit qui est toujours là, lui aussi ? Par pitié, chéri.

Après quoi, il saisit son fils par la main et se mit à jouer des coudes pour atteindre la sortie. Il en avait assez de toute cette satanée Europe.

## 19

Zofia Lorentz avait elle aussi entendu les mots de Tim Rourke, c'est pourquoi elle se leva vite fait bien fait, remit le macaque à sa place, partit d'un éclat de rire et s'excusa auprès de tout le monde en anglais puis en français, se justifiant par une attaque soudaine de claustrophobie et d'hystérie, puis elle rejoignit à son tour le flux des visiteurs qui s'orientaient vers la sortie de l'exposition.

## 20

Marcel observait la foule, s'efforçait de scanner les visages de ceux qui l'entouraient, mais ce n'était pas facile, la tension parmi les gens retombait, une partie d'entre eux continuait à sortir, une autre décida finalement de rebrousser chemin, de nouveaux visiteurs apparaissaient, inconscients que quelque chose d'étrange venait de se produire, ces derniers prenaient des photos et plaisantaient entre eux. Un couple d'Asiatiques étonnamment grands lui boucha soudainement la vue pour se faire un selfie sur fond d'une statue antique. Marcel émit un mâchouillement irrité quand ils faillirent lui casser le nez avec leur portable fixé au bout d'une perche.

Et c'est alors que, du coin de l'œil, il aperçut cette femme, différente de la veille, mais au visage toujours aussi surprenant et beau, la femme vue sur la vidéo de l'Institut polonais du 8e arrondissement de Paris.

— Arrête-toi ! hurla-t-il.

L'inconnue le regarda de ses yeux tranquilles et elfiques, remit son sac sur l'épaule, cligna des yeux et se mit en fuite.

— Arrête-toi ! répéta-t-il en se lançant à sa poursuite. Service de sécurité du Muséum, veuillez vous arrêter !

En entendant ces cris, les gens, étonnés, se détournèrent des poissons, des phoques, des dauphins et des gigantesques crabes, mais ils n'eurent pas le temps – ou pas le courage – de réagir quand Lisa Tolgfors passa en courant à côté d'eux. Celle-ci gravit sans encombre l'escalier métallique jusqu'à l'étage principal du musée, celui où s'étaient figés les animaux africains dans leur grande procession. Marcel jura en pensée ; cette femme était prodigieusement agile et rapide. Elle se faufilait d'un mouvement très fluide, presque imperceptible, entre les visiteurs et les dépouilles empaillées, tandis que lui avait d'abord heurté l'épaule d'un inconnu, puis le postérieur d'une antilope, éveillant une curiosité bien plus grande que la voleuse poursuivie.

— Monsieur ! cria un agent de sécurité tout de noir vêtu qui courait dans sa direction, le prenant visiblement pour une menace.

— Je poursuis une voleuse ! cria Marcel sans cesser de courir.

— Monsieur, veuillez vous arrêter sur-le-champ ! lança l'agent, loin d'être convaincu.

De son côté, Lisa Tolgfors slalomait toujours entre les phoques et les ours polaires, puis disparut dans une cage d'escalier.

Marcel accéléra, il craignait que, s'il la perdait de vue, il ne la retrouve jamais entre les vitrines, les squelettes et les visiteurs, et que, pendant qu'il s'expliquerait avec les agents du musée, la voleuse s'évanouisse dans la nature.

Il gravit l'escalier en courant jusqu'au premier étage pour atteindre la galerie qui encerclait la nef principale, il balaya les environs du regard, notant à son grand regret qu'il haletait – le passage dans le secteur privé avait significativement amélioré sa condition financière, mais malheureusement pas sa condition physique. Il ne voyait la voleuse nulle part. Il jura à haute voix en polonais. Elle n'avait pas pu disparaître, elle s'était sûrement cachée quelque part entre les présentoirs. Il aurait dû prendre son temps pour étudier le terrain, mais les pas du gardien tambourinaient déjà sur les marches derrière lui, il prit donc un risque et tourna à droite, entre des tas d'ordures lugubres qui illustraient probablement l'impact de l'homme sur son milieu naturel.

Il avait fait le bon choix. Une chevelure rousse s'agitait au fond du couloir. Marcel s'élança au pas de course dans cette direction et vit sa cible se volatiliser dans une salle latérale.

## 21

Zofia contemplait un immense crabe, identique à celui qu'elle avait mangé sur Sakhaline, et se demandait quoi faire. Quitter les lieux au plus vite ? Se planquer quelque part au fond des salles d'exposition et partir dans quelques heures ? Se cacher dans les toilettes des femmes et téléphoner à Smuga ? Oui, c'était probablement la meilleure option. Ce serait à lui de choisir la feuille de route.

— C'est bête, mais le factice est probablement plus joli que l'original. Il a des couleurs plus vives et tout. Tu crois que c'est pareil pour les autres animaux ?

Elle se retourna. Bogdan Smuga s'était planté auprès d'elle et fixait le crabe avec une telle dévotion qu'on aurait juré qu'il était venu au Muséum spécialement pour le voir. Il avait l'air d'un militant d'extrême gauche en extase devant une unité d'habitation moderne de logements sociaux.

— On dégage ou on continue la visite ? demanda-t-il.

# 22

Il cligna des yeux pour s'habituer plus vite à l'obscurité. La salle des espèces disparues ou menacées avait été éclairée, ou plutôt non éclairée, comme une sorte d'église sataniste. Pour souligner la terreur de la situation, des lampes extrayaient ponctuellement de la pénombre des animaux dont cette exposition était devenue l'ultime étape de l'aventure évolutive. Devant son nez, Marcel avait un immense chat blanc, une sorte de lynx qui l'observait moitié avec reproche et moitié avec haine, comme s'il voulait venger toutes les espèces disparues. Ferme-la, mon ami, pensa-t-il en le dépassant, je viens de Pologne, prends-t'en aux colonisateurs.

Il s'enfonçait plus profondément dans la salle lorsque son sixième sens s'éveilla de nouveau. Il pivota sur ses talons pile au moment où Lisa Tolgfors se réfugiait derrière un rideau en velours qui dissimulait une porte. Il plongea à sa suite, l'attrapa par sa large blouse, tira, la fit trébucher en deux mouvements rapides et la cloua au sol avec son genou au pied du présentoir qui expliquait l'effet de serre. Lisa émit un gémissement aigu, des visiteurs se retournèrent vers eux, le gardien déboula à ce moment précis, immédiatement suivi par un second.

Marcel soupira. Ce n'était peut-être pas une situation idéale, mais à présent, il lui suffisait de tirer quelques ficelles pour que le contenu du sac tombe dans leur escarcelle et non dans celle de Smuga et de sa secte.

— Au secours ! Qu'est-ce que vous me voulez ? cria Lisa en français, en feignant une mine si authentiquement terrifiée que même Marcel fut pris d'un doute.

— C'est une excellente question, monsieur, articula le gardien essoufflé. Venez avec nous sans faire d'histoires, la police sera là dans une minute.

— C'est une voleuse, répliqua tranquillement Kluzka. Elle s'est emparée d'une pièce exposée. Je l'ai vue et je me suis lancé à ses trousses.

— Ce pervers m'a poursuivie dans tout le Muséum, déclara Lisa en pleurs. Il l'avait déjà fait plus tôt.

— Vérifiez simplement le contenu de son sac. Vous y trouverez…

Marcel hésita parce que, en dehors de la phrase entendue de la bouche d'un enfant, il ne savait absolument pas ce qui s'était passé.

— … un ours de l'exposition temporaire.

Lisa Tolgfors sanglotait toujours, mais elle rit à travers ses larmes.

— C'est un fou, un véritable forcené. Sauvez-moi, s'il vous plaît.

— Vous permettez, madame ? demanda cordialement le gardien en désignant son grand sac en toile.

Elle hocha la tête.

L'homme le souleva avec précaution, l'ouvrit et en sortit un grand dodo en peluche. Il contempla le jouet, il contempla Kluzka, il échangea un regard lourd de sens avec son collègue.

— Veuillez nous suivre, ordonna-t-il à l'agresseur.

Au même moment, à l'autre extrémité du Muséum, la sonnerie perçante d'une alarme retentit. Les agents de sécurité froncèrent les sourcils.

— Ça doit venir d'une sortie de secours, dit celui qui tenait toujours la peluche dans la main. Qu'est-ce qui se passe aujourd'hui, bordel ?

Marcel Kluzka comprit qu'il n'avait guère le choix. Par des coups dans le plexus et dans le cou, il envoya les deux gardiens au tapis, il sauta par-dessus la rambarde et plongea vers la grande nef, cherchant à atterrir sur le dos d'un ours polaire et en se disant que cette satanée espèce animale devrait devenir la mascotte officielle de leur aventure. Il espérait que le spécimen empaillé amortirait assez sa chute pour qu'il ne finisse pas en soins intensifs.

## 23

— Au feu ! hurla Smuga lorsque, derrière l'issue de secours qui donnait sur le jardin botanique, ils tombèrent nez à nez avec un policier.

Celui-ci, qui était un professionnel, ne cilla pas : d'une main, il leur ordonna de ne pas bouger, de l'autre, il s'empara de son talkie-walkie. Cependant, c'était un professionnel trop lent, alors Smuga lui aspergea le visage d'un gaz sorti de sa poche, surenchérit d'un coup de pied dans le bas-ventre, écrasa l'émetteur-récepteur du talon sur les marches en pierre et tira Zofia par la main en direction des arbustes.

— Plus vite, ordonna-t-il, nous devons atteindre le fleuve.

## 24

Lorsque Marcel Kluzka franchit la même porte, saupoudrant sur son passage la sciure dont avait été rempli l'ours blanc, le couple qui le fuyait le devançait déjà d'une longueur de terrain de foot. Il se pencha au-dessus du policier qui gémissait de douleur et se frottait les yeux, arracha son arme de service de son étui et tira deux fois en l'air. Zofia voulut s'arrêter, mais Smuga la força à avancer d'un geste décidé. Et à raison : à cette distance, Marcel pouvait tout aussi bien leur balancer des grains de riz sur la nuque. Mais cela n'avait pas été l'objectif : comme prévu, des policiers parisiens apparurent aux deux coins de la galerie.

## 25

Lorsqu'elle entendit les détonations dans son dos, Zofia se dit pour la première fois que tout cela ne pouvait pas bien se terminer. Une deuxième quand, à la sortie du jardin, constituée d'un portillon aussi étroit que le chas d'une aiguille, apparut un fourgon de police avec un gyrophare bleu activé. Le vol d'un artefact d'un musée national, la fuite devant les forces de l'ordre, hum… elle serait étonnée d'en être quitte pour une simple amende. En temps normal, le consulat polonais aurait remué ciel et terre pour que rien ne tombe de sa tête, pas même un cheveu, mais depuis la dernière querelle à Varsovie, elle avait été promue au rang d'ennemi public, alors elle ne pouvait plus compter sur une aide significative de la part de la République polonaise.

Elle commença à ralentir pour se rendre avec dignité, mais Smuga la tira encore par le bras, sur le côté cette fois.

— Plus vite, nous ne sommes plus très loin, lança-t-il.

Elle courut, ne sachant pas ce qui n'était plus très loin au juste, mais ne voyant pas non plus d'autres issues… dans un sens métaphorique car, en réalité, elle en vit une parfaitement bien : à travers un petit portillon, ils débouchèrent sur un boulevard parisien. Smuga la traîna dans la rue, entre les voitures qui klaxonnaient, et sauta si brutalement dans l'escalier d'une bouche de métro qu'il faillit la faire tomber.

— T'as perdu la tête ! protesta-t-elle.

— Tiens !

Il lui enfonça un petit rectangle en carton marqué de la lettre « T » dans la main, un billet pour accéder aux transports en commun parisiens.

Elle s'en empara et, lorsqu'ils arrivèrent à l'entrée du quai, l'inséra servilement dans la borne. Elle se fit la remarque que deux criminels qui fuyaient la police, mais qui validaient gentiment leurs tickets, c'était tout de même une scène digne d'une comédie en noir et blanc. Au lieu de faire cela, ils auraient dû sauter à pleine vitesse par-dessus les barrières, faire trébucher les passants, crier, puis éviter les balles qui siffleraient derrière leurs têtes. Et pourtant, ce n'est qu'après avoir récupéré leurs titres de transport dûment marqués qu'ils coururent sur le quai quasi désert à cette heure d'où partaient les rames de la cinquième ligne du métro en direction de Bobigny. Smuga avança au pas de course vers l'extrémité nord de la plateforme tout en discutant au téléphone et Zofia le suivit.

— Encore un peu, cent mètres et nous serons en sécurité, dit-il, haletant, au bout du quai.

Elle tourna la tête de toute part. Il n'y avait aucun cent mètres où que ce soit. Le quai s'achevait, les rails du métro, aérien sur ce tronçon, filaient plus loin par un viaduc vers un charmant pont ferroviaire en acier sur la Seine. Zofia entendit des cris. Des hommes en uniforme jaillirent des escaliers, en compagnie d'un policier en civil saupoudré de confettis, une arme à la main, qui, avec sa frange fauve et sa moustache qui l'était tout autant, avait des airs de Polonais.

— Arrêtez-vous ! cria-t-il, en polonais justement. Je suis policier. Il ment !

— Ne l'écoute pas, grogna Smuga. C'est un mec horrible. Un porte-flingue de multinationale, un mercenaire de la Légion étrangère. Vite !

Et il sauta sur les rails.

## 26

Et ils sautèrent sur les rails. Putain de bordel de sa mère, songea Marcel, ça ne se passe pas pour de vrai ! Il jeta un coup d'œil au tableau électronique suspendu au-dessus de sa tête : celui-ci indiquait qu'un métro entrait justement sur le quai et, effectivement, il entendit le vacarme d'un train dans son dos. Les freins grincèrent d'une tension métallique, le conducteur avait dû remarquer le remue-ménage et décider de s'immobiliser en amont.

— Ne lui permettez pas de repartir, ordonna Kluzka, à bout de souffle, aux policiers qui l'accompagnaient, et il sauta sur le travelage.

Deux hommes en uniforme le suivirent. Ils avaient l'air d'avoir la moitié de son âge, mais ils rougissaient à vue d'œil et avaient beaucoup de mal à reprendre haleine – foutus milléniaux, je te jure. Marcel serra les dents et accéléra la cadence en quittant la gare. Soixante-dix mètres, pas plus, les séparaient de Smuga et de Lorentz. Il sourit. Lui s'était entraîné durant deux décennies ; eux n'étaient qu'un laborantin tête d'œuf et une muséologue spécialisée dans les huiles sur toile. Il était armé, eux non. Et ils n'avaient nulle part où aller. Il se sentit comme dans un reportage animalier, dans la peau d'un guépard sur le point d'attraper un faon éloigné de son troupeau. Vous vouliez de l'histoire naturelle, eh bien, vous voilà servis !

Le viaduc courait au-dessus du parking de la gare, puis au-dessus de la rue qui longeait la Seine, Marcel se voûta légèrement lorsqu'un métro avançant dans le sens contraire croisa d'abord ses cibles puis lui-même.

La distance se réduisait. Cinquante mètres, pas plus. Il vit la peur dans les yeux de Lorentz quand elle regardait par-dessus son épaule.

Il tira deux fois en l'air. Ils se recroquevillèrent, ralentirent et lui permirent de gagner quelques nouveaux mètres.

— Arrête-toi ou je tire ! hurla-t-il, persuadé que cette fois, ils se figeraient.

Et il vit que Zofia était sur le point de le faire, mais Smuga la tira fort par le bras. Quel imbécile, qu'est-ce qu'il croyait ? Qu'il atteindrait la station suivante et y prendrait un taxi ? Marcel secoua la tête, incrédule, et poursuivit sa course.

Bondissant d'une traverse à l'autre, il dépassa les colonnes en pierre du pont et se retrouva au-dessus de la Seine.

Et il resta bouche bée lorsque Smuga enjamba la barrière et sauta dans le fleuve.

## 27

— Saute ! cria Smuga, debout sur le toit d'une péniche qui flottait sur le cours d'eau. Saute, c'est tout près !

Zofia regarda à droite et à gauche, notant que le pont en soi constituait une œuvre exceptionnelle de l'art de l'ingénierie. En comparaison de cette construction en acier ajourée, la tour Eiffel semblait grossière, balourde et primitive. En vérité, c'était un pont magnifique, mais peut-être pas au point de mourir dessus.

Le moustachu que Smuga avait qualifié de porte-flingue et de mercenaire en était resté penaud, croyant certainement qu'ils étaient en train de se suicider en plongeant dans la Seine. Bogdan marchait sur le toit de la péniche, les bras tendus vers elle. Était-ce près ? Elle passa la jambe par-dessus la barrière et descendit sur le rebord le plus bas. Il devait rester dans les quatre mètres jusqu'au bateau. Était-ce beaucoup ou pas ? C'était certainement assez pour se casser une jambe. Mais était-ce assez pour se briser la nuque ?

— Smuga ! hurla le porte-flingue. Je la tiens en joue ! Rends-toi !

Elle se retourna, surprise, et constata qu'effectivement, le mercenaire disait vrai. Pire, elle voyait distinctement tant la hausse que le guidon de la mire, sans parler de l'orifice du canon, effroyablement noir et effroyablement immobile. Le porte-flingue la visait en tenant l'arme à deux mains et en réduisant progressivement la distance.

— Rends ce truc ou tu l'auras sur la conscience. Tu sais que j'en suis capable.

Zofia leva mécaniquement les mains en l'air.

— Zofia ! Saute !

Elle n'était pas sûre d'elle.

— Je t'en supplie, Zofia. Il va te flinguer de toute façon. C'est un meurtrier et toi, tu en sais trop.

Elle sauta, s'attendant à entendre le sifflement des balles dans son sillage et leur tambourinement sur le fuselage métallique du pont, mais rien de tel ne se produisit. Elle resta en l'air assez longtemps pour s'en étonner, puis se fracassa sans grâce aucune sur le toit de la cabine de pilotage de la péniche, roula dessus, en se disant que soit elle ne s'était rien cassé, soit elle s'était au contraire tout cassé, mais que l'adrénaline ne lui permettait pas encore de le sentir. Puis elle chuta à nouveau, tel un sac de patates, sur le pont de la barque, le dos vers le bas, voyant la mine terrifiée de Smuga, le magnifique travelage du pont et le ciel hivernal et gris de Paris.

Elle entendit un choc sourd et une vibration horrible traversa l'intégralité de son corps, depuis le crâne jusqu'aux talons, provoquant une douleur inimaginable et déchirante. Elle voulut crier, mais n'y parvint pas.

En s'enfonçant dans l'obscurité, elle ne ressentait rien en dehors d'une terreur animale. Elle se dit que si elle n'arrivait même pas à crier, alors ça devait être la fin.

Dommage.

# Chapitre 10
# Les cages dorées

*La brume • D'après moi, Zofia Lorentz est morte • L'unique véritable laboratoire au monde • Your body is church • Des crapsules • Quel jour on est ? • Des sabres de samouraï contre le cancer • Rends-moi mon alliance • Une excursion en Corée du Nord • Qu'est-ce qui se trouve vraiment au niveau inférieur ?*

## 1

Un jour, il avait regardé un film à la télé, il ne se rappelait plus très bien lequel (comment pouvait-il en être autrement ?), mais à coup sûr un film d'horreur, l'action se déroulait dans une maison prise dans une épaisse brume. Les héros pouvaient sortir de la maison, plonger dans la brume, mais ils en ressortaient à chaque fois face à la maison, encore et encore. Et Karol se sentait précisément ainsi, comme un personnage d'un film d'horreur bas de gamme. Tant qu'il restait dans la maison de ses pensées, tout paraissait à sa place. Il s'appelait Karol Boznański, il avait une femme et une fille, il était en soin pour des troubles de la mémoire dans une clinique privée des Pyrénées. Sa chambre était confortable, la nourriture savoureuse, la vue sur les montagnes magnifique. Mais si seulement il songeait à s'aventurer un peu plus loin, il pénétrait dans la brume, errait sans but et ressortait au même endroit. Je m'appelle Karol Boznański, la chambre est confortable, la vue sur les montagnes magnifique.

Il ne ressentait pas de peur, même pas de l'anxiété, seulement une confusion qui lui ôtait toute confiance en soi et tout sentiment de sécurité. Parfois, dans cette brume de pensées, il distinguait des formes, mais lorsqu'il s'en approchait, elles disparaissaient au lieu de devenir plus précises. Il aurait voulu disposer d'un ordinateur, ou au moins d'un carnet et d'un stylo pour prendre des notes, pour inscrire les bribes de ses songes qui devaient bien mener quelque part, mais lorsqu'il cherchait à comprendre jusqu'où, leur début s'évanouissait dans la brume et tout le processus perdait sa raison d'être.

Le matin, un médecin lui rendait visite, lui expliquait que tout allait bien, que son cerveau se reposait et reprenait des forces. C'est avec un sourire cordial que le toubib refusait sa requête d'une feuille de papier et d'un crayon, prétendant que c'était le manque de stimuli, justement, qui permettait à ses neurones de se régénérer. Et il lui montrait une lettre. Une lettre de Zofia qui lui écrivait… qui lui écrivait… Karol fronça les sourcils. Il se souvenait d'avoir ressenti une émotion brusque, une angoisse, mais pour quelle raison, déjà ? Zofia ne pouvait pas venir le voir, mais il ne devait pas s'en inquiéter, l'empêchement n'était qu'une broutille. À moins que ça n'ait été le contraire, elle ne pouvait pas venir à cause d'un truc important ? La brume, tout disparaissait dans la brume. Combien de temps avait-il passé dans cet état ? Pourquoi ce toubib à la con ne lui avait pas simplement laissé la lettre ?

Karol s'approcha de la porte, mais celle-ci était fermée, bien qu'il ne vît aucune serrure, seulement une poignée. Idem pour la porte-fenêtre du balcon. Elle n'avait qu'une poignée, sans aucun loquet, bouton, ni clé, et pourtant, il n'était pas capable de l'ouvrir.

Dans la salle de bains, il se rinça le visage à l'eau glaciale puis s'assit sur le siège des toilettes fermé. Concentre-toi, se dit-il. Ne t'impatiente pas, ne panique pas, attrape une idée et suis-la lentement jusqu'au fond de la brume. Par petits pas, pour ne pas t'égarer.

Il ferma les yeux, revit l'image du médecin : un petit brun rasé de près, à lunettes, flottant dans une blouse médicale enfilée par-dessus un jean et une chemise sans cravate, des miettes de nourriture sur le torse, avec un stylo orange enfoncé dans la poche de devant. Le toubib lui tend une lettre imprimée au format A4. Cette missive possède un en-tête, c'est une copie d'une messagerie électronique. « Chéri » en est le premier mot. Il songea à Zofia et le mot « chéri » s'évanouit dans son esprit, se recouvrit de brume. Grande inspiration. Du calme. Impression, lettre, chéri. Bordel, s'il pouvait inscrire ça quelque part. Cette pensée fut immédiatement suivie par une autre, une pensée non verbale qui n'était pas non plus une image. Une odeur ?

Il rouvrit les yeux, son regard tomba sur le lavabo. Glace, savon, brosse à dents, dentifrice.

Au fond, pourquoi pas ?

Pour une raison floue, une raison qu'il ne comprenait pas, il estima qu'il ne devait pas faire ça à la vue de tous. Il ne voulait peut-être inquiéter personne ? Il ne souhaitait causer aucun souci ? Il s'empara du dentifrice et retourna dans sa chambre. Il parcourut la pièce du regard.

L'armoire. L'armoire était un bon endroit. À l'intérieur, il inscrirait le mot « chéri » et pourrait se plonger plus profondément dans la brume, traîner ce mot derrière lui tel le fil d'Ariane. Il fronça le front. Pourquoi un fil ? Pourquoi d'Ariane ? D'où ses pensées lui venaient-elles ?

Il ouvrit la porte de l'armoire et fut heurté de plein fouet par l'odeur de dentifrice. Bizarre.

Il écarta plusieurs chemises suspendues sur des cintres. Au fond du placard, quelqu'un avait inscrit le mot « chéri » avec le doigt et, en dessous, la phrase suivante : « Si aujourd'hui aussi tu as reçu une lettre, fais un trait. »

Plus bas, il y avait six traits. Il préleva un peu de dentifrice au bout de son index et en ajouta un septième.

## 2

Il n'arrivait pas à s'en préoccuper réellement. Dans sa précédente vie, il avait bien souvent pris part à des débriefings d'opérations lors desquelles tout était allé de travers. Mais, à l'époque, « de travers » impliquait de la douleur et de la souffrance, ça vous faisait vomir de peur. Ça vous poussait à expliquer à Honza qu'il était inutile de ramener les jambes arrachées de Franck jusqu'à la base, puisque

Franck dans son ensemble n'était plus qu'un tas de viande mouliné par une mine. Pendant ce temps, Honza le fixait, la folie dans le regard, ces jambes sanglantes sous le bras, et il s'entêtait à dire qu'elles pourraient encore servir à quelqu'un, que c'était dommage de gâcher de telles guiboles, vu que Franck avait été un type bien sportif.

Cette fois-ci, Marcel était assis dans une salle de conférences élégante, il était propre, vêtu d'un costard, il sentait bon et trempait le bout d'un croissant dans du café au lait, il n'arrivait donc pas à se préoccuper réellement de la situation. Au pire, il perdrait son boulot, mais il avait tellement mis de côté qu'il pouvait prendre sa retraite sur-le-champ et réaliser son rêve de visiter les principaux sanctuaires mariaux de la planète. Il pourrait retourner en Afrique, commencer par la basilique Notre-Dame-de-la-Paix.

— Nous ne remonterons pas le temps, annonça Laura Kron après un moment de silence, et elle posa sur Marcel le regard attentif d'une grand-mère juste, mais clémente. Nous n'allons pas non plus chercher les coupables. Parfois, on dispose des meilleurs hommes qui ne commettent pas d'erreurs et on perd quand même. Ça arrive. À cause d'un hasard, d'un concours de circonstances, d'un manque de pot. Voyons où nous en sommes et ce que nous pouvons faire à partir d'ici. Je vois deux options. Monsieur Kluzka, avons-nous une quelconque chance de retrouver l'artefact ?

— Non, aucune, répondit-il en toute franchise. Au fond, si on y songe, ce n'est qu'un bout de roche assez quelconque qui, de plus, a déjà pu avoir été morcelé en parties plus petites. À l'heure qu'il est, il peut se trouver à n'importe quel endroit de la planète.

Elle hocha la tête avec l'air de féliciter son petit-fils d'avoir fourni une réponse correcte et concise. Une partie de Marcel s'attendait à recevoir un pain au chocolat en récompense.

— Donc, il nous reste les gens. Les gens, on le sait, sont le rouage le plus fragile de chaque système. Monsieur Kluzka, pouvons-nous atteindre l'un des organisateurs du cambriolage ?

— Inutile de chercher la voleuse. Elle a fait ce qu'elle avait à faire et les autres n'ont plus besoin d'elle. Et puis, je doute qu'elle en sache beaucoup. Enfin, disparaître sans laisser de traces est sa spécialité, la chercher serait donc une perte de temps et d'argent…

D'après moi, Zofia Lorentz est morte. J'ai vu sa chute depuis le pont, c'était très moche. Assez moche pour qu'on soit obligé de la transporter dans un hôpital sans tarder. Or, on le sait, elle n'a été transportée dans aucun centre de soins. Soit elle est morte des suites de ses blessures, soit ils l'ont achevée, ne pouvant se permettre de traîner un tel ballast derrière eux. S'ils ont été imprudents, son corps remontera un jour à la surface de la Seine. S'ils ont été prudents, on ne la retrouvera jamais. Ce second scénario est plus plausible parce que tant son mari que sa famille à Varsovie ont reçu des mails préfabriqués dans lesquels elle les tranquillise et les informe qu'elle doit s'absenter de toute urgence pour quelques jours. D'une manière manifeste, le but était de retarder l'action de la police. Nous observons sa famille en continu, Pierre Touré garde un œil sur son mari dans les Pyrénées, mais nous ne le faisons que par acquit de conscience.

— Et Smuga ?

— Maudissons l'Union européenne, répliqua-t-il, un sourire sarcastique aux lèvres, il se trouve certainement quelque part dans l'espace Schengen. Il pourrait tout aussi bien être dans un hôtel miteux des Cyclades, chez un pote à Tallin que sur un yacht au large du Portugal. S'il commet une erreur, il laissera une trace numérique quelque part. Alors, avec l'aide de nos amis de la République et de leurs amis, nous lui mettrons le grappin dessus en une heure.

— Et il le sait, c'est pourquoi il ne contactera personne.

Kluzka acquiesça, sachant pertinemment que cette discussion, conçue pour réciter des évidences, n'était qu'un spectacle monté pour les autres personnes réunies dans la pièce, pour ce Sanhédrin de multinationales. Il y avait là quelques directeurs des départements R&D les mieux introduits, des membres du conseil de surveillance, des gens vraiment puissants, capables de licencier l'omnipotente CEO avec la même facilité que s'ils congédiaient leur jardinier. Eux le savaient, elle d'autant plus. D'où le spectacle.

— Qu'est-ce que vous proposez ?

— Cela dépend de l'enjeu, dit-il avec l'impression d'être un mauvais acteur de théâtre de province qui récite maladroitement des dialogues pesants.

— Il est extrêmement élevé, annonça Laura Kron d'une voix calme et basse.

Chez elle, ce genre de tirades avait l'air plus naturel.

— L'enjeu n'est pas seulement la sécurité nationale ou européenne, poursuivit-elle, mais la sécurité mondiale. Ce que, bien sûr, nous pouvons prendre en compte, mais sans obligation aucune. L'objectif, pour nous, est certes de devenir une multinationale plus puissante que des gouvernements, cela fait longtemps que ce n'est plus un défi, mais surtout d'être la maison-mère de l'économie mondiale. Nos collègues de la Silicon Valley seront des départements de taille modeste chez nous. Cette position nous donnera une puissance que nous pourrons ensuite utiliser dans un but louable, en sauvant l'humanité de l'auto-annihilation et en sauvant la planète. Je n'ai pas besoin de préciser que l'heure de la dernière chance a sans doute sonné. Et, pour finir, tant pour nos actionnaires que pour leurs descendants des générations à venir, cela impliquerait une immense tranquillité financière. Voilà l'enjeu.

Les regards des participants se posèrent sur Marcel. Celui-ci se disait justement qu'il était probablement le seul dans cette pièce à ne pas suivre en continu les cours de la Bourse et la valeur de son portefeuille financier.

— S'organiser à l'image d'une ruche sans nom, sans bureaucratie ni siège, possède ses bons et ses mauvais côtés, commença-t-il. Le pire des défauts, c'est que chacun des éléments est, en réalité, seul, aussi faible et perdu qu'une abeille isolée. Mais nous savons que tous leurs membres ne sont pas pareillement dévoués à la cause et que personne ne fonctionne en vase clos. Ces gens possèdent des collègues, des amis, des compagnons qui, comme c'est souvent le cas, travaillent dans le même domaine qu'eux. Or, c'est un domaine que nous contrôlons dans une large mesure et que nous finançons.

Il fit une pause pour boire une gorgée de café et leur laisser une chance de poser des questions, mais aucune ne fusa. Travailler avec des gens intelligents avait ses avantages.

— Nous devons couper immédiatement le financement de toutes les institutions privées, de tous les instituts scientifiques et de toutes les universités, reprit-il. Peu importe sur quoi ils travaillent ni où ils en sont. Comme raison, nous indiquerons la rupture d'une clause de confidentialité, le vol d'une propriété intellectuelle, l'échange illégal d'informations commerciales sensibles, et cætera. Quand ces gens se mettront à gémir, nous répéterons la même chose : clause de confidentialité, cession d'informations à un groupe scientifique secret. S'ils nous aident à établir la liste des membres de ce groupe et à localiser leurs laboratoires, nous rétablirons le financement, nous le doublerons.

— Je suis d'accord, annonça Laura Kron. Il est temps de rappeler à nos chers professeurs à qui ils appartiennent.

Les participants à la réunion ne semblaient ni indignés ni spécialement préoccupés.

— Et s'ils contactent la presse ? demanda avec calme l'un des hommes.

Marcel ne remarqua qu'à ce moment-là que sa patronne était l'unique femme de leur cercle. Se sentait-elle singulière à cause de cela ? Comment se sentirait-il dans une situation inverse ?

— Nous leur fermons la bouche avec une assignation de plusieurs millions d'euros pour non-respect d'un accord de non-divulgation, expliqua la CEO. Tous ceux qui reçoivent de l'argent de notre part signent une clause de confidentialité stipulant que la seule évocation de notre financement est déjà une rupture de contrat.

— Et s'ils y vont malgré tout ?

— On n'est plus dans les années soixante-dix, à devoir craindre les médias. Aujourd'hui, chacun dispose de ses faits, aussi bons les uns que les autres. Nous fournirons une réponse juridique tellement complexe que personne n'aura le courage de la lire jusqu'au bout. Et s'ils se mettent à vouloir « présenter les arguments des deux parties », nous enverrons une jolie frimousse en fauteuil roulant à qui nous avons sauvé la vie à la télé. Ça marche toujours. Puis on leur balance nos experts, des professeurs prix Nobel. Bien sûr, un pauvre journaliste d'investigation écrira bien la vérité quelque part, mais ça ne nous fera pas grand tort.

— Pour de nombreux cas, l'interruption des financements oblige à recommencer les tests depuis le début.

Originaire d'Allemagne, l'investisseur qui venait de parler en anglais l'avait fait avec un fort accent teuton. Il sonnait comme une caricature sortie d'un vieux film de guerre.

— Et tant mieux, ils manqueront d'autant moins de motivation, répliqua Laura Kron. Plus vite M. Kluzka saura qui fait partie de cette secte et où se trouve leur cathédrale, plus vite tout rentrera dans l'ordre.

Les participants échangèrent des regards. Ils hochèrent la tête.

— Agissez, conclut l'Allemand.

## 3

Avec une infinie précaution, en remuant seulement ses globes oculaires, elle regarda autour d'elle. L'arrière-monde – elle s'était toujours demandé de quoi ça aurait l'air. Or, ça avait l'air… hum, futuriste… On aurait dit la boutique de prestige d'un géant de l'IT. Les murs et le plafond étaient constitués de verre laiteux ou de matériaux en plastique, toutes les surfaces diffusaient une lumière délicate. Il ne manquait plus qu'un logo. Un silence total régnait dans la pièce. Zofia inspira profondément, surtout pour s'assurer qu'elle entendait sa respiration. Elle l'entendit. Elle voyait, elle entendait, cela n'allait pas si mal.

Elle tourna doucement la tête : un oreiller et la rambarde d'un lit d'hôpital apparurent dans son champ de vision. Hum, ce n'était donc pas un arrière-monde. C'était logique, après la mort, elle aurait dû se trouver soit à l'intérieur d'une marmite, soit dans une prairie verte à danser devant un Jésus qui jouerait de la guitare. Pourquoi une âme éternelle devrait-elle se réveiller dans un lit ?

Putain, Zofia, cesse de raconter des conneries et concentre-toi.

Le Muséum national d'Histoire naturelle, l'ourson, Bogdan Smuga, la gare d'Austerlitz, le pont, le saut sur une péniche de la Seine, la chute et ce terrible craquement. Elle se rappela le craquement puis la douleur paralysante qui s'était déversée dans son corps.

Paralysante. Bordel.

Elle réalisa ce à quoi elle venait de songer et se figea, craignant de remuer un cil. Ne sois pas idiote, se réprimanda-t-elle, tu viens de remuer ces cils, ces paupières et ces yeux. Tu as bougé la tête. Tu as inspiré. Tu n'es pas un légume.

Ou, du moins, pas intégralement, remarqua-t-elle. Et si c'était l'unique mouvement qu'elle serait dorénavant capable d'accomplir ? Hocher la tête pour dire oui ou non, battre des paupières, mais, en dehors de ça, rester couchée, se faire soigner ses escarres et pisser dans une couche ?

Il n'était pas dur de s'en rendre compte, il suffisait de remuer un bras et une jambe, de vérifier si tout allait bien.

— Facile à dire, prononça-t-elle tout haut, perturbée par sa voix gutturale, étrangère, trop forte pour cette pièce insonorisée, jusqu'à provoquer en elle des frissons de dégoût.

D'accord, rien à battre. Elle s'humecta les lèvres du bout de la langue, puis elle leva la main gauche, énergiquement, comme si elle hélait un taxi. Ça fonctionna. Son bras était couvert d'un pyjama simple et blanc, mais, en dehors de cela, Zofia ne nota aucun tuyau, aucune intraveineuse, aucun bandage ni bracelet d'hôpital. Elle leva l'autre bras, privé lui aussi des « bijoux » qui envahissaient d'ordinaire les membres des patients des cliniques médicales. Parlant de bijoux, Zofia en était effectivement privée ; son alliance et sa bague de fiançailles avaient disparu.

Elle inspira encore à plusieurs reprises, se préparant à l'ultime test. Quelles étaient les probabilités que cette terrible chute, cet effroyable craquement, cette douleur et la perte de connaissance pour de nombreuses heures, voire pour des jours entiers, ne fussent pas liés à une détérioration irréversible de sa colonne vertébrale ? Faibles. Est-ce qu'une paralysie de la ceinture jusqu'en bas signifiait qu'elle ne ressentirait jamais plus d'orgasme ? Des sensations fantômes pouvaient-elles englober le clitoris ?

D'un mouvement brusque, elle lança sa jambe droite en l'air, faisant tomber le drap qui la recouvrait et arrachant au passage un tuyau jaune qui sortait de son short. Des gouttes d'un liquide jaune aspergèrent aussitôt l'ensemble de la pièce.

Un drainage urinaire, se dit-elle, et, au même moment, une porte restée jusque-là invisible dans ce mur laiteux s'ouvrit. Un Bogdan Smuga exceptionnellement peu grincheux, voire souriant et ravi, pénétra dans la pièce, un verre d'un liquide marron clair à la main.

— Ce n'est pas un peu tôt pour des acrobaties, madame la professeure ?

Il posa le verre près du lit, se baissa, connecta à nouveau le tuyau avec la poche urinaire, ajusta les draps et attendit.

— Est-ce que je vais mal ? demanda-t-elle.

— Plus maintenant.

— Qu'est-ce que c'est ?

— Le cocktail de la force. Lait d'amande, beurre de cacahuètes, cacao, banane et miel. Trois repas complets concentrés dans un seul verre.

— Où suis-je ?

— À l'abri.

— Arrête.

— Dans l'unique véritable laboratoire scientifique de cette planète.

— Véritable, parce que ?

— Parce que indépendant. Je vais te montrer, te raconter et t'expliquer tout ça. Pour l'heure, réjouis-toi d'être saine et sauve, d'avoir préservé l'avenir de l'humanité et de voir un prix Nobel de médecine changer tes pansements. D'accord, il ne le fait pas à chaque fois, mais Yasutomi voulait te rendre hommage de cette façon.

— Quels pansements ? demanda-t-elle en penchant légèrement la tête pour contempler son corps.

Elle ne voyait ni ne sentait aucun pansement.

D'un geste, Smuga désigna son front. Elle y porta la main et sentit un bandage qui entourait son crâne tel un bandeau de tennis des années 1980. Ses doigts glissèrent dessus et Zofia sentit une boursouflure à un endroit, puis elle se toucha le sommet de la tête et soupira. Elle était chauve.

— On a dû te raser dans l'avion pour poser un drain. Une fois ici, les filles ont décidé qu'il valait mieux le faire partout. Ça sera plus pratique durant la convalescence et ça repoussera mieux.

Dans l'avion ? Un drain ? Les filles ?

Zofia ferma les yeux.

## 4

Seul celui à qui on a un jour ôté le tuyau d'un drainage urinaire sait à quel point c'est un changement incroyable dans le confort de vie. C'est pourquoi, en dépit de ses questions et de ses inquiétudes, l'historienne d'art chauve et professeure Zofia Lorentz débordait d'énergie. Elle était en vie, ses os étaient entiers, on lui avait offert des vêtements normaux, le cocktail était délicieux, il fallait maintenant qu'elle déniche un café et qu'elle quitte au plus vite ce lieu qui ressemblait à un laboratoire futuriste dans un blockbuster hollywoodien sur la conquête de l'espace.

Auparavant, Smuga lui avait confié un badge magnétique qui lui permettait d'ouvrir la porte dépourvue de poignée et de serrure. Alors, elle sortit dans le couloir. La même lumière laiteuse que celle de sa chambre suintait des murs et du plafond. Sur les portes à peine perceptibles, des numéros brillaient. Par curiosité, Zofia tenta d'ouvrir une porte, mais la diode du lecteur clignota en rouge et la cloison resta fermée. D'accord, se dit-elle, il ne s'agit pas d'un passe-partout magique.

Elle renifla. Ça ne sentait pas l'hôpital. L'air était frais et revigorant alors qu'elle ne voyait aucune fenêtre. Où était-elle ? Dans un bunker souterrain ? Au fond, peu importait où elle avait atterri, elle avait surtout besoin d'un café, d'un blouson et d'un billet pour Toulouse, afin de reprendre son mari et de rentrer à temps à Varsovie pour y passer Noël. Et Smuga avait intérêt à lui réserver un siège en classe affaires après ces péripéties.

À l'une de ses extrémités, le couloir se terminait en impasse, alors elle partit dans le sens opposé et découvrit une double porte déverrouillée derrière laquelle se trouvait une cantine. La pièce ne faisait pas plus de huit ou dix mètres carrés, le mobilier était composé de quelques tables carrées, d'une machine à café et d'un étrange placard aux faux airs de réfrigérateur, mais qui devait plutôt servir à réchauffer les repas, dans la mesure où l'une des infirmières qui avaient remis Zofia en état de marche en sortit un plat hermétiquement fermé.

La machine à café ressemblait à celle des meilleures stations-service. Zofia attendit que sa tasse en céramique blanche se remplisse de cappuccino, elle le sucra et s'assit à l'une des tables libres. Quant à l'infirmière, elle rejoignit une collègue assise auprès d'un vieillard desséché, à vue de nez centenaire. Le vieillard marmonnait quelques mots en anglais, avec un accent très fort, et ce qu'il disait devait être drôle parce que les deux femmes gloussèrent et – Zofia l'aurait juré – elles l'avaient fait avec coquetterie.

La porte siffla. Zofia se retourna pour voir Bogdan Smuga descendre d'une cage d'escalier étroite. Le biochimiste, souriant radieusement tel un militant d'extrême gauche le jour de l'instauration de l'ISF, s'assit à côté d'elle, puis posa un petit paquet cadeau sur la table.

— Je suis ravi que tu sois en forme, dit-il.

— Et maintenant, je t'écoute. Où suis-je ? Comment suis-je arrivée ici ? Quand vais-je partir d'ici et pourquoi tout de suite ? Et enfin, qui est ce vieux croûton ?

Bogdan soupira, un peu embarrassé, tel un parent harponné par son enfant d'une question sur la procréation et qui sait que cette fois-ci, il ne s'en sortira pas avec une pirouette en disant que, lorsque maman et papa s'aiment très fort, une petite graine germe dans le ventre de maman.

— Faut-il que je réponde dans l'ordre ?

Elle haussa les épaules.

— Tu es arrivée ici parce qu'on t'a sauvé la vie. Tu t'es cogné la tête assez fort, tu as perdu connaissance. On ne pouvait pas t'abandonner dans ton état, alors on t'a transportée d'abord en péniche, puis en voiture jusqu'à un aéroport privé.

— Et pourquoi pas jusqu'à l'hôpital le plus proche ?

Il détourna le regard.

— Je comprends, dit-elle. Quelle importance a la vie d'une seule personne quand l'avenir de l'humanité est en jeu ?

Il se retourna brutalement, la perçant de son regard chargé d'une étincelle de colère.

— Tu estimes que c'est répréhensible ?

— J'estime qu'une lecture attentive des manuels d'histoire fournit quelques leçons quant à l'évolution des objectifs auxquels on sacrifie des moyens de plus en plus importants. Mais continue.

— *Your body is church, cathedral, you understand ?* dit vigoureusement le vieillard au fort accent qui évoquait à Zofia son enfance, sans qu'elle sache dire pourquoi.

L'une des infirmières susurra un remerciement coquin.

— En fait, tu as bien été transportée dans un hôpital parce que l'avion qui nous attendait était celui de Médecins sans frontières. Un avion-cargo, certes, mais pourvu d'une arrière-base médicale et d'une équipe plus professionnelle qu'au sein de n'importe quel service des Urgences. Ils t'ont diagnostiqué un œdème au cerveau, ils t'ont posé le drain et, pour plus de sûreté, ils t'ont plongée dans un coma artificiel. Enfin, pas dans un coma complet, parce que sans respirateur, mais assez pour que tu restes inconsciente jusqu'à ce que l'œdème se résorbe et que ta pression intracrânienne se stabilise.

Elle se tourna vers le paquet posé sur la table. Soudain, elle fut secouée par un mauvais pressentiment.

— *I pray in this church*, lança le vieillard, criant presque. *I pray in you.*

Arnold Schwarzenegger ! se dit Zofia. Le vieillard parlait avec l'accent d'Arnold Schwarzenegger dans tous ces films bizarres qu'on regardait au lycée sur des cassettes vidéo.

— Et lui ?

— Monsieur Hubert nous vient d'Autriche, il a cent six ans et, comme tu l'entends, il est dans une excellente forme et appartient à notre groupe « Cent plus ». Ce sont des personnes âgées aux paramètres médicaux exceptionnels qui ont accepté de passer un peu de temps ici, afin d'aider la science et de vérifier si leurs caractéristiques naturelles peuvent être transmises d'une manière ou d'une autre à la communauté. À son niveau, cela consiste surtout à nous laisser lui fouiller le cul, mais comme tu l'entends, monsieur Hubert n'a pas de problèmes pour accepter son corps.

— Le cul ?

Smuga fit un geste impatient de la main.

— Ce serait trop long à raconter, je vais te montrer l'étage des labos plus tard, mais puisque l'essentiel de nos travaux se concentre sur le microbiome, nous expérimentons les greffes de matières fécales. Cela assure d'excellents résultats, mais n'est pas envisageable sur une large échelle, c'est pourquoi la difficulté consiste aujourd'hui à créer des capsules, qu'on appelle en anglais des « *crapsules* », pour administrer les bonnes bactéries aux patients dont le microbiome présente des manques.

— C'est assez immonde.

Il la contempla avec étonnement.

— Pourquoi ? Les gens s'envoient massivement en l'air, bien que leurs anus se trouvent à côté de leurs organes génitaux, ce n'est d'ailleurs pas un hasard, la nature fait bien les choses. De plus, durant ces parties de jambes en l'air, ils se lèchent le corps, le cul y compris. Et là, un simple médicament avec des bactéries intestinales serait immonde ? Non, mais sérieux… Quant au sexe, comment dire…

Il jeta un coup d'œil à la table voisine.

— … j'ai entendu des légendes sur l'exceptionnelle vitalité de monsieur Hubert. Au début, on s'est même demandé s'il ne fallait pas mettre le holà devant l'intérêt excessif d'une partie du personnel à son égard, mais nous avons conclu que des adultes consentants étaient des adultes consentants. Ce sont leurs choix, leurs décisions. Nous sommes dans un centre de recherche, pas dans un monastère.

— Et où se trouve ce centre de recherche ? On est toujours en France ? En Europe, au moins ? Comment je fais pour repartir d'ici ?

— Ce n'est pas si simple.

Ces mots agirent comme un souffle d'air envoyé sur les braises de l'irritation qui se consumaient en elle depuis son réveil et les transformèrent aussitôt en flamme ardente de la rage.

— Quoi ? Comment ça, ce n'est pas si simple ? Tu n'as pas le droit de m'emprisonner ici. Laisse-moi sortir de ce bunker et conduis-moi à l'aéroport le plus proche, ou à une gare routière, peu importe. Tu as récupéré ton ourson, mission accomplie, paie-moi et laisse-moi retourner à ma vie. Immédiatement !

Au fur et à mesure de sa tirade, elle élevait la voix, et les dernières paroles avaient été hurlées. Le silence se fit dans la cantine, les autres occupants se tournèrent dans sa direction.

— *Slavic woman. Great energy*, dit monsieur Hubert sur le ton admiratif d'un Arnold Schwarzenegger libidineux.

— Qu'est-ce que c'est que ça ? grogna-t-elle en désignant le paquet posé sur la table.

— Un cadeau.

— À quelle occasion ?

— Noël.

Elle inspira profondément, luttant pour ne pas fondre en larmes.

— Bogdan, quel jour on est ?

— Il fallait que tu guérisses.

— La date !

— Le 28 décembre.

Elle ferma les yeux. Impossible. Ils étaient le 18 décembre lorsqu'elle avait acheté un cadeau pour sa fille à la boutique du Muséum national d'Histoire naturelle. Cela voulait dire qu'elle venait de passer les fêtes dans le coma, dans un putain de bunker, sans mari, sans fille, sans parents qui n'avaient aucune idée de ce qui lui était arrivé. Dites-moi que ce n'est pas vrai.

— Nous avons envoyé des messages à ta famille pour qu'ils ne s'inquiètent pas, nous leur avons bien expliqué que…

— Foutaises. Vous leur avez envoyé des messages pour qu'ils n'aillent pas voir la police. Vous n'en avez rien à foutre de moi, de ma famille et de tous ceux, en général, qui ne sont pas « l'humanité » que vous voulez sauver. Tu m'as bien trop souvent exposé ton avis sur la question. Je m'en vais.

Elle se leva et alla jusqu'à la porte par laquelle Smuga était arrivé, elle agita son badge, mais la diode s'alluma en rouge.

— Ouvrez-moi, ordonna-t-elle en anglais aux infirmières.

Celles-ci interrogèrent Smuga du regard.

— Ouvrez cette porte ou vous aurez des problèmes. Le kidnapping est passible de nombreuses années de prison. À chaque seconde qui passe, vous gagnez votre place sur le banc des accusés.

Smuga se leva, la joie qui émanait de lui s'était évanouie, il s'était à nouveau transformé en ce roc taciturne au dos voûté qui ne marchait pas sur terre, mais qui roulait dessus à grande peine. Il s'approcha, ouvrit la porte.

— Suis-moi.

Ils se rendirent à l'étage supérieur. Smuga débloqua une nouvelle porte, et ils se trouvèrent dans un couloir identique à celui de son palier. Des murs laiteux, un plafond laiteux, des numéros sur les portes. Zofia savait qu'elle aurait dû garder un silence dédaigneux, mais sa curiosité prévalut.

— D'autres salles d'hôpital ? demanda-t-elle.

Il se retourna, aussi triste qu'à l'accoutumée – l'ISF venait d'être aboli, et ce, avec les voix de sa propre coalition. L'avait-elle réellement vexé parce qu'elle ne sautait pas de joie à l'idée d'être emprisonnée depuis presque deux semaines on ne savait où et par on ne savait qui ? Croyait-il réellement qu'elle se réjouirait de son cadeau ? Pas possible, il ne pouvait pas être fou à ce point, se dit-elle, et un frisson la traversa. Et s'il l'était ? Ce n'était peut-être pas un scientifique, mais un shaman dément, prêt à sacrifier n'importe qui sans sourciller au nom de son projet de prolongement de la vie humaine ? Si c'était le cas, ils auraient dû la tuer, elle en savait trop. Alors, pourquoi l'avoir sauvée ?

— C'est le niveau des labos, annonça Smuga.

Il ressortit son badge et l'accola au mur.

La porte coulissa sans un bruit. La pièce suivante contenait plusieurs bureaux et une machinerie dont Zofia n'essaya même pas de deviner l'usage. Assis à l'un des plans de travail, un Japonais grisonnant leva la tête, sourit et s'approcha d'eux.

— C'est ton infirmier au prix Nobel, chuchota Smuga.

— Yasutomi Nakanishi, se présenta l'homme. C'est un immense honneur de faire votre connaissance.

— Merci pour… votre aide, dit-elle en désignant son crâne de la main.

— Nous vous sommes tous incroyablement redevables. J'ai estimé que prendre soin de vous était la meilleure manière de le manifester. Mais ne vous inquiétez pas, je l'ai fait sous la surveillance d'un personnel plus qualifié que moi. Je tenais au geste, je voulais vous montrer que je vous aidais autant que vous nous avez aidés.

— Nous sommes au labo d'immunothérapie, précisa Smuga. Yasutomi y forge des sabres de samouraï moléculaires pour vaincre le cancer. Et, en l'occurrence, dire « les sabres » est une bonne métaphore parce que, jusque-là, nous avons envoyé contre cette maladie des tanks et la bombe nucléaire, transformant au passage les organismes en terre stérile. Yasutomi arme nos lymphocytes de sabres et les forme à se débarrasser des tumeurs. En lieu et place de l'artillerie lourde, il envoie des escouades de ninjas. Véloces, mortelles, efficaces.

— Pardonnez ces métaphores, dit le Japonais dans un sourire. Mes collègues s'excitent lorsqu'ils peuvent étaler leur connaissance de la culture de mon pays, dommage qu'elle soit puisée dans des dessins animés américains. Mais oui, en résumé, il s'agit réellement de cela.

Zofia hocha la tête et parcourut du regard l'intérieur futuriste du laboratoire.

— Quel est ce lieu ? demanda-t-elle. Il appartient à une compagnie pharmaceutique ? À une université ?

Yasutomi se tourna vers Smuga en lui faisant clairement comprendre que c'était à lui de répondre à cette question.

— Ça nous appartient, expliqua le Polonais. À nous et à la science. Je t'avais dit, quand nous nous sommes rencontrés, que la véritable science devait être libre. Il faut mener nos expériences pour augmenter le savoir et non pour obtenir un financement, décrocher un article ou un projet commercial. Ici, c'est ce que nous faisons.

— Et vous imprimez aussi vos propres billets de banque ?

— Nous n'en avons pas besoin. Il y a déjà beaucoup de billets de banque imprimés dans le monde, une grande partie d'entre eux entre les mains de personnes qui ne savent pas quoi en faire, mais qui croient en la grande aventure de l'espèce humaine. Et puis, ils n'ont probablement rien contre une place dans les manuels d'Histoire, si jamais on réussit.

— C'est passionnant. Je discuterais bien avec vous, mais malheureusement, il faut que je rentre en Pologne de toute urgence. Monsieur le professeur, je croise les doigts, vraiment.

Yasutomi lui fit un salut couplé d'un sourire dans lequel elle crut voir de l'étonnement, mais ce n'était peut-être qu'une impression. Zofia avait souvent eu affaire à des Asiatiques dans le cadre de son travail au musée national et elle savait que la lecture de leurs émotions n'était pas facile pour les Occidentaux.

Bogdan s'orienta à nouveau vers le couloir où elle le suivit docilement. Au bout, il y avait une porte assez imposante, pourvue d'une poignée et d'une serrure électronique. Derrière elle, il y avait une autre pièce de la taille d'un grand ascenseur et une seconde porte. Zofia comprit qu'il s'agissait d'une sorte de sas, ils durent attendre un équilibrage de pression et, une fois une lumière verte allumée, Smuga ouvrit la seconde porte et invita Zofia à entrer dans… elle manqua de mots pour le désigner… dans une sorte de couloir mobile.

Ce dernier, d'une longueur de huit ou dix mètres, était fait dans une espèce de soufflet géant en gomme qui lui rappelait les jonctions des bus articulés. Le plancher était constitué de plaques librement assemblées, des poignées avaient été insérées dans les murs. Zofia hésita à entrer dans ce semblant d'entrailles d'un immense ver de terre qui serpenterait paresseusement dans tous les sens.

Mais bon, puisqu'il s'agissait de sa sortie, elle n'avait guère le choix.

Zofia traversa rapidement ce bras articulé, posant ses pas avec précaution et s'agrippant aux poignées. Au bout, un petit escalier l'attendait. Elle le gravit, sans attendre Smuga, ayant l'étrange illusion que son poids changeait et que ses jambes devaient soulever alternativement un corps très lourd et très léger. Après quoi, elle se figea devant une lourde porte d'acier, pourvue de poignées de sécurité sur les flancs du chambranle. Donc, il s'agissait bien d'un bunker. Saloperie d'abri nucléaire, encore un peu et elle découvrirait qu'elle se trouvait au niveau moins cent et que l'ascenseur qui menait à la surface débouchait dans un bâtiment entouré d'innombrables hectares de forêt vierge, de kilomètres de barbelés et de champs de mines.

Elle appuya sur la poignée de porte, enjamba le seuil surélevé et ferma les yeux, n'arrivant pas à supporter l'attaque d'un soleil aiguisé et suspendu très haut dans le ciel. Avec la lumière, Zofia fut heurtée par une touffeur tropicale, par le vent, par l'odeur et la rumeur de la mer. Le sol se déroba sous ses pieds – elle se serait effondrée si Smuga ne l'avait pas retenue par le coude.

Elle arracha son bras de l'emprise. En plissant les paupières, Zofia fit quelques pas jusqu'au garde-corps et regarda autour. Derrière elle, il y avait un tas de conteneurs, à droite, le pont du cargo filait jusqu'à la proue, à gauche, le même pont courait jusqu'à une poupe surplombée par une superstructure de plusieurs étages couronnée d'une cheminée. Et, devant elle, jusqu'à l'horizon, s'étalait un océan turquoise qui l'aveuglait de son scintillement.

— Tu veux toujours te rendre à la gare routière la plus proche ? demanda Bogdan.

D'abord, elle jeta son cadeau encore emballé à la mer, puis elle grogna froidement :

— Rends-moi mon alliance et ma bague de fiançailles.

# 5

L'historienne d'art chauve Zofia Lorentz était sans conteste prisonnière sur le cargo *Vincent*, mais elle se rendit compte avec étonnement que ça ne la dérangeait pas tant que ça. Après la première journée de discussions, de disputes et de colères qui l'avait pratiquement vue sauter par-dessus bord pour atteindre la côte la plus proche à la nage, les arguments de Smuga et de Mireille Zéroual, une étrange Française introvertie d'origine maghrébine dont chaque phrase recelait le nombre minimum de mots nécessaires pour transmettre un message concis, et pas un de plus, commencèrent à la convaincre. On lui avait permis d'envoyer un e-mail à ses parents et à Karol ; elle se tranquillisa un peu lorsqu'elle reçut des réponses. Savoir que chacun d'entre eux avait passé Noël non seulement sans elle, mais aussi séparément, lui tailladait le cœur. Au moins, elle savait à présent qu'ils étaient sains et saufs. Une fois les émotions mises de côté, Zofia avait compris que l'enjeu des recherches menées sur le *Vincent* valait la séparation, quelques jours durant, de l'une des milliards de familles humaines. À contrecœur, mais elle l'accepta.

On lui assigna une cabine exiguë en dehors du girolab – comme on désignait les trois étages du centre de recherche dissimulé dans la cale de ce navire maquillé en cargo –, à un étage de la superstructure réservé aux scientifiques. Les logements des marins et ceux de la « sécurité », quelle que soit la signification locale de ce mot, étaient situés à part. Elle avait le droit de se promener sur le pont et de pénétrer dans certaines pièces du labo, et mangeait à des heures précises en compagnie du personnel scientifique au mess – la cantine était une solution d'appoint pour ceux qui étaient de garde et n'avaient pas le droit de quitter le girolab. Elle attendait ces repas avec une grande impatience – le tangage de l'océan et l'air marin lui donnaient continuellement faim. En sus, tous les plats préparés par la coquerie avaient le goût de ceux servis dans un grand restaurant, que ce fût un curry, une tartiflette ou des spaghettis *alla norma*. Une fois, Mireille l'avait conduite au poste de commandement où Zofia avait fait la connaissance de la capitaine roumaine et où on lui avait montré tous les appareils de navigation, exception faite de ceux dont elle aurait pu déduire leur position géographique.

Alors, Zofia s'était dit que son séjour sur ce bateau avait quelque chose d'une visite en Corée du Nord. En apparence, tout était nickel : les hôtels, les restaurants, les boulevards, mais on était en permanence suivi, on vous surveillait pour que vous n'ouvriez pas par hasard la mauvaise porte.

Le *Vincent*, de prime abord un cargo vétuste de deux cents mètres de long, avait été équipé d'éléments si modernes qu'on l'aurait cru sorti la veille du même chantier naval où on avait construit l'*USS Enterprise*. Un soin tout particulier et obsessionnel avait été porté par ses concepteurs à la question du contrôle d'accès. Zofia supposait que sur un navire normal, toutes les pièces étaient interconnectées pour des raisons de sécurité et de commodité tant humaine que technique. Ici, elle devait utiliser son badge magnétique si souvent qu'il aurait été plus simple qu'elle le greffe sur son doigt. Dans la superstructure, sur les paliers, au labo – toutes les portes des sas, des couloirs, des cabines et toutes les grilles étaient gardées par de modestes terminaux blancs. Par conséquent, on pouvait programmer l'espace de liberté de chaque individu aussi distinctement que les trajets des rats dans un labyrinthe. Zofia savait qu'en dehors des heures des repas, elle ne pénétrerait pas au mess, qu'à la nuit tombée, les promenades sur le pont lui étaient interdites, que sans une annonce préalable, elle n'arriverait même pas à mettre un pied dans le « couloir en accordéon » qui reliait le pont au girolab.

C'était agaçant, mais compensé par l'admiration sincère que lui vouait, d'une manière plus ou moins ostensible, l'ensemble du personnel scientifique en sa qualité d'héroïne de la cause. Zofia était non seulement une héroïne de leur projet, non seulement une héroïne de la science – elle se rendait compte à quel point cela semblait exalté, mais on ne pouvait pas le définir autrement –, mais aussi une héroïne de l'espèce humaine. Oui, elle qualifiait d'incarcération son séjour forcé à bord du *Vincent*, un séjour qui devait durer encore quelques jours, jusqu'au moment où elle allait embarquer sur le bateau d'approvisionnement, mais l'air marin, l'excellente nourriture et la compagnie d'immenses savants qui lui vouaient un culte rendaient sa sentence supportable.

Ce jour-là, elle descendit à la cantine du girolab pour y boire un café et dévorer une tarte aux pruneaux succulente en compagnie de Lana DuPrey, une neurologue canadienne qui jurait sans cesse comme un charretier, responsable des groupes Cent+ et Cent-. Le premier était constitué de leurs chouchous, la guillerette bande d'Hubert et de ses semblables. La seconde évoquait davantage un hospice où agonisaient à petit feu des vieillards déconnectés de la réalité par la démence.

— D'où est-ce que vous les sortez ? demanda-t-elle à une Lana particulièrement abattue.

— Nous ne les kidnappons pas, si c'est ça la question, plaisanta la Canadienne de manière quelque peu forcée. Nous avons tant de volontaires qu'on devrait s'installer sur un putain de tarmac d'aéroport plutôt que dans un cargo. Pour les Cent+, c'est une formidable aventure, ils ont déjà picolé et baisé tout leur soûl, la perspective de finir leur vie en rendant service à l'humanité les porte comme un rail de coke. Pour les Cent-, nous représentons une chance de passer l'arme à gauche un brin plus tard. En tout cas, c'est la version officielle, celle qu'ils présentent à leurs familles. En réalité, ils font ça pour préserver leurs proches, pour leur épargner la douleur de regarder quelqu'un qu'on croit là, mais qui est en réalité déjà absent. Ils ne veulent pas qu'ils perdent leur temps en soins et veulent leur éviter les dépenses qui, dans cette satanée dictature du tiers-monde que sont les États-Unis, peuvent entraîner la banqueroute et des dettes sur plusieurs générations.

— Ils meurent ici ?

— Sans arrêt. Nous avons un crématorium à bord. Nous envoyons les cendres à la famille.

Zofia croyait plus facilement à la fée clochette qu'à l'envoi des cendres depuis le *Vincent* où que ce soit. Les familles recevaient sans doute des urnes décoratives, des diplômes et tout, mais ceux-ci ne venaient certainement pas d'ici. Zofia en savait assez pour comprendre l'utilitarisme froid de ce groupe.

— Une patiente est morte ce matin. Julieta, une Espagnole. Quand on l'a accueillie, on faisait tous les grands yeux parce qu'elle avait l'air d'une quinquagénaire fringante et non d'avoir les soixante-treize ans inscrits dans sa métrique. Elle aura à peine passé deux ans avec nous et aujourd'hui, putain…

La voix de Lana trembla.

— Tu l'aurais vue. Une vieillarde millénaire. Une putain d'ombre d'être humain. En deux ans, elle en a pris quarante. Tu sais, je vois qu'avec la lucidité, les forces quittent le reste du corps, et je me dis que l'âme existe peut-être.

— C'est-à-dire… dit Zofia en faisant le signe de croix.

Lana grimaça comme si elle venait de plonger son nez à l'intérieur d'une bouteille de lait avarié.

— Non, mais pas ça, bordel. Je parle d'un véritable esprit, de l'énergie de la nature, d'une connexion consciente et harmonieuse avec l'univers, et pas de cette came pour retardés.

Elles gardèrent le silence un moment.

— C'était prévu ou quelque chose est allé de travers ?

— Honnêtement ? Les deux. Chez Julieta, la démence a été fulgurante, terrible pour elle, parfaite pour nous parce qu'on voit vite si quelque chose donne des résultats ou non. On l'a sélectionnée pour une cure d'ISRS, tu sais le genre de bonbons que c'est ?

— Du Prozac ?

— Aussi. Les inhibiteurs sélectifs de la recapture de la sérotonine constituent un groupe de médocs très larges, prescrits surtout pour soigner des maladies psychiques. Les dépressions, les névroses, les troubles affectifs. Mais franchement, ces machins, c'est l'équivalent pharmacologique des chocs électriques d'antan. Ça marchera peut-être. Ou peut-être pas. Nous n'avons aucune idée de la manière dont ils fonctionnent, mais il faut bien faire quelque chose, alors on prend le risque. On les prescrit et après, honnêtement, ça dépend. Ça atténue la dépression d'untel, ça guérit la névrose d'un autre, ça ne fait ni chaud ni froid au troisième et le quatrième se jette sous un train. C'est la loterie. Le Big Pharma gagne un max de thunes avec ça, alors on s'est mis à les filer aux patients atteints de démence sénile, ils sont soi-disant tristes parce qu'ils basculent dans la dépression. Ce sont des conneries, ils sont tristes parce qu'ils perdent la mémoire et agonisent, mais quelques études ont démontré qu'en farfouillant dans les inhibiteurs du cerveau, on arrive parfois à ralentir la progression de la démence.

— Un effet secondaire.

— Bien sûr, comme bon nombre de découvertes révolutionnaires en médecine. En ce moment, j'essaie de savoir si l'une de ces substances ou l'un de ces cocktails peut effectivement marcher dans notre cas. Ce qui n'est pas simple parce que soit les putains de compagnies pharmaceutiques dissimulent leurs résultats, soit elles falsifient leurs résultats, soit elles n'enregistrent pas leurs tests, soit elles manipulent leurs tests, soit elles racontent des bobards sur leurs nouveaux médocs bien que ceux-ci soient pires que les précédents. Je vais te dire, franchement, il est plus facile de tomber sur un mec avec deux bites que d'extraire des données sensées de cet océan de fumisteries. Ça n'a ni queue ni tête ! Après tout, si j'avais accès à toutes les études effectuées sur une certaine substance, je pourrais faire une analyse systématique, vérifier plus facilement si… Allez, appelons le médoc testé « Couillopran »… S'il prévient la démence, le producteur du Couillopran gagnera des milliards supplémentaires. Mais non, bordel, tout doit rester secret. Putain de Skynet. Est-ce que je suis claire ?

— Pas vraiment.

— D'accord. Mettons que j'ai inventé l'aspirine.

— Ça, je pige.

— Je suis chaude comme un taureau reproducteur parce que je vais gagner une tonne de flouze avec un médoc contre la fièvre et un antidouleur. J'effectue des tests, je farcis de mon aspirine de pauvres migraineux du tiers-monde, ou de je ne sais quelle Lituanie à la noix, et il s'avère que mon truc fonctionne. Cool, mais je suis une multinationale rendue dingue par l'avidité, j'ai rendu mon processus d'analyse secret comme la putain de CIA, alors j'informe le monde des effets antimigraine de mon machin et c'est tout. Et cela, bien que j'aie eu dans mon échantillon des personnes très différentes. Des jeunes, des vieux, des diabétiques, des cardiaques dont j'ai testé le sang en boucle, auxquels j'ai mesuré la tension, et cætera. Si je publiais toutes ces données, elles pourraient être analysées par quelqu'un qui travaille dans un autre domaine que moi. Et il découvrirait quoi ?

Tout le monde à bord avait des manières de maîtresse de primaire. C'était aussi adorable qu'agaçant.

— Que c'est surtout un médicament cardiologique qui raréfie le sang ?

— On appelle ça un anticoagulant, mais bravo, oui, veuillez remettre une bite bien saine à cette dame en récompense. Ça me fout en rogne parce que les types qui testaient les Couilloprans et les Pénisétines de tout poil avaient des patients soit âgés, soit souffrant d'Alzheimer, soit atteints d'une autre forme de démence sénile. Si j'avais pu parcourir ces données brutes, je n'aurais peut-être pas été obligée de tirer sur la maladie de la pauvre Julieta avec des balles à blanc. Mais non, ils préfèrent passer tout ça au broyeur pour éviter qu'un autre puisse s'enrichir dessus. L'avidité a mené ce monde au bord de l'anéantissement et l'avidité nous pousse maintenant à faire ce dernier pas. Au fond, à quoi bon s'énerver ? Je devrais plutôt m'acheter du pop-corn et regarder tout ça exploser.

Zofia hocha la tête, car Lana s'était emballée et, face à son juste courroux, on ne pouvait qu'acquiescer.

— Il se peut que le médicament contre l'Alzheimer ait été inventé depuis belle lurette, mais personne ne l'a remarqué parce qu'il a été testé en tant que diurétique ou inhibiteur de protéase. Il se peut qu'on ait analysé une préparation d'insuline et qu'elle ait été balancée à la poubelle parce qu'elle n'a pas donné de bons résultats contre le diabète, alors que l'un de ses effets secondaires est de briser les plaques de sclérose. Le cerveau est une matière délicate et mystérieuse, on devrait vérifier par défaut, au cours de n'importe quel test, ce qui se passe à l'intérieur. Le propranolol a été inventé en tant que bêtabloquant dans les années 1960, c'était un tel tournant dans le soin des maladies cardiovasculaires que Black a reçu le Nobel pour ça. Le hic, c'est que le propranolol, en bloquant l'adrénaline et la noradrénaline, avait de curieux effets secondaires, des artistes et des sportifs ont commencé à en prendre pour combattre le trac. Et puis, les militaires s'y sont intéressés parce qu'ils étaient harassés par l'avalanche de dépressions et de suicides liés au trouble du stress post-traumatique. Et si on bloque l'adrénaline, on bloque aussi l'assemblage des souvenirs dans l'hippocampe parce qu'elle en est un élément important et…

Zofia fut prise au dépourvu lorsque Lana DuPrey s'arrêta brusquement de parler et fondit bruyamment en larmes.

— Excuse-moi, gémit-elle, mais il est si facile d'oublier l'être humain dans ces labos. Nous voyons les patients comme je ne sais quels spécimens, mais maintenant que je te parle, je songe à Julieta et… excuse-moi…

Zofia ne savait plus comment se comporter face à l'épanchement soudain de la scientifique, alors elle la prit dans ses bras et attendit qu'elle finisse de sangloter.

— Qu'est-ce qui se trouve à l'étage le plus bas, au juste ? demanda-t-elle, un peu pour changer de sujet et un peu dans l'espoir d'exploiter le moment de faiblesse de Lana pour lui soutirer des informations sur ce lieu qui ne lui avait pas encore été montré, et qui n'était même jamais évoqué en sa compagnie.

Il contenait certainement une réserve de brosses et de gants jetables, mais la curiosité de Zofia avait transformé le dernier niveau du girolab en aile mystérieuse d'un château de conte de fées.

— Chez les filles ? demanda Lana.

— Exactement. Tout le monde dit « chez les filles », mentit aussitôt Zofia, mais je ne les ai jamais rencontrées.

— Il faudrait que tu en parles avec Bogdan.

Lana se crispa dans ses bras, puis elle se libéra, se redressa et s'essuya les yeux.

— Tout est BSL-3 là-bas, précisa-t-elle, c'est-à-dire plein de sas, de barrières laminaires et de combinaisons étanches. Surtout pour les femmes.

— Pour les femmes ?

— Je veux dire, pas pour toutes, bien sûr.

— Et pourquoi un tel degré de sécurité ?

— Chaque labo doit disposer de ce genre d'espace. Après tout, nous travaillons avec des pathogènes dangereux ou potentiellement dangereux. Pose la question à Bogdan, il va certainement t'expliquer.

— Bien sûr, je lui demanderai.

Et ne va pas croire, sale conne, que je n'ai pas remarqué ton cirque, ponctué par une fontaine de larmes, lorsque tu as évoqué par mégarde la maladie de mon mari, se dit Zofia en adressant un sourire cordial à la Canadienne.

# Chapitre 11

# Une si belle pandémie

*Nous devrions nous débarrasser d'elle • Un sous-marin orange • La Farfalle, patronne des orgasmes intenses • Grand maître • Une épidémie de longévité • Ferme-la, bouffe un antidouleur et tiens le coup • Un jouet tout droit sorti des pornos les plus sombres • Un projet satanique • Personne ne se soucie réellement de la planète • Le fondement de l'humanité • Et qu'est-ce que tu vas faire ? Me jeter par-dessus bord ?*

**1**

Ils étaient venus là un jour par hasard, après la mort inattendue et particulièrement moche de l'une des filles. Ils avaient besoin d'air et d'espace, ils avaient aussi besoin de solitude, alors, profitant de leurs badges qui ouvraient toutes les portes, ils étaient montés sur le promontoire à l'avant du bateau, entre les antennes, les treuils des chaînes d'amarrage et les rouleaux d'épais cordages. Un calme surprenant régnait ici, le rebord d'acier les isolait du vent et l'immense trappe qui menait aux entrailles mystérieuses du bateau faisait parfaitement office de banc. Assis sur ce siège, ils avaient l'étrave briseuse de vagues derrière eux et, devant, la vue sur le pont, la superstructure et l'horizon qui montait et s'affaissait au gré des remous, séparant d'un trait tranchant la mer du soir d'un ciel pâle sans nuages. Pas mal, pour une salle de conférences.

— Nous devrions nous débarrasser d'elle, déclara Mireille Zéroual. C'est un risque inutile, rien de plus.

— S'en débarrasser ?

— La jeter par-dessus bord.

— Tu plaisantes ?

— Crime parfait. Faible prix. Élimination du risque.

Bogdan Smuga comprenait, bien sûr, que la Française avait raison. Comme toujours lorsqu'elle énonçait une opinion, car elle passait suffisamment de temps à réfléchir avant de parler pour que ses mots soient définitifs. Si elle n'était pas sûre d'elle, elle se tenait coite. De plus, elle ne plaisantait jamais. Pourtant, en dépit de son infaillibilité, Smuga n'était pas toujours d'accord avec elle.

— On pourrait simplement la renvoyer. Même si les autres l'attrapent, même s'ils la torturent, qu'est-ce qu'elle pourrait bien leur dire ? Elle n'a aucune idée d'où on est, elle n'a vu que quelques labos, nous resterions insaisissables. Quel est le sens de notre combat pour l'avenir de l'humanité si on se met à semer les cadavres de ses représentants aux quatre vents ?

Mireille ne répondit rien. Il la comprenait. Indépendamment des arguments qu'il fournissait, l'analyse initiale de sa collègue restait valable. À quoi bon se répéter ?

— Intégrons-la.

Elle l'interrogea du regard.

— Nous ne sommes pas nés sur une autre planète, Mireille. Nous sommes tous des êtres humains, avec nos qualités et nos défauts, avec nos émotions. Nous avons intégré le projet à différents stades, pour différentes raisons, parfois avec des doutes. C'est une scientifique comme nous, peu importe si elle étudie la culture et non la nature. Elle a trouvé ce qu'aucun d'entre nous n'a été capable de trouver des années durant. N'aurait-on pas besoin de quelqu'un dans son genre ? D'une équipe entière ? Songe à la metformine, à la pénicilline. Quelles autres substances miraculeuses se cachent dans la nature ? Peut-être que des civilisations antiques en profitaient ? Et si les traces de ces molécules demeuraient toujours dans les écrits, dans les peintures et les monuments ?

— *Thulé.*

— *Ad Hitlerum*, contra-t-il.

Ils se turent. Smuga savait que les émotions ne lui permettaient pas de réfléchir sereinement, il savait aussi que Mireille le savait, et cette conscience simultanément lui faisait honte et le rendait furieux. Il se disait qu'il devrait peut-être se lever et jeter la fluette Mireille dans l'océan. Et il ne pouvait supporter l'idée qu'elle sût qu'il était tiraillé par de tels fantasmes, parce que les imprévisibles sentiments humains étaient, au fond, parfaitement prévisibles, surtout pour quelqu'un d'aussi lucide que Mireille. Il cherchait des arguments pour la convaincre, et il bouillonnait de rage de chercher des arguments pour se tromper lui-même, ayant compris que le cours des pensées de sa collègue était l'unique raisonnement juste. Il aurait dû laisser Zofia mourir à Paris. Et même si le fait de l'embarquer pouvait encore se défendre, celui de ne pas la jeter par-dessus bord ensuite ou de ne pas la glisser dans un four avant qu'elle reprenne connaissance, déjà moins.

— Les faits parlent pour eux, déclara-t-il. Nous étions égarés et maintenant, nous multiplions des souches découvertes grâce à elle. Et ce n'était pas la première fois que nous manquions d'une équipe de terrain autre que celle constituée par des laborantins binoclards. On devrait courir ce risque.

Mireille Zéroual détourna la tête de l'horizon et plongea dans ses yeux son regard sombre et maghrébin qui lui rappelait d'autres yeux.

— Mauvais choix.

## 2

Zofia Lorentz contemplait ce même horizon, accoudée dans l'alvéole qui contenait le hublot de sa cabine, et elle se demandait comment s'échapper d'une prison entourée non pas par des kilomètres de barbelés, mais par des centaines de milles nautiques d'eau. Elle dévissa les poignées qui sécurisaient le hublot, ouvrit celui-ci, pénétra dans l'alvéole et passa la tête à l'extérieur, c'est-à-dire en premier lieu un crâne déjà couvert par un duvet équivalent à une barbe masculine de trois jours. Une telle coiffure avait ses avantages : le vent lui aurait certainement soufflé les cheveux dans les yeux, tandis que là, plein confort.

Elle analysa la situation.

Vers le bas, une hauteur de plusieurs étages la séparait d'une eau qui semblait très sombre, très menaçante et très mortellement dangereuse.

En haut à droite, elle voyait un balcon qui dépassait de plusieurs mètres le bord de la superstructure : de là, les officiers pouvaient voir le flanc du bateau, ils en avaient certainement besoin pour manœuvrer et amarrer. Olga lui avait montré cet endroit au cours de sa visite : le promontoire ajouré, balayé par les vents, suspendu au-dessus de l'océan, ne semblait ni sécurisé ni confortable.

À sa gauche commençait l'une des plates-formes qui encerclaient la superstructure, elle contenait une machinerie dont Zofia ne tenta même pas de deviner l'usage : des cylindres verticaux et horizontaux, des cordes, des crochets, des échelles, des leviers. Elle ne pouvait pas croire que quiconque fût capable de s'y retrouver, ce n'était probablement qu'un décor imaginé par des scénographes chargés d'assurer au bateau l'aura d'une magie maritime. Zofia avait aperçu un fatras similaire sur le yacht de son cousin : un millier de cordes, un million de nœuds, et on n'utilisait en définitive qu'une boucle et deux écoutes.

Elle ne pouvait pas kidnapper ce navire. Elle ne pouvait pas sauter dans l'eau.

Elle pouvait aller dîner.

## 3

Olga Gavrilescu s'ennuyait ferme en ce cinq centième jour tout rond à bord du MV *Vincent*. Bien sûr, elle connaissait la nature de son contrat. Bien sûr, elle gagnait en un mois ce qu'un autre capitaine gagnait en six. Bien sûr, elle comptait tenir le coup durant les cent jours qui restaient, puis boire des cocktails ornés de mini parasols pendant les années à venir, naviguer à la voile entre les ports de la Méditerranée, aller au cinéma chaque jour et baiser tant qu'elle porterait dans son sac à main un rouge à lèvres, de la crème pour les mains et un gel apaisant pour vagins enflés. Et elle se débrouillerait peut-être même pour se fabriquer un gamin, allez savoir.

Donc, elle savait se consoler, elle savait justifier les inconvénients et rationaliser les restrictions, mais malgré tout, elle s'ennuyait à mort. Elle avait entendu des histoires de centenaires fringants au département cargo, on lui permettrait peut-être d'y devenir bénévole pendant quelques jours ? Elle jura à haute voix, n'arrivant pas à croire qu'elle venait vraiment d'y songer.

Saint André, patron de la Roumanie, et Vierge Marie, Étoile de la Mer, sainte patronne des marins, faites en sorte qu'il se passe quelque chose sur ce maudit rafiot, qu'on ait une fuite, que le temps se gâte, que les pirates reviennent, qu'un cyclone nous heurte, qu'on repêche un naufragé, que le kraken nous attaque ou que l'antenne du radar cesse au moins de fonctionner. Elle termina sa litanie et regarda son talkie-walkie, s'attendant à entendre le grésillement familier suivi d'un laconique « Nous avons besoin de vous sur la passerelle ».

Rien. Personne n'avait besoin d'elle sur la passerelle.

Mais elle y ferait malgré tout un tour.

Elle quitta sa cabine, ouvrit la porte de la cage d'escalier et sursauta parce que la nouvelle passagère chauve, l'une des scientifiques du département cargo, pâle, l'effroi dans les yeux comme si elle venait de voir le Hollandais volant, faillit l'emboutir.

— Tout va bien ? lui demanda-t-elle.

La femme respirait à grand-peine.

— Moi ? Oui, non, je ne sais pas, je crois, je n'arrive tout simplement pas à respirer et je n'arrive pas à cesser de penser au fait qu'il n'y a que de l'eau autour, et un tel abîme en dessous, et que ce navire, comparé à l'océan, est si ridiculement petit, et s'il arrive quoi que ce soit, nous allons tous mourir, j'ai entendu dire que la mort par noyade est la pire de toutes, et j'ai essayé de me calmer, mais plus je me calme et moins je parviens à respirer.

— Pardon, mais rappelez-moi votre prénom, déjà ?

— Zofia.

— Zofia, est-ce que tu sais quel est le meilleur remède contre la peur ? demanda-t-elle en se disant qu'un cas de thalassophobie, ça restait une distraction somme toute meilleure qu'un cas de mal de mer. Le remède, c'est le savoir. Viens, je vais te prouver qu'on ne craint rien.

La passagère hocha la tête, mais n'avait pas l'air convaincue, ses yeux étaient toujours grands ouverts, elle respirait vite, mais peu profondément.

Olga s'empara de son talkie-walkie.

— Troisième ? Ici la capitaine.

— J'écoute.

— Éteignez le plotter et les radars, nous allons avoir de la visite.

Elle conduisit Zofia à l'étage supérieur et l'emmena sur la passerelle. Dehors, la nuit tombait, l'intérieur de la salle de commandement était plongé dans le noir pour que les lueurs ne gênent pas l'observation de la mer. Une odeur de café fraîchement moulu flottait dans l'air. Olga vérifia attentivement si, en dépit de la carte électronique éteinte et des radars masqués, aucun indice ne permettrait à son invitée de déduire leur position géographique. C'était certainement une précaution inutile : si cette femme avait été héliportée jusqu'ici, c'est qu'elle était probablement davantage dans la confidence qu'elle-même, mais les règles étaient les règles. La latitude et la longitude s'affichaient bien en chiffres minuscules sur la radio, alors Olga décida de ne pas conduire la Polonaise dans ce coin.

— Je vais t'expliquer pourquoi tu ne crains rien, d'accord ?

Zofia hocha la tête, l'effroi dans le regard.

— Est-ce qu'on peut couler un ballon gonflé ?

— Il faut le percer.

— Exact. Notre bateau est un monstre d'acier, on ne peut pas le percer. Il faudrait qu'on heurte la côte à pleine vitesse. Ce qui ne risque pas d'arriver parce que la côte est très loin d'ici et la profondeur si grande que notre échosonde est incapable de la mesurer, tu vois ?

Elle lui indiqua les zéros clignotants sur l'affichage « depth ».

— Nous pourrions chavirer.

— C'est vrai. En supposant qu'il y ait une tempête extrêmement forte, un ouragan plutôt, d'immenses vagues et qu'en même temps, notre moteur tombe en panne. Cependant…

Elle remua la souris pour réveiller l'écran de l'ordinateur.

— … ici, nous avons les prévisions météo de tout le bassin environnant pour les prochains jours. Il n'y a pas de tempête, pas d'ouragan, et le vent ne souffle pas à plus de quinze nœuds. Quant aux vagues, si tu regardes ces petits chiffres, elles ne sont pas plus hautes que trois mètres. Elles pourraient aussi bien ne pas être là. Notre moteur est en excellent état et nos mécaniciens, s'ils le voulaient, pourraient le reconstruire de zéro sans cesser de feuilleter leurs magazines de cul.

Olga ne disait pas toute la vérité. Effectivement, on pouvait réparer la plupart des avaries en mer, on pouvait remplacer la plupart des pièces, mais si quelque chose tombait réellement en panne – or une telle avarie ne survenait jamais par une belle journée ensoleillée –, ça pouvait aller mal. Mais elle estima qu'une vérité partielle était aussi une vérité et qu'après tout, son exposé avait un but thérapeutique, Olga ne formait pas ici ses nouveaux cadres.

— Et si un incendie se déclare ?

— Bien vu. Un incendie est un danger plus grand qu'une tempête ou des vagues. C'est pourquoi il y a des bouches d'incendie et des extincteurs partout, et notre brave troisième officier…

L'homme s'inclina avec grâce.

— … relance des exercices sans relâche, rassemble l'équipage et révise nos équipements de sécurité.

— Des canots de sauvetage ?

Olga pouffa de rire.

— On est au XXIe siècle. Les canots sont restés sur le *Titanic*. Après cette tragédie, on s'est mis à monter toujours plus de canots partout, ce qui n'avait aucun sens, car les statistiques nous enseignent que depuis le début de la marine, plus de personnes sont mortes au cours d'exercices sur des canots de sauvetage qu'il n'y en a eu de sauvées par eux.

— Pardon ?

Zofia fronça les sourcils et Olga Gavrilescu se dit que c'était bon signe. Il valait mieux des rides sur le front qu'une terreur animale dans le regard.

— Toute tentative d'abaisser un canot sur une mer houleuse fait que celui-ci bondit d'abord en l'air, puis retombe, cassant au mieux les os de tous ses passagers et, au pire, se brisant en miettes. Allons faire un tour.

Olga sortit sur l'aile de la passerelle. Elle ouvrit le portillon du palier supérieur qui s'étendait derrière la cheminée et conduisit son invitée deux étages plus bas.

— Il y a des radeaux de survie ici, dit-elle en désignant d'immenses cylindres blancs. Ça ne casse pas trois pattes à un canard, mais c'est toujours mieux qu'un canot. Tu as vu la combinaison de survie et le gilet de sauvetage dans ta cabine ?

— Cette tenue de plongeur en gomme puante ?

— Ce n'est pas très beau, d'accord, mais ce n'est pas non plus une combinaison de plongée. Elle permet de conserver la chaleur du corps, elle flotte et possède un émetteur intégré grâce auquel on peut voir le naufragé sur un radar. Si ça se passe mal, nous jetons les radeaux à l'eau, ils se gonflent tout seuls, et nous, on saute…

— Pardon ?

— Bah oui, c'est quand même une évacuation d'urgence. Je t'explique comment on va survivre si tout part en sucette. Tu ne m'as pas demandé de te raconter des bobards. Du genre nous allons danser une valse durant l'évacuation et siroter du champagne, tandis qu'un charmant valet lacera un gilet de sauvetage en batiste sur ton corps, frôlant délicatement du bout des lèvres ton dos nu. Tu veux que j'enclenche ce disque-là ?

Zofia rit.

— Non, merci. Ça va déjà mieux. Un grand merci. Tu n'étais pas obligée.

— Mais j'en avais envie. Je m'ennuie comme un rat mort. Heureusement qu'on entre en plein cœur d'un cyclone demain… Je plaisante !

— Très drôle.

— Très, non, mais un peu, oui. Viens.

Elle l'emmena jusqu'à la poupe, derrière la cheminée du *Vincent* où, sur un bras articulé, un bathyscaphe orange était suspendu, le nez en avant, une rangée de hublots ronds sur chaque flanc.

— Nous l'appelons le *Lennon*, dit-elle. En souvenir du sous-marin jaune.

— À quoi vous sert un sous-marin ?

— Ce n'est que son apparence. En réalité, il s'agit d'une navette de secours, le top de ce qu'on a inventé dans le domaine. Si les choses se gâtent vraiment, nous montons tous à bord, nous fermons la porte, nous appuyons sur un bouton et hop ! dans l'eau. Le *Lennon* possède un moteur, des réserves d'eau et de carburant, une radio, un radio-émetteur et une connexion satellite. Même un singe débile saurait l'utiliser et si tout part en quenouille, il reste insubmersible. Il suffit de se planquer dedans, de vomir ses tripes et d'attendre les secours. Même la pire des tempêtes finit par s'arrêter.

Olga garda pour elle que cette navette ne pouvait contenir que quarante personnes. La capitaine avait quinze membres d'équipage sous ses ordres, la sécurité en comptait cinq, le cargo, selon ses dernières données, employait dix-huit personnes. Elle n'était jamais informée du nombre et de l'état de santé des patients, on estimait sans doute qu'ils n'avaient pas à être inclus dans les procédures d'évacuation. Dans quelle catégorie était Zofia ?

— Ça va mieux ?

— Tu n'as pas idée à quel point.

La scientifique chauve semblait authentiquement heureuse.

— Je peux te remercier de quelque manière ? demanda celle-ci.

— Tu peux venir boire un verre de vin avec moi et me raconter ton enfance, répliqua Olga. J'imagine que le reste est top secret.

## 4

Marcel Kluzka retirait une grande fierté de son flegme. Il était vraiment difficile de le faire sortir de ses gonds. Or, le calme est une grande qualité chez un soldat. On apprécie la maîtrise de soi chez des gens qui ont accès aux armes et qui s'exercent durant des années à briser efficacement une nuque. Même face aux personnes pour qui irriter autrui était l'unique but dans la vie, Kluzka maintenait l'attitude d'un grand chien tranquille qui n'aboie pas, ne mord pas, ne sautille pas et ne montre jamais ses crocs parce qu'il n'a simplement rien à prouver à quiconque.

Et malgré cela, Ruhsar Varank, le directeur des départements R&D internes et externes de la compagnie, l'agaçait au plus haut point. Il l'exaspérait pour des raisons religieuses. Et il ne s'agissait point d'islamophobie, ce scientifique turc était à des années-lumière de l'islam, de la chrétienté ou de n'importe quelle autre religion normale. En revanche, c'était un pastafarien orthodoxe. Il portait un bonnet en forme de passoire fait au crochet. Il avait des nouilles et des spaghettis tatoués sur les bras. La boule en verre qu'il portait autour du cou contenait un morceau de boulette de viande qui, paraissait-il, saignait chaque année le Jour du Râpage de Parmesan. Et il écrivait des lettres à la direction où il se plaignait d'être persécuté pour sa foi quand on ne lui permettait pas de sortir plus tôt le jeudi après-midi pour la prière des glucides. Il psalmodiait en public des recettes italiennes, il faisait des saluts en direction de Bologne et laissait régulièrement des images saintes de différentes sortes de pâtes avec des appels à la conversion sur le bureau de ses collègues.

Cette semaine-ci, c'était la Farfalle, sainte patronne des orgasmes intenses, protectrice des clitoris et consolatrice des éjaculateurs précoces.

Par son pastafarisme fanatique, Ruhsar Varank précipitait Marcel Kluzka au bord de la folie et, au grand désespoir du Polonais, il s'en rendait parfaitement compte. Depuis que le Turc avait appris que Marcel n'était pas seulement un « catholique polonais », mais qu'il croyait réellement en Dieu, il avait mis un point d'honneur à le pousser à bout et à devenir le premier martyr du pastafarisme. C'est pourquoi Kluzka avait inspiré profondément à plusieurs reprises avant de pénétrer dans la salle de réunions Pasteur, s'attendant à tout, y compris à rencontrer son collègue à poil, vêtu à peine d'une chasuble cousue avec des plaques de lasagnes.

Rien de tel. Ruhsar Varank s'était attablé, un gobelet thermique à la main, et regardait quelque chose sur sa tablette. Sa chemise noire dissimulait sagement ses tatouages. Ses cheveux – sans bonnet-passoire – étaient coiffés sur le côté, il avait l'air d'un milénnial postulant pour un emploi dans un centre d'appel et non d'un missionnaire fanatique du Monstre volant.

— Tout va bien ? demanda Kluzka, s'asseyant face à lui.

— Tout va bien. Et chez vous ?

— Nickel. De bonnes nouvelles ?

— En majeure partie, non.

— Je vous écoute.

Varank posa sa tablette.

— Je vais vous dire franchement que l'idée de couper les financements ne me plaisait pas du tout. J'avais peur des cris de protestation et du lavage du linge sale en public. Je sais que, pour des besoins du PR, nous disposons d'une armée de trolls, de campagnes de désinformation préconçues pour les réseaux sociaux, de juristes, de *slapp suits* et j'en passe, mais si on en venait à un discrédit mondial, alors, comment dire… sans une collaboration étroite avec le monde de la science, nous ne sommes que des vendeurs de crème de venin de serpent. C'est déjà ça, mais ce n'est que ça.

— Il n'y a eu aucun cri pourtant.

— Non, parce que notre projet d'étouffement financier n'a pas marché. Dans tous les labos dont nous ne sommes pas l'unique sponsor, un mystérieux fonds d'investissement a pris aussitôt le relais, il donne exactement ce que nous avons coupé et il en ajoute le double.

Marcel ne s'attendait pas à une telle nouvelle. Il avait sur le bout de la langue que c'était merveilleux pour le monde de la science et pour l'humanité en général, mais il garda cette remarque pour lui. Au sein de cette entreprise, il avait déjà rencontré des personnes qui croyaient en leur multinationale plus ardemment que lui croyait au Seigneur notre Dieu. Il doutait que le Turc appartienne à cette catégorie, mais à quoi bon risquer une confrontation avec un croisé corporatiste ?

— Le fonds en question ?

— S'appelle *Cent Vingt*. Je crois qu'on a besoin de vous et de vos hommes pour établir à qui appartient cet argent. Je peux seulement dire qu'il s'agit d'une fortune colossale et qu'elle est dépensée d'une main légère. Je n'ai pas besoin de préciser que nos chères têtes d'œuf sont furieuses contre nous et qu'elles portent aux nues leur nouveau bienfaiteur. Ce mécène tombé du ciel se réserve certes le droit d'exploiter financièrement les résultats de leurs travaux, mais il n'oblige personne à signer un accord de non-divulgation, il ne censure pas les études et n'oriente pas leur direction. Les seuls paragraphes contraignants du contrat requièrent de respecter les principes éthiques du savoir médical, d'agir en vue de son développement, ainsi que l'obligation de publier toutes les données produites au cours du financement. Franchement, je doute que nous puissions retrouver d'ici peu un pouvoir d'influence au sein de ces institutions.

Kluzka devint songeur. Oui, ce n'étaient pas de bonnes nouvelles. Mais elles n'étaient pas non plus foncièrement mauvaises. Le monde de la science était peut-être en rogne, mais le monde de la science, ce n'était qu'un agrégat de gens avec leurs dettes, leurs dépendances et leurs amants et amantes. Et ces gens-là venaient d'apprendre que quelqu'un offrait une belle somme en échange d'une information. L'obtenir n'était plus une question de prix, mais une question de jours.

— Vous disiez que les nouvelles étaient majoritairement mauvaises. J'écouterais volontiers ce que vous pouvez me dire sur la minorité.

— D'accord. Nous possédons aussi quelques labos, théoriquement indépendants, mais seulement sur le papier car, en réalité, ils nous appartiennent en plein. Nous les finançons à cent pour cent et nous contrôlons les prête-noms qui font office de propriétaires. Ces labos-là, personne ne les sauvera. Par exemple, dans le centre de recherche contre le diabète à Céret, cela impliquerait de mettre soixante personnes à la porte. Cela fait cinquante ans que nous investissons là-bas, les gens ont pris racine, se sont installés avec leurs familles, une troisième génération croît sous nos yeux. Ils ont le couteau sous la gorge.

— Céret ? Ça me dit quelque chose.

— Les Pyrénées ? Picasso ? La céramique ?

Ça fit clic. Marcel en rit. C'était la preuve supplémentaire que Dieu avait de l'humour.

— Je vais m'y rendre. Merci beaucoup pour l'info.

— Il y a autre chose encore.

— J'écoute, répliqua-t-il automatiquement, remarquant trop tard l'étincelle de malice dans les yeux sombres du Turc.

— Depuis que des boulettes végétariennes sont apparues chez Ikea, certains de nos fidèles les incluent dans leur repas traditionnel du samedi soir. Nous avons envoyé des enfants en croisade en Suède, aucun des bambins n'avait plus de dix ans ; nous pensions que seuls des êtres innocents qui jamais de leur vie ne toucheraient à quelque chose de vert empêcheraient ce schisme grâce à leur pureté et à leur résistance aux légumes. Mais non. Le démon du véganisme leur a proposé un falafel, en prétendant que c'était une sorte de boulette de viande. Une partie des enfants…

Rushar retint difficilement ses sanglots.

— … a craqué.

Marcel regarda par la fenêtre, se répétant en pensée : ne réagis pas, ne commente pas, ne remue pas d'un cil.

— Nous n'avons pas eu le choix, il a fallu qu'on leur fasse subir l'épreuve des calories. Celui qui meurt après avoir mangé cent boulettes, celui-là est rappelé par le Monstre auprès de lui, il est donc innocent et pur. Celui qui vomit porte le Mal dans sa chair. Et alors, l'unique solution…

Marcel se leva.

— Merci, monsieur Varank.

Le Turc l'attrapa par la main.

— Marcel, tu ne peux pas fuir ta destinée. J'ai appris ce que ton nom de famille signifiait en polonais. Kluzka veut dire « pâte », n'est-ce pas ? Et tu le sais depuis toujours. Je t'en supplie, Marcel, conduis-nous vers la salvation par les glucides.

## 5

Bogdan fut ravi que Zofia lui propose une promenade sur le pont dans la matinée. Elle avait manifestement repris des forces. Son crâne couvert de crin, au lieu de l'enlaidir, avait monté son charme pugnace de quelques degrés. Smuga peinait donc à dissimuler une réaction banale à des stimuli sensoriels qui inondaient son cerveau de dopamine et d'ocytocine. Non, il n'était pas déchiré par d'obscures passions, il ne se perdait pas en fantasmes idiots, espérant la séduire, tout avait été dit dans ce domaine, mais le simple fait de pouvoir demeurer à ses côtés l'emplissait d'une ondée chaude et agréable.

Et puis, Zofia l'avait surpris.

Ils se tenaient face au soleil, appuyés sur les garde-corps, contemplaient paisiblement la mer, lorsqu'elle posa la main sur la sienne et alors tous ses souvenirs revinrent brusquement, de façon frappante, plus nets et plus poignants que les événements qu'ils évoquaient.

— Bogdan, est-ce que tu es le chef de ce projet ?

— C'est un collectif scientifique…

— Oui ou non ?

Il ne voyait pas de raisons de lui mentir.

— Il faut bien que quelqu'un prenne les décisions. Mais ce n'est pas une dictature, nous sommes organisés en association. Il y a moi, il y a un comité gestionnaire de quelques personnes, mais l'essentiel du pouvoir est entre les mains du collectif.

— Grand Maître.

— Ha, ha.

— Je voudrais poser ma candidature pour un poste.

Il la regarda, étonné. Quelqu'un lui en avait-il parlé ? Impossible. Il n'avait évoqué l'idée qu'avec Mireille.

— Ne me regarde pas ainsi, je ne te demande pas de m'offrir un rein, mais de prendre en considération une collaboration professionnelle. Plus j'apprends sur ce que vous faites, plus j'en entends parler et plus… excuse-moi de le dire, ça risque de paraître prétentieux… et plus j'ai l'impression d'être enfin entrée dans une église où on prêche une doctrine sensée. Je sais, de votre point de vue, je gâche des ressources parce que je suis incapable de décrire le monde avec des équations, mais je pense faire aussi partie de la Science. Je crois à un savoir objectif, à la recherche, à la remise en question, au débat, à la réfutation d'anciennes théories grâce aux nouveaux faits, à la participation à la grande aventure de l'humanité. Et notre récent parcours prouve que vous avez besoin de gens capables de naviguer dans l'héritage culturel. Cette fois-ci, c'était Czerski et Sakhaline, mais combien d'autres oursons anti-Alzheimer existent dans le monde ? Je ne sais pas si j'ai raison, je réfléchis à haute voix, c'est peut-être une bêtise, mais ça serait sympa de faire un truc qui a du sens pour une fois. Or, pour l'heure, je suis au chômage de toute façon.

Il avait envie de la serrer dans ses bras et de l'embrasser en criant « Tu m'enlèves les mots de la bouche ! », mais il estima qu'une telle réaction serait puérile et frénétique. Il n'esquissa donc pas un geste et fixa la mer, essayant de se calmer et cherchant à repousser au fond de lui ce Smuga qu'il ne connaissait pas et qui dansait de joie à l'idée d'avoir Zofia Lorentz pour collègue de travail.

— Tu as raison, dit-il en fin de compte. Nous pouvons comparer notre période de la science moderne à l'époque des grandes découvertes géographiques. À l'instar de Colomb et de Cook qui n'ont rien découvert, mais tout au plus envahi, nous n'avons fait qu'arracher à la nature quelques secrets, et nous croyons que le mérite nous en revient. Ces temps-ci, nous commençons à peine à comprendre que ceux qui ont vécu avant l'époque des Lumières vivaient en accord avec la nature depuis des dizaines de milliers d'années, alors ils ont dû apprendre d'elle beaucoup plus que ce que nous pensons. Il doit en rester des traces quelque part.

— L'Art. Les mythes. Les lieux de sépulcres. Chacune de ces babioles analysées mille fois, mais seulement sous l'angle de l'évolution de la culture.

— Et rarement du point de vue du savoir médical, je sais, j'y ai songé plus d'une fois.

— C'est pourquoi vous avez besoin d'un département culturo-anthropologique.

— Je comprends que tu as aussi des motivations personnelles.

Elle retira sa main.

— Est-ce que je me suis dit que ce serait chouette d'être à la cantine du girolab le jour où Lana dirait « Hé, tu ne vas pas croire ça, putain, je viens de découvrir par hasard une substance qui soigne les malades atteints de troubles de la mémoire » ? J'y ai songé. Mais je me dis aussi que bon nombre de personnes à bord possèdent des motivations autres que la soif d'un développement académique ou le sauvetage de l'humanité. Depuis la première fois où j'ai vu avec quelle ardeur tu luttes pour la longévité, je n'arrête pas de me demander qui tu as perdu. Qui est mort parmi tes proches, Bogdan, pour que ce soit devenu si important pour toi ?

— Tout le monde a perdu quelqu'un, répliqua-t-il. C'est ce qui arrive dans le monde des organismes pluricellulaires. Cela ne rend pas l'un de ces organismes exceptionnel et ne devrait pas représenter une motivation pour quiconque.

Encore un mensonge, se dit Smuga. Celui qui ment avec une telle facilité peut-il chercher la vérité dans d'autres domaines ? Est-ce que ça ne le disqualifierait pas, en quelque sorte ?

— À part ça, je cherche un emploi dans une équipe jeune et dynamique qui garantirait mon évolution personnelle et m'assurerait des possibilités de perfectionnement, récita-t-elle sur le ton d'une stagiaire enthousiaste.

Ça les fit rire tous les deux.

— À propos, est-ce que je pourrais voir ce que devient l'ourson de Czerski ? Je promets de ne pas critiquer la manière dont vous avez traité ce chef-d'œuvre de la culture qui aurait plutôt sa place dans un musée.

Dans le sas sanitaire qui séparait le niveau inférieur du reste du girolab, Smuga aida Zofia à enfiler la combinaison étanche. Il observa au passage une petite cicatrice à l'arrière de son crâne, à un endroit où les cheveux ne repoussaient pas, probablement un souvenir des galipettes de son enfance, et il se demandait si cela valait vraiment le coup. Mireille, Yasutomi, Lana, Andrij – qu'il était sur le point de présenter à Zofia –, tout le reste de l'équipe était arrivé ici à différentes étapes et pour différentes raisons, mais, malgré cela, le *Vincent* fonctionnait comme une machine bien huilée. Ce n'était pas tant une multinationale, dont le ciment incertain de la loyauté était assuré par l'argent, qu'une église – il n'aimait pas cette comparaison, mais c'est encore elle qui illustrait le mieux l'essence des choses –, une confrérie au sein de laquelle la foi fixait un objectif commun. Zofia y correspondait-elle ? Il n'en savait rien. Et il n'avait aucun moyen de le vérifier.

Ils s'acquittèrent du processus de décontamination et pénétrèrent dans le couloir.

— Tout va bien ? demanda-t-il.

— Oui, c'est plus confortable que ce que je croyais. C'est très léger.

— Pas le choix, certains passent plusieurs heures par jour dans cette combi.

Il ouvrit la porte du laboratoire de microbiologie où l'équipe d'Andrij ne faisait en ce moment rien d'autre qu'extraire des bactéries du totem aïnou. Après les présentations, il la conduisit dans une sorte d'aquarium où on avait placé l'ourson découpé en morceaux. Grâce à ce procédé, on pouvait à présent admirer son intérieur et les différentes teintes de vert et de bleu. En revanche, il ne s'agissait plus d'un ourson, mais d'un petit tas de débris minéraux.

— Il contenait vraiment des bactéries ? demanda Zofia.

— Tout un cocktail, répondit Andrij.

Cet Ukrainien petit et fluet semblait souffrir d'hyperactivité, il marchait et tremblotait, zieutait à droite et à gauche comme s'il prévoyait de fuir. De plus, il faisait sans cesse tournoyer un petit Rubik's Cube dans ses mains.

— D'abord, nous avons filé à tout ce petit monde de succulentes friandises pour qu'ils se multiplient. Et maintenant, nous séparons différentes souches contenues dans cette soupe sucrée et nous les multiplions séparément. Il faut que j'obtienne une grande boîte de chacune de ces merveilles, alors seulement, je serai plus tranquille. C'est un matériau biologique fragile, et notre labo est l'unique endroit sur Terre où il existe. Je me fais l'effet d'un protecteur du dernier panda vivant.

Zofia se pencha avec intérêt sur les postes de travail. Dessus, il y avait des boîtes de Petri. Chaque poste était desservi par des gants en caoutchouc pour permettre les manipulations et par des embouts de microscopes.

— Et justement, comment vérifierez-vous que ce truc marche ?

— Le futur simple n'est malheureusement pas un bon temps pour décrire notre travail. Comment allons-nous procéder ? D'abord, nous allons injecter nos bactéries à des rats qui souffrent de démence. Si l'une d'entre elles interrompt la croissance du nombre de plaques amyloïdes ou le baisse, bingo, nous allons nous occuper de ce petit bout de chou précis. Ensuite, en passant au conditionnel, nous pourrions vérifier quelle protéine ou quel acide aminé fabriqué par la bactérie produit cet effet. Après, nous allons étudier les autres effets induits parce qu'il n'y a aucune substance au monde qui ne produit qu'un seul effet. C'est comme dans une voiture, on ne peut pas aller plus vite en consommant moins d'essence et en usant moins la suspension.

Il s'interrompit un instant pour vérifier si son cube était correctement assemblé. Il l'était. Il le mélangea à nouveau, puis revint simultanément à son exposé, à sa gesticulation et à la résolution du jouet.

— Et lorsque nous aurons réussi à prouver sur des rats et des chiens qu'on peut soigner l'Alzheimer sans provoquer en parallèle un cancer du foie, nous entamerons les essais cliniques sur l'homme, en trois étapes. Ça va prendre plusieurs années et, simultanément, nous allons plancher sur la synthèse artificielle de la molécule, unique manière de rendre possible la production de masse. Merci beaucoup de nous avoir ramené du boulot à faire en trois-huit durant la prochaine décennie.

— Et pourtant, vous semblez heureux.

— Apparences trompeuses. Dernièrement, j'ai rêvé que je nageais dans une piscine, ce qui n'aurait rien d'étonnant si ce n'est que j'avais ma combinaison sur moi. Mon cerveau ne me voit même plus sans elle.

— Et après, il se passe quoi ? Soudain, dans toutes les pharmacies, la pilule de la longévité est disponible à la vente ?

Le silence d'Andrij suggéra que c'était à Smuga de trahir ou non ce secret. Celui-ci hésita, mais estima que, premièrement, il y avait une chance que Zofia devienne l'une des leurs et, deuxièmement, ils naviguaient toujours en eaux sûres. Il hocha la tête pour signifier son accord.

— Nous avons une meilleure idée.

— Une pilule accessible dans les stations-service ?

— Encore meilleure.

— L'adjoindre gratuitement à la recette du Coca-Cola ?

— Une pandémie.

Zofia se tourna vers Bogdan avec une demande muette dans le regard, celle d'intervenir si jamais elle devenait la proie des moqueries de scientifiques.

— Andrij ne plaisante pas, la rassura Smuga. Le vecteur de l'acide aminé miracle, si jamais on le trouve, est une bactérie, ce qui nous offre de larges possibilités. Nous pourrions isoler la séquence génétique responsable du codage de notre Molécule 120 et la transcrire dans une autre bactérie qu'on n'aurait pas besoin d'ingérer, mais qui passerait d'homme à homme par microgouttelettes. Pour ça, il suffirait que l'un d'entre nous aille à Heathrow et qu'il la pulvérise plusieurs fois dans l'air. L'humanité, dans son hystérie collective d'un déplacement incessant, ferait le reste.

— D'après nos calculs, une année plus tard, seuls les villages inuits les plus reculés ne seraient pas contaminés. Mais eux, de toute manière, sont déjà assez costauds de base, donc ils ne le remarqueraient probablement même pas.

Sous sa capuche, les yeux noirs observaient attentivement tantôt Andrij, tantôt Bogdan, et semblaient attendre que l'un d'entre eux dise : « On t'a bien eue ! Tu t'es laissé berner ! »

— Vous voulez déclencher une pandémie de longévité ?

— C'est la manière la plus juste, constata Smuga. Ainsi, nous atteignons l'ensemble de ceux qui respirent. Il n'y a pas de barrière du médecin, de la pharmacie, du prix du médoc, il n'y a pas de coûts liés à la production des pilules. Et puis, une substance produite artificiellement devrait être consommée toute la vie pour empêcher le développement de la démence. Ce qui implique une nouvelle barrière des médecins, de la pharmacie et *tutti quanti*. Tandis qu'une bactérie, une fois ingérée, s'installe dans notre microbiome, se multiplie et prend elle-même soin de notre longévité.

— Et si quelque chose cloche ? demanda Zofia. Des pilules, on peut simplement cesser d'en prendre.

Andrij haussa les épaules.

— Premièrement, nos tests, depuis les rats jusqu'à la troisième phase d'essais cliniques sur l'homme, suivent des normes si complexes que toute cette poudre aux yeux financée par les compagnies pharmaceutiques au fin fond de la Roumanie ressemble en comparaison à des mixtures de sang menstruel dans des caves d'alchimistes. Et puis, nous ne sommes pas idiots, nous allons équiper notre vecteur d'une sécurité sous la forme d'une vulnérabilité à un antibiotique populaire, accessible et générique.

— Bah voyons, il suffira alors de vaincre la barrière du médecin, de la pharmacie et du prix du médoc pour l'obtenir. Les habitants d'un hameau zaïrois seront ravis d'apprendre que dans le paquet de la longévité qu'ils n'ont pas réclamé, ils ont reçu une chiasse à vie en prime. Une chiasse à vie jusqu'à leur cent vingtième anniversaire.

Dans le mille, se dit Smuga. Et il comprit que Mireille avait raison. Zofia Lorentz, dans son humanisme, dans sa manie de voir un être supérieur dans chaque habitant d'un hameau zaïrois qui souffrirait de diarrhée, ne les comprendrait jamais. Même si, intellectuellement, elle saisissait que l'humanisme était une religion pire que n'importe quelle forme de terreur monothéiste, car le présupposé humaniste impliquait le suicide de l'espèce entière, même si elle comprenait cela, émotionnellement, elle ne l'accepterait jamais. Et, en cela, elle constituait une menace.

## 6

La tension accumulée dans ses muscles lui faisait mal, tout comme ses neurones à force de construire des mensonges et, après tant de faux sourires adressés à Bogdan et à Andrij, elle aurait eu besoin d'un chirurgien pour remettre ses joues en état de marche. Mais la visite avait eu un résultat inattendu. Les deux scientifiques avaient été si occupés à faire bonne impression sur l'héroïne Lorentz, celle qui leur avait fourni la molécule tant espérée, que leur vigilance avait fini par baisser. Ils lui avaient permis de faire le tour du labo tout en posant des questions absurdes, afin de pouvoir ensuite lui expliquer les choses sur un ton complaisant et paternaliste – et ce, qu'elle le veuille ou non. Le bon Dieu avait récompensé ses souffrances, lui donnant l'occasion de chiper un badge magnétique sur l'un des bureaux.

Après le départ d'Andrij, elle avait espéré que Smuga lui montrerait le reste du « niveau interdit », mais il avait esquivé l'idée à l'aide d'une fable, lui disant qu'il s'agissait surtout d'un dépôt de matières premières. C'était louche, d'autant plus qu'elle n'avait croisé aucune « fille » en chemin. Bien au contraire, l'équipe d'Andrij se composait exclusivement d'hommes.

Elle avait donc quitté son guide, ou plutôt son gardien, dès la sortie et, sous prétexte d'utiliser la machine à café, elle était restée à la cantine du girolab. À présent, elle buvait un cappuccino et se demandait quoi faire. Le badge pouvait n'être qu'un vieux bout de plastique. Il pouvait être déprogrammé en ce moment même, une fois déclaré perdu. Il pouvait n'autoriser l'accès qu'au labo d'Andrij, or retourner là-bas était inutile. Quoi qu'il en fût, Zofia n'avait pas beaucoup de solutions pour le vérifier. Une seule, en fait.

Elle termina son café et descendit d'un pas confiant l'escalier ouvert à tous, jusqu'au niveau inférieur.

L'instant de vérité.

Zofia accola le badge au lecteur, la diode scintilla en vert et lui permit d'entrer dans le sas des combinaisons. Elle en enfila une, traversa la décontamination et se retrouva à nouveau au milieu du couloir laiteux et si futuriste qu'elle crut que des fantassins de l'Empire étaient sur le point de débouler à l'angle. Elle soupira avec tristesse, remarquant à quel point Karol lui manquait – elle commençait même à réfléchir à l'aide de ses irritantes associations d'idées de la pop culture !

Il y avait trois portes à gauche, deux à droite, une au bout du couloir. Sans oublier les toilettes. La deuxième à gauche conduisait chez Andrij.

Hum…

Zofia commença par la porte du fond. Celle-ci était à double battant, plus industrielle, ordinaire, moins futuriste que les autres. Elle s'attendait à ce qu'un couloir en accordéon y soit attaché, mais non, derrière cette porte-ci, elle découvrit un ascenseur en grilles épaisses, l'un de ceux qu'on voit d'habitude sur les chantiers. À travers le plancher ajouré, Zofia découvrit les membrures d'acier de la coque du bateau et des allées disposées entre elles. D'accord, c'était visiblement par là qu'on acheminait l'approvisionnement du girolab et qu'on évacuait les ordures, y compris les biologiques.

Elle retourna dans le couloir et décida de tenter sa chance avec la porte située en face de celle où se trouvait l'ourson en miettes et ses surveillants.

Elle accola son badge. Ça scintilla en vert.

Elle découvrit un cabinet de gynécologie assez moderne, bien que classique : un bureau, une armoire, une couchette, deux fauteuils, un appareil d'échographie. Tout un mur était occupé par une machine de la taille d'un frigo américain hors normes dans lequel on aurait pu ranger une vache entière, et il n'aurait pas fallu pour cela lui ployer excessivement les genoux. Aucune « fille » n'attendait son examen au cabinet, mais au moins, ce lieu leur semblait destiné, c'était toujours un progrès.

Zofia retourna dans le couloir et ouvrit la porte d'à côté.

Et elle vit les filles.

Mais elles ne la virent pas. Depuis le couloir, on pénétrait dans une petite pièce obscurcie, pourvue d'une vitre rectangulaire. Zofia s'imaginait que des pièces similaires permettaient d'observer par des miroirs sans tain les salles d'interrogatoire des commissariats. Derrière la vitre, elle ne découvrit cependant pas une table avec des menottes et deux chaises, mais une grande salle d'hôpital confortable avec quatre lits. Les quatre locataires de la pièce, les « filles », à n'en pas douter, étaient assises par terre et s'amusaient visiblement fort bien en jouant – Zofia observa un instant leur comportement – aux devinettes.

Une fille rousse, la plus âgée, d'environ quarante ans, illustrait un thème sans parler. D'abord, elle déploya sa chevelure de façon coquette, elle mima ensuite la conduite d'une voiture, puis elle monta sur le lit et sauta au sol, avant de se coucher, la langue pendante.

— Facile, chuchota Zofia, *Thelma et Louise*.

Les trois autres filles, plus jeunes, entre vingt et trente ans environ, ne connaissaient visiblement pas cette œuvre cinématographique, car elles haussaient alternativement les épaules ou criaient des suggestions, visiblement fausses, à la femme rousse qui s'exaspérait, secouait les mains et recommençait la même pantomime. Puisqu'elle n'avait pas porté ses fruits la première fois, une telle démarche n'avait ni queue ni tête.

Zofia appuya sur la poignée située à côté du miroir et pénétra dans la salle.

— *Thelma and Louise*, dit-elle en anglais. Je n'en peux plus de vous voir peiner là-dessus.

— Enfin ! cria la rousse. Enfin quelqu'un qui n'a pas terminé son éducation culturelle sur *The Big Bang Theory*. Qui es-tu, génie masquée ?

— Zofia Lorentz, se présenta-t-elle.

Elles écarquillèrent les yeux, aussi surprises que si elle leur avait annoncé être venue pour leur apprendre l'hymne polonais.

— C'est toi qui as ramené la substance !

Elle acquiesça.

— Doux Jésus, tu es une héroïne, tout le monde ne parle que de toi. Tu restes ici ?

— Mesdames, je vous présente la directrice et l'unique employée du département spécial de récupération des substances biologiques.

De combien de temps disposait-elle avant que quelqu'un remarque sa venue ? Combien de minutes avant qu'ils ne débarquent, qu'ils la traînent hors d'ici par les pans de sa combinaison étanche puis la jettent par-dessus bord ? Elle suait comme une limace, mais il fallait bien qu'elle découvre enfin ce qui se tramait ici.

— Et en plus, tu as le droit de venir nous voir, c'est génial. Tu es stérile ?

— J'ai une fille et ça suffit, répliqua-t-elle pour dire un truc et masquer sa surprise.

— C'est comme moi, dit l'une des plus jeunes.

Une Australienne, à en juger par son accent, tatouée et rondelette, qui fit aussitôt un geste en direction de la rousse.

— Trish a trois gamins et n'en prévoit pas davantage. Quant à ces deux autres écoterroristes, elles considèrent que procréer serait un attentat contre la planète.

— Elles ne considèrent pas ça, s'indigna une blonde menue avec une physionomie de garçon, la plus jeune des quatre. Mais elles admettent un fait scientifique. Renonce à la voiture, deux tonnes de $CO_2$ en moins par an. Renonce à la viande, une tonne en moins. Renonce à un enfant, soixante tonnes en moins. Élémentaire, non ? Même si tu élèves un citoyen écolo, lucide, aimant la planète, une personne qui n'utilise que des ampoules basse consommation, celui-ci émettra quand même quatre mille tonnes de $CO_2$ dans l'atmosphère au cours de sa vie. C'est aberrant.

Elles regardèrent Zofia, il fallait donc qu'elle réagisse.

— Ma fille ne mange pas de viande, dit-elle, ce qui eut l'air d'une justification piteuse.

En plus, ce n'était pas la vérité.

— Quel soulagement ! cria la blonde avec emphase. Le monde est sauvé !

Elles s'égayèrent toutes à s'en frapper la panse et Zofia se dit que soit ce fou rire était provoqué par l'isolement, soit ces femmes carburaient à des médocs censés leur remonter le moral. À moins qu'elles aient de l'herbe planquée dans un coin ? Dans sa combinaison, elle n'aurait de toute manière rien senti.

— Non, mais, tranquille, Zofia, on plaisante. Que ta petite vive heureuse et le plus longtemps possible, maintenant qu'elle est née.

— Cent vingt ans, déclara Zofia, ce que les femmes jugèrent digne d'un autre éclat de rire.

— Mais en vrai, reprit Trish, on te remercie pour ce que tu as fait. Tu sais bien ce que ça représente pour tout le monde.

— Et pour nous, ça peut signifier la fin des IVG, soupira l'Australienne. Sérieux, encore un avortement et je crois que je vais me convertir au catholicisme pour en finir une bonne fois pour toutes.

Un autre éclat de gaieté suivit. Zofia riait de façon hystérique pour qu'elles ne remarquent pas ses sanglots de terreur. Soudain, toutes les pièces du puzzle trouvaient leur juste place.

Karol, mon Dieu, Karol, pourquoi n'as-tu pas été là pour me dire à quel point j'étais stupide ?

## 7

L'Institut français d'études du diabète, tant par son nom que par son logo, sous-entendait qu'il s'agissait d'une institution nationale distinguée, financée par le gouvernement, une université ou le ministère de la Santé. En réalité, la maison-mère de l'entreprise conservait cette clinique seulement pour inscrire dans ses communiqués de presse et dans ses publicités des phrases du type « selon les dires du directeur de l'IFED... » ou « les études de l'IFED prouvent que... ». Ces affirmations se traduisaient en centaines de millions d'euros de bénéfices et valaient donc la dépense de quelques millions en frais de fonctionnement. Bien que l'enseigne et le sigle représentent la raison principale de l'existence de cet institut, on y menait réellement des études sur la résistance à l'insuline et on y effectuait les trois phases des tests cliniques des nouvelles substances. Un tel établissement était une exception dans le monde occidental, cela faisait longtemps que toutes les entreprises dignes de ce nom avaient externalisé leurs tests, en payant une fraction de ce qu'elles auraient dû dépenser elles-mêmes et, à tout hasard, en ne posant aucune question sur la localisation des études, les honoraires des participants ou les droits de l'homme sur place.

L'institut de Céret, forcé de fonctionner au sein de l'Union européenne, avait au moins profité de la libre circulation de ses citoyens et recrutait des volontaires parmi les Polonais, les Roumains et les Bulgares restés sans emplois après les vendanges, et comme ceux-ci étaient trop bêtes ou trop paresseux pour décrocher un travail dans le bâtiment, ils étaient des candidats parfaits pour devenir cobayes.

Marcel Kluzka avait pris place au fond d'une cantine d'entreprise, devant un cassoulet fort décent. D'une oreille, il écoutait le monologue larmoyant du directeur de l'institut et, de l'autre, il repêchait des bribes d'une conversation menée en polonais trois tables plus loin.

— … et puis, une tradition longue de cinquante ans ! Même si les gens retrouvent du travail, même si les recherches vont être poursuivies ailleurs, une réputation une fois perdue est perdue à tout jamais…

— … ça ne me bousille qu'un peu le bide, mais je pisse du sang, putain, je te jure, c'est comme si je bouffais tous les jours une soupe de betteraves…

— … bon nombre de tests devront être recommencés depuis le début, y compris ceux en phase trois. Tout ça, alors qu'on pourrait commercialiser nos trouvailles d'ici peu…

— … t'es cramé du ciboulot ou quoi ? Un crétin biélorusse leur a avoué une fois qu'il était tombé dans les vapes, alors ils l'ont foutu à la porte aussi sec. Et trois cents boules par semaine sont parties en fumée, merci, au revoir…

— … rien que le transfert des projets actuels vers d'autres institutions, honnêtement, je ne sais même pas si c'est faisable…

— … l'autre Slovaque tatoué m'a appris comment faire. Il revient chaque année, ce con, et pour lui, tant que ta bite ne moisit pas, tu fermes ta gueule, tu bouffes des cachetons contre la douleur et tu tiens le coup. Mais bon, c'est un putain de dur à cuire de sa mère, ce gars-là, je te jure. Il s'est enfilé une bouteille de Tabasco sous mes yeux comme si c'était de la gnôle, le salopiaud…

— … et si les arguments scientifiques ne vous touchent pas, si les arguments sociaux vous indiffèrent, alors vous comprendrez peut-être au moins, en votre qualité de représentants du genre *Homo sapiens*, que ce que nous faisons ici sauve des vies. Le diabète, ce n'est pas une simple maladie, ce n'est pas une affection quelconque, c'est une épidémie mortelle et nous, nous sommes le barrage qui l'empêche de déferler. Détruire ce barrage, c'est… je ne sais même pas comment appeler ça… c'est un acte terroriste. Vous êtes des terroristes !

Ruhsar Varank termina son plat de linguines aux fruits de mer, ne laissant au fond de son assiette qu'un long filament de pâte disposé en forme de cœur.

— Ramen, dit-il.

Il se pencha dans un salut humble, embrassa le spaghetti et, une fois son acte de dévotion accompli, il repoussa l'assiette.

Pas un muscle du visage de Kluzka ne remua. Le directeur, en revanche, dans le genre Français-provincial-quinquagénaire-ventripotent-au-nez-rouge, contempla le Turc avec l'air d'avoir croisé un fou.

— Même si nous sommes des terroristes, commença Varank sans une once d'émotion dans la voix, nous sommes aussi vos supérieurs. Pire, nous sommes vos propriétaires. Nous pourrions fermer cette boîte dans six mois. Nous pourrions la fermer la semaine prochaine. Nous pourrions même changer les serrures cette nuit, vous foutre à la porte pour faute grave et nous en battre l'œil. Peut-être qu'on finirait par perdre un procès ou deux aux prud'hommes d'ici quelques années et qu'on devrait payer des dommages du montant d'un repas d'affaires de notre CEO. En fait, j'y pense, nous pourrions aussi rendre publiques, pour déconner, les archives de toutes les études foireuses, de toutes les arnaques, de toutes les preuves bidons de l'utilité de nouveaux médicaments, moins efficaces que les précédents, mais promus parce que les vieux brevets arrivaient à échéance. Et nous exprimerions notre étonnement, en tant que maison-mère, d'avoir vu notre confiance bafouée de la sorte. Il n'y aurait pas assez de gommes dans tout le Languedoc pour que vous puissiez expurger vos CV.

— Pourquoi ?

Il n'y avait pas que le nez du directeur qui était devenu rouge. Marcel avait envie de s'écarter, au cas où les vaisseaux sanguins du patapouf viendraient à exploser, mais il jouait son rôle et se cantonnait à farfouiller paresseusement dans son cassoulet. Comme toujours lorsqu'il entamait ce plat, il était rassasié après les trois premières bouchées. Pour qui avait-on inventé ce truc, sérieux ?

Pour les forçats qui pavaient des routes sur les versants des Pyrénées en plein hiver ? Qui, bon Dieu, avait besoin d'autant de calories concentrées dans une seule assiette ?

— Ou, poursuivit Varank, ne prêtant nulle attention au teint du directeur, nous pourrions revenir ici demain matin pour prendre un café ensemble, vous dire cordialement au revoir et remonter à Paris après avoir augmenté de vingt pour cent le salaire de tous vos employés et vous avoir accordé une rallonge de deux millions par an pour vos recherches. Ou cinq ? Au fond, cela dépend exclusivement de mon humeur au réveil. Et ce n'est pas tout. Nous pourrions aussi faire semblant de croire que les Trente Glorieuses n'ont pas connu de fin et qu'il est normal d'avoir une entreprise dotée d'une cantine à la carte, d'une crèche, d'un club de gym et d'une bibliothèque où on organise des rencontres avec des romanciers. Qui est-ce que vous avez invité, dernièrement, déjà ?

— Olivier Norek, un ancien policier, c'était absolument passionnant de...

Le directeur s'interrompit, comprenant trop tard que la question était rhétorique.

— À propos de cantine, je dois avouer que ce cassoulet est excellent, intervint Kluzka. Vous avez de la chance. Vous profitez d'une nourriture exceptionnelle, de l'air frais, des montagnes autour. Vous logez à quelques encablures de la Méditerranée et on peut même faire un saut à Barcelone pour le dîner. Vous vivez dans un conte de fées, directeur. Et vous pourriez vivre ainsi jusqu'à la retraite. Combien de personnes travaillent ici ? Je parle du personnel, pas de ces volontaires héroïques qui crachent leurs tripes.

— Cinquante-six.

— Cinquante-six... répéta-t-il, songeur, comme s'il s'agissait d'un nombre de la Kabbale qui cacherait en lui un univers entier de significations. Une demi-centaine de scientifiques qui s'occupent exactement de la même chose que l'autre secte. Un vivier de diplômés qui exercent dans le même domaine. Vous devez les avoir croisés, c'est obligé. Vos employés les ont vus à des colloques, ils ont bu des coups ensemble, ils ont flirté avec eux, se sont mariés, ont divorcé, ont papoté à n'en plus finir. Les uns ont peut-être tenté de convaincre les autres de rejoindre leurs rangs ou vice versa. Quoi qu'il en soit, l'une de ces cinquante-six personnes doit savoir.

— Doit savoir quoi ? gémit le directeur.

— Où ils sont.

Le chef de l'institut regarda par la fenêtre. On gonflait justement un château-toboggan sur le parking privatif, probablement une attraction du festin de l'Épiphanie en préparation. Tout le monde allait venir avec ses enfants. Ils allaient manger un gâteau des rois en trichant pour que ce soient les bambins qui découvrent les fèves. Son institut, c'était une bonne boîte qui prenait soin de ses employés. Qui sait, une âme généreuse allait peut-être même porter les restes des gâteaux aux héroïques cobayes ?

— Et si je vous disais qu'en dépit des apparences, c'est justement cette secte qui…

— Nous ne vous écouterions pas, coupa Kluzka. Nous reviendrons demain matin, à neuf heures tapantes. À vous de voir si vous allez remettre une lettre de licenciement à vos employés en même temps qu'une part de galette.

## 8

Elle quitta l'antre des filles sur des jambes flagcolantes, maintenant à grand-peine sa prestance, en proie à une telle hyperventilation que la visière de sa combinaison était pleine de buée. Elle se calma un peu dans la pièce d'observation attenante – pendant que la plus âgée des patientes se couchait sur le lit pour illustrer *Le Parrain* – et elle cogitait, comme aurait dit Lisa, à la suite. Premièrement, elle devait sortir d'ici au plus vite. Deuxièmement, elle devait s'échapper d'ici au plus vite.

Le premièrement ne lui posa pas de problème. Elle ôta sa combinaison dans le sas, ouvrit la porte puis jeta le badge par terre, espérant qu'ainsi, on allait le croire perdu et non subtilisé. C'était une piètre mesure de précaution, n'importe quelle conversation avec les filles la démasquerait, mais on était vendredi, Zofia espérait qu'ici aussi durant les week-ends, comme il est de coutume dans les hôpitaux ordinaires, le monde entrait en hibernation.

Par chance, elle ne croisa personne à la cantine qui aurait pu lui demander pourquoi elle dégoulinait de sueur, la démence dans le regard. Elle sortit sur le pont et, sans être importunée par qui que ce soit, regagna sa cabine au niveau C. Elle s'assit sur le lit, persuadée qu'elle allait fondre en larmes, transie de crainte et d'impuissance, mais un tel laisser-aller lui fut interdit par une vieille amie, une compagne qui lui restait fidèle depuis ses années d'adolescente : l'irritation.

Tout le corps de la professeure Zofia Lorentz la démangeait de rage, elle avait envie de se gratter et de se rouler par terre, tel le rhinocéros de la nouvelle de Kipling, afin de se débarrasser de son agaçante fureur. Comment avait-elle pu être aussi bête ? Aussi irréfléchie ? Aussi naïve ? Si incapable d'une analyse critique des faits ? Comment avait-elle pu omettre de douter de tout ce qu'on lui avait dit ? À quel moment avait-elle cessé d'être une scientifique sceptique qui déclare « Je vous croirai quand vous me le prouverez » ?

Putain, putain, putain.

Ma chère rage, s'adressa Zofia en pensée à son émotion favorite, tu ne m'as pas permis de tomber en morceaux, alors maintenant, aide-moi à me sortir de ce pétrin. Amen.

Elle passa le temps qui la séparait du dîner à envisager différents plans d'évasion. Ils se divisaient en mauvais, en effroyablement mauvais et en suicidaires. Ensuite, pour n'éveiller aucun soupçon, elle descendit prendre son repas, avala quelques rouleaux de printemps aux légumes, un curry vert aux crevettes, s'obligea encore à bavarder politique avec Lana comme si de rien n'était, autour d'un café et d'un morceau de cheese-cake à l'américaine, puis retourna dans sa cabine pour y passer une nouvelle fois ses options en revue. Enfin, elle se coucha en programmant son réveil pour minuit.

À son grand étonnement, elle s'endormit en un clin d'œil et se réveilla aussi vite, dès le premier couinement de la montre, vigilante, son pouls aussitôt accéléré, boostée à l'adrénaline. Elle enfila ses vêtements les plus chauds et alla se laver les dents.

— Vite, avant qu'on remarque que ça n'a aucun sens, dit-elle en se regardant dans la glace.

## 9

Plusieurs événements simultanés eurent lieu au moment où Zofia Lorentz se brossait les dents sur le cargo *Vincent* bercé par les vagues, en se tenant d'une main au lavabo.

Un étage plus haut, Olga Gavrilescu achevait sa visite nocturne rituelle de la passerelle. Elle échangea quelque phrases avec le Second qui venait de prendre son tour de garde, vérifia le plotter et les radars, survola la dernière mise à jour des prévisions météo, bâilla et se promit d'organiser des exercices avant que l'équipage ne tombe dans le coma. Elle hésita un instant à frapper chez la Polonaise pour l'entraîner sur le pont en vue d'un papotage nocturne, le temps passé en sa compagnie était véritablement agréable. Elle se demandait si ce n'était pas leur expérience commune de l'Europe de l'Est qui leur avait permis de trouver si vite un langage commun. Elle jeta un œil par-dessus l'aile de la passerelle et vit de la lumière dans le hublot de Zofia, mais estima qu'il était trop tard pour lui rendre visite.

Deux cents mètres plus loin, Bogdan Smuga s'était assis sur la proue du *Vincent*, cette fois-ci sans Mireille Zéroual, son bras droit, et se demandait comment nettoyer le bazar mis par ses mauvaises décisions. Il ne se rendait pas compte qu'en rangeant ses solutions en mauvaises, en effroyablement mauvaises et en suicidaires, il utilisait les mêmes catégories que la scientifique chauve au-dessus de son lavabo, bercée par les mêmes vagues.

Dans le même fuseau horaire, bien que beaucoup plus loin de l'équateur que Zofia et Bogdan, Karol Boznański ne savait pas qu'il entamait sa dernière nuit dans la clinique de soins des troubles de la mémoire *Le Trésor perdu*. En fait, il n'y comprenait plus rien à rien, nourri depuis des mois à un cocktail de médicaments concocté par Lana DuPrey, un mélange qu'on lui avait d'abord passé en douce à la buvette où il achetait chaque matin un cappuccino à emporter, puis dans son « régime box », puis, sans limitation aucune, à la cantine de la clinique où l'unique objectif depuis le début de son séjour était de l'emprisonner et de le farcir de gélules. Il tentait de dormir, mais son cerveau déboussolé dérivait, sautant d'une pensée à l'autre, l'incapacité à maîtriser ce processus éveillait une crainte, et la crainte éloignait le sommeil. Karol Boznański était totalement perdu, très fatigué et apeuré.

Par un grand concours de circonstances, dans la même vallée des Pyrénées, mais plus près de la mer, dans un hôtel de campagne situé aux abords de Céret et dans des chambres séparées, Marcel Kluzka et Ruhsar Varank s'apprêtaient à se coucher.

Le Français turc lisait le dernier Stephen King et sa lecture était perturbée par l'idée que l'établissement qu'il avait visité ce jour-là, ainsi que son lieu de travail en général, ressemblaient à s'y méprendre à l'institut démoniaque du roman d'épouvante qu'il avait entre les mains. Il se rappelait le premier ensemble du petit chimiste qu'il avait reçu à l'école primaire – il lui avait fallu des années pour comprendre que ses parents avaient fourni un certain effort pour faire venir un jeu occidental dans les années 1970 au cœur de son village d'Anatolie. Celui-ci avait éveillé sa fascination pour la science, suivie par le bachotage forcené de biologie et de chimie à l'école, puis ce fut Istanbul, Marseille, les études, le doctorat, une grande opportunité dans une multinationale qui sauvait des vies, l'ivresse des multiples possibilités de carrière, l'argent, encore plus d'argent et encore plus de carrière. Et maintenant, cette pensée : est-ce qu'il ne serait pas devenu, par hasard, un rouage dans un institut tout droit sorti d'un roman d'horreur ? Non pas un scientifique démoniaque, non pas un expérimentateur fou, non pas une infirmière diabolique et encore moins un génie du mal qui tirerait les ficelles, mais un simple rouage, un fonctionnaire banal. Banal. Il avait peut-être fait des études scientifiques, mais même lui connaissait les significations historiques qui se cachaient derrière le mot « banal » depuis les travaux d'Hannah Arendt.

Le Français polonais était assis à la turque, sans se rendre compte de l'ironie de la situation, sur l'immense lit de l'appartement matrimonial qui lui avait échu, et il tentait de se concentrer sur une prière. Ça ne marchait pas fort. Les paroles se dérobaient, des images venaient à la place. Surtout celle de l'échange surpris entre deux « volontaires » polonais. La course-poursuite dans Paris un peu plus tôt, aussi. Une Zofia Lorentz pixélisée qui promettait à son mari de venir le voir, qui se dénudait dans un acte non pas érotique, mais d'intimité entre époux. Soudain, il sentit la morsure de la honte d'avoir surpris cette scène. Il referma son livre de prières. Est-ce vraiment tout ce qui reste de ma conversion ? Suis-je vraiment devenu un catholique polonais qui, avec quelques *Je vous salue Marie*, tente d'apaiser sa conscience ? Qu'était-il donc arrivé à l'homme qui, en Côte d'Ivoire, titubait presque, ivre de foi, grisé par la certitude que la connexion au divin faisait de lui un superhéros ? Il n'avait pas fallu longtemps pour que sa foi devienne pour lui non pas un défi, mais une piètre consolation.

Lisa Tolgfors, en bonne Suédoise qui se respecte, songeait à Alfred Nobel. Elle lisait *Sur les ossements des morts* d'Olga Tokarczuk et se demandait comment l'empereur de la révolution industrielle, le chantre du charbon et de l'acier, aurait réagi en découvrant que le prix qu'il avait fondé avait été décerné à une citoyenne d'un pays qui n'existait pas à son époque, à une pacifiste, une végane et une shamane de l'écologie, une femme qui tentait de sauver l'humanité des méfaits de sa révolution industrielle à lui. Est-ce que le vieil Alfred aurait apprécié l'ironie de la situation ? Lisa grimaça. Parmi les Suédois, l'ironie n'existait qu'en doses homéopathiques, et, la voleuse le savait de sa propre expérience de vie, quand on fréquentait les bonnes familles scandinaves, il était plus probable de se faire bouffer par un braque au cours d'une chasse que d'entendre une bonne plaisanterie.

Elle ne parvenait pas à se concentrer sur sa lecture. Elle reposa son Kindle, puis sortit son téléphone pour regarder le temps qu'il lui faudrait pour rejoindre les Pyrénées en voiture.

Martin Meller, comme souvent durant la nuit, demeurait suspendu en dehors de l'espace et du temps, regardait les étoiles et remarquait que s'il ne clignait pas des yeux assez longtemps, il était capable de percevoir leur mouvement sur le ciel nocturne, qu'elles se déplaçaient davantage à la vitesse de l'aiguille des minutes que de celle des heures. Et s'il se tournait vers l'horizon ouest, il était en mesure d'observer les couchers successifs des étoiles, c'est-à-dire, de fait, des couchers de soleil. Soudain, ce mouvement lui parut très brutal, jurant avec la lente dignité de l'univers. Il se mit à effectuer des calculs. Si l'équateur faisait quarante mille kilomètres, cela voulait dire que la planète tournait à une vitesse de mille cinq cents kilomètres par heure. Et à quelle vitesse filait-elle à travers le cosmos ? Il se concentra. Il ne connaissait pas la longueur de l'orbite terrestre, mais la lumière du soleil atteignait la Terre en huit minutes, la vitesse de la lumière étant de trois cent mille kilomètres par seconde, soit dix-huit millions de kilomètres par minute, alors – il plissa les paupières et jongla dans sa tête avec les zéros, la formule du rayon d'un cercle et, pour simplifier, il omit d'admettre que l'orbite était elliptique – la planète devait parcourir près d'un milliard de kilomètres par an, soit trois millions par jour. Tabarnac ! Il en conclut que la Terre filait dans le vide à une vitesse de cent mille kilomètres par heure, tout en tournoyant comme une toupie démente autour de son axe à mille cinq cents kilomètres par heure.

Est-ce qu'on ne risquait vraiment rien à faire ça ?

## 10

L'expérience de Zofia Lorentz des sports nautiques se résumait à quelques longueurs effectuées dans une piscine ou au barbotage à la plage, elle avait traversé plusieurs fois la Baltique à bord d'un ferry et la pratique de la voile consistait pour elle à trouver cette place sur le pont où les voiles ne masquaient pas le soleil. Elle avait conscience que des dispositifs de sauvetage se trouvaient sur ces ferrys et ces yachts, comme c'était le cas dans les avions, tout comme elle savait qu'elle transportait un extincteur et une trousse à pharmacie dans le coffre de sa voiture, mais ce n'étaient pour elle que des gadgets obligatoires en cas d'un contrôle de police.

À présent, elle se répétait en boucle que tous ces moyens de secours maritimes devaient avoir été conçus afin que n'importe quel retraité américain à bord d'un bateau de croisière dans les Caraïbes soit capable de sauver sa peau sans disposer d'un master et de trois doctorats. Ils devaient être faciles à manier et intelligibles, y compris pour un idiot. Malheureusement, se le répéter en boucle n'améliorait en rien sa situation.

Elle étala sur le sol de sa cabine le gilet de sauvetage et la combinaison extraite de sa housse. C'était un vêtement en mousse, rosâtre, d'un seul tenant, tout droit sorti d'un obscur film porno. Le gilet, c'était une montagne de dés en polystyrène enveloppés dans du tissu orange. Différencier le devant du derrière et le haut du bas lui paraissait impossible.

Son plan de fuite désespéré impliquait l'enlèvement de la navette *Lennon* suspendue à la poupe. Olga lui avait expliqué que ce machin était un bathyscaphe hermétique. Cela voulait-il dire pour autant que Zofia pouvait y monter simplement comme ça ? Et si la structure était endommagée ? Et si elle avait des fuites ? Que se passerait-il si jamais elle ne parvenait pas à en refermer la porte ? Zofia craignait la noyade. Elle avait lu dans un roman policier qu'un noyé était conscient jusqu'au bout, quand il inspirait de l'eau dans ses poumons et mourait dans l'effroi et d'atroces souffrances.

En réalité, si ça ne marchait pas avec la navette, il lui faudrait fuir dans un radeau. Et ceux-ci n'étaient certainement pas hermétiques. Donc, Zofia devait enfiler un truc.

La combinaison paraissait plus adaptée, car elle protégeait aussi de l'eau froide. Quoique, dans un autre roman policier, Zofia avait lu que la mort par hypothermie était agréable et paisible : d'abord, on tremblait un peu de froid, puis on ressentait une chaleur plaisante, puis on s'endormait et c'était plié.

Mais la combinaison permettait-elle de flotter en plus de protéger du froid ? Dans ce cas, Zofia devrait disposer de la combinaison et du gilet. À quoi lui servirait le confort thermique si elle basculait hors du radeau et coulait comme une pierre ?

Elle ferma les yeux.

Chère Zofia, se dit-elle en son for intérieur, arrête de raconter des bêtises et casse-toi d'ici.

Elle dévissa les poignées qui maintenaient son hublot en place et regarda dehors. La nuit était paisible, agréable et chaude. L'océan berçait le navire paresseusement. On ne voyait nulle ride sur les longues vagues éclairées par la lueur de la lune. L'unique brise que Zofia sentait sur le visage, c'était celle provoquée par le déplacement du bateau. Elle regarda en haut : il n'y avait personne sur l'aile de la passerelle.

C'était maintenant ou jamais.

Le niveau de la navette et des radeaux de sauvetage se trouvait un peu plus bas, ce qui n'aurait pas constitué un grand défi si Zofia avait simplement pu glisser hors de sa fenêtre et sauter dessus. Mais si elle faisait ça, elle chuterait d'une hauteur de plusieurs étages et tomberait à l'eau. Les galeries qui entouraient la superstructure commençaient à trois mètres de son hublot en direction de la poupe. Trois mètres – c'était à la fois peu et beaucoup.

Elle tendit l'oreille un moment pour vérifier si quelqu'un traînait sur le pont, puis elle roula la combinaison en boule et la jeta en biais vers le pont. Le vêtement se déroula en vol, se bloqua sur le garde-corps un instant, puis plana majestueusement vers l'océan. Zofia le vit flotter encore un instant, les bras et les jambes écartés, et se mettre à clignoter de sa loupiote d'alerte, avant de disparaître derrière la poupe.

Bon, au moins, je sais que ces combinaisons flottent, se dit Zofia.

Elle noua donc fermement le gilet avec ses sangles, afin de créer un paquet compact, et ne le jeta qu'après l'avoir fait. En visant juste, cette fois. Le balluchon rebondit trois fois sur le pont métallique et s'immobilisa à côté d'un radeau.

Zofia tendit l'oreille pour s'assurer que personne n'avait activé d'alarme après avoir aperçu la combinaison clignoter, mais non, le calme et le silence régnaient en maîtres. Enfin, elle comprit qu'elle ne pouvait plus attendre. Elle rampa en arrière hors du hublot et, l'instant d'après, elle était suspendue au-dessus de l'océan, collée au flanc du cargo.

Elle s'agrippait au rebord, voyait l'intérieur chaud et sécurisé de sa cabine et avait très, très envie de ramper à nouveau dedans. C'était sa dernière chance de faire demi-tour, d'oublier l'affaire et de concevoir un plan moins suicidaire, mais Zofia décida de ne pas profiter de cette chance. Elle écarta sa jambe droite et réussit à poser le pied sur une petite lampe enfermée dans une grille de fer. Puis elle s'obligea à lâcher le rebord de la main droite et à attraper un tuyau fin qui courait le long de la superstructure, certainement une évacuation d'eau. Elle se hissa un peu. Le tuyau ne semblait pas solide, mais il tenait. Sur un cargo océanique, elle se dit que tout devait être correctement fixé. Elle soupira, lâcha le rebord de la main gauche et s'accrocha au tube.

À présent, elle se tenait à deux mains au tuyau qui courait un peu au-dessus de sa tête et, d'un pied, elle maintenait son équilibre sur le boîtier de la lampe. À sa gauche, elle laissait le hublot de sa cabine, à droite, un morceau de mur lisse filait jusqu'à la coursive du pont et, en dessous, une quinzaine de mètres de vide la séparaient du sombre océan.

— Bordel de merde, chuchota-t-elle.

Elle n'aurait pas réussi à faire un pas assez long pour atteindre le garde-corps. Il fallait donc qu'elle se déplace rien qu'à la force des bras, les jambes dans le vide. Pas sur une longue distance, certes – deux mètres, sur un terrain de jeu pour enfants, cela aurait constitué l'une des attractions les plus accessibles. Elle déplaça ses mains et enleva le pied de la lampe. Ça y était, elle était suspendue. Précautionneusement, mais à une allure décidée, pour ne pas perdre de force, elle glissa en direction du pont. La chose n'était pas difficile, Zofia eut l'impression que le mur n'était pas vertical, mais légèrement oblique, lui facilitant la manœuvre.

Puis, soudain, il devint vertical.

Puis il s'écarta de la verticale et Zofia se retrouva suspendue dans le vide, les jambes agitées au-dessus des flots.

Tiens le coup, se dit-elle en pensée, tiens le coup, le navire s'est penché sur un flanc, il va se pencher sur l'autre d'ici peu, l'océan ne cessera pas soudain de produire des vagues.

Et c'est ce qui se passa. Lorsque le bateau se pencha sur l'autre bord, Zofia parcourut le dernier mètre, sauta sur la coursive et laissa enfin échapper l'air de ses poumons. Elle ramassa prestement le gilet de sauvetage et se cacha derrière l'angle de la superstructure, près de l'entrée du « sous-marin orange ».

La navette avait été montée derrière la poupe du *Vincent*, sur une grue spéciale, penchée à un angle de quarante-cinq degrés, le museau vers le sillage du navire. Petite en comparaison du cargo, suspendue haut au-dessus de la surface, la navette plastique évoquait davantage à Zofia une torpille qu'un équipement de secours. Elle avait craint que l'accès en soit gardé par des cadenas ou des serrures numériques, mais non, il suffisait de tourner deux poignées pour que la porte s'ouvre. Un relent de renfermé plastifié s'en échappa. Ne voulant pas passer plus de temps qu'il ne fallait à un endroit où l'on pouvait la surprendre, elle n'enfila pas le gilet et le jeta dans la navette. Zofia ne croyait pas que quelqu'un remarque son absence à cette heure de la nuit et, une fois dans le bathyscaphe, elle devrait avoir le temps d'enfiler le gilet et de comprendre quel bouton servait à quoi avant d'activer le levier rouge. Avec un peu de chance, elle y trouverait une machine qui lui indiquerait sa position géographique et, avec une nouvelle dose de chance, elle en déduirait la direction à prendre. Tout cela, en supposant que le *Vincent* ne se trouvait pas au milieu de l'océan. Ça l'aurait étonné, des oiseaux tournaient régulièrement autour du navire et puis, s'ils avaient été transportés jusqu'ici en hélicoptère, ils devraient se trouver assez près de la côte pour qu'un plein suffise pour l'aller et le retour. Mais quelle côte était la plus proche ? Zofia disposait de quelques indices. Ils avaient quitté la France à bord d'un avion des Médecins sans frontières qui avait peut-être mis le cap sur une ancienne colonie française. Elle avait noté que, en dépit d'un hiver calendaire, le jour et la nuit avaient presque la même durée par ici, donc ils devaient se trouver non loin de l'équateur. Cela laissait malgré tout la moitié de la planète à disposition : la Côte d'Ivoire et ses environs, le large de l'Indochine, de la Guyane, de Djibouti. L'intuition lui soufflait cependant qu'il s'agissait de l'Afrique.

Elle posa la main sur la tranche de la trappe.

Et s'il n'y avait aucune radio ni émetteur à l'intérieur ? Le *Vincent* s'éloignerait et elle crèverait de faim et de soif. Et si le cargo faisait demi-tour pour l'emboutir ? Elle mourrait dans un cercueil en plastique aplati ou serait hachée menu par l'hélice.

Il n'y avait qu'un seul moyen de s'en rendre compte.

Elle pencha la tête, fit un pas vers l'intérieur et, au même moment, une main l'attrapa par la tranche de son pantalon et la tira brutalement en arrière. Zofia chancela et chuta, se cognant douloureusement les fesses contre le pont en acier.

— Tu as perdu la tête ? lui demanda tranquillement Bogdan Smuga.

## 11

Lisa Tolgfors pianotait du bout des doigts le comptoir de l'unique agence de location de voitures ouverte à cette heure à Strasbourg, attendant qu'un ado ensommeillé et couvert d'acné apprenne à viser correctement les touches de son ordinateur – c'était visiblement l'une de ses premières fois. La voleuse ne comprenait pas pourquoi elle se comportait de manière irrationnelle. Elle ne devait pas prendre de risques en louant une voiture. C'était clair. Elle ne devait aller nulle part, c'était encore plus clair. Et aller chercher Karol et se montrer par la même occasion à tous ceux qui voulaient lui mettre le grappin dessus était certainement la dernière chose à faire.

Mais elle ne pouvait pas faire autrement. C'était comme elle l'avait expliqué à Zofia quelques semaines plus tôt : parfois, on fait ce qu'on doit, parfois ce qu'on veut et parfois, on fait la chose à faire. Lisa appréciait trop Zofia et Karol, elle avait traversé trop d'épreuves à leurs côtés et encourageait trop leur amitié et leur amour pour conclure que cette affaire ne la concernait pas.

— Est-ce que vous voulez voyager en toute sécurité, sans vous préoccuper de vos crédits personnels, avec notre garantie Méga Quiétude en promotion ?

— Et ça me permettra d'obtenir les clés plus vite ?

— Je ne crois pas. Il y aura un formulaire de plus à remplir.

— Alors non.

Ça ne venait pas seulement du fait que, malgré ses convictions et ses principes, elle s'était rapprochée de Zofia et Karol quand ils s'étaient mis en quête d'un tableau de Raphaël disparu. En réalité, même si elle croisait sincèrement les doigts pour la réussite de leur union, la moitié de ce couple original et mal assorti s'était muée en fantasme d'homme avec lequel il serait agréable de cuisiner un *glögg* l'hiver. Eh, elle était vieille et bête…

— On dispose aussi d'une garantie Max Quiétude, au même prix que la Méga Quiétude, mais sans inclure le pare-brise. En revanche…

— Jeune homme. Passons un marché. Tu as tes besoins, j'ai les miens. Je vais te montrer mes nichons et je vais te laisser les prendre en photo avec ton portable, à condition que je quitte cet endroit, les clés à la main, d'ici une minute. D'accord ?

Le jeune homme la fixa si longuement qu'elle faillit croire qu'il n'avait pas compris sa proposition, mais il finit par ouvrir un tiroir.

— Une Citroën C4, ça va ?

## 12

Il tendit la main pour l'aider à se relever, mais elle grogna de rage et se remit debout en luttant contre l'envie de masser ses fesses endolories.

— Je répète ma question. Tu as perdu la tête ?

— *Dixit* le Dr Mengele.

Smuga soupira. Il referma la trappe de la navette de secours et s'accouda au garde-corps. Zofia se dit que cette confrontation aurait dû se jouer en pleine tempête, avec le hurlement d'un ouragan en fond sonore, sans oublier l'assourdissant fracas des vagues. Cette nuit paisible et chaleureuse ne garantissait pas une dose adéquate de tension dramatique.

— Zofia…

— Professeure Lorentz.

— Comme tu veux. Professeure Lorentz. Je comprends que vous assembliez différentes pièces du puzzle dans votre tête et que l'image qui en ressort, c'est que je suis un nouveau Dr Mengele. Mais posez-moi des questions, je répondrai à chacune d'entre elles. Je pourrais vous présenter mes excuses pour ne pas l'avoir fait plus tôt, mais je n'ai pas de remords. Il s'agissait d'une décision lucide et logique.

— Est-ce que tu m'as fait mettre à la porte du musée ?

— Tu sais, je veux dire, vous savez que, compte tenu de la situation politique actuelle, votre licenciement n'était qu'une affaire de temps, mais oui, j'ai accéléré le processus.

— Benedykt Czerski fait vraiment partie de ta famille ?

— Non.

— Est-ce que mon mari souffre d'un truc que vous lui avez donné ?

— Oui.

— Est-ce que toute cette clinique dans les Pyrénées est une fumisterie ?

— Non, mais le médecin-chef est un membre de notre organisation.

— L'œuf de Fabergé ?

— Un faux.

— Est-ce qu'il y a au moins un truc, dans tout ce que j'ai appris, qui soit vrai ?

Bogdan haussa les épaules.

— Tout le reste.

Zofia pouffa de rire.

— Et donc quoi ? Tu veux toujours me faire croire que vous cherchez à créer une pilule de longévité ?

— Certainement.

— Et pas à déclencher une pandémie mondiale de stérilité, par hasard ?

— Ça aussi. Mais personne ne prétend que l'un exclut l'autre. Nous voulons déclencher une épidémie de longévité dont un effet secondaire sera la stérilité. Ni le premier ni le second des effets ne fonctionnera sur la totalité de la population, mais nous estimons qu'ils toucheront quatre-vingts pour cent des personnes exposées au pathogène.

— Vous emprisonnez des femmes ! Vous menez des expériences sur elles, vous les contaminez, vous les stérilisez. Ne vois-tu donc pas que ça ressemble aux pages les plus sombres de l'Histoire ?

— Nous n'emprisonnons personne. Bien au contraire, nous devons sans cesse refuser des volontaires issues du monde de la science qui ne veulent pas avoir d'enfants et sont prêtes à risquer leur vie pour le bien commun.

Zofia émit un rire hystérique.

— Mais dans quel but ? Quel est ce projet satanique ?

— Je n'y vois rien de satanique, répliqua Smuga, manifestement vexé. Bien au contraire, ce projet a pour but de sauver l'humanité. Le choix qui s'offre à nous aujourd'hui, c'est soit de sauver les hommes, soit de permettre aux choses de poursuivre leur cours au rythme actuel, ce qui mènera invariablement à l'anéantissement de l'espèce *Homo sapiens*. Peut-être pas à son anéantissement complet, mais l'engrenage présent inclut des guerres, y compris nucléaires, et provoquera l'interruption de la continuité culturelle et civilisationnelle. Tout ce que nous avons accompli jusque-là sera irrémédiablement perdu. Et cela dans le sang, dans les larmes et la douleur parce que les conflits d'accès à l'eau potable et à la nourriture, ce ne seront pas de cordiales discussions entre intellectuels. Les gens assassineront leurs voisins pour un puits, les parents mettront à mort leurs enfants pour de la nourriture, les gangs des forts vont terroriser et emprisonner les faibles pour que ceux-ci cultivent des carottes radioactives sur les rares parcelles de terre où l'hiver nucléaire le permettra encore. Et tout cela n'aura pas lieu un jour, dans un futur lointain, mais sous nos yeux, de notre vivant. Les pronostics les plus pessimistes quelques années plus tôt sont les plus optimistes aujourd'hui, le rythme des changements surprend tout le monde.

— Je n'y crois pas, dit-elle.

Zofia sentit soudain que les forces lui manquaient. Quelle absurdité. Elle menait une vie paisible, occupait un emploi de fonctionnaire, jouissait de renommée, de célébrité même, vivait avec un mari adorable et une fille géniale. Comment se faisait-il que, quelque part au milieu de l'océan, à côté d'un bathyscaphe à l'allure de sous-marin jaune issu d'un disque des Beatles, elle respirait maintenant des effluves de gasoil et discutait avec un crétin fini qui planifiait un dépeuplement mondial ?

— Je n'arrive pas à croire que vous voulez sacrifier l'humanité pour la planète.

— Pardon ? Mais qui parle de la planète ?

— Vous. Vous voulez sauvegarder la Terre, la Nature, Gaïa, ou peu importe comment vous l'appelez dans vos chapelles de forcenés en sirotant vos cocktails de sang menstruel mélangé à du venin de méduses.

— Chère Zofia…

— Professeure Lorentz.

— Professeure Lorentz, respire un bon coup, écoute-moi et réfléchis. Premièrement, personne ne lutte pour la planète. Celle-ci a quelques milliards d'années et s'en fout de nous. Nous ne pouvons ni l'aider ni lui nuire. Le prochain truc qui va l'affecter, c'est de se faire calciner par le soleil dans cinq milliards d'années. Le fait que l'une des espèces qui vit dessus lui ait gratté un peu de matière sous un ongle, avant de s'anéantir en compagnie de quelques autres bestioles, importe aussi peu à Gaïa que toi, tu es préoccupée par un furoncle dans ton dos. Ça te gratte deux jours et ça passe. Je ne crois pas aux balivernes écologiques sur la sainte biodiversité parce qu'elle présuppose avec arrogance que la nature de notre époque a atteint son summum. C'est faux. Il y avait des dinosaures, maintenant il y a des mammifères. Dans quelques millions d'années, il y aura des oiseaux qui parlent ou des grenouillo-poissons. Il y a la grande barrière de corail, il y aura des arbres intelligents qui s'uniront dans des mariages millénaires. Je ne le dirais pas à la télé, mais je m'en branle des koalas, de l'Amazonie et des rhinocéros blancs. Ce qui m'importe, c'est ma propre espèce, c'est-à-dire l'Homme. Je veux que l'Homme s'en sorte. Parce que c'est vraiment une espèce à part. La seule qui crée. Toi, plus que tout autre, devrais le comprendre.

— Et tu sais comment nous sauver ? demanda-t-elle, acerbe.

— Je le sais.

— Tu as trouvé la solution finale à la question humaine.

Les yeux de Smuga s'assombrirent de rage et Zofia recula d'un pas. Pour la première fois, elle se dit que le paisible Bogdan Smuga n'était paisible que par choix, et que c'était un roc, en réalité. Soudain, elle vit en lui un mâle puissant.

— Je n'y suis pas obligé, grommela-t-il à travers ses dents. Je n'y suis vraiment pas obligé, mais je vais me donner du mal pour t'expliquer des évidences. La planète n'en a rien à foutre de l'Anthropocène et des changements climatiques, mais l'humanité n'y survivra pas. Nous avons produit trop d'armes pour que les guerres pour la nourriture et l'eau potable s'achèvent dans les cabinets des diplomates. On ne peut plus arrêter les changements climatiques. C'est un fait. Même si nous supposions, juste pour les besoins de cette discussion, bien sûr, parce que personne n'y croit, pouvoir nous obliger à une limitation commune et héroïque de notre consommation, alors, compte tenu de la croissance démographique planétaire, nous ne ferions que retarder l'apocalypse d'une cinquantaine d'années. Et nous nous retrouverions au même point, sauf que nous n'aurions plus de quoi nous limiter héroïquement. Le dépeuplement est l'unique solution. Et je suis le seul à garantir sa réalisation équitable et indolore.

— Équitable ?

— Parfaitement aléatoire. Tu as commencé par le Dr Mengele, mais le projet Vincent ne prévoit pas de race supérieure, il ne favorise pas les plus riches, les plus intelligents, les plus blancs, les plus éduqués. Il touche tout le monde. La nouvelle nana de Jeff Bezos sera tout aussi stérile que la jeune Indienne qui gratte du nickel dans les iPhone usagés.

— Et tout aussi stérile que moi.

— Oui.

— C'est inhumain.

— À quel moment ? Personne n'en souffrira. Au contraire, la plupart des gens aiment la vie et veulent être là le plus longtemps possible. Si je mettais ma substance en pharmacie en inscrivant dans les pubs qu'elle garantit cent vingt ans en pleine santé en contrepartie de la stérilité, tu ne crois pas que ce serait le médicament le plus populaire du monde ? À ton avis, pourquoi ces rapaces cupides ont failli nous flinguer à Paris ? Parce qu'ils ont cru que nous disposions d'une nouvelle version du paracétamol ?

Zofia s'agrippa au garde-corps. Une vague sauvage devait les avoir atteints parce qu'elle secoua soudainement l'immense bateau sur l'océan.

— Les gens veulent avoir des enfants, répliqua Zofia. C'est la base de l'humanité. Si tu leur enlèves la possibilité de procréer, ils cesseront d'être humains.

Smuga en rit.

— Ce n'est pas toi, par hasard, qui es censée être l'humaniste romantique, l'experte de la nature humaine ? Ne me fais pas rire. Les gens aiment le sexe, les enfants n'en sont qu'une conséquence. Ils aiment aussi quand quelque chose leur fait plaisir, or les enfants font parfois plaisir. Mais on peut aussi fabriquer davantage de fun de façon plus simple. Pourquoi crois-tu que dans les pays civilisés, les couples attendent la quarantaine pour avoir des enfants ? Parce qu'ils ne découvrent qu'à ce moment-là la base de leur humanité ? Non. C'est parce qu'ils ont assez baisé avec des capotes, ils ont assez visité Paris, ils possèdent une baraque avec vue, un quatre-quatre et un bateau à moteur, alors ils se mettent à zoner dans ces cliniques d'*in vitro* débiles parce que les distractions viennent à leur manquer. Et comme les pauvres des bas-fonds n'ont ni gadgets ni Netflix, ils baisent pour la dopamine et se multiplient au passage, sans grande sublimation d'ailleurs, à en croire les sombres reportages de la BBC. Franchement, regarde-toi, j'ai agité une carotte de dopamine sous ton nez et tu t'es jetée corps et âme dans une folle escapade au lieu de câliner ta gamine et lui lire des contes de fées le soir. Tu crois peut-être avoir eu cent raisons valables de le faire, mais en réalité, tu as fui l'ennui.

Elle serra les dents.

— Je ne peux pas être d'accord avec toi.

— Sûr. Tu peux aussi avoir une meilleure idée pour sauver l'humanité.

— Le savoir et le libre choix.

— Nous les avons déjà essayés. Zofia, ça fait cent cinquante ans que nous parlons des changements climatiques, cela fait cinquante ans que nous hurlons au feu et pendant tout ce temps, on est injuriés, raillés et réduits au silence. Ce qui ne veut pas dire pour autant qu'on pouvait y faire quoi que ce soit, car les courbes démographiques interdisent toute lutte contre le changement climatique. Mais nous aurions au moins pu ralentir ce processus, réfléchir calmement à la suite. Je n'en veux à personne, nous sommes faits ainsi, notre souci du bien commun s'achève là où nous renonçons à notre propre confort. Tu sais ce que c'est. Tu roules en voiture ?

— Je m'efforce de limiter.

— Mais il faut bien rejoindre son lieu de vacances. Et tu ne vas pas ramener tes courses en tramway. Tu ne vas pas non plus réveiller ton enfant une heure plus tôt le samedi pour qu'il aille au tennis en transports en commun, il est déjà tellement fatigué ces jours-ci. Tu manges de la viande ?

— Presque jamais.

— Mais au resto du coin, on ne sert rien d'autre. Le dimanche midi, il ne faut pas faire de la peine à maman. Et puis, le KFC, ce n'est pas vraiment de la viande, ha, ha, ha. Et c'est ainsi que pensent huit milliards d'individus chaque jour, que la planète n'a pas besoin de fanatiques, mais de gens raisonnables qui se restreignent un peu. Tu sais quoi, je n'en peux plus. Retourne dans ta cabine et sois heureuse d'être en vie. Je vais te laisser sortir quand on aura réussi.

— Non.

— Quoi non ?

— Je ne suis pas d'accord avec une seule de tes paroles. Et je ne reste pas. Le monde doit être mis au courant. On doit étudier ta substance, faire des analyses d'impact sociologique, psychologique et économique. Je ne sais pas, moi, une partie de mon être admet l'idée horrible que ton truc pourrait être une solution, mais choisissons-la en toute conscience. Démocratiquement.

— Tu as complètement perdu les pédales ?

Il s'approcha d'elle avec une telle étincelle dans le regard qu'elle recula encore et s'adossa au garde-corps à l'endroit où la cursive s'enroulait autour de l'angle de la superstructure. Zofia se sentit mal à l'aise. Dans son dos, elle n'avait plus que du vide. En bas, l'eau remuée par l'hélice du navire moussait et bouillonnait. Scintillant d'une fluorescence froide, le sillage ressemblait à une balafre sur le corps sombre de l'océan.

— Je n'ai pas perdu les pédales, répliqua-t-elle pourtant. Et toi, tu ferais mieux de lire *La Servante écarlate*, sale crétin, tu verrais à quoi mène ce genre d'idées. Au lieu d'une lutte pour l'eau potable, on aura une lutte pour les femmes fertiles, des viols et une brutalité dont tu n'as pas idée. Et après, regarde *Jurassic Park* encore une fois et entends à nouveau que « *life, uh, finds a way* ». Ta bactérie va muter ou on va trouver un antibiotique, les gens vont continuer à se multiplier, mais dans une civilisation basée sur le viol et les violences faites aux femmes. Encore un putain de génie qui veut sauver l'humanité en nous glissant la main dans la culotte. Va te faire foutre, Bogdan, et prépare tes arguments pour les débats télévisés à propos d'un dépeuplement global. Moi, je dégage d'ici.

— Je ne peux pas te laisser faire ça.

— Et qu'est-ce que tu vas faire ? Me jeter par-dessus bord ?

Elle s'étonna grandement lorsqu'il le fit.

# Chapitre 12
# La chute

*Une douleur inimaginable • Smoothie •*
*Des bulles d'air • Un néant sombre et humide*

**1**

Elle ne réalisa pas tout de suite ce qui se passait. D'abord, elle se sentit furieuse qu'il ait eu le culot de la pousser. Quel genre d'homme fallait-il être pour user de la force envers quelqu'un, une femme surtout, dans la ferveur d'une dispute, comme on pousserait un copain dans la cour de récré, en frappant son torse à plat, les paumes ouvertes ? Puis, quand elle bascula par-dessus la rambarde, elle eut peur de se cogner, d'avoir mal, de se faire des bleus. Il lui fallut encore une seconde pour comprendre que Bogdan Smuga venait de la précipiter hors du navire, qu'elle ne risquait pas un atterrissage humiliant sur les fesses, des bleus ou de se cogner la tête contre l'une des innombrables parties métalliques du cargo. Elle réalisa qu'elle chutait vers l'océan, sans combinaison ni gilet de sauvetage, pour y mourir.

Elle tombait, impuissante, le long du bord en acier, agitait ses pieds et ses mains, le dos vers le bas, avec, sous les yeux, les ponts illuminés du *Vincent* et la silhouette, très distincte, de Smuga qui se tenait près de la navette de secours. Elle vit aussi le hublot éclairé de sa cabine dont elle était sortie une demi-heure plus tôt, persuadée que c'était une excellente idée. Elle s'étonna que la chute dure si longtemps, qu'elle ait le temps d'apercevoir des détails et de songer à des choses.

Par exemple, au fait que si elle heurtait la surface avec le dos, elle pourrait perdre connaissance ou même se briser la colonne vertébrale. Ça n'aurait peut-être pas été une mauvaise solution, une mort rapide ou indolore avait dans ce cas des avantages, mais avant qu'elle ait eu le temps de peser le pour et le contre, elle s'était redressée assez pour percuter l'eau dans une étrange position assise.

Une douleur inimaginable explosa simultanément dans ses fesses et ses cuisses qui encaissèrent l'impact, mais aussi dans sa tête où l'eau salée s'était engouffrée par le nez jusqu'aux sinus, en passant par la gorge et les lèvres, ainsi que dans les bras qui, écartés en large, claquèrent contre la surface. Elle plongea profondément dans le sillage mousseux, pile derrière la poupe, dans le fracas assourdissant de l'hélice qui broyait les flots. Elle hoqueta de terreur, s'imagina les immenses pales d'acier, longues de plusieurs mètres, qui tournoyaient dans l'eau telles des lames dans la coupe d'un mixeur, elle crut qu'elles l'aspireraient comme une fraise dans un cocktail et hacheraient son corps, par quelques coups de vis, et la transformeraient en smoothie rose. Elle hurla de peur sous l'eau, se débarrassa ainsi du reste de l'air de ses poumons, agita les bras et les pieds pour s'éloigner des lames, pour arracher à l'existence quelques secondes supplémentaires.

Apparemment, le déplacement avait fonctionné, elle ne sentit aucune coupure. Cependant, cela ne changeait rien à sa situation puisqu'elle manquait d'oxygène, elle devait émerger au plus vite, mais ne savait pas dans quelle direction se trouvait la surface. Ses yeux, grands ouverts de terreur, ne voyaient qu'une obscurité parsemée de points clairs, mais, flous qui pouvaient provenir de la fluorescence de l'océan comme des hallucinations d'un cerveau asphyxié.

Elle avait lu un jour que, dans un tel cas de figure, il fallait relâcher quelques bulles d'air de sa bouche et observer le sens de leur remontée. Elle n'avait plus beaucoup d'air dans les poumons, en fait, elle n'en avait plus du tout, mais elle s'obligea à expirer les derniers résidus. Sa sagesse livresque ne valait que des clopinettes dans les abysses bouillonnants et sombres, aucune bulle ne lui montra le chemin, elle était toujours coincée sous l'eau, à s'étrangler dans sa lutte contre son corps qui projetait d'ouvrir la bouche en grand et d'inspirer. Elle n'avait guère le choix, elle commença donc à remuer les jambes, comme en crawl, et à écarter l'eau sur les côtés avec les bras, comme en brasse. Nageait-elle vers la surface, vers l'abîme, ou gâchait-elle bêtement le reste de ses forces en se déplaçant sur le côté tandis que la surface n'était qu'à un mètre au-dessus d'elle ? Elle n'en avait aucune idée. Elle agitait toujours ses mains et ses pieds, espérait un miracle et serrait les lèvres, bien qu'elle sût qu'elle perdrait, son corps ne lui permettrait pas de s'étouffer et, avant qu'elle ne perde connaissance, celui-ci reprendrait le contrôle, lui ouvrirait la bouche et ses poumons se rempliraient d'eau de mer salée. En dépit de cela, elle luttait toujours dans le grondement rythmé de l'hélice, dans la mousse agitée, et parcourait les flots.

La fin arriva plus vite que ce qu'elle aurait cru. Les forces vinrent à lui manquer. Devant les yeux, en plus de l'eau sombre et des gouttelettes claires d'une lueur pâle, apparurent des lambeaux noirs. Ses poumons lui firent mal comme s'ils étaient tailladés par des rasoirs, repoussant au loin n'importe quelle autre souffrance. Elle brassa l'eau une dernière fois et renonça, elle permit à son corps d'ouvrir la bouche et d'inspirer à pleins poumons.

Elle émergea pile à ce moment-là, inspira un mélange d'air et d'eau, hoqueta douloureusement et, durant un long moment, elle respira avidement en toussant. Au bout du compte, elle se calma assez pour comprendre enfin sa désastreuse situation.

— Au secours ! cria-t-elle en direction de la poupe du *Vincent* qui s'éloignait. Au sccours !

C'était perdu d'avance. Même dans son état, elle s'en rendait parfaitement compte. Malgré tout, elle appela à l'aide encore plusieurs fois, agitant les bras vers le cargo. Les lumières de celui-ci rapetissaient et palissaient, se fondaient dans le ciel étoilé ; le tambourinement de l'hélice diminuait ; le sillage écumeux s'apaisait, dilué dans les vagues. En très peu de temps, Zofia Lorentz flotta seule au milieu d'un océan couleur d'encre, à un endroit inconnu de la Terre, sans navette de secours, sans radeau, sans gilet de sauvetage ni scaphandre, mais avec des fessiers endoloris et des sinus qui piquaient. Elle fixait le navire qui s'éloignait. Bientôt, elle ne l'apercevait plus que lorsqu'une vague la soulevait. Quand elle retombait dans les creux, il n'y avait autour d'elle qu'un néant sombre et humide.

# Chapitre 13

# L'adieu à Zofia

*Était-ce donc la fin ? Le néant ? La noirceur ? • Finalement, ce n'est pas une étoile • Mourons pour des idées, d'accord, mais de mort lente • Le gâteau des rois • On reprend notre cap • Architectes de l'hypermerditude • Enlever le parachute une seconde • Si vous avez aimé un jour, monsieur • Moins vite, Ablette • Trois coups de feu • Le dernier coucher de soleil mérite des larmes • Une forêt de mains cadavériques et pâles • Au revoir*

## 1

Zofia Lorentz flottait sur les vagues, riait aux éclats et n'arrivait pas à s'arrêter. C'était parce que, dès qu'elle avait calmé son souffle et enlevé ses baskets trempées qui l'entraînaient vers le fond comme un seau de béton, elle avait constaté avec une certaine satisfaction qu'elle était en vie et que l'eau était chaude comme dans une piscine d'enfants garnie de toboggans. Alors, elle avait commencé à se demander quoi faire ensuite. Et c'est là qu'elle avait ri. Parce que, ensuite, elle ne pouvait que mourir.

Combien de temps ses forces lui permettraient-elles de se maintenir à la surface ? Une heure ? Deux ? Trois, dans le meilleur des cas. Ou peut-être moins : l'eau semblait chaude, mais l'était certainement moins que son corps, cela voulait dire que le bain finirait par la refroidir et par la mener à l'hypothermie. Combien de temps ce processus durait-il ? Hum… elle le découvrirait bien assez vite.

Chaque fois qu'une vague la soulevait, elle fixait le *Vincent*, de moins en moins visible, dans l'espoir de découvrir non pas sa poupe, mais son flanc qui se présenterait à elle dans une manœuvre pour faire demi-tour. Smuga était peut-être revenu à la raison, ou il avait raconté ce qu'il venait de faire à une personne raisonnable – Olga peut-être –, quelqu'un sur la passerelle avait crié « Alerte ! Homme à la mer ! » et ils viraient à présent de bord, préparaient les bouées, les échelles de corde, les radeaux et les phares, les secouristes désignés enfilaient leur combinaison et s'apprêtaient à plonger. Il suffisait de tenir le coup encore quelques instants pour devenir l'héroïne de scènes émouvantes où, après un sauvetage sous adrénaline, elle était hissée à bord, dégoulinante d'eau, et les membres de l'équipage se penchaient sur elle. « Mon Dieu, comment vous sentez-vous, madame Lorentz ? Le médecin de bord vous attend avec des vêtements secs, des médicaments et un thermos de café. N'ayez pas peur, nous avons enfermé l'autre cinglé dans la cale, il ne vous fera plus aucun mal. » À chaque nouvelle vague, son fantasme faiblissait, il n'en restait plus qu'une miette stupide : elle se demandait d'où lui était venue l'image d'une cellule dans la cale ? D'un Verne ? Probablement. Une fois sortie de l'adolescence, elle n'avait plus jamais lu de littérature maritime.

La combinaison de survie.

L'idée la heurta si fort qu'elle en avala de travers et il fallut qu'elle tousse.

La combinaison avait glissé de la main courante, était tombée dans l'océan et s'était mise à clignoter de sa loupiote blanche…

Zofia attendit que la vague suivante la soulève, étira son cou et observa les environs.

Rien.

Elle pouffa à nouveau de rire. Quelle idiote. Combien de temps s'était écoulé entre le moment où elle avait quitté sa cabine par le hublot et celui où ce funeste connard l'avait poussée à la mer ? Un quart d'heure ? Vingt minutes ? Peut-être même une demi-heure. Olga lui avait expliqué que le navire n'avançait pas vite parce que leur but n'était pas d'arriver le plus rapidement possible à destination, mais de consommer le moins de carburant possible, afin de réduire au minimum la nécessité de faire le plein durant les ravitaillements. Pas vite, c'est-à-dire à quelle allure ? Quelques nœuds ? Qu'est-ce que c'était que ce truc, un nœud, déjà ? Elle flottait ici depuis une bonne dizaine de minutes et avait toujours le *Vincent* à portée du regard, ce dernier ne s'était toujours pas caché derrière l'horizon. Mais à quelle distance était l'horizon ? Elle n'en avait pas la moindre idée.

Elle estima qu'elle devait de toute manière bouger, elle aurait au moins un truc à faire, alors elle choisit un groupe d'étoiles en forme de cerf-volant à l'exact opposé du *Vincent* et se mit à nager dans cette direction en brasse, s'efforçant de préserver ses forces et de respirer régulièrement. Tous les signaux d'alerte s'activaient dans sa tête, chacun de ses neurones hurlait qu'elle était stupide et qu'elle devrait nager dans l'autre sens, là où il y avait le bateau, les gens, la salvation. Elle combattit ce réflexe en comprenant que le projet Vincent ne prévoyait pas de faire demi-tour pour sauver un seul représentant de l'espèce *Homo sapiens* qui, par son comportement, pouvait menacer la survie de tous ses autres représentants. Zofia estimait toujours que c'était une immense connerie, mais son avis importait malheureusement peu, elle n'était pas en mesure de forcer l'un des officiers sur la passerelle à déclencher une action de sauvetage. C'est pourquoi elle en initia une elle-même. C'était un sauvetage parfaitement dénué de sens, elle le savait, mais ça lui paraissait de toute manière une meilleure solution que de fixer les étoiles en attendant la mort.

Elle nageait et maintenait une respiration régulière. La peur avait pâli et la tristesse avait pris sa place. Quel dommage que ce soit la fin. Elle avait vécu pas mal de moments agréables, mais continuait de croire que ce n'était qu'un échauffement, que le meilleur était à venir. Ça n'avait ni queue ni tête, elle avait la quarantaine passée, n'importe quel gamin qui mourait d'un cancer ou n'importe quel étudiant qui se fracassait à moto aurait tout donné pour avoir une vie telle que la sienne. Elle avait profité de quelques décennies remplies d'amour, d'amitié, de maternité, de voyages et d'aventures extraordinaires. Elle le comprenait, tout comme elle comprenait que n'importe quel organisme pluricellulaire portait une date de péremption sur son emballage. Mais c'était quand même triste. Elle ne se disputerait jamais avec une Kasia adolescente. Elle ne la consolerait jamais d'un amour malheureux. Elle ne saurait jamais si elle aurait fait une bonne grand-mère. Elle n'effectuerait pas, au côté de Karol, cet investissement débile que font les retraités en achetant une maison de campagne. Elle ne pleurerait pas la mort de ses parents. Elle ne se fâcherait plus quand on égarerait une énième fois sa valise à l'aéroport de Paris. Elle ne s'irriterait plus contre le temps qu'il faisait en juillet au bord de la Baltique. Elle ne mangerait plus de gaufre aux myrtilles et à la crème chantilly. Elle n'engueulerait plus le cuistot d'un boui-boui sur la plage en lui disant qu'un flétan avait une forme différente d'une morue, et qu'on ne pouvait pas masquer une telle différence sous de la chapelure. Elle ne saurait jamais si le président Andrzej Duda ferait un second mandat.

Hum… ça, en l'occurrence, c'était une bonne nouvelle.

C'était marrant de se dire que la vie continuerait son cours sans elle, comme si de rien n'était. Kasia serait triste, mais, au bout du compte, elle se dirait, c'est la vie. Zofia connaissait des gens devenus orphelins dans leur enfance, elle en connaissait qui sortaient d'un orphelinat, ils évoquaient parfois ce fait dans leurs souvenirs, mais en dehors de cela, ils appréciaient comme les autres de boire une bière, de regarder une série à la télé, de causer politique avec leur conjoint ou leurs amis et de se plaindre de leurs affreux garnements. Smuga était fou, mais ce n'était pas un meurtrier… Zofia pouffa de rire. Enfin si, il l'était, mais ce n'était pas un meurtrier insensé. Il devrait donc relâcher Karol. Alors, Kasia aurait un chouette papa, ils s'organiseraient une vie à deux. Combien de temps passerait avant que Karol ne se remette avec quelqu'un ? Une cohorte de consolatrices ne tarderait pas à frapper à sa porte. Il se défendrait un temps, surtout par égard pour Kasia, mais, en fin de compte, il se dirait : c'est la vie.

Elle siffla quand une légère crampe lui saisit l'avant-bras. Elle bascula sur le dos pour décontracter ses muscles. Elle devrait peut-être rester simplement couchée et attendre ? Si elle avait de la chance et si Dieu l'aimait, la combinaison flotterait jusqu'à elle. Non, c'était impossible, elles dérivaient à même allure. Elle revint donc sur le ventre et observa les environs depuis le sommet d'une vague. On ne voyait plus le *Vincent*. L'hystérie lui serra la gorge, déversa une fébrilité paralysante dans tout son corps. Il fallut qu'elle respire longuement, profondément et lentement pour se calmer. Puis elle regarda une nouvelle fois autour d'elle à la recherche de la loupiote clignotante. Sans résultat. Elle retrouva son cerf-volant stellaire qui était monté un peu plus haut dans le ciel et avança doucement dans sa direction. Que lui restait-il d'autre à faire ?

Si Dieu l'aimait – c'était ce qu'elle venait de penser. Cela signifiait-il qu'elle croyait en Lui ? Bien sûr que non. Elle avait répondu à cette question des années auparavant et n'y avait plus jamais réfléchi depuis. D'ici peu, elle allait savoir si elle avait eu raison. Que se passerait-il si Dieu existait ? Est-ce que, dans ce cas, en tant qu'athée, elle intégrerait malgré tout le parcours enfer-purgatoire-ciel ? Elle n'avait aucune idée de ce qu'en disaient les dogmes. Si Dieu existait, est-ce que chacun atterrissait dans sa version de l'arrière-monde, selon le type de sa foi, et les athées disparaissaient en entier ? Cette solution était tentante et séduisante par sa dimension dramatique, mais ça l'aurait franchement étonnée qu'une gare de triage existât après la mort, une gare où les musulmans obtiendraient leur lot de houris, où les catholiques rencontreraient la Sainte Vierge, où des hindous étonnés se réincarneraient en caniches dans la banlieue de Varsovie et où les scientologues intégreraient le corps d'un acteur hollywoodien célèbre. Alors oui, elle avait très envie de poser un regard favorable sur une solution post-mortem alléchante, surtout durant les derniers instants de sa vie – comme ça, au cas où –, mais n'y parvenait pas.

Était-ce donc la fin ? Le néant ? La noirceur ?

Si elle avait le choix, elle aimerait devenir un esprit gardien, une énergie douée de conscience qui durerait tant qu'il resterait quelqu'un sur Terre qui aurait besoin de son soutien. Elle aimait à penser qu'Ala, sa mamie préférée, demeurait toujours à ses côtés et, même si elle ne l'aurait avoué ni à Karol ni à personne, elle croyait que l'intercession de sa grand-mère depuis l'au-delà l'avait souvent aidée. Comme la fois où, seule à la maison, elle avait avalé une chips de travers, ne pouvait plus respirer, perdait déjà connaissance et avait couru sur le palier dans l'espoir de croiser un voisin pour lui porter secours. Elle avait trébuché sur le seuil et s'était étalée de tout son long avec une force telle que le morceau de chips avait été éjecté de sa trachée et s'était collé sur la porte d'en face. Zofia n'avait eu aucun doute : sa grand-mère lui avait fait un croche-pied. Elle voulait devenir un tel esprit auprès de Kasia et de Karol, un ange gardien capable de faire des croche-pieds quand il le fallait.

Elle hurla lorsqu'une nouvelle crampe, plus violente, lui contracta le mollet. Elle s'immergea dans l'eau, émergea, recracha de l'eau et se tourna à nouveau sur le dos. Gémissant fort, elle poussa le talon en avant pour étirer le muscle crispé. Ça fonctionna, mais alors, la crampe la saisit du côté du tibia. Elle relâcha son effort et celle du mollet revint aussitôt en doublant d'intensité. Elle cria encore.

Tranquille, reste tranquille, se répétait-elle en pensée. Tu as encore des forces. Respire, décontracte-toi, repose-toi.

On ne sait pas dans quel but, mais qu'est-ce qu'il te reste à faire ?

Elle parvint à maîtriser la crampe, mais sut que le moindre mouvement la ferait revenir. Elle était ravie d'avoir lutté jusqu'au bout. Elle n'avait personne auprès de qui s'en vanter, mais une once de satisfaction personnelle, en guise d'ultime sentiment, c'était toujours ça de pris. Karol lui avait un jour exposé sa vision du monde post-mortem. Son idée venait d'un livre pour enfants, d'un récit où deux frères se retrouvaient après la mort dans une contrée fantastique. Karol, en bon vieux drogué à la fiction, s'était donc mis à croire que notre conscience était préservée dans notre ultime pensée, et que cette fantaisie faite au seuil de la mort, figée tel un moustique dans un morceau d'ambre, devenait notre arrière-monde personnel, une rêverie qui durait jusqu'à la fin des temps.

Que choisir ?

Elle avait un moment éligible, un mois d'août au bord de la Baltique. Ils s'étaient éloignés de plusieurs kilomètres à vélo de leur station balnéaire, afin de ne pas griller au soleil au milieu de la foule d'estivants. Elle était couchée sur le dos, comme maintenant, et lisait le dernier roman de Szamałek, en ombrageant son visage avec son livre. À un moment, des piaillements forcenés lui avaient fait reposer le bouquin. Elle avait mis sa main en visière et, en bonne mère poule qui se respecte, avait vérifié si tout allait bien. Tout allait parfaitement bien : Kasia courait toute nue, les pieds dans l'eau, éclaboussant tout sur son passage, et Karol la poursuivait, un seau d'eau de mer à la main. Soudain, il avait changé d'avis et s'était rué sur elle. Alors, avant que Zofia n'eût le temps de protester, ils roulaient tous les trois dans le sable. Oui, elle pourrait passer l'éternité figée dans cet instant. Elle aurait peut-être seulement troqué ce Szamałek contre *Le Maître et Marguerite* ou *L'Amour au temps du choléra*. Szamałek était un bon écrivain, mais peut-être pas au point d'être lu jusqu'à la fin des temps.

Ce n'est plus la peine de lutter, se dit-elle. Un coup d'œil au monde et je plonge.

Elle ouvrit les yeux, regarda le ciel encore plus densément peuplé d'étoiles depuis que la lune s'était cachée derrière l'horizon. Le cerf-volant indicateur pendait à présent au-dessus de sa tête, presque à la verticale. Elle bascula sur le ventre avec prudence, pour ne pas provoquer une nouvelle crampe, mais même ce mouvement précautionneux lui coupa le souffle – elle était à moitié morte de fatigue. Elle regarda autour. Plus aucune trace du *Vincent*. Une partie du ciel grisonnait, c'est sans doute de là que viendrait l'aurore. Dommage, elle ne le verrait pas, elle avait toujours préféré les levers aux couchers de soleil. La victoire quotidienne de la lumière lui paraissait puissante et magique. Là-bas au loin, juste au-dessus de la ligne d'horizon, une étoile brillait fort, probablement Vénus, alternativement dissimulée et dévoilée par les vagues.

Adieu, monde, se dit la professeure Zofia Lorentz et elle plongea sous la surface.

Et si ce n'était pas Vénus, mais ce scaphandre sorti d'un obscur porno ?

Impossible.

Et si ?

Putain de merde, pourquoi ne pouvait-elle pas simplement mourir en paix ?

Elle émergea, s'essuya les yeux, localisa l'étoile brillante et commença à nager dans sa direction à la seule force de ses bras – n'importe quel mouvement des jambes provoquait des crampes douloureuses.

Était-ce une étoile ou pas ?

Elle ne savait pas si l'apparition et la disparition régulières de la lumière blanche étaient dues aux vagues qui obscurcissaient l'horizon ou si cela provenait du clignotement programmé des diodes. Enfin… elle le découvrirait dans un instant.

Finalement, ce n'était pas une étoile. Une profonde et longue lame océanique la souleva très haut et alors elle vit la lumière non pas sur la ligne d'horizon, mais à une quinzaine de mètres d'elle, dans le creux obscur de l'eau. Passant outre à son halètement, ses gémissements et sa toux, dédaigneuse des pénibles contractures de ses muscles, elle se mit à nager plus vite, persuadée que si elle cessait, la loupiote disparaîtrait. Elle oublia totalement que, un instant plus tôt, elle avait accepté son sort et prévoyait de s'enfoncer majestueusement dans les abysses.

Après quelques minutes, au bord de l'évanouissement, pleurant hystériquement de joie, elle agrippa la combinaison en mousse, la roula en boule, la serra contre sa poitrine et, flottant dessus comme sur une balle, apaisa enfin son souffle. Dans cette position, craignant de remuer d'un cil pour ne pas perdre le précieux objet, elle parvint au moment où les étoiles s'éteignaient et le firmament gris se teintait de turquoise, tandis que l'océan sombre arborait une couleur bleu nuit.

Alors, elle déroula la combinaison et l'observa attentivement. Celle-ci disposait d'une fermeture Éclair, depuis l'entrejambe jusqu'au cou, d'une capuche avec protection du visage intégrée et d'un collet gonflable. Cousue sur l'épaule, la loupiote clignotante l'aveuglait désagréablement, mais ça ne la dérangeait pas. Elle défit la fermeture et, couchée sur l'eau, glissa lentement ses pieds dans les jambières. Puis elle enfonça les bras dans les manches, zippa la fermeture à mi-chemin et s'efforça d'expulser le surplus d'eau pour que le scaphandre adhère mieux à son corps. L'opération s'acheva en fiasco complet et la priva du reste de ses forces, c'est pourquoi elle tira la capuche sur la tête, zippa la fermeture jusqu'en haut et protégea sa bouche et son nez avec le cache qui protégeait de l'eau lorsqu'on était couché sur le dos. Enfin, à travers une paille plastique, elle gonfla le collet qui formait une sorte de coussin et permettait de s'allonger à la surface.

Victoire, se dit-elle. Maintenant, je suis seule au milieu de l'océan, déguisée en bonhomme Michelin, et j'ai troqué une noyade rapide contre une mort lente de soif et d'épuisement. Bravo moi !

Elle s'endormit avant que les premiers rayons ne giclent de derrière la ligne d'horizon à l'est.

## 2

Olga Gavrilescu s'éveilla à l'aube, réduisit sa toilette matinale au strict minimum, soit aux quinze minutes nécessaires à toute femme civilisée pour se mettre en état de sortir, et courut sur la passerelle. Les événements de la nuit ne la laissaient pas en paix. Peu après minuit, alors qu'elle se rendait à sa cabine après son tour nocturne, les radars s'étaient mis à piailler, alertés par le signal d'un émetteur SART. Ces dispositifs figuraient par défaut sur la majorité des équipements de sauvetage du *Vincent* et diffusaient un signal spécial, visible sur les radars de tous les bâtiments proches. C'était une fonctionnalité inestimable durant les recherches, quand une équipe de sauvetage arrivait sur les lieux d'un naufrage. Distinguer un simple radeau à l'œil nu, sans évoquer une victime isolée, était peu probable et, par mauvais temps, quasi impossible. Le signal SART, lui, s'illuminait sur l'écran tel le sentier qui menait à l'objectif. Un système très efficace, à condition que l'émetteur se trouve à portée de radar du navire, ce qui, dans le cas du *Vincent*, équivalait à une vingtaine de milles.

Surpris par ce signal en plein milieu de la nuit, ils avaient échangé des regards étonnés avec le Second, avaient réduit leur allure et s'étaient rapprochés de « l'œil » pour sonder les environs. Ils avaient vite localisé la loupiote clignotante d'un scaphandre qui flottait derrière la poupe. Même à la lueur de la lune, on voyait bien que le vêtement était vide, mais ils avaient encore vérifié les alentours du cargo à l'aide des caméras de vision nocturne et de thermovision, et avaient constaté qu'en dehors de la combinaison vide, il n'y avait rien dans l'eau, et certainement pas un objet dont la chaleur avoisinerait celle d'un corps humain.

Ils avaient passé un quart d'heure à vitesse réduite, à scruter la surface. Pour le même résultat : rien d'autre que le scaphandre. Olga Gavrilescu avait inscrit l'événement dans le journal de bord et s'était promis de démasquer et de punir le plaisantin qui balançait en état d'ébriété un dispositif de sauvetage à la mer. Elle avait ordonné d'augmenter la vitesse et avait refermé derrière elle la porte de la salle de commandement pile à la seconde où Zofia Lorentz avait crié « Au secours ! » pour la première fois.

À présent, elle monta à son poste, salua le Premier, constata que le reste de la nuit était passé comme à l'accoutumée sur ce bassin ennuyeux, c'est-à-dire au calme, se prépara un café, réveilla le Troisième et lui ordonna de vérifier le stock des dispositifs de sécurité individuels, surtout celui des scaphandres de sauvetage, auprès de tous les membres d'équipage.

Son gobelet à la main, elle sortit sur l'aile de la passerelle. La journée était ensoleillée, la brise chaude et agréable, la mer monotone – bienvenue dans le monde merveilleux du golfe de Guinée, paradis des marins sans ambitions et des voiliers sans vent, maudit soit-il.

Elle observa son navire et aperçut la fenêtre ouverte de la cabine de Zofia Lorentz. C'était logique, aucun marin n'ouvrirait son hublot, à moins de vouloir jeter un mégot ou une cannette de bière à la mer. Il n'y avait que les rats terrestres à vouloir s'aérer, comme si le navire était une maison de vacances, parce qu'ils n'avaient jamais vu les lames océaniques heurter les parois de la superstructure à la vitesse d'un train.

Par acquit de conscience, elle s'approcha d'un ordinateur, s'identifia dans le système de surveillance et vérifia que Zofia Lorentz avait bien quitté le girolab à dix-sept heures, était descendue dîner à dix-huit heures et était revenue chez elle une heure plus tard. Et elle se serait mise à balancer ses moyens de survie par la fenêtre dans un accès de rage ? Olga avait vu plus d'une crise de panique en mer, sa passagère lui avait récemment donné l'impression de n'en mener pas large, mais de là à jeter des trucs par le hublot ? Se jeter soi-même, oui, ça arrivait, mais…

— *Futu-ţi pizda mă-tii*, jura-t-elle en roumain à haute voix.

Elle descendit d'un niveau, frappa à la porte de la cabine de Zofia, attendit un instant, puis déverrouilla la serrure avec son badge. La chambre était vide, la salle de bains aussi, le gilet de sauvetage et la combinaison de survie manquaient à l'appel.

Elle s'empara de son talkie-walkie.

— Premier, ici la capitaine. Changement de cap à cent quatre-vingts degrés et avant toute.

Sans attendre la confirmation, elle appela le Second. Il fallut qu'elle patiente un peu avant d'avoir la réponse, l'officier avait quitté son tour de garde à peine deux heures plus tôt.

— Second, retourne sur la passerelle et établis le cap sur le scaphandre de cette nuit, prends en compte la dérive due au vent et au courant. Il semblerait qu'un de nos passagers ait sauté par-dessus bord.

## 3

Il avait passé tant d'années dans ce pays, mais jamais le manque de petits déjeuners polonais n'avait cessé de l'affliger. Pire, plus il habitait en France et plus les petits déjeuners polonais lui manquaient. Surtout maintenant qu'il était revenu dans les Pyrénées et qu'il avait commencé sa journée par un tour sur le balcon, à inspirer l'air frais et observer l'aurore au-dessus des montagnes – la nostalgie de ses contrées natales le heurtait de plein fouet. Ah, descendre à la cuisine pour y trouver un bol de fromage frais, une assiette d'œufs brouillés aux grattons et un panier de tranches de pain à la croûte épaisse !

Ceci étant dit, allez savoir, bien qu'administrativement il s'agissait de la France, en réalité, on était en Catalogne, les autochtones avaient peut-être d'autres habitudes culinaires par ici ? Durant sa promenade sur un sentier boueux en forêt, il se fit encore la remarque qu'une température de huit degrés annoncée sur le thermomètre, en plein hiver, à la montagne, ce n'était tout de même pas normal. C'était bizarre de faire partie de la dernière génération qui aurait connu de véritables hivers en Europe. Les machines à vapeur étaient parties aux oubliettes, les fiacres avaient disparu des rues et bientôt, les bonshommes de neige et les luges les rejoindraient dans l'imaginaire collectif des temps anciens. C'était marrant. Il s'immobilisa sur un pont jeté par-dessus un ruisseau qui filait au fond d'un canyon rocailleux pour prier un instant, puis retourna à l'hôtel.

Ruhsar Varank l'attendait dans la salle à manger, devant un petit déjeuner composé d'un café, d'un jus d'orange, d'un yaourt, de croissants et de pains au chocolat. Marcel se consola en se disant que puisque les hivers n'existaient plus, les petits déjeuners copieux n'étaient peut-être plus nécessaires.

— Lis ça.

Varank lui mit son portable sous le nez, avec une application de messagerie ouverte, dès qu'il se fut attablé avec son café.

Le directeur au nez rouge leur avait envoyé un e-mail avant sept heures : « Les lettres de licenciement ne seront pas nécessaires. On a les infos. Rejoignez-nous à la fête. »

Il hocha la tête et mordit dans un croissant. Les gens étaient si prévisibles. De grands idéaux, de larges conspirations, de gros projets, des révolutions en vue, et tout s'interrompait là où s'achevait la zone de confort d'un individu particulier.

— *Mourons pour des idées, d'accord, mais de mort lente*, cita Varank en français.

Le Turc l'étonna. Non seulement il venait de lui sourire amicalement, mais en plus, il ajouta :

— Mourons, d'accord, mais pour quelles idées ?

Le français de Varank était correct, mais assez scolaire et récent, Marcel ne l'aurait pas cru capable de citer de mémoire autre chose qu'une carte des vins. Il ne savait pas comment réagir, car cela faisait longtemps qu'il prenait Varank pour un idiot agaçant et qu'il n'avait nulle envie de changer d'avis. Eh bien : ne jugez pas, pour ne pas être jugés.

— Marcel, avant que nous allions à l'institut, je voudrais te demander un truc.

— Ruhsar, par pitié, je n'ai plus la force de subir tes moqueries. Faisons ce qu'on a à faire et dégageons d'ici. Les montagnes d'hiver sans hiver, ça me file le cafard.

— C'est sérieux. Promis.

Marcel l'observa un long moment avant d'accepter d'un hochement de tête, mais lui fit bien comprendre par sa mine déconfite ce qu'il en pensait.

— Est-ce que tu crois réellement en Dieu ?

— Ruhsar, putain…

— Attends ! Je te pose la question sérieusement. Est-ce que tu crois réellement en Dieu ? Je veux dire, est-ce que tu es un catholique polonais classique, un type qui va pinter à l'église et qui cherche sur le chemin un juif ou un pédé à cogner avec une brique à la gloire de Jésus-Christ, ou est-ce que… tu sais… ?

— Est-ce que je crois en un Être tout-puissant, Créateur du Ciel et de la Terre, qui m'assure la possibilité d'être bon si seulement je trouve en moi le courage et la force d'en profiter ?

— C'est pile ce que je te demande.

Kluzka s'empara d'un pain au chocolat pour gagner un peu de temps. Avec sa question, Varank flirtait dangereusement avec les pensées qui ne le laissaient pas en paix ces temps-ci. La veille, après leur visite à l'institut, il s'était senti déboussolé pour la première fois depuis longtemps. Il ne savait pas si le Turc l'interrogeait parce qu'il partageait son inquiétude et cherchait un soutien ou s'il avait perçu ses doutes et s'en assurait avant de le dénoncer à la centrale et de l'envoyer à la retraite anticipée. Ce qu'il savait en revanche, c'était que si la déclaration qui enflait dans sa bouche était vraie, il ne devrait même pas manœuvrer de la sorte avant de répondre.

— Oui, Ruhsar, j'y crois vraiment.

— Dans ce cas, il faut qu'on parle.

## 4

Elle fixait la carte électronique avec le cap établi et écoutait son Second qui, les paupières toujours enflées d'un sommeil trop court, lui présentait ses calculs.

— Il n'y a presque pas de vent, le courant pousse vers l'ouest à une vitesse contenue entre un demi-nœud et un peu plus d'un nœud, c'est une bonne nouvelle. Depuis le signal SART, nous avons navigué assez lentement, nous n'avons parcouru qu'une quarantaine de milles. Maintenant, nous avançons à quinze nœuds, nous serons sur place dans deux heures environ. D'ici trois quarts d'heure, nous devrions à nouveau capter le signal sur notre radar. Puis-je vous demander pourquoi une telle décision ? Nous avons vérifié pendant trente minutes s'il y avait un naufragé à la mer. Même si quelqu'un a sauté, il a dû se noyer d'emblée.

— Je veux apaiser ma conscience et vous assurer un peu de divertissement maritime, Second. Vous rouillez sous mes yeux au cours de cette croisière. Pas de tempête, pas de manœuvres d'amarrage dans les ports, pas d'autres navires à l'horizon. Comment osez-vous vous présenter sur la passerelle mal rasé et mal coiffé ?

— Pardonnez-moi, je sors à peine du lit…

— Vous avez cinq minutes pour revenir ici dans un état digne d'un officier.

— À vos ordres, madame la Capitaine.

Le Russe sortit. L'immense soleil africain pendait déjà en entier au-dessus de l'horizon, ses rayons les aveuglaient, pénétraient droit dans la salle de commandement vitrée. Il était presque sept heures, Olga attendrait encore un moment pour que la section cargo rampe hors de son lit, puis elle informerait les chefs de la situation. On s'apercevrait sans doute que Zofia était restée quelque part parmi eux et toute l'affaire s'expliquerait, mais le *Vincent* reviendrait quand même chercher ce scaphandre.

## 5

Karol Boznański s'éveilla tôt avec le sentiment d'un profond inconfort, d'un malaise dont il était incapable de nommer la source. Il se sentait très las et ensommeillé. Où était-il ? Ah oui, dans une clinique, il avait une sorte de problème psychique. De quoi s'agissait-il, au juste ? De névrose ? D'angoisses ? Et pourquoi ne pouvait-il pas être soigné à la maison ? L'idée de la maison le fit se sentir un peu mieux, il tenta de ramener des souvenirs précis, mais les images ne voulaient pas revenir à leur place, c'était comme s'il avait mélangé différents assortiments de puzzles dans une seule boîte, puis avait balancé à la poubelle la moitié des pièces ; maintenant, rien ne correspondait plus à rien.

Une maison en briques rouges, une grange transformée en garage avec une voiture argentée à l'intérieur, une chambre à coucher avec des poutres apparentes et une pile de livres sur la table de nuit. Il se rappelait une telle maison, mais sentait que quelque chose clochait dans ce souvenir, c'était un peu comme s'il regardait des photos dans un catalogue, ses émotions ne correspondaient plus au décor. Il se souvint d'une femme aux yeux noirs. Est-ce qu'elle vivait avec lui dans cette maison ? Ou dans une autre ?

Il s'assit sur son lit et secoua la tête. C'était peut-être un virus ? Il se sentait comme une serpillière, ou plutôt comme si on avait enveloppé sa cervelle d'un torchon humide, son crâne était rempli d'une substance sale et désagréable qui l'empêchait de réfléchir. Disposaient-ils d'une aspirine dans cette clinique ? Et est-ce qu'on lui filait des médocs, en fait ?

Il se leva pour approcher de la porte et démasqua enfin la source de son sentiment d'inconfort : il avait mouillé son lit. Il fixa, abasourdi, la tache sur son drap, puis son caleçon trempé, comme si aucune de ces choses n'avait quoi que ce soit à voir avec lui. Au bout du compte, il décida de prendre d'abord une douche, et qu'il s'habillerait et ne chercherait la polypirine qu'après. C'est-à-dire une aspirine, croyait-il. Il ne savait plus trop comment on appelait ce foutu machin.

## 6

Le directeur les attendait dans son bureau avec du café et quelques parts de gâteau des rois sur de petites assiettes. Derrière la fenêtre, les enfants profitaient d'un temps printanier en ce mois de janvier et s'adonnaient aux plaisirs de la mini fête foraine. Kluzka remarqua qu'à l'époque de son enfance, les choses avaient été similaires. Son père travaillait chez Nowomag et cette entreprise organisait des pique-niques familiaux pour le 1er mai et le 22 juillet. Un illusionniste de Cracovie était même venu une fois, Marcel s'en souvenait parfaitement. Pourquoi rattraper l'Occident s'était-il fait au prix de la suppression des pique-niques d'entreprise ? Mystère. Mais il comprenait pourquoi un membre de cet institut avait choisi de trahir ses idéaux pour défendre ce mode de vie.

— Ce n'est pas très juste, si on n'a pas le droit de choisir nos morceaux, se plaignit Marcel.

— Pardon ?

Le directeur – dans sa version jean, mocassins de marin et chemise moulant le ventre – parut sincèrement étonné.

— Le gâteau des rois. Nous aurions dû choisir notre part pour avoir une chance de trouver la fève.

— Quelle surprise, je ne pensais pas que vous connaissiez les traditions françaises. Vous venez d'où ?

— De Pologne.

— Et vous avez une tradition culinaire pour la fête des Rois en Pologne ?

— Une procession.

Le directeur le fixa un temps, déboussolé, puis comprit et partit d'un éclat de rire.

— Oui, je vois, il n'y a qu'en France où on transforme chaque célébration en bouffe. Messieurs, comme vous me l'avez demandé, j'ai imprimé ces informations à partir d'un ordinateur qui ne possède pas de connexion réseau, je ne les ai envoyées à personne, je n'ai pas sauvegardé le fichier. Je les ai écrites, j'ai fait un print et j'ai tout effacé.

Il glissa une feuille A4 pliée en deux vers eux. Marcel s'en empara et l'ouvrit de sorte que Varank puisse aussi lire les quelques lignes d'un texte laconique.

Un navire. Bien sûr, ça tombait sous le sens.

— Merci beaucoup, dit-il en faisant semblant de ne pas remarquer que le directeur retenait son souffle et que des gouttes de sueur perlaient sur son front. Nous vous souhaitons une belle fête et, bien sûr, des essais cliniques fructueux. Vous savez que votre institut est un joyau irremplaçable pour notre compagnie.

## 7

Quand Bogdan Smuga en personne se présenta sur la passerelle, elle en fut étonnée. En pensée, elle surnommait cet homme « l'Armateur ». Elle ne le croisait qu'en de rares occasions. Ils partaient tous les deux du principe qu'on ne réparait pas une chose qui n'était pas en panne. Tant que les têtes d'œuf faisaient ce qu'elles avaient à faire sans pendre leurs victimes à l'antenne du radar ou balancer des radeaux dans l'océan avec un coup dans le nez, et tant qu'elle planifiait la navigation de façon à leur assurer le calme et la sécurité, les rouages du *Vincent* fonctionnaient selon ce principe. En s'en tenant aux règles, Olga avait informé Mireille Zéroual d'un événement qui, au fond, n'était rien d'autre qu'un exercice de procédures de sauvetage. Elle ne s'attendait pas à une réaction de sa part.

— On m'a parlé d'un changement soudain de cap.

— Oui. Quelqu'un a jeté une combinaison à la mer cette nuit. J'ai décidé de profiter de l'occasion pour remuer un peu mes troupes.

— Est-ce qu'il s'agit d'un accident ?

— La combinaison était vide, nos instruments n'ont pas détecté de corps dans les environs du bateau, il ne manque personne parmi les marins ni parmi les officiers de la sûreté. Mme Zéroual m'a aussi confirmé que personne parmi vous ne manquait à l'appel.

— Dans ce cas, pourquoi avons-nous accéléré, en gâchant du carburant et en diminuant le confort de la traversée ?

Fixe et droite dans son pull à col roulé noir, les mains dans le dos, elle ne trahissait pas son immense surprise.

— Les conditions dans lesquelles nous naviguons laissent trop de mou à mon équipage. D'ordinaire, le calme des tropiques n'est qu'un intermède agréable sur les long-courriers. Il faut que j'effectue des exercices. À propos, puisque nous parlons, je voudrais m'assurer que Zofia Lorentz est bien au girolab. Mme Zéroual me l'a confirmé, mais je vous pose aussi la question.

— Pourquoi ?

— Parce qu'il manque son gilet de sauvetage et sa combinaison de survie dans sa cabine et que son hublot était grand ouvert. La passagère est aussi absente. En tout cas, elle n'était pas là au petit déjeuner. D'après le log de son badge magnétique, elle est rentrée dans sa cabine hier soir et n'en est pas ressortie. Je n'ai pas de raisons de mettre en doute la parole de la professeure Zéroual. Mais j'ai des raisons objectives de supposer que nous cherchons une naufragée et pas seulement un scaphandre.

— Mireille vous dit la vérité. Zofia Lorentz a été prise d'une attaque de panique cette nuit, nous l'avons admise au girolab où on prend soin d'elle. Veuillez faire demi-tour et économiser le carburant.

D'un geste, elle l'invita à approcher de l'écran. Le trait jaune tournait sur le champ concentrique telle l'aiguille d'un chronomètre dopé. Dans le rayon d'action du radar, il n'y avait ni terre, ni bateaux, ni vagues, ni précipitations qui auraient pu réfléchir les ondes radio. L'écran était vide, à l'exception d'un unique point clignotant connecté par un trait pointillé au symbole de leur navire au centre du champ.

— Il nous reste huit milles. Puisque tout le monde est sain et sauf, laissez-moi terminer mon exercice. La localisation des naufragés et leur hissage à bord font partie des procédures les plus importantes de notre métier. Aujourd'hui, rien de mal n'est arrivé, mais demain, quelqu'un va trébucher et basculer par-dessus la balustrade et alors vous serez bien contents qu'on soit capables de conduire une opération de sauvetage vite et bien.

Bogdan Smuga lui adressa un regard compréhensif. Cela la soulagea parce qu'elle avait cru un instant que quelque chose était allé de travers et que le scientifique tentait de masquer le problème à tout prix.

— Veuillez revenir immédiatement au cap et à la vitesse précédents, lança-t-il.

Et il sortit.

## 8

On ne peut pas avoir peur tout le temps. La peur est l'un des mécanismes psychiques les plus importants parmi ceux façonnés au cours de l'évolution, elle nous retient de caresser un serpent venimeux et nous ordonne de fuir lorsqu'un troupeau d'éléphants se lance au galop dans notre direction, cela augmente nos chances de survie et favorise la transmission de nos gènes aux générations futures. Mais c'est un mode d'urgence, on ne peut pas le maintenir actif en continu, l'organisme ne nous le permet pas. C'est pourquoi, au réveil, Zofia Lorentz se sentait apaisée, elle avait manifestement épuisé sa réserve d'effroi au cours de la nuit.

Elle urina dans la combinaison, ouvrit le col pour se rincer la bouche à l'horrible eau de mer et attendit une grande vague pour regarder autour. Comme elle s'y attendait, il n'y avait là qu'un océan infini et désespérément vide, le ciel au-dessus de sa tête et le soleil sur ce ciel. Durant un instant, son cœur cogna plus vite lorsqu'elle vit un minuscule carré blanc à l'horizon, un carré qui aurait pu être la superstructure du *Vincent*, mais trois vagues plus tard, celui-ci disparut, alors elle estima que son imagination lui jouait des tours, il était impossible que quelqu'un revienne la chercher. Zofia comprenait que ce serait contraire à la logique interne du projet. À la rigueur, ils auraient pu revenir chercher le scaphandre, car cet équipement de sauvetage pourrait échouer quelque part et on initierait une enquête. Mais l'océan charriait probablement sans cesse ce genre de bricoles et personne ne s'en préoccupait, elles finissaient sans doute aux côtés des vieilles ancres comme déco des tavernes sur la côte. Ceci étant, elle s'était toujours demandé si on avait vraiment produit assez d'ancres pour que cela suffise à décorer toutes les gargotes de toutes les stations balnéaires de la planète. Ou y avait-il des usines d'ancres décoratives ? Intéressant.

Elle comprenait bien qu'elle allait mourir. Durant la nuit, cette pensée avait éveillé le désespoir et l'hystérie mais, à présent, seulement la tristesse. Elle parvenait même à se réjouir du fait qu'elle ne se noierait pas. Enfin… elle ne se noierait probablement pas, parce que le vent pouvait se lever d'un instant à l'autre, suivi par des déferlantes à crinière d'écume qui l'enverraient par le fond avec son scaphandre. Mais pour l'heure, elle flottait à la surface et, a priori, elle ne mourrait pas noyée. Elle mourrait de soif. Ceci étant compris, elle ne savait pas du tout à quoi s'attendre, mais, à vue de nez, cette sorte de mort était sûrement plus proche de l'hypothermie que de la noyade. Elle s'affaiblirait de plus en plus, jusqu'à en mourir. Combien de temps cela prendrait-il ? On parlait de trois jours, mais allez savoir. La veille, elle avait dû suer beaucoup lors des recherches de la combinaison, cela la rapprochait certainement du trépas d'une journée, voire de deux. Ses lèvres étaient déjà gonflées et elle avait du mal à déglutir. D'un côté, être plongée en permanence dans l'eau ralentissait sa déshydratation, de l'autre, la chaleur tropicale n'aidait pas.

Elle estima qu'elle tiendrait le coup jusqu'à la matinée suivante. Et cette pensée ne la fit pas fondre en larmes, bien au contraire. Zofia Lorentz soupira un grand coup et sourit. Vingt-quatre heures, c'était toujours ça de pris. Elle se remémorerait les meilleurs moments de sa vie, elle se concentrerait pour envoyer un rayon d'amour à ceux qu'elle chérissait le plus, elle s'émerveillerait une dernière fois à la vue d'un coucher et d'un lever de soleil. Elle ferait la liste de ses plus belles lectures, pleurerait un peu, imaginerait les adieux avec ses proches. Tout le monde n'avait pas la chance de se préparer au trépas dans le calme et le silence – ni même dans une mer chaude. Puisque cette opportunité lui avait été accordée, elle comptait en profiter.

## 9

Sept milles marins, soit treize kilomètres, les séparaient de l'émetteur du scaphandre perdu. Olga décida que si elle voyait quoi que ce soit à travers « l'œil », elle ne virerait pas de bord et se barricaderait sur la passerelle. Que les têtes d'œuf et leurs porte-flingues prennent d'assaut le navire, puis apprennent à le manœuvrer, bonne chance.

Elle agrandissait les photos sur son écran pile au moment où Zofia Lorentz urinait dans sa combinaison. Mais treize kilomètres, c'est une très grande distance, même pour un système optique dernier cri. L'océan, ce n'est pas un peu d'eau dans une bassine, mais un organisme immense qui se meut de toute part. Dans ces conditions, une tête qui dépasse de l'eau n'est même pas un grain de sable ou une tête d'épingle, c'est un virus, une bactérie, on ne peut pas la voir, peu importe à quel point on force sa vue.

Peut-être que si Zofia s'était redressée, pile à ce moment-là, pour observer l'horizon, si les rayons du soleil s'étaient réfléchis sur la bande fluo de sa combinaison, si une vague bienveillante avait soulevé la naufragée, si…

Mais rien de tel n'eut lieu.

— On retourne au cap deux cinq zéro, annonça Olga Gavrilescu en refermant les photos sur son écran. Vitesse de cinq nœuds jusqu'au *waypoint* précédemment fixé, puis on décidera en fonction de la météo.

— À vos ordres, madame la Capitaine.

## 10

Ils s'assirent sur un banc-coin-fumeur près de l'entrée de l'Institut français d'études du diabète, se chauffèrent aux rayons du soleil et contemplèrent les gamins qui descendaient des toboggans du château fort gonflable. Leurs cris se fondaient en une seule rumeur avec le sifflement du compresseur et les chansons de Zaz qui suintaient des haut-parleurs.

— Tu sais à quoi je pense quand je les regarde ? demanda Varank en indiquant d'un mouvement de tête la foule en train de festoyer.

— Vas-y.

— À mon premier boulot en France. C'était dans un petit centre de recherche près de Marseille qui jouissait d'une bonne renommée. On était trente personnes à travailler là, quinze en CDI et quinze en CDD. Moi, bien sûr, j'étais payé au lance-pierre, ce qui ne m'étonnait pas, j'étais doué, mais jeune, il y a pléthore de blancs-becs avec des doctorats dans chaque domaine. Mais parmi les gens en contrats renouvelables, il y avait aussi plusieurs personnes expérimentées, dont un professeur.

Varank s'interrompit brusquement et leva un doigt en l'air.

— Qu'est-ce qu'il y a ? Tu veux que je devine ? demanda Marcel, étonné.

— Non, je voulais écouter un peu, c'est mon morceau préféré de Zaz.

Kluzka écouta les paroles un instant.

— *Rappelle-moi qui je suis, si jamais j'oublie*, répéta-t-il en souriant. C'est symbolique.

— Exact. Qu'est-ce que je disais ?

— Un professeur.

— Oui. Donc, la ligne de partage ne suivait pas celle de l'âge ni celle de l'expérience scientifique.

— La durée de travail sur le poste ? demanda Kluzka.

— Ç'aurait été une explication logique, mais non, ça non plus. Le professeur y travaillait effectivement depuis peu, mais d'autres gens de ma catégorie étaient là depuis près de dix ans. Et, tandis que j'étais là, d'autres personnes embauchées après moi avaient basculé sur des contrats permanents.

— La langue, alors. On est en France, Ruhsar, il suffit que tu commandes un café avec un mauvais accent pour que le serveur fronce le nez avec dégoût. Dans n'importe quel autre endroit du monde, quand tu demandes un crocodile en peluche dans une boutique de jouets, tu reçois ta commande, un sourire et ta monnaie. Ici, les employés de tout le magasin se réunissent pour hausser les sourcils en même temps et te dire qu'une telle bête n'existe pas.

— Non plus. Bien sûr, je suis turc, je n'avais pas de grandes attentes. Mais un CDI avait été accordé à un Lituanien et même à un sauvageon polonais tel que toi. Et, dans notre groupe, il y avait des Français depuis des générations. La meilleure amie que j'y avais était née à Montpellier.

— Donc, ce n'était pas une question de genre non plus.

— Non.

— D'accord, tu m'intrigues. C'était quoi le critère, alors ? Les meilleurs étaient de vrais athées laïques ? Ils avaient étudié dans la même grande école que le chef du labo ? Ils n'étaient pas porteurs de l'HPV ? Leur groupe sanguin était O ? Ils possédaient une rare mutation génétique qui les immunisait contre l'arme biologique sur laquelle vous travailliez ?

Varank rit.

— Avec cette mutation génétique, tu as vu juste, mais je ne la considérerais pas comme rare. Douze pour cent de l'humanité possèdent ces gènes. Des gènes récessifs, certes, mais ça fait quand même un paquet de monde.

Marcel l'interrogea du regard. Ruhsar Varank lui sourit en retour et lui indiqua la foule devant eux – des adultes qui discutaient, assiettes à la main, des enfants sur les toboggans, des nourrissons dans les bras des parents, il y avait même un groupe d'adolescents au fond, mortellement vexés d'avoir été obligés de prendre part à ce festival provincial de l'embarras.

Kluzka comprit. Tous les participants à la fête étaient blancs.

— Mais comment ont-ils réussi à maintenir un tel système en place ? demanda-t-il au Turc. Les gens ont des durées de contrats, on les promeut, il y a des règles préétablies et lisibles.

— Sûr. Notre entreprise avait une règle d'or. Avant toute embauche, il fallait passer un entretien avec un psychologue. Et, par le plus grand des hasards, si tu n'étais pas blanc, madame la psy ne t'estimait pas capable de supporter le joug d'un contrat à durée indéterminée. Tu comprends pourquoi je te dis ça ?

— Le monde est injuste.

— Non, Marcel. Les règles du Monopoly sont injustes parce que c'est celui qui a le plus de chance qui gagne. Le monde est cruel, impitoyable et tellement mal foutu que tu as envie de vomir quand tu découvres les règles qui le régissent. Question… dit-il en agitant la feuille de papier pliée en quatre que le directeur leur avait confiée. Est-ce que nous voulons devenir les architectes d'un niveau de merdier jamais atteint jusque-là ? Un niveau d'hypermerditude où une unique compagnie contrôlera la distribution de la longévité, selon les exigences de son conseil d'administration et de l'assemblée générale de ses actionnaires ?

## 11

Le soleil avait atteint son zénith lorsqu'elle commença à soupçonner que la mort par déshydratation n'était pas aussi agréable et amicale que la mort par hypothermie. Elle avait l'impression d'avoir, dans un accès de folie, mélangé le contenu d'un réservoir de respirateur avec un verre de sel et de s'entêter à présent à mâcher l'exquise substance par cuillerées doubles. Ses lèvres étaient sèches et gercées, sa langue et sa gorge étaient drainées et semblaient poussiéreuses, les rincer à l'eau de mer apportait un soulagement bref, immédiatement suivi par une détérioration.

En plus de cela, elle avait envie de faire caca.

Un curry vert aux crevettes, du café, une part de cheese-cake à l'américaine et, avant cela, des rouleaux de printemps aux légumes, elle avait bien dû en avaler quatre, sous prétexte de prendre des forces avant de fuir en navette de secours mais, en réalité, ils étaient simplement succulents. Ce menu avait donc été soigneusement transformé par son système digestif, les nutriments absorbés et, malheureusement, en dépit de la haute valeur gustative de ces mets, ceux-ci avaient laissé des restes qui lui avaient communiqué, il y avait un certain temps déjà, leur souhait de reprendre la route.

À présent, deux heures après le communiqué initial, ils cognaient de leurs poings sur la porte de sortie.

Quelles solutions avait-elle ? Trois. Toutes les trois mauvaises.

Elle pouvait simplement souiller sa culotte. Option tentante car immédiate et n'exigeant aucun effort. Ce qui retenait Zofia, c'était l'idée qu'à partir de ce moment et jusqu'à sa mort, elle serait accompagnée par des excréments dans son pantalon. En théorie, ça n'avait aucune importance, personne ne lui attribuerait de points pour le style, mais cela ne gâcherait-il pas la magie de ses ultimes adieux à la lueur du soleil couchant ? Elle était irritée par l'aspect irrévocable de cette décision.

Elle pouvait ôter sa capuche, extraire les bras des manches, se soulager et laisser ses excréments flotter hors de la combinaison. Cependant, elle craignait que cette élégante théorie ne se vérifie pas dans la pratique. Au lieu de quitter le scaphandre, les merdes pouvaient se perdre en chemin, s'engouffrer dans les manches, s'étaler, et elle mourrait dans la soupe de ses propres excréments qui cuiraient à l'intérieur de son habit. Elle se mettrait à vomir, à se déshydrater encore plus, et trépasserait plus vite.

Elle pouvait sortir du scaphandre, faire ses besoins avec grâce et retourner dans sa maisonnette en mousse comme si de rien n'était. À ceci près que dans sa tête, la pensée « enlever la combinaison un instant » équivalait à la phrase « enlever le parachute un instant » chez un homme en plein saut. Et si une vague venait à l'emporter ? Et si elle coulait ? S'il se passait n'importe quoi, si elle n'avait plus la capacité ou la force de l'enfiler à nouveau ? Et si elle se fatiguait au point de raccourcir sa vie de quelques heures ?

Il fallait prendre une décision sur-le-champ.

## 12

Tout cela puait l'arnaque à plein nez. Un recoin isolé des Pyrénées, une villa montagnarde cachée, construite dans le meilleur style moderniste des années 1970, certes, et une enseigne discrète : *Le Trésor perdu*. Il pouvait s'agir d'un chalet luxueux pour gens désireux de disparaître, d'un lieu de rencard pour pontes de multinationales ou d'une maison close secrète dans le genre de celles qui fleurissaient dans les romans policiers écrits par ses compatriotes. Mais une clinique de santé ? Zofia et Karol devaient être vraiment désespérés pour croire que les plus grands cerveaux du monde médical ne travaillaient pas dans d'immondes hôpitaux surpeuplés, mais dans d'élégantes et majestueuses villas. Elle était verte de rage qu'un charlatan miteux qui visait probablement des proies riches et idiotes ait arnaqué ses amis. C'est pourquoi Lisa Tolgfors avait bien du mal à masquer son aversion face à ce chef de clinique très surpris par sa visite, dans un premier temps, et à présent irritant et bien trop thérapeutique, un playboy poivre et sel à l'approche de la cinquantaine, aux airs d'expert médical sorti d'une publicité pour compléments alimentaires vitaminés.

— Mais avez-vous obtenu l'accord de l'épouse de monsieur Karol pour votre visite ?

— Et j'aurais dû ?

— Cela aurait été préférable.

— Pourquoi ? Le patient a-t-il été mis sous tutelle ?

— Pardon ?

— Êtes-vous en possession d'un document qui prouve que Karol Boznański a été placé sous tutelle et que toutes les décisions le concernant doivent être prises par sa femme ?

— Non, bien sûr que non. Mais compte tenu de l'état du patient, ce serait préférable.

— Je suis sa maîtresse.

— Pardon ?

— Je suis sa maîtresse. Nous entretenons une liaison ardente depuis de nombreuses années, on s'est envoyés en l'air sur des yachts, sur des flancs de volcan, et même sur la place Saint-Pierre de Rome, une fois, avant qu'on nous chasse. Je veux vérifier si mon étalon s'en souvient. Et mon petit doigt me dit que je ne devrais pas demander l'autorisation à sa femme au préalable.

Le chef de clinique sourit et plaça ses mains en pyramide. Lisa s'attendait sérieusement à ce qu'il dise : « Avant toute utilisation, consultez un médecin et lisez attentivement la notice. »

— L'état de la mémoire du patient ne s'est malheureusement pas amélioré, dit-il cependant. Bien au contraire.

— C'est impossible. Dans une clinique si prestigieuse ?

— Nous ne faisons pas de miracles.

Bien sûr que non. Vous êtes de vulgaires escrocs, des charlatans et des arnaqueurs.

— Je comprends.

Elle afficha la mine la plus triste dont elle fut capable et balaya du regard l'intérieur du cabinet. Les volumes de littérature médicale et les diplômes dans des cadres d'acajou paraissaient commandés dans une boutique de farces et attrapes. Faux, faux et archifaux. Zofia n'avait certainement pas emmené personnellement Karol jusqu'ici, elle ne se serait jamais laissé berner par une telle mise en scène. La question était de savoir ce que cela signifiait ? Est-ce que ses amis avaient simplement été victimes d'une énième « clinique suisse », d'un établissement conçu pour des gens riches et perdus, prêts à dépenser des fortunes pour s'acheter un minimum d'espoir ? Avaient-ils cru qu'un médecin de panneaux publicitaires en savait davantage sur leur maladie qu'un chef du service de neurologie à bout de forces après sa garde ? Avaient-ils cru qu'une jolie architecture, des parquets en chêne et un menu à la carte soignaient mieux qu'une peinture murale jaune et crème, un sol en lino et de la purée garnie de boulettes de viande ? À moins que Zofia ne se soit empêtrée dans une histoire avec des gens si puissants qu'ils étaient capables de provoquer l'amnésie de son mari et de le placer dans une clinique bidon pour qu'elle ne manque en aucun cas de motivation ?

Si tu n'y as pas pensé plus tôt, c'est que tu vieillis, ma chère Lisa. Tu prends les apparences pour argent comptant, tu crois à ce que tu as devant les yeux, il est temps de songer à la retraite.

— Essayez de me comprendre, dit-elle d'une voix tremblante. Je ne peux pas appeler l'épouse de Karol. Je ne souffre malheureusement pas d'une maladie qui me permettrait d'effacer tout ce qui s'est passé entre lui et moi. Et je ne voudrais pas en souffrir puisqu'il s'agit des plus beaux moments de ma vie. J'ai appris qu'il avait été admis ici et…

Elle renifla de façon théâtrale.

— … et je ne sais même pas pourquoi je suis venue. Je voulais peut-être revoir une dernière fois la personne la plus importante de ma vie ? Ou plutôt, voir une dernière fois dans ses yeux qu'il sait, qu'il se souvient, que tout cela a bien eu lieu.

Elle craignait de forcer le trait, elle ne percevait jamais la frontière entre fougue amoureuse et mièvrerie doucereuse. À supposer qu'une telle frontière existe.

— Il ne vous reconnaîtra probablement pas.

Le médecin grimaçait de dégoût, il avait donc pris la déclaration de Lisa pour la pure vérité.

— Son état s'est récemment aggravé, poursuivit-il. Je ne sais vraiment pas si c'est une bonne idée. Ne serait-il pas préférable que vous gardiez en tête vos souvenirs passés ?

Elle décida de jouer *va banque*.

— Mon cerveau comprend que vous avez raison, admit-elle en se penchant et en posant la main sur celle du médecin, mais mon cœur désire revoir cet homme. Si vous avez aimé un jour, vous devez être de mon côté.

En pensée, elle jura en suédois. Cette fois, elle avait poussé le bouchon trop loin. Il la jetterait dehors, foutu toubib, et elle devrait échafauder un plan B sur le pouce. Dans un ultime élan de désespoir, elle se para de l'expression d'une affliction profonde, pour tenter de convaincre ce cher médecin-chef de ne rien refuser à la Sainte-Mère-de-Dieu-Souffrante-d'un-Amour-Inassouvi.

— Je suis de votre côté, dit-il.

Il se leva et, d'un geste de la main, lui proposa de le suivre. Elle se leva à son tour, aussi lentement que cela lui fut possible sans éveiller de soupçons. Sous son faciès attristé, les rouages du cerveau de la voleuse la plus efficace au monde tournaient en surrégime. Elle allait devoir subtiliser Karol. Quand ? Comment ? Cet établissement avait-il un service de sécurité ? Était-il équipé de caméras de surveillance ? On lui avait ouvert le portail sans aucune procédure. Mais qui l'avait ouvert ? Elle ne voyait ni patients ni personnel médical ou administratif. Or, quelqu'un devait bien nettoyer cet endroit, laver les sols, changer les draps, cuisiner les repas.

Dehors, elle avait vu une caméra sur la grille et un interphone vidéo à côté de la porte mais, à part cela, elle n'avait remarqué aucun équipement de surveillance. Soit celui-ci avait été très bien caché, soit, et c'était le plus probable, il n'avait pas du tout été installé, on ne traitait pas cette villa en établissement nécessitant une protection particulière. Cela se comprenait, Lisa n'avait aperçu aucun matériel de valeur ni aucune œuvre d'art qui dépasserait le rang de décoration passable. Le plus grand trésor de ce lieu, c'était son architecture, et celle-ci était difficile à voler.

Dans le cabinet du médecin, elle avait remarqué des senseurs anti-intrusion sur la fenêtre, ainsi qu'un détecteur de mouvements, la même chose dans le couloir qu'elle traversait. C'était une installation anti-effraction basique, on devait l'activer la nuit en circuit fermé, et peut-être même pas.

Par une cage d'escalier vitrée côté jardin, ils montèrent jusqu'au premier étage dont le couloir desservait plusieurs chambres. Lisa remarqua que les portes de toutes les pièces étaient équipées de serrures ordinaires, à clés, exception faite de la dernière, au bout du palier, devant laquelle ils s'immobilisèrent. Ici, le médecin dut débloquer un détecteur situé sous la poignée avec un porte-clés digicode. Ceci tendrait à prouver que dans cette clinique, le patient Karol n'était pas traité comme les autres patients. C'était une bonne nouvelle : on n'avait pas besoin d'embaucher un escadron de surveillants pour un seul prisonnier déboussolé par des pertes de mémoire. Il suffisait d'une serrure électronique, d'un ou deux médecins dans la confidence et de deux ou trois personnes qui se relayaient pour garder ce patient inscrit par ailleurs dans le calendrier des repas et du nettoyage.

Le médecin ouvrit la porte. Lisa fut heurtée par une odeur d'hôpital, celle du chauffage à l'excès, de sueur, d'urine et de produits d'entretien.

— Je vous avais prévenue, dit le docteur en l'invitant à entrer.

## 13

Il tentait justement de se rappeler la seconde partie de la prière à l'ange gardien lorsque la serrure bipa et que la porte s'ouvrit. Une feuille, qui que ce soit, il faut que je lui demande une feuille et un stylo ! Tout serait plus simple si je pouvais noter mes pensées, je saurais alors de quoi je souffre, j'aurais un point de repère.

Une femme pénétra dans sa chambre. Une femme familière. Une femme très mince, mais plutôt sportive, ce n'était pas quelqu'un qui s'affamait à coups de régimes. Elle se mouvait de façon agile et alerte. Karol se dit qu'elle pourrait être prof de yoga. Pourquoi ? Faisait-il lui-même du yoga ? Connaissait-il quelqu'un qui en faisait ? Elle était très belle. Mais pas dans le genre « la plus belle fille du voisinage », ni comme un mannequin hautain, on aurait plutôt dit l'héroïne d'une épopée *fantasy*. Une intrépide aventurière qu'on découvrait princesse d'un royaume disparu.

Il la connaissait. C'était sûr. Mais d'où ? Il ne savait pas comment se comporter. Il craignait qu'il s'agisse d'une proche à qui il ferait de la peine s'il ne la reconnaissait pas.

La femme balaya la pièce du regard, s'approcha de lui et le prit par la main.

— Chéri, c'est moi, dit-elle en polonais. Tu me reconnais ?

Il sourit, obligea son cerveau à un effort et tenta de gagner du temps. Elle parlait polonais, mais n'était pas polonaise. Il entendait son accent. Pourquoi « chéri » ? C'était sa copine ? Sa femme ? Non, certainement pas. Enfin, le croyait-il.

— Tu parles polonais ? demanda-t-elle au médecin qui se tenait toujours sur le pas de porte.

— Pardon ? répliqua celui-ci en anglais.

— Lézard de mes couilles, que ta bite pourrisse dans le cul d'une charogne ? dit-elle au médecin en polonais, mais sur le ton de commander du vin dans un restaurant étoilé.

— Pardon ? répéta le médecin.

— Oh, excusez-moi. Toutes ces émotions… Je vous ai parlé en polonais ?

— Je crois bien, oui.

— Je vous demandais si vous seriez assez gentil pour ouvrir la fenêtre. Je crois que je vais m'évanouir.

Ronya. Ronya, fille de brigand. Pourquoi ce prénom lui venait-il en tête ? Il devait lui avouer qu'il ne la reconnaissait pas. Ronya lui expliquerait peut-être tout ?

— Excuse-moi… commença-t-il.

— Tranquille, mon cher, l'interrompit-elle sur un ton étrange et suave. Je t'expliquerai tout dans un instant.

Pendant ce temps, le médecin s'approcha de la porte-fenêtre du balcon, accola son badge au capteur pour débloquer la poignée, puis fit glisser la baie vitrée sur le côté et libéra l'accès à la terrasse. À ce moment-là, la femme aux faux airs d'elfe s'assit sur le lit et se mit à sangloter de désespoir. Le médecin se retourna, surpris, et regarda Karol comme s'il attendait que celui-ci lui vienne en aide, mais le patient haussa les épaules. Il ne savait même pas qui était cette femme.

Le chef de clinique s'approcha et posa une main sur l'épaule de l'inconnue. Alors, celle-ci se leva brusquement, se jeta à son cou et pleura de plus belle, dissimulant son visage dans sa blouse médicale.

— Ça va aller, ça va aller... dit le médecin en tapotant doucement le dos de la femme en larmes.

Il ne savait visiblement pas comment se comporter.

Et c'est alors que la femme bondit sur le lit et fit trébucher le docteur qui s'effondra lourdement sur le matelas. Elle s'agenouilla sur lui, serrant le cou de l'homme ébahi entre le biceps et l'avant-bras droit dans une prise en forme de V. De la main gauche, elle attrapa son propre poignet droit, parachevant l'étau. Le médecin tenta de se libérer, mais son regard devint vite vitreux et il s'effondra, inconscient, tandis que la femme comptait lentement les secondes dans l'une des langues scandinaves. Au bout du compte, elle relâcha son étreinte et laissa l'homme choir sur les draps.

— Je sais que tu ne me reconnais pas, mais je suis une amie. Tu veux rester là ?

— Non, répliqua-t-il sans hésiter.

## 14

— Pas si vite, Ablette ! lança Geralt en français depuis l'écran télé lorsque Pierre Touré tira sur la bride pour immobiliser le Sorceleur devant le phare maritime d'Eldberg.

Jouer à FIFA seul ne servait à rien. Les jeux d'action qui exigeaient de tirer sur tout ce qui bouge le plongeaient dans un étrange état d'inquiétude. Alors, il avait commencé *The Witcher 3* par plaisanterie, pour se moquer de Marcel et lui dire que, de tous les bienfaits de la civilisation, les Polonais ne maîtrisaient que la chasse aux noyeurs. Et puis, sans l'avoir vu venir, cela faisait déjà la troisième fois qu'il vivait ces aventures. En fait, ce n'était même plus une question d'aventures. Pierre avalait son petit déjeuner et se réjouissait à l'idée de retourner dans le monde du Sorceleur. Allait-il parcourir à cheval la route entre la propriété d'Olgierd et Oxenfurt ? Prendrait-il un bateau pour trouver un trésor sous-marin dans les environs de Skellige ? À moins qu'il aille nettoyer quelques points d'interrogation au milieu des ruines elfiques de Toussaint ? Par ailleurs, il lui faudrait un peu de fric pour l'équipement de l'école du Griffon, il pourrait alors se concentrer davantage sur les sorts et moins sur les pirouettes l'épée en main. Il avait parfois honte de consacrer de longues heures à ce genre de réflexions, mais devait admettre que sa vie durant, personne n'avait jamais si bien exaucé son souhait de goûter à une sorte d'existence parallèle dans un autre monde.

Par sens du devoir, il jeta un coup d'œil à l'écran de son ordinateur portable qui lui transmettait les vidéos de surveillance, prises à l'aide de multiples caméras, de l'endroit le plus ennuyeux au monde, c'est-à-dire la clinique douteuse *Le Trésor perdu*. Et il jeta ce coup d'œil pile au moment où une nana maigrichonne et Karol Boznański sautaient d'une terrasse et couraient vers une Citroën garée à proximité.

— Malédiction, dit-il à haute voix.

Il appuya sur pause et courut dehors comme il était, en emportant du hall d'entrée les clés de sa voiture et un pistolet.

## 15

Elle comptait se débarrasser des autres personnes présentes dans la villa, mais la chance leur souriait et ils ne croisèrent personne. Sur le trousseau de clés de monsieur le docteur en chef, en plus du badge qui permettait de débloquer les serrures électroniques, il y avait aussi une télécommande qui activait probablement le portail. Elle ne pouvait pas le vérifier depuis la terrasse, car l'entrée du jardin se trouvait près de la route, tout au bout d'une longue et sinueuse allée. Que pouvait-elle y faire… elle verrait bien une fois sur place.

— Qui es-tu ? demanda Karol en anglais.

— Une bonne fée. Je vais tout t'expliquer plus tard. Pour l'instant, fais ce que je te dis.

Ils coururent le long du mur jusqu'au véhicule, elle poussa Karol sur la banquette arrière et lui ordonna de se coucher à plat. Un petit moment allait encore passer avant que ce cher docteur ne consulte l'un de ses collègues ou un aide-soignant, mais si d'autres employés de cette clinique l'apercevaient, il valait mieux qu'ils ne remarquent pas son passager.

Elle s'installa au volant et démarra calmement, sans précipitation aucune. Les pneus grincèrent sur le gravier épais. Premier virage, deuxième virage, troisième… la villa disparut de son rétroviseur. Quand elle aperçut le portail, elle leva la télécommande dans sa direction et appuya sur l'un des deux boutons. Rien ne se passa. Elle appuya sur le second. Toujours rien.

— Saloperie.

Elle avança si près que son pare-chocs faillit toucher la barrière mobile constituée d'épaisses planches de bois disposées en biais dans des guides d'acier. C'était un portail très stylé et malheureusement trop solide pour être enfoncé.

Elle leva une fois de plus son bras, ne s'attendant pas à un grand résultat, mais elle maintint alternativement la pression sur les deux boutons.

Le portail frémit puis se mit à glisser sur le côté, trop lentement à son goût. Lisa attendit que l'extrémité du battant dépasse l'aile de sa voiture et démarra aussitôt, s'engageant sur une route de montagne sinueuse qui descendait vers la vallée, une route si étroite que des aires de dépassement avaient dû être construites à intervalles réguliers. Dans chaque virage, on avait aussi placé des miroirs ronds et bombés qui permettaient de s'assurer qu'aucun véhicule n'arrivait d'en face. En s'approchant de la deuxième courbe, Lisa découvrit du mouvement dans cette glace. Elle ralentit et dut s'arrêter, car un quatre-quatre Toyota émergeait de la propriété voisine. Le chauffeur leva la main en signe d'excuse, descendit et retourna derrière son automobile pour refermer le portail.

Lisa soupira d'irritation. Elle comprenait bien que le propriétaire du quatre-quatre ne pouvait faire autrement : après avoir investi la chaussée, il n'avait nulle part où se caler pour ne pas bloquer le passage. Pour qui diable construisait-on de tels chemins ? Pour des VTT ?

L'homme contourna sa voiture, fit un autre signe de la main. Grand et noir, il avait l'air d'un footballeur professionnel, à moins que cette impression n'ait été dictée à Lisa par le maillot d'elle ne savait quel club qu'il portait. Il referma le portail et avança vers elle. Elle jura ; vraiment, elle n'avait pas le temps pour ces convenances à la française, avec des excuses officielles, des bonjours et des répliques du genre oui, merci, ça va bien et vous.

Et c'est alors – trop tard, malheureusement – qu'elle remarqua que l'homme ne portait que des chaussettes. Elle passait la première, prête à emboutir la Toyota et à continuer sa route, lorsque trois détonations retentirent. Les deux premières balles percèrent son pneu avant gauche, la troisième fit exploser la vitre de sa portière et une pluie d'éclats de verre la saupoudra de la tête aux pieds. L'écho des coups de feu roula sur la montagne. Dans le silence qui suivit, l'air qui s'échappait du pneu siffla fort. Lisa constata qu'elle était en vie et qu'on n'avait pas – pour l'heure – voulu la tuer. Elle recracha un morceau de verre immobilisé entre ses lèvres et regarda à travers la fenêtre sans vitre l'extrémité du canon d'un HK USP 9 mm qu'elle connaissait bien, ainsi qu'une sympathique tronche noire à lunettes. L'œil gauche de ce faciès formait une seule ligne droite avec son œil à elle, la hausse et le guidon de l'arme.

— Vous voulez ma bourse ? demanda-t-elle en français.

— Je veux que tu ne bouges pas. Et toi, derrière, descends ! Tu comprends ce que je dis ?

— Je comprends, répondit Karol. Je veux dire, je comprends les mots, mais je ne sais absolument pas ce qui se passe. Est-ce que je vous connais, tous les deux ?

— Moi oui, déclara Lisa. Je suis ton amie. La tienne et celle de ta femme.

— Ne la crois pas, Karol ! cria l'homme. C'est moi, Pierre, je suis ton pote, on s'est rencontrés à Londres, tu te rappelles ? Elle te ment et veut te kidnapper.

— C'est un mensonge, répliqua tranquillement Lisa, se rendant compte au même moment que la situation était sans espoir.

Le sifflement de l'air quittant le pneu s'interrompit, remplacé par un nouveau bruit, celui d'un moteur de voiture qui peinait à monter la pente. L'homme l'entendit et regarda dans cette direction. C'était sa seule chance. Lisa ouvrit brutalement la portière et plongea au sol, l'inconnu réagit en un clin d'œil et tira, mais la manqua. Elle empoigna fermement son pied nu enfoncé dans une chaussette de sport blanche et le tordit, et lorsque le sportif mit un genou à terre en gémissant, elle frappa de l'autre main le poignet du bras qui tenait l'arme. Un homme lambda l'aurait sans doute lâchée, mais ce type avait été bien formé. Elle pressentait un soldat en lui, ce qui signifiait qu'il était fort, endurant et qu'on lui avait appris à compter sur les armes. C'était une bonne nouvelle. À moins bien sûr qu'il ne l'attrape ou ne la frappe – et ne la flingue pas, bien sûr –, il n'avait aucune chance contre quelqu'un d'aussi rapide et agile qu'elle. Surtout lorsque l'une de ses mains était prise par son précieux flingue, arme inutile dans une vive lutte à mains nues.

Elle avait sous-estimé son adversaire qui jeta son arme au loin et la cogna sur l'oreille, de sa main ouverte à plat, si fort qu'elle en vit des étoiles. Cela retarda d'une fraction de seconde la torsion de son corps, donna à son adversaire le temps de la clouer au sol, avec l'autre main d'abord, puis avec le genou douloureusement enfoncé dans le plexus. Lisa aurait crié si ce genou n'avait pas déjà chassé l'air hors de ses poumons.

Puis il y eut d'autres tirs. Un, deux, trois.

Karol Boznański s'était planté à trois mètres d'eux, le pistolet à la main.

— Cassez-vous dans les bois, dit-il en indiquant du menton la pente raide sur le bas-côté de la route.

— Karol, mon ami… commença l'homme. Tu ne comprends pas ce qui se passe. C'est une terroriste qui veut t'enlever.

— Il ment, gémit Lisa.

— Je m'en fiche. Cassez-vous ou je vous flingue l'un et l'autre.

Malgré tout, elle avait envie d'en rire. Dans une autre situation, elle aurait pu le convaincre, lui expliquer que c'était elle la gentille en lui offrant sa voiture, par exemple. Mais à quoi bon lui servirait une auto hors d'usage ?

— Moi, je suis d'accord, dit-elle cependant. Si ce gorille me lâche, je file dans les bois et vous pourrez régler cette affaire entre vous, messieurs. Ma voiture n'est plus bonne à rien, de toute façon.

— Monsieur le gorille ? Qu'est-ce que vous en dites ?

— Ce que j'en dis, c'est qu'il s'agit d'une remarque raciste. Comparer un Noir à un grand singe, on est au XXIe siècle quand même… dit l'homme en ajustant ses lunettes.

Il se leva et libéra Lisa avant de mettre les mains en l'air.

— Écarte-toi de la voiture, lui ordonna Karol.

L'homme au maillot de foot ne remua pas, alors Karol lui tira entre les pieds. Lisa frémit, prise de court, une fontaine de sable lui saupoudra le visage. Elle comptait les coups. Huit. Il restait donc dix projectiles.

Quelque chose clochait. Le bruit du moteur. On ne l'entendait plus. Cette voiture était-elle en route pour la villa du dessous ? Elle se serait arrêtée au son des coups de feu ? Le mystère fut résolu la seconde suivante lorsque le blond moustachu qui l'avait poursuivie au Muséum national d'Histoire naturelle apparut dans le dos de Karol.

— Jette ton arme, lui ordonna-t-il en polonais, en visant l'arrière de sa tête.

Lisa comprit qu'elle avait perdu.

## 16

Elle avait surestimé de beaucoup, mais alors vraiment de beaucoup, la clémence d'une mort par déshydratation. Certes, elle sentait ses forces la quitter, mais elle était loin de s'enfoncer dans la léthargie et de mourir tranquillement. Bien au contraire, son cœur battait de plus en plus vite, persistant à pomper son sang jusqu'au cerveau, afin qu'elle puisse se rappeler sans arrêt à quel point elle avait soif. Elle avait prévu de se remémorer, des larmes dans les yeux, sa formidable vie remplie d'émotions et d'aventures, au lieu de quoi elle était en train de basculer dans l'état d'un marathonien qui, au trentième kilomètre, pouvait tout aussi bien courir à travers les couloirs du Louvre, il serait de toute manière incapable de penser à autre chose qu'à la douleur dans son mollet droit ou au fait qu'il ne lui restait plus que dix kilomètres jusqu'à la ligne d'arrivée : qu'est-ce que c'est que dix bornes, c'est peu, la bonne vieille dizaine des familles, tu peux le faire.

Par conséquent, elle s'adonnait à trois distractions en alternance. La première consistait à compter combien de temps était passé depuis sa dernière gorgée d'eau. Elle avait dîné vers dix-huit heures, le soleil s'était couché peu après. À présent, l'astre frôlait presque les vagues, cela voulait dire que vingt-quatre heures étaient passées. Mille quatre cent quarante minutes. C'était comme si elle avait regardé en continu les deux premières saisons de *Game of Thrones* et encore quelques épisodes de la troisième sans jamais tremper ses lèvres dans un liquide ! *Bravo, Zofia, ça pourrait constituer un record.*

L'activité numéro deux consistait à rechercher les métaphores qui décrivaient le mieux sa soif. La comparaison inventée plus tôt – avaler des cuillerées de poussières d'aspirateur mélangées à du sel – continuait à rendre son ressenti avec précision, mais d'autres formules existaient : gratter un mur en béton avec du papier de verre transposait le mieux les contacts, malheureusement inévitables, entre sa langue et son palais, tandis que lécher un chat mort en plein désert restituait le goût qu'elle avait en bouche.

Enfin, elle s'imaginait tous les liquides propices à la consommation, depuis l'eau d'un ruisseau de montagne jusqu'au Coca Zéro, en passant par les flaques aux reflets arc-en-ciel devant les Abribus de Varsovie. Mon Dieu, comme il serait merveilleux de s'agenouiller au milieu des passants et de laper une telle flaque comme un chien, de sentir le goût du gasoil dans sa bouche et le gravier grincer entre ses dents, elle aurait vidé la flaque avant de lécher l'asphalte.

Le disque solaire toucha la surface de l'océan, puis s'enfonça rapidement à l'intérieur. Elle avait l'impression qu'à cette latitude, les processus astronomiques survenaient plus brutalement. Le soleil surgissait vite de derrière l'horizon et se cachait avec une vélocité identique, il semblait disposer de moins de temps que dans le nord pour peindre des tableaux romantiques. Zofia flottait sur des vagues plus hautes que la veille et observait l'astre plonger parmi elles, cette belle source de toute vie sur Terre, y compris du bref et insignifiant épisode qui la concernait. Il ne restait plus que le court flash vert, l'ultime fragment du disque se transforma en un trait fin, puis en un point et ça y était, le monde qui l'entourait fut soudainement réduit au sombre bleu de l'océan et au ciel orange.

Zofia pleura en se disant que c'était peut-être dommage de gâcher de l'eau, mais que le dernier coucher de soleil de sa vie méritait quelques larmes.

## 17

Le vent soufflait de plus en plus fort. Mireille Zéroual et Bogdan Smuga devaient se pencher très bas dans leur « salle de conférences » à la proue du *Vincent* pour que les rafales ne leur arrachent pas la tête et pour qu'ils puissent s'entendre. La capitaine les avait informés qu'une tempête arrivait et qu'il fallait malheureusement consommer un peu de carburant pour fuir son centre. Mais puisque cette fois-ci, il ne s'agissait pas d'une « averse passagère », comme elle avait qualifié les précédentes intempéries, on ne pouvait pas éviter le tangage, ce qui rendait nécessaire la fermeture du girolab. Smuga n'objecta pas, il comptait profiter de l'occasion pour rattraper du sommeil en retard.

— Ça ne t'inquiète pas ? lui demanda Mireille.

— Non. En embarquant Boznański, cette Suédoise nous a enlevé une épine du pied. Pour te dire la vérité, je ne savais plus trop quoi faire de lui. Sa liquidation paraissait logique, mais je t'avoue qu'elle était émotionnellement difficile. Je cherchais un moyen de le renvoyer en Pologne. Lorentz était une menace, d'accord, mais lui, ce n'est qu'une victime collatérale, et il y a l'orpheline pour compléter le tableau. Oui, je sais, ce ne serait pas un grand prix à payer, ne me regarde pas ainsi. Mais ce n'est pas toi qui as dû la jeter à l'eau, je te rappelle.

— Tu n'aurais pas dû t'attacher autant. C'était ton erreur, ta responsabilité.

— Ça n'a plus d'importance. Zofia n'est plus là, son mari n'est plus là, le problème s'est résolu de lui-même.

Ça tonna dur lorsque le *Vincent* plongea dans le creux d'une vague particulièrement élevée. Un nuage de gouttelettes les enveloppa. Le temps se dégradait de minute en minute.

— Et Céret ?

— Tout va selon le plan. On avait prévu que, au fur et à mesure de l'évolution des événements, ils allaient tenter de mettre la pression sur des entreprises qui dépendaient d'eux. Nous avions aussi prévu que les plus repues et les plus confortables allaient être ciblées en premier. Nous supposons qu'il leur faudra un peu moins de trois semaines pour comprendre qu'ils suivent une fausse piste.

— Ça suffira ?

— À toi de me dire.

Mireille Zéroual ne répondit pas, elle savait que Bogdan Smuga connaissait la réponse. Ils abordaient le moment décisif de leur entreprise. Les premiers tests étaient prometteurs, il leur fallait seulement du temps au labo pour identifier la bactérie, pour débusquer l'enzyme, séquencer le gène adéquat et le transcrire à l'aide de quatre lettres sur une feuille de papier, après quoi, ils pourraient aussi poursuivre leurs recherches dans n'importe quelle cave à la noix, n'importe où sur la planète. Combien d'heures de travail leur fallait-il encore ? Plus il y en aurait, mieux ce serait.

— Qu'est-ce qui peut nous mettre en danger ?

— L'implication de certains gouvernements et des recherches massives via des satellites militaires et des avions de reconnaissance, actions qui précéderaient de peu la transformation du *Vincent* en une vaste tache d'huile à l'aide de quelques missiles. Ce qui, comme je te l'ai dit, n'arrivera pas avant trois semaines, si jamais ça arrive. Hormis cela, nous sommes en sécurité.

La chercheuse le saisit par le bras pour ne pas tomber de leur trappe-banc quand le bateau fut brutalement secoué à nouveau. Encore une conséquence du changement climatique : ils n'auraient pas dû avoir à fuir des tempêtes tropicales à cette latitude, et certainement pas à cette période de l'année. Comme disait le proverbe, si tu veux faire rire la planète, raconte-lui tes projets.

## 18

La nuit avait l'odeur de la forêt, du lac et de la fraîcheur. La femme se tenait nue au bord du lac et sentait qu'elle n'était pas spectatrice, mais partie prenante de ce monde. L'air nocturne provoquait la chair de poule, l'éclat de la lune extrayait des ombres des formes de son corps, le sable mou et l'eau légère caressaient ses pieds – le monde n'existait pas à côté d'elle, et encore moins pour elle, mais ils coexistaient, elle et lui, dans une harmonieuse beauté.

Lentement, ne voulant pas perturber par ses mouvements brusques le silence qui emmaillotait le monde, et avec le respect dû à Mère Nature, elle s'immergea dans l'eau qui sentait les fruits et l'été. Elle repoussa le fond vaseux de ses pieds, nagea à travers les joncs jusqu'au milieu du lac noir et lisse, sa surface seulement perturbée par les mouvements de ses bras. Elle plongea et parcourut quelques mètres sous l'eau. Lorsqu'elle émergea, ses longs cheveux humides se collèrent à ses joues. Elle prit de l'eau dans la bouche et l'expulsa d'un long arc, à l'instar des sculptures des fontaines citadines. Le bruit du jet qui tombait dans le lac lui parut très puissant, trop puissant même. Apeurée, elle cessa de cracher, mais la rumeur grandit, un bruissement et un bouillonnement s'ajoutèrent aux bruits de l'eau, comme si, par son comportement nonchalant, elle avait offensé les dieux du lac. La surface se bomba et avança vers elle, en se froissant, en se pliant pour former des crêtes d'écume menaçantes et démoniaques à la lueur de la lune. Terrifiée, elle se mit à nager vers la plage, battit énergiquement des bras et frappa la surface de ses pieds, mais la vague était plus rapide. L'eau la souleva, la recouvrit de mousse, la retourna et l'enfonça sous la surface. Elle s'agita, tenta de fuir le brisant, mais garda les yeux ouverts, même sous l'eau, et c'est alors qu'elle vit une forêt de mains pâles, cadavériques, s'élever des abysses pour l'attraper. Elle cria, seulement pour avaler de travers et s'étrangler.

Zofia se réveilla en toussant, crut d'abord qu'elle rêvait toujours, entourée par la noirceur, l'eau et la rumeur du vent, mais se rappela pour finir où elle se trouvait : dans une chambre d'agonie océanique. Une chambre d'agonie qui, en dernier lieu, avait décidé de lui mettre une rouste supplémentaire parce que, au fond, pourquoi pas ? Cher océan, à ton avis, pourquoi mettre une dernière rouste à Zofia Lorentz ? Parce que.

Le vent s'était levé, les vagues avaient crû, elles se froissaient, se couvraient de bandes écumeuses. Le balancement de haut en bas devint plus brutal, Zofia ne pouvait plus rester couchée tranquillement sur le dos, elle dut fournir un grand effort pour maintenir une position stable, ce qui provoqua de fortes crampes dans différentes parties de son corps. Ses muscles lui faisaient mal, sa tête était sur le point d'exploser, un pouls effréné tambourinait dans ses oreilles ; mais ce qui la faisait le plus souffrir, c'était l'intérieur de sa bouche desséchée jusqu'au sang. Elle tentait de limiter sa peine en respirant par le nez, mais les gouttes salées ne faisaient qu'aggraver son état, elles s'immisçaient dans sa gorge et lui donnaient des haut-le-cœur. Zofia endurait et gémissait de douleur tout bas, n'ayant plus assez d'humidité en elle pour pleurer.

Pour la première fois, elle se dit que la noyade serait une meilleure option. Pour la première fois, elle posa la main sur la fermeture Éclair de son scaphandre et se demanda combien de temps elle souffrirait si elle l'enlevait.

L'étincelle d'un éclair illumina le ciel au loin, sur l'horizon.

## 19

Karol Boznański dormait toujours lorsque Ruhsar Varank posa sur la table de la salle à manger une cafetière fumante et trois tasses. Une pour lui, une pour Marcel Kluzka et une pour Lisa Tolgfors. Le jour se levait à peine, un jour gris et enfin hivernal. Sur le rebord d'une étroite fenêtre encastrée dans un mur en pierre épais, la neige s'entassait.

Le café est trop fort et trop noir, se dit Lisa en buvant une gorgée, mais au moins il est chaud. Elle se taisait et réfléchissait à la situation inhabituelle dans laquelle elle se trouvait. La veille, elle faisait déjà ses adieux à la vie et, bien qu'elle se considérât comme une personne expérimentée et peu sujette aux étonnements, elle avait néanmoins été sincèrement ébahie de voir son persécuteur moustachu saluer chaleureusement son persécuteur noir, seulement pour l'aider à se relever et lui expliquer qu'il y avait eu quelques modifications et qu'à présent ils étaient tous du même bord. Elle avait d'abord cru à une ruse mais, en réalité, ils n'avaient besoin d'aucun tour de passe-passe : ils la tenaient, ils tenaient Karol, ils pouvaient faire d'eux ce que bon leur semblait. Et, en l'occurrence, ils voulaient disparaître des radars. Pierre Touré ne cilla même pas à l'annonce d'un changement d'alliance, sa loyauté allait très manifestement au seul « cher major », ainsi qu'il qualifiait Kluzka. Le garde du corps en chaussettes avait donc reçu pour mission de crédibiliser leur version, en transmettant à sa centrale le récit du kidnapping réussi de Karol, de sa fuite de sa prison au *Trésor perdu*, après laquelle tant le patient que la kidnappeuse auraient disparu sans laisser de traces.

Lisa décida qu'à cheval donné, on ne regardait pas les dents, et s'évertua donc à disparaître sans laisser de traces. En tant qu'experte dans ce domaine, elle contrôlait sa signature électronique à cent pour cent : elle disposait toujours d'un téléphone sécurisé et d'une identité de rechange. Marcel Kluzka, se qualifiant par euphémisme de « spécialiste en sécurité », était un mercenaire de haut vol qui puait la Légion étrangère à plein nez, tout comme son pote en chaussettes, d'ailleurs, et savait donc lui aussi s'évanouir dans la nature. Lisa approuva son choix de minimiser les risques de détection en se planquant dans l'un des gîtes du secteur coupés du monde. Seul le beau gosse turc qui lui faisait très envie – mais qu'elle décida de ne pas mettre dans l'embarras dès la première nuit en se glissant sous sa couette – souffrait de l'amputation soudaine et brutale de sa trace numérique. Il ressentait certainement des douleurs fantômes dans ses récepteurs sensoriels de Facebook et d'Instagram. Par chance, il n'avait ni femme, ni enfants, ni maîtresse dans ce vaste monde, ce qui leur facilita la tâche.

Varank se versa à nouveau du café et sortit de sa poche une cordelette multicolore sur laquelle on avait enfilé plusieurs pâtes Farfalle. Il les fit défiler sous ses doigts en fredonnant dans sa barbe une mélodie qui ressemblait à *Volare*. Lisa interrogea Marcel du regard. Elle avait déjà rencontré quelques musulmans cinglés dans sa vie, mais cette vision lui semblait d'emblée hors catégorie.

— Ruhsar est un pastafarien très pratiquant, lui expliqua le moustachu sans une once d'émotion dans la voix. Surtout quand je suis là.

Ils parlaient français entre eux, ce qui lui parut drôle, car ce n'était la langue maternelle de personne.

— Pourquoi ?

— Parce que je suis catholique.

— C'est vrai ? Je te croyais originaire de la campagne polonaise.

— Très drôle. Et toi ?

La question l'étonna. Elle avait perdu l'habitude qu'un Occidental interroge une autre personne sur ses croyances. Par le passé, une telle question était considérée comme offensante en société, c'était une ingérence dans la sphère privée, mais maintenant ? C'était un peu comme si elle avait entendu une jolie chanson chez quelqu'un et qu'on lui avait proposé de la lui copier sur cassette pour qu'elle puisse l'écouter sur son Walkman.

— Je crois en l'unique, en le sacré, en l'universel et l'audacieux rapport sexuel sans contraintes, mais un rapport gymnastique et satisfaisant.

— Ramen, déclara le Turc, les paupières toujours closes. Je vais prier le Monstre pour qu'il t'en accorde le plus possible, que tes orgasmes soient aussi longs que des spaghettis et ton vagin toujours chaud et bien fourré tel des fusillis à la farce piquante.

Marcel regarda par la fenêtre.

— Si tu évoques du fromage ou des champignons, je sors.

— Tu te moques, mais de plus têtus que toi changeraient d'avis à l'heure de l'épreuve, répliqua Varank avec sérieux. Quand on a faim, on cherche le divin, tu connais certainement ce proverbe.

Oui, c'était un curieux couple. La veille, ils lui avaient expliqué pourquoi ils avaient décidé de trahir leur employeur. C'était une histoire édifiante. Mais était-elle crédible ? Leur présence ici la crédibilisait. Lisa n'arrivait pas à imaginer comment ils pourraient obtenir quelque chose en bâtissant une fumisterie de plusieurs niveaux autour de Karol et elle.

— Messieurs, j'ai deux questions à vous poser, annonça-t-elle. La première est pour toi, mercenaire.

— Spécialiste en sécurité.

— Où est Zofia Lorentz ?

— La dernière fois que je l'ai vue, elle sautait sur une péniche sur la Seine pour suivre Smuga. Après quoi, nous n'avons pas réussi à les localiser. Et crois-moi, nous ne manquons ni de savoir-faire ni de ressources.

Elle le croyait.

— Qu'est-ce que ça veut dire ?

— Je vais te répéter ce que j'ai dit à ma compagnie. Smuga poursuit son projet et Lorentz est morte. L'embarquer était inutile et, laissée en liberté, elle constituait une menace. Soit elle est décédée de ses blessures, soit ils lui ont fait une piqûre et se sont débarrassés du corps par l'une de leurs méthodes si scientifiques.

Les paroles de Kluzka paraissaient logiques. Et simultanément, elles ne l'étaient pas. Lisa se souvenait de l'après-midi passé à l'Institut polonais de Paris, de la manière dont Smuga parlait, argumentait, mais surtout de la manière dont il regardait Zofia. Bogdan Smuga était un idéaliste. Pour ses idées, il aurait été capable d'être un fils de pute, un assassin froid, mais pas de sacrifier Zofia Lorentz ni de l'abandonner, agonisante, à une mort certaine.

— Il l'a entraînée dans sa fuite, dit-elle.

Les deux hommes échangèrent d'abord un regard entre eux, puis se tournèrent à nouveau vers elle.

— Ça n'aurait aucun sens.

— Je sais. Mais à moins qu'elle ait rendu son dernier souffle directement sur cette barque, il l'a emmenée avec lui. Vous savez où il est ?

Les deux hommes échangèrent un autre regard. Elle comprenait le cours de leurs pensées. L'un comme l'autre avait été embauché par une multinationale prête à toutes les compromissions pour obtenir un secret qui la ferait basculer de la catégorie « industriel » à celle de « maître du monde ». Ils avaient renoncé à leurs carrières, probablement à vie, et risquaient sans doute davantage, ils avaient trahi leur employeur, persuadés qu'une pilule de longévité ne devait pas être réglementée. Ainsi, ils se retrouvaient de fait du côté de Smuga et de sa secte d'anarchistes-scientifiques. Et, à présent, une voleuse notoire leur demandait de dévoiler le secret de leur emplacement, comme ça, en passant, autour d'un café. D'accord. Cependant, elle n'avait ni le temps ni l'envie pour des préliminaires.

— Je suis de votre côté, leur annonça-t-elle. Si ce n'était pas le cas, je chercherais déjà un acheteur pour lui vendre l'information selon laquelle leur laboratoire se trouve sur un cargo qui navigue au large du Kenya et de la Somalie.

— N'importe quoi, répliqua Kluzka, très crédible.

C'était un professionnel.

Varank, en revanche, fit la moue d'un môme de sept ans à qui on annonce que le Père Noël n'existe pas.

— Est-ce qu'on pourrait admettre que cette question est derrière nous ?

Elle jeta sur la table la feuille pliée en quatre que Varank et Kluzka avaient reçue la veille des mains du directeur de l'Institut français d'études du diabète.

— Mais…

Varank se tourna vers sa chambre.

— On peut l'admettre, oui, déclara Marcel, résigné.

— Mais…

— Inutile de perdre du temps en explications.

— Est-ce que ça vous paraît crédible ? Ce navire ? demanda Lisa en s'adressant au Polonais.

— Totalement. D'après ce que j'y connais, les eaux internationales sont une zone de non-droit. Du point de vue des essais cliniques, c'est idéal. Plus la mobilité. Plus une indépendance absolue vis-à-vis d'une administration quelconque. Le temps près de l'équateur est paisible et puisque des pirates rôdent dans les environs, personne ne s'étonne de voir un bateau naviguer incognito. Vu qu'on peut faire le plein et être ravitaillé en mer, et vu la surface qu'occupent les océans sur le globe, c'est un moyen parfait pour demeurer invisible. Il y a probablement aussi bon nombre d'inconvénients, surtout dans le transport des gens et du matériel, sans parler du tangage du bateau, mais les avantages l'emportent.

— La seconde question est pour toi, tête d'œuf. *Quid* de notre patient ? Ces changements sont-ils réversibles ? Et si oui, comment ?

— Je ne sais pas, répliqua Varank. Les meilleurs spécialistes en biochimie de la mémoire travaillent chez Smuga, ils mènent des travaux sans limitations formelles ni juridiques, dans une atmosphère de totale liberté scientifique, et ils ne manquent probablement pas de cobayes non plus. Ils l'ont sans doute gavé de médicaments qui perturbent l'usage de l'adrénaline, c'est pour ça qu'il rencontre des problèmes pour reconstituer des souvenirs dans lesquels l'émotion jouait un grand rôle. À leur place, j'aurais ajouté divers psychotropes à ce cocktail, des substances connues pour leurs effets secondaires, comme des troubles de la mémoire ou une altération des fonctions cognitives. Et ces substances ont ceci de particulier qu'elles fonctionnent différemment chez chacun. Une fois Karol transporté chez eux, ils ont dû affiner le dosage par la méthode des essais et des erreurs.

— Ça paraît crédible, hasarda Kluzka. Il y a trois semaines, ton ami donnait l'impression d'un type normal dont les souvenirs se font parfois la malle. Aujourd'hui, on dirait un vieillard désorienté.

Varank approuva d'un mouvement de tête.

— D'après l'état de mes connaissances, cette option serait à la fois une bonne et une mauvaise nouvelle. Une bonne, parce que son organisme finira bien par métaboliser les médicaments et, pour peu qu'on ne lui ait pas administré de substances qui transforment à jamais les structures neuronales, il devrait revenir à lui-même. Souvent, interrompre ce genre de traitement est un souci, car la plupart des patients, quand ils reviennent à eux-mêmes, basculent dans une névrose ou une dépression. Mais dans notre cas, nous voulons simplement qu'il revienne à son état initial.

— Et pourquoi est-ce une mauvaise nouvelle ?

— Le sevrage d'inhibiteurs, et de psychotropes en général, est un processus long et délicat qui se déroule d'ordinaire sous l'étroite supervision d'un médecin. Il est souvent plus éprouvant que la thérapie elle-même. On peut le comparer à une sortie d'addiction.

— Il risque quelque chose ?

— Non, si on le surveille. Il va souffrir, mais si on ne lui permet pas de se taillader les veines dans un accès de déprime ou de se faire du tort lors d'une crise d'épilepsie, ça va aller.

— Combien de temps ça va prendre ?

Varank écarta les bras.

— Quelques jours ? Quelques semaines ? Je n'en sais rien.

Lisa acquiesça. Bon, il semblait qu'elle n'avait plus grand-chose à faire. Elle devait attendre que Karol expurge ses toxines et, dans le cas favorable, retrouve la mémoire. Kluzka et Varank devaient réfléchir à la suite de leurs actions : disparaître ou duper activement leur multinationale. Zofia, à condition qu'elle fût en vie, devait se tourner les pouces tout comme elle, retenue prisonnière sur un mystérieux navire-laboratoire. Avec ce qu'elle savait, Smuga ne pouvait pas la laisser partir avant de vérifier si sa trouvaille parisienne valait quoi que ce soit.

Lisa regarda la neige qui tombait de plus en plus dru derrière la fenêtre et songea au bateau bercé gentiment par les vagues quelque part près de l'équateur. Allez savoir, Zofia vivait peut-être des vacances de rêve sous les tropiques, à contempler l'océan en sirotant un mojito à travers une paille écologique ?

## 20

Elle n'aurait jamais cru le dire sérieusement un jour, elle avait toujours soupçonné que c'était une figure rhétorique utilisée par des femmes exaltées ou une formule surexploitée par les auteurs de romans de gare dont les héroïnes s'écriaient toutes les deux pages : « Oh, je préférerais être morte ! » Mais maintenant, elle pensait réellement qu'elle préférerait être déjà morte et il n'y avait pas une once d'exagération ni d'exaltation là-dedans, seulement l'immense envie d'être soulagée. Emprisonné dans sa combinaison en mousse, son corps glissait dans le creux d'une vague ou remontait sur sa crête où il se prenait une giclée de vent et d'eau salée dans la face et persistait dans un douloureux état d'agonie. Ses muscles tremblaient, pris de spasmes, sa peau était en proie à un fourmillement désagréable, son cœur galopait, sa gorge brûlait comme farcie de plâtre mélangé à des piments, et l'ensemble de ces souffrances était surpassé par un mal de crâne transperçant qui faisait danser des pétales noirs devant ses yeux.

Une gorgée d'eau ! Zofia savait qu'une gorgée d'eau changerait tout. Une seule gorgée calmerait son corps, la perceuse dans son crâne cesserait de vriller. Mon Dieu, si elle pouvait goûter ce soulagement au moins un instant. Puisque ses adieux solennels à la vie au lever du soleil n'auraient pas lieu, dans la mesure où l'horizon se voyait rempli par un nuage bizarroïde en forme d'enclume moutonnante, Zofia aurait peut-être au moins droit à un moment de quiétude auguste ? Qu'est-ce qui pourrait bien se passer, au fond, si elle buvait une unique gorgée d'eau de mer ? D'accord, en définitive, elle n'étancherait pas sa soif, mais accélérerait sa déshydratation ; ce fait, en l'occurrence, sonnait comme une mauvaise blague. Elle pourrait aussi abîmer ses reins, mais était-ce une préoccupation valide ? Oh, se rincer la gorge une dernière fois, remplir sa bouche, se sentir soulagée… Après quoi, advienne que pourra. L'eau salée était-elle mortelle ? Les gens mouraient-ils à la chaîne à cause d'une soupe trop salée ou de spaghettis cuits dans une eau mal assaisonnée ? À long terme, c'était du poison, certes, mais Zofia se trouvait dans sa dernière ligne droite, aucun long terme ne la concernait.

Guidée par cette pensée, elle détacha le col de sa combinaison, tourna la tête, plongea le visage dans l'eau et avala quelques gorgées d'eau de mer, constatant dès la première que c'était une idée stupide. Ses entrailles, l'unique partie de son organisme qui n'avait pas encore été accaparée par la souffrance, se contractèrent sous un choc douloureux, comme si elle venait d'ingurgiter une bouteille de soude pour déboucher les canalisations. Elle râla, pliée en deux, trop affectée pour crier ou au moins gémir et, l'instant d'après, elle vomit, remplissant de bile corrosive une gorge et une bouche déjà mal en point avant cela. Elle toussa et vomit une seconde fois, les torsions la secouèrent pendant plusieurs minutes, provoquant une douleur dans les poumons et les abdominaux, son cœur battait à tout rompre, le tumulte de son sang dans ses oreilles recouvrait jusqu'à la rumeur courroucée de l'océan.

Mort par vomissures, c'était bien sa veine, songea-t-elle, persuadée que c'était la fin, mais elle parvint en définitive à calmer sa respiration. Son cœur ralentit un peu. À quoi bon continuer à faire des efforts, espèce de vieille conne ? Pour te torturer davantage ? Tu aurais pu avoir une vie plus longue, d'accord, mais elle a de toute façon été géniale, pars dans la dignité et voilà.

Mourir avec dignité. C'était un bon plan.

Elle soupira, ouvrit la fermeture Éclair de la combinaison et fut immédiatement saisie par le froid quand l'eau réchauffée par son corps se mélangea à celle de l'océan. C'est au prix d'un grand effort qu'elle extirpa ses bras, puis ses jambes et, l'instant d'après, elle se coucha dans l'eau, agrippée au scaphandre qui flottait à ses côtés, en compagnon fidèle de son infortune.

Une avalanche de panique la submergea. L'instinct de survie lui ordonnait de retourner dans la mousse et de tenir aussi longtemps que possible.

Pas question, se dit-elle, pas cette fois. Ça ne lui apporterait que davantage de souffrance. Je suis une fille de la nature, et maintenant, je retourne à elle. Et je dicte mes conditions.

Elle se déshabilla, permit à la mer d'emporter ses vêtements et sa saloperie de scaphandre qu'elle avait fini par lâcher. Durant quelques instants, elle le regarda se maintenir à la surface, mais quand il disparut derrière la crête d'une vague, elle détourna la tête. Elle plongea : sous l'eau, l'océan grondait et bouillonnait, c'était un immense organisme vivant qui enveloppait toute la planète. Il apaisait sa peau d'une caresse fraîche, il la massait délicatement. Pour la première fois depuis longtemps, Zofia se sentit soulagée. Au final, son état n'allait plus empirer. Et c'était bon.

D'accord, se dit-elle, il est temps de mourir.

Elle émergea et contempla le monde une dernière fois. Elle vit la surface d'une mer agitée et froissée, un ciel clair d'une part, nuageux de l'autre, et un yacht qui glissait en biais.

— Au revoir, chuchota-t-elle tout bas, avant de sombrer dans des abysses bleu nuit.

## 21

Minute. Comment ça, un yacht ?

# Chapitre 14

# L'appel du large

*Une noyée fantomatique • The storm is coming • C'est fucké en criss • Delirium • Un mur d'océan • État d'apesanteur • Le bouton qui va sauver l'humanité • Un exploit jamais accompli par un francophone de Sudbury • Comète • La casse-pied est morte • Saint Théodore • Des chiffres mystérieux • Dieu avait rendu stériles toutes les femmes • On va à Abidjan • Il est temps pour « La crampe » • Bouche-à-bouche*

## 1

La mer ne lui disait rien qui vaille. Le vent ne lui disait rien qui vaille. Le nuage ressemblait à l'illustration du manuel de navigation au chapitre sur l'évacuation d'urgence et l'appel *mayday*. En plus, un idiot en état d'ébriété avait jeté un gilet de sauvetage équipé d'un émetteur SART par-dessus le bord de son paquebot de croisière, et voilà pourquoi Martin gâchait à présent un temps précieux qu'il aurait dû consacrer aux préparatifs avant le déferlement de la tempête à chercher un débris flottant, au lieu de planquer toutes ses conserves qui n'allaient pas tarder à voler dans sa cabine à la vitesse d'un missile balistique. Tout cela était désespérant, mais Martin Meller était malgré tout heureux parce que le vent soufflait enfin ! Peu lui importait si de telles rafales finissaient par enrouler son mât autour de la coque, au moins, il serait foutu en l'air par une véritable tempête et non par ce satané calme plat tropical qui l'épuisait depuis deux semaines.

Il fit un saut sous le pont pour jeter un œil aux indications du radar. L'émetteur de sauvetage se trouvait à une distance d'un câble. C'est-à-dire à un dixième de mille. Soit encore à cent quatre-vingts mètres. Ça semblait peu, mais au vu du temps qui se détériorait, c'était toujours beaucoup.

Il remonta dans le cockpit, s'accrocha à la ligne de vie qui courait le long du pont et marcha jusqu'à la proue pour observer les environs. Il contempla le nuage, il contempla sa montre et s'accorda une minute pour distinguer le débris avant de mettre fin à ce petit jeu. Il n'eut pas à attendre autant : l'instant d'après, il aperçut le clignotement d'une lampe LED, peu visible à la lumière du jour.

Bon bah, maintenant que je suis là, il faut que je sorte ce machin de l'eau, au moins en guise de souvenir.

Il revint à la poupe, roula les voiles, démarra le moteur et contourna la loupiote, histoire de se placer sous le vent et permettre à celui-ci de le pousser vers l'objet qui ressemblait à un scaphandre de sauvetage. Il eut la chance de hisser à bord, à l'aide de son croc, le vêtement en mousse couleur rose sale dès sa première tentative.

Il jeta sa trouvaille sur le sol du cockpit et se pencha pour retrouver le logo du bateau. L'habit dégageait une odeur étrange, mélange d'excréments et de vomissures. Un morceau d'étoffe pendait sur le Velcro qui fermait le col. Il tira dessus et en resta bouche bée : il s'agissait d'une culotte en dentelle noire.

Non, mais franchement, on ne devait pas s'ennuyer sur ce bateau de croisière ! À force de vouloir un souvenir, il allait choper une saloperie de MST au passage.

Il jeta la culotte à la mer.

Il imagina soudain le bras fantomatique d'un spectre de noyée qui émergerait des flots en tenant ce slip à la main. Hé, Martin, qu'est-ce qui te passe par la tête ? Il te reste encore le tour du monde à faire et tu visualises déjà n'importe quoi. Encore un peu et tu commenceras à avoir des hallucinations.

Et c'est alors que, depuis le sommet d'une vague, une noyée fantomatique lui fit un signe de la main.

## 2

Elle savait bien qu'elle aurait dû dire quelque chose. Elle comprenait que c'était à cause du choc qu'elle tremblait de tout son long, enroulée dans une couette, et que ce même choc la faisait pleurer en sirotant de l'eau chaude par petites gorgées au lieu de balbutier au moins un « merci ». A priori, le marin n'attendait rien de tel, il lui commanda dans un anglais fortement accentué de se tenir tranquille tandis qu'il irait « faire les voiles », puis il remonta dehors. Ça ne la dérangeait pas, elle buvait et sanglotait toujours, ne parvenant toujours pas à croire que cela arrivait pour de vrai. Karol avait peut-être vu juste et elle, en se noyant, s'était imaginée secourue par un marin solitaire. C'est dans cette ultime pensée, dans son ultime fantasme, qu'elle se retrouvait à présent coincée, comme dans ce livre pour enfants dont lui avait parlé son mari.

Mais est-ce que dans une telle rêverie, son imagination aurait placardé la cabine de nus amateur d'on ne sait quelle vieillarde ? L'intégralité du modeste yacht avait été tapissée de photographies au format A4, glissées dans des chemises plastifiées et collées aux placards en contreplaqué brillant à l'aide d'un ruban adhésif argenté. Toutes ces images mettaient en scène une femme de cinquante ou soixante ans, mais plus proche du second âge, qui se dévoilait fièrement devant l'objectif. Fièrement et impudiquement. Une partie des clichés aurait certes pu convenir à un calendrier de sensibilisation en faveur des mammographies précoces, mais l'autre partie… hum… n'aurait eu sa place que dans une revue médicale spécialisée dans la lutte contre le cancer du col de l'utérus.

Zofia supposait que ces photographies représentaient l'épouse ou la maîtresse du marin solitaire. Au fond, c'était chou : au lieu de feuilleter des magazines pornos remplis de midinettes siliconées, cet homme avait emporté dans sa traversée les clichés de sa partenaire de longue date.

L'homme descendit l'escalier à reculons, s'agrippant fermement aux mains courantes. Le bateau tanguait de plus en plus fort. Il se retourna et surprit son regard.

— *My wife. Very beautiful. You okay with her body*[1] ?

1. Ma femme. Très belle. Ça ne vous choque pas ?

Elle confirma d'un mouvement de la tête. Elle craignait que sa gorge massacrée par la soif et le sel n'explose si elle tentait de dire quoi que ce soit.

Pendant ce temps, le marin s'affairait. Il rangea les objets disposés sans attaches, bloqua la cuisinière à gaz qui pivotait jusque-là au rythme des vagues, vérifia la fermeture des petits hublots. Puis il passa derrière l'une des portes et revint l'instant d'après avec une brassée de vêtements masculins : des sous-vêtements, un pantalon, un pull épais. Il les tendit à Zofia et posa sur la pile un objet qui ressemblait à une serviette de bain étroitement nouée par des bretelles, certainement un gilet de sauvetage.

— *The storm is coming*[1], annonça-t-il en s'asseyant de l'autre côté de la petite table.

Il avait la gueule sympathique d'un amateur de bière, de barbecue, de plaisirs simples et de discussions politiques. Au pays de Zofia, il aurait pu être un entrepreneur agricole dont les courroies pour ramasseuses-égreneuses auraient conquis l'Europe, lui assurant une vie confortable et la plus belle maison de la commune. Hâlé, d'environ soixante-dix ans, les cheveux blancs coupés en brosse, il arborait le sourire malicieux d'un joueur de belote qui se souvenait toujours du premier pli. Ses traits possédaient une certaine mollesse et trahissaient une personnalité sage, peu portée à l'entêtement ou à la rancune. À moins qu'elle ne le jugeât positivement parce que, premièrement, elle était émue par l'admiration qu'il vouait aux charmes surannés de sa femme et, deuxièmement, il venait de l'arracher aux griffes de la mort.

— Merci, chuchota-t-elle en anglais. Où est-ce qu'on est ?

— La position exacte ?

— Non, en général. C'est quoi comme mer ?

Il la contempla, étonné, mais ne commenta pas, mettant sans doute sa question sur le compte de son épuisement.

— Océan Atlantique, golfe de Guinée, près de l'équateur.

Donc, elle avait vu juste. Elle se présenta et découvrit en retour que son sauveur s'appelait Martin Meller. Elle eut un vertige en l'apprenant parce qu'elle avait connu un Martin Meller un jour, c'était un mercenaire qui l'avait poursuivie à travers le monde et avait failli l'envoyer

1. La tempête arrive.

dans l'autre. Si ce n'était pas une hallucination et si ce marin s'appelait vraiment Martin Meller, alors le destin avait un sacré sens de l'humour.

— Il faut que je rejoigne la côte, annonça-t-elle. Le plus vite possible. Vous devez appeler les secours par la radio ou votre téléphone satellite. Il ne s'agit pas seulement de moi. Je sais que ça va paraître dingue, mais l'avenir de l'humanité est en jeu.

Comme prévu, Martin Meller eut l'air de la prendre pour une folle, puis il détourna la tête. Zofia se dit qu'elle avait peut-être parlé trop vite, qu'il ne l'avait pas comprise, après tout, c'était un vieux monsieur et son anglais laissait à désirer.

— *Help*, dit-elle en indiquant la radio accrochée au mur. *Mayday*.

— Câlice ! dit le marin sur un ton qui ne laissait aucun doute sur le fait qu'il s'agissait d'un juron.

Avant qu'elle ait le temps de lui demander d'où il venait, il ajouta dans un français étrange et mou :

— C'est fucké en crisse. J'suis tanné, là.

Elle devint triste. Cette phrase était la preuve définitive que ce marin n'était qu'une hallucination, l'ultime mirage d'un cerveau qui faisait ses adieux à la vie, et qu'elle était en train de mourir, de sombrer au fond de l'océan, ou même qu'elle était déjà morte. En réalité, comme le lui avait avoué la professeure de neurologie à Varsovie, on n'y connaissait rien au cerveau.

— Vous parlez français ? lui demanda-t-elle malgré tout.

Il parut encore plus étonné qu'elle.

— Ben ouais.

— Je suis polonaise, mais je viens souvent en France. Et vous ?

— Canadien. De Sudbury.

— Québécois.

— Ontarois. Sudbury, c'est au nord de Toronto.

Un loup de mer de l'Ontario ? Et c'était quoi, la prochaine étape ? Un explorateur polaire éthiopien ? Un sherpa polynésien ? Elle fut sur le point de lancer une remarque amusante sur ce thème, mais vit dans les yeux du vieux monsieur qu'il avait déjà entendu son lot de blagues sur les marins esquimaux, qu'il savait qu'une nouvelle était en route, attendant humblement l'accomplissement du rituel.

— Vous m'avez sauvé la vie, dit-elle, ravalant sa plaisanterie acerbe. Merci.

Il lui sourit en retour, ajusta ses lunettes, ne sachant visiblement pas comment se comporter. Voici un homme gentil et modeste, simplement prêt à venir en aide à son prochain. Ce n'était pas un dingue, missionné par Dieu, qui évaluerait en boucle le prix des moyens qui le mèneraient à son objectif. Ce n'était qu'un retraité ordinaire qui cherchait à se conduire de façon juste.

— Faut barrer toute, là, dit-il en se levant. Attache ta tuque, sinon tu vas te faire lutter. Ça va varger d'ici peu.

— À quelle distance se trouve le port le plus proche ?

Il détourna les yeux comme si elle venait de lui poser une question indiscrète. Étrange.

— On est à quatre cents milles du Libéria. Mais la tempête clanche. Elle va nous pousser vers la Côte d'Ivoire, là. On verra ben.

Quatre cents milles. Mon Dieu, sept cents kilomètres, c'était vraiment peu. Elle craignait qu'ils soient au milieu de nulle part et qu'ils mettent deux mois à rejoindre la terre ferme avec des vents favorables. À présent, elle n'avait donc plus qu'à décider qui contacter pour qu'un comité d'accueil l'attende au port, les bras chargés de fringues fraîches et d'un billet pour Varsovie. Mais voulait-elle réellement lâcher dans l'éther un message pour dire qu'elle naviguait dans les parages en compagnie d'un retraité ontarien dans sa baignoire en plastique ?

— Est-ce que vous avez informé quelqu'un de ma présence ? demanda-t-elle en désignant la radio éteinte du doigt.

Il détourna la tête.

— Pantoute. La tempête clanche.

C'est peut-être mieux ainsi, songea-t-elle.

## 3

Psychiquement endolori, son cerveau se fixait sans cesse sur des choses sans intérêt. Pour commencer, les paroles d'une chanson paillarde tournaient en boucle dans sa tête depuis le matin : « Manger, c'est tricher ! Manger, c'est tricher ! » Quelles paroles venaient avant ? Et après ? Quel groupe chantait ce truc ? Où l'avait-il entendu ? Trou noir. Et là, depuis peu, la phrase « suant comme un porc » l'accaparait. Cette expression était-elle stupide de bout en bout, ou manquait-il de connaissances zoologiques pour l'apprécier ? Comment la comprendre ? Est-ce qu'un porc suait beaucoup ou ne suait-il pas du tout ? À moins que cet animal ne sue de manière spécifiquement porcine ? Des gouttes lui tombaient-elles du groin, par exemple ? Bref. Mais si la version d'un porc qui suait abondamment était vraie, alors Karol Boznański suait sans conteste comme un porc.

Il n'avait qu'un jeu de vêtements, c'est pourquoi ils demandèrent à la tenante du gîte un second assortiment de draps avec lesquels il se faisait des toges, et il les échangeait dès que les tissus devenaient trop humides pour être utilisés. À présent, il s'était mis debout dans une nouvelle tenue et fixait le mur de sa chambre sur lequel la femme – Lisa ? Oui, Lisa – avait accroché un jeu qu'elle nommait « Memory ». Le jeu se composait de plusieurs fiches de papier sur lesquelles des questions avaient été inscrites. Qui suis-je ? Où suis-je ? Depuis combien de temps suis-je ici ? Pourquoi suis-je là ? Ai-je une famille ? Et ainsi de suite. Sur le mur près de l'horloge, on avait accroché une instruction dont l'auteur le saluait en polonais, lui expliquait qu'il souffrait de troubles de la mémoire et lui conseillait de jouer au jeu à huit heures du matin et à vingt heures, avant de lui faire des bisous.

Il était presque vingt heures.

Qui suis-je ?

*Karol Boznański.* Il retourna la feuille. C'était juste.

*Où suis-je ?*

Il regarda autour de lui. Dehors, la neige tombait. À en juger par l'architecture, il se trouvait à la montagne, mais probablement pas en Pologne. Les Dolomites ? Pourquoi ce nom lui venait-il en tête ? Se trouvait-il dans les Dolomites ?

Il retourna la feuille : les Pyrénées.

Il essuya la sueur sur son front. Il avait mal à la tête. Des frissons de fièvre le parcouraient. Il jeta un coup d'œil plein d'envie au lit, mais décida de poursuivre.

*Ai-je une famille ?*

Il ferma les yeux. La figure d'une fillette de quelques années aux cheveux noirs et aux yeux noirs s'imprima sous ses paupières. Est-ce que c'était sa fille ? De son esprit émergea alors l'image d'un terrain de jeu installé entre plusieurs barres d'immeubles. Depuis le sommet d'un toboggan, la fillette laissait glisser un cheval en peluche dans la flaque de boue située en bas. « Basia, non ! » Basia ? Gosia ? Mince, quelque chose clochait.

Il retourna la feuille. Épouse Zofia, fille Kasia.

Il claqua des dents. Encore quelques feuilles et il retournerait au lit.

## 4

Il savourait un ragoût de bœuf en buvant du vin rouge. Depuis que la patronne avait retiré deux mille euros au village avec l'une des cartes de crédit secrètes de Lisa, elle avait cessé de leur lancer des regards soupçonneux et avait peut-être même pris pour vérité leur récit : ils aidaient un ami qui, suite à une déception amoureuse, était tombé dans la drogue et la dépression, dont seule une coupure totale du monde pouvait le sortir. La nourriture, des baguettes fraîches et du vin étaient apparus comme par magie.

Leur planque n'était pas idéale, mais n'avait pas à l'être. Bogdan Smuga manquait de motivation pour les rechercher, bien au contraire, ils avaient résolu son problème de prisonnier. La multinationale de Varank et de Kluzka devait d'abord réorganiser son département de sécurité suite à la perte de son directeur, et sa priorité allait de toute façon à la localisation du labo de la secte et non à celle de ses employés récalcitrants. Après tout, ça restait une société cotée en Bourse et non un régime totalitaire qui traquait ses contre-révolutionnaires. Quoi qu'il en fût, Marcel et ses amis devaient répondre à une question : et maintenant ?

— Ce n'est pas la peine de rester là plus d'une semaine, décida Kluzka après avoir essuyé la sauce de sa moustache à l'aide d'une serviette. Notre fuite aura assez duré, la poussière sera retombée et nous aurons la certitude que personne n'a cédé à la panique et n'aura mis une horde de mercenaires sanguinaires à nos trousses. À l'inverse, notre disparition aura été assez courte pour qu'aucun service officiel n'ait commencé à nous chercher. À la fin de la semaine, madame la voleuse accompagnera notre patient en Pologne, j'entamerai ma retraite et Ruhsar filera sans doute à Bologne à la recherche d'une illumination spirituelle.

— Et Zofia ? demanda Lisa.

— En supposant qu'elle soit en vie, ce dont je doute, nous n'avons de toute façon pas la capacité d'organiser une opération militaire internationale pour l'arracher à sa prison sur un navire-labo secret, répliqua Kluzka. Un voyage jusqu'en Afrique serait une perte de temps. Profitons de cette excellente nourriture, du bon vin, et réjouissons-nous que le chauffage fonctionne.

— Je pourrais peut-être au moins me connecter à Netflix ? demanda Varank.

Lisa et Marcel ouvraient simultanément la bouche pour dire « Non ! » lorsqu'un cri de terreur, le énième ce soir-là, leur parvint de la chambre de Karol. Ruhsar les avait prévenus qu'on pouvait éviter beaucoup de choses durant une cure de désintoxication, mais pas les cauchemars délirants.

— Je vais aller le voir, dit Lisa en se levant de table.

## 5

Zofia Lorentz tenta d'uriner. C'était la première fois depuis très longtemps. En théorie, c'était une nouvelle fabuleuse, cela voulait dire que son organisme desséché s'était suffisamment réhydraté pour vouloir se débarrasser d'un trop-plein de liquide. Dans la pratique, c'était une activité impossible à accomplir, la cuvette des toilettes du yacht se comportait comme un taureau en plein rodéo et tentait à tout prix de faire tomber Zofia du siège. À deux reprises, déjà, elle avait été vaincue ; cette fois, elle ne comptait pas rendre les armes. Dans ce but, elle enfonça ses fesses, heureusement assez étroites, profondément dans la cuvette, se cala avec le dos et les pieds dans l'axe des X, avec les bras dans l'axe des Y, parvint à bloquer sa tête dans un recoin du lavabo et, alors, après que plusieurs vagues successives eurent échoué à l'expulser, elle soulagea enfin sa vessie, siffla de douleur et aspergea la porcelaine d'une urine inquiétante, car sombre. Éreintée, elle se considéra malgré tout comme la gagnante morale de ce concours.

Elle retourna au mess, en se calant cette fois-ci entre la table, le canapé et le poste de navigation. C'était drôle, si on lui avait demandé quelques heures plus tôt si elle allait encore avoir peur un jour, elle aurait répondu non, jamais. Trente-six heures passées seule au milieu de l'océan, dans un scaphandre de survie, avaient ramené les autres dangers du monde moderne au rang de broutilles. Pourtant, elle mourait une nouvelle fois de trouille. Le yacht virevoltait telle une balle de ping-pong jetée dans une baignoire où folâtraient deux gamins hyperactifs. Le bateau était balancé de toute part, il se couchait sans cesse sur l'un ou l'autre flanc, semblait sur le point de chavirer et, en plus, il craquait comme une bouteille plastique broyée dans la main. De son point de vue, les bruits, c'était le pire : le vent hurlait et sifflait, les vagues ne rinçaient pas le pont, elles s'abattaient dessus avec fracas, l'eau huait, stridulait et gargouillait. Si Zofia avait su comment faire, elle se serait cogné la tête pour perdre connaissance et cesser d'entendre ce vacarme effroyable.

Et sa survie dépendait à présent d'un navigateur retraité des prairies canadiennes. Ostie de faux québécois ! À supposer, bien sûr, qu'il fût toujours à son poste à tenir la barre. Cela faisait probablement longtemps qu'il avait été emporté par une vague, et s'il s'était attaché au bateau à l'aide d'une corde, son cadavre flottait maintenant derrière le gouvernail, telle une ancre au musée maritime des monstruosités.

Est-ce que ça pouvait arriver ?

Le yacht piqua brutalement du nez et fila dans le creux d'une vague, puis il heurta la surface avec tant de force que la table que Zofia agrippait lui échappa des mains. L'historienne d'art roula sur l'étroit canapé et se cogna douloureusement le dos contre la paroi qui séparait le salon de la cabine avant. En passant, elle avait arraché l'une des photos de nu au mur et celle-ci avait atterri sous son nez. Malheureusement, c'était l'une des plus osées.

La panique lui serra la gorge. Et si Martin était réellement mort ? Ne devrait-elle pas sortir et s'emparer du gouvernail ? Elle avait vu des reportages, il fallait orienter le bateau de sorte qu'il ne présente pas son flanc aux vagues, ça ne pouvait pas être si compliqué. Elle reprit du courage, boutonna son ciré, ajusta son gilet de sauvetage et, en s'agrippant fermement à tout ce qu'elle trouvait sous la main, elle parcourut la distance qui la séparait de la trappe fermée à triple tour. Elle était censée ne l'ouvrir sous aucun prétexte. Mais cet ordre restait-il en vigueur lorsque le cadavre du capitaine pendouillait sans vie sur la roue du gouvernail ? A priori, non.

Elle enfila sa capuche, soupira, ouvrit la trappe d'un geste décidé et passa la tête par l'ouverture.

Oh, elle ne voulait pas, mais alors pas du tout, voir ça. La moitié de la table escamotable du cockpit avait été arrachée par les vagues, il n'en restait que des échardes tristounettes au bout des gonds. Son regard fila jusqu'au piédestal du gouvernail derrière lequel se tenait le capitaine, par chance toujours en vie. Martin Meller, fidèle au poste, dans son gilet gonflé, attaché au garde-corps des deux côtés, une capuche enfoncée sur le front et un mégot au coin de la bouche. Il regardait au loin et souriait bêtement, en bon forcené qui se respecte, ce qui, il est vrai, avait déjà l'air terrifiant en soi, mais ce ne fut pas cette image que Zofia voulut effacer aussitôt de sa rétine. Dans le dos du capitaine s'élevait, à chaque instant plus haut, la pente raide d'une vague gigantesque, bleu foncé et verte. C'était un mur d'océan quasi vertical qui croissait à une vitesse effroyable, pas tant une montagne d'eau qu'un monstre préhistorique, il ne manquait plus que des yeux dorés de lézard s'ouvrissent dans cette falaise liquide au-dessus d'une gueule hérissée de crocs. Zofia se crut une lapine paralysée par la vue d'un serpent, coincée dans la trappe dans l'attente de l'inéluctable.

La vague souleva la poupe, le yacht fila à nouveau vers le bas, le monstre lancé à ses trousses, Meller tourna légèrement la roue pour que le bateau n'emboutisse pas le creux de la vague de face, mais glisse de biais tel un skieur sur une piste. Cela les préserva du choc, mais ne les empêcha pas d'être avalés par le monstre. La vague se brisa et chuta, submergeant le pont de tonnes d'eau. Zofia comprit enfin son erreur, elle tira sur la poignée de la trappe, mais il était trop tard, l'eau s'engouffra dans la cabine non pas par seaux, mais en rivière, le torrent la chassa des marches et remplit en un clin d'œil l'intérieur du yacht à hauteur des genoux. La pompe automatique se mit à ronronner.

Ce n'était qu'une seule vague, se dit l'historienne d'art dans un éclair, ce genre d'embarcations étaient certainement conçues pour encaisser une unique vague. Elle se leva et rabattit rapidement la trappe, ne regardant surtout pas Meller, juste au cas où, telle une enfant persuadée qu'en ne disant rien à ses parents, la bêtise n'aurait pas vraiment eu lieu.

Elle retourna sur son canapé, s'agrippa à la table et écouta la pompe, tandis que l'eau clapotait sur le plancher. Au même moment, la trappe s'ouvrit et Meller déboula à l'intérieur, la folie dans le regard.

— Ça brasse en tabarouette ! hurla-t-il, manifestement ravi.

Sous le siège du poste de navigation, il prit un paquet orange de la taille d'une sacoche pour bicyclette.

Puis il retourna sur le pont. L'instant d'après, elle entendit le tambourinement de pas pressés au-dessus de sa tête. Cela voulait-il dire que le yacht n'avait pas de barreur ? C'était plus que probable. L'embarcation se coucha sur le flanc, si bien que Zofia fixa le canapé de l'autre côté de la table tout en regardant vers le bas quasiment à la verticale et qu'elle dut se caler fort avec ses jambes pour ne pas tomber. Le placard derrière elle s'ouvrit et une pluie de citrons tomba sur sa tête avant de s'éparpiller dans la pièce. Zofia était persuadée que le yacht ferait bientôt des tonneaux mais, au lieu de cela, il revint en gémissant à l'horizontale, pivota autour de son axe et présenta sa proue aux vagues.

Des pas tambourinèrent à nouveau au plafond, Meller descendit d'un bond dans la cabine, referma soigneusement la trappe et s'assit en face de sa passagère. D'une main, il s'agrippa à la table, de l'autre, il s'empara d'un citron qui flottait à portée de bras. Il lui sourit, mordit dedans comme on mord dans une pomme. Zofia contemplait ce tableau, terrifiée, persuadée qu'elle avait troqué une mort poétique et majestueuse au fond des abysses contre une fin piteuse en compagnie d'un fou dans un cercueil en plastique.

Le marin recracha l'écorce arrachée au fruit, renversa la tête et pressa le citron dans sa bouche.

— Contre le scorbut, dit-il. C'est bon pour la gueule de bois aussi. T'en veux-tu ?

Elle secoua la tête.

— C'est fuckall, on peut conduire pantoute, annonça-t-il. J'ai jeté l'ancre à la mer. T'es pognée avec moé. Faut attendre la grande.

— Quoi donc ?

Elle ne doutait pas une seconde qu'il partirait d'un rire démoniaque et dirait « la mort ».

— Qu'il arrête de venter à écorner des bœufs.

— Ce sera long ?

— Jusqu'au matin.

La mer bouillonna devant l'étrave, le yacht s'enfonça dans l'eau et une vague roula sur le pont dans un sifflement furieux. Zofia eut un haut-le-cœur. Parfait, il ne lui manquait plus que le mal de mer.

— Votre femme ? demanda-t-elle en indiquant du menton les photos, pour occuper ses pensées et lui faire oublier un peu l'océan.

— Élise, confirma le marin. J'suis son chum depuis quarante ans et on joue aux fesses chaque samedi. Au minimum. Quand on aime, faut minoucher.

Zofia se fit la remarque que Karol et elle, même avant sa maladie, n'atteignaient pas le minimum syndical de « chaque samedi ». Parce que leur gamine était petite, parce qu'ils avaient mal dormi, parce qu'ils avaient trop de boulot, parce que s'allonger l'un contre l'autre pour lire, c'était agréable aussi. Or, quand on aime, faut minoucher – elle ne l'aurait pas mieux dit. Elle prit donc la résolution que si elle sortait de ce bourbier en vie, elle ferait l'amour avec Karol au moins une fois par semaine. Ce n'étaient peut-être pas des vœux à prononcer à haute voix dans une église, mais Mère Nature devrait être ravie.

— Élise aime toujours me grimper dessus, là, une cowgirl en criss. Je la regarde chaque samedi et chaque samedi, elle m'émerveille. La même blonde toutes ces années, mais elle change et c'est jamais la même femme. De la magie pure.

— Vous allez avoir une longue pause, alors. Quand vous reviendrez auprès d'elle, ce sera comme une nouvelle copine. J'espère qu'elle vous plaira.

Il détourna le regard. Elle n'eut pas le temps de s'en étonner parce que le yacht fut brusquement tiraillé, une vague le fit pivoter puis le souleva, et l'embarcation s'agita bizarrement, non en porte-savon de plusieurs tonnes qui parcourait l'océan, mais en casserole posée sur une clôture.

Puis le yacht partit en chute libre.

Littéralement.

Il ne glissa pas sur une vague, il ne roula pas, ne bascula pas, mais partit en chute libre. Zofia se sentit monter en l'air. De l'autre côté de la table, Meller monta pareillement, les citrons posés sur le canapé s'élevèrent et, durant une longue seconde, ils se trouvèrent tous en apesanteur, puis ils heurtèrent la surface dans un tumulte de tous les diables.

— Ça brasse en tabarouette ! répéta le marin.

Il dévoila ses dents dans la grimace d'un patient qui ne se serait pas échappé d'un hôpital psychiatrique, mais carrément de l'asile d'Arkham, et il tendit le pouce vers le haut en signe d'allégresse.

Zofia se dit que si elle survivait jusqu'au matin, il s'agirait sans conteste de la plus longue nuit de sa vie.

## 6

Il avait un affreux goût en bouche, comme s'il avait léché les quais de la gare centrale toute la soirée, son crâne vrillait de façon désagréable et il avait envie de vomir. Sa première pensée fut : « Mon Dieu, prends pitié de moi et je ne boirai plus jamais une goutte d'alcool. » La seconde fut qu'il ne se souvenait pas avec qui il avait bu ni quand. Pas possible, songea-t-il, ne suis-je pas trop vieux pour me torcher la gueule au point d'interrompre le film ? Il ouvrit les yeux avec précaution. Par chance, la première chose qu'il vit fut un verre d'eau posé sur sa table de nuit. Il s'assit et le vida d'un trait, puis parcourut la pièce du regard.

Où est-ce que je suis, bordel ?

Il se leva, hésita, regarda autour de lui. Des murs en ardoise, de petites fenêtres, de la neige dehors. Il s'approcha de la vitre, découvrit le paysage de collines densément boisées. C'était un hôtel de montagne, mais où ? Il parcourut l'appartement. La forme des prises électriques et des interrupteurs suggérait la France, *idem* pour les marques des meubles et des équipements blancs de la cuisine. Les Alpes ? Les Pyrénées, plutôt. Qu'est-ce qu'il foutait dans les Pyrénées ? Que se rappelait-il, au juste, de sa précédente matinée ?

Ses pensées basculèrent dans une brume étrange et inquiétante. Il eut un haut-le-cœur, courut dans la salle de bains et vomit dans les toilettes. Une première fois, puis une seconde. Il calma ses torsions, se rinça la bouche au robinet et se reposa un peu, assis sur le sol froid, avant de se sentir assez sûr de lui pour retourner au salon.

Il vit des feuilles de papier collées au mur. Il s'approcha, étonné, lut les instructions du jeu. Qu'est-ce que c'était que ça, bordel, *Un jour sans fin* ou quoi ? Quelqu'un menait-il des expériences médicales sur lui ? On lui aurait prélevé des organes ? Mais dans ce cas, pourquoi son tortionnaire lui faisait-il des bisous ? Il parcourut à la va-vite les différentes feuilles. Il s'appelait Karol Boznański, était dans les putains de Pyrénées – depuis la veille peut-être, ou peut-être depuis cinq ans, allez savoir –, et il ne tarderait pas à mettre quelqu'un en charpie dès qu'il découvrirait ce qui se tramait ici.

Avant tout, il devait trouver un téléphone et appeler sa casse-pied de femme. Zofia savait-elle qu'il était là ? Est-ce qu'ils étaient venus tous les trois ou est-ce que Kasia était restée à Varsovie ?

Il fut en proie à une inquiétude vertigineuse à l'idée que quelque chose de mal ait pu leur arriver.

## 7

Longtemps après le jet de « l'ancre océanique » et du retour de Meller sous le pont, Zofia expérimentait toujours avec terreur chaque nouvelle vague, persuadée que c'était celle qui mettrait un terme à leur voyage. Cependant, comme elle l'avait constaté vingt-quatre heures plus tôt, on ne pouvait pas avoir peur sans interruption. En fin de compte, elle avait basculé dans une sorte d'étrange résignation. D'un côté, son épuisement cumulé l'avait privée de ses forces, de l'autre, les hormones du stress et de l'effroi la maintenaient dans un état d'éveil. Elle s'enfonçait dans une semi-léthargie, calée de tous ses membres entre le mobilier du yacht, et attendait que le cauchemar s'interrompe, se répétant en boucle qu'aucune tempête n'était éternelle et que chacune d'entre elles se terminait un jour. Une chanson de Budka Suflera lui vint aussitôt en tête et Zofia resta là, enfermée dans une balle de ping-pong prise dans un ouragan tropical, à fredonner que « le jour vient après la nuit et le calme après la tempête ».

Et c'est ce qui arriva. Dès que l'orage se calma assez pour que les vagues cessent de bousculer le yacht dans tous les sens et se mettent simplement à le ballotter, elle s'endormit, dans son ciré et son gilet de sauvetage gonflé, dans ses vêtements trempés de la ceinture jusqu'aux pieds, sur le canapé humide d'un yacht dont – et ce fut là son ultime pensée avant le sommeil – elle ne connaissait même pas le nom.

Lorsqu'elle s'éveilla, le vent sifflait toujours dans les cordages, la coque était toujours fortement secouée, mais le soleil brillait haut, la trappe était ouverte et Martin Meller, en short et tee-shirt, passait la serpillière sur le plancher.

— Salut, dit-il.

— La tempête est finie ?

— Orage bref, voyage bref. Ça va tanguer encore quelques jours, mais le pire est derrière nous, là.

Elle se leva avec une grande précaution, sentant que chaque muscle de son corps était soit tendu, soit étiré, soit meurtri.

— Et maintenant ?

— Débarbouille-toé et greye-toé. Je m'en va préparer le déjeuner.

Quand, l'instant d'après, elle comprit que *débarbouiller* signifiait « se laver » et *greyer* « se changer », elle fondit en larmes, pas du tout préparée à cette simple réponse qui ne contenait nul projet de lutte pour la survie.

Une demi-heure plus tard, après une douche payée seulement par deux nouveaux bleus (ce n'est qu'en se rinçant qu'elle comprit l'intérêt de s'asseoir sur le siège des toilettes au lieu de s'efforcer de garder l'équilibre debout), parfumée par un savon pour hommes « 3 en 1 » et vêtue d'un survêtement sec, elle s'assit dans le cockpit devant la moitié de la table restante, mangea des flocons d'avoine et but un café qui, dorénavant et jusqu'à la fin des temps, devait revenir dans ses souvenirs en tant que meilleur café au monde. Les nuages s'éparpillaient vite, le soleil chauffait, le vent soufflait par la poupe dans des voiles partiellement mises et la *Comète*, car tel était le nom du bateau, grimpait et glissait en biais sur des vagues toujours imposantes. Depuis leurs cimes, la surface de l'océan ressemblait à une immense toile en crépon mobile. Et c'était beau.

— Martin, quel est le port le plus proche ?

— Abidjan.

— Excuse-moi si tu fais un détour à cause de moi. Je vais te récompenser comme tu voudras, y compris financièrement, mais il faut que tu me déposes là-bas.

Il haussa les épaules.

— Le temps m'importe peu. Je fais le tour du monde, un mois par-ci ou par-là, je m'en câlice. Je paie pour ma niaiserie parce que, au lieu de filer jusqu'au Brésil avec les alizés, puis vers le sud, j'ai viré vers l'Afrique. Et je me suis pogné deux semaines sans brise, là.

— Super. J'avais peur que ça pose problème.

Il détourna le regard. Il se leva, changea les réglages de l'autopilote, réduisit un peu la voilure avant en raccourcissant une corde sur le cabestan.

— Désolé de te l'annoncer, dit-il, mais ça va poser problème.

Elle se figea, la bouche pleine de flocons d'avoine.

— Parce que ?

— Parce que je veux être le premier francophone de Sudbury à faire le tour du monde en solitaire sans escale. Si je slaque à Abidjan, le projet ira dans d'la marde.

— D'accord... dit-elle pour gagner du temps. Et il te reste beaucoup à faire ?

— Un boute. Faut passer le cap de Bonne-Espérance, naviguer sur l'océan Austral, faire le tour de l'Australie, arriver au cap Horn et derrière, plein nord pour revenir chez moi.

— Tu plaisantes ?

Il détourna à nouveau le regard, s'approcha des cordes pendues près de la trappe et se mit à nouer précisément l'une d'entre elles.

— Tu ne plaisantes pas ?

Il fit non de la tête.

— Bon, d'accord, ça ne peut pas être un gros problème. Rapproche-toi d'un port, on va les appeler à la radio et quelqu'un viendra me chercher en hors-bord.

— Alors, ils sauront.

— Quoi donc ?

— Que t'as été sur mon bateau.

Elle ne comprit pas. Puis soudain si. Martin ne pouvait pas mouiller au port parce que, alors, il ne s'agirait pas d'un trajet sans escale. Et il ne pouvait pas avouer qu'il avait eu un passager à bord parce que, alors, il ne l'aurait pas fait en solitaire. Zofia ne sut si elle devait en rire ou en pleurer, elle avait envie de se mettre en colère, mais un frisson glacial lui parcourut l'échine et ses céréales cessèrent d'avoir bon goût. Et si Martin Meller était un cinglé de première ? S'il estimait qu'elle était une menace pour son défi, pour cet exploit aussi stupide que l'himalayisme polonais ou le fait d'avaler un maximum de pizzas en un minimum de temps ? La jetterait-il à la mer ? L'étoufferait-il durant la nuit avant de la jeter à la mer ? L'empoisonnerait-il avant de la jeter à la mer ? Elle contempla son bol de céréales, un soupçon dans le regard.

— Excuse-moi… dit-il en se détournant enfin de ses nœuds parfaits, puis il la regarda droit dans les yeux. Je sais ce que tu te dis… C'est fucké, mais… je peux renoncer pantoute. J'ai promis. Mais j'ai imaginé une façon de t'aider sans interrompre mon voyage…

Elle l'interrogea du regard. Allait-il appeler un hélico ? Les gardes-côtes ? L'armée ? Il y avait certainement des exceptions dans le règlement des traversées solitaires pour forcenés.

— Je va te jeter à la mer.

## 8

Lorsque la mer se calma assez pour reprendre le travail au girolab, Bogdan Smuga dirigea ses pas vers le laboratoire d'Andrij. Le temps gagnait en importance, trop d'événements sur lesquels Smuga n'avait pas de prise se jouaient autour de lui. Une défaite à cette étape serait particulièrement amère. Bogdan croyait profondément qu'il était sur le point d'appuyer sur le bouton qui allait sauver l'humanité. Si quelqu'un arrêtait sa main maintenant par hasard, par un concours de circonstances ou par simple inadvertance, cela pouvait entraîner non seulement l'échec du projet, mais la fin définitive de toute civilisation. Smuga avait l'habitude de dire qu'il n'aimait pas les grandes phrases, il y était même allergique, mais aucune autre formulation ne convenait à la situation.

Il passa vite la décontamination, se demanda si, à ce stade, ça valait encore le coup de perdre son temps en procédures de sécurité, et ouvrit la porte du labo. Andrij était assis sur un fauteuil pivotant et résolvait son Rubik's Cube.

— Comment ça va ? demanda-t-il à l'Ukrainien.

— C'est l'horreur. Je n'arrive pas à descendre en dessous des trente secondes.

— Arrête.

— Bogdan, que veux-tu que je te dise ? Ce n'est pas un barbecue, je ne peux pas souffler sur les braises pour que ça prenne plus vite. La soupe mijote. Tu sais qu'on a deux suspects principaux qu'on multiplie autant qu'on peut, mais je ne peux pas demander aux bactéries de se diviser plus vite. Enfin, je veux dire, je pourrais, mais je doute qu'elles m'écoutent.

Bien entendu, Bogdan savait déjà tout ça. Il savait aussi qu'Andrij allait le lui dire et il était quand même venu déclencher cet esclandre à la noix. La question était de savoir si ses nerfs flanchaient parce qu'il perdait le contrôle des événements ou s'il perdait le contrôle parce que ses nerfs flanchaient.

— Excuse-moi, Andrij. Je m'inquiète parce que maintenant que nous sommes si près du but, toutes les qualités de notre labo deviennent des défauts. Nous sommes coupés du monde, ce navire est l'unique endroit sur Terre à contenir ce matériel biologique.

— J'en ai assez pour poursuivre les divisions. On pourrait sécuriser une partie de la stalactite avec quelques colonies d'élevage et les transporter ailleurs par hélico. Donne l'ordre et je te prépare le paquet en deux, trois jours max.

Smuga fit non de la tête.

— L'apporter ici en hélicoptère était déjà un risque. Maintenant que les autres sont à nos trousses, ce serait stupide. Non, Andrij, on doit tenir le coup et aboutir à la synthèse sur place. Alors, on sera à l'abri. C'est pour ça que le temps m'importe tant.

L'Ukrainien hocha la tête.

— Mais d'ici quelques jours, nous devrons faire le plein et nous ravitailler. Alors, tu vas peut-être devoir préparer ton paquet malgré tout.

— Compris. Je vais orner des tonneaux de sigles de péril biologique, ça fera son petit effet quand nous les transférerons à l'abri de la nuit sur un sous-marin nucléaire.

— Très drôle.

## 9

C'était une histoire d'amour. Le compas près du gouvernail brillait couleur d'ambre. Au bout de la proue, les loupiotes de navigation éclairaient de temps à autre en rouge ou en vert les panaches d'eau, quand les plus grosses des vagues frappaient la coque. La brise chaude caressait ses joues et Zofia Lorentz, couchée sur le banc du cockpit, observait les étoiles au-dessus de la courbure claire de la voile et écoutait une histoire d'amour.

Jusqu'à un certain point, c'était une histoire ordinaire. Martin et Élise s'étaient rencontrés, étaient tombés amoureux, elle avait quitté Gatineau pour lui, il avait quitté sa femme pour elle. D'abord, ç'avait été dur quand elle avait fait une fausse couche, puis quand le référendum québécois avait déchiré leurs employeurs, les précipitant dans la misère. Puis elle avait donné naissance, une fois, puis deux, ils s'étaient refait une santé financière, un associé l'avait arnaqué, ils étaient repartis de zéro, leur grand fils avait eu des ennuis, le cadet était allé au conservatoire, la mère d'Élise était morte, son père à lui avait déménagé en Floride pour ses vieux jours. Les gouvernements changeaient, le climat se réchauffait, les parents mouraient, les petits-enfants naissaient, ils s'engueulaient pour des broutilles et vivaient de grandes crises, se réconciliaient toujours sous la couette et pas un jour ne passait sans que Martin songe à la manière dont Élise lui parlerait le soir des enfants, des livres, des factures et des Premiers ministres, en détachant simultanément l'accroche de son soutien-gorge. Ses seins changeaient de taille et de forme, les soutiens-gorge n'étaient que de simples supports ou des merveilles de coquetterie, mais le geste d'Élise en plein bavardage, la main derrière le dos, n'avait pas changé en trente ans.

Puis, selon les règles qui régissent le sort des organismes pluricellulaires, le diagnostic était tombé. On ne va pas baisser les bras, ce n'est pas une sentence, on est au XXIe siècle, avoir soixante ans de nos jours, c'est comme en avoir vingt à l'époque, soyons positifs, les miracles, ça arrive, les gens traversent des épreuves bien pires, tant qu'il y a de la vie, il y a de l'espoir.

Et le désespoir que ça puisse s'achever ainsi. Les sanglots au Memorial Park de Sudbury, quand il se disait que ce qui lui manquerait le plus, c'étaient ces soirées au lit, quand il lisait un livre et faisait semblant d'écouter, mais vérifiait en fait de temps en temps si c'était déjà le moment. Il n'avait jamais cru en Dieu, il sentait que si un tel être existait, cela ne ferait qu'empirer les choses et le déconcentrerait à un moment pareil. Dieu s'énerverait parce que Martin s'était moqué de lui toute sa vie et se révélait en fin de compte être un néophyte intéressé, égoïste et insincère. C'est pourquoi, au Memorial Park de Sudbury, il avait levé les yeux vers les flocons de neige qui tombaient et avait juré au cosmos que si son Élise s'en sortait, il accomplirait un exploit qu'aucun francophone de Sudbury n'avait encore accompli.

Zofia Lorentz observait les étoiles et réfléchissait. Était-ce un hasard si une histoire d'amour avait miraculeusement poussé un Martin Meller à venir au bon moment, au bon endroit, pour lui sauver la vie ? Ou était-ce l'Univers qui l'avait planifié ainsi ? Mais l'Univers ne planifiait rien, l'Univers était, c'est tout. Les plans sont faits par des êtres doués de raison. Qu'est-ce que cela impliquait ?

Le marin se tut. Zofia se demanda ce qu'Élise devenait à présent. Combien de temps s'était écoulé depuis que Martin avait prononcé ses vœux ? Combien de ce temps en location avait-il mendié au cosmos ? Pourquoi s'était-il lancé dans une traversée solitaire de plusieurs mois en laissant sa femme sans personne à qui parler lorsqu'elle se déshabillait le soir ?

— Pourquoi *Comète* ? demanda-t-elle.

Au lieu de répondre, il descendit sous le pont et revint avec une guitare.

— Nous sommes tous des comètes, dit-il au son des premiers accords.

Elle acquiesça, c'était bien vrai. Elle observa la voile qui masquait ou découvrait l'Univers et écouta une chanson qui parlait de rivières, de forêts et de la mort qui venait chercher tout un chacun. Martin chantait l'amour, la trahison et tous les gens qui avaient un jour vécu sur cette planète.

## 10

Marcel Kluzka considérait que ce genre de mesures de sécurité était exagéré et paranoïaque, mais Lisa, non contente de faire passer les zéros et les uns du signal numérique par un labyrinthe chiffré, avait obscurci la chambre et l'avait dissimulée avec des draps pour qu'aucun élément du décor ou de l'architecture, ni l'angle ou la couleur des rayons du soleil ne permettent à qui que ce soit de deviner où ils se trouvaient. Ce n'est qu'alors qu'elle permit à Karol Boznański de discuter avec sa fille par caméras interposées. Après quatre jours de vomissures, de frissons et de cauchemars, le patient avait toujours des trous dans sa mémoire lointaine, et il avait presque tout oublié de ces dernières semaines, mais il savait qui il était, il comprenait sa situation et ses soignants envisageaient maintenant de l'initier à tout ce qui s'était passé récemment. Dans un premier temps, ils lui avaient expliqué qu'il devait d'abord récupérer sa machine à réfléchir, sinon ils seraient obligés de lui répéter tout chaque jour mais, à présent, ils ne pouvaient plus retarder l'échéance. Et puis, parallèlement à l'amélioration de son état général, la tendance du patient aux disputes croissait aussi.

Cela faisait deux jours que Lisa se préparait à cette discussion. Elle avait soutenu Zofia et Karol quelques années plus tôt quand, après une pause, ils s'étaient remis ensemble. Elle savait que ce n'était ni une relation ni un mariage comme les autres. Derrière leurs tempéraments intransigeants et impitoyables, derrière les engueulades fréquentes, les querelles et les débats – à cause desquels nombre de personnes pensaient que ce couple était en proie à une éternelle crise prédivorce – se tenait un amour exceptionnel.

À moins qu'elle ne doive dire « s'était tenu ».

Elle jura en polonais. Elle aimait bien les jurons polonais, les suédois n'étaient bons à rien.

Karol dit au revoir à sa fille et à ses beaux-parents, quitta sa chambre et s'attabla.

— J'écoute, leur dit-il.

Avec Marcel, ils lui racontèrent alors tout ce qu'ils savaient. Le mercenaire moustachu avoua que sa multinationale observait Smuga depuis un long moment, qu'ils étaient au courant de la mission confiée à Zofia et qu'ils avaient plus ou moins suivi leurs péripéties à Saint-Pétersbourg et sur l'île de Sakhaline. Mais il garda pour lui les moqueries échangées avec Pierre à propos de l'espionnage des conversations intimes entre les époux et ne partagea pas non plus ses soupçons quant à la possibilité que les deux aventuriers sibériens aient pu partager davantage que des places côte à côte dans un avion.

— Tu savais qu'on m'empoisonnait ?

— Bien sûr. La secte est un adversaire génial, elle ne laisse rien au hasard, dit Kluzka sans dissimuler son admiration. Ils ont compris que leurs méthodes habituelles ne marchaient pas, ils ont imaginé une nouvelle approche et ont trouvé la meilleure employée possible. Afin que celle-ci ne manque pas de motivation et afin d'exercer sur elle un certain contrôle, ils ont commencé à t'empoisonner quelques semaines plus tôt, ils lui ont fait perdre son travail, ils ont convaincu ou soudoyé les médecins vers lesquels elle aurait pu se tourner et ont contacté les patrons de cette clinique pour riches ingénus dans les Pyrénées.

— Je ne comprends pas. Lisa, tu m'as bien dit qu'il fallait ingurgiter ces médicaments sans interruption. Comment ont-ils réussi à me les faire prendre ?

— Je ne sais pas bien comment ça a commencé, mais je suppose qu'ils ont exploité l'une de tes habitudes. Tu en as ?

Karol grimaça.

— Oui. Ma casse-pied de femme me faisait la tête au carré parce qu'il fallait chaque jour que j'achète un café à emporter, alors qu'une machine à expresso est disponible chez nous. Mais vous comprenez, dans le café, le breuvage n'est pas l'objectif, il s'agit plutôt d'un rituel, d'une baignade dans une rivière riche en symboles, il s'agit de rejoindre les légions de gens qui s'asseyent devant leur café depuis des générations, qui ouvrent leur journal et croisent les jambes pour lire. Mais si la secte m'a eu à travers ça, une fois mes troubles diagnostiqués, je suis resté à la maison.

— Et tu te rappelles ce que le premier médecin consulté t'a prescrit ?

— Un changement d'alimentation. Un « régime box ». Mais bien sûr.

Ils arrivèrent aux événements parisiens. Lisa aurait sans doute apprécié la manière dont ce récit, conduit à deux voix et à travers deux points de vue, restituait de façon sensationnelle et fantasque ce qui s'était passé au Muséum national d'Histoire naturelle, si ce n'était que plus ils s'approchaient du viaduc d'Austerlitz, plus elle sentait leurs paroles tomber loin d'elle. Elle vit Karol blêmir quand Marcel lui raconta, de manière simple et succincte, que Smuga avait sauté sur la péniche en premier, suivi par Zofia dont le bond s'était terminé par une chute terrible. Il ne lui cacha pas que tout cela s'était déroulé sous la mire de son pistolet.

— Ils sont partis, ont disparu sans laisser de traces, conclut-il. Nous avons retrouvé la péniche, mais depuis ce jour-là, nous n'avons découvert aucune piste qui nous aurait menés soit à ta femme, soit à Bogdan Smuga. Nous avons nos soupçons, mais écoute-nous d'abord jusqu'au bout.

Karol hocha la tête. Ses yeux disaient qu'il comprenait bien ce que « sans laisser de traces » signifiait dans ce cas-là. Une femme dont l'époux séjournait à l'hôpital et dont la fille, âgée de quelques années, était seule avec ses grands-parents, ne disparaissait pas le jour de Noël parce qu'elle avait envie de se reposer un peu ou de fuir la rumeur du monde.

Lisa et Marcel lui narrèrent donc la suite des péripéties qui les avaient conduits au moment de leur rencontre sur l'étroit chemin de montagne près de Prats-de-Mollo.

— Je comprends que vous ne vouliez pas me le dire de but en blanc, mais d'après vous, Zofia est morte.

Lisa craignait cette question et espérait que son ami la poserait plus tard. Elle souhaitait repousser ce moment fatidique.

— Oui, répliqua-t-elle pourtant. C'est l'explication la plus probable. Mais ce n'est pas la seule.

— Une autre suppose que ma femme s'envoie en l'air avec une espèce de Stephen Hawking barbu !

C'était l'autre question qu'elle craignait.

— Arrête, Lisa, je ne suis pas un gamin, reprit Karol. Son monde s'écroule, son mari perd la mémoire et elle part à l'aventure au Far East comme si elle cherchait un élixir de jouvence dans une fable soviétique. Elle découvre que son guide est un mélange entre saint François, Albert Einstein et Greta Thunberg et qu'elle participe à la course à la longévité au côté du bienfaiteur de l'humanité. Moi aussi, j'aurais couché avec lui, rien que pour m'en vanter auprès des potes devant une bière. Et ma casse-pied de femme est une personne d'exception, si elle a posé sur lui un seul regard bienveillant, ce type s'est mis à suer la nuit comme un ado. J'espère que c'est ce qui s'est passé. Parce que son entichement, c'est la seule chance pour que, au lieu de la jeter dans la Seine, il ait fait des pieds et des mains pour la sauver.

Lisa acquiesça. C'était agréable de voir son vieil ami retrouver la forme. Et peu importaient les circonstances. Karol se leva, alla à la cuisine et activa la machine à café. Elle comprenait qu'il devait réfléchir à la suite. Elle comprenait aussi qu'une seule conclusion s'imposerait à lui. Il devait retourner à Varsovie, récupérer sa fille, reprendre sa vie en main et attendre des nouvelles. Dans un scénario aussi optimiste qu'improbable, il recevrait un jour un coup de fil de la part de Zofia qui lui demanderait de venir la chercher à l'aéroport.

— Il faut que j'aille la chercher en Somalie, dit-il. Lisa, tu viens avec moi ? Tu veux des aventures ? Des défis ? Comme au bon vieux temps ?

— Et ta fille ?

— Quoi, ma fille ? Je l'aime plus que ma vie, mais les enfants viennent et partent et, entre-temps, ils sont ingrats et vous créent des misères. Et moi, je dois retrouver ma femme. Ou alors, je dois avoir la certitude qu'il n'y a plus personne à chercher.

## 11

Une fois qu'elle eut établi avec Martin la manière de résoudre ses soucis sans détruire son exploit à lui, une vie de marin commença, une vie à laquelle elle s'habitua très vite. Jamais, au cours de son existence, elle n'avait si bien dormi qu'à bord, bercée par les vagues et prise dans l'odeur de la mer. La veille, elle avait traîné son matelas jusqu'au cockpit, avait dormi à la belle étoile et ressenti un calme surprenant. Elle cuisinait un peu, réfléchissait un peu, s'intéressait un peu au métier de marin, apprenant à distinguer les drisses des écoutes et le dressage de l'abaissement. Les lectures lui manquaient. Le Kindle de Martin était rempli de mauvaise littérature en français et, de ses livres en anglais, elle n'aurait pu apprendre que des conseils sur l'art d'affronter le gros temps en solitaire (ou avec un équipage réduit). L'unique livre papier à bord était posé sur une étagère, un souvenir du père de Martin, évangéliste pratiquant : une bible des années 1930. Zofia la feuilleta, intriguée par les différences stylistiques avec les textes qu'elle connaissait. Elle savait par exemple qu'il manquait quelques livres apocryphes de l'Ancien Testament dans les bibles protestantes, mais – elle avait honte de l'admettre, en professeure de l'histoire de l'art – elle ne savait plus lesquels. Le Livre de Judith ne figurait pas dans la table des matières. Quels autres étaient absents ?

Elle ouvrit l'ouvrage au hasard : « Le Seigneur votre Dieu vous a déjà multipliés, et aujourd'hui vous voici nombreux comme les étoiles du ciel. Le Seigneur, le Dieu de vos pères, vous multipliera encore mille fois autant, il vous bénira comme il vous l'a dit. »

Bogdan Smuga, en chantre d'un « dépeuplement aléatoire », n'aurait probablement pas été d'accord avec l'idée d'une multiplication sans bornes. Pour la première fois depuis sa chute du *Vincent*, Zofia ne savait pas ce qu'elle devrait faire des secrets qu'elle possédait une fois revenue sur la terre ferme. La première option était sans conteste de provoquer un esclandre planétaire. Mais était-ce une bonne idée ? Faire du bruit ne pousserait-il pas Smuga à s'établir ailleurs avec ses pathogènes et ses prétoriens ? Tout ce qu'elle obtiendrait, alors, c'est que le « patient zéro » apparaisse dans un autre aéroport international. Et si la rumeur qu'elle provoquait était d'abord entendue dans les milieux d'affaires, et si avant qu'un quelconque service d'État ne prenne une décision, leurs mercenaires, le facho moustachu en tête, prendraient d'assaut le *Vincent* et transporteraient les pathogènes dans des gratte-ciel en basalte, à la suite de quoi une classe sociale sélectionnée pour vivre plus longtemps verrait le jour.

Elle avait besoin d'aide. Et, dans la présente situation, une seule personne pouvait l'aider.

Elle reposa les Saintes Écritures sur l'étagère et monta jusqu'au cockpit.

— Hello, capitaine.

— Salut.

— Tu ne peux pas faire escale dans les ports et tu ne peux pas recevoir de l'aide en mer, mais la communication en soi n'est pas interdite, pas vrai ? Je te parie que de nos jours, un marin solitaire sur deux poste sur YouTube des récits à vous glacer le sang tout en faisant du placement de produit pour des jumelles ou des cirés.

— Malheureusement, tu as raison.

— Il faut que je transmette un message.

Martin détourna le regard.

— Ne t'inquiète pas, je ne vais pas enregistrer une vidéo pour ma famille. Il faut juste que j'envoie un mail composé de plusieurs chiffres.

## 12

Ils moquèrent d'un commun accord la proposition de Karol. En réalité, la première fois que Marcel l'entendit, il crut à de l'humour noir. Leur patient ne pouvait pas envisager sérieusement un voyage jusqu'en Afrique pour y chercher à tâtons un navire fantôme qui faisait route au large de ses côtes avec, peut-être, sa femme à bord. À peine énoncé, ce projet était déjà l'étalon de Sèvres de tous les projets stupides voués à l'échec. En comparaison, même l'insurrection de Varsovie semblait une entreprise sensée, tactiquement et stratégiquement réfléchie.

Cependant, Karol ne comptait pas renoncer, et le pire, c'était que la Suédoise commençait à céder à son entrain. Soudain, comme dans un asile de fous, ils se mirent tous les deux à planifier leurs prochaines actions. Étonné que l'argument « ça n'a ni queue ni tête » ne les convainquît pas, Kluzka fit son possible pour faire appel à leur bon sens. Avec délicatesse d'abord, puis sans délicatesse aucune, il leur expliqua qu'une fillette bien en vie avait besoin d'un père, d'autant plus que sa mère était sans doute ensevelie dans l'un des nombreux endroits propices à la dissimulation d'un corps dont le 93 regorgeait.

Il obtint le même résultat que le colonel Kazimierz Iranek-Osmecki qui, en 1944, tentait de convaincre ses compagnons d'armes que les Allemands n'étaient pas en déroute, et s'entendait répondre que le manque d'armes dans les rangs polonais serait compensé par « la fureur de la revanche ».

Au bout du compte, il estima qu'il avait dit ce qu'il avait à dire, quant au reste, ce n'était ni son cirque ni ses singes. Le lendemain, il allait quitter les Pyrénées et prendre sa retraite. Alors, en cet après-midi, il entama son ultime promenade sur le terrain du gîte et orienta comme d'habitude ses pas vers la petite chapelle collée au bâtiment des chambres d'hôtes. Pourquoi avait-elle été construite ? Ce mas centenaire appartenait-il jadis à l'église ? Faisait-il partie d'un monastère ? Ses propriétaires étaient-ils pieux ? Pourquoi avaient-ils décidé que l'unique élément décoratif serait un vitrail de saint Théodore ? Qu'est-ce que ce martyr des débuts de la chrétienté avait en commun avec ce coin reculé des Pyrénées ? Dans la journée, Marcel était allé sur Internet pour se renseigner sur lui. Ce soldat romain, vainqueur d'un redoutable dragon sous la bannière du Christ, avait désobéi à l'empereur en personne, refusé d'offrir un sacrifice aux dieux et mis le feu au temple de la puissante Cybèle, déesse de la fertilité, avant d'être condamné à la torture et à la mort.

Marcel s'agenouilla, fit le signe de la croix.

— Seigneur, pria-t-il, demain est le premier jour du reste de ma vie. Ça pourrait être une journée comme les autres, mais je sens que la dernière étape de mon périple commence. Tu sais que je voulais rendre visite à tous les sanctuaires mariaux, mais s'agit-il d'un projet raisonnable ? Serait-ce un acte de dévotion ou un voyage touristique, aussi puéril qu'une croisière ou qu'une visite dans un casino ? J'ai besoin d'un conseil. Oui, je sais, Te le demander à Toi ou à l'honorable Théodore, c'est en réalité me le demander à moi-même. C'est le souci avec les prières, on converse au fond avec ses propres pensées. J'ai un guide, dis-Tu ? Oui, j'en ai un, mais j'ai peur que si je le recroise, je doive lui raconter tout ce que j'ai fait depuis notre première rencontre. Ai-je honte ? Un peu. Ce n'est pas à ça que ma vie devait ressembler. Ce n'est pas ainsi que je m'imaginais l'itinéraire d'un chrétien. Qu'est-ce que ce serait, comme confession, si je n'avais rien à confesser ? C'est vrai.

Il fit de nouveau le signe de la croix et se leva. Une confession. Oui, c'était une bonne idée de commencer la troisième partie de sa vie par le sacrement de la réconciliation. Ce qui, par ironie, exigeait de lui un voyage en Afrique. À l'autre bout du continent, certes, par rapport aux deux autres fous, mais quand même. Qui a dit que Dieu n'avait pas le sens de l'humour ?

Il frémit lorsque la porte de la chapelle s'ouvrit brusquement. Une ombre noire se figea sur le seuil dans une lumière vive. L'idée stupide que saint Théodore en personne vînt lui enseigner à devenir martyr lui traversa l'esprit.

— Tu débites des *Je vous salue Marie* ?

Lisa. Par égard pour Varank, il préférait quand ils parlaient français entre eux. Le polonais de la Suédoise lui faisait froid dans le dos.

— Je prie pour ton salut.

— Aucune chance. Quarante ans à branler la moule, ça plombe mes chances de paradis. Mais je cogite que ça valait le coup. Vaut mieux la main qu'une matraque, pas vrai ? Mate ça.

Elle s'avança et lui montra un message sur une tablette. C'était une suite de chiffres.

— À ta place, je n'ouvrirais pas la pièce jointe.

— Y en a pas. Ça déboule d'une adresse loufoque, d'un vieux serveur polonais à la con.

Il relut le message.

— Tu me surestimes, Suédoise. Ça ne veut rien dire.

Elle garda le silence. Il était sur le point de lui ordonner de cesser de jouer aux devinettes et de lui dire franchement de quoi il s'agissait, puis il comprit. Zofia Lorentz, bien sûr.

— J'y crois pas, dit-il.

— Sacré caquetage pour un troufion qui passe son temps à genoux.

Touché.

— La vérité nous sauvera, Suédoise. Viens, on va cogiter ensemble.

Tous les quatre recopièrent la suite de chiffres sur une feuille et chacun réfléchit à sa signification. En dehors des espaces, ces chiffres n'étaient séparés par aucun symbole ni ponctuation, cela évoquait plutôt un numéro de carte bancaire : 0100 00726 045 012018.

— Ça ne veut rien dire, admit Karol. Admettons, ce que je voudrais croire, mais dont je doute, que le message vienne de Zofia. L'adresse d'origine tendrait à l'indiquer. Ça vient d'une messagerie électronique polonaise archaïque. J'imagine bien une situation où Zofia parviendrait à profiter d'un ordinateur et de l'une de ses très vieilles messageries parce qu'elle supposerait que personne ne la surveille.

— Dans ce cas, pourquoi écrire en code ? demanda Lisa.

— Exactement. Si personne ne la lit, alors elle peut écrire ce qu'elle veut, mais si on la lit, on comprendra quoi qu'il arrive.

— Elle pouvait douter que ma messagerie soit sûre.

— Je t'en prie, Lisa, s'il y a bien une messagerie sûre en Europe, c'est la tienne. Ai-je raison ?

— Oui.

Ruhsar Varank fixait sa feuille sans un mot, il ne semblait pas participer à la discussion qui était pourtant menée en français pour qu'il la comprenne.

— Vous complexifiez trop les choses, estima-t-il.

Ils se tournèrent vers lui.

— Vous parlez de ses motivations sans posséder la moindre donnée pour évaluer la situation dans laquelle elle se trouve, au lieu d'essayer de comprendre le message. D'abord, lisons-le et on réfléchira à la suite après. Ta femme est une lettrée, une historienne d'art, pas vrai ?

Karol acquiesça.

— Je suppose donc que les chiffres ne sont pas son langage de prédilection. Diverses permutations de chiffres, des équations, de la cryptographie… ?

— Elle aurait tôt fait de nous adresser des signaux de fumée.

— C’est ce que je pensais. Alors, elle a dû nous transmettre des données qu’on ne peut traduire autrement que sous une forme chiffrée. Vu qu’elle est peut-être prisonnière sur un bateau, l’information essentielle, c’est la position géographique et le cap. 0100 00726 045.

— Et pourquoi ce nombre-là ?

— Disons qu’elle a remarqué ces données quelque part sur la passerelle. Elle ne s’est pas amusée à mémoriser les chiffres après la virgule, elle s’est contentée des degrés et des minutes. N’importe quel équipement maritime fournit d’abord la latitude, puis la longitude. Monsieur le directeur de l’IFED nous a appris que leur Hollandais volant naviguait près de l’équateur au large de l’Afrique. Alors…

Il écrivit « 01°00’ » et « 007°26’ ».

— … Le premier chiffre représenterait un degré de latitude nord ou sud, et le second le septième degré de longitude est ou ouest. Cap zéro quatre cinq, c’est-à-dire au nord-est.

— Impossible, objecta aussitôt Kluzka.

— Pourquoi ?

— Trop près du méridien zéro. Ce serait en Afrique de l’Ouest, sur l’Atlantique. Or le Kenya et la Somalie sont sur la côte est, sur l’océan Indien.

— À moins que… commença Varank.

Marcel comprit.

— À moins qu’on ait sous-estimé Bogdan Smuga et sa secte. Ils auraient prévu notre pression et nos recherches. Et ils se seraient préparés à nous mettre sur une fausse piste. Voyons une carte.

Ils regardèrent. Varank prit les commandes, manifestement ravi de participer à un film d’espionnage.

— Un degré en haut ou en bas de l’équateur n’a pas grande importance. Voyons plutôt la longitude. Sept degrés Est indiquent le fond du golfe de Guinée et le cap zéro quatre cinq pointe vers Douala, au Cameroun. Sept degrés Ouest, en revanche…

Il inscrivit les chiffres dans son moteur de recherche.

— … donne un lieu plus loin sur l’Atlantique, tandis que le cap file droit sur Abidjan, en Côte d’Ivoire.

Kluzka se penchait sur l’écran au moment où Varank prononça cette phrase, et les mots du Turc assemblèrent aussitôt de nombreux souvenirs dans son cerveau. Des moments bons et lumineux, liés au père André, à sa foi et à la petite église, mais aussi des périodes plus sombres, celles qu'il fuyait lorsqu'il était tombé sur la petite église en question.

— Marcel ? Tout va bien ? Tu es blanc comme un linge.

Il hocha la tête, incapable d'articuler un mot, avant de s'effondrer lourdement sur une chaise. D'un signe, il demanda à Varank de poursuivre.

— En supposant que j'aie raison, alors il ne nous reste plus qu'à décoder l'inscription 012018 après le cap. Si nous restions dans le registre maritime, ces chiffres devraient représenter la vitesse ou l'heure, et nous disposerions de toutes les données nécessaires pour calculer l'endroit et le moment où le bateau accosterait.

— Logique, acquiesça Lisa.

— Illogique, contra Karol. Zofia n'a pas pris la peine de nous indiquer la longitude, ce qui fait dans ce cas une différence d'un bon millier de kilomètres, mais elle se fatiguerait à nous fournir l'heure ? Je la connais. Elle souhaiterait plutôt nous expliquer le fond du problème. Il doit s'agir d'un code basique. Or, si tu ne peux envoyer que des chiffres, tu règles ça à l'aide d'une citation biblique. Bah quoi, vous ne lisez pas de romans policiers ? Il y a tout, dans les Saintes Écritures, même pour un novice complet, alors que ma femme est une historienne d'art. Du coup, je dirais soit que c'est l'Évangile selon Mathieu, chapitre 20, verset 18, soit la même chose, mais dans la Genèse. Google ça, Ruhsar.

Le Turc cliqua et lut :

— « Voici que nous montons à Jérusalem. Le Fils de l'homme sera livré aux grands prêtres et aux scribes, ils le condamneront à mort. »

Karol roula les yeux.

— Non, mais, franchement, il n'y a aucun fond là-dedans, à moins qu'ils veuillent partir d'Abidjan jusqu'à Jérusalem. Arrêtez de faire vos tronches à la Dan Brown et réfléchissez un peu. Balance le livre de la Genèse.

Varank retrouva la citation adéquate. Il la lut d'abord en silence et blêmit.

— Ô Allah, gémit-il, ce n'est pas possible.

— Tu devrais choisir une traduction plus plausible, grogna Karol.

Ce dernier regarda par-dessus l'épaule de Ruhsar et lut :

— « En effet, Dieu avait rendu stériles toutes les femmes de la maison d'Abimélek à cause de Sara, la femme d'Abraham. » Pigé, c'est encore du charabia. Ces chiffres doivent vouloir dire autre chose.

— Pas sûr… dit Varank d'une voix étranglée. Ça fait longtemps qu'on entend parler dans le milieu d'un groupe de chercheurs dévoués à la science. On disait d'eux qu'ils avaient une base en Antarctique, qu'ils étaient financés par Bill Gates et cherchaient l'élixir du bonheur. Mais les mieux informés d'entre nous savaient qu'effectivement, quelques collègues avaient décroché un magot pour travailler sur l'Alzheimer en dehors du système. Selon les données dont je disposais, il ne s'agissait pas d'une communauté altruiste, mais d'un projet de la concurrence. Un médicament efficace ou un vaccin contre la démence apporteraient des milliards et un pouvoir illimité au détenteur du brevet. C'est ce que je croyais. Mais des sources crédibles diffusaient une autre version encore…

Il se tut un instant, mais personne ne pipa mot, alors il poursuivit :

— On racontait sur le ton d'une histoire de fantômes qu'il s'agissait en fait de sauver la race humaine, mais pas à l'aide d'un élixir de longévité, bien au contraire, en déclenchant un dépeuplement contrôlé par une épidémie. Ce n'est plus un secret, mais un fait communément admis que les changements climatiques mettront fin à l'humanité sous sa forme actuelle dans le siècle à venir. Et le plus probable est qu'ils l'anéantiront sous n'importe quelle forme. Par ailleurs, cela fait longtemps que des voix s'élèvent pour dire qu'il faut rogner l'humanité d'une bonne moitié pour freiner les émissions carbone avant qu'on cuise. J'estimais que dans un milieu scientifique sérieux, ce genre d'idées était impossible, aucune personne saine d'esprit ne planifierait un génocide à une échelle inimaginable, aucun financeur ne soutiendrait un tel projet.

— À moins qu'il ne s'agisse d'une épidémie d'infertilité… chuchota Karol.

— Exact. Personne ne meurt, personne ne souffre, le nombre d'habitants de la planète diminue, nous sommes sauvés et nous vivons peut-être sans enfants, mais longtemps et heureux.

— Je n'arrive pas à y croire, grogna Lisa.

— Pourquoi ? s'étonna Ruhsar. Ça tombe sous le sens.

— Je n'arrive pas à croire que j'ai couché avec un homme qui se montre admiratif d'un projet de stérilisation forcé. Renseigne-toi un peu sur l'histoire de la Suède, espèce de paysan turc.

Varank s'apprêtait soit à s'expliquer, soit à se disputer avec Lisa, mais Marcel ne lui en laissa pas le temps.

— On part pour Abidjan, annonça-t-il.

Il ne doutait pas une seconde que c'était la volonté de Dieu.

## 13

Elle ne comprenait plus ses émotions. Cela faisait des jours, voire des semaines, qu'elle ne souhaitait rien tant que quitter enfin sa prison aquatique. Sur le *Vincent*, lors de cette terrible journée seule en mer ou plus tard, au cours de la tempête et de la traversée sur la *Comète*, Zofia puisait son énergie dans la vision du jour où elle poserait le pied sur la terre ferme, hélerait un taxi et lui ordonnerait de la conduire à l'aéroport. Et maintenant, elle fixait les lumières d'Abidjan de plus en plus proches et ressentait une tristesse étrange, son regard fuyait, pour des raisons inconnues, dans l'autre sens, vers la noirceur ondoyante qui s'étalait jusqu'aux confins du monde.

C'était aberrant, ces lumières lui promettaient pourtant le retour à tout ce dont se composait sa vie. Derrière ce panorama l'attendaient Karol, Kasia, Varsovie, leur appartement de la rue Wiejska, ses pauses au café Ziółko de la rue Krucza, le musée qui serait toujours le sien, même si on ne la laissait plus y rentrer qu'en tant que simple visiteuse, ses livres, ses voyages, les fêtes auxquelles on n'avait pas envie d'assister et qui finalement étaient les meilleures, les soirées arrosées de vin, les gueules de bois, le canapé saupoudré de miettes de chips de riz soufflé dégustées avec du houmous en regardant des séries télé sur HBO, toute cette vie agréable et haute en couleur. Une vie qu'elle avait failli perdre et qui se trouvait à nouveau à portée de main.

Elle se retourna, s'appuya sur la rambarde côté vent, observa la mer, inspira son parfum et pensa qu'elle devrait repartir un jour. Elle n'imaginait pas passer le reste de sa vie sans retrouver ce sentiment, quand on s'allongeait dans le cockpit, quand on regardait la voile qui masquait certaines étoiles, quand on se savait un enfant de la nature. L'harmonie. Bogdan Smuga était peut-être fou, mais sur ce point-là, il avait vu juste. Sans harmonie, rien n'avait de sens.

— T'es-tu prête ? demanda Martin Meller tout en tenant son gouvernail.

— Je ne le serai jamais plus. Des tonnes d'eau, capitaine !

Elle l'embrassa sur la joue et sauta par-dessus bord.

## 14

Stephane Breitwiser se sentait fier, excité et inquiet à la fois. Fier parce que c'était à lui que revenait le mérite d'avoir organisé leur vingt-cinquième anniversaire de mariage, ici, et pas dans un quelconque *Gaststube* de Sassnitz qui puerait la friture, pas dans un resto berlinois hors de prix où les serveurs les regarderaient comme des provinciaux venus fêter leur anniversaire de mariage ; ce n'était pas non plus un voyage à Paris où un réceptionniste algérien quelconque les traiterait en occupants. C'était grâce à son sens des affaires – avec un petit coup de pouce d'une conjoncture très favorable et d'un sous-traitant polonais des environs de Szczecin dont les tourneurs travaillaient vite et moins cher – qu'il avait pu offrir à Anne-Catherine ces moments inoubliables sur l'*Éden des mers du Sud*. Et l'*Éden* en question n'était pas un bateau de croisière bas de gamme, mais – chose que Stephane soulignait auprès de ses amis sur le ton de celui qui aurait bâti le navire – une fusion entre Las Vegas, Kurfürstendamm et le parc Tropical Islands de Spreewald, voyez-vous.

Ils avaient convenu avec Anne-Catherine que ce ne seraient pas des vacances ordinaires. L'*Éden des mers du Sud* devait voir la renaissance de leur union, le retour aux temps où sa femme, sous prétexte qu'elle avait un encas à lui apporter, passait en coup de vent à son atelier pour qu'ils puissent folâtrer entre les tonneaux de vernis, des temps où ils se planquaient dans les toilettes pour handicapés sur une aire d'*Autobahn*. Une fois, ils avaient même fait l'amour lors d'un concert de Scorpions en faisant semblant de danser. Puisqu'une telle passion les avait unis alors, elle pourrait renaître ici.

« La tendresse et l'amitié se nourrissent de stabilité, tandis que la passion a besoin de nouveauté. Étonnez-vous l'un l'autre », leur avait conseillé une amie sexologue. Stephane ne lui faisait pas entièrement confiance parce qu'elle tenait aussi un hôtel pour chats et figurait en bonne place parmi les disciples de Svantovit au cap d'Arkona. Mais son conseil semblait sensé.

Dans la pratique, les choses évoluaient plus ou moins bien. Sur Majorque, lécher un coulis de chocolat sur leurs corps avait semblé prometteur au moment de l'arrosage, mais ils en eurent la nausée avant d'arriver à la partie de jambes en l'air effrénée. Ils prirent une douche ensemble et allèrent dormir avec des crampes d'estomac. À Gibraltar, Stephane était censé attacher sa femme au lit, mais Anne-Catherine avait proposé, une étincelle étrange dans le regard, que ce soit elle qui l'attache. Et elle l'avait fait avec une infinie précision. Une fois que Stephane fut ligoté, elle lui avait ordonné de la fermer, elle l'avait enfourché sans aucun préliminaire et l'avait détaché après son troisième orgasme, très bruyant et ne souffrant d'aucune contestation. Ce fut bizarre. Ensuite, au milieu de l'océan, l'amour sur le pont n'avait pas vraiment marché, ça ventait en diable et dans cette brise glaciale, Stephane n'aurait réussi à bander pour rien au monde. Là, alors qu'ils étaient sur le point de faire escale dans le premier port d'Afrique noire, le temps était venu pour « La crampe ».

Ainsi, Stephane Breitwieser ressentait de l'excitation à l'idée que, selon le scénario convenu, Anne-Catherine l'attendît au lit ne portant que des bas, faisait semblant de lire avant d'être surprise par l'attaque d'un prédateur sexuel masqué. Mais il ressentait aussi de l'inquiétude en voyant son propre reflet dans le miroir, engoncé dans son costume en latex noir. Celui-ci le serrait trop sur le ventre, tandis que sur son membre, théoriquement gonflé, il laissait trop de mou. Le masque lui faisait mal et l'ensemble grinçait au moindre mouvement. Stephane se dit qu'encore quelques jours de cette croisière et faire l'amour en missionnaire sous la couette deviendrait le summum de leurs rêveries érotiques. Bon, allons-y, qu'on en finisse.

Il quitta la salle de bains. Anne-Catherine bouquinait sur le lit.

— C'est toi, chéri ?

Il ne répondit rien.

— Tu m'as manqué. Viens.

Grinçant tel un chevalier coincé dans une armure mal huilée, il parvint à se hisser sur le matelas. Il jeta un coup d'œil au miroir et faillit soupirer. Il y vit une silhouette luisante, tout droit sortie du plus mauvais des films pornos, penchée, la bedaine saillante et le membre sorti au-dessus des fesses à l'air de sa femme. Il sentit l'excitation le quitter. Au même moment, Anne-Catherine regarda aussi le miroir et se mit à hurler de terreur. Elle rua, lui donna un coup de mollet douloureux dans les testicules et se précipita hors du lit.

— *Scheisse*... gémit-il.

— Stephane, excuse-moi, je ne m'attendais pas à ça !

— C'est ce qu'on appelle une surprise...

— Je veux dire, attends, je vais corriger ça.

Elle s'assit par terre, sous la fenêtre.

— Je t'en supplie, monsieur l'inconnu, ne prends pas ma vie et je te donnerai tout ce que tu désires. Mon vieux corps usé peut être à toi !

— Laisse-moi tranquille, femme, et aide-moi plutôt à sortir de ce machin.

Son épouse gloussa, se leva et s'appuya des deux mains sur la vitre, puis elle se cambra vers lui. Devant elle s'étalait le fabuleux panorama de la ville illuminée, avec les gigantesques grues portuaires au premier plan.

— Allez, reprenons, l'encouragea-t-elle, tout cet effort ne peut pas avoir été fait en vain.

Il avait un avis fort différent sur la question.

— Oh, monsieur l'inconnu, tu ne m'as pas dit que vous seriez plus nombreux !

Ne comprenant pas de quoi sa femme parlait, il s'approcha de la fenêtre, regarda dehors et en resta bouche bée. Il ne s'attendait pas à voir quelque chose d'aussi surprenant qu'une Ferrari roulant sur la glace – or c'était bien ce qui leur était arrivé quelques années plus tôt, durant une traversée romantique sur la Baltique –, mais quand même. Une silhouette flottait dans l'eau, vêtue d'une combinaison aussi ridicule que la sienne, mais d'une étrange couleur rosâtre. Pire, le mystérieux pervers costumé battait énergiquement des pieds et des bras pour s'écarter de l'immense bateau de croisière.

# 15

Sincèrement, elle en avait plus que ras le bol, mais alors à un point ! Tout s'était d'abord déroulé selon leur plan, ils avaient choisi le moment idéal et la marée la poussait vers la plage. Au fond, elle n'avait qu'à rester couchée sur l'eau et à admirer la ville en approche. Zofia avait été ravie que, comme Martin l'avait prévu, le courant la portât vers la grève de sable fin au centre de la ville, elle entendait déjà la musique des bars, faisait la différence entre les fenêtres des immeubles et les guirlandes des bouis-bouis portuaires. Et c'est alors que, sorti de nulle part, un bateau de croisière avait déboulé – pas un navire, mais une ville flottante gargantuesque.

Zofia comprit très vite que le bateau s'orientait vers un large chenal qui menait probablement au port. La bonne nouvelle, c'était que sa trajectoire courait un peu plus loin que la sienne. La mauvaise, c'est que la marée la poussait précisément dans la direction du bateau. Ainsi, Zofia devait prendre une décision cruciale : soit elle nageait plus vite, avec le courant, dans l'espoir de devancer l'étrave du navire, soit elle luttait à contre-courant le temps que le navire la dépasse. Martin aurait su quoi faire, il aurait certainement évalué tant la vitesse de la marée que celle du bateau. Mais cela faisait trente minutes que la *Comète* avait disparu de son champ de vision.

Misère !

Zofia estima qu'il valait mieux faire confiance au courant et commença à nager vers la terre ferme. La plage approchait, l'entrée du chenal approchait, mais le bateau aussi. Et plus il approchait et plus ses dimensions semblaient vertigineuses. Zofia sentait les vibrations induites par son hélice dans l'eau. Comparé à cette montagne flottante, le *Vincent* n'était qu'une coque de noix. Le tambourinement croissait, les vibrations traversaient son corps de plus en plus fort, les vagues d'étrave bruissaient, projetées sur les côtés par la proue équipée d'un bulbe qui tranchait les flots. De son point de vue, le bulbe avait l'air d'un immeuble et l'ensemble de la coque d'un gratte-ciel. D'un gros gratte-ciel.

Zofia n'était plus séparée de l'étrave que d'une cinquantaine de mètres lorsqu'une vague miséricordieuse la souleva et la porta loin du trajet du mastodonte. Prise de panique, elle commença à agiter désespérément les mains et les pieds pour s'en éloigner. Elle craignait – ne sachant pas si c'était à juste titre – de voir de mystérieuses forces hydrodynamiques l'entraîner sous la coque pour que l'hélice la transforme en steak tartare.

Elle luttait, elle s'agitait, elle nageait et derrière elle glissait majestueusement le géant, zieutant vers elle de ses centaines de fenêtres de chambres d'hôtel, tandis qu'un autre bruit, semblable à celui d'un modeste hors-bord, se mettait à percer au milieu du frémissement des vagues et du fracas des moteurs. Elle regarda autour et, en effet, un hors-bord noir quittait le chenal dans sa direction.

— Hé ! cria-t-elle, ce qui n'avait pas grand intérêt au cœur de ce tumulte, et elle agita les bras.

Le conducteur dut la remarquer, car il ralentit et prit un ample virage, mit le moteur au point mort pour permettre à l'embarcation de s'approcher. La silhouette imprécise prit son élan et une bouée de sauvetage orange vola dans les airs. Zofia s'y agrippa fermement, le moteur monta en régime, elle sentit une secousse et, quelques instants plus tard, elle était emportée à bonne distance du géant d'acier. Alors, le hors-bord ralentit et son occupant tira Zofia vers lui avant de la hisser à bord. Allongée au fond du bateau, elle haletait et s'efforçait de reprendre son souffle, le barreur au-dessus d'elle.

— Je vous ferais bien un bouche-à-bouche, madame, déclara Karol Boznański, mais vous sentez la merde et le vomi.

# Chapitre 15

# La vengeance de Barbe Grise

*L'océan s'en fiche • L'assassin revient toujours sur les lieux du crime • Aucun doute ne te tiraille ? • La confession du mercenaire • Les colliers d'esclave • L'alternative diabolique • Il est facile de disparaître en mer • 42 °C à l'ombre • Varsovie en rut • Pseudomonas vincentae • Les frères slaves arrivent à la rescousse*

## 1

Natalia Przybysz cessa de faire cuire les saucisses, se posta à la fenêtre, regarda la mer et se demanda combien d'êtres humains posaient à cet instant précis leur regard sur l'océan et ce qu'en pensait ce dernier. Très probablement, l'océan s'en fichait, tout comme se fichent de notre admiration les étoiles, les forêts et les nuages qui s'arrangent en sculptures fabuleuses. Ce qui faisait des merveilles de la nature et de notre rapport à elles une métaphore de tout amour malheureux. Nous nous excitons, transis d'admiration, nous écrivons des poèmes, peignons des paysages, changeons de coiffure, déménageons d'une ville à une autre, soumettons l'intégralité de notre existence à cet amour dédié à une seule et unique personne et, quand celle-ci apparaît semblable à un océan qui se fiche de nos regards, nous en informant par SMS, nous nous retrouvons le bec dans l'eau et sans rien. Enfin non, pas complètement sans rien, il nous reste le désespoir, la peine, le sentiment de perte, de vide et la honte d'avoir tant donné à une arnaqueuse qui n'a pas hésité une seconde au moment de décrocher une bourse et d'aller vivre à Graz, et qui écrit dans un e-mail laconique que ce qui compte le plus à ses yeux, c'est une compatibilité physique, et bien que ses formes si féminines en aient ravi plus d'une, ça n'avait jamais été son genre, elle préférait les corps plus androgynes, je suis peut-être hétéro, ha, ha, ha...

En d'autres mots, on l'avait larguée au terme d'une relation de cinq ans parce qu'elle avait de trop gros seins. Tu le crois, ça, cher océan ?

— Sœurette, est-ce qu'on pourrait avoir un peu plus de pain avec cette saucisse ?

Sans détourner son regard de la fenêtre, elle montra au demandeur le majeur de sa main droite.

## 2

Martin Meller se préparait à la nuit. Il abattit son voilier pour que le vent ne le couche pas trop, abaissa un peu la voile pour prévenir les rafales soudaines, vérifia les réglages des alarmes radar et SIA, au cas où un autre bateau apparaîtrait dans les parages, et programma des réveils à minuit, trois heures et six heures du matin, afin de contrôler la situation. La nuit s'annonçait calme, tout comme les trois semaines qui le séparaient encore du cap de Bonne-Espérance.

Il finissait son thé, assis sur la poupe, observait le sillage et se demandait combien de personnes fixaient l'océan à ce moment précis dans le but de détourner leur attention des fantômes qui les entouraient. Ce jour-là, au Memorial Park de Sudbury, il avait mendié au cosmos sept années supplémentaires auprès d'Élise. Et lorsqu'elle avait fini par mourir et qu'il avait décidé de faire le tour du monde en voilier, afin d'accomplir un exploit qu'aucun francophone de Sudbury n'avait encore accompli, les gens l'avaient pris pour un fou. En réalité, il ne faisait que fuir ses fantômes. Il voyait sa femme dans leur maison, dans les rues de la ville, au supermarché, au *Old Rock Café*, dans les bus aux bandes vertes, à la gare ou sur la bretelle de sortie vers Ottawa, il voyageait d'un souvenir à l'autre et le fantôme d'Élise qui se trouvait dans chacun d'entre eux lui déchirait le cœur.

L'océan libérait des souvenirs. Aussi longtemps qu'il ne regardait pas l'intérieur du yacht, persuadé à chaque fois qu'il verrait la tête d'Élise apparaître dans la trappe et lui demander s'il voulait un café, il se sentait en sécurité. C'est pourquoi, tout en fixant l'océan, il se demanda comment ne pas croire en l'univers si les mouvements des corps célestes avaient fait en sorte qu'un minuscule être aussi insignifiant que lui puisse sauver la vie d'un autre être minuscule. Grâce à cet acte, sa traversée était devenue quelque chose de plus qu'une fuite désespérée – et c'était bon.

## 3

Bogdan Smuga s'était à nouveau accoudé à la rambarde près de l'entrée de la navette de secours orange, il observait les vagues derrière la poupe du *Vincent* et se disait que les assassins revenaient toujours sur les lieux de leurs crimes. Il avait tué pour une cause en laquelle il croyait, pour sauver l'humanité, son acte avait un fondement, il représentait la solution la plus simple et la plus efficace à son problème.

Il le comprenait, mais savait aussi que d'un point de vue objectif, cela le plaçait au même rang que tous ceux qui, au cours de l'Histoire, avaient assassiné pour la cause, persuadés que celle-ci était juste. Et l'était-elle ? Ça, seuls les historiens en jugeaient, changeant d'ailleurs mille fois leurs verdicts, ce dont se rendaient compte ceux qui lisaient la presse historique depuis l'autre monde, c'est-à-dire les Croisés, les fantassins de Napoléon ou les soldats de l'Armée rouge.

Une seule conclusion découlait de l'analyse logique des faits, Bogdan avait fait ce qu'il avait à faire et aurait donc dû se sentir pardonné, mais tous les soirs, il revenait quand même sur les lieux de son crime, entendant chaque fois plus fort cette pensée tambouriner dans son crâne, la pensée qui lui avait traversé l'esprit en voyant Zofia Lorentz chuter vers le sombre océan : « Si je ne peux pas t'avoir, alors personne ne t'aura ! »

# 4

Depuis le balcon, on avait une vue imprenable sur la ville nocturne, étonnamment moderne avec son bosquet de gratte-ciel. Dans l'ensemble, Abidjan, dans sa prétention d'être une métropole clignotante de mille lumières et sa croyance qu'avec du bitume, des lampadaires et cinq hauts immeubles, on devenait d'emblée le « Paris de l'Afrique » ou le « Manhattan des tropiques », lui rappelait Varsovie. Les chauffeurs se garaient n'importe où, la forme la plus populaire de faire du commerce était aussi des étals de rue et il y avait un Jean-Paul II à l'échelle trois quarts devant une église. L'Afrique, apparemment, possédait le même état d'esprit que l'Europe de l'Est. Zofia s'en amusait, mais devait admettre aussi que l'étouffante cité tropicale avait du caractère. En dépit de cela, accoudée à la balustrade, elle n'observait pas la ville, mais un morceau d'océan visible par-dessus les immeubles. L'océan l'appelait, elle avait l'impression de sentir son odeur à travers les relents des pots d'échappement.

Zofia Lorentz craignait que la suite des événements les menât à une nouvelle catastrophe, mais espérait simultanément devoir reprendre la mer. Après quelques journées passées en compagnie de Karol, de Lisa, de Marcel et de Ruhsar, elle leur avait donné raison : seul leur petit groupe pouvait contrecarrer les plans de Bogdan Smuga.

Bien entendu, il aurait été plus simple et plus sûr de déclencher un esclandre mondial, d'avoir la conscience tranquille et de regarder Smuga et Zéroual descendre de leur bateau menottes aux poignets à la télé. Les patients auraient été libérés, le complot éventé, alléluia. C'était un scénario tentant. Mais il souffrait d'un défaut majeur : combien de temps faudrait-il aux politiciens et aux fonctionnaires vissés sur leurs sièges pour prendre la décision d'intercepter le *Vincent* et son équipage ? Des semaines ? Des mois ? Dans le meilleur des cas, ils le feraient une fois seulement qu'on les aurait persuadés de l'urgence de l'affaire – tout en précisant qu'il ne suffisait pas de l'inscrire au calendrier du quatrième trimestre du prochain débat budgétaire. Mais même si on arrivait à héliporter une escouade de commandos à bord du *Vincent* vite fait bien fait, la secte scientifique disposerait d'assez de temps pour sécuriser un échantillon. Chaque scénario, même le plus optimiste, qui supposait de refiler la patate chaude et de s'en laver les mains, laissait aux forcenés une possibilité de sauver leur agent pathogène. Alors, le catastrophique dépeuplement serait au mieux repoussé dans le temps. Ou alors, chose que Ruhsar s'entêtait à souligner, l'une des multinationales pharmaceutiques profiterait des tergiversations pour mettre la main sur la substance et en ferait un bien réglementé, instaurant une ligne de partage social jusqu'alors inconnue.

L'idée d'empêcher la catastrophe sans aucune aide extérieure lui paraissait curieuse, mais Karol remarqua à juste titre qu'il y avait parmi eux une cambrioleuse, un mercenaire, un scientifique, une personne qui connaissait le *Vincent* et un assistant beau gosse de toutes les personnes citées plus haut. C'était un bon début.

— À quoi tu penses ?

Karol arriva auprès d'elle. Il sentait la sueur et l'amour, tout comme elle.

— Toujours à la même chose. Aucun doute ne te tiraille ?

— Si. On en avait déjà parlé à Varsovie, tu t'en souviens ? Quand Maria nous avait annoncé qu'elle n'aurait pas d'enfant parce qu'elle ne voulait pas qu'il assiste à la fin du monde. Et nous étions d'accord avec elle. L'effondrement climatique est inéluctable. L'Homme est trop égoïste dans ses intérêts individuels et tribaux, et peu importe comment il définit sa tribu. Regarde-nous, nous ne voulons pas provoquer la fin du monde, mais nous démarrons notre voiture dix minutes avant de partir, via une application sur Smartphone, pour qu'elle ne soit pas froide quand on monte dedans. En apparence, c'est une broutille, mais multiplie-la par cent autres broutilles dans notre vie et par huit milliards d'individus. L'humanité devrait bannir les transports individuels, interdire la consommation de viande, réduire la consommation alimentaire et la consommation en général, instaurer une limitation stricte des naissances et ça ne ferait que retarder l'apocalypse. Et encore, ce n'est pas sûr. C'est le début de la fin, nous le savons tous. C'est le début d'une fin atroce parce que, portés par le désespoir des gens privés d'eau, d'électricité et de nourriture, les pires vermines arriveront au pouvoir d'ici peu et, couplé aux migrations de masse, cela conduira à des génocides à une échelle jamais vue jusque-là, ainsi qu'à des guerres, y compris nucléaires. Nous mourrons d'une façon que nous avons perfectionnée depuis des siècles, c'est-à-dire d'une façon cruelle et impitoyable.

— Et malgré cela, tu veux freiner Smuga.

— Bah tu sais, il voulait me piquer ma copine, c'est une bonne raison de lui mettre des bâtons dans les roues.

— Pas drôle.

— Un peu, si, avoue.

Il l'attira à lui, l'enferma dans ses bras, posa le menton sur son épaule. Tandis qu'ils regardaient au loin, elle se demandait si le regard de son mari cherchait lui aussi l'océan.

— Et puis, je suis humaniste, je crois que l'Histoire nous enseigne l'existence, reprit-il. Chaque fois que quelqu'un a tenté de changer le monde pour le bien de l'humanité, ça s'est mal terminé, même si au début, ça allait dans le bon sens. Songe à l'Empire romain, à l'Église catholique, à Lénine ou à Napoléon.

Elle pouffa de rire.

— Et je suis peut-être un rêveur, mais au lieu d'analyser froidement les faits, j'ai choisi d'avoir foi en l'homme. On va reprendre nos esprits, inventer un truc, devenir plus sages après les épreuves, qui sait ? La question est de savoir pourquoi toi, tu veux arrêter Smuga. Tu devrais t'en moquer, me mettre dans une valise et rentrer à la maison.

Elle y avait tant réfléchi qu'elle répliqua du tac au tac :

— Je ne permettrai pas que quelqu'un prive ma fille du sens de l'existence au nom du bien de l'humanité.

## 5

Halbe van Veldhoven, qui se considérait jusqu'à peu, et à raison, comme le plus moderne des pirates de l'ère moderne, était assis sur la terrasse de sa villa, contemplait l'océan et fumait une excellente indienne qui, il est vrai, n'éliminait pas ses douleurs fantômes, mais lui permettait néanmoins de s'en ficher.

Comme chaque soir, ou comme tout le temps en fait, il observait les vagues de la marée montante et le sombre océan qui s'étalait à l'infini devant lui, et se disait que, quelque part au loin, ces fils de putes étaient là. Et puisqu'ils y étaient, alors on pouvait les atteindre, on pouvait leur nuire, on pouvait faire en sorte qu'ils souffrent comme lui souffrait, qu'ils meurent comme ses amis étaient morts. Il devait y avoir un moyen et lui, Halbe van Veldhoven, même privé de ses jambes, même borgne, allait trouver ce moyen.

Il eut envie d'uriner, alors il fit pivoter son torse et, couché sur le flanc, se soulagea dans le sable à travers la barrière. Depuis qu'il avait découvert cette façon de faire, son confort de vie s'était sensiblement amélioré, il n'avait plus à accomplir ses acrobaties dans les toilettes qu'une fois par jour, voire qu'une fois tous les deux jours s'il faisait attention à son régime alimentaire. Ce n'étaient que de petites victoires, mais ô combien satisfaisantes.

Il en savait déjà un bout sur le *Vincent*, un sacré bout. Il savait comment ce bateau s'appelait réellement, dans quel chantier naval il avait été construit, quand il avait été mis à l'eau, dans quels ports il mouillait avant de devenir un navire fantôme, comment il se ravitaillait en carburant et en nourriture. Et Halbe se tenait coi. Ceux qui criaillaient n'étaient que de pauvres herbivores. Un prédateur, lui, observait sa proie en silence dans l'attente du moment opportun. Et il était devenu ce prédateur. Ses observations prendraient peut-être un an, ou une décennie, mais l'heure de l'attaque sonnerait un jour.

La sonnerie d'une notification retentit, il s'empara de son téléphone et lut le message d'une personne qui signait « Ronja ». Il jeta un œil à son joint, puis à l'océan, jeta le joint, regarda l'écran, relut le message.

Très intéressant, se dit-il.

## 6

Marcel Kluzka aimait bien le confessionnal, mais il n'aimait pas se confesser. Pour le père André, c'était le contraire, il aimait bien confesser, mais à force de rester assis dans le confessionnal, il avait mal aux fesses, l'atmosphère de réclusion le dérangeait, tout comme la séparation d'avec les fidèles, sans parler de l'ambiance étouffante, amplifiée par leurs chuchotements, comme s'ils avaient tous du sang sur les mains et non pas, comme c'était d'ordinaire le cas, de l'avidité, de la jalousie, des pensées lubriques et la haine quotidienne de leur prochain. Il encourageait donc ses ouailles à se confesser au cours d'une promenade. Il leur disait que plus Dieu en verrait, plus vite il pardonnerait, et que leurs âmes seraient plus faciles à soigner au milieu de la nature. Et puis, il se sentait plus proche de la confession publique protestante que des murmures catholiques dans sa barbe. Tu as fait quelque chose de mal, aie le courage de l'avouer, Dieu aime certes les fils prodigues, mais rien dans les Écritures ne suggère qu'il tienne en haute estime les lâches et les chuchoteurs.

Marcel était au courant de ces lubies, c'est pourquoi, qu'il l'eût ou non souhaité, il marchait à présent à travers le village au côté d'un religieux qui souriait à droite et à gauche, et le mercenaire lui racontait tout ce qu'il avait fait de mal.

Personne n'aurait eu l'idée de surnommer Bouaflé le « Manhattan des tropiques », même la « banlieue de l'équateur » ou la « bourgade de la jungle » auraient été de trop ; ce quartier n'était qu'une sorte de hameau africain fait de boue, de parpaings et de fibrociment à l'amiante, un hameau poussiéreux, comme l'ensemble de ce continent : les gens, les chiens, les maisons, jusqu'aux poissons fumés roulés en anneaux sur les étals, étaient recouverts d'une poudre grisâtre.

— Marcel, mon cher, si je comprends bien, tu as abandonné ton sort de légionnaire pour le poste de mercenaire dans une multinationale ?

Une chose encore : le père André ne se limitait pas aux hochements de tête pour pardonner les péchés à la fin de l'entretien. Il aimait endosser le costume d'un psychanalyste catho qui cherchait à atteindre le fond du problème.

— D'un spécialiste en sécurité, précisa Kluzka.

— Pour plus ou pour moins ?

— Plus.

— Je comprends.

— On m'a formé à être un soldat, je cherchais un travail qui me permettrait d'exercer mes talents sans faire du tort aux gens.

— Entre « ne pas faire du tort aux gens » et « faire le bien », il y a une différence. Rares sont ceux qui font du tort aux gens, c'est, je dirais, une sorte de mode par défaut de l'être humain, un mode qui n'exige pas d'efforts particuliers. Je croyais que tu voulais compenser par tes actions celles que tu avais commises plus tôt. Or, tu n'as fait que changer d'emploi pour un qui soit mieux rémunéré.

L'ancien légionnaire laissa échapper un soupir si lourd que le prêtre s'arrêta et le contempla avec un grand intérêt.

— Oh ? Je vois que ce n'était que le début.

— Malheureusement… commença Kluzka et il raconta en toute franchise à quoi il occupait ses journées au sein de la multinationale.

Tous ses péchés se déversèrent de lui en un large ruisseau et plus il parlait, plus il comprenait à quel point il avait failli. On ne pouvait même pas dire que son projet de passer du côté clair de la force avait échoué. Marcel avait rebondi sur ce côté clair telle une balle en caoutchouc et s'était enfoncé encore plus loin dans l'obscurité.

Le père André l'observait avec un étonnement sincère.

— Mon Dieu, Marcel, je commence à me dire que tu aurais mieux fait de rester dans la Légion étrangère. Là-bas, tu aurais juste flingué quelqu'un de temps à autre. Sur quoi tu travailles en ce moment ? Tu es venu kidnapper les élèves de mes classes de catéchisme pour en faire les cobayes d'expériences illégales, avec prélèvement solennel d'un rein sans anesthésie en guise de point d'orgue ?

Kluzka grimaça. Il ne commenta pas, mais narra avec précision les étapes qui l'avaient ramené en Côte d'Ivoire. Il expliqua qu'il avait traqué des chercheurs en quête d'un médicament contre l'Alzheimer, mais était tombé à la place sur un groupe désireux de provoquer une épidémie de longévité, mais au prix de la stérilité, afin de conduire à un dépeuplement massif, ramener l'harmonie avec la nature sur Terre et sauver l'humanité d'elle-même.

— Tu parles sérieusement ?

— Plus que jamais.

Pendant un instant, ils marchèrent en silence.

— Une offre diabolique. Tu obtiens la longévité, c'est-à-dire ce que l'homme désire le plus au monde. Mais tu perds la seule éternité possible, c'est-à-dire la vie dans les souvenirs de tes proches, la transmission de tes gènes, de ta sagesse et du savoir accumulés pendant des années pour que tes descendants rendent le monde meilleur après toi.

Marcel n'était pas sûr qu'un prêtre catholique dût exprimer de telles thèses, mais il préféra éviter d'entrer dans des disputes théologiques.

— Est-ce que leur projet n'aboutira pas au dépérissement de l'humanité ? demanda le père André.

— D'après eux, non. Aucun agent pathogène n'affecte toutes les personnes, un certain pourcentage de la population restera toujours immunisé.

— J'entends de l'admiration dans ta voix.

Ils arrivèrent à la fierté de Bouaflé, un pont jeté par-dessus un canyon jaune où coulait un ruisseau jaune lui aussi. Ils empruntèrent la passerelle, s'appuyèrent sur la rambarde et observèrent le paysage africain qui s'étalait devant leurs yeux.

— Tu sais, *Padre*, j'ai eu affaire à des gens vraiment riches au sein de ma compagnie, des gens incroyablement riches. Eux et leurs amis pourraient peut-être éradiquer la misère, la famine et les maladies, peut-être même arrêter le cataclysme climatique. Je ne dis pas qu'ils le feraient en prenant quelques décisions faciles, mais au moins, ils pourraient essayer. Ils m'ont convoqué un jour pour une réunion sur les procédures de sécurité à mettre en place « après l'incident », comme ils l'appelaient.

— L'incident ?

— Ils voulaient parler de l'apocalypse, de la fin de la civilisation qui, d'après eux, surviendra d'ici peu à cause du dérèglement climatique et des guerres et révolutions qui y seront liées. Ils ont construit des bunkers avec des piscines, des tonnes de riz, la clim' et une réserve de carburant pour deux générations à venir.

— Hum... ils devraient relire l'Histoire de France pour se rendre compte que se barricader à Versailles ne protège pas de la colère du peuple.

— Ils l'ont lue. Et c'est pour ça qu'ils m'ont convoqué. Ils ont compris que des murs et des moyens mécaniques ne suffiraient pas et qu'ils auront besoin d'une armée pour les défendre de la populace en furie. Et ils ont vu un point faible dans leur projet. Comment, dans un monde où l'argent cessera d'avoir de la valeur, s'assurer la loyauté de cette armée ?

Le père André l'interrogea du regard. D'un geste, Marcel lui fit comprendre qu'il était curieux de savoir ce que le prêtre en pensait.

— Ce n'est pas une devinette difficile. Si ces soldats défendent leur domicile et leur riz, ils resteront loyaux. Il suffit d'en faire des membres de la famille.

— Je leur ai répondu à peu près la même chose. Ils en ont pleuré de rire, persuadés que je plaisantais. Et ils m'ont demandé, en redevenant sérieux, s'il était possible de télécommander des colliers électroniques qui obligeraient les porteurs à leur obéir.

— Non...

— Si. C'est pourquoi, quand je m'imagine une fin du monde où des gens mourant de faim prennent d'assaut des abris remplis de boîtes de riz et qu'ils meurent finalement sous les tirs de mitraillettes tenues par des esclaves enfermés dans leurs colliers d'obéissance, puis que les propriétaires de ces bunkers deviennent les pères fondateurs d'une nouvelle humanité, je me dis que le projet d'un dépeuplement aléatoire et juste qui touche autant les habitants de ce village que les propriétaires des villas californiennes ne serait pas si bête.

En plein soleil, la chaleur devenait vite insupportable, les deux hommes reprirent donc le chemin du hameau et de la petite église qui leur procurait de l'ombre.

— Sauver l'humanité au prix du sens de l'existence humaine. Quelle alternative diabolique.

— Je ne voudrais pas être malicieux, *Padre*, mais réduire l'existence humaine à la procréation, ça sonne dans ta bouche comme la pire des hypocrisies. On peut servir Dieu et le bien par d'autres moyens.

— Vas-y, accuse-nous maintenant d'être obsédés par le ventre des femmes.

— Ce n'est plus la peine.

Le curé maugréa, mais ne répliqua pas, ils continuèrent leur marche en silence et approchèrent de l'église. La touffeur humide les rendait moites de sueur, ils étaient pris dans ce piège des tropiques où, d'un côté, on voulait courir vers l'ombre la plus proche et, de l'autre, n'exécuter aucun mouvement brusque.

— Tu aimerais que je te montre la direction qui te permettra de prendre la bonne décision et de racheter tes péchés.

— Ça m'a traversé l'esprit lorsque je suis parti rejoindre mon guide spirituel, oui.

— Je te remercie pour ta confiance, répliqua le père André, sur un ton moqueur. Mais Dieu nous donne la force de nous diriger dans la vie grâce au courage et à la sagesse. Tu veux te racheter, Marcel ? Fais marcher ta caboche. La réflexion est la meilleure des prières. Il vaut mieux trouver la bonne solution soi-même que de rester à genoux en espérant que Dieu fera quelque chose à notre place. L'expérience prouve qu'il accorde rarement des consultations privées.

Alors, Marcel réfléchit. Et il devint préoccupé, parce que soudain, beaucoup de faits trouvèrent leur juste place.

## 7

Soit la villa n'allait pas avec le propriétaire, soit le propriétaire ne correspondait pas à la villa. Cette maison incarnait le fantasme d'une maison coloniale sous les tropiques. Flanquée de palmiers, une allée de sable conduisait à un large bungalow d'un étage, construit entre plage et jungle, pourvu d'une immense terrasse, partiellement couverte, qui se présentait à l'océan. C'était simple, plein de classe, élégant, on ne pouvait pas mieux bâtir un tel lieu. Le propriétaire cependant… Hum, comment dire… Lisa, Zofia et Karol faisaient face à un handicapé amaigri et négligé, en fauteuil roulant, vêtu d'une chemise sale et d'un short de gymnaste d'où sortaient deux moignons de jambes amputées au-dessus des genoux. L'un de ses orifices oculaires était couvert d'un bandeau, le second brillait d'une rage désagréable et vicieuse. Une longue barbe grise et des cheveux blancs tout aussi longs et éparpillés par le vent complétaient le tableau d'un cinglé qui partirait d'ici peu d'un éclat de rire démoniaque.

— Limonade ? demanda-t-il. J'en ai au citron vert et au citron jaune.

Ils optèrent pour celle au citron vert et, l'instant d'après, ils s'installèrent sur la terrasse. Halbe van Veldhoven les écouta attentivement et, pour finir, partit d'un rire démoniaque.

— Bien sûr ! cria-t-il. Maintenant, tout paraît logique. J'ai considéré différentes options, depuis un projet gouvernemental secret jusqu'à une base de terroristes, en passant par un bordel de luxe pour Mark Zuckerberg et consorts, mais un laboratoire de recherches médicales, c'est le plus sensé.

Ils lui demandèrent pourquoi.

— Commençons par dire qu'il est facile de disparaître en mer. Regardez un globe terrestre, les deux tiers de la planète sont couverts d'eau. Il n'y a pas de ville ou de village à sa surface, il n'y a pas de hameau. Les seuls espaces aménagés sont des ports et les routes maritimes qui sont régies par leurs propres lois. En l'occurrence, il faut connecter le plus vite possible un point A au point B. Ce qui veut dire que si aucune route maritime ne passe par un morceau d'océan, il n'y a pas âme qui vive dessus. Ce qui veut dire aussi qu'il existe des surfaces de la taille du continent européen qui n'intéressent personne.

— Il n'y a aucun émetteur pour suivre ceux qui s'y trouvent ? Aucun système d'identification ? demanda Zofia, songeant à la passerelle du *Vincent* saturée d'écrans.

Elle pensa également que c'était grâce à la transmission automatique de sa position que ses amis avaient pu localiser le yacht canadien et la repêcher dans le canal de Vridi devant Abidjan.

— Il y en a, mais on peut les éteindre d'un seul clic. Et alors, un objet d'une taille somme toute modeste, car d'un demi-hectare, disparaît dans une région de la taille de l'Europe. On peut le repérer seulement en étant assez proche sur la mer pour le détecter au radar, ce que ce bâtiment ne permettra jamais dans la mesure où il connaît les déplacements des autres embarcations qui n'éteignent pas leurs émetteurs. Ou alors, on peut l'apercevoir d'un satellite ou d'un avion, à condition, premièrement, d'y avoir accès, et deuxièmement, de savoir avec précision ce qu'on cherche et dans quel coin. Et même dans ce cas, ça dépend. Rappelez-vous les recherches de l'avion malaisien.

— Et l'invisibilité n'est que le début des avantages, surenchérit Karol. L'essor de leur domaine d'activité n'a jamais été freiné par le manque de génies désireux de travailler. La médecine ne s'est jamais plainte non plus d'un manque de patients. Les gens risquent des expériences bien volontiers, non pas parce qu'ils saisissent leur ultime chance de survie, mais pour aider de futurs malades. La barrière, c'est le manque d'argent pour des études indépendantes et la loi, une loi dictée par les émotions du moment et par les intérêts des lobbies ou ceux des groupes de pression religieux.

— Et c'est alors qu'apparaît un autre avantage essentiel, à savoir le vide juridique qui règne en mer, ajouta le Néerlandais. Les eaux territoriales s'étendent jusqu'à douze milles nautiques de la côte et, au-delà, se déploient les eaux internationales sur des milliers de milles, un espace magique, théoriquement régulé, mais souvent régi par des codes maritimes préhistoriques. Supposons qu'un meurtre ait lieu sur un bateau de croisière entre Venise et New York. Qui mènera l'enquête et selon la législation de quel pays sera condamné le coupable ?

— Les États-Unis, répondit Lisa, parce que c'est chez eux que le bateau va accoster et c'est là qu'on portera plainte.

— Perdu. La plupart des bateaux de croisière sont enregistrés au Panama et puisque, dans les eaux internationales, c'est la loi de la bannière qui prévaut, alors seule la police panaméenne peut s'emparer du cas. En théorie, sur un bateau sous pavillon birman, vous pourriez être condamné à mort pour avoir fumé un joint, tandis que sur un bateau de croisière pakistanais, vous ne serez pas inquiété si vous tuez votre femme, à condition qu'elle ait porté atteinte à votre honneur. Et cela, même si les deux navires en question croisent au large du Danemark sur la Baltique.

— Alors, si le *Vincent* navigue sous la bannière d'un pays dont les réglementations en matière de recherche scientifique sont très libérales, dit Zofia, voire inexistantes, aucune limite législative ne les restreints de fait ? Mais est-ce qu'il ne serait pas plus simple de construire un tel labo au cœur de la jungle ?

Halbe van Veldhoven s'égaya bruyamment à nouveau.

— Je crois que vous venez rarement en Afrique, madame. Dans ce labo, il faudrait employer une équipe spéciale d'une vingtaine de travailleurs uniquement pour s'occuper des pots-de-vin à verser. Et même dans ce cas, vos hommes finiraient par se mélanger les pinceaux, ou bien les pontes locaux se disputeraient ces bakchichs, une guerre éclaterait, des journaux européens en parleraient et la discrétion de votre labo serait éventée en deux semaines.

— Mais quand même, on ne peut pas naviguer indéfiniment dans les eaux internationales. Il faut mouiller dans un port de temps en temps, pour refaire le plein de carburant, d'eau et de nourriture.

— Vous avez raison et vous avez tort. Vous avez tort parce que l'eau douce est produite sur le bateau en permanence, par évaporation de l'eau de mer à l'occasion du refroidissement des moteurs. Les réserves culinaires permettent de naviguer durant une quinzaine de semaines sans problème. Pareil pour le carburant.

— Alors, il faut revenir au port chaque trimestre ?

— Pas forcément. C'est ce qui serait le plus simple, oui, mais si vous voulez vous tenir loin des terres, or c'est ce que veut le *Vincent*, vous pouvez faire le plein et recevoir de la nourriture en mer. Cette opération s'appelle le « STS », soit le *ship-to-ship*, et elle n'est peut-être pas fréquente, mais elle reste une pratique régulière. Des citernes flottantes servent à faire le plein, ce sont des stations-service océaniques. La nourriture peut être transférée par n'importe quel navire équipé de grues dont la hauteur est compatible avec celle du *Vincent*. Et les passagers peuvent être facilement transportés ou emportés du bateau par hors-bord ou hélicoptère.

— Bon, d'accord, mais il faut bien faire des entretiens parfois.

— Selon la réglementation, chaque bateau doit passer un contrôle complet dans une cale sèche une fois tous les cinq ans. En réalité, rares sont les armateurs qui s'y tiennent, ils rallongent les délais autant que possible. Si le *Vincent* a été mis à l'eau dans un bon état après sa dernière révision, il peut naviguer tranquillement dix ou quinze ans. D'autant plus que son objectif est de flotter paisiblement par beau temps sur une mer calme.

Zofia se sentit abattue. Quand Lisa leur avait dit que, grâce à ses contacts souterrains, elle avait trouvé un pirate qui s'était frotté à un mystérieux bateau de guerre déguisé en cargo, elle avait cru que le destin leur souriait. Mais, à présent, elle avait devant les yeux un vieillard à barbe grise, fou, sans jambes et avec un seul œil, qui sirotait une limonade et leur expliquait pourquoi ils n'avaient aucune chance de monter à bord du bateau. Les autres avaient l'air de songer à la même chose, car ils ne s'empressaient pas de poser de nouvelles questions.

— Ce que je vais vous dire ensuite, affirma van Veldhoven en interrompant le silence, dépendra de ce que vous voulez faire avec ce que vous savez.

Ils échangèrent un regard.

— Le mieux serait de couler ce truc avec quelques têtes nucléaires, répliqua Zofia. Mais nous accepterons toute solution qui nous permettra de nous glisser à bord pour mettre fin à leurs agissements.

## 8

Au moment précis où certains sirotaient une limonade au citron vert au bord de l'océan et où d'autres profitaient de l'ombre d'une église de province, Ruhsar Varank suait à grosses gouttes et se disait que même dans son Anatolie natale, le climat n'était jamais aussi vache. Tant dehors que dans une pièce non climatisée, il avait l'impression d'être entouré par une brume de particules ardentes, comme s'il avait pénétré dans une cocotte-minute. Alors, c'est avec un grand soulagement qu'il remarqua sur le mur d'une modeste clinique située au cœur d'un quartier pauvre d'Abidjan un climatiseur antique et gémissant, certes, mais en état de fonctionner.

Une fois à l'intérieur, il nota qu'en effet, la touffeur y était plus supportable, mais certainement toujours au-dessus de trente degrés. En Europe, par une chaleur pareille, on aurait conseillé aux vieillards et aux enfants de rester à la maison. Ou peut-être qu'on ne le faisait plus ? Cet été, à Paris, il avait fait plus de quarante-deux degrés pendant une canicule, il faudrait bien arrêter de déclencher ces alertes un jour et admettre qu'il s'agissait de la nouvelle norme. C'était comme ici, personne ne se préoccupait plus d'une température avoisinant les quarante degrés. La question était de savoir ce qui arriverait sous les tropiques quand il ferait sans cesse quarante en Europe. En Inde et au Pakistan, on avait déjà enregistré plus de cinquante degrés. Partout dans le monde, une nouvelle catégorie de « morts de chaud » avait vu le jour. Où était la limite ? Allait-on voir un jour les rues des cités européennes jonchées de cadavres à cause d'une température trop élevée ?

Les autres patients de la salle d'attente ne faisaient même pas semblant de ne pas le dévisager. Bien qu'au sein de l'Europe blanche, il passât pour un basané, ici, en Afrique noire, il brillait comme un flocon de neige.

Son tour arriva enfin. Il entra dans le cabinet, souriant et ravi, et ce n'était pas seulement parce qu'il se portait comme un charme. Il était persuadé de pouvoir échanger sans problème quelques billets de banque contre une ordonnance pour une substance légale et d'usage courant.

D'ailleurs, il pouvait se procurer l'ingrédient principal de sa recette n'importe où, même sans ordonnance.

## 9

Durant le récit de Halbe van Veldhoven, personne n'osa lui faire remarquer que la perte de son œil et de sa jambe (et même des deux) lui donnait enfin l'apparence de son métier. Zofia fut choquée d'apprendre que cet étrange vieillard avait été corsaire. Si ses propos sur la manière civilisée, européenne et gauchiste dont il menait ses affaires semblaient vrais, on ne pouvait cependant pas en être certain. Le fait qu'il n'ait pas évoqué une seule fois son handicap en tant que source de sa haine envers le *Vincent* plaidait en sa faveur. C'était comme s'il ne remarquait pas ses blessures, tandis qu'il se remémorait en boucle ses « officiers », leurs familles ou leurs enfants, surtout le petit qui était toujours en vie lorsque la vedette-mère les avait sortis de l'eau. Le garçonnet n'avait pas survécu longtemps, il était mort dans ses bras avant qu'ils atteignent le rivage.

— C'est pour ça que je suis sûr que Dieu existe. Il vous a envoyés ici pour que je puisse me venger.

Zofia se dit que même si le bon Dieu existait, il ne faisait pas forcément des pieds et des mains pour faciliter la revanche d'un idiot qui avait cherché les ennuis et en avait attiré sur ses proches.

— Comment faire ? demanda Zofia, formulant la question que tout le monde se posait. S'il s'agit d'un navire de guerre fantôme qui ne mouille dans aucun port, comment l'atteindre ?

Le Hollandais sourit. Et son sourire était démoniaque. Lorsqu'il souriait, cet homme ressemblait vraiment à un forcené.

— J'en sais plus que ce que vous pourriez croire. Comme je vous l'ai dit, puisqu'il n'accoste jamais nulle part, il doit organiser régulièrement des livraisons de carburant et de matériel. J'ai tenté de traquer les navires-citernes parce que ce sont des bateaux rares, mais vos amis sont trop malins, quelqu'un a bien imaginé leur plan. Ils profitent de simples cargos polyvalents. Et puisque ce corps de métier, comme tant d'autres, possède son marché noir et son marché gris, il n'est pas difficile de dénicher un capitaine prêt à s'acquitter de quelques tâches louches contre un bon salaire, en transvasant des conteneurs au passage et en acceptant qu'on lui siphonne quelques milliers de tonnes de gasoil.

— Comment avez-vous découvert ça ?

— Disons que je suis encore capable de déchiffrer des données dans les systèmes de fret. Et je connais toujours des gens qui connaissent des gens qui me fournissent ce genre d'innocentes données. À une fréquence régulière, toutes les dix ou quinze semaines à peu près, un cargo polyvalent quitte Abidjan avec un chargement modeste en direction d'un port africain proche, Casablanca, Tanger ou Tunis. Ce n'est pas une longue distance, et pourtant, il fait le plein de carburant tant avant de partir qu'à l'amarrage retour.

— Et c'est toujours le même bateau ? demanda Karol.

— Non.

— Le même armateur ?

— Non plus. Mais il ne vient jamais d'une grande compagnie, plutôt d'une petite entreprise. Une de celles à qui on peut proposer un marché louche et qui, même si elle refuse, le fera en remerciant poliment et sans faire de bruit.

— C'est déjà une piste, dit Karol, mais je ne sais pas trop comment ça pourrait nous aider. Il faut qu'on achète un cargo polyvalent et qu'on attende dans un port durant des mois, le temps qu'on nous propose de ravitailler le *Vincent* ?

— J'ai aussi réfléchi à ce problème. Je suis en mesure d'affréter les navires en attente dans le coin avec quelques commandes bidons pour qu'il ne reste que notre bateau de dispo, un bateau qui, en acceptant la demande du *Vincent*, travaillerait en réalité pour nous. En fait, ça ne devrait même pas alourdir spécialement la conscience de notre capitaine. Après tout, il livrera bien les marchandises et cédera le carburant, tout se passera selon les vœux du commanditaire. Et si, en passant, l'un des passagers se faufile d'un bateau sur l'autre, que faire, un moment d'inattention, ça arrive, on ne peut pas garder tout le monde à l'œil.

Zofia se leva et s'accouda à la balustrade de la terrasse en veillant à rester à l'ombre et à ne pas basculer sous l'impitoyable soleil. Elle regardait la mer vers le sud. Quelque part devant elle, si elle se souvenait bien du contour de l'Afrique, Martin naviguait jusqu'au cap de Bonne-Espérance. Quant à Bogdan Smuga, où se trouvait-il ? Plutôt davantage à l'ouest, Olga traquait sans doute le beau temps le long de l'équateur. Était-ce elle, la sympathique capitaine au pull à col roulé noir, qui avait ordonné de couler le radeau du Hollandais avec des femmes et des enfants à bord ? Avait-elle observé par ses jumelles la fontaine d'eau gicler à la surface, une fontaine mélangée au sang, aux entrailles et aux membres arrachés ? Avait-elle ressenti la satisfaction du devoir accompli ?

— C'est sympa tout ça, s'agaça Karol derrière elle, mais où peut-on dénicher un bateau qui nous conviendrait ?

— Cher monsieur, c'est aussi en cela que je perçois notre rencontre comme un signe de la divine providence. Il se trouve que j'ai un bateau en ligne de mire. Cela fait un petit moment qu'il est en rade par ici, il commence à désespérer. Son armateur a des principes, certes, mais c'est loin d'être un gros poisson. Je pense qu'il acceptera la commande sans souci. Quant à faire en sorte que le capitaine nous aide, ce sera à vous de vous en charger, chers amis.

Et pourquoi donc ? se demanda Zofia. Ce capitaine était-il un amateur d'art malsain pour le compte duquel ils devraient d'abord dérober la momie d'un chat au British Museum ? Au point où ils en étaient, aucune bizarrerie ne l'étonnerait.

— Et pourquoi donc ? demanda-t-elle.

— Parce que son bateau s'appelle *Varsovie en rut.*

## 10

Il contemplait la photographie d'une bactérie. Elle avait l'allure d'un microphone de studio d'enregistrement qui traînerait un long câble derrière lui. Une *Pseudomonas* classique, tout droit sortie d'un manuel de biologie, mais de quel type ? Pour l'heure, elle s'appelait V19-143-F, mais il serait préférable de la baptiser. *Pseudomonas vincentae* ? Il s'imagina l'article correspondant dans l'encyclopédie : « Bacille de Sakhaline, aussi appelé “bâtonnet de vincent” (*Pseudomonas vincentae*) – bactérie à Gram positif qui existe de façon endémique sur l’île de Sakhaline (Russie), découverte par le biologiste structural polonais Bogdan Smuga. Grâce à ses caractéristiques exceptionnelles, elle a été utilisée par les scientifiques associés au sein du groupe Vincent pour enrayer l’anéantissement de l’humanité. » Non, ça sonnait bizarre, il n’était pas doué pour rédiger des notes d’encyclopédie. Et puis, la sagesse collective d’Internet imaginerait certainement un nom plus sexy à leur trouvaille que V19-143-F ou « bâtonnet de vincent ». La sakhaline, au fond, ça sonnait bien. L’épidémie de sakhaline…

— Passe voir madame la Capitaine, elle vous mariera peut-être, ce bâtonnet et toi.

Plongé dans ses réflexions, il n’avait pas remarqué qu’Andrij était entré au labo.

— Tu es sûr que c’est elle ?

— Par rapport à la manière dont elle vient à bout des plaques amyloïdes ? À cent pour cent. Donne l’ordre et au lieu de sauver le monde, on peut démarrer une entreprise. Le lendemain de l’introduction en Bourse de notre start-up, on n’aura plus qu’à se préoccuper de la couleur de la tapisserie dans nos jets privés. Tu préfères le cuir clair ou sombre ? Et moi, je vais me commander un Rubik’s Cube en or massif et pierres précieuses.

Il aurait pu s’indigner, se montrer hautain, mais il ne le fit pas. Andrij avait raison. Il contemplait un trésor inestimable. Monnayer la recette d’une longévité sans démence lui rapporterait une fortune. Non, il ne songeait pas aux jets privés, mais à une fondation qui rendrait la science libre. Ah, financer les dingues et les visionnaires, et pas seulement ceux qui ont reçu un prix Nobel ! Permettre aux innovateurs de se perdre en chemin durant leur traque de nouvelles pistes. Tester des médicaments pour des maladies trop rares pour que leur guérison soit rentable. Il pourrait aussi mettre sur pied un immense projet pour convaincre le monde que la catastrophe climatique n’était pas une « opinion », mais notre œuvre collective incontestable. Faire en sorte que l’humanité s’arrête, prenne une inspiration profonde et réoriente ses efforts vers la survie au lieu d’augmenter le volume de la musique dans la salle de bal du *Titanic*.

— Tu as perdu la tête ? Qu’est-ce qui te fait marrer autant ?

Andrij l'observait avec inquiétude, car Smuga était parti d'un grand éclat de rire.

— Excuse-moi, je me suis imaginé ce que je pourrais faire avec une telle somme d'argent et ça m'a amusé. Et la fonction B ?

— Elle marche aussi. La bactérie empêche la fécondation, mais nous ne savons pas encore par quel mécanisme. Fonctionne-t-elle sur un seul ovocyte ou sur tous ? Le fait-elle via la même enzyme que celle qui détruit les plaques de démence ou via une autre ? En ce sens, il nous reste un long chemin à parcourir. Et il faudra encore équiper ta fiancée de la capacité à se transmettre par microgouttelettes et la rendre résistante aux antibiotiques. Sans parler des cent mille tests pour s'assurer qu'elle ne provoque pas au passage un cancer du pancréas ou le décrochage des testicules. En un mot, il nous reste des années de boulot avant qu'on puisse asperger un terminal d'Heathrow avec ta petite chérie. Mais on l'a. C'est elle. Un bacille merveilleusement multiplié. Fais signe et je te prépare un paquet avec des colonies, des échantillons de la stalactite-ourson et nos résultats d'analyses.

— Bien. Ça m'inquiète que la sakhaline n'existe qu'ici.

— La sakhaline ?

— C'est un titre de travail.

— Tu as besoin de vacances, Bogdan. Tu repars comme d'hab ?

— Oui. Je n'aime pas ça, mais c'est le moyen le plus sûr. Nous ne pouvons plus utiliser nos bateaux ou les hélicos, c'est trop risqué.

— Quand ?

Smuga haussa les épaules.

— C'est Olga qui gère. Hier, elle m'a dit qu'elle avait déjà deux bateaux en vue dont l'un, tu ne vas pas le croire, est polonais.

— Les frères slaves arrivent à la rescousse. Nos Cosaques ! Ou la Husaria, si tu préfères.

Il rit par obligation sociale, mais se sentit anxieux. Ses derniers contacts avec des compatriotes ne s'étaient pas bien passés, l'un l'avait visé de son flingue, puis il avait dû jeter l'autre à la mer. Par chance, il n'aurait pas affaire au bateau ou à son équipage. Du moins, pas directement.

## Chapitre 16

# Varsovie en lutte

*C'est la Pologne, ici • Nous sommes tous égaux en mer • La saucisse noire • Une mine de champignons • Vous ferez ce que vous ferez • Une leçon de construction de bateaux • Le code source • Des glaces • Une salope conne et ingrate • Vancomycine • L'étendue de l'apocalypse • L'aventure de l'humanité ne peut pas s'achever ainsi*

### 1

Zofia trouvait que c'était un excès de précaution, mais ils montèrent à bord du bateau qui s'appelait en réalité *Varsovie en lutte* – le pirate avait mal prononcé son nom –, ils y montèrent séparément et déguisés en ouvriers portuaires. Le problème du Hollandais fut résolu lorsque Kluzka, le plus costaud d'entre eux, le porta sur le pont caché dans un grand sac en jute. Le pirate supporta cette humiliation avec dignité et une bonne dose d'humour noir. Ils finirent par s'enfermer dans la salle de réunions sur la porte de laquelle quelqu'un avait inscrit sur un tableau blanc « Sujet du jour : survivre ! » et où ils attendirent la fin du chargement en buvant du thé et en grignotant des sandwichs.

— Trois questions, demanda froidement Lisa. Pourquoi ce pisse-mémé chlingue en doucereux et pourquoi on graille des biscottes à la charogne, à la charogne ou à la charogne ? Et d'où vient cette charogne, parce que je zieute partout, aucune bestiole par ici.

— La loi de la bannière, répliqua Karol. C'est la Pologne, ici.

— Et c'est riposte à quelle question ?

— Aux trois.

Kluzka ricana, Varank et le Hollandais échangèrent un regard impuissant, ne comprenant pas un mot du dialogue mené en polonais.

Deux heures ne s'étaient pas écoulées qu'ils sentirent des vibrations. Le moteur du « Varsovie en rut » monta en régime. Un quart d'heure plus tard, alors qu'on larguait les amarres pour aller manœuvrer dans le bassin portuaire, Zofia ressentit le balancement délicat et familier du bateau qui filait sur l'eau.

— On a largué les amarres ! s'écria-t-elle, incapable de masquer son enthousiasme.

Les autres lui lancèrent des regards soupçonneux, surtout son mari, mais personne ne commenta son éclat de joie. L'instant d'après, on frappa à la porte et le capitaine pénétra dans la pièce. Wojtek Ukiel devait approcher les soixante-dix ans et n'avait pas l'air d'un vieux loup de mer, plutôt d'un intellectuel d'origine juive avec une touffe hirsute de cheveux poivre et sel sur le crâne, un nez aquilin, des lunettes aux montures épaisses et le regard sympathique, mais triste d'un homme qui lit trop et qui a perdu beaucoup d'illusions à cause de cela. Il s'habillait à la citadine, en jean noir et chemise noire à manches courtes qui enserrait sa bedaine abondante, seuls ses mocassins de marin sur des pieds nus évoquaient la mer.

— Bienvenue à bord, dit-il. Des compatriotes sur le *Varsovie en lutte*, ça mérite un vin chaud.

Il posa un thermos sur la table et versa dans des gobelets Duralex un liquide qui sentait le vin chaud de Galicie, c'est-à-dire les clous de girofle, le sucre et une piquette de fruits bas de gamme.

— Nous devons parler anglais, capitaine, dit Zofia en se disant simultanément que le marin avait une voix magnifique et profonde, comme s'il arrondissait ses fins de mois en animant des émissions radio consacrées à la littérature.

— Appelez-moi Wojtek, répliqua-t-il. Capitaine, officier, évêque, président, ce ne sont que des mots vides qui divisent les gens. En mer, nous sommes tous égaux face à la puissance de la nature.

De tels propos étonnèrent Zofia, car jusque-là, elle prenait la marine pour une organisation paramilitaire où la hiérarchie était nécessaire pour assurer une gestion efficace. Mais bon, ce n'étaient pas ses oignons.

Ils burent le vin chaud, échangèrent des remarques cordiales, laissèrent les détails techniques de la mission à plus tard – une traversée de plusieurs jours les attendait encore – et descendirent au mess pour le dîner. Le Hollandais fit le trajet sur le dos de Marcel, tel un môme porté par son père.

*Varsovie en lutte* semblait plus modeste et plus vieux que le *Vincent*. Bien entendu, on n'y avait pas installé des portes à serrure électronique tous les trois mètres mais, en dehors de cela, les différences étaient rares. Les plafonds étaient bas, les couloirs étroits, les escaliers abrupts. Et partout, il y avait des mains courantes et des signes qui indiquaient les sorties de secours, les extincteurs et les équipements de survie.

— Tu crois qu'on mange ici autre chose que des haricots en boîte ? demanda Karol.

— Attends, répliqua Zofia, tout sourire. Je crois que je n'ai jamais aussi bien mangé, et avec autant de variété, que sur le *Vincent*. Et tout le monde me disait que c'était la norme. Marin, c'est un boulot difficile, on est enfermé, isolé. N'importe quel armateur, avant d'acheter des bateaux, embauche de bons cuisiniers pour que l'équipage ne gronde pas. Le meilleur curry aux fruits de mer de ma vie, je l'ai mangé à la cantine de ces cinglés.

Ils descendirent au niveau du pont principal et pénétrèrent dans le mess. Divisée d'ordinaire en section des officiers et de l'équipage, la pièce était ici constituée d'un seul tenant. Une quinzaine d'hommes étaient assis devant leur assiette, et lorsque le groupe de Zofia entra, tous les yeux se tournèrent vers eux. Correction : ces yeux se tournèrent vers elles, c'est-à-dire vers Lisa et Zofia. C'était compréhensible, vu que le « Varsovie en rut » était selon toute apparence un monastère flottant pour hommes, sans une seule femme à bord. Zofia se sentit mal à l'aise.

— Chers amis, dites bonjour aux passagers qui navigueront avec nous jusqu'à Casablanca. Certains d'entre eux sont des compatriotes.

— Bon-jour ! tonnèrent les marins en chœur tels des enfants dans une classe à l'entrée de la maîtresse.

Zofia ne savait pas comment se comporter, alors elle hocha la tête, tout comme les autres. Seul Kluzka répliqua d'un « Bonjour ! » tonitruant.

À table, par contre… il n'y avait pas de curry aux fruits de mer ni de ratatouille, pas de spaghettis *alla norma*, pas même une marmite de *pierogis*. Ce qui les attendait en revanche, c'était une longue saucisse entaillée et grillée à en devenir noire, deux tranches de pain blanc et une tache de moutarde. Gaillards, les hommes entamèrent leur repas, tandis que Zofia et Lisa échangeaient un regard consterné.

— Bouffetance seulement charogne ? demanda Lisa.

— Je vais vérifier ça.

Zofia observa la pièce. Derrière elle, une porte menait au vestibule de la cuisine. Elle s'excusa, se leva et marcha dans cette direction, accompagnée par des regards masculins. Sur le seuil, elle croisa un jeune marin qui rapportait son assiette.

— Excusez-moi, lui dit-elle, je cherche le cuisinier.

Le marin lui lança un regard empreint de pitié, mais se tourna vers la cuisine.

— Sœurette ! hurla-t-il. Un client pour toi !

Elle le remercia d'un hochement de tête et passa la moitié du corps dans la pièce suivante. L'instant d'après, elle vit arriver une magnifique jeune femme dont le visage évoquait une sirène de la Vistule. Elle était coiffée de deux tresses blondes typiquement slaves qui descendaient jusqu'à sa ceinture. Son expression était féroce mais, dans ses yeux, on distinguait aussi la lassitude agressive d'une employée de la Poste.

— Quoi ? grogna-t-elle.

— Bonjour. Je suis une nouvelle passagère à bord et je voudrais savoir s'il était possible d'obtenir un plat sans viande pour ce dîner ? Pour moi et pour ma collègue. N'importe quoi, histoire qu'on puisse faire des sandwichs. Je ne voudrais pas vous embêter.

— Bien sûr, répliqua la « Sœurette » dans un sourire. Je vous apporte ça de suite.

La cuisinière sculpturale disparut dans son antre et Zofia revint à table en montrant à Lisa son pouce dressé vers le haut. La blonde réapparut un instant plus tard et posa devant les deux femmes des assiettes remplies de deux tranches de pain blanc et d'une tache de moutarde.

— Bon appétit, déclara-t-elle.

Karol pouffa de rire, le capitaine faisait semblant d'être très occupé à découper sa saucisse – ce qui n'était effectivement pas une chose facile à accomplir – et le reste des marins fixait les murs. Personne ne voulait se créer des problèmes avec Sœurette.

## 2

Après avoir fait l'amour le matin, avec vue sur la mer à travers le hublot de leur cabine, et après un petit déjeuner lors duquel on leur avait servi deux knackis cuites à l'eau, deux tranches de pain et une tache de moutarde, Zofia conduisit Karol sur la passerelle du *Varsovie en lutte* pour lui montrer ce qu'elle considérait comme un endroit magique, c'est-à-dire l'aile de la superstructure, suspendue au-dessus de l'océan. La cabine de pilotage avait l'air plus pauvre que celle du *Vincent*, mais restait similaire, tout comme le tableau de bord d'une Dacia ne diffère pas tant, au fond, de celui d'une Mercedes. Il y avait les mêmes radars, les mêmes cartes électroniques, les mêmes compas et un gouvernail qui ressemblait au manche d'un avion. À l'intérieur, ils rencontrèrent le premier et le second des officiers, des types sympathiques dont l'un avait l'air d'un tonton de fête de mariage à la caserne des pompiers et l'autre d'un beau gosse de fête de mariage à la caserne des pompiers, qui débattaient sur des mises à jour en se donnant respectivement du « monsieur Chef » et du « monsieur Second ».

Zofia et Karol discutèrent un peu avec eux puis sortirent sur l'aile pour plonger dans le vent, le soleil et l'odeur de l'océan. Zofia inspira à pleins poumons.

— Tu sens ça ? demanda-t-elle.

— Quoi donc ?

— À quel point c'est merveilleux, par ici ?

— Je sens surtout la knacki, répliqua Karol. Elle a décidé de faire la fête dans mon estomac avec la saucisse d'hier soir. Le tangage n'aide en rien.

Zofia se dit qu'elle devrait convertir son mari à la mer. Quoi qu'il leur arrive, elle n'imaginait pas que cet élément puisse manquer au reste de sa vie. Elle se blottit contre Karol et se demanda, comme si souvent ces derniers jours, s'ils étaient vraiment les gentils dans cette histoire. Ils s'étaient autoproclamés James Bond sauveurs de la planète, mais que se passerait-il si Smuga avait raison et si, dans leur naïveté, ils jouaient plutôt le rôle des méchants forcenés qui œuvraient pour l'anéantissement de l'espèce humaine ?

— Alors, vous vous plaisez à bord de notre *Varsovie en lutte* ? demanda le capitaine après s'être matérialisé comme par magie auprès d'eux.

— Justement, je me demandais si un tel nom ne gênait pas vos communications, dit Karol.

— Oh, vous savez, dans notre compagnie, il y a déjà eu le *Bataillon de l'armée populaire* ou l'*Unité des travailleurs*, répliqua le capitaine. Sans oublier le champion des blagues des jeunes marins, j'ai nommé le *Mine de champignon*, en l'honneur des mines de soufre du village Champignon. Et nous ne sommes pas les seuls. Au début de ma carrière, jeune officier à bord du *Manifeste du Comité polonais de libération nationale*, j'échangeais les meilleurs vœux de mer paisible avec le *Trentième anniversaire de la révolution d'Octobre*.

Les deux officiers de la passerelle les rejoignirent sur l'aile.

— Vous avez déjà fait connaissance avec Staszek et Witek ? demanda le capitaine.

Ils hochèrent la tête.

— Parfait. Seuls nous trois savons pourquoi vous êtes à bord et nous serons les seuls à vous aider lors du transbordement. Pour le reste de nos marins, vous n'êtes que des touristes désireux de goûter à l'aventure océanique. Je crois que ce sera mieux ainsi...

Il ajusta ses lunettes avec le geste d'un maître de conférences. Il en avait l'air, même en plein soleil et les cheveux agités par le vent.

— Ceci étant dit, je vous félicite pour votre réseau. On nous a fait comprendre que « c'est par mon ordre et pour le bien de l'État que le porteur du présent a fait ce qu'il a fait », si vous connaissez la citation. Et c'est venu de tout en haut.

Zofia la connaissait, bien sûr, et soudain, un frisson glacial parcourut son échine.

— Monsieur le capitaine…

— Je vous en prie, appelez-moi Wojtek. En mer, nous sommes tous égaux.

Dans le dos de leur supérieur, les deux officiers échangèrent un regard qui en disait long sur leur rapport à l'obsession de l'égalité du Vieux.

— Wojtek, n'allez pas croire que nous et le gouvernement actuel…

Il l'interrompit d'un geste.

— Je ne triche pas en regardant les cartes des gens, y compris les électorales. Vous ferez ce que vous ferez. De là à savoir qui vous fournit votre sauf-conduit, c'est votre affaire et celle de votre conscience. Profitons du beau temps. Aujourd'hui, ce sont encore les vacances, demain, on se met au boulot. J'aime quand chaque folie est soigneusement préparée.

Zofia attendit que les officiers repartent sur la passerelle puis, le meurtre dans le regard, elle se tourna vers Karol.

— Ne pose pas la question, si tu ne veux pas connaître la réponse, dit ce dernier avant qu'elle ait le temps d'ouvrir la bouche. Mais à ton avis, comment on obtient ses entrées dans des compagnies publiques ? En passant par l'opposition ?

## 3

Le Néerlandais logeait sur le pont principal, derrière la cuisine et le mess, afin qu'il puisse se rendre facilement aux repas. Il ne montait même pas dans son fauteuil, sachant pertinemment que l'ensemble du cargo n'était qu'une immense barrière architecturale, mais se mouvait sur de courtes prothèses terminées par des boules en caoutchouc. Il s'appuyait sur ses bras équipés de protège-poignets, comme ceux utilisés par les patineurs à roulettes. Peu importait à quel point on voulait lui témoigner du respect, on ne pouvait pas le qualifier autrement : Halbe van Veldhoven parcourait le *Varsovie en lutte* avec la démarche d'un gorille. Un gorille engoncé dans une chemise à fleurs et avec des cheveux blancs dénoués. Sans oublier son bandeau sur l'œil.

À présent, il était assis au milieu de la table de la salle de réunions et dispensait un cours magistral sur la construction de bateaux. Il projetait sur le mur les plans du *Vincent* de l'époque où ce n'était qu'un porte-conteneurs ordinaire.

— Chaque navire, à l'instar de chaque voiture ou de chaque avion, est construit de la même façon. On peut modifier les phares, changer la tapisserie ou monter un châssis plus sportif, mais une voiture doit avoir un châssis, déjà, un volant, un moteur et des freins. C'est pourquoi monsieur le Second est parmi nous…

Witek les salua du menton.

— Il va montrer à Zofia sur l'exemple du *Varsovie en lutte* tous les éléments dont je vais parler, afin qu'elle puisse se déplacer facilement sur le *Vincent*. Nous ne savons pas précisément de quoi aura l'air le transbordement. On se greffera sûrement à mi-bateau. Pour nous, plus ce sera près de la proue, pire ce sera. Plus on sera proche de la superstructure, mieux ce sera. Le plan, c'est d'amarrer tard dans l'après-midi et de retarder l'affaire jusqu'au coucher du soleil, afin que Zofia puisse se faufiler à bord à l'abri de la nuit. Nous allons en reparler. Mais tu dois arriver inaperçue jusqu'à ce point…

Il indiqua avec un pointeur laser un endroit sur la proue.

— … et pénétrer dans le tunnel de service qui court le long des cales jusqu'à la salle des machines.

## 4

Nus, ils étaient assis sur le lit et mangeaient des chips qu'ils avaient achetées à Abidjan – c'était toujours meilleur que les repas servis à la cantine du navire.

— Ça ne me plaît pas que ce soit toi qui ailles là-bas, dit Karol. C'est absurde.

— Au contraire, c'est logique. J'y ai été retenue deux semaines, je me souviens de la disposition des pièces, tant dans le bateau qu'au girolab. Et nous n'avons que le temps du chargement et du remplissage des cuves pour mener l'opération. C'est trop risqué d'envoyer sur le *Vincent* quelqu'un qui ne connaît le bateau qu'à partir de ses plans périmés.

Il fit non de la tête.

— Il faut de l'agilité, de la force physique et de bons réflexes pour cette tâche. C'est une mission pour Lisa ou Marcel.

— Il faut entrer dans une certaine pièce et insérer une seringue à un certain endroit. Si tu suggères encore une fois que ça me dépasse, on va se fâcher.

## 5

— Chaque carte magnétique ou puce qui ouvre une porte fonctionne selon le même principe, expliqua Lisa, peu importe si on est dans un hôtel de passe, dans une base de la NASA ou sur notre Hollandais volant. Dans le badge, il y a un circuit électronique passif qu'on peut programmer pour lui adjoindre un code d'identification unique. Quand le circuit se retrouve à portée des antennes de la serrure, le détecteur lit le code et réagit en fonction du programme. C'est simple, bon marché, furieusement efficace parce que le système est très malléable. Grâce à une interface basique, on peut le programmer de sorte que le badge A ouvre toutes les portes, le B seulement celles du deuxième étage et le C rien que les chiottes et le local à serpillières. Et maintenant, vous voulez la bonne ou la mauvaise nouvelle ?

— La bonne, déclara Zofia parce que, après sa visite de la veille dans la salle des machines, avec ses dizaines de marches, ses centaines de recoins et ses milliers de tuyaux et de vannes au milieu desquels grondait un moteur de la taille d'une maison de campagne, elle ne souhaitait entendre que des bonnes nouvelles.

— Grâce à la machine que voici, dit Lisa en leur montrant un boîtier de la taille d'un étui à lunettes, on peut retrouver, en quelques secondes, le code source qui permettra à notre badge d'ouvrir toutes les portes du système.

Zofia se dit que c'était trop beau pour être vrai. Puis elle analysa la déclaration de la Suédoise et identifia la mauvaise nouvelle avant que son amie ne l'annonce.

— Malheureusement, ma petite merveille ne peut faire son tour de magie que si on lui présente un badge du système.

# 6

Elle partit se promener le long de la balustrade pour réfléchir un peu et plus elle réfléchissait, plus son humeur devenait maussade. Rien n'y faisait, ni l'agréable brise, ni la fabuleuse couleur turquoise de l'océan, même le banc de dauphins qui gambada un instant à côté du *Varsovie en lutte* n'améliora pas son état d'esprit. Toute leur action semblait désespérée, insensée, certainement suicidaire, probablement inefficace. Et tout ça pour quoi ? Pour accélérer la fin de la civilisation humaine ? Ils se berçaient d'illusions en croyant que tout irait bien, que l'homme inventerait un truc, que l'avenir serait une sorte de présent, mais en mieux. Toutes les générations d'antan l'avaient cru et presque toutes s'étaient trompées. Zofia avait lu un jour, elle ne se souvenait plus où, à moins qu'il ne s'agisse d'une sagesse populaire, qu'un faux espoir était pire qu'un manque d'espoir.

Elle regarda sa montre. Onze heures et demie. Il était temps d'aller déjeuner. Non seulement cette satanée sirène blonde aurait dû finir en taule pour ce qu'elle servait mais, en plus, les horaires étaient dignes d'un hôpital : le petit déjeuner à sept heures, le déjeuner à midi, le dîner à dix-sept heures. Zofia aurait souhaité cesser de s'alimenter pour montrer à la cuisinière qui était le plus fort, mais elle n'en était pas capable. À cause de la mer, du vent et du roulis, elle était sans cesse affamée.

Elle revint à la superstructure et faillit heurter le Second qui descendait les marches d'un pas vif en sifflotant gaiement.

— Et qu'est-ce qui vous rend si joyeux ? lui demanda-t-elle.

— C'est dimanche, chère madame, jour de bonheur, d'allégresse et de gains au Loto.

— Parce que ?

— Parce que la Sœurette va nous servir des glaces !

Et il repartit au pas de course.

Des glaces ! À leur seule évocation, Zofia sourit d'une oreille à l'autre et accéléra la cadence, mais avant d'arriver au mess, elle ralentit et redevint grave, en proie à une fureur croissante. Cela faisait une semaine qu'elle recevait une bouffe ignoble, au point que l'historienne d'art avait même commencé à songer à la cantine de son école primaire avec une certaine nostalgie. Cela faisait une semaine qu'on l'humiliait par un régime végétarien qui consistait à retirer la viande des plats de viande. Or tous les plats étaient des plats de viande. Et elle, au lieu de cracher à la face de la cuisinière et de lui arracher les yeux, était prête à lui baiser les mains à l'idée de manger des glaces ?

Elle s'attabla avec la mine d'un prisonnier du goulag qui attend sa portion de pain rassis gorgé d'eau. Peu après, le steward déposa devant elle une assiette de pommes de terre avec un concombre cru. Elle le remercia en souriant et les mangea avec plaisir. Des glaces, encore un peu et elle aurait des glaces !

Une fois le plat principal terminé, le steward apporta les glaces. À tout le monde sauf à elle. Et c'étaient de larges portions. Des portions de marins. Inquiète, Zofia s'agita sur sa chaise. Dans son dos, un murmure traversa l'assemblée. Elle se retourna et vit la Sœurette marcher vers elle avec un dessert. La cuisinière s'approcha et posa sur la table un bol où flottaient quelques cubes de glace d'eau.

— Des glaces véganes pour madame la passagère, déclara-t-elle, un sourire aux lèvres.

— Appelle-la Zofia, la corrigea le capitaine. Messieurs les passagers, c'était au XIX^e siècle. Les mesdames aussi.

— Alors pour Zofia, dit la blonde avec un sourire encore plus sirupeux.

## 7

*Il y eut un soir, il y eut un matin : sixième jour.* C'est avec une telle pensée que Zofia s'éveilla, mais pourquoi donc celle-ci lui était venue à l'esprit ? Elle avait peut-être rêvé d'un trajet à bord du *Comète* ? Mais pourquoi cet étrange style biblique ? Effectivement, le sixième jour était arrivé, ils étaient censés accoster dans l'après-midi à l'endroit dont les coordonnées leur avaient été transmises par le commanditaire. Avant cela, ils devaient encore revoir avec Varank les détails de la mise à mort de la chère bactérie de Smuga. Zofia se sentait inquiète. Et son ventre gargouillait. Si elle ne possédait pas de remède contre son angoisse, il fallait en revanche qu'elle vienne à bout de sa faim.

Elle se leva sur la pointe des pieds pour ne pas réveiller Karol, enfila un pantalon, sortit dans le couloir en chaussettes et descendit trois niveaux jusqu'au mess. Le navire dormait encore, l'officier de garde était seul à veiller sur la passerelle. Dans la salle à manger, tout était sombre, mais des odeurs s'échappaient de la cuisine, des odeurs que Zofia n'avait pas senties depuis longtemps, celles d'une nourriture normale. Elle s'approcha en silence, jeta un œil à l'intérieur. La Sœurette était attablée devant l'îlot central et dévorait une chakchouka à même la poêle en lisant un roman graphique épais.

— Salutations, Sœurette ! s'écria Zofia.

La Sœurette, quel que fût son prénom, lui jeta un regard de chien qui s'attend à ce qu'un autre clébard cherche à piquer la pitance dans sa gamelle. Impavide, Zofia approcha un tabouret et s'installa en face de la magnifique cuisinière.

— Pourquoi ? demanda-t-elle.

— Pourquoi quoi ? grogna la sirène blonde.

— Premièrement, pourquoi tu cuisines cette merde ?

Elle haussa les épaules.

— Ils ont ce qu'ils veulent. J'ai essayé autre chose et, crois-moi, chérie, j'en serais capable, je dirigeais un restaurant de poissons à Szczecin et une incessante file d'attente de Berlinois s'étirait devant ma porte. Même ici, j'en serais capable, à bord de ce rafiot où le prix d'une portion équivaut à celui des rations de prisons du tiers monde où on veut résoudre le problème de la surpopulation carcérale. Mais putain, il y avait toujours un truc qui n'allait pas. C'est la tradition dans la compagnie, qu'ils disaient. Le dimanche, c'est bouillon et poulet.

Et glaces, se dit Zofia en ravalant sa salive.

— Un marin, ça aime la viande, qu'ils disaient. Les jeunes, ça veut peut-être goûter des nouveautés, mais les anciens, ce qu'ils aiment, tu sais, ma chère, c'est de la bonne vieille cuisine polonaise… J'ai lutté pendant deux mois, mais il a fallu que je trouve le plus petit dénominateur commun qui conviendrait à tout le monde. Donc, je l'ai trouvé. Et c'est la friture. Je grille de la bidoche, personne ne se plaint. Si je fais un minimum d'efforts, il y en aura toujours un qui va râler. Alors, je ne fais pas d'efforts et tout le monde est content. Je suis devenue la reine de la friture, et ça me va.

Tout en racontant son histoire, elle mangeait sa chakchouka merveilleusement orange, garnie d'œufs idéalement cuits, une chakchouka qui répandait son parfum de tomates et d'herbes à en devenir fou. Zofia espérait que la sirène allait rompre un morceau de baguette, le lui tendre et dire « Tiens, goûte ça ». Mais la Sœurette semblait ne pas remarquer son regard avide.

— Deuxièmement, pourquoi moi ?

La cheffe la fixa sans un mot. Durant un long moment, elle touilla encore l'œuf et les tomates sans y songer, puis elle lâcha soudainement sa cuillère et s'adossa à sa chaise.

— Parce que tu me rappelles beaucoup mon ex. Une salope conne et ingrate, maudite soit la terre sur laquelle elle pose ses splendides petits pieds, dit-elle en soupirant pesamment. Je sais, putain, je sais… Tu manges des œufs et des laitages ou tu es une orthodoxe ?

Zofia lui assura qu'elle ne l'était pas. Un quart d'heure plus tard, elle dévorait une omelette au fromage de chèvre et aux épinards divine, en sirotant un smoothie au lait de coco et au beurre de cacahuètes. En discutant des relations amoureuses difficiles, des fuites en mer (« et je m'étais promis de ne jamais suivre les traces de mon père »), des cuisines du monde, des marins débiles et des cosmétiques bio, Zofia comprenait à chaque nouvelle phrase à quel point elle avait besoin d'une conversation qui n'impliquait pas le destin de la civilisation.

## 8

Le schéma tracé au tableau représentait une suite de rectangles, de triangles et de carrés reliés entre eux et ressemblait à un test d'intelligence : « En observant les formes, entoure celle qui compose une suite logique avec les précédentes. »

— La récupération fait que l'air de la prise et de l'échappement circule par des canaux joints. L'air plus chaud restitue une partie de la chaleur à l'air plus froid, ce qui limite la nécessité de son chauffage ou de son refroidissement. La centrale de récupération est aussi une centrale de ventilation, c'est là que se trouvent les filtres et ce qu'on pourrait appeler le « tuyau-père ». C'est lui qui nous intéresse.

— Je le trouve, je le perce et c'est fait ?

— Ce serait un peu trop simple. Le labo possède certainement une centrale de récupération qui pompe un air pur et filtré dans toutes les pièces. Mais la salle de biochimie doit disposer d'une centrale indépendante qui dessert les hottes de laboratoire.

Varank s'interrompit, constatant l'incompréhension sur les visages de ses auditeurs.

— Zofia l'a vu sur le *Vincent* et vous certainement dans des films… Quand des scientifiques s'asseyent devant une sorte d'aquarium-incubateur et enfoncent leurs mains dans des gants installés à demeure dans la vitre pour travailler dans ce coffre étanche, ça vous dit quelque chose ? C'est ce qu'on appelle des hottes de laboratoire et c'est là-dedans qu'on multiplie les bactéries de Bogdan Smuga. L'élément clé d'un tel coffre, c'est le circuit de l'air. Chaque impureté qui pénètre à l'intérieur est une menace pour les expériences, et chaque impureté qui en sort est un danger pour les scientifiques. C'est pourquoi les éléments du système sont bien marqués et c'est pourquoi tu ne devrais pas avoir trop de mal à retrouver la centrale de récupération et de ventilation des hottes en suivant les câbles et les manomètres, puis à identifier le tuyau-père. Quand tu l'auras localisé, tu utiliseras ceci.

D'un geste d'illusionniste, Varank posa devant lui une machine de la taille d'un grand moulin à poivre.

— C'est un nébuliseur portatif rechargé via une prise USB. On l'utilise pour des inhalations. Il transforme une solution physiologique, une huile contre la toux ou un médicament, en aérosol. Toi, tu le chargeras avec ça.

Il posa près d'elle une petite bouteille remplie d'un fluide transparent.

— Il faut que je signale tout de suite que ce n'est pas une solution optimale ou sûre à cent pour cent. Nous aurions une certitude totale seulement si nous possédions la bactérie de Smuga pour créer un phage, c'est-à-dire un virus spécial qui se greffe sur la bactérie et l'annihile. Nous n'avons pas cette possibilité, c'est pourquoi j'ai préparé ce cocktail d'antibiotiques, basé sur une haute concentration de vancomycine, le plus fort des antibiotiques connus, utilisé dans les pires infections hospitalières, mixé avec quelques composés qui fonctionnent sur d'autres souches. Cependant, si Smuga a raison et que sa bactérie est capable de s'installer dans les intestins, alors la probabilité est forte qu'elle appartienne au groupe des très populaires bactéries à Gram positif de type *Firmicutes*. Et sur celles-ci, la vancomycine fonctionne comme…

Il fit une pause.

— … Pardon, une comparaison inappropriée m'est venue à l'esprit. Enfin. Ça marche du tonnerre. Donc, d'abord, il faut que tu baignes dans l'antibiotique les morceaux d'artefact dont tu nous as parlé. Ça réglera l'affaire des… comment dire ça… de la souche-mère. Puis, pour détruire sa progéniture d'élevage, tu dois trouver la centrale de ventilation. Tu transperces le tuyau d'aération derrière le filtre, tu y introduis le câble du nébuliseur, tu appuies sur le bouton, tu attends dix minutes…

— Dix minutes ? gémit Zofia. Il faut que j'attende dix minutes ? Je croyais que j'injectais un cocktail à l'endroit adéquat et que c'était fini.

— Je doute que tu risques quoi que ce soit, intervint Marcel. Un transbordement en mer, c'est une opération complexe, ils vont certainement fermer le labo, tout sécuriser, enfermer les scientifiques dans leurs cabines. Je pense qu'en dehors des patients, les locaux seront vides.

— Super, si tu penses ça, je me sens tout de suite mieux.

— Je pense aussi qu'au cas où, tu devrais te servir de ceci.

L'ancien légionnaire posa sur la table une fiole d'un médicament étiqueté en français « Chlorhydrate de vancomycine ».

Tout le monde le regarda avec étonnement.

— Quoi ? dit Varank en faisant des yeux ronds. Et pourquoi ça ?

— Parce que je ne crois pas à ton cocktail miracle. J'ai longuement réfléchi à nos aventures communes, Ruhsar, et j'ai décidé de ne pas te faire confiance. Tu as insisté pour m'accompagner dans les Pyrénées. Et d'un. Un directeur aussi important avec une carrière aussi prometteuse que la tienne voudrait prendre part à un chantage vil ? C'est louche. Tu as accepté sans remuer un cil la première réponse que nous a fournie le directeur à Céret. Et cela, bien que tu aies dû soupçonner que les employés du centre étaient peut-être de notre côté par le portefeuille, mais que leurs cœurs de scientifiques battaient pour la secte de Smuga. Et de deux. Et peu après, tu m'as convaincu, avec succès d'ailleurs, qu'au nom de Dieu, de l'Homme et de l'Univers, il fallait renoncer aux recherches et laisser Smuga offrir à l'humanité une longévité gratuite. Plus j'y songe, moins ça sent bon. Tu es un mec intelligent, un scientifique remarquable. Tu comprends à quel moment de l'Histoire nous nous situons. La civilisation chancelle au-dessus du précipice et espère qu'au dernier moment, un miracle surviendra et que quelqu'un la retiendra par les fripes. Mais une merveilleuse longévité gratuite pour tous, ce n'est pas un sauvetage, c'est un coup de pied dans le derrière. En quelques décennies, cela conduirait à une surpopulation monstre et il s'ensuivrait un accroissement du dioxyde de carbone injecté dans l'atmosphère. C'est comme ajouter du charbon dans un four dont les rivets éclatent déjà. Je n'arrive pas à croire qu'avec ce que tu sais, tu aurais abondé dans le sens d'un tel projet.

Abasourdi, Ruhsar leur lança un regard impuissant, à la recherche d'un soutien, mais personne ne pipa mot, songeant certainement qu'il était difficile de nier une certaine logique dans les propos de Kluzka.

— Excuse-moi, mais qu'est-ce que tu insinues ?

— J'insinue que soit tu savais depuis le début quel était l'objectif de la partie, soit tu t'en doutais. J'insinue que même si tu ne travailles pas avec eux, tu es de leur côté. J'insinue que tu t'accordes avec eux pour dire qu'un dépeuplement au hasard est l'unique sauvetage possible de l'humanité, les stricts faits scientifiques te donnent raison, d'ailleurs, et je te connais suffisamment pour savoir qu'aucun dogme religieux à placer sur l'autre plateau de la balance ne pourrait équilibrer ces faits dans ton esprit. La conclusion élémentaire, c'est que tu nous racontes des salades et que ton cocktail n'est rien d'autre qu'une solution physiologique.

— Conneries.

— Dans ce cas, tu ne vois aucun inconvénient à ce qu'on remplace ton mélange par une simple dose de vancomycine chipée dans la pharmacie du *Varsovie en lutte* ?

— Ça n'aurait ni queue ni tête. Mon mélange est plus fort et possède un spectre d'action plus large qu'un unique antibiotique.

— Un unique antibiotique pris parmi les plus puissants au monde, utilisé contre les pires infections, comme tu l'as dit toi-même.

Zofia ne savait pas ce qu'elle devait en penser. Elle regarda tour à tour Varank puis Kluzka. Ils avaient dit ce qu'ils avaient à dire et se tenaient à présent immobiles, comme des boxeurs après un combat en attente du verdict des juges. Jusque-là, il ne lui était pas venu à l'esprit de douter des motivations du scientifique turc, elle avait simplement estimé que le projet d'un « dépeuplement aléatoire » éveillait en lui le même rejet spontané que chez elle. Pourtant, Marcel avait un peu raison, même eux étaient tiraillés par des doutes, tandis que Ruhsar Varank, un scientifique à l'esprit vif, n'avait jamais fait part des siens ; pire, il donnait l'impression d'éviter le sujet. Enfin… il y avait un moyen facile de découvrir la vérité.

— Personne ne mènera d'enquête, dit-elle. Je crois qu'on peut se mettre d'accord pour dire qu'il est plus sûr d'utiliser les deux.

Elle se leva et ramassa les flacons et le nébuliseur posés sur la table.

— Et j'annonce la fin de ces formations à la con, ajouta-t-elle. De toute façon, je me sens déjà comme Tom Cruise. J'entre, j'injecte l'antibiotique, je sors, ça va peut-être marcher, peut-être pas, on verra bien.

Sa main se posait déjà sur la poignée lorsque la voix basse de Varank l'arrêta.

— Ne fais pas ça, dit-il. Je t'en prie, ne le fais pas. Oui, Marcel a raison, mon cocktail n'est qu'un soluté physiologique. Mais il y a une solution encore plus simple. N'y va pas, c'est tout. Allons déjeuner, demandons une bouteille de vin au capitaine, observons une intéressante opération d'amarrage entre deux bateaux en pleine mer et une fois à Casablanca, rentrons chez nous, vers nos amis, nos familles. Et on ira se coucher conscients d'avoir peut-être sauvé le monde. Vous devez comprendre que vous n'êtes pas les superhéros de cette histoire. Si vous réussissez et qu'on fait un film à partir de ces faits un jour, vous serez les pires malfaiteurs du monde, des super-vilains qui ont condamné l'humanité à mort. Je vous en supplie, reprenez vos esprits.

Elle aurait voulu s'esclaffer et sortir d'un pas majestueux, mais un désespoir si sincère et si profond résonnait dans la voix de Ruhsar qu'elle en fut incapable.

— Vous devez mesurer l'étendue de l'apocalypse, poursuivit ce dernier. Nous avons réchauffé la planète à une température d'il y a huit cent mille ans et, d'ici la fin du siècle, nous la réchaufferons à une température d'il y a deux cent cinquante millions d'années, une époque où seuls les champignons et une bestiole semblable à un cochon d'Inde vivaient sur la terre ferme. Et ça fait longtemps que nous le savons, depuis le XIXe siècle pour dire la vérité, et nous n'avons rien fait, et nous ne faisons toujours rien. Au cours de notre vie, dix pour cent de l'humanité sera forcée de migrer à cause de l'élévation du niveau de la mer et trente pour cent sera privée d'eau potable parce que les glaciers cesseront d'alimenter les rivières et que l'eau salée remplira leurs cours et empoisonnera les nappes phréatiques. Pris de panique, les gens éliront des fous furieux aux côtés desquels Staline ou Gengis Khan passeraient pour des papys débonnaires. Il y aura des guerres sanglantes, quelqu'un se mettra à balancer des têtes nucléaires par pelletées et, paradoxalement, plus vite on y arrivera et mieux ça sera.

Elle pouffa au son de ces mots, s'attendant à ce que quelqu'un se moque de Varank et l'injurie pour ses rêves de guerre atomique, mais ses compagnons l'écoutaient avec une grande attention.

— Je n'exagère pas, c'est un fait. Aujourd'hui, un conflit nucléaire mondial serait salvateur pour l'humanité. L'hiver nucléaire ne durerait qu'une dizaine d'années, une partie de la population y survivrait certainement et on éviterait ainsi de transformer la planète en un lieu inhabitable pour presque toutes les espèces vivantes durant plusieurs millions d'années. Et si ce n'est pas une guerre atomique, il y aura certainement un génie à Washington ou à Pékin qui estimera qu'il vaut mieux déclencher une épidémie avec un virus élevé dans un labo militaire. Un virus qui nous fauchera peut-être jusqu'au dernier. Ou qui amènera des millions d'entre nous à regarder leurs proches s'étouffer dans d'affreuses souffrances. Et ce sont des options optimistes. Je le répète, optimistes. Sans cela, nous allons nous éradiquer dans des guerres pour la nourriture et l'eau. Dans l'hystérie collective qui suivra, nous brûlerons davantage de carburant pour produire de l'énergie dans des systèmes qui permettent la survie, le réchauffement s'accélérera encore, du méthane inflammable jaillira des océans, la première tempête venue embrasera le ciel. Et ce ciel incandescent sera la dernière image que votre fille verra, si jamais elle atteint par miracle l'âge de la vieillesse, elle le verra avant que notre civilisation ne disparaisse définitivement et irrévocablement, ne laissant aucun naufragé derrière elle, nulle chance de résurrection, ainsi qu'une planète où une vie comparable à la nôtre ne reviendra que dans plusieurs millions d'années, si jamais elle revient.

Il termina son prêche et semblait attendre des questions, mais puisque personne n'en posa, il continua.

— Dans cette situation, la solution de Smuga est un don divin. On sauve la civilisation. Personne ne meurt. Nous obtenons une longue vie au passage. C'est soit ça, soit l'agonie dans d'atroces souffrances et la fin de tout ce qui existe.

— Tu te trompes en disant que personne ne meurt, répliqua Karol. Chaque être humain meurt. Chaque civilisation s'achève. Rien ni personne n'est immortel. Le changement climatique, un astéroïde, un nouveau virus… La finitude fait partie de notre destin. Et je comprends vraiment que ta tentative de contrecarrer ce destin découle exclusivement de l'amour et de la foi en l'exceptionnalité de notre espèce. Mais ce chemin se termine toujours mal. Tu as raison, notre civilisation agonise. C'est pourquoi nous devrions être cordiaux les uns avec les autres. Tout simplement.

Les paroles de son mari étaient sages. Mais est-ce que Zofia était d'accord avec lui ?

— Je vous en supplie…

Ruhsar ne prêchait plus, il chuchotait, le regard planté dans le sol.

— Je vous en supplie, ça ne peut pas se terminer ainsi. La formidable aventure de l'humanité ne peut pas s'achever ainsi.

Marcel Kluzka ouvrit la porte du couloir.

— Viens, Ruhsar, dit-il. Tu comprends que nous devons t'isoler. Le capitaine a préparé un endroit où tu seras confortablement installé jusqu'à la fin de notre action.

Le scientifique passa auprès d'eux sans un mot. Sur le seuil, il se retourna et regarda chacun d'entre eux droit dans les yeux.

— J'espère que Dieu existe, dit-il. Et qu'il ne vous le pardonnera jamais.

# Chapitre 17
# À l'abordage

*L'humanité se fiche de ses aventures futures • Le saut sur Yokohama • Nous devons annuler la mission • Une Yennefer aux petits seins • À la salle des machines • Un arbre d'acier • S'en débarrasser au plus vite • Qui leur a construit ça ? • Les portes de la cale se refermèrent dans un fracas sourd • Cent vingt ans à portée de main • Une fille de la nature • Un spectre • Józef « la Chenille » • Au secours, putain, au secours • Le paradoxe de Fermi • Victoire*

## 1

Olga Gavrilescu regarda sa montre et grimaça. Elle aurait préféré effectuer l'opération de jour, mais le cargo polyvalent était arrivé en retard et maintenant, elle avait le choix : soit réunir les bateaux au plus vite, ce qui impliquait un travail de nuit, soit reporter l'opération au lendemain. Attendre le matin aurait été plus sûr, mais plus pénible. Le girolab avait déjà été bouclé, les membres d'équipage attendaient à leurs postes, les yokohamas étaient sortis et les prévisions météo annonçaient une nuit calme et sans vent.

Elle décida donc qu'il valait mieux s'en débarrasser au plus vite.

— Second, appelez-les à la radio et informez-les qu'ils vont s'amarrer à nous par bâbord. Nous leur donnerons nos aussières du milieu de bateau. De leur côté, on veut les traversiers et l'aussière de la pointe avant. Ils sont un peu plus courts que nous, mais nous sommes égaux par la hauteur des bords. Coordonnées du RDV inchangées. Cap deux huit zéro. Vitesse de trois nœuds au temps STS. Qu'ils signalent leur ETA tous les quarts d'heure.

— À vos ordres.

Elle s'empara des jumelles pour observer son équipage en train de gonfler les yokohamas tribord d'air comprimé. C'étaient d'immenses pare-battages noirs, chacun de la taille d'un camion, fixés en travers, le long du bord. Grâce à eux, le *Vincent* deviendrait le bateau-mère, c'est-à-dire une sorte de débarcadère sécurisé et flottant, tandis que le *Varsovie en lutte* serait le navire qui s'amarre à ce quai.

Ils accomplissaient cette tâche assez souvent pour qu'elle devienne normale, chacun connaissait son rôle et son poste, mais Olga ressentait malgré tout une excitation agréable à l'idée qu'il se passât enfin quelque chose, une autre mission que de naviguer en rond sur les eaux les plus ennuyeuses du monde.

Elle observa encore un moment les marins qui s'affairaient sur la proue près des cordages. Soudain, elle remarqua une silhouette assise sur la trappe du tunnel de service derrière eux, un homme aussi immobile qu'une bitte d'amarrage en acier. C'était Bogdan Smuga.

## 2

Il regardait au loin. Il voulait inspirer le plus d'air frais et voir le plus de lumière possible, avant de se laisser enfermer dans un conteneur et d'être expédié à Casablanca. Ce n'était pas la première fois qu'il quittait le *Vincent* de la sorte, mais cela restait invariablement une expérience atroce. Il n'arrivait pas à s'y habituer ; chaque fois, il devait s'expliquer qu'être enfermé dans un conteneur en acier, c'était comme être enfermé dans une cabine en acier sur un cargo ou dans le fuselage en acier d'un avion.

Il n'arrêtait pas de songer à toutes les blessures ou maladies qui pouvaient se déclarer chez lui quand, quinze jours durant, il serait coupé du monde. Il disposait d'une trousse à pharmacie, alors il pourrait faire face à une diarrhée, à une infection soudaine ou à une crise de panique. Mais que se passerait-il s'il avait une appendicite ou s'il se fracassait le crâne lorsque le bateau serait secoué par les vagues ? Après tout, il ne naviguerait plus à bord du *Vincent* qui était sans cesse en quête d'un temps paisible. Et n'était-ce pas de mauvais augure que le bateau transporteur s'appelle *Varsovie en lutte* ? Devait-il chercher dans ce nom une analogie à l'héroïsme à tout prix ou à un suicide patriotique commis par ignorance ou sottise ?

À tribord, d'immenses défenses noires se gonflaient à vue d'œil, c'était comme si des carcasses de baleines mortes étaient soudainement apparues sur le pont. Cela lui rappela une époque récente où l'on pouvait encore se préoccuper des espèces menacées, où l'on pouvait lutter pour les cétacés, les barrières de corail ou les koalas. C'était l'âge de l'innocence. Il aurait beaucoup donné pour vivre à cette époque-là et mourir paisible, persuadé que les générations futures allaient participer à la grande aventure de l'humanité, conquérir les étoiles et transformer les enjeux de la science-fiction en réalité. Et qu'elles sauveraient les baleines en passant.

Comprendre que l'humanité se fichait de ses aventures futures et qu'elle avait juste envie de se goinfrer ici et maintenant, jusqu'à en vomir, pour ne laisser derrière elle que des cendres, l'accablait invariablement.

## 3

Au point où elle en était, elle se sentait assez compétente pour écrire un essai intitulé *Ce que les héros de films d'action ne vous diront jamais*. En l'occurrence, qu'ils étaient toujours coincés dans des positions inconfortables, qu'ils étaient suants, haletants et puants. Elle portait une combinaison de plongée en mousse noire, une combinaison légère et moderne, en théorie, mais dans la pratique, cet habit était affreusement lourd et douloureusement contraignant à tous les endroits où il aurait fallu disposer de sa liberté de mouvement. De plus, Zofia était également gênée par une radio et une bouée gonflable coincées sous la mousse, au cas où son aventure finirait une nouvelle fois au milieu des vagues. Dans le récipient attaché à sa ceinture, elle rangea le nébuliseur, l'antibiotique, le boîtier pour pirater les badges magnétiques, une lampe frontale et un couteau. Allez savoir pourquoi il lui fallait emporter ce dernier, elle ne comptait pas trancher la gorge aux scientifiques du *Vincent*.

Quand, au-dessus de sa tête, tout le remue-ménage lié à l'amarrage prit fin, et quand sa montre lui indiqua que la nuit était tombée, elle quitta l'entrepôt pour le pont avant avec le secret espoir qu'en mettant le nez dehors, elle serait aussitôt détectée et pourrait renoncer à sa tâche avec le sentiment d'avoir au moins essayé.

Personne ne la remarqua. Elle se dissimula derrière le treuil de l'ancre, dont la chaîne avait des anneaux aussi épais que sa cuisse, et évalua la situation. Le *Varsovie en lutte* se balançait doucement sur les vagues, uni au *Vincent* par un système complexe de cordes et, entre les deux navires, d'immenses coussins en gomme craquaient, semblables à des ballons gonflables oblongs, de ceux qu'on utilise aux anniversaires d'enfants pour leur sculpter des teckels, mais grossis jusqu'à des dimensions démesurées. Selon leur plan, c'est par l'un de ces ballons que Zofia devait accéder au second bateau.

Elle descendit sur le pont principal et s'immobilisa derrière une petite grue, loin des regards des officiers sur la passerelle et des marins qui participaient au transbordement des marchandises au centre du bateau. Elle regarda par-dessus la rambarde.

Bordel de merde.

D'après le schéma établi, elle était censée passer d'un bateau sur l'autre en parcourant le pare-battage comme une sorte de ponceau. Or, l'énorme saucisse noire en caoutchouc lisse, donc certainement glissant, pendait tellement bas qu'il fallait pour l'atteindre sauter dessus. C'était une idée à s'attirer des ennuis. L'ennui premier, c'était la possibilité de chuter entre le pare-battage et la carlingue puis d'être broyée. L'ennui numéro deux serait de glisser et de tomber à la mer entre les deux mastodontes d'acier qui pesaient des dizaines de milliers de tonnes et bondissaient sur les vagues.

Elle sauta.

Elle atterrit sans grâce aucune sur une surface qui évoquait un trampoline, elle rebondit deux fois et glissa vers le *Vincent*, la tête vers le bas. Au dernier moment, elle étendit les bras et se bloqua contre le rebord métallique et humide. Elle avait envie de vomir de peur, mais elle n'avait pas été broyée et elle n'était pas tombée à l'eau, ça n'allait donc pas si mal. Avec beaucoup de précautions, elle se redressa sur le caoutchouc mouvant et, en s'appuyant toujours sur le bord du *Vincent*, elle se remit debout, tendit les mains vers le pont… et constata qu'il lui manquait un demi-mètre pour l'atteindre.

Bien sûr, comment pouvait-il en être autrement… ? Pourquoi n'avait-elle pas pensé à emporter un escabeau ? Et maintenant ? Le pare-battage était suspendu par des cordes tendues de biais. Avant de tenter d'en escalader une jusqu'au pont, il fallait d'abord sauter dessus en se jetant vers la mer. Fastoche : après tout, c'est par un saut vers une liane que Tarzan commençait jadis chaque épisode de ses aventures en noir et blanc. De plus, les cordes semblaient trop fines pour avancer sur elles à quatre pattes, mais trop épaisses pour se suspendre sous elles. À moins que…

Non, Zofia, n'y songe même pas.

Mais quel choix avait-elle ?

Elle sautilla sur place avec précaution. Ça n'allait pas si mal, mieux, sans doute, que sur un véritable trampoline. Vite, avant d'avoir le temps de se dire que c'était insensé. Elle sautilla une fois, deux fois. Au troisième saut, elle prit son élan, bondit, s'accrocha au rebord sous la balustrade, se hissa et, soudain, après deux semaines loin du *Vincent*, elle se retrouva à nouveau à son bord.

Suivant le plan, elle quitta le pont-promenade, grimpa sur le rehaussement de proue et se faufila jusqu'à la trappe rectangulaire de la taille d'une table de café, sécurisée par huit goujons munis d'écrous papillon. Elle les dévissa, souleva la trappe et descendit le long d'une échelle qui plongeait dans une obscurité étouffante et exiguë puant l'huile de moteur, le mazout et la moisissure.

La descente, étonnamment longue, fit certainement plusieurs étages, et ce n'est qu'une fois arrivée au fond du navire que Zofia se reposa un peu, afin de laisser à ses yeux la possibilité de s'habituer à la noirceur. Mais ceux-ci n'avaient pas la moindre intention d'accomplir un tel exploit, car leur propriétaire venait d'arriver à l'endroit le plus sombre et le plus obscur de la Terre. Zofia sortit sa frontale, l'alluma et inspecta les alentours.

Au-dessus d'elle, il y avait un puits très haut par lequel elle n'aurait certainement pas eu le cran de descendre si elle avait allumé sa lampe plus tôt. Devant elle en revanche, ce n'était pas tant un tunnel qu'un tuyau d'un mètre et demi de diamètre qui filait, pour autant qu'elle pût en juger, vers un recoin de l'univers infiniment lointain, sculpté dans un mélange de goudron et d'encre. Enfin bref… si le pirate néerlandais avait raison, la porte de la salle des machines devait se trouver au bout.

Zofia fixa la lampe sur son front et, légèrement voûtée, elle se mit en route.

## 4

Karol Boznański reposa ses jumelles à vision nocturne sur le rebord de la fenêtre.

— Il faut la rappeler, dit-il, c'est une mission suicide.

Il s'était posté en compagnie de Marcel dans une cabine ombragée sur le pont C, pile sous la passerelle, d'où ils avaient pu observer le passage de Zofia sur le *Vincent* jusqu'au moment où la trappe de proue s'était refermée sur elle.

— Pourquoi ?

— Tu as vu ce qui s'est passé ? Sa mission n'avait pas encore commencé pour de bon que rien n'allait déjà comme prévu. Tu as vu ce saut ? Et ces bonds comme sur un trampoline ? Entre deux bateaux ? Au-dessus de l'océan ? Nous devons la rappeler.

— Même si tu avais raison, nous ne le pourrions pas, répliqua paisiblement Kluzka. Sa radio est éteinte et c'est elle qui décidera quand l'utiliser.

Karol jeta un œil à la petite radio UKF posée près de ses jumelles et branchée sur le canal 24 convenu, en espérant que, sous le poids de son regard, la petite machine s'éveillerait, grincerait, et qu'il entendrait la voix de sa femme annoncer que toute cette action n'était qu'une immense bêtise et qu'elle revenait tout de suite auprès d'eux, *over*. Bien sûr, reviens le plus vite possible, lui aurait-il répondu. *Over and out*.

## 5

Elle atteignit la porte au bout du tunnel avec l'espoir de la découvrir bloquée par une serrure électronique, ce qui aurait mis fin à sa mission ridicule, mais l'architecte des compartiments sécurisés ne s'était probablement pas aventuré si loin dans les entrailles du navire car, après avoir tourné quelques fermoirs, Zofia réussit à ouvrir la porte, inondant le tunnel de l'éclat tranchant des halogènes et de la rumeur assourdissante d'un moteur.

Elle passa la tête par l'embrasure de la porte, puis balaya lentement du regard, autant qu'elle put depuis son recoin, l'intérieur de la salle des machines, plus vaste et plus propre que celle du *Varsovie en lutte*, mais d'une construction similaire. Il y avait là un enchevêtrement de tuyaux curieux, on aurait dit la décoration d'une scène de théâtre, au milieu duquel Zofia découvrit un moteur horizontal haut d'une quinzaine de mètres qui s'étendait sur quatre niveaux, flanqué d'un ensemble de coursives, de plates-formes, d'escaliers et d'échelles.

Et pas un seul être humain en vue.

Le capitaine du *Varsovie en lutte* et le pirate néerlandais s'étaient accordés pour dire qu'autant par une nuit ordinaire, la salle des machines aurait été déserte et le mécanicien de garde aurait roupillé dans son coin, à moins d'être réveillé par l'une des alarmes, autant durant une opération d'amarrage entre deux bateaux, quelqu'un veillerait à coup sûr au poste de contrôle.

Zofia referma la porte, avança doucement, le regard alerte, et monta de deux étages jusqu'au niveau du PC. Le poste de contrôle était équipé de deux doubles portes et d'une fenêtre panoramique qui permettait au mécanicien d'observer la section moteur. Zofia s'accroupit près de la fenêtre, inspira plusieurs fois et jeta un œil à l'intérieur, persuadée que dans le meilleur des cas, elle verrait un mécanicien bouche bée d'étonnement, et dans le pire des cas, un canon de pistolet pointé vers elle.

Rien de tel n'arriva. Au milieu de la pièce, un homme chauve, vêtu d'une combinaison de travail, était assis dos à la vitre et inscrivait des notes dans un grand cahier, se balançant en cadence comme s'il écoutait de la musique.

Nouvelle journée, nouveau succès, se dit Zofia avant de passer rapidement à une nouvelle étape du plan. Elle recula, observa les environs pour vérifier si elle ne serait pas désarçonnée par une disposition de coursives autre que sur le *Varsovie en lutte*, puis elle se faufila jusqu'à l'autre bout du bloc moteur et ouvrit le régulateur d'un générateur dont elle avait oublié la fonction, mais qu'on lui avait ordonné d'ouvrir. Elle revint en courant jusqu'à la fenêtre du PC.

Durant un instant, il ne se passa rien, l'homme se balançait et continuait à écrire, mais l'ouverture du mystérieux régulateur dut déclencher une alarme, parce qu'il se mit à vérifier les données sur l'un des écrans et, un instant plus tard, il se leva, mit ses écouteurs de protection et s'avança vers la porte gauche. Zofia se plaça près de celle de droite et lorsqu'elle vit la poignée opposée se mouvoir, elle pénétra à l'intérieur du PC.

Pendant un court moment, elle s'immobilisa dans le silence inattendu de cette pièce insonorisée et s'attendait presque à ce que le chauve débouche au coin pour lui crier « Surprise ! », mais rien de tel n'eut lieu, alors elle se mit à genoux et avança à quatre pattes vers le bureau.

« Crois-moi, poupée, ce navire, ce n'est pas le château d'un sorcier maléfique, mais un immeuble de bureaux flottant, lui avait certifié Lisa. Je te garantis que ces badges traînent partout. Les gens les perdent, les oublient dans leurs fringues, en obtiennent de nouveaux ou les abandonnent sur les tables. Trouves-en un et c'est gagné. »

Facile à dire, putain. Et qu'est-ce qu'elle devait faire, maintenant ? Fouiller chaque tiroir ? Secouer les piles de papiers ? Renverser la poubelle ? Vider les poches des combinaisons de travail ?

Elle n'eut pas à le faire. Sur le bureau, à côté de l'ordinateur, elle découvrit un boîtier de codage, plusieurs boîtes de badges vierges et un panier d'anciens. Ah ! La chance lui souriait enfin. Elle préleva une poignée de vieux badges qu'elle enfonça dans sa sacoche accrochée à sa ceinture, puis elle jeta un œil à la fenêtre : le mécano farfouillait toujours dans le générateur.

Elle quitta donc le PC machine, seulement pour découvrir qu'il y avait à présent trois inconnus dans la section moteur, dont deux près des générateurs et un, pile entre elle et l'entrée du tunnel de service. Par chance, ce dernier lui tournait le dos. N'ayant pas d'autres idées, Zofia se précipita en courant, voûtée, vers la poupe.

## 6

Ça grinça, ça remua d'un coup brusque, ça balança, et le modeste conteneur de vingt pieds de long s'éleva dans les airs. Bogdan Smuga s'était calé dans l'un des coins, plongé dans le noir complet, et s'efforçait de prendre une posture censée lui éviter de voler en travers de la pièce et de se fracasser le crâne au moindre sursaut. Après tout, il était l'unique élément du mobilier à ne pas avoir été fixé solidement aux parois.

L'opérateur de la grue ne faisait pas dans la dentelle et Smuga eut un haut-le-cœur lorsque sa maisonnette fila dans les airs entre les deux navires. Celle-ci fut encore agitée un long moment d'un mouvement de balancier avant de descendre. Un choc métallique signifia à Smuga que le conteneur touchait le fond de la cale du *Varsovie en lutte*.

— Trois bonnes femmes, tu le crois, ça ? Trois bonnes femmes !

À travers les ventilations dissimulées du conteneur, Bogdan surprit une conversation entre plusieurs marins polonais.

— Ça ne peut pas bien se terminer.

— Attrape cette boucle, on va le prendre par l'autre bout, répliqua un autre marin. Moi, je suis content, y a de quoi se rincer l'œil. Laquelle te plaît le plus ?

— Vagin denté, bien sûr. C'est simple, Dieu n'existe pas. S'il existait, un tel corps n'aurait pas été gâché.

— Comment ça, gâché ? Il n'est pas gâché, c'est juste que d'autres nanas en profitent, mon gars. On est au XXI^e siècle, bordel. Qu'est-ce que tu crois, que si l'une d'entre elles ne rêve pas de ton anaconda, c'est tout de suite un gâchis ?

— C'est exactement comme ça que je vois les choses. Chaque femme qui ne connaît pas mon anaconda ne connaît rien à la vie.

— C'est pas croyable... Tire, quand je te dirai... Maintenant. Moi, j'aime bien la vieille.

— L'espèce de Yennefer aux petits seins ? Tu crois qu'elle s'intéresse à l'herpétologie ?

Les marins avaient dû accomplir leurs tâches parce que leurs voix s'éloignèrent.

— Herpé quoi ?

— L'étude de mon anaconda.

Les deux hommes éclatèrent de rire. Une porte claqua. Smuga attendit un instant avant de se lever pour s'étirer, puis il s'allongea confortablement sur le lit. Par précaution, il ne voulait pas allumer sa lampe avant la fin du chargement. En pensée, il se dit qu'il y avait quand même du progrès si même sur un bateau polonais, trois femmes faisaient partie de l'équipage.

## 7

Zofia termina dans un cul-de-sac, à l'endroit où le cylindre rotatif d'un mètre de diamètre, en acier luisant, disparaissait dans le mur. Elle comprenait bien qu'elle se trouvait sous la ligne de flottaison et que, sans le revêtement de la coque d'une épaisseur de plusieurs centimètres, elle aurait eu l'hélice du *Vincent* à portée de main. Une hélice qui touillait l'océan. Elle frémit à l'idée qu'il n'y avait pas si longtemps, elle s'était retrouvée aussi près des pales d'acier, mais de l'autre côté du fuselage.

Le cul-de-sac semblait sûr. Les mécaniciens étant certainement descendus suite à l'alarme, Zofia supposait qu'ils allaient réparer vite fait ce qui n'allait pas et iraient au diable. Le mécano de garde retournerait au PC et elle pourrait passer tranquillement dans le tunnel de service pour faire ce qu'elle avait à faire au girolab et dire adieu une bonne fois pour toutes à ce satané *Vincent*.

Elle s'enfonça plus profondément dans son recoin et observa avec prudence la situation à travers un enchevêtrement de câbles. Les hommes repartaient. Super. Ils crièrent encore quelques mots dans une langue qu'elle ne connaissait pas. Du roumain ? Olga venait de Roumanie, elle avait pu s'entourer d'un équipage roumain. Malheureusement, au lieu de monter l'escalier, les mécanos supplémentaires, tous deux barbus comme des bûcherons, décidèrent de faire une ronde. Satanés lèche-bottes, quel excès de zèle. Ils étaient de la putain de Securitate, ou quoi ?

Putain, putain, putain.

Zofia n'avait nulle part où fuir. Ici, on n'avait prévu aucune échelle d'évacuation, aucune cachette ou portique, c'était rageant, dans la mesure où le reste de la salle des machines ressemblait à un labyrinthe de fête foraine.

Les deux hommes approchaient.

Prise de panique, elle tourna sa tête dans tous les sens. Devant elle, un danger, derrière elle, la poupe, à gauche, un mur, à droite, l'arbre d'hélice, et rien que du vide au-dessus de sa tête.

Réfléchis !

Sous l'arbre, il y avait un réservoir d'eau de cale recouverte d'une couche d'huile qui scintillait des couleurs de l'arc-en-ciel.

Sans hésiter plus longtemps, Zofia glissa de la coursive, se coucha sur le dos dans l'eau noire et puante et rampa sous le rouleau rotatif. Le baobab d'acier tournoyait à présent à quelques centimètres au-dessus de son nez, elle sentait son odeur métallique, elle sentait le mouvement de l'air sur son visage, elle sentait des gouttelettes d'huile asperger sa bouche.

Elle retint sa respiration. L'instant d'après, elle vit une paire de bottes de sécurité à l'endroit où elle s'était cachée quelques secondes plus tôt. Par chance, le propriétaire des bottes n'avait pas prévu de pique-niquer là, il jeta un œil et fit demi-tour. Elle relâcha l'air de ses poumons, attendit encore un instant et, une fois le danger écarté, elle passa en dessous du rouleau en rampant, toujours crispée par une crainte irrationnelle, celle qu'il suffirait d'un seul faux mouvement pour que la foutue ferraille ne la soulève et ne la hache menue.

Mais puisqu'elle n'avait pas été transformée en un tartare de cinquante kilos, elle se leva et prit instantanément conscience d'un nouveau problème. Il n'était pas question qu'elle poursuive son chemin dans une combinaison en mousse qui dégoulinait d'une eau immonde et huileuse, semblable à des glaires, sinon elle laisserait des traces si visibles que même l'inspecteur Clouseau parviendrait à la suivre.

Sans perdre son temps en considérations diverses, elle retira sa combinaison, la retourna à l'envers, la roula, la prit sous le bras et continua sa route en maillot de bain, en grimaçant, car les coursives métalliques ajourées lui entaillaient douloureusement les pieds.

Au moins, je ne suis plus en train de suer dans cette saloperie, se dit Zofia.

# 8

Le matériel avait été transbordé, les grues sécurisées, ils n'attendaient plus que la fin du pompage du gasoil. Marcel était assis sur la couchette, Karol campait à la fenêtre, les jumelles dans les mains, et observait la trappe du tunnel de service du *Vincent* sans remuer d'un pouce.

Un fracas métallique lui fit reposer ses jumelles. Il regarda le pont du *Varsovie en lutte* où les immenses panneaux des cales se refermaient en grinçant.

— Et donc ? Tu as une idée ? demanda-t-il à Kluzka.

Ils avaient passé un certain temps à se demander ce qu'ils devaient faire du chargement emporté du *Vincent*. Selon toute logique, il devait surtout s'agir de détritus qu'on n'avait pas réussi à brûler ou à transformer. Mais ils étaient rapidement arrivés à la conclusion que les scientifiques pouvaient aussi avoir décidé de mettre à l'abri une partie des substances produites dans leurs labos et de les transporter en lieu sûr. C'était une solution évidente : même si la plupart des expériences étaient menées ici, seul un idiot n'aurait pas préparé une copie de sauvegarde biologique pour la stocker dans un bunker bien sécurisé et moins en proie aux intempéries maritimes.

Or, le *Vincent* ne leur avait pas transmis grand-chose, à peine trois petits conteneurs à débarquer à Casablanca.

— Je réfléchis, dit Marcel. Je suis bien tenté de vérifier ce qu'il y a à l'intérieur, mais Ruhsar avait raison, va savoir quelles cellules s'y trouvent et quelle est leur destination. D'accord, j'ai déjà pas mal roulé ma bosse, mais je ne tiens pas à crever dans mes propres vomissures.

Karol en convint, fouiller ces conteneurs paraissait trop risqué.

— Je pense qu'on pourrait débarquer la marchandise dans un petit port sur le chemin et décider quoi faire avec. On pourrait l'emmener dans un lieu où on la passerait aux rayons X et on la déballerait en respectant des mesures de sécurité ? Mais on ferait peut-être mieux de les enterrer dans une décharge en vue d'une disparition éternelle…

— La seconde option me plaît davantage, grommela Karol. Trouvons un moyen de nous en débarrasser une bonne fois pour toutes et oublions l'affaire.

Il sursauta lorsque le téléphone sonna. Il attrapa l'écouteur.

— Encore un quart d'heure, entendit-il de la voix du capitaine. Je peux faire traîner jusqu'à trente minutes, mais pas plus.

## 9

Elle parvint à contourner le moteur sans être repérée, puis à traverser la salle des machines et à revenir dans le tunnel. Une fois la porte refermée, elle se sentit en sécurité relative dans l'espace exigu, mais familier. Elle s'accorda un instant pour reprendre son souffle. Elle déroula la combinaison pour qu'elle sèche au moins un peu et mit à profit le boîtier de Lisa pour le piratage des codes RFID. Ce n'était pas de la physique quantique : elle glissa l'un des badges subtilisés dans une fente entre deux morceaux de plastique, une diode clignota en rouge, puis s'éclaira en vert et ce fut fait. Zofia transforma ainsi plusieurs cartes magnétiques, au cas où. Puis elle s'élança dans l'autre sens, vers une trappe située à peu près à la moitié du tunnel.

C'est grâce à cette dernière qu'elle accéda aux cales. Elle se tenait à présent sous le girolab, en se demandant combien, par tous les diables, avait coûté une telle installation, et comment Smuga et consorts avaient mis la main sur une telle somme. Bogdan lui avait certifié qu'ils avaient des bas de laine, et elle comprenait bien qu'ils avaient pu convaincre un ou deux multimilliardaires de financer ce projet fou d'un sauvetage de l'humanité par le vide, mais elle était malgré tout impressionnée. Le laboratoire dissimulé dans les tréfonds du *Vincent* devait être une merveille d'ingénierie, l'équivalent maritime du Grand Collisionneur de hadrons. Le cube laiteux de vingt mètres de côté, qui contenait – elle le savait – trois niveaux de labos, avait été suspendu au milieu de deux anneaux imbriqués dans une structure complexe. Zofia supposait que les anneaux – qui lui évoquaient Stargate, la porte des étoiles du film du même nom – servaient à stabiliser le girolab de sorte que le roulis de l'océan ne gêne pas les procédures cliniques ou scientifiques.

Divers tuyaux, fils et câbles pendaient du cube et couraient vers les équipements disposés dans la cale. Ils transportaient du courant, de l'eau, de l'oxygène, du vide et probablement la ventilation aussi. Mis bout à bout, l'ensemble laissait une impression inquiétante d'un être venu d'une autre planète, connecté à un système de survie.

Qui leur avait construit ce machin ? Comment ? Où ? Pour quelle somme ?

Elle haussa les épaules. Le temps viendrait de divaguer à ce propos devant un bon café matinal, une fois qu'ils seraient revenus à Varsovie avec Karol.

Elle orienta ses pas vers l'ascenseur qu'elle avait entraperçu une fois en visitant le niveau inférieur du girolab. En chemin, elle contourna un dispositif angoissant qui ressemblait à s'y méprendre à un four de crémation ultramoderne ainsi que des armoires d'acier aux tiroirs carrés. Quiconque avait un jour regardé une série policière à la télé ne pouvait douter que les tiroirs fussent en fait des frigos à cadavres.

Étaient-ils pleins ?

Les patients du labo mouraient, c'était sûr, et leurs dépouilles n'étaient certainement pas transportées sur la terre ferme. Personne ne leur organisait de funérailles solennelles en mer. Ascenseur, tiroir, four. Logique. Zofia s'efforça de ne pas se demander si c'est là qu'elle finirait si jamais on l'attrapait. Personne ne risquerait une seconde fois de la jeter à l'eau, elle pouvait le parier. Tout le personnel du *Vincent* s'alignerait devant le four et ne pousserait un soupir de soulagement que lorsqu'une poignée de cendres et le modeste diamant de sa bague de fiançailles en sortiraient.

Zofia frémit et se figea. Elle lança un regard envieux à la trappe du tunnel. Pour l'heure, elle était libre. Elle pouvait rebrousser chemin. Elle pouvait aussi continuer.

Il lui fallut fournir un certain effort pour détourner le regard et poursuivre.

Elle s'approcha donc de l'ascenseur qui connectait le fond de la cale avec le niveau inférieur du girolab. Par chance, elle n'eut pas à l'appeler : on avait fixé une échelle à la cage ajourée de l'ascenseur et Zofia en profita pour grimper. Elle s'immobilisa devant la porte à double battant qui menait au couloir du girolab. D'après ses souvenirs, derrière, il y avait trois portes sur la droite et c'est celle du milieu qui menait au labo d'Andrij. À gauche, il y aurait d'abord le cabinet de gynécologie, puis la salle des « filles » et les toilettes. Au bout, il y aurait une cage d'escalier qu'elle aurait pu emprunter pour se rendre à la cantine et boire un cappuccino fait par la même machine que celle qu'on voit dans les meilleures stations-service en Europe.

Le couloir serait-il désert ? Ou est-ce que quelqu'un l'attendrait avec une arme à la main et un sourire moqueur sur le visage ?

Elle préleva l'un des badges de son sac, l'accola au lecteur en espérant, au fond, qu'il ne fonctionnerait pas, mais la diode clignota en vert, l'électroaimant caqueta et la porte se déverrouilla.

Zofia posa la main sur la poignée, hésita. Cela dura assez de temps pour que la serrure claque à nouveau et que la porte se bloque.

Malheureusement, la seconde fois le badge fonctionna aussi. Zofia appuya tout de suite sur la poignée. Le couloir était vide. Elle referma doucement la porte derrière elle, dépassa sur la pointe des pieds le dortoir des filles et arriva au laboratoire de microbiologie. Sans plus tarder, furieuse contre elle-même pour toutes ses hésitations et ses tergiversations, elle passa le badge sur la serrure et dès que la diode scintilla en vert, elle ouvrit la porte et pénétra à l'intérieur du labo.

## 10

Quand le lourd couvercle de la cale se referma avec fracas, Bogdan Smuga éclaira sa maisonnette aux dimensions de six mètres sur deux et demi. Le mobilier était pour le moins modeste. Pour lui : un matelas avec un oreiller et un sac de couchage, deux bidons d'eau, des paniers-repas, un petit bagage à main et des sacs hermétiques pour les excréments. Pour les passagers de la classe affaires, c'est-à-dire les microbes d'un micromètre de long : des réfrigérateurs à matériaux biologiques et des batteries d'alimentation qui devaient assurer le refroidissement durant le trajet.

Il vérifia que tout était en ordre et sortit son Kindle de son sac à dos, puis, après un instant d'hésitation entre des articles sur le climat et les études de la dernière conférence de microbiologie sur l'axe intestin-cerveau, il ouvrit le dossier intitulé *Clive Cussler*. S'il y avait un moment dans la vie qui méritait un plaisir coupable, c'était bien celui-ci.

Il ouvrit l'un des romans au hasard, mais ne parvint pas à se concentrer sur la lecture. Pendant tout ce temps, il attendait inconsciemment les vibrations qui indiqueraient une montée en régime du moteur, il voulait sentir le bercement des vagues, il souhaitait être sûr que la V19-143-F se trouvait bien à deux endroits de la Terre et pas seulement à un seul. Il souhaitait par-dessus tout cesser de craindre qu'un malheureux concours de circonstances, une météorite, la vague d'un tsunami ou une torpille russe égarée coulent le *Vincent* et l'ultime chance de survie de l'humanité avec lui.

Il soupira, reposa sa liseuse et se coucha sur le dos, à fixer le plafond en tôle ondulée de son conteneur.

Des minutes. Ce n'était plus qu'une question de minutes.

## 11

Personne ne l'attentait au royaume d'Andrij. L'unique trace de présence humaine dans cet intérieur stérile était un Rubik's Cube absurdement coloré, posé à côté de l'une des hottes de laboratoire.

Sur ce sujet-ci, Ruhsar Varank n'avait pas menti : le système de ventilation avait été clairement étiqueté, ce qui ne laissait aucune place au doute ou à l'interprétation. Chaque hotte était équipée d'un tuyau d'aération marqué de flèches bleues et d'un tuyau d'échappement fléché en rouge. Tous les tuyaux se rejoignaient dans une grande caisse munie de boutons, de manivelles et de compartiments à filtres, disposée dans un coin de la pièce.

Zofia longea le matériel en suivant le trajet de chaque tuyau. Tout paraissait limpide.

Elle s'arrêta près des miettes de l'ourson de Sakhaline. C'était drôle, elle n'avait jamais tenté d'évaluer sa valeur sous l'angle de l'histoire de l'art. Avait-il cent ou mille ans ? Impossible de le savoir sans une analyse poussée. Avant l'arrivée des colonisateurs russes et japonais, les tribus de l'île vivaient dans des structures néolithiques, inchangées depuis des dizaines de siècles. Quand avaient-ils découvert le lieu qui offrait la longévité à leurs anciens, mais privait leurs jeunes femmes de fertilité ? Combien de générations étaient passées avant qu'ils ne décortiquent ce mécanisme ? Combien d'autres encore avant qu'ils ne bâtissent un culte autour de cet endroit et ne sculptent l'ourson, estimant sans doute que seule leur divinité la plus puissante pouvait disposer d'une telle force ? Et qu'est-ce qui était allé de travers, dans l'histoire de l'humanité, si un totem local pouvait transformer le destin de toutes les personnes vivantes sur la planète ? À moins que tout ne soit allé exactement comme il fallait, si même un totem local appartenait à l'humanité entière ?

Zofia enfila un masque et des gants à usage unique, puis ouvrit la porte vitrée du placard qui contenait les morceaux de l'ourson sculpté. Elle hésita. Et si elle se contaminait maintenant ? Et, tout de suite après cette première pensée, vint la suivante : elle devrait peut-être s'infecter à dessein ? Elle avait déjà un enfant et, à plus de quarante ans, elle ne prendrait plus le risque d'en avoir un second, tant compte tenu de son âge que parce qu'elle faisait confiance à Smuga et Varank sur les questions climatiques. Faire venir au monde un être humain, seulement pour qu'il périsse dans d'affreux supplices et assiste à la fin de ce monde, était aussi cruel qu'irresponsable. Elle ne craignait donc pas la stérilité. Quant à la longévité, de fait, ce n'était pas une mauvaise idée. Elle souleva l'un des morceaux, gris et sobre d'un côté, scintillant et turquoise de l'autre. Cent vingt ans. À portée de main.

— Doux Jésus, Zofia, ressaisis-toi, chuchota-t-elle.

Elle sortit le récipient avec l'antibiotique, transvasé d'une bouteille dans un pot plat spécialement pour cette partie de la mission, elle dévissa ce dernier et s'évertua à laver les éclats de roche à la vancomycine avec l'impression d'être une sorte de Cendrillon laborantine qui séparerait les lentilles des petits pois. Elle devait rincer chaque morceau avant de le reposer à sa place. Les mettre dans une poche et les jeter à la mer aurait poussé n'importe quel assistant somnolent à découvrir que quelque chose n'allait pas. Or, ils ne souhaitaient pas que le *Vincent*, équipé, à en croire le pirate hollandais, comme un vaisseau de guerre, les prenne en chasse.

Elle termina son opération. Avec le reste de l'antibiotique, elle aspergea à tout hasard l'intérieur de l'aquarium et le referma avec soin. La première étape était accomplie. À présent, la seconde étape, bien plus importante, consistait à liquider les bactéries sélectionnées et multipliées sur place. La différence, c'était que les morceaux de l'ourson pouvaient être comparés à de l'uranium non enrichi, tandis que les hottes de laboratoire équivalaient à une bombe nucléaire dans l'attente d'être déclenchée.

Une fois de plus, pour ne commettre aucune erreur, Zofia s'assura que les tuyaux de ventilation étaient interconnectés.

Ils l'étaient.

Elle choisit l'endroit adéquat sur le tuyau d'alimentation principal et enfonça l'épaisse aiguille dedans. L'air qui s'échappait siffla, elle le sentit sur son visage et recula brutalement, faillit tomber.

— Calme-toi, espèce d'idiote, chuchota-t-elle. Fais ce que tu as à faire et arrête de parler toute seule comme une folle.

Elle revint à l'aiguille, y connecta un fin tuyau transparent, enfonça l'autre bout dans l'orifice de sortie du nébuliseur rempli de vancomycine. Elle posa le doigt sur l'interrupteur. Elle regarda l'antibiotique. Elle regarda les hottes avec les rangées de boîtes de Petri.

Putain de merde, pensa-t-elle, pourquoi est-ce à moi de choisir ?

## 12

Des marins apparurent sur les ponts du *Vincent* et du *Varsovie en lutte*, de puissants projecteurs furent allumés et le remue-ménage autour des cordes qui réunissaient les deux bateaux commença. Apparemment, on avait fini de faire le plein et les deux navires s'apprêtaient à se séparer.

— Je ne peux pas les laisser faire, affirma Karol.

— Je sais, répliqua Marcel le plus tranquillement du monde, couché sur son lit, les mains croisées derrière la tête. C'est pour ça que je suis là.

Surpris, Karol se tourna vers lui, mais dès qu'il comprit le sens de la phrase, il se précipita vers la porte. Laquelle, bien évidemment, était fermée.

— Ouvre.

— Je ne peux pas, Karol, et tu le sais. Depuis le début, ce plan avait quatre issues possibles. La première, tout allait comme sur des roulettes, Zofia revenait, nous partions pour déboucher le champagne. La deuxième, la mission était impossible, Zofia nous en faisait part via la radio, elle revenait en douce, nous partions pour boire de la vodka en mode triste. Les deux ne sont plus d'actualité. Il nous reste donc deux scénarios. Le pessimiste, Zofia se fait attraper et nous ne pouvons rien faire. Puisque le *Vincent* est équipé de missiles, il dispose aussi certainement de mercenaires armés jusqu'aux dents à son bord. Et l'optimiste, qu'elle soit obligée de rester là-bas en tentant d'accomplir sa mission. Elle le savait et elle a estimé que le jeu en valait la chandelle. Tu en es conscient aussi, alors, malgré tes émotions de mari et d'amant, tu comprends certainement que je ne peux pas te permettre de courir sur la passerelle pour déclencher un esclandre et alerter tout le monde. Ça provoquerait une débâcle totale. Alors que là, nous gardons toujours une chance de succès.

Il parcourut la pièce du regard à la recherche d'un objet qu'il pourrait utiliser pour attaquer Marcel et lui subtiliser la clé. C'était stupide et désespéré. Même s'il avait eu un fusil mitrailleur sous la main, l'ex-légionnaire l'aurait certainement désarmé avant qu'il ait eu le temps de trouver le canon et de le pointer dans la bonne direction.

Karol retourna donc à la fenêtre, souleva les jumelles et éteignit la vision nocturne parce que les réflecteurs l'aveuglaient. Il se mit à surveiller le *Vincent* en long et en large, avec l'espoir de découvrir la fine silhouette de sa femme dans l'un de ses recoins.

## 13

Natalia Przybysz ferma la cuisine, retourna dans sa cabine, enfila sa chemise de nuit, brossa ses cheveux et, comme tous les soirs, alla prier. Sa prière à elle n'avait rien en commun avec un quelconque Dieu, et certainement pas avec le goujat chrétien homophobe et sexiste, mais c'est ainsi qu'elle nommait son rituel. Elle savait bien que ce ne serait pas la même chose que d'habitude, compte tenu du fourmillement sur le pont et de l'autre navire à côté, mais depuis que son père l'avait emmenée pour la première fois sur un bateau à Szczecin, elle le faisait toujours lorsqu'elle passait une soirée sur l'eau. Sur de gros bâtiments, sur de modestes voiliers, en pleine mer, dans un port ou dans une rade, par une nuit chaude ou sous une pluie mêlée de neige, peu lui importait.

Sur le *Varsovie en lutte*, elle avait découvert l'endroit idéal pour prier dès le premier jour et c'est là qu'elle se rendait à présent. Comme elle connaissait chaque couloir, elle contourna le remue-ménage des amarres et gravit un escalier anti-incendie latéral jusqu'au sommet de la superstructure, un endroit appelé « pont de compas » qui était en réalité le toit du bateau. D'ordinaire, elle s'arrêtait là, mais puisqu'elle voulait fuir les gens d'en bas et que le bateau était exceptionnellement stable, elle monta par une échelle jusqu'en haut du mât des radars. C'était son endroit préféré. Parfois, elle y priait la nuit, avec l'impression de flotter dans l'espace, portée par le vent, suspendue entre l'océan et les étoiles, pas seulement en tant qu'enfant de la nature, mais comme si elle était sa fille préférée.

## 14

Olga Gavrilescu écoutait les ordres donnés par le Premier, prête à réagir à tout moment, et se tenait sur l'aile, les jumelles devant les yeux, pour contrôler le relâchement successif des cordes. Même dans un bassin portuaire paisible, de telles manœuvres exigeaient une grande précision. Un mouvement imprévu et les dizaines de milliers de tonnes d'acier rompaient les amarres comme de simples fils, les bouts des cordes volantes étaient capables de blesser ou de tuer les marins qui se tenaient au mauvais endroit. C'est donc avec soulagement qu'elle constata que les hommes du *Varsovie en lutte* connaissaient leur travail aussi bien que les siens, le placement de chacun était parfait. Leur capitaine non plus n'était pas né de la dernière pluie. Elle reposa ses jumelles et observa le second bateau : sur l'aile de celui-ci, elle distingua un intello sympathique avec des lunettes aux épaisses montures. Elle leva la main en signe de salut. Il lui répondit par le même geste.

Elle revint donc à l'inspection des ponts. Le *Varsovie en lutte* avait déjà récupéré ses aussières et ses amarres, il n'était plus accroché qu'au moyen de deux traversiers et restait collé à eux grâce à son moteur.

Du mou dans les cordages, songea-t-elle.

— Du mou dans les cordages ! entendit-elle dans sa radio de la bouche de son premier officier.

Les deux traversiers se relâchèrent et l'équipage du *Varsovie en lutte* les enleva aussitôt des bittes d'amarrage.

— Enlevez les aussières pointe avant et pointe arrière, ordonna le Premier.

Olga observa les cordes verdâtres s'enrouler sur les treuils, l'une sur la proue, l'autre sur la poupe. À présent, plus rien n'attachait les deux bateaux entre eux et, en dépit de cela, le *Varsovie en lutte* était toujours collé à leurs défenses. Il manœuvrait délicatement avec son moteur et ses propulseurs transversaux. Cela faisait longtemps qu'Olga n'avait pas réussi à mener cette opération de façon aussi fluide.

— Propulsion cinq à bâbord, ordonna le Premier.

Durant un instant, rien ne se passa, et puis les proues des deux navires se détachèrent. Entre eux, en bas, un bouillonnement blanc et mousseux apparut, moulu par les propulseurs d'étraves.

## 15

Elle sentait le mouvement du bateau et avait peur qu'il soit trop tard. Le *Varsovie en lutte* repartirait sans elle et maintenant, la seule chose qu'elle pourrait faire, ce serait de se cacher dans un radeau de survie en tant que passager clandestin, puis de grignoter dans les poubelles la nuit avec l'espoir que ce navire finisse par mouiller dans un port un jour. Minute, correction, ce satané rafiot ne mouillait jamais nulle part.

Et bien que chaque cellule de son corps hurlât et lui ordonnât de fuir ce Léviathan d'acier au plus vite, elle s'obligea à enfiler la combinaison de survie gluante d'huile de moteur en bas de l'échelle, à sécuriser sa capuche et à dissimuler correctement sous la mousse tant la radio que la bouée de sauvetage dégonflée. Tout cela au cas où elle devrait sauter par-dessus bord, ce qui serait la preuve ultime que le bon Dieu était assis quelque part, un cornet de pop-corn à la main, et qu'il se marrait à s'en taper la panse en regardant les aventures des Hommes.

Elle finit de se débattre avec ses fringues, éteignit sa frontale pour ne pas voir la hauteur de cet horrible puits et commença à gravir l'échelle en direction de la trappe sur laquelle Bogdan Smuga s'était si souvent assis, à observer les étoiles et à imaginer les perspectives d'avenir, ou plutôt leur manque, de l'espèce humaine.

## 16

Les deux navires étaient à présent séparés, à une distance sûre l'un de l'autre, mais Olga surveillait toujours attentivement ce qui se passait. Une erreur de pilotage ou une vague malicieuse venue de nulle part pouvaient toujours aboutir à une collision.

— Gouvernail, cinq à bâbord, avant doux.

Au même moment, le *Varsovie en lutte* accéléra lui aussi. Les deux bâtiments formaient une large lettre V, ils commencèrent à s'éloigner rapidement l'un de l'autre. Olga reposait déjà ses jumelles sur le rebord de la fenêtre lorsqu'elle crut remarquer du mouvement sur la pointe avant du bateau, tout au bout du pont, entre les treuils des ancres.

Elle porta ses jumelles à ses yeux.

— Madame la Capitaine ! cria le Premier. Vous devez voir ça !

Elle le contempla, étonnée.

— J'espère que cette excitation est justifiée, monsieur le Premier.

— Elle l'est, répliqua-t-il, lui indiquant un endroit que fixaient tous les membres de l'équipage présents sur la passerelle avec des regards bovins.

Elle suivit leurs regards et en resta bouche bée elle aussi. Un frisson étrange parcourut son échine. À quelques dizaines de mètres d'eux, au-dessus de la superstructure du *Varsovie en lutte*, un spectre flottait dans les airs. C'était un fantôme dans une robe blanche, avec de longs cheveux blonds et les bras tendus, qui volait au-dessus du bateau.

Olga déglutit, s'obligea à soulever les jumelles et à contempler le phénomène. Elle fit la mise au point et relâcha l'oxygène retenu dans ses poumons. Le spectre volant n'était en réalité qu'une fille en chemise de nuit qui, les bras levés, se tenait au sommet du mât. Une fille aux longs cheveux blonds, vêtue seulement d'une chemise de nuit. Le vent collait le tissu à son corps et sculptait des formes si sensuelles que même Olga, hétérosexuelle convaincue, sentit une chaleur inonder son bas-ventre.

## 17

Zofia Lorentz quitta les entrailles du *Vincent* seulement pour voir le *Varsovie en lutte* s'éloigner, sa bannière chypriote flottant au vent en guise d'adieu. Les deux navires avaient été détachés, les aussières roulées, Zofia n'avait aucune chance de retourner auprès de ses amis. Elle jura, ignorant que si tous les marins sur la passerelle du *Vincent* n'avaient pas observé Natalia Przybysz, elle aurait été aperçue, et toutes les précautions prises jusque-là auraient été vaines. La cuisinière en train de prier Mère Nature et qui avait fui en mer pour soigner son cœur brisé permit sans le savoir à Zofia Lorentz de prendre son élan et de sauter par-dessus bord.

Riche de son expérience, l'historienne d'art attira ses genoux contre son torse et se boucha le nez pour tomber avec classe en faisant une « bombe » et éviter ainsi de se refaire des bleus sur les fesses ou de se rincer les sinus à l'eau de mer.

Ce plan initial était formidable, mais Zofia avait oublié les immenses yokohamas suspendus le long du *Vincent*. Elle heurta donc le pare-battage en caoutchouc de plein fouet, rebondit dessus telle une balle et fila vers les flots, en agitant pêle-mêle ses jambes et ses bras, avant de heurter la surface sans grâce ni classe.

## 18

Karol Boznański ne sentait rien et fixait le vide. Le *Vincent* était parti et avait disparu de son champ de vision, les lumières à bord avaient été éteintes, et Karol restait planté devant la fenêtre, à fixer le dernier endroit où il avait vu l'amour de sa vie, avec l'espoir absurde de découvrir, comme dans les films, une main saisir le bord du bateau. Une musique symphonique et larmoyante monterait alors de quelques crans et Zofia Lorentz se hisserait sur le pont, lui grognerait dessus parce qu'il ne l'avait pas attendue et ne lui avait pas tendu la main pour l'aider à monter, puis ils iraient faire l'amour, bercés par les vagues, en ricanant comme des ados.

Dans son dos, la serrure grinça.

— Allons-y, déclara Marcel Kluzka, je suis désolé.

— Au fait, c'est quoi ton véritable nom, mercenaire ?

— Józef Gąsienica, dit « la Chenille ».

Dans toute autre situation, Karol aurait pouffé de rire, mais dans celle-ci, ses lèvres ne remuèrent pas d'un millimètre.

— Excuse-moi, mais il faut que je te prive de ça tant qu'ils sont encore à portée des ondes, dit Józef Gąsienica, alias « la Chenille », alias Marcel Kluzka, en s'emparant de la radio posée sur le rebord de la fenêtre à côté des jumelles à vision nocturne.

Il saisit le commutateur entre ses doigts pour l'éteindre et, pile à ce moment-là, le haut-parleur grésilla.

Les deux hommes échangèrent un regard.

— Au secours, putain, au secours ! Vous m'entendez ? toussota la radio.

## 19

Zofia Lorentz observait les étoiles, couchée sur le dos dans l'eau, dans l'attente du hors-bord qui devait venir la chercher quand le *Vincent* se serait éloigné à bonne distance. Pourtant, flotter deux heures durant seule sur l'océan ne la dérangeait pas. Bien au contraire.

Ces étoiles, Natalia Przybysz les fixait aussi, les suppliant d'accorder la prospérité à tous ceux qu'elle connaissait et aimait, l'autre sale ingrate y compris, parce qu'il s'agissait de sa sale ingrate à elle, faites donc qu'elle se porte pour le mieux.

Martin Meller était couché sur le banc de son cockpit, tentait d'apercevoir la galaxie d'Andromède à l'œil nu et songeait au paradoxe de Fermi. Compte tenu des dimensions de l'Univers et de tout ce qu'on savait déjà à son propos, soit que la Voie lactée à elle seule se composait de plusieurs centaines de milliards d'étoiles, et qu'il y avait dans l'espace plusieurs milliards de galaxies semblables, des formes de vie intelligente devaient avoir émergé çà et là dans le cosmos. En fait, un calcul de probabilité élémentaire montrait que l'Univers aurait dû pulluler de vaisseaux spatiaux qui voleraient de-ci de-là. Or, il ne pullulait pas.

Enrico Fermi avait alors posé la question suivante : où sont-ils donc ? Et il avait proposé plusieurs solutions. Certaines étaient arrogantes et audacieuses, comme celle qui supposait que nous étions absolument exceptionnels ou au moins les premières de toutes les races douées de raison. D'autres étaient dignes d'un ouvrage de science-fiction, comme celle qui supposait que les extraterrestres se tenaient cois parce qu'ils avaient peur d'un immense prédateur cosmique et que nous étions les seuls à être assez bêtes pour émettre des signaux radio dans le vide. Et malheureusement, une seule de ces solutions paraissait plausible à Martin Meller : que chaque race intelligente, avant d'atteindre une étape de développement technologique qui lui permettrait de partir à la conquête de l'espace, devait s'autodétruire par anéantissement de son habitat naturel.

Il avait passé de longues décennies – au grand dam d'Élise qui l'avait entendu en parler une bonne centaine de fois – à amuser la compagnie en divaguant à propos de ce paradoxe autour d'une bière, mais en réalité, il n'avait jamais cru pouvoir constater de son vivant quelle solution était la bonne.

Dommage. Il aurait préféré mourir dans l'ignorance.

Bogdan Smuga n'observait pas les étoiles, car son firmament était composé d'un plafond en tôle ondulée suspendu à deux mètres et demi au-dessus du sol. Néanmoins, il était rempli de plus de bonheur que ces autres personnes qui disposaient pourtant d'une véritable voûte céleste au-dessus de leurs têtes.

Il avait réussi ! Le bateau avançait. À chaque tour d'hélice, à chaque vague, à chaque mille parcouru, ses chances de réussite augmentaient. Dès maintenant, la V19-143-F se trouvait à deux endroits de la Terre et d'ici peu, il ferait en sorte qu'elle soit à quatre, huit, seize lieux différents. Dans quelques semaines, chaque tentative de maîtriser la sakhaline équivaudrait à tenter de maîtriser le virus de la grippe ou l'E. coli.

Victoire.

# Chapitre 18
# L'Homme de longue vie

*Un pâle point bleu • Combien de temps peut-on manger des côtelettes panées ? • Le porteur zéro • État d'apesanteur • Ce souvenir*

## 1

Il avait lu trois romans de Cussler en deux jours et estima que ce bon vieux Clive avait beaucoup à voir avec une forêt noire. Succulent, mais seulement de temps en temps et seulement à petite dose. De plus, le troisième jour de la traversée, le *Varsovie en lutte* fut secoué assez fort, Bogdan se cogna, se fit des bleus, ne dormit pas assez et n'évita le mal de mer que de justesse grâce à des médicaments très puissants.

Le quatrième jour, la mer se calma, mais il n'avait plus envie de lire, il s'empara donc de son carnet de notes et s'attela à l'écriture d'un discours. Sa sœur, une bonne âme endurante, travaillait dans une école publique de la banlieue de Varsovie et avait décidé d'exploiter son frère en sa qualité de « véritable scientifique ». D'abord, il avait dû jouer les guides touristiques et faire visiter à des lycéens son lieu de travail de la capitale qui, par chance, paraissait assez attractif, vu que c'était une sorte de mélange entre un palais de sorcier et un labo nazi. Et d'ici peu de temps, il devrait prononcer un discours le jour de la remise des prix du concours scientifique de l'école.

« Nous, les gens de science, sommes désespérants, écrivit-il en guise d'introduction. Nous sommes cupides et nous aimons la gloire. Nous nous réjouissons si une collègue rate son expérience, nous devenons fous de rage quand quelqu'un d'autre reçoit le prix Nobel, nous nous mettons des bâtons dans les roues, nous nous piquons nos compagnons, nous ne prenons pas soin de nos enfants, nous provoquons des accidents de la route et oublions de promener nos chiens. Qu'est-ce que cela dit de nous ? Que nous sommes humains. »

Hum… il pourrait tourner ça mieux pour viser un public adolescent. Par exemple, « nous picolons comme des porcs et nous nous droguons davantage parce que nous avons accès à une meilleure came » ? Les jeunes prenaient-ils encore de la « came » ou est-ce que c'était un truc de vieux ? En tout cas, le discours devait être plus drôle et plus osé. Bon, d'accord, il reviendrait dessus. Pour l'heure, il était temps de choisir des citations auxquelles il tenait absolument.

« Mais parfois, quelqu'un de vraiment exceptionnel apparaît dans nos rangs, un être qui a vraiment une tête bien faite. J'ai décidé de réduire mon discours d'une heure à quinze minutes, afin de profiter du temps gagné pour m'adonner à la cupidité, aux drogues et aux coups bas faits à mes collègues, c'est pourquoi je vais plutôt vous lire une citation. Ce sont les mots de l'astronome Carl Sagan qui, il y a trente ans, a convaincu les décideurs de la NASA de faire pivoter la sonde *Voyager* avant qu'elle ne quitte le système solaire pour qu'elle photographie la Terre à une distance de six milliards de kilomètres. Et ça a marché. Mais il faut vraiment forcer sa vue pour apercevoir sur cette image, prise pourtant à une distance assez proche à l'échelle du cosmos, un microscopique point bleu pâle. Le voyant, Carl Sagan a écrit ces mots :

*Regardez encore ce petit point. C'est ici. C'est notre foyer. C'est nous. Sur lui se trouvent tous ceux que vous aimez, tous ceux que vous connaissez, tous ceux dont vous avez entendu parler, tous les êtres humains qui aient jamais vécu. Toute la somme de nos joies et de nos souffrances, des milliers de religions aux convictions assurées, d'idéologies et de doctrines économiques, tous les chasseurs et cueilleurs, tous les héros et tous les lâches, tous les créateurs et destructeurs de civilisations, tous les rois et tous les paysans, tous les jeunes couples d'amoureux, tous les pères et mères, tous les enfants pleins d'espoir, les inventeurs et les explorateurs, tous les professeurs de morale, tous les politiciens corrompus, toutes les "superstars", tous les "guides suprêmes", tous les saints et pécheurs de l'histoire de notre espèce ont vécu ici, sur ce grain de poussière suspendu dans un rayon de soleil.*

*La Terre est une toute petite scène dans une vaste arène cosmique. Songez aux fleuves de sang déversés par tous ces généraux et ces empereurs afin que, nimbés de triomphe et de gloire, ils puissent devenir les maîtres temporaires d'une fraction d'un point. Songez aux cruautés sans fin imposées par les habitants d'un recoin de ce pixel sur d'indistincts habitants d'un autre recoin. Comme ils peinent à s'entendre, comme ils sont prompts à s'entretuer, comme leurs haines sont ferventes. Nos postures, notre propre importance imaginée, l'illusion que nous avons quelque position privilégiée dans l'Univers, sont mis en question par ce point de lumière pâle. Notre planète est une infime tache solitaire enveloppée par la grande nuit cosmique. Dans notre obscurité – dans toute cette immensité –, il n'y a aucun signe qu'une aide viendra d'ailleurs nous sauver de nous-mêmes.*

*Que vous le vouliez ou non, pour le moment c'est sur Terre que nous prenons position. Pour moi, cela souligne notre responsabilité de cohabiter plus fraternellement les uns avec les autres, et de préserver et chérir le point bleu pâle, la seule maison que nous ayons jamais connue.*

Il est difficile d'ajouter quoi que ce soit à ces mots, parmi les plus sages jamais prononcés dans l'histoire de la science, mais je vais essayer. Les gens s'occupent de différentes choses. Il leur arrive d'être prêtres, politiciens, artistes, artisans… certains deviennent même profs. Et cela pour diverses raisons. Vous pourriez entendre que les scientifiques ont choisi leur métier pour découvrir les secrets de la nature, pour déchiffrer les mystères de l'Univers, pour trouver le remède contre le cancer ou pour devenir immortels. C'est sans doute vrai aussi, mais la raison principale, c'est l'amour des gens. Nous croyons que l'humanité est une aventure formidable et nous nous efforçons… »

Ça grinça, gronda, tonna, puis l'intérieur de la cale fut rempli du sifflement d'un moteur électrique et du piaillement des rouleaux sur lesquels glissait l'immense couvercle en train de s'ouvrir. Bogdan s'empressa d'éteindre la lumière. De quoi s'agissait-il ? D'une inspection imprévue ? Le *Varsovie en lutte* accostait-il plus vite dans un port ? Quelque chose était arrivé et Mireille avait estimé que son chef devait revenir sur le *Vincent* avec les échantillons ? Il rangea prestement ses effets personnels dans les tiroirs au cas où ça ballotterait.

La porte de la cale gronda. Bogdan entendit des pas et une conversation, d'abord imprécise, déformée par l'écho qui rebondissait dans cet espace presque vide, mais, l'instant d'après, il put comprendre le dialogue.

— … les bonnes femmes s'enferment dans la cuisine pour manger ensemble ?

— Tu te plains tout le temps qu'elles portent malheur, alors sois heureux qu'elles se planquent.

— Et si elles ont une meilleure nourriture ?

— Putain, ce serait pas difficile. Vas-y, attrape de l'autre côté.

— Arrête, les côtelettes étaient très bonnes aujourd'hui.

— Et hier. Et avant-hier. Combien de temps peut-on manger des côtelettes panées ?

— Tous les jours. Qu'est-ce que tu voudrais à déjeuner, toi ? Une côtelette, des pommes de terre et du chou, c'est parfait.

— Bordel. Et t'es un marin, toi, un citoyen du monde qui est passé par des centaines de ports autour de la planète ? Mais non, une côtelette, des pommes de terre et du chou, je rêve…

— Ça aussi, ça peut être meilleur ou moins bon. Et moi, je soupçonne que les bonnes femmes s'enfilent le meilleur. Vagin denté cuisine des merveilles pour la vieille elfe et madame le professeur. Tu l'as ?

Bogdan Smuga se figea. Vieille elfe ? Madame le professeur ? Ce n'était qu'un concours de circonstances. Ça ne pouvait pas être vrai. Parce que si les marins évoquaient la voleuse et Zofia Lorentz, cela voudrait dire que tout était allé très, très, très mal.

— Si elle t'entend l'appeler « madame le professeur », elle t'étripe. Tu l'as ?

— Je l'ai, je l'ai. Dis à Antek que c'est prêt. Et pourquoi ça ?

— Cale à grue, répondez. Parce qu'on ne dit pas « madame le professeur », mais « madame la professeure », je l'ai entendue l'expliquer au Vieux, tu le crois, ça ? Cale à grue, répondez. Qu'est-ce qu'il fout ? Il est tombé dans les vapes à force de se branler ?

Bogdan Smuga en eut le vertige. Une elfe. Madame la professeure. Une chose totalement impossible venait de devenir réalité. Lisa Tolgfors et une Zofia Lorentz miraculeusement revenue d'entre les morts étaient sur le bateau qui s'était amarré au *Vincent*. Pour quoi faire ? La logique lui soufflait que c'était pour détruire le résultat de leurs recherches. Était-ce pour cela qu'elles le sortaient à présent de la cale ? Avaient-elles détruit le laboratoire sur le *Vincent* et voulaient-elles vérifier maintenant que les conteneurs ne transportaient pas d'échantillons supplémentaires ? Que faire ?

La radio grésilla.

— Grue, vas-y.

— Et c'est parti !

Les bandes grincèrent au-dessus de sa tête et le conteneur racla le sol métallique, trembla, puis commença à monter. Smuga s'appuya des deux mains contre une paroi pour maintenir son équilibre.

— Il se pourrait que madame la professeure comprenne, au contraire de toi, qu'on peut composer ses repas avec des légumes, des épices et du riz. Ce n'est pas pour rien qu'elle est allée à la fac.

— Arrête, putain, qui peut se rassasier avec du riz ? Une bonne femme, tout au plus, et encore, une qui lève pas son cul d'une chaise.

— Et un milliard de Chinois. Non, mais, sérieux, tu m'achèves. Pas étonnant qu'elles te fuient.

— Elles ont peur…

Elles avaient certainement peur de son « anaconda », mais Bogdan le devina seulement parce qu'il avait entendu leur conversation précédente. Pendant ce temps, le conteneur montait de plus en plus haut, il se balançait de plus en plus. Smuga perçut le moment de la sortie de la cale grâce au coup de vent qui heurta les parois. Il en fut poussé sur le côté de façon si brutale qu'il tomba sur son matelas, puis sa maisonnette s'immobilisa et le moteur de la grue devint silencieux. Du calme. Le scientifique colla son oreille à la paroi métallique, s'efforçant d'écouter le vacarme portuaire ou le bourdonnement des hors-bords, les appels des marins ou des douaniers. Rien, ils projetaient certainement de vérifier le contenu en mer, sur le pont. Bogdan n'avait pas peur pour lui, mais s'ils découvraient les bactéries, s'ils les détruisaient, s'ils avaient réussi à le faire sur le *Vincent*, ce serait la fin.

Il devait y avoir un moyen.

Une seconde plus tard, il l'avait trouvé. Il ouvrit la serrure à code qui interdisait l'accès aux réfrigérateurs, mit la main sur l'un des récipients marqués du symbole V19-143-F et le rangea dans sa poche. Il s'empara de sa trousse à pharmacie et l'éventra sur le matelas avant de déchirer l'emballage d'une seringue. Vite, il n'avait pas une seconde à perdre. Il secoua le récipient de bactéries, l'ouvrit et remplit la seringue avec autant de fluide que possible, puis se l'injecta dans la cuisse, avant de boire le reste. Il craignait de vomir, mais, étonnamment – compte tenu de ses propriétés magiques –, la sakhaline était dépourvue de saveur ou de goût. Dommage, les historiens auraient pu écrire un jour que « le nouveau début de l'humanité sentait le caramel ».

Smuga s'assit sur le lit. D'accord, à partir de maintenant, même s'ils interceptaient les autres échantillons, il serait porteur de la bactérie.

Et ce pour les soixante-dix ans à venir, si tout allait bien, se dit-il avant de partir d'un grand éclat de rire. Il venait de devenir le patient zéro d'une épidémie qui allait sauver l'humanité d'elle-même.

Il fallait juste qu'il fasse attention à lui.

Un grincement retentit et, à son grand étonnement, Bogdan Smuga se trouva en état d'apesanteur. Il eut le temps de penser que, par on ne savait quel miracle, ses adversaires avaient réussi à l'envoyer dans l'espace, puis d'avoir honte d'une pensée aussi sotte, puis de comprendre qu'il chutait, et ce n'est qu'à ce moment-là que le conteneur heurta la surface de l'eau et Smuga le sol du conteneur, se brisant net un tibia, un poignet et plusieurs côtes. Une douleur affreuse explosa dans tout son corps. Il hurla à en voir des points virevolter devant ses yeux, un long moment s'écoula avant qu'il ne se calme assez pour mettre la lumière et évaluer les dégâts.

Premièrement, les frigos des bactéries de culture n'avaient pas été abîmés. Quel soulagement.

Deuxièmement, le conteneur semblait intact. C'était aussi une très bonne nouvelle.

Troisièmement, aucun de ses os brisés n'avait transpercé la peau. Encore un bon point.

Trois bons points, songes-y de cette façon-là. Ce satané *Varsovie en lutte* a décidé pour d'obscures raisons de te jeter par-dessus bord, c'est un mauvais point, un très mauvais même mais, en dehors de cela, il y en a trois bons. Tu as des os cassés, mais tu es en vie, tu disposes d'un radeau, d'une réserve d'eau et de nourriture pour un certain temps. L'océan est vide, certes, mais il n'est pas désert, quelqu'un pourrait t'apercevoir, le courant pourrait te faire échouer sur une plage, on a déjà vu des histoires plus dingues.

Il eut de la peine à se lever, gémissant de douleur, pour basculer sur sa couche au lieu de barboter dans l'eau de mer sur le sol du conteneur en tôle.

Sa dernière pensée s'envola, puis revint et explosa dans son esprit comme si chaque mot avait été tracé en feu d'artifice dans le ciel. Eau. Mer. Sol. Conteneur.

Il se rappela les prises de ventilation masquées qui devaient lui permettre d'éviter l'étouffement durant le trajet.

Bogdan Smuga et sa longévité se dirent que tout cela était très ironique. Il s'allongea sur le matelas et se plongea dans sa mémoire. Il gardait en tête le souvenir d'un moment exceptionnel, survenu au cours de ces trois dernières semaines, et vers lequel il revenait en boucle, revivant encore et encore chaque instant de cette nuit-là.

Il décida de demeurer dans ce souvenir jusqu'à la fin.

# Épilogue

Les fabricants de cartes postales savent bien que la nature et la culture n'ont pas à être des contraires et que ce qui se vend le mieux, ce sont les images où les deux se réunissent dans une symbiose pleine de beauté. Portoferraio baigné de soleil, capitale de l'île d'Elbe, faisait certainement partie de ces images. Des maisons couvertes de tuiles rouges s'étageaient autour de la baie naturelle du port, une forteresse mystérieuse régnait au-dessus de la ville et l'ensemble était entouré par les vagues de la mer Tyrrhénienne.

Dans ces splendides conditions de civilisation et de nature, Zofia Lorentz inspira profondément l'air, compta jusqu'à dix dans sa tête et ne parla qu'après.

— Mais dis-le, dis-le franchement au lieu d'inventer des excuses bidons ! lança-t-elle. Tu me prends pour une novice, pour une débutante enthousiaste sans expérience aucune et tu as peur de prendre le large avec moi.

Ils se faisaient face dans le cockpit d'un yacht de location dans de telles poses qu'aucun des passants sur les quais de ce port de Toscane ne pouvait douter qu'ils avaient transféré ici leur chambre à coucher matrimoniale et son lot de drames. Elle était droite, le menton fier et les bras croisés sur le ventre. Lui gardait une posture humble, le regard calme et résigné, les mains tendues devant lui dans le geste « mais je t'en prie, parlons-en ». Entre les deux, une fillette de quelques années, vêtue d'un maillot de bain, ajustait un masque de plongée sur son front.

— Je peux sauter dans l'eau ?

— Quoi ? Non, tu ne peux pas sauter dans l'eau. Nous sommes dans un port, bon Dieu ! Nous allons sortir, nous trouverons une jolie crique où jeter l'ancre et tu pourras te baigner là-bas.

— Et maintenant ? Tu peux me mettre des brassards si tu veux.

Zofia se cacha le visage dans les mains.

— Attends. Je vais finir de parler avec papa et on ira sur la plage, d'accord ?

— D'accord. Et quand est-ce que tu vas finir de lui parler ?

— D'ici peu. Va dans ta chambre.

— Non, je ne veux pas, il y fait trop chaud.

Au son de ces mots, Karol fit le geste du « qu'est-ce que je t'avais dit », mais Zofia lui signifia du regard que s'il s'alliait maintenant à leur enfant contre elle, l'épouse et la mère renonceraient à faire de la voile en famille au profit d'un tour du monde solitaire sans escale.

— Madame la professeure Lorentz, dit Karol lentement. Je t'aime, je veux vivre de nouvelles aventures avec toi, je crois en tes compétences maritimes, surtout le long de la côte par une journée sans vent…

— Gaffe.

— Mais il fait trop chaud. Ici, on peut se réfugier dans un endroit où il y a la clim', aller dans une boutique, au resto, au pire dans un hôtel. En mer, le pont se transformera en poêle, les cabines en four, et nous n'aurons nulle part où aller. Il ne nous restera plus qu'à puiser des seaux d'eau de mer pour nous en asperger à tour de rôle.

Kasia piailla de joie.

— Prems ! J'asperge en premier !

Zofia comprenait bien ce que son mari lui disait, elle savait qu'il avait raison, mais elle avait tellement envie de sortir en mer. Non pas avec un instructeur, non pas avec d'autres apprentis, mais bien avec sa famille. Réunir son amour pour eux et son amour de la mer, vivre tout ce qu'ils vivaient ensemble à la maison, mais sur les flots, sous les voiles, rien qu'eux et les forces de la nature.

Karol avait raison. Elle le savait, mais ne parvenait pas à l'admettre. Elle ajusta la bretelle de sa robe pour gagner du temps, le soleil clignota sur son bracelet fait de petits éclats turquoise coulés dans du verre. Elle lui avait dit qu'il s'agissait d'un souvenir de Sakhaline. Il l'avait crue.

— Tu as raison, déclara-t-elle en fin de compte. Allons nous baigner puis boire une limonade fraîche.

Elle contempla les voiles repliées, la mer derrière les bouées du port, les reflets du soleil sur l'eau.

— Demain, nous commencerons une nouvelle aventure, déclara-t-elle en souriant à sa famille. Cette chaleur ne pourra pas durer éternellement.

# LE MOT DE L'AUTEUR

J'ai commencé à écrire ce livre enfermé sur un bateau, au milieu des tempêtes de l'Atlantique, je l'ai fini confiné à la maison, quand la pandémie m'a privé des possibilités de voyage. Il se peut que grâce à ces emprisonnements j'aie terminé plus vite, mais les séjours en France m'ont manqué, les festivals, les rencontres en librairie à l'autre bout du monde, les conversations avec mes lecteurs ; j'espère que nous nous reverrons bientôt sur les sentiers littéraires post-pandémiques. Alors, je pourrai vous expliquer en personne pourquoi j'ai décidé de saccager le Muséum national d'Histoire naturelle de Paris.

En attendant, je remercie mon grand ami Kamil Barbarski qui, une fois de plus, a relevé le défi d'écrire mon roman en français, afin que vous n'ayez pas à le lire en polonais : ça facilite toujours un peu la tâche. Sans nos conversations et les péripéties de nos séjours communs dans les Pyrénées, beaucoup de scènes de ce livre n'auraient pas vu le jour. Je remercie aussi toute l'équipe de Fleuve Éditions d'avoir rendu possible cette aventure. J'apprécie vraiment le calme avec lequel vous supportez un cinglé venu de Pologne.

À très vite,

Z.<br>Varsovie, 2021

Composition et mise en pages
Nord Compo à Villeneuve-d'Ascq

Achevé d'imprimer en novembre 2021
par Normandie Roto Impression s.a.s.
61250 Lonrai
N° d'impression : 2106152

Imprimé en France